GW01459077

ILJA LEONARD PFEIJFFER

GRAND HOTEL EUROPA

Traduit du néerlandais
par Françoise Antoine

10/18

LES PRESSES DE LA CITÉ

N ederlands
    letterenfonds
dutch foundation
for literature

Cet ouvrage a été publié avec le concours
financier de la Nederlands Letterenfonds, la
Fondation néerlandaise pour la littérature.

Titre original :
Grand Hotel Europa

Publié par Uitgeverij De Arbeiderspers en 2018.
Cet ouvrage a été publié avec l'accord des éditions Uitgeverij
De Arbeiderspers et de l'agence 2 Seas Literary Agency.

À Stella

I

LA MISSION

1

La première personne à qui j'adressai quelques mots depuis longtemps, abstraction faite des propos laconiques échangés en début et fin de course avec mon austère chauffeur de taxi, fut un jeune Noir maigre, vêtu de la nostalgique livrée rouge de groom. Je l'avais vu de loin, assis sur les marches en marbre du perron, devant l'entrée flanquée de colonnes corinthiennes, sous les caractères dorés de l'inscription « Grand Hotel Europa », tandis que le taxi atteignait lentement, dans un crissement de gravier, le bout de la longue allée de platanes. Il était en train de fumer, mais s'était levé dans l'intention de m'aider à porter mes bagages. Tandis que la voiture s'éloignait sur le gravier, je lui dis, parce que c'était vrai et que j'étais désolé d'avoir perturbé sa pause cigarette en arrivant, que mes bagages pouvaient bien attendre un peu, que j'avais fait un long voyage et prendrais volontiers une cigarette, moi aussi. Je lui tendis mon paquet bleu ciel de Gauloises brunes sans filtre et lui présentai la flamme de mon Zippo *solid brass*. Sur son calot, le nom du Grand Hotel Europa était brodé au fil d'or.

Nous nous assîmes. Nous fumions en silence côte à côte depuis quelques minutes, sur les marches de la somptueuse entrée de cet hôtel jadis grandiose où j'avais l'intention de m'installer provisoirement, lorsqu'il prit la parole.

— Pardonnez-moi de ne pouvoir réprimer ma curiosité, mais puis-je vous demander d'où vous venez ?

Je soufflai ma fumée en direction du nuage de poussière que le taxi avait laissé en souvenir au loin, au bout de l'allée, à la lisière de la forêt.

— Il y a plusieurs réponses possibles à cette question, dis-je.

— Je serais ravi de toutes les entendre, mais si cela prend trop de votre temps, peut-être pourriez-vous me donner la plus belle.

— La raison principale qui m'a mené ici, c'est l'espoir de trouver du temps pour les réponses.

— Je vous prie de m'excuser de vous avoir dérangé dans cette mission d'importance. Je dois comprendre que ma curiosité peut embarrasser nos hôtes, comme le répète toujours M. Montebello.

— Qui est M. Montebello ? lui demandai-je.

— Mon patron.

— Le concierge ?

— Il a horreur de ce mot, même s'il en apprécie l'étymologie. Il m'a appris que cela vient de « comte des cierges ». Pratiquement tout ce que je sais, je le tiens de M. Montebello. Il est comme un père pour moi.

— Comment veut-il qu'on l'appelle, alors ?

— Il est maître d'hôtel, mais il préfère le titre de majordome, qui contient le mot latin « maison », parce que, selon lui, notre tâche principale est de faire en sorte que nos hôtes oublient l'endroit qu'ils appelaient leur chez-eux avant de venir ici.

— Venise, dis-je.

La cendre de ma cigarette tomba sur mon pantalon au moment où je prononçai ce nom. Il s'en aperçut et, avant même que j'aie pu protester, il avait déjà retiré l'un de ses gants blancs pour s'atteler avec le plus grand soin à la délicate tâche d'épousseter ma jambe de pantalon. Il avait les mains noires et maigres.

— Merci beaucoup, dis-je.

— C'est quoi, Venise ? demanda-t-il.

— L'endroit que je considérais comme mon chez-moi avant de venir ici, et la plus belle réponse à ta première question.

— C'est comment, Venise ?

— Tu n'es jamais allé à Venise ?

— Je ne suis jamais allé nulle part. Seulement ici. C'est pour cela que j'ai pris la fâcheuse habitude, au grand dam de M. Montebello, d'importuner nos hôtes avec ma curiosité. J'essaie d'entrevoir le monde à travers leurs histoires.

— Et quel est donc l'endroit que tu appelais ton chez-toi avant de venir ici ?

— Le désert, dit-il. Mais M. Montebello m'a fait oublier le désert. Je lui en suis très reconnaissant.

Je laissai vaguer mon regard sur le domaine qui ceignait l'hôtel. La colonnade était envahie de lierre. L'un des grands vases en terre cuite d'où jaillissait un bougainvillier luxuriant était fêlé. De mauvaises herbes poussaient dans le gravier. Paisible, mais ce n'était pas le mot. Inclinant à la résignation. L'on pouvait tout aussi bien, en effet, s'y résoudre au passage du temps et à la perte de toute chose.

— Venise appartient au passé, repris-je. Et j'espère que M. Montebello m'aidera, moi aussi, à l'oublier.

J'écrasai ma cigarette dans le pot de fleurs qui nous avait servi de cendrier. Il fit de même et se leva d'un bond pour s'occuper de mes bagages.

— Merci de m'avoir tenu compagnie, dis-je. Puis-je te demander comment tu t'appelles ?

— Abdul.

— Enchanté d'avoir fait ta connaissance, Abdul, fis-je, me présentant à mon tour. Entrons. Que l'on puisse commencer.

2

Même si l'on ne m'avait pas avisé de l'existence de ce majordome, il m'eût été impossible de le manquer. Je n'avais pas franchi d'un pas le seuil de sa forteresse – et sanctuaire – qu'il arrivait en dansant à ma rencontre. Il m'accueillit avec tant d'égards, de volutes et d'arabesques que je ne pouvais, de toute évidence, qu'avoir affaire à un professionnel.

Il avait pris soin d'étudier mon nom par cœur et fit discrètement montre de ce qu'il était au courant du fait que je me prétendais écrivain. Tout en s'inquiétant de savoir si le long voyage n'avait pas été trop éprouvant, il avait comme par enchantement fait apparaître une petite brosse à vêtements avec laquelle il frotta les épaules de mon veston, saisissant l'occasion pour me complimenter sur la coupe de mon costume. Comme s'il se sentait responsable de la Création tout entière, il s'excusa pour la méfiance régnant en ce monde moderne qui l'obligeait à se plier à certaines formalités, mais il m'assura que nous trouverions plus tard un moment propice, lorsque je serais reposé de mon périple.

Quand je dis que, hélas, j'ignorais combien de temps j'allais rester et que j'espérais que ce ne serait pas un problème, il balaya mes inquiétudes d'un geste élégant de la main, me jurant que c'était un honneur pour l'établissement et un plaisir pour lui-même de pouvoir me considérer comme son hôte, et qu'il ne pouvait que souhaiter que cette joie fût de longue durée. Puis il se pencha vers moi et me chuchota qu'il ne voulait certes pas prendre l'habitude de se mêler de choses qui ne le regardaient pas, mais qu'il n'avait pu s'empêcher de remarquer que mon bouton de manchette gauche était mal fermé et qu'il ne se pardonnerait jamais que je le perde conséquemment à sa discrétion.

Il demanda s'il pouvait me conduire à la suite qu'il avait fait préparer tout spécialement pour moi. Il était certain qu'elle me plairait, mais si l'établissement devait selon moi pécher à quelque égard que ce soit, il veillerait personnellement à ce que le moindre de mes désirs fût exaucé sans délai. Il s'était permis de faire porter quelques rafraîchissements et amuse-bouches dans ma chambre. Si je voulais bien me donner la peine de le suivre…

M. Montebello, majordome du Grand Hotel Europa, me conduisit donc, par de hautes portes en chêne, du hall d'entrée, où étaient situées la réception et la loge du portier, vers le grand hall central orné de colonnes de marbre, d'où partait un escalier monumental menant aux étages supérieurs. Montebello se déplaçait tel un patineur artistique sur le tapis de haute laine, se révélant aisément capable de se retourner tout entier vers moi, pour me communiquer quelque explication ou curiosité digne d'intérêt, et de poursuivre à reculons sans ralentir l'allure. S'il n'avait pas intercalé une pirouette de temps à autre pour me permettre de le rattraper, j'aurais eu du mal à tenir son rythme. Abdul nous suivait avec mes bagages.

— Ici, à gauche, vous avez la bibliothèque, me dit mon guide, avec à l'arrière la salle verte et le salon chinois. L'autre aile abrite le salon, la salle du petit déjeuner et notre modeste restaurant, où je vous ai réservé une table attitrée à la fenêtre qui donne sur la pergola et la roseraie, ou du moins ce qu'il en reste, derrière lesquelles vous pourrez voir scintiller l'étang. Malheureusement, la fontaine est hors d'usage depuis quelques années, mais je puis vous assurer que notre cuisinière déploiera des trésors d'habileté pour vous inspirer la clémence envers cette défaillance.

Le hall central était doté d'un lustre antique aussi spectaculaire qu'il était à bout de souffle.

— Un de nos joyaux, dit le majordome qui voyait tout et avait donc aussi remarqué que le luminaire avait attiré mon regard. Dommage qu'il soit si difficile d'entretien. Avez-vous vu le portrait au-dessus de la cheminée ? Vous reconnaîtrez sans aucun doute les traits nobles et saillants de Niccolò Paganini. Je serais le premier à vous donner raison si vous disiez qu'en termes picturaux ce n'est pas un chef-d'œuvre. Son auteur est un petit maître, un brave homme qui, même à son époque, n'était pas connu pour être en avance sur son temps. Nous y sommes néanmoins particulièrement attachés, pour la bonne raison qu'il fut peint ici même, d'après nature, cependant que le violoniste virtuose, alors au sommet de sa gloire, était de passage dans cet hôtel, en route vers les acclamations et la fureur qui l'attendaient dans les grandes cours royales d'Europe. La tradition veut que, sur ses propres instances, il ait donné un concert dans ce hall, en remerciement de l'excellent *steak aux girolles*[1] qui

---

1. Les mots en italique suivis d'un astérisque sont en français dans le texte. *(Toutes les notes sont de la traductrice.)*

lui avait été servi ici. Ce plat a depuis lors été rebaptisé « steak Paganini » et figure, aujourd'hui encore, en tête de notre menu. Il serait difficile de vous faire meilleure suggestion pour ce soir.

À gauche de la cheminée était suspendue une aquarelle de format modeste et aux mérites artistiques tout aussi modestes, représentant la place Saint-Marc à Venise. Je déglutis à sa vue. J'étais certain que mon trouble n'avait pas échappé au majordome, mais il s'abstint de commenter, bien que c'eût été l'occasion rêvée de citer Virgile. Les pilastres de l'escalier en marbre étaient décorés de sculptures d'animaux fabuleux : à gauche une chimère, à droite un sphinx.

— Nos hôtes peuvent dormir sur leurs deux oreilles, certains que leurs chambres bénéficient d'une garde redoutable, dit Montebello. Quiconque veut accéder aux étages supérieurs doit passer entre l'incarnation hybride de la peur et le chat poseur d'énigmes au ronronnement traître, qui représentent, l'un, l'image peu réaliste qu'a l'homme de lui-même et, l'autre, l'essence de la femme, si vous me permettez de vous amuser par mon dilettantisme en matière de symbolisme. L'un de nos hôtes de marque m'a confié un jour qu'à son avis les monstres n'avaient pas tant pour but d'éloigner les intrus que d'empêcher les hôtes d'atteindre la sortie. Il y a plusieurs années qu'il m'a dit cette phrase, et il est toujours là. Son nom est Patelski. Vous aurez l'occasion de faire sa connaissance. J'ai comme le pressentiment que vous apprécierez beaucoup sa compagnie. C'est un éminent savant.

Sur le palier, en haut de l'escalier, se trouvait un grand vase rempli de fleurs en plastique.

— Je sais, dit le majordome. Il était vain d'espérer que cela vous échappe. J'en appelle à votre charité et vous conjure de bien vouloir accepter mes plus humbles excuses. Cet objet de décoration détonnant est le résultat navrant de l'enthousiasme du nouveau propriétaire.

— L'hôtel a un nouveau propriétaire ? demandai-je.

— Le Grand Hotel Europa vient de passer dans des mains chinoises. Le nouveau propriétaire s'appelle M. Wang. Il s'agit d'un changement récent dont il est impossible encore de juger des effets pour l'instant. M. Wang a explicitement affirmé sa volonté de redonner à l'hôtel son lustre d'antan, ce en quoi la marge de manœuvre financière dont il a l'air de disposer l'aidera très certainement. Vous aurez remarqué que l'hôtel pâtit çà et là d'un manque d'entretien. Il est un fait que nous n'avons plus autant d'hôtes qu'auparavant. M. Wang souhaite également remédier à cela. Il vise une occupation maximale. Tout cela, je serais plutôt enclin à le considérer d'un œil positif. Reste que ce vase et ces fleurs en plastique ne laissent pas d'inquiéter quant aux affinités du nouveau propriétaire avec nos traditions. Mais je ne veux pas vous ennuyer avec mes préoccupations. Nous y sommes. Voici la chambre 17, la suite que j'ai fait rafraîchir pour vous. Tout ce que vous devez savoir, c'est que les portes-fenêtres de la terrasse ne ferment pas bien. En cas de forte brise, je vous suggère de placer une chaise contre les battants. Je vais à présent vous laisser, que vous puissiez vous remettre des fatigues du voyage et vous changer. Si vous avez besoin de quoi que ce soit, il vous suffit de tirer sur le cordon de sonnette à côté de la porte. Je vous souhaite un agréable séjour au Grand Hotel Europa.

3

Parfaite. La chambre était parfaite, non parce que c'était une chambre d'hôtel parfaite, mais justement parce qu'elle ne l'était pas. Nous n'avions pas affaire ici au projet efficace et anonyme d'un architecte d'intérieur, mais à une profusion désespérée de traces de luxe harassées, laissées par une Histoire foisonnante. Des meubles et décorations d'époques très différentes se contemplaient avec étonnement.

Dans l'antichambre, un fauteuil Chesterfield en cuir bordeaux côtoyait une chaise Louis XV recouverte d'un velours à fleurs vieux rose, tandis qu'un repose-pieds d'une couleur approchante jouxtait une magnifique table basse du XVIIIᵉ siècle élégamment sculptée. Sur une table haute, dans le coin, trônait une grosse radio en bakélite au cadran rotatif argenté, où étaient gravées des stations d'avant-guerre. Sans doute le poste fonctionnerait-il encore, avec le bon adaptateur, mais ce ne serait plus la même musique qui s'en échapperait que dans le temps. La chambre, à l'arrière, était dominée par un monstre de lit à baldaquin indatable, encadré de quatre colonnes dorées de style égyptien, surmontées d'un dais de velours grenat aux étoiles brodées au fil d'or. Qui pourrait dire combien de soupirs et de secrets chuchotés planaient encore sous ce ciel de lit étoilé ? Dans la salle de bains, pourvue d'un grand miroir au cadre doré, une cabine de douche moderne avait été placée visiblement à contrecœur à côté de l'antique baignoire en émail supportée par quatre pieds de bronze en forme de pattes de lion.

Dans la suite, certains objets semblaient échoués – de vieux livres, une clochette en cuivre, un gros cendrier en forme de demi-globe posé sur les épaules d'un Atlas ployant sous le poids, un crâne de souris, divers instruments d'écriture, un monocle dans son étui, une chouette effraie empaillée, un coupe-cigare, une boussole, une guimbarde, une marionnette wayang, des plumes de paon dans un vase en laiton, un siphon d'eau de Seltz et un moine en bois pouvant apparemment servir de casse-noix –, et on ne savait pas au juste s'ils étaient censés s'intégrer à un concept de décoration ou s'ils découlaient de l'application hésitante de plusieurs idées divergentes d'ameublement au cours de l'Histoire, sans qu'on ait pris la peine d'éliminer les résultats des précédentes tentatives, ou encore s'il s'agissait d'objets oubliés par d'anciens voyageurs, dont les femmes de chambre s'étaient jusqu'à ce jour refusées à effacer les traces, partant de la conviction philosophique que l'Histoire façonnait le présent par le dépôt épars de sédiments aléatoires au cours d'un processus irréversible.

Tandis que je passais un index approbateur sur les lambris dorés, jaugeais l'épaisseur des lourds rideaux ocre et écartais la chaise pour ouvrir les portes-fenêtres de la terrasse donnant sur la roseraie – ou du moins ce qu'il en restait – et sur l'étang à la fontaine défectueuse, je me dis que j'aurais amplement le temps plus tard de décrire cette pièce en détail. Car l'endroit était bien, pour ne pas dire parfait, et je ne voyais rien qui m'empêche d'y rester le temps qu'il faudrait, le temps que je sache où aller.

En entrant, j'avais tout de suite noté le chic et spacieux bureau en bois d'ébène finement marqueté d'autres essences plus claires, placé face à la fenêtre, à côté des portes vitrées ouvrant sur la terrasse, assorti de sa chaise en bois des années 1930, sobre, mais solide et confortable. Avant de commencer à pendre mes costumes et mes chemises dans la garde-robe de la chambre, j'effectuai le rituel par lequel je marquais habituellement le bureau comme étant mon territoire. J'empilai à gauche mes cahiers vierges et posai mon stylo à côté. Je plaçai à portée de main le pot contenant mon encre noire préférée. Je sortis mon MacBook de sa housse, le rangeai à droite sur le bureau et branchai l'alimentation dans la prise.

Car non, je n'étais pas venu au Grand Hotel Europa pour m'abandonner à la mélancolie, dans le luxe écaillé et la splendeur grinçante, et laisser filer le temps dans l'attente passive d'une intuition qui m'effleurerait peut-être, à un moment donné, tel un pétale tombé d'un bouquet jauni. Je voulais forcer cette intuition et, pour cela, je devais me mettre au travail. Il me fallait ordonner les souvenirs qui m'avaient pourchassé tel un essaim d'abeilles en colère et qui troublaient mon esprit. Si je voulais réellement oublier Venise et tout ce qui s'était passé là-bas, je devais d'abord me souvenir de tout, le plus précisément possible. Celui qui ne se souvient pas de tout ce qu'il veut oublier pourrait omettre d'oublier certaines choses. Il me fallait tout coucher sur le papier, même si je me rendais bien compte que la nécessité de raconter, pour reprendre les mots d'Énée à Didon, raviverait le chagrin. Mais je ne pouvais y couper si je voulais faire le compte. Il n'est pas de destination sans provenance claire, pas d'avenir sans une version lisible du passé. Je réfléchis mieux un stylo à la main. L'encre éclaircit les idées. Ce n'est qu'en notant tout ce qui s'était passé que je pourrais reprendre les rênes de mes pensées. Voilà la mission que je m'étais fixée. La vraie raison de ma présence ici.

Cela n'avait pas de sens de reporter. Si, une fois fait, c'était fini, il serait bon que ce fût vite fait. Je m'y mettrais dès demain matin.

J'allai dans la chambre du fond et me laissai tomber en arrière sur le lit à baldaquin frivole, qui rebondit avec enthousiasme, comme seuls rebondissent les matelas d'hôtel. Par où allais-je commencer ? La réponse la plus évidente était : par le début. Je fixai les étoiles du ciel grenat au-dessus de ma tête. Le début pouvait attendre, me dis-je. Je devais plutôt commencer par ce moment où mes attentes avaient atteint leur point culminant. Tout comme l'accomplissement de ma mission s'était amorcé à mon arrivée au Grand Hotel Europa, j'entamerais ma reconstitution à mon arrivée à Venise. Je vis la ville couler devant moi, sentis tanguer le passé et sombrai dans un sommeil profond.

II

PLACE DE LA PROMESSE

1

Quand on arrive à Venise, c'est toujours la première fois. J'avais beau m'y être souvent rendu et distiller régulièrement les noms ronflants de Titien et du Tintoret lors de soirées mondaines, faire preuve d'une indifférence étudiée en continuant à lire mon journal alors que le TGV rouge feu, qui m'amenait de Mestre à la vieille ville, commençait à freiner d'une manière éloquente, et bien que je me sois promis d'aborder avec pragmatisme mon entrée dans la ville, sans me laisser envahir par l'émotion avant d'être installé convenablement, je dus chercher mon souffle, à la sortie de la gare, lorsque le fragile cliché pastel de la ville sur l'eau verte se déploya devant moi dans toute son insouciance et son innocence apparente.

Venise me souriait comme une bien-aimée qui m'avait attendu. Tous ces siècles passés à scruter patiemment l'horizon par la fenêtre l'avaient rendue calme et belle. Ses bijoux tintèrent quand elle tendit ses bras doux et chauds en vue de l'étreinte tant espérée, mélange de fatalité et de destinée, et elle gloussa en voyant que tout enfin prenait sens. Si elle évoquait l'éternité dans un murmure, elle savait de quoi elle parlait. Elle avait assez de robes pour toutes les fêtes à venir.

Il n'est de plus belle ville que Venise pour retrouver un être cher qui vous attend. Clio m'avait précédé. Nous nous étions partagé les tâches. Alors que ma mission avait été de restituer nos anciens logements dûment balayés et de régler les dernières formalités avec nos propriétaires respectifs, elle était déjà partie à Venise pour arranger notre nouvelle demeure et y recevoir les déménageurs. Nous avions peu d'affaires. Ses livres constituaient le gros du chargement. Je l'avais déjà taquinée à propos de son lourd métier. L'histoire de l'art est une discipline de poids. Celle-là aussi, je l'avais déjà faite. Mais, au téléphone, elle avait dit que le déménagement s'était bien passé. Elle avait déjà commencé à déballer les cartons. Elle m'attendait. Elle m'aimait.

Quelque part derrière les façades aguicheuses du mausolée soupirant de la ville devait exister une rue nommée calle nuova Sant'Agnese. Je n'avais plus qu'à la trouver pour la découvrir, elle, vêtue d'un tee-shirt de déménagement et d'un pantalon de jogging, ses longs cheveux noirs noués en un chignon pratique, et peut-être un peu de peinture sur le nez, comme dans les publicités pour jeunes couples heureux, au milieu des cartons, dans un appartement qui serait toujours ensoleillé et où la vie commencerait. Et ce soir elle enfilerait sa robe de bal pour s'élancer avec moi à l'aventure, main dans la main, sur les places, dans les ruelles, le long des canaux noirs, et ajouter une nouvelle et éclatante histoire à celles qui résonnaient déjà de toutes parts et montaient aux lèvres de Venise telle une crue.

Je n'avais pas de bagages. J'avais expédié toutes mes affaires par le camion des déménageurs. J'allais marcher. Je m'en réjouissais. Le voyage en train m'avait donné le temps de mémoriser, au moyen de mon téléphone portable, l'itinéraire menant de la gare à la calle nuova Sant'Agnese. Les possibilités de s'éga-rer ne manquaient pas. En d'autres circonstances, cela aussi m'aurait réjoui mais, dans le cas présent, ma préférence allait à l'efficacité. Je voulais voir Clio.

Je gravis les hautes marches du pont des Déchaussés comme s'il se fût agi d'un maître-autel. La traversée du Grand Canal est une grand-messe qui, avant la construction du nouveau pont, ne pouvait être célébrée qu'en trois endroits. Je posai les mains sur la rambarde en marbre et regardai en bas l'effervescence régnant sur l'eau turquoise, qui était plus une artère vitale qu'une vraie barrière. Tel un S brouillon en écriture miroir, le canal avait été gribouillé sur le plan de la ville par un créateur saoul, qui avait éclaté d'un rire sadique en voyant que son intervention avait rendu la ville impraticable aux nobles flânant en souliers de satin, et qui ne s'était rendu compte que le lendemain, une fois sa sobriété retrouvée, qu'il avait créé sans le vouloir une magnifique voie navigable reliant toutes les parties de la ville de belle et lente manière.

Oui, des gondoles, j'en vis aussi d'emblée, même si je n'y étais pas encore préparé. Elles étaient plus grandes, plus noires et plus réelles qu'en photo. À bien y réfléchir, il était ridicule que ces choses existent encore au XXIe siècle, comme des oiseaux aquatiques préhistoriques miraculeusement ressuscités pour les touristes. Parler d'anachronisme était toutefois impossible à Venise. C'est l'époque moderne qui était un anachronisme dans cette ville, en rien outillée pour la productivité, la hâte ou l'utilité. Ici, le temps avait continué de voguer dans la mélancolie et la nostalgie rêveuse de l'ombre d'un passé grandiose.

La tentation était grande de poursuivre tout droit par la calle Lunga, étant donné que la rue allait en direction de l'endroit où se trouvait Clio, mais le mot « direction » ne veut pas dire grand-chose dans une ville qui ne va nulle part. J'avais repéré sur la carte que je serais bien vite coincé dans des cours et des jardins intérieurs, tel un taureau dans la muleta. Je ne devais pas partir du principe que les rues de Venise suivaient un plan précis. Jamais l'intention n'avait été d'y construire en respectant les règles de la logique, sur des parcelles bien délimitées bordant des chaussées rationnelles. Les nobles des siècles précédents avaient truffé l'île de fastueux *palazzi*, et les interstices fortuitement apparus entre ces merveilles n'avaient plus qu'à servir de rues. Quiconque veut se déplacer dans Venise doit en permanence contourner cet amour pour la ville étalé par ses prédécesseurs.

De manière illogique à mon sens, je dus donc redescendre la rive du Grand Canal pour tourner à gauche dans la Fondamenta dei Tolentini et suivre le rio della Cazziola e de Ca' Rizzi. La musique de ces noms m'accompagnait dans mon périple. Je longeais des façades décorées de dentelle de marbre. Les bollards se reflétaient dans l'eau. Bien que tout ce que je voyais fût déjà là depuis des siècles, il s'en dégageait une impression de fragilité, comme un mirage bâti sur la mer qui, à la moindre ondulation de l'eau, se morcellerait en souvenirs incohérents sur des millions de photos.

Sur le mur qui flanquait l'escalier de maison de poupées du pont menant au quai étroit du rio de la Cazziola e de Ca' Rizzi, deux petits panneaux jaunes superposés indiquaient que l'on pouvait trouver la place Saint-Marc et le pont du Rialto tant dans la direction où j'allais que dans celle d'où je venais. J'étais tombé dans un lieu magique, où les concepts d'origine et de destination étaient devenus interchangeables. Cela me mit d'humeur particulièrement gaie.

En règle générale, la lumière est comme l'air, en ce sens que c'est surtout en son absence que l'on est amené à réfléchir à son importance. Mais ici, la lumière semblait fabriquée par la main de l'homme, en couronnement de l'architecture, comme une feuille d'or sur une sculpture ou une couche de vernis appliquée avec soin sur le portrait que la ville avait peint d'elle-même. Ces métaphores sont cependant trop statiques, car la lumière était en outre en perpétuel mouvement, comme traquant les ombres.

De l'autre côté du canal sommeillaient les jardins de Papadopoli entourés de murs, où les convives masqués de fêtes secrètes apparaissaient tels des fantômes dans la flamme des torches, enveloppés du manteau noir de la nuit. La famille Papadopoli possédait la collection d'art la plus importante et la plus exquise de la ville. L'envie et la beauté valsaient à ses soirées. Tout ce qui avait existé jadis était encore là sans qu'on l'eût encore découvert.

Une fois sur la place du Campo dei Tolentini, où l'on avait déplié les terrasses face aux colonnes de marbre de la façade néoclassique de San Nicola, je devais continuer tout droit, puis tourner de nouveau à gauche, juste avant le pont de la calle Cereria Dorsoduro, et suivre la Fondamenta Minotto le long du rio del Magazen. Un panorama raffiné se révéla au détour du virage. Au bout du quai longeant le canal, tout hachuré de bollards simples en bois blanc, l'arc svelte du Ponte del Gafaro se détachait sur la façade vieux rose d'un *palazzo* trapu, pourvu de sept hautes fenêtres à pointes encadrées de marbre blanc, et coiffé du clocher d'une église située derrière lui.

En poursuivant tout droit, la rue se transformait en Salizada San Pantalon. Juste avant la fin, je bifurquai vers la droite en direction de Campiello Mosca et enchaînai deux ponts pour me retrouver dans la calle della Chiesa. J'arrivai ainsi sur une place étonnamment vaste, baptisée Campo Santa Margherita. Je la traversai et empruntai le rio Canal jusqu'au Ponte dei Pugni. Depuis le pont, j'avais une vue de carte postale réunissant architecture, canaux, gondoles et clochers. De l'autre côté, je dus prendre à gauche, traverser la place devant l'église San Barnaba et suivre la calle Lotto de rio del Malpaga, vers la Fondamenta Toletta. Ensuite, je n'avais plus qu'un seul canal à traverser, le rio de San Trovaso, pour arriver à la Galleria. Et juste derrière, de l'autre côté du bâtiment, il y avait la calle nuova Sant'Agnese, mon nouveau chez-moi, et Clio.

3

Je ne compte pas faire une habitude de dresser le relevé des évidences, mais l'une d'elles m'a procuré un plaisir tant et tant renouvelé que je ne puis la passer sous silence. Bien entendu, j'avais sous-estimé Clio. Au lieu d'ouvrir la porte en tee-shirt de déménagement et pantalon de jogging, elle apparut – comme si elle savait que ce serait sa première scène dans mon livre – en femme qui sait comment faire son entrée, vêtue d'une spectaculaire robe courte noire d'Elsa Schiaparelli, galonnée de petites fleurs en perles blanches et d'un col fantaisie en raphia blanc, assortie d'escarpins noirs ouverts à talons hauts Fendi et de longs pendants d'oreilles en argent de chez Gucci. Elle n'était pas ou que très légèrement maquillée, comme à l'accoutumée, hormis ce rouge Ferrari qu'elle avait mis sur ses lèvres, spécialement pour l'occasion.

— J'ai retrouvé cette petite robe par hasard dans un des cartons, dit-elle. J'avais oublié que je l'avais. Tu la trouves comment ? Elle est désuète depuis si longtemps qu'à mon avis elle est de nouveau à la mode. La mélancolie est très tendance en ce moment. Le passé est redevenu moderne. Bienvenue à Venise, Ilja. Tu m'as manqué.

Elle se jeta à mon cou comme si une caméra était braquée sur elle, sur la pointe d'un seul pied et l'autre jambe rejetée de manière très photogénique en arrière, et m'embrassa sur la bouche.

— Ça te va bien, dit-elle.

— Quoi ?

— Le rouge à lèvres. Viens. On va fêter ton arrivée. Je te montrerai l'appartement tout à l'heure. Allons d'abord boire un verre.

— Où veux-tu aller ?

— Place Saint-Marc, bien sûr.

Nous nous assîmes à la terrasse du Caffè Lavena. Nous aurions également pu choisir le Florian ou le Quadri pour nous faire truander au nom de la nostalgie. Là aussi, nous pouvions compter sur une exploitation touristique en grand style d'un nom célèbre et d'un passé élégant. Nous étions venus pour cela, et pour l'illusion romantique de voir notre nouveau domicile au travers des yeux des touristes illustres qui nous avaient précédés, comme Stendhal, lord Byron, Alexandre Dumas, Richard Wagner, Marcel Proust, Gustav Mahler, Thomas Mann, Ernest Hemingway, Rainer Maria Rilke, qui s'étaient certainement assis sur ces mêmes chaises pour rendre célèbre cette même vue. Convaincus, nous commandâmes deux spritz, sachant pertinemment qu'ils coûtaient 18 euros chacun et que nous en commanderions encore probablement deux autres.

— Comment trouves-tu notre nouvelle ville ? demanda Clio. Enfin, si « nouvelle » est le terme qui convient.

Je regardai autour de moi. Les façades austères et leurs arcades conduisaient le regard avec une autorité majestueuse à la basilique Saint-Marc, dont les coupoles et les courbes offraient un contraste bouillonnant presque surnaturel face à la démonstration de force mondaine de la place elle-même. Le campanile disproportionné en briques rouges, avec sa galerie en marbre blanc et son toit pyramidal vert, constituait quant à lui, de par son emplacement asymétrique, un contrepoint ridicule dans cet espace de parade rationnel, mais ce caractère si audacieux et excessif finissait justement par le rendre efficace et élégant. À l'arrière se déployait la deuxième partie de la place, comme une surprise cachée, avec l'irréel palais des Doges, qui semblait flotter sur ses deux étages inférieurs ajourés à l'apparence fragile sous sa robuste superstructure médiévale, et ces deux colonnes au-delà desquelles le pavé, sans aucun muret ni barrière, ni panneau indicateur, ni avertissement, se fondait dans l'eau du Grand Canal, la lagune et le grand large. Le garçon de café tenait un plateau d'argent en équilibre sur le bout de ses doigts gantés. Les pigeons se liaient d'amitié avec les touristes.

— Cette ville est le décor parfait pour toi, dis-je.

— Tu veux dire que je vieillis ?

— Je veux dire que tu ressors encore mieux dans un cadre doré.

— Tu ne trouves pas que Venise a quelque chose de triste aussi ? Quand on regarde la place Saint-Marc, force est de constater qu'elle est très animée. Pourtant, elle donne une impression de vide et d'abandon, comme si elle était distraite, absente. Les protagonistes d'antan sont partis, l'histoire s'écrit ailleurs, la scène mondiale s'est déplacée, et la place est restée là, sans plus savoir exactement à quoi elle sert. On dirait qu'elle attend quelque chose, tu ne trouves pas ?

— Elle nous attendait, dis-je. Maintenant, l'histoire peut commencer.

— C'est une histoire qui finit bien ?

— Les belles histoires ne finissent jamais bien. Donc, quoi qu'il arrive, on s'en tire bien. Soit c'est une belle histoire, soit nous vivrons heureux et aurons beaucoup d'enfants.

— Dans le premier cas, je veux que ce soit toi qui l'écrives, et personne d'autre.

— Je te promets de n'écrire sur toi que le jour où je te regretterai tragiquement.

C'est ce que je lui dis et je m'y tins.

III

LE RÉVEIL DE LA NAÏADE

1

L'anonymat et la fugacité qui caractérisent en général un séjour à l'hôtel, qui éveillent cette sensation de tristesse et d'excitation à la pensée de se retrouver temporairement, entre le départ et le retour à la maison, dans un no man's land où, parce qu'il ne se passe rien, tout peut arriver, et qui sont susceptibles de faire germer dans l'esprit de l'homme couché seul entre des draps inconnus, après un whisky de trop avalé cul sec sur un tabouret au bar du lobby et une dernière blague vaseuse à l'adresse du barman essuyant stoïquement ses verres, l'idée que personne n'ira le crier sur les toits s'il appelle le portier de nuit pour lui demander s'il ne connaîtrait pas quelqu'une offrant ses services, ce que seul le whisky de trop le retiendra finalement de mettre à exécution, ne sont au Grand Hotel Europa que de vagues réminiscences d'une modernité se déroulant très loin de là, dans un autre monde.

Ici, on ne se fie pas à la fugacité moderne, on préfère la lenteur éprouvée, qui m'incline à écrire de longues phrases. La connexion Internet est elle aussi très lente, soit dit en passant. Et, en fait d'anonymat, j'ai trouvé le premier soir mon nom parfaitement orthographié, gravé sur le rond de serviette argenté qui marquait ma table attitrée dans le restaurant. Ce n'était pas de l'argent massif, néanmoins j'appréciai beaucoup le geste. Il s'agit aussi, bien entendu, d'une forme raffinée de fidélisation de la clientèle, car ce seul rond de serviette m'aurait fait culpabiliser si j'avais eu l'intention de repartir d'ici quelques jours. Mais ce n'était pas le cas, pas plus que pour les autres hôtes, dont aucun ne donnait l'impression d'être en transit.

J'ai eu l'occasion depuis lors d'en rencontrer quelques-uns. Le grand Grec a été le premier à m'inviter à sa table, avant-hier, lors de la *merenda*[1] servie tous les jours dans le salon chinois, entre 16 heures et 16 h 30. Il s'appelle Volonaki. Son prénom est Yannis, si je ne m'abuse, ou quelque chose dans le genre. Je le décrirais comme volumineux et exubérant, avec des gestes expansifs qui mettent la verrerie en danger et une grosse tête spécialement conçue pour accueillir son large sourire. Il se posait là, en homme qui manifestement ne sautait jamais un repas et qui en outre savait mieux que quiconque ce qui était bon pour lui et pour le monde.

Spontanément, il me raconta qu'il était originaire de Crète, que la civilisation européenne était née là, que ce n'était pas un hasard, qu'il possédait une société d'armateurs et un chantier naval à Héraklion, que c'était beaucoup de travail, mais qu'il suait volontiers sang et eau pour l'humanité et qu'il avait correctement traversé la crise économique, car, à l'inverse de la plupart de ses concurrents, il avait déjà compris il y a des années que l'avenir se jouait en dehors de l'Europe. Je m'enquis de savoir s'il profitait désormais d'une retraite bien méritée. Il gratifia mon intérêt d'un

1. Collation.

rire tonitruant, s'étouffant presque dans son beignet à la crevette. Je me demandai si je devais lui taper sur l'épaule, mais c'était déjà lui qui m'envoyait de grandes tapes, bafouillant entre deux hoquets hilares que pour un homme comme lui, investi d'une mission, il n'y avait hélas pas d'autre voie que celle de mourir à la tâche, et que je ne manquais pas d'humour. Il fit descendre cette conclusion, sa déclaration de sens du devoir et les restes de son beignet à la crevette d'une grande goulée de vin blanc moelleux, tandis que je m'interrogeais sur la façon dont il pouvait bien diriger une compagnie maritime intercontinentale depuis un hôtel isolé, situé à des centaines de kilomètres de la mer, mais je n'osai pas lui poser la question, car il avait déjà enfourné un autre beignet. Du reste, je ne voulais pas brûler toutes mes cartouches dès notre première rencontre, devinant qu'il y aurait bien d'autres occasions au cours desquelles j'aurais le privilège d'entendre les moindres détails de ses nombreux succès.

Puis il me décocha un grand coup de coude, qui faillit me faire perdre l'équilibre, assorti d'un clin d'œil graveleux et d'un geste ostensible de sa grosse tête vers la porte, où s'encadrait au même moment la frêle silhouette d'une grande femme maigre en longue robe blanche, qui entrait d'un pas aérien dans le salon chinois. Elle avait le regard hautain, à la fois blessé et condescendant, d'une poétesse qui se mêle à contre-cœur à l'insensible populace.

— C'est une Française, me chuchota le grand Grec avec un regard lourd de sous-entendus, sans que je sache très bien ce qu'il sous-entendait.

Le lendemain, hier donc, je fus présenté à la dame en question par M. Montebello. Il s'avéra qu'elle était réellement poétesse. Elle s'appelait Albane. C'était son prénom, ou alors un nom d'artiste. En tout cas, elle ne me jugea pas digne de me révéler son nom de famille. Montebello affirma qu'il érigeait la discrétion en précepte sacré et que jamais il n'aurait éprouvé l'envie irrésistible de laisser paraître qu'il savait qu'elle et moi étions collègues s'il n'était animé par la conviction d'ainsi nous faire plaisir à tous les deux. Je répondis que c'était un honneur pour moi de faire sa connaissance. Elle approuva d'un bref hochement de tête.

À présent que je pouvais la dévisager sans pudeur, puisqu'elle se tenait devant moi, j'étais dans l'obligation de conclure qu'elle n'était pas vraiment belle, du moins pas de cette façon banale qu'ont habituellement les belles femmes d'être belles. On ne pouvait pas dire qu'elle collectionnait les formes. Avec sa constitution osseuse, sèche et nerveuse, elle faisait davantage figure d'une personne aux principes clairs et cohérents. Mais, dans sa dureté éthérée, elle était indubitablement fascinante. J'imaginais sa poésie expérimentale et sans concession, d'une singulière et séduisante folie, étant au fond l'expression tourmentée et incomprise par la critique d'une passion qui sévissait en elle tel un violent incendie.

Montebello, à qui rien n'échappait et qui avait sans doute remarqué que la conversation languissait, se mit à réciter de mémoire des vers en français, que je supposai être l'œuvre d'Albane. Je serais bien incapable de les reproduire à la lettre et je dois avouer en outre ne pas avoir tout compris, n'étant pas préparé à cette éruption poétique dans la langue de Molière, mais j'en perçus assez pour comprendre qu'il s'agissait d'un point de vue féministe sur trois femmes abandonnées de la mythologie, Nausicaa, Médée et Didon, apparemment fusionnées en un même personnage moderne, une clocharde dans le métro de Paris, même si, en ce qui concerne ce dernier élément de l'interprétation, vu la singularité de la métaphore, je ne mettrais pas ma main au feu.

Cette édifiante démonstration d'investissement personnel de la part du majordome eut un effet inattendu sur la poétesse flattée. Elle se mit à rire à gorge déployée, révélant l'implantation particulière de ses dents dans la gencive rose de sa *mandibula*. C'était presque effrayant de voir à quel point elle trouvait drôle la déclamation bien intentionnée de son propre chef-d'œuvre.

— Il fut un temps, lança-t-elle, où les troubadours faisaient la cour aux femmes en leur déclamant des poèmes de leur invention. On aurait presque la nostalgie de ce passé. Regardez-moi, entourée de deux messieurs qui, pour s'attirer les faveurs d'une dame, ne trouvent rien de mieux que de l'impressionner avec ses propres vers.

Elle nous tourna le dos et s'éloigna de son pas aérien.

— Eh bien, me dit Montebello, je pense pouvoir affirmer, compte tenu des circonstances, que cette rencontre s'est bien passée. Elle a en effet daigné nous accorder quelques mots. Elle est loin d'être toujours aussi généreuse.

Je le complimentai pour l'étonnante et gentille marque d'intérêt qu'il venait de nous témoigner. Il sourit d'un air ennuyé.

— C'est une partie essentielle de ma profession que d'en apprendre le plus possible sur mes hôtes. Quant à vos poèmes, je les étudie encore. J'éprouve cependant quelque difficulté avec les sonorités de votre langue maternelle, si bien que je crains, lorsque l'occasion se présentera de citer quelques mots de votre main, de devoir recourir à la traduction anglaise, allemande ou italienne. J'espère d'ores et déjà que vous aurez la bonté de me pardonner.

2

Aujourd'hui, j'ai enfin rencontré l'illustre Patelski. Il mène une vie plutôt retirée. Il travaille, étudie et prend souvent ses repas dans sa chambre, m'a expliqué le majordome. Mais ce matin je l'ai trouvé au *goûter de la mi-matinée** dans la salle verte.

C'est un vieil homme fragile, mais il possède un visage d'une étonnante vivacité, que la curiosité et une capacité à s'étonner jamais sacrifiée sur l'autel de l'âge ont gardé jeune, et que l'on pourrait tout à fait qualifier, pour autant qu'on l'estime nécessaire, de malicieux. Ce matin, il était impeccablement habillé, arborant un costume trois-pièces assorti d'une cravate à pois, d'une pochette à pois et d'une montre de gousset attachée par une chaîne en or. Je m'approchai de lui pour me présenter et dus d'emblée déployer force tours d'adresse rhétoriques pour l'empêcher de venir me saluer, le vieillard s'étant déjà lancé, par politesse, la douleur au corps et un sourire sur le visage, dans la pénible entreprise de soulever de sa chaise ses membres raides et déformés par la goutte. Je m'assis à sa table pour échanger quelques mots avec lui.

Il montra un intérêt peu commun pour mes activités. Après quelques questions informatives sur ma poésie et mes romans, il amena la conversation sur la notion d'empathie, qu'il considérait comme l'essence et l'aspect le plus précieux de la littérature. J'étais enclin, en toute modestie, à adhérer à cette idée et pensai pouvoir ajouter que cette notion, dans une société complexe et hautement fragmentée, de plus en plus caractérisée par l'individualisme et l'absolutisation de l'intérêt personnel, était plus rare et plus précieuse que jamais.

Il me demanda si, à mon avis, l'individualisme représentait une menace pour la cohésion sociale et s'il fallait s'efforcer de restaurer ce sentiment communautaire hélas dépassé. Je répondis que l'émancipation de l'individu pouvait être considérée comme synonyme de liberté et que la nostalgie d'anciens groupements tels que la famille et l'État-nation impliquait une restriction de ces libertés acquises. L'accent mis sur l'importance de la communauté est un ingrédient classique du répertoire rhétorique de tout dictateur. En ce qui me concerne, ces libertés individuelles ne constituaient pas un problème de la société occidentale moderne, mais un progrès, tandis que l'on pouvait localiser le vrai problème dans les valeurs fondamentales, indûment vendues comme libertés, de cette religion globale qu'était le néolibéralisme, qui considère l'égoïsme comme une vertu et l'altruisme comme une faiblesse. À présent que nous avions élevé une génération d'enfants dans l'idée que la vie devait être abordée comme une compétition où des gagnants triomphent aux dépens de perdants et où le succès est un choix qui consiste à n'éprouver aucune pitié envers ceux qui n'ont pas choisi de réussir, nous ne devions pas nous étonner que l'empathie fût devenue une rareté.

Puis il s'enquit de mon but suprême. Je ne comprenais pas. Il précisa sa pensée en disant qu'il aurait souhaité connaître mon aspiration, ce que j'essayais d'atteindre au travers de mes livres, ce que je recherchais derrière chaque paragraphe, chaque phrase, chaque mot que j'écrivais.

— C'est une question difficile, dis-je.
— C'est pour cela que je vous la pose.

— J'ai donné plusieurs réponses à cette question par le passé.

— Celle qui m'intéresse plus spécialement est la réponse que vous lui donneriez aujourd'hui.

— Cette réponse pourrait vous surprendre.

— J'aime être surpris.

— La vérité, déclarai-je.

— Même dans la fiction ?

— Surtout dans la fiction.

Il entoura mon épaule de son bras et me regarda avec une expression amusée qui pouvait signifier n'importe quoi.

— Ce fut un plaisir de faire votre connaissance, dit-il. Nous devrions poursuivre nos échanges et discuter de tout cela plus avant. Mais je gage que vous ne quitterez pas de sitôt le Grand Hotel Europa.

3

Bien que j'aie aussi le droit de fumer dans le salon et dans ma chambre, je recherche quelquefois la compagnie d'Abdul près du pot de fleurs reconverti en cendrier, sur les marches du perron. Tout autre gérant d'hôtel interdirait certainement à son personnel de prendre ses pauses cigarette devant l'entrée principale, au vu et au su des clients qui arrivent et repartent, mais M. Montebello laisse faire, car il sait qu'Abdul aime à s'asseoir sur les marches et qu'en fait d'allées et venues de clients c'est tout à fait raisonnable. Depuis mon arrivée il y a trois jours, personne ne s'est présenté. Et les hôtes sur le départ sont encore plus rares.

Naturellement, il ne faut pas exagérer, une cigarette suffit et l'œil divin de Montebello y veille derrière les rideaux, une colonne de la pergola, le bougainvillier ou les trois à la fois, car le travail ne manque pas et, si le groom est relativement peu mis à contribution pour sa fonction principale, c'est-à-dire le transport de bagages, cela ne signifie pas que, dans un bâtiment souffrant d'un retard d'entretien, il ne puisse pas se rendre utile de mille autres manières. Nos petites conversations prennent donc pour cette raison l'allure d'un feuilleton, dans lequel je raconte par brefs épisodes les lieux où j'ai vécu, en particulier Venise, tout en essayant chaque fois, durant le court laps de temps que nous laissent les dernières bouffées, d'arracher quelques bribes du passé d'Abdul.

Je me suis rapidement attaché à ces rencontres inhalées à la hâte, parce que la douceur et la curiosité d'Abdul m'attendrissent et qu'en l'absence d'un cadre de référence commun, en dehors de l'hôtel, nous avons parfois du mal à nous comprendre, de sorte que nos échanges stagnent souvent dans le mystère et l'étonnement, ce que je trouve drôle et instructif. Si par exemple je lui dis que Venise est en fait un musée, c'est loin d'être éclairant pour lui qui n'a jamais mis les pieds dans un musée. Et si je lui explique ce qu'est un musée, il imagine Venise comme une ville aux murs garnis de tableaux et où tout est conservé dans des vitrines. À bien y réfléchir, ce n'est pas loin de la vérité. Ou alors, si je veux lui faire comprendre le phénomène du tourisme de masse et l'invite à se figurer une ville pleine de clients d'hôtels, il pense que c'est un compliment. Et quand je lui parle de l'omniprésence du passé à Venise, il prend une mine effrayée et se met à secouer la tête.

Abdul n'aime pas parler du passé. Il dit que c'est un lieu mauvais que chacun ferait mieux d'oublier. Il dit que l'avenir est plus important, car il est encore à venir et que donc on a encore prise sur lui. Il a raison, mais je suis curieux. J'aimerais mieux le connaître et, de mon point de vue, il est impossible de connaître un homme sans connaître un tant soit peu son passé. Il ne partage pas cette vision. D'après lui, un homme est connaissable à son visage, et ce visage est tourné en direction de l'endroit où il va et non de celui d'où il vient.

— Mais je ne veux pas vous décevoir, monsieur Leonard Pfeijffer, a-t-il dit aujourd'hui. M. Montebello a vivement insisté à mes débuts sur le fait qu'il était de notre devoir d'exaucer autant que faire se peut les désirs de nos semblables et que c'était la leçon la plus importante qu'il pouvait me transmettre. Si vous tenez donc à savoir comment je suis arrivé ici, je m'emploierai à vous satisfaire et tenterai de vous raconter au mieux ce dont je me souviens, même s'il me sera difficile d'exprimer avec des mots tempérés le feu qui embrase mon cœur.

« Tout a commencé avec le serpent, ensuite j'ai fait un rêve. La peur régnait dans notre village parce que le serpent avait mordu notre saint homme. Ce dernier a succombé au venin et les femmes s'arrachaient les cheveux. Cette mort était perçue comme le présage d'une catastrophe imminente. Ça, c'était l'histoire du serpent. Cette nuit-là, mon frère aîné m'est apparu en rêve. Il était déjà mort depuis deux ou trois ans. Dans mon rêve, il était couvert de poussière et de sable. Il avait les cheveux et la barbe ensanglantés. Il avait l'air tellement fatigué d'être mort. J'ai pleuré dans mon songe quand je l'ai vu. Je lui ai demandé où il avait été tout ce temps. Il n'a pas répondu. Il m'a seulement dit de fuir les flammes. Je lui ai demandé où. Il m'a répondu : "De l'autre côté de la mer." Ça, c'était mon rêve.

« J'ai été réveillé par le bruit des coups de fusil. Ils provenaient du village. La maison de mon père avait beau être isolée, je les entendais clairement. Je suis monté sur le toit pour tenter d'apercevoir quelque chose. J'ai vu des flammes s'élever au loin, au-dessus du village. J'entendais les femmes crier. Je suis descendu du toit et j'ai couru vers le village pour les aider. Alors que j'étais presque arrivé, j'ai rencontré Yasser, qui avait fui le village et courait dans l'autre sens. Je lui ai demandé ce qui se passait. Il m'a dit : "Des hommes."

« J'ai poursuivi ma course comme un jeune loup dans l'obscurité. Ne rien espérer était mon seul espoir. Des cadavres gisaient entre les maisons. Le sable était noir de sang. J'ai vu Kaysha traînée par les cheveux hors de chez elle. Je voulais l'aider, mais je ne savais pas comment, je ne pouvais même pas m'approcher d'elle, car des coups de feu étaient tirés depuis le toit.

« La maison de l'ancien du village avait été prise d'assaut. Je voyais les femmes tenter de la défendre en lançant sur les assaillants de la vaisselle, des lampes à huile et même le livre sacré. Elles ont été tuées par des balles. Le fils de l'ancien du village est sorti en hurlant pour sauter à la gorge des attaquants. Lui aussi a été abattu d'un coup sec. Puis j'ai vu le vieil homme lui-même apparaître dans l'embrasure de la porte. Il portait sa coiffe et sa lance de cérémonie, qu'il a jetée sur les tireurs d'un geste courageux, mais sans aucune force. La lance est retombée dans le sable à quelques mètres de lui. Il les a traités de lâches. Ils l'ont traîné par terre, il a glissé sur le sang frais de son fils, et ils lui ont tranché la gorge sur le seuil de sa maison.

« En voyant mourir le vieil homme, j'ai pensé à mon propre père. Je suis retourné en courant jusqu'à notre maison isolée. Mais je suis arrivé trop tard, ce dont je me sens encore coupable aujourd'hui. Mon père gisait avec une balle dans la tête derrière la porte d'entrée défoncée. Si j'étais resté avec lui au lieu de courir au village, où je n'ai quand même rien pu faire, il serait peut-être encore en vie. J'ai regardé en arrière et vu le village réduit en cendres. J'ai pensé à mon frère qui m'était apparu en rêve. Et je me suis enfui dans le désert. Voilà, c'était l'histoire de mon village et de mon père.

« J'espère que vous me pardonnerez si j'en reste là pour l'instant, car cela me cause vraiment beaucoup de chagrin de me souvenir de mon passé, et puis je dois retourner travailler. M. Montebello veut que je nettoie l'argenterie. Je vous remercie pour la cigarette.

4

Cet après-midi, tandis que je travaillais dans ma chambre et que la salle à manger en bas résonnait du tintement des préparatifs du dîner, un bruit étrange me fit sursauter. Il provenait de l'extérieur et ressemblait à un crachotement qui se transformait en murmure. À un moment donné, le gargouillement saccadé s'arrêta, et seul le chuchotis persista. Je quittai mon bureau, repoussai la chaise qui bloquait la porte-fenêtre et allai sur la terrasse pour voir ce qui provoquait ce bruit.

C'était la fontaine. La fontaine de l'étang derrière la roseraie, ou du moins ce qu'il en restait, celle-là même qui, d'après les informations que m'avaient fournies le majordome, était défectueuse depuis plusieurs années, s'était ranimée et revenait à elle en graillonnant. La plus surprise de tous semblait d'ailleurs être la fontaine elle-même. De la sculpture de marbre en forme de pomme de pin au milieu de l'étang, déjà bizarre en soi, jaillissait désormais un jet d'eau qui, faute de bien saisir le but de l'opération, giclait droit vers le ciel, avant de replonger, inutile, dans le bassin. Au bord de la fontaine, je distinguai les silhouettes des instigateurs de ce miracle : trois ouvriers et un petit contremaître trapu en costume noir, que je n'avais jamais vus auparavant.

Je mis ma veste et descendis afin d'admirer le clapotant spectacle de plus près. En bas de l'escalier, dans le hall central, je tombai sur le majordome. Il semblait tout aussi surpris que moi par l'événement inédit en cours dans son jardin, ce qui ne fit que redoubler mon étonnement. Il me semblait impensable que, dans le Grand Hotel Europa et sur les terres environnantes, il puisse se passer quelque chose dont il n'eût pas connaissance ou qu'il n'eût pas personnellement, du début à la fin et dans le moindre détail, conçu, mis en branle, supervisé, exécuté et clôturé. Mais l'impensable était réalité.

— L'hydriade endormie a été réveillée d'un baiser, dit-il. Pour être honnête, j'avais abandonné l'espoir d'assister à cette scène de mon vivant.

— Qui a réparé la fontaine ? demandai-je.

— Il suffit apparemment de croire aux contes de fées chinois.

Je le suivis dehors. Nous traversâmes la roseraie jusqu'à l'étang. La cuisinière quitta ses fourneaux, la femme de chambre, son plumeau. Le grand Grec était déjà au bord de l'étang, applaudissant comme un enfant qui voit des feux d'artifice pour la première fois. Le petit homme trapu en costume noir que j'avais aperçu depuis ma terrasse nous attendait, le visage rayonnant. Ce que je n'avais pas vu de loin, mais qui devenait évident maintenant que je pouvais contempler ses traits radieux de près, c'est qu'il ne pouvait s'agir de nul autre que du riche propriétaire chinois au penchant

avéré pour les fleurs en plastique, car il était indubitablement asiatique et dégageait, dans sa posture debout,
les jambes écartées, la jubilation d'un père savourant
le succès d'une surprise organisée pour ses enfants.
Comment s'appelait-il déjà ?

— Monsieur Wang, dit le majordome, je pense
parler au nom de toutes les personnes ici présentes
en vous exprimant notre très heureux étonnement face
au dynamisme avec lequel vous avez su rendre à cette
fontaine, que l'âge avait réduite au silence depuis des
années, l'élan de sa jeunesse et sa voix gargouillante
d'antan. Au nom de tous, je vous fais part de notre
gratitude.

M. Wang souriait. L'un des trois hommes que la
distance m'avait fait prendre pour des ouvriers se
révéla être l'interprète. Il chuchota la traduction à
l'oreille de M. Wang, après quoi M. Wang s'avança,
étreignit le majordome et se mit à parler d'une voix
forte en chinois. On eût dit qu'il réprimandait un chien,
mais c'est ainsi que sonne toujours le chinois. À en
croire l'interprète, il disait que ce n'était que le début
et qu'il ferait du Grand Hotel Europa le plus bel hôtel
du monde.

Tandis que nous rentrions, j'interrogeai le majordome à propos de l'ancien propriétaire.

— L'ancienne propriétaire, me corrigea-t-il. C'est
elle qui m'a engagé comme groom. J'avais l'âge
d'Abdul et le Grand Hotel Europa bruissait du froufrou
des robes de bal et résonnait du tintement des bijoux.
Tous les soirs, il y avait un gala, les bouchons de
champagne sautaient et un groom se donnait de la
peine en ce temps-là. C'était un va-et-vient perpétuel de princes, de comtesses, d'ambassadeurs et de
capitaines d'industrie. C'était il y a une éternité, et
elle était déjà âgée.

— Quand est-elle décédée ? demandai-je.

Il me considéra avec étonnement.

— La vieille dame est encore vivante. Elle habite ici. Elle vit entourée de ses œuvres d'art et de ses livres dans la chambre 1, où elle vivait déjà lorsque j'ai fait sa connaissance.

— Quel âge a-t-elle aujourd'hui ?

— Personne ne le sait.

— Pourquoi a-t-elle vendu l'hôtel ?

— Parce qu'elle pense à l'avenir et se rend compte que moi aussi, je vieillis.

— J'aimerais beaucoup la rencontrer.

— Je suis navré de vous décevoir, mais je crains que ce ne soit impossible. Elle ne descend plus jamais et ne reçoit pas de visiteurs.

IV

FILLE DE LA MÉMOIRE

1

J'ai fait la connaissance de Clio sur un malentendu. Je vivais encore à Gênes. Elle aussi, et cela depuis une vie, pour ne pas dire plusieurs, celles de nombreuses générations, mais je l'ignorais encore à ce moment-là. J'étais allé au Palazzo Ducale parce que j'avais repéré l'annonce d'une conférence sur l'histoire de la République génoise au temps des croisades. Le thème m'intéressait, et j'avais moi-même mené quelques recherches sur le sujet dans le cadre de mon roman génois intitulé *La Superba*, mais ce n'était pas la vraie raison de ma présence. S'il fallait se rendre à tous les événements qui nous intéressent, on ne passerait plus une seule soirée chez soi. Non que je tienne particulièrement à rester chez moi, mais vous avez compris le principe.

La vraie raison pour laquelle j'étais allé au Palazzo Ducale était que la conférence en question était donnée par l'historienne anglo-italienne relativement réputée Deborah Drimble. Je la connaissais. Quelques années plus tôt, alors que je venais de quitter les Pays-Bas pour m'installer à Gênes et qu'elle enseignait encore à l'université de Gênes, j'avais eu une brève et joyeuse aventure avec elle et ses initiales bien méritées. Notre liaison avait pris fin de manière abrupte après qu'elle eut accepté un poste dans une université anglaise. J'avais perdu le contact avec elle. Mais le fantôme pulpeux et jadis tout à fait palpable de mon passé s'était visiblement laissé tenter par une conférence dans son ancienne ville d'adoption, et j'avais décidé que mes souvenirs justifiaient bien une tentative de reprendre langue, fût-ce pour une soirée et – comme on dit – en mémoire du bon vieux temps.

Mais quand je vis apparaître sur l'estrade, après avoir attendu longtemps dans une Sala del Maggior Consiglio à moitié vide, un homme âgé portant un col romain qui se mit à débiter un exposé sur les valeurs catholiques, j'eus le fâcheux pressentiment qu'il y avait méprise et que la nuit s'annonçait bien différente de celle que j'avais imaginée. Au même moment, la femme assise à ma gauche, deux chaises plus loin, était également en proie à des attentes frustrées. Elle était belle, et je l'avais déjà remarquée, mais je ne lui avais pas prêté davantage attention, accaparé que j'étais par mon désir du passé. Elle se pencha vers moi et me demanda à voix basse si la conférence n'était pas censée porter sur les croisades. Elle était vraiment très belle. Je répondis que moi aussi, j'étais surpris. Elle se mit à échanger des messes basses avec la vieille dame à sa gauche, apparemment munie du programme du cycle de conférences du Palazzo Ducale, ce qui éclaircit visiblement les choses.

Je l'interrogeai du regard.

— Hier, me souffla-t-elle. La conférence sur les croisades, c'était hier.

— Et ça, c'est quoi ?

— C'est sur l'avenir des traditions catholiques.

Je fis la grimace.

— Je ne crois pas être tellement intéressée par l'avenir, chuchota-t-elle.

— Non, pouah, dis-je. Tout ce modernisme. Moi non plus.

Je rassemblai mon courage. Déglutis. Quelle importance, après tout ? Je me lançai.

— Peut-être puis-je vous inviter à boire un verre ailleurs ?

Toutes ces années de vie en Italie m'avaient appris qu'une Italienne aussi belle ne pouvait pas être disponible et demeurerait à jamais inaccessible. Sa beauté était si évidente que je ne pourrais jamais la posséder. J'étais certain qu'elle répondrait à mon innocente invitation, ou qui se voulait innocente du moins, ou qui pouvait, avec un peu de bonne volonté, passer pour telle, par un refus doublé d'un sourire hautain. Mais, à ma grande stupéfaction, elle accepta.

2

Elle commanda un *negroni sbagliato* et me dit qu'elle s'appelait Clio.

— Comme la muse de l'historiographie, dis-je.

— Oui, je suis maudite.

— Ce n'est pas l'impression que tu donnes.

— Comme s'il ne suffisait pas que mon nom de famille m'enfonce déjà tout le temps la tête dans l'eau saumâtre du passé, comme un naufragé qui se débat pour reprendre son souffle, mes chers parents n'ont rien trouvé de mieux que de m'affubler d'un prénom qui m'assigne l'Histoire comme principale source d'inspiration. Comment peut-on être plus maudite ?

— Quel est ton nom de famille ?

— Ça, je te le dirai peut-être une autre fois.

Je vis un présage favorable dans le fait qu'elle reportait déjà certaines réponses à d'éventuelles prochaines rencontres. Je lui lançai un sourire significatif.

— Pourquoi ris-tu bêtement ?

J'eus un geste d'excuse.

— Mais tu as raison, dit-elle. Moi aussi, ça me ferait rire, si ce n'était pas si triste. Tu es étranger. D'où viens-tu ? D'Allemagne ? Des Pays-Bas. C'est pareil. Peu importe. Tu viens d'un pays civilisé, doté d'une vraie économie, et où les jeunes ont des perspectives. Que penses-tu de l'Italie ? Laisse-moi deviner. Pays splendide, ensoleillé, on y mange bien, les femmes sont belles et puis, quelle architecture ! Bref, la *dolce vita*. J'ai raison ou j'ai raison ? Alors, laisse-moi te dire à mon tour comment est réellement l'Italie. Tu veux la version longue ou la version courte ? La version courte est longue aussi.

« Tu sais ce que je fais comme métier ? Tu l'as déjà plus ou moins deviné. Quelqu'un qui porte mon nom de famille grandit dans une maison remplie de vieux tableaux, et mon prénom me condamnait à m'y intéresser. Je suis historienne de l'art. Peut-être penseras-tu alors que je suis bien tombée en Italie, parce qu'il y a plus d'art ici que partout ailleurs dans le monde. La moitié du patrimoine mondial se trouve dans ce pays. Tout cela doit être étudié, conservé, protégé et valorisé. Il leur faut donc des gens comme moi, pourrais-tu dire. Pour les besoins de mon argumentation, je voudrais ajouter que je suis bonne dans mon domaine. J'ai tout obtenu avec mention très bien : diplôme, doctorat, spécialisation et tout le tremblement. Alors qu'avec mon nom de famille j'aurais pu me caser sans trop d'efforts à un poste insignifiant et bien rémunéré dans une banque ou dans la société d'armateurs de mon oncle, j'ai préféré trimer dur pendant plus de dix ans, comme un bélier cognant contre les portes de l'avenir, pour devenir qui je voulais être. Du temps et des efforts gaspillés en vain.

« J'ai bâti un curriculum qui aurait dû me permettre à l'heure qu'il est d'être professeure d'université ou conservatrice dans un grand musée. Mais on a casé à ces postes d'autres personnes avec d'autres noms de famille. Dans l'université d'où je viens, je me suis tiré une balle dans le pied en refusant de lécher le cul de mon directeur de thèse, qui a volé les résultats de mes recherches et les a publiés sous son nom. Et dans les autres universités, j'ai accumulé un retard irrécupérable dans le léchage de culs par rapport à ceux qui y ont étudié. Vous avez aussi cette expression, dans votre langue, "lécher le cul" ? Enfin bref, tu m'as comprise. Et tu sais quand le ministère a lancé pour la dernière fois un appel à candidatures pour des postes vacants dans les musées nationaux ? Il y a vingt-trois ans. À l'époque, près de 10 000 historiens de l'art hautement qualifiés ont postulé pour 300 jobs de gardien de salle.

« J'ai encore de la chance d'avoir trouvé par miracle un emploi dans mon secteur. Je travaille pour la maison de vente aux enchères Cambi, au Castello Mackenzie. Ça peut sembler chouette, mais ça ne l'est pas. Je sais, je n'ai pas à me plaindre, mais je me plains quand même. Parce que ce n'est pas comme si je voyais passer tous les jours dans mon bureau des Caravage ou des Rembrandt, si tu vois ce que je veux dire. Je n'ai même pas de bureau. Et ce que je vois passer dans mon château de conte de fées, c'est principalement du mobilier de macchabées génois. Je brasse le bric-à-brac de vieilles personnes décédées, ça se résume à ça. C'est la malédiction engendrée par mon nom. Tu n'as pas idée du nombre de vieux dans ce pays et de la quantité de vieilleries qu'ils amassent.

Et tu t'étonnes que l'Italie se soit bouchée comme une fosse septique incrustée de vieilles croûtes puantes et que plus rien ne s'écoule ?

« Parce que c'est ça, la véritable tragédie. Je suis au milieu de la trentaine, dans les meilleures années de ma vie, et je peux m'estimer heureuse d'avoir trouvé un job payé au lance-pierre comme secrétaire améliorée d'un commissaire-priseur occupé à devenir multimillionnaire parce que j'invente pour lui des origines fictives sans jamais démasquer les faux, tout ça alors que je n'ai aucune perspective d'y faire carrière et encore moins l'espoir d'être embauchée ailleurs. Je suis coincée. Tu sais ce que je sens, chaque jour que je passe dans ces antiquités au rebut ? L'odeur de la pourriture, de la décomposition, de la stagnation et de la mort. C'est ça, l'odeur de l'Italie.

Elle prit une grande gorgée de son *negroni sbagliato*. Je n'osais pas la contredire, et quand bien même j'en aurais eu l'intention, je n'en aurais pas eu l'occasion, car en authentique Italienne qu'elle était elle jugea nécessaire de clarifier davantage un discours déjà parfaitement clair.

— L'Italie est étranglée par son passé. C'est ce qui arrive quand on a une Histoire aussi riche. Ça te donne l'impression de devoir faire les choses comme on les a toujours faites. Le pays est régi par les traditions. Tu ne peux pas changer la recette des spaghettis *alle vongole*. Tes spaghettis *alle vongole* nouvelle façon seront tout simplement de mauvais spaghettis *alle vongole*. L'innovation est perçue comme une erreur. Et une menace pour les valeurs établies. Au fond, l'Italie est restée féodale. Le système repose sur la cohésion interne et la solidarité de clan. Ta position dans la société est déterminée par le groupe auquel tu appartiens et qui est uni par les liens du sang, les amitiés et les faveurs mutuelles. Si tu veux faire carrière, tu dépends de l'affection et de la protection de ta famille et de tes amis, qui t'aideront, à charge de revanche. Que tu sois compétent ou doué dans ta branche n'entre nullement en ligne de compte dans ce système. Ces deux facteurs sont parfaitement indifférents. Si je te donne un emploi dans ma banque, peu m'importe que tu t'y connaisses ou non en questions d'argent ou en produits financiers. Tout ce qui m'intéresse, c'est que tu aies bien conscience de m'être redevable et que je puisse compter sur toi si je te demande de fermer un œil sur des transactions douteuses que je tiens à voir se poursuivre sans encombre, pour à mon tour rendre service à des contacts plus haut placés qui pourront m'aider à améliorer ma propre situation. Ce qui est aussi dans ton intérêt. Nous en profiterons tous les deux. Un barbier rase l'autre, une main lave l'autre, un âne frotte l'autre. Dans le Nord, vous qualifieriez sans doute cela de corruption, mais cela reviendrait à suggérer que quelques pommes pourries contaminent un panier de fruits frais et sains. Or ce n'est pas cela. Nous ne faisons pas du jus de raisin, nous faisons du vin. La pourriture et la fermentation sont au cœur du processus. Ce que vous appelez corruption est à la base de notre système.

« Cela peut d'ailleurs s'expliquer historiquement. Il est fondamental de se rendre compte que l'Italie a été occupée par des puissances étrangères pendant une grande partie de son histoire. Depuis la Renaissance jusqu'à la moitié du XIXᵉ siècle, la péninsule fut majoritairement sous le contrôle du roi d'Espagne et des Autrichiens de Habsbourg. Je résume brièvement, mais ces siècles passés sous domination étrangère ont engendré chez les Italiens une méfiance viscérale à l'égard de l'autorité. C'est désormais dans l'ADN italien que d'attendre peu de salut de la part de l'État et de considérer le pouvoir central comme un ennemi plutôt que comme un ami. Les Italiens ont appris de leur histoire qu'ils doivent se débrouiller seuls. Ils doivent se défendre eux-mêmes, car l'État ne le fera certainement pas pour eux. Ils ont donc commencé à s'organiser en groupes soudés, fondés sur les liens du sang et les amitiés, offrant la protection que l'État ne leur garantit pas ainsi qu'une protection contre l'État. C'est l'origine de toutes sortes de népotisme et de copinage. C'est aussi l'origine de la mafia.

« Objectivement, notre système n'est pas mauvais. Il est logique, cohérent et il fonctionne. De notre point de vue, votre système à vous est froid et égocentrique. Pour nous, le fait que vous ne puissiez pas aider vos amis et votre famille sans être accusé de corruption est inhumain. Mais alors que votre système présente l'inconvénient que chacun ne peut compter que sur lui-même, notre système a pour désavantage qu'il est impossible d'arriver où que ce soit par soi-même. Les gens qui ont du talent n'ont dans ce pays aucune garantie d'arriver à l'exploiter. Je sais ce que tu penses, Julian.

— Ilja.

— Ilja. Désolée. Mais tu dois trouver que je fais du cinéma. Quelqu'un qui porte mon nom de famille n'a pas le droit de se lamenter à propos d'un système où le nom de famille pèse plus lourd que les qualités. Si je n'étais bonne à rien, je serais d'accord avec toi. Mais parce que je me suis rebellée contre le système en apprenant un métier, au lieu de me mettre les doigts de pied en éventail grâce à mon nom de famille, et que j'ai échoué, je hais le système et je hais mon nom de famille. Tu peux comprendre ça ? Tu dis que tu comprends, mais tu ne comprends pas.

Pas complètement. En tant qu'étranger, tu ne pourras jamais cerner sous toutes ses facettes tout le tragique et le désespoir qu'engendre cette stagnation de l'Italie. Mais je ne t'en veux pas.

« Laisse-moi ajouter une toute dernière chose. Je suis loin d'être la seule à me sentir prise en otage par ces traditions de népotisme héritées d'un passé gris foncé, qui tiennent ce pays en étau. Les jeunes diplômés fuient l'Italie en masse pour tenter leur chance dans ce Nord dont tu viens. Et tu sais ce qu'en dit Franceschini ? C'est notre ministre de la Culture. Il le revendique comme un succès. Il l'a dit à la télévision pas plus tard que la semaine dernière. Le fait qu'un si grand nombre de jeunes Italiens instruits décrochent un job de plongeur dans des restos à l'étranger témoigne selon lui de la qualité de notre enseignement supérieur et de sa propre politique. Tu n'as pas envie de le pendre par les couilles, un jean-foutre pareil ? Sans compter que c'est lui qui est censé moderniser les universités et les musées, afin que quelqu'un comme moi puisse avoir la chance de faire ses preuves. À la place, ça fait vingt-trois ans qu'il ne débloque plus de postes vacants, même pas pour des gardiens de salle. Quoi qu'il en soit, ces centaines de milliers de jeunes Italiens n'émigrent sûrement pas parce qu'ils veulent mettre leur formation italienne de qualité supérieure au service des pauvres pays défavorisés du Nord, ni parce qu'ils ont envie de déployer leurs ailes, ni parce qu'ils ont besoin d'aventure ou qu'ils en ont soupé, des spaghettis de leur mère. Ils émigrent contraints et forcés. Parce que leur propre pays ne leur offre aucune perspective. Tu te rends compte à quel point ça fait mal ? Et celui qui les a chassés a le toupet de s'approprier leur succès à l'étranger comme un mérite personnel.

« Tu savais que l'émigration qui résulte de cette fuite des cerveaux est plus importante que l'immigration de tous les réfugiés arrivant par bateau réunis ? L'Italie se vide. Et ceux qui restent, ce sont les crétins peu qualifiés qui, tant que leur équipe de foot gagne, ne comprennent pas que quelque chose doit changer, le troisième âge qui se fiche de changer quoi que ce soit, et moi. *Ecco*. Voilà la situation. Tu as d'autres questions ?

« Ta belle Italie est devenue une maison de repos pour vieux en phase de décomposition, voilà grosso modo où on en est. Un beau jardin ensoleillé où s'épanouissent les citronniers, idéal pour se promener prudemment au bras de sa gouvernante sénégalaise tout en humant les souvenirs du Moyen Âge, du temps où l'on était encore jeune et où le chant d'amour du ménestrel paraissait éternel, mais où l'on n'attend plus rien de l'avenir. Une femme enceinte est aussi rare qu'un miracle du divin et se voit palper le ventre par des mains ridées accompagnées d'émerveillements rauques d'incrédulité. Mais dans ces petits cris grinçants perce également de la commisération, parce que la décision d'élever un enfant dans un pays sans avenir est aussi courageuse que stupide. Les postes clés sont occupés par de pompeux barons à la panse bouffie d'orgueil, nés bien avant l'invention d'Internet. Cette imprudence de la jeunesse que l'on nomme ambition se voit impitoyablement écrasée sous le poids de leur suffisance. Celui qui a été assez bête pour sacrifier ses jeunes années au leurre d'une formation académique, mais qui a encore juste assez de cervelle pour apprendre deux mots d'anglais, s'empresse de prendre ses jambes à son cou, quitte à aller faire cuire des hamburgers à Londres, ce qui est vu comme une avancée exceptionnelle dans son évolution professionnelle, parce que ça gagne mieux et que ça offre plus de perspectives que n'importe quel boulot en Italie. Les gens qui restent, comme moi, sont les vrais losers. On regarde dans la mauvaise direction. Dans un pays où tout le monde tourne le dos à l'avenir, on essaie de distinguer un point à l'horizon, mais tout ce qu'on voit, ce sont les trognes sardoniques de silhouettes grises qui nous barrent la route et nous occultent l'horizon.

Elle prit une autre gorgée de son *negroni sbagliato*.

— C'était la version courte, dit-elle. La version longue serait enrichie de la liste interminable de mes tentatives personnelles pour me sortir de l'impasse, sabotées les unes après les autres par des gens n'ayant aucun intérêt à ce que quoi que ce soit bouge ou change. Mais assez parlé de moi. Parle-moi un peu de toi.

3

— Je te trouve belle.

Je me rappelle très bien avoir dit ça. C'était la vérité, même si cela s'apparentait de plus en plus à une litote. Alors que j'avais d'abord été frappé par la petitesse de ses vêtements, la longueur des bas sous sa jupette, la hauteur de ses talons et son regard, juste celui qu'il fallait pour donner à l'élégance étudiée de son apparence un air de nonchalance, j'étais, en écoutant son argumentation, tombé sous le charme de ses yeux sombres qui étincelaient dans la nuit d'été, et de son enthousiasme, qui faisait danser son visage et ses gestes comme si un tango à l'attrait lancinant et irrépressiblement pulsant s'était embrasé dans le night-club de son âme, où rien d'autre n'était toléré qu'un total abandon. Sur le moment, je n'aurais jamais pu l'exprimer en ces termes, bien trop distrait par le fait qu'ayant terminé son discours elle venait de croiser les jambes avec une insolente désinvolture. Mais ces mots qui me viennent, à présent qu'elle n'est plus qu'un fantôme qui revient me torturer, il me faudra les supprimer, lorsque j'élaborerai ces notes sous forme de roman, car ils apparaîtraient, d'un point de vue stylistique, complètement démesurés et exaltés. Et pourtant, c'était vrai. J'avais d'abord vu une belle danseuse, puis elle s'était mise à danser. Très vite, je commençai à la trouver de plus en plus irrésistiblement magnifique.

Bien sûr, le fait que ce soit la vérité ne signifiait pas qu'il avait été judicieux de la dire. Certes, elle n'avait pas de quoi se sentir offensée par ce compliment sincère, mais la confession qu'elle m'avait livrée avec tant de passion aurait mérité une réaction un tant soit peu plus substantielle. Cela pouvait et devait l'offenser, en revanche. Qui plus est, mon aveu lui permettait sans peine de me classer définitivement dans la catégorie à laquelle appartiennent tous les mâles, et j'avais gâché ma chance de feindre compréhension et empathie, dans la tentative de lui faire croire qu'elle avait, par une incroyable coïncidence, rencontré le seul homme sur Terre qui ne fût pas distrait par les courbes de son corps. À ce moment-là, cependant, j'étais encore si fermement convaincu que jamais, au grand jamais, je ne pourrais avoir une femme de son calibre que je n'avais aucun problème à tendre les verges pour me faire battre. Quoi qu'il advienne, je pourrais me vanter d'avoir un jour dit à une femme vraiment belle qu'elle l'était. C'était le mieux que je puisse atteindre et cela, personne ne me l'ôterait.

Je me préparais à encourir les foudres de son dédain, mais elle accusa mon compliment sans le moindre émoi, comme si j'avais dit une chose qu'elle entendait plusieurs centaines de fois par jour.

— Tu ne dois pas l'emballer comme une opinion, dit-elle. C'est plus élégant si tu présentes le compliment comme un fait établi.

— Tu as raison. Mais tu m'as demandé de parler de moi.

— C'est vrai. Et je suis sûre que tu as des choses plus intéressantes à me dire sur toi-même que ton opinion à mon sujet.

— C'est à mon tour de te remercier du compliment.

— Mais je ne t'ai pas remercié du compliment.

— Ce n'était pas nécessaire, dis-je. D'ailleurs, ce n'était même pas un compliment. C'était un fait établi que j'ai camouflé en opinion. Et permets-moi d'ajouter qu'en effet j'aurais sûrement pu trouver autre chose à dire sur moi-même, mais qu'en cet instant précis je ne trouve pas grand-chose qui m'intéresse et occupe mon esprit davantage que l'incomparable fascination que tu exerces sur moi.

Elle rit. Je vous assure, elle riait. La joie pure qui m'envahit alors me pousserait presque à mettre un point d'exclamation. Je n'avais donc pas encore tout à fait perdu la bataille, puisqu'elle riait, je voulais bien être pendu si ce n'était pas vrai.

— Cela ne me sert à rien par ailleurs, dit-elle.

— Quoi donc ?

— D'être belle. Cela ne m'a pas aidée à devenir quelqu'un.

— C'est à moi que ça sert.

Elle rit encore. Maintenant, je devais faire très attention, après avoir fait mouche une deuxième fois, de ne pas commettre l'erreur d'aller réellement croire en ma mission impossible, ce qui n'irait pas sans nuire à mon audace. Je la regardai. Cela marcha. À nouveau, je me perdis dans son regard hautain, qui ridiculisait tout espoir de voir une quelconque stratégie couronnée de succès.

— Et qu'est-ce que tu trouves de si beau chez moi ? demanda-t-elle.

— Tu danses divinement.

Elle se pencha en avant, saisit ma main et plongea ses yeux dans les miens.

— Tu ne serais pas en train de me draguer ? demanda-t-elle.

— Je n'oserais pas.

— Dommage. J'ai l'impression que tu serais plutôt doué.

— Je donne ma pleine mesure dans les entreprises vouées à l'échec.

— Dans ce cas, je ne te dirai peut-être pas qu'à mon avis tu danses très bien aussi.

— En effet, je te le déconseille fortement.

— Peut-être est-ce mieux de revenir à notre sujet précédent, dit-elle.

— Oui.

— Comment imagines-tu ton avenir ?

— Tu ne vas pas un peu vite en besogne, là ?

J'ai vraiment dit toutes ces choses. Je m'en souviens mot pour mot, mais je n'ai aucune idée d'où cela me venait. En général, je ne danse pas aussi bien. D'habitude, j'emploie toutes mes forces à mener la danse, comme si je procédais à une tentative d'arrestation. Cette souplesse inédite et cet aplomb aérien venaient sans doute du fait que j'avais décidé d'avance de reconnaître en elle ma supérieure, de la suivre et de n'attendre rien d'autre de la danse que la danse elle-même. Si seulement c'était toujours ainsi. Si seulement ça pouvait l'être encore. Je pourrais écrire un poème sur le sujet.

— Je voudrais écrire un poème sur toi, dis-je.

— Faut-il que je pose pour cela ?

— Tu sais que quand je vivais encore aux Pays-Bas, j'ai pensé un jour à passer une petite annonce ? « Poète cherche modèle nu. » Mais je ne l'ai pas fait. Imaginer la blague m'avait suffi. Je n'aurais rien gagné à la mettre en œuvre.

— C'est ce que tu crois.

— Si j'interprète ta réponse comme une suggestion, je suis de plus en plus convaincu que nous avons bien fait de ne pas attendre grand-chose de l'avenir des valeurs catholiques.

— Allons-y. C'est loin, chez toi ? Tu écris à la main ou sur une vieille machine à écrire ? Les gens comme nous, qui ne s'intéressent pas à l'avenir, n'utilisent pas d'ordinateur, évidemment. Et tu as un peu de talent, comme poète ? Je voudrais que ce soit ressemblant.

4

Autrefois, aux Pays-Bas, lors de conférences et d'interviews publiques, on me posait si souvent la question de savoir pourquoi j'étais devenu poète qu'à un moment donné j'avais mis au point une réponse standard : « Pour draguer les nanas, bien sûr. » Cette parade était l'argument-massue, jusqu'à ce qu'un intervieweur malin me rétorque logiquement : « Et ça marche ? » Je dus alors chercher une autre réponse standard.

Si je pouvais m'envoyer une lettre à moi-même quand j'étais plus jeune, j'adorerais m'épater par un compte-rendu de ma première rencontre avec Clio. Sur cette base, dans sa procédure standard, mon moi plus jeune ajouterait sans aucun doute à sa réponse standard qu'il n'est même pas nécessaire d'écrire des poèmes. Être poète suffit. Car ce poème, je le dois encore à Clio.

Quand elle et toute sa noblesse se retrouvèrent soudain dans mon appartement poisseux, repaire de mes fantasmes de célibataire, mon assurance désinvolte se crispa dans un inventaire suffoqué de mes options. Chacune des stratégies que j'étais capable d'élaborer proposait de commencer par servir le plus vite possible le plus d'alcool possible. Il me restait une bouteille. Je me mis à rincer les verres. Elle demanda où elle pouvait se changer. Je ris beaucoup trop fort à sa plaisanterie et lui indiquai la salle de bains.

Sa visite aux toilettes me donna le temps de chercher un tire-bouchon. Je le trouvai finalement à sa place. Le bouchon se cassa. Je recourus en hâte à la procédure d'urgence consistant à enfoncer la vis dans la moitié restante du bouchon et à tirer. Je remplis un verre et repêchai avec les doigts les morceaux de liège émietté. Je n'avais rien pour m'essuyer les doigts et les frottai rapidement à mon pantalon. Heureusement, elle était encore dans la salle de bains, elle n'avait pas été témoin de mes manœuvres d'amateur. Je vidai le verre d'un trait, puis remplis les deux verres avec l'air de celui qui verse le début de la bouteille. Je sentis un morceau de bouchon sur ma langue. Tandis que je me dirigeais vers l'évier pour le recracher, elle sortit de la salle de bains.

Depuis le soir de notre rencontre jusqu'au jour de notre séparation, je n'ai pu me départir du sentiment qu'elle avait toujours une longueur d'avance sur moi. Lorsque je voulais quelque chose, elle l'avait déjà organisé. Quand j'arrivais à une conclusion, elle l'avait tirée depuis longtemps. Si je voulais prendre une initiative, elle l'avait déjà rejetée. Elle menait la danse, il n'y avait aucun doute là-dessus. Et, dans les moments où j'en doutais quand même, ou plus exactement où je doutais d'aimer vraiment cela, je me remémorais l'instant où elle était sortie de ma salle de bains, cette première nuit, pour faire taire tous mes doutes.

Car elle était nue, en ce sens qu'elle avait retiré tous ses vêtements et ne portait plus rien du tout. Elle n'avait gardé que ses bas, qui se terminaient par un bord en dentelle autour de ses cuisses, comme je ne l'avais jamais vu qu'en photo sur Internet, et ses escarpins à talons hauts. Pour le reste, elle était nue comme un ver.

— Tu cherchais un modèle nu, non ? dit-elle. Est-ce que ceci pourrait plus ou moins répondre à tes besoins ? Ou penses-tu encore que l'idée est préférable à sa mise en œuvre ?

Que répondre à cela ? J'avalai le morceau de liège. Il me vint à l'esprit qu'il était dommage que j'aie déjà posé les verres de vin sur le plan de travail, car je ne pouvais plus, dans un geste théâtral de pure révérence, les laisser échapper de mes mains. C'eût été la réponse parfaite. Telle qu'elle se tenait devant moi, elle était non seulement nue, mais aussi parfaitement proportionnée, une vraie statue de la Renaissance. Des mots idiots pour dire qu'elle était belle. Ils ne font plus de femmes comme ça de nos jours, pensai-je, des femmes aussi objectivement esthétiques que Daphné convoitée par Apollon, que Diane surprise au bain, qu'une déesse grecque, qu'une muse. Elle se prêtait éminemment bien, aussi, à une description en termes moins poétiques, en modèle indécent qu'elle était, montée sur des jambes de star du X, avec ses hanches étroites de gamine, son petit cul craquant et ses lolos fringants, menus, ronds et juteux comme des cerises.

Tout en l'embrassant, je caressais le bronze chaud et doux de ses cuisses et j'eus un choc en prenant conscience que j'étais déjà en train de l'embrasser et de la caresser, et que visiblement elle aimait ça. Elle fondait presque sous mes mains affamées, tant elle était gracile. Alors que j'étais encore tout absorbé par mon voyage de découverte sur la patine de ses formes sculpturales, elle avait déjà libéré ma queue. Elle la flattait de la douce brise d'été de sa provocante et minuscule main. Je songeais que je devrais peut-être dire quelque chose pour ponctuer l'importance cosmique de ce moment, mais elle me lâcha et se retourna. Elle appuya une main sur la table de cuisine à carreaux rouges et blancs. Pour dissiper le moindre doute éventuel sur ses intentions, elle reprit ma queue par-derrière avec l'autre main et l'attira sans détour vers l'entrée de sa petite chatte. Elle lâcha prise à nouveau, plaça sa main libérée à côté de l'autre sur la nappe en plastique, se pencha un peu plus vers l'avant et poussa vers l'arrière sa petite chatte, son petit cul et tout le toutim avec un sens infaillible de l'orientation. Je glissai en elle comme un fusil dans son étui. Ça, c'était de la baise. Je réalisai que nous étions officiellement en train de baiser. Ses hanches bougeaient au rythme lent et hypnotique d'un tango, et je la laissai mener la danse. La table de cuisine grinçait. Clio ne faisait aucun bruit. Mon pantalon n'était qu'à moitié défait et la ceinture me gênait. Tandis que je réfléchissais à la façon de desserrer la sangle sans la déranger, elle jouit dans un profond soupir. Elle se laissa retomber sur la table.

— Désolée, dit-elle.

Je la recueillis et la couchai dans mon lit tel un faon faible et fatigué.

Je me déshabillai, m'allongeai à côté d'elle et la serrai dans mes bras. Elle s'endormit sur mon épaule. Je passai toute la nuit à chérir son corps fluet, les yeux écarquillés d'incrédulité.

— Tu fais ça souvent ? demanda-t-elle en s'éveillant le lendemain matin.

— Non, dis-je doucement. C'était la première fois.

— Pour moi aussi.

Aucun de nous deux ne rit, parce qu'il n'y avait pas de blague. Je me levai pour lui faire du café. Les deux verres de vin étaient intacts sur le plan de travail. Tout était tel que je l'avais laissé la nuit précédente, sauf que plus rien n'était pareil. Elle s'habilla dans la salle de bains. Elle réapparut sous les traits de l'intouchable et élégante Italienne que j'avais rencontrée la veille au soir.

Elle m'embrassa sur la bouche.

— Tu me dois un poème, dit-elle.

— Tu es le poème.

Elle rit.

— Non, non, petit poète. Tu ne t'en tireras pas aussi facilement.

En écrivant tout cela, je suis étonné de voir avec quelle précision la première soirée et la première nuit avec Clio se sont gravées dans ma mémoire. Je peux décrire le film de centaines de manières différentes, mais le film en lui-même, qui passe dans ma mémoire, est absolument net et sans trou noir. Raconter ce film me fait mal. Tandis que je revis ce soir de satin et cette nuit de velours pour les besoins du compte-rendu, s'impose inévitablement la conscience granitique que mon bonheur est derrière moi et qu'il est vain d'espérer un jour le contempler avec elle à mes côtés. Et plus je m'efforce d'écrire, conformément à la vérité, combien c'était beau, plus je me sens transpercé par l'ampleur de ma perte.

Pour être tout à fait honnête, j'ai envisagé de m'épargner cette torture. À strictement parler, l'histoire que je veux raconter tient en six phrases. J'ai rencontré Clio à Gênes. Je suis tombé amoureux d'elle et elle de moi, selon ses propres dires. Nous avons entamé une relation. Elle était insatisfaite de sa carrière. Lorsqu'elle s'est vu offrir un emploi à Venise, l'accepter relevait de l'évidence. Comme j'étais amoureux et que je pensais que nous étions heureux, j'ai décidé de l'y accompagner. Cela se résume à cela. Et c'est ce qui est écrit dans le schéma que j'ai esquissé de mon livre et qui est épinglé au mur de ma chambre du Grand Hotel Europa, au-dessus de mon bureau. Cela suffirait à expliquer mon déménagement de Gênes à Venise. Or motiver ce déménagement était la seule fonction de ce chapitre.

Si je pense par contre à certains des prochains épisodes avec Clio qu'il me faudra raconter, ce dont je ne me réjouis pas, même si la douleur d'alors adoucira peut-être celle d'aujourd'hui, je me dis qu'il sera difficile de rendre compréhensible et tangible la raison pour laquelle je suis malgré tout resté avec elle, à moins de faire briller dans mon histoire la magie du premier soir et de la première nuit, aussi fort que cette magie brillait dans ma mémoire lorsque j'espérais encore pouvoir la sauvegarder. Et quand j'en arriverai enfin au point de mon récit où je devrai narrer comment j'ai quitté Clio et Venise pour me retrouver dans cet hôtel, je ne pourrai faire sentir toute l'étendue de mes remords et de ma peine si je ne prends pas d'abord le temps de dépeindre mon bonheur, quand bien même le souvenir des jours heureux ne ferait pour l'instant qu'exacerber mon chagrin.

Ce premier soir où je l'ai rencontrée, j'avais déjà l'idée ridicule qu'elle était l'amour de ma vie. Maintenant que j'écris ces mots, et malgré tout ce qui s'est passé, je le pense encore. L'amour vrai de ma vie vit dans mon souvenir. Cette phrase est, en dépit de l'allitération, terrible à écrire. Je ne veux pas, à l'instar de l'hôtel où je séjourne ou du continent dont il porte le nom, en arriver à la conclusion que le meilleur est derrière moi et que je n'ai plus grand-chose d'autre à attendre du futur que de ressasser mon passé.

Selon la mythologie grecque, les neuf muses sont les filles de Mnémosyne, déesse de la Mémoire. Aujourd'hui, Clio, qui porte le nom de l'une de ces neuf muses, est réellement devenue fille de la mémoire, car ce n'est plus qu'ainsi que je puis la faire revivre.

5

Notre première soirée ensemble amorça une suite d'une étonnante évidence. Dans l'histoire du monde, tout semble si facile. Il y a un événement historique et celui-ci scinde le temps en deux. Après, selon l'implacable loi de cause à effet, tout est différent, d'une manière fondamentale, intéressante et enseignable. La vraie vie m'avait souvent paru plus récalcitrante et chaotique. J'avais assez fait l'expérience que les événements historiques de ma propre vie n'entendaient pas se soumettre aux lois de l'historiographie, et que les causes, comme un moteur crachotant qui ne démarre pas, ne mettaient rien en branle du tout, surtout pas d'effets, et qu'il ne fallait pas longtemps pour que l'après ressemble à s'y méprendre à l'avant. Dans l'histoire du monde, cela arrive aussi, mais c'est passé sous silence. Les moments historiques ratés sont ceux dont on n'entend plus jamais parler. Quoi d'étonnant à ce que tout le monde continue de croire dans la loi de cause à effet ?

Mais, pour une fois, les choses se passèrent comme il se doit. Peut-être devait-on à son prénom qu'elle sache comment s'écrit l'histoire, mais le fait est que Clio donna suite à son épiphanie et que cette première nuit marqua un changement définitif. Elle resta, même si je me demandais ce que j'avais fait pour mériter cette grâce, de sorte que le moment historique de notre rencontre devint la ligne de crête entre l'ère sans elle et celle, en tout point différente, avec elle.

La période où nous étions ensemble à Gênes fut peut-être la plus belle. Le cliché veut qu'afin de renforcer mon argumentation je qualifie ce temps d'insouciant. Mais c'était plutôt le contraire. C'était d'ailleurs toute la beauté de la chose. J'étais si stupéfait qu'elle me juge digne de la fréquenter, et si touché du privilège indu d'avoir à mes côtés une femme de son calibre, que je devins en permanence conscient de mon devoir et de la tâche qui m'incombait de me transcender et de mériter avec effet rétroactif ce qu'elle m'avait accordé avec tant de légèreté et de spontanéité. Cela me rendait nerveux, d'une manière somptueuse et fébrile qui faisait de moi un être présent, attentif et vigilant, en vie. Le fait qu'un jour un homme ressente la nécessité de se hisser à la cheville d'un autre peut donner une direction à son existence. L'insouciance, c'est pour les amours de vacances, une partie de jambes en l'air avec la secrétaire après le pot du Nouvel An ou une retraite bien méritée dans un bordel thaïlandais. Quand la chair est facile, on s'ennuie vite, car on n'étreint que sa vanité, et seul l'ego est caressé. Ce n'est pas mal non plus, mais aucun grand amour digne de ce nom ne peut être insouciant. Sans l'angoisse de ne pas être à la hauteur, l'amour n'est qu'un passe-temps ou une arme contre la solitude. Jamais un homme n'en est sorti grandi, le monde encore moins.

La désinvolture avec laquelle Clio m'accompagnait chaque jour dans une flamboyante garde-robe fut le premier point qui requit mon attention. Pour avoir le droit de marcher à ses côtés, je ne pouvais détonner avec l'apparition qu'elle était. En panique, je m'achetai des complets, des chemises sur mesure chez Pissimbono et des cravates en soie chez Finollo. Je me rendis de ma propre initiative chez le coiffeur et, lorsqu'elle indiqua un jour qu'il existait des esthéticiennes pour hommes, j'inspirai profondément, ravalai mes préjugés et pris rendez-vous. À titre de métaphore, je serais tenté d'écrire que je me sentais comme un Viking dans un salon de beauté, pendant qu'on me poudrait sur un lit de pétales de rose, mais la comparaison ne marche pas, car j'étais réellement un Viking dans un salon de beauté.

Pour ne pas donner l'impression de ne m'intéresser qu'aux apparences, je tentais de déployer nombre d'initiatives, qui auparavant m'auraient surtout épuisé, sauf l'onéreuse tournée des meilleurs restaurants de la ville, qui d'ailleurs formait mon initiative la plus réussie, ne fût-ce que parce que Clio était pratiquement partout fêtée comme une habituée de l'établissement. Tout cela s'accompagnait de longues promenades dans la ville, que nous connaissions tous les deux comme notre poche et redécouvrions néanmoins à travers les yeux de l'autre. Notre duel était à qui saurait le mieux ajouter pour l'autre un sens nouveau aux ruelles du labyrinthe médiéval en racontant le passé des vieilles pierres. Elle gagnait presque toujours, mais la défaite m'était légère, car la fierté de m'afficher avec une telle splendeur à mes côtés me rendait magnanime.

J'eusse été capable de frapper les passants qui ne nous regardaient pas.

Mais la source la plus inépuisable de cette absence volontaire d'insouciance était le tempérament volcanique de Clio. Je découvris bien vite qu'elle avait des opinions pour le moins tranchées et que sa noblesse ne l'empêchait nullement de les exprimer en termes verts, surtout lorsqu'elle était frappée d'irritation comme par la foudre. La cause pouvait être minime, par exemple des touristes encombrant le chemin devant la cathédrale de la piazza San Lorenzo, et cela me rassurait, car je pouvais ainsi me bercer de l'illusion qu'il en allait aussi de choses minimes lorsque son mécontentement s'abattait sur moi. Il n'empêche que je fus terrorisé la première fois que cela se produisit, et à vrai dire aussi les fois suivantes. En tout état de cause, il me fallait l'éviter, mais son imprévisibilité ne me facilitait pas la tâche. Des exemples ? Ils ne manqueront pas. Dans ce contexte de notre féerique préhistoire, je préfère, comme à l'époque, me concentrer sur le versant positif de son bouillant caractère méditerranéen, qui faisait d'elle une amante sans pareille. Parfois, je me demandais vraiment ce que j'avais fait pour mériter ça.

Sur mes instances, nous allâmes aux musées de la Strada Nuova. Telle une tornade, elle me conduisit à travers les salles du Palazzo Rosso et du Palazzo Bianco. Elle avait l'esprit de synthèse et me résumait avec nonchalance toute l'histoire de l'art à l'aide des œuvres exposées, pour lesquelles elle montrait à peine plus de respect que pour les ustensiles qu'elle employait quotidiennement dans sa cuisine. Pour elle comptaient essentiellement les idées techniques ayant permis de donner forme aux peintures, les artefacts eux-mêmes n'en étant que des visualisations presque superflues et assurément imparfaites. Ce qu'il ne fallait surtout pas, c'était s'attarder trop longtemps devant. Elle me détailla les astuces et les failles de peintres tels que Van Dyck, Piola, Strozzi et le Guerchin, comme s'ils étaient ses contemporains et de bonnes connaissances dont elle avait suivi toute la carrière en secouant la tête. Elle vivait dans ce passé. Elle y était chez elle.

Et soudain nous nous retrouvâmes devant le célèbre Caravage du Palazzo Bianco. C'était un *Ecce homo*. Un Ponce Pilate au regard cynique présente le Christ à moitié nu, coiffé de sa couronne d'épines, les poignets attachés et les yeux baissés, au peuple que nous sommes et qui veut le voir crucifié. Derrière lui se trouve un gardien, la tête ceinte d'un bandeau garni d'une plume, soulevant le manteau des épaules du Christ d'un geste d'une étrange délicatesse. Clio avait fait sa thèse de doctorat sur le Caravage. Elle avait publié plusieurs articles sur son œuvre et espérait un jour, durant son temps libre, écrire une monographie sur lui. Tout cela, elle me l'avait déjà dit. Je lui demandai de me commenter l'illustre chef-d'œuvre.

— Tu sais quoi, Ilja ? Cette œuvre présente divers problèmes. Honnêtement, je ne crois pas qu'elle soit du Caravage.

— Corrige-moi si je me trompe, mais je pense qu'il s'agit de la pièce maîtresse du musée.

— Je sais. C'est pour cela que je ne pourrais jamais faire part de mes doutes dans une publication. Je me ferais lyncher.

— Ce serait une petite catastrophe si le seul Caravage de Gênes s'avérait ne pas en être un.

— Pas le seul.

— Il n'y en a qu'un à Gênes, non ? C'est faux ?

— En tout cas, ce n'est pas celui-ci.

— Et qu'est-ce qui cloche, d'après toi ?

— Ne parle pas si fort. C'est peint trop explicitement dans le style du Caravage pour être un Caravage.

Je ris.

— Une objection pareille pourrait s'appliquer à chacun de mes livres.

— Tu te trompes, dit-elle. La virtuosité est discrète. Regarde la plume de ce geôlier. Il est vrai que c'est un élément caravagesque par excellence, il peint des plumes partout, mais celle-ci est un peu trop heureuse d'être là. Elle ne va pas avec le reste de la coiffe et elle est trop bien dessinée. C'est pareil pour la corde autour des poignets. C'est un détail exécuté avec une habileté extrême, mais c'est pour ça qu'il attire l'attention. Il distrait de la scène. Le pinceau a passé trop de temps sur cette petite partie de la toile. Tu comprends ce que je veux dire ? Dans un vrai Caravage, ces détails sont toujours plus superficiels, l'ensemble est plus intériorisé, cela s'apparente davantage à une représentation mentale, avec une espèce de voile devant, comme chez Vermeer.

— On n'a jamais procédé à une analyse technique de cette toile ? demandai-je pour poser une question intelligente.

— Le musée ne l'autorise pas. Rien que ça, ça en dit long. Je crois qu'ils pressentent quelque chose de pas catholique.

— Et toi, tu ne pressens rien de pas catholique ?

Elle me regarda sans comprendre.

Je lui montrai un panneau indiquant les toilettes à l'étage.

Elle me pressa la main très fort tandis qu'un voile d'excitation tombait sur son visage, comme si elle intériorisait une représentation mentale.

— Pas ici, chuchota-t-elle. Tout le monde me connaît.

— Il n'y a personne.

Il n'y avait personne. Gênes n'est pas une ville touristique: Le musée était désert. En haut de l'escalier, nous croisâmes un seul gardien. Il essaya de nous rediriger vers l'itinéraire de visite prescrit. On aurait dit que cette tâche modeste exigeait le maximum de ses capacités intellectuelles.

— La politique du personnel de Franceschini, chuchotai-je.

Clio se retint de rire. Elle dit au gardien que c'était bon, qu'elle avait fait valider son autorisation. Elle m'entraîna dans la direction opposée à celle qu'il avait indiquée, l'abandonnant en pleine confusion existentielle.

Je refermai la porte des toilettes derrière nous. Elle me donna à peine l'occasion de tourner le verrou. Sa langue était déjà dans ma bouche et sa main dans mon pantalon. Nous nous jetâmes l'un sur l'autre comme deux lions affamés se prenant mutuellement pour un steak qu'on viendrait de leur lancer. Je remontai sa jupette. Elle fit tomber mon pantalon sur mes chevilles. Nous manquions de place pour en faire une scène esthétique. Elle me repoussa sur la lunette et lorsque je fus assis, penché le plus possible vers l'arrière, le dos contre la chasse d'eau et la bite dressée vers le ciel, elle vint se poster juste au-dessus de moi, les jambes plantées de part et d'autre de la cuvette, comme un mec qui s'apprête à pisser. Je vis sa petite culotte devant mon nez, anticipai le tintouin et résolus d'emblée le problème en arrachant le slip d'un coup sec et en le jetant dans un coin. Sa jupette relevée en ceinture autour de la taille, elle empala sa petite chatte mouillée sur ma queue. Je raconte juste comment ça s'est passé. Les toilettes publiques ne sont pas le lieu adapté pour des métaphores raffinées. J'agrippai ses cuisses fuselées, elle posa une main sur ma bouche, comme pour me violer, et se mit à me chevaucher sauvagement, presque avec agressivité. Nous étions tous les deux si conscients de l'ampleur de notre déchéance et de l'ignoble bestialité avec laquelle nous étions en train de baiser dans les chiottes du plus important musée de la ville que l'orgasme s'abattit sur nous en deux temps trois mouvements dans un silence tonitruant.

Comme un petit couple propret édifié par sa visite des grands peintres, nous rejoignîmes ensuite main dans la main le soleil de la via Garibaldi. Sur le chemin de la sortie, nous avions poliment salué le gardien. Quant au slip déchiré, nous en avions fait don à la collection permanente. Et elle trouva si excitant de marcher sans culotte dans la ville, et je trouvai si excitant de la savoir nue sous sa jupe, que, de retour à la maison, nous recommençâmes à baiser comme des forcenés. Ce sont des clichés, je sais, mais tous les clichés deviennent vrais quand vous êtes amoureux. Je devrais peut-être m'excuser de m'exposer de la sorte, de passer et repasser au pinceau ces détails au risque de détourner l'attention de ce que je veux raconter, mais nous tenions en ce temps-là un bonheur effronté. Nous remplissions nos journées d'aventures et, le soir venu, nous discutions longuement de choses et d'autres, et de l'incroyable coïncidence qu'avait été notre rencontre.

— Si tu ne t'étais pas trompée de date comme moi, dis-je, nous ne nous serions peut-être jamais rencontrés.

— Si tu n'étais pas, comme moi, plus intéressé par le passé que par l'avenir, répondit-elle, nous aurions sagement écouté la conférence côte à côte sans échanger un mot.

Je lui parlai de Deborah Drimble et de ses initiales, et dis que c'était un hasard encore beaucoup plus incroyable qu'elle ne l'imaginait.

Elle ne rit pas. C'est alors que je me décidai à lui poser la question.

— Qu'ai-je fait pour te mériter ?

Elle resta silencieuse. Elle regardait dans le vague. Puis elle dit :

— Nous devons encore nous mériter. C'est ça, la beauté de la chose.

6

Vint le jour où elle m'emmena à son travail. Je connaissais le Castello Mackenzie, ne serait-ce que parce que je le confondais toujours avec le Castello d'Albertis. Mais le château d'Albertis était le bâtiment pourvu d'une grosse tour ronde surplombant la piazza Principe, construit à la fin du XIXᵉ siècle par l'explorateur Enrico Alberto d'Albertis qui, d'une manière tragique toute personnelle, n'avait fait que vivre dans le passé. Il était né trop tard pour être explorateur. Presque tout avait déjà été découvert. Il ne restait plus que les régions reculées de Papouasie-Nouvelle-Guinée. Il affréta donc un bateau et remonta le fleuve vers l'intérieur des terres pour s'enfoncer dans la forêt tropicale tout en chantant son propre héroïsme à pleins poumons sur des airs d'opéra, planté sur le gaillard d'avant. Si les indigènes n'appréciaient pas sa prestation, il leur jetait à la tête des bâtons de dynamite. Mais, au bout du compte, il ne découvrit pas grand-chose dans cette cambrousse. De retour à Gênes, il se fit construire un grand château médiéval nostalgique, pourvu de herses et de murs crénelés faciles à défendre, avec vue sur la mer. Sur la terrasse, il plaça une statue de Christophe

Colomb, son modèle et sa source d'inspiration. Car son expédition n'avait pas été motivée par la volonté de découvrir quelque chose de nouveau, mais par le désir d'imiter les explorateurs d'antan.

Le Castello Mackenzie, en revanche, qui abritait la maison de vente aux enchères Cambi où Clio travaillait, était un château similaire mais plus petit, datant à peu près de la même époque, situé près des Mura di San Bartolomeo au-dessus de la piazza Manin, sur la route allant de Castelletto à Righi. Il possédait une haute tourelle étroite, carrée et ajourée. Il avait été construit dans le style médiéval florentin, avec des réminiscences du Palazzo Vecchio de la piazza della Signoria, par l'architecte florentin Gino Coppedè, pour le compte du bibliophile britannique et grand connaisseur de Dante, Evan George Mackenzie, qui avait fait fortune dans l'assurance.

Je n'y avais encore jamais mis les pieds, ce qui a posteriori se révéla une lacune. La cage d'escalier monumentale en marbre aux décorations exubérantes, sous des arcades soutenues par des colonnes aux chapiteaux sculptés dans un style d'une riche fantaisie, menait à un dédale de pièces obscures, parmi lesquelles une salle du trône et une autre abritant la plus grande cheminée que j'aie jamais vue. Du sol au plafond, la cage d'escalier et les salles regorgeaient de sculptures, tableaux, tapisseries, lustres, animaux empaillés et trophées de chasse, armures et hallebardes, maquettes de bateaux, meubles décorés, gravures anciennes, manuscrits et cartes géographiques, longues-vues, sextants et boussoles, horloges à balancier, crucifix et madones, dessins de catapultes et plans de tours de siège, calices dorés, vaisselle, candélabres, crânes, caisses de livres, icônes, chartes, verrerie, reptiles conservés dans le formol, chinoiseries, coquillages, écussons et momies de chats. J'avais l'impression de me promener dans une version colorisée du château de Xanadu de Charles Foster Kane, dans le film en noir et blanc d'Orson Welles. Il me semblait impossible de faire la distinction entre la collection historique du château et la marchandise proposée aux enchères. Clio dit que son patron ne jugeait pas non plus cette distinction très pertinente.

— Je me souviens de propos condescendants de ta part sur ton environnement de travail, or j'ai presque envie de t'en féliciter. C'est un endroit magique.

— Il y a trop de fourbi dans le monde, dit Clio.

— Ce n'est pas du fourbi, ce sont des souvenirs.

— Il y a trop de souvenirs dans le monde. Trop de poussière, trop de crasse qui poisse et qui encombre. Mais tu as raison. L'endroit est magique. Coppedè savait construire des châteaux.

— J'ai appris à visiter des châteaux avec mes parents, dis-je, quand j'étais petit, en vacances en France. Mais on ne les considérait comme des châteaux que s'ils étaient vraiment vieux. Autrement, c'est qu'ils n'avaient pas été habités par de vrais chevaliers. Devant un château du XIXᵉ faussement ancien comme celui-ci, mon éducation m'aurait amené à faire la fine bouche, en petit snobinard que j'étais. Il est surprenant de constater que l'idée qu'une chose n'a de valeur que si elle est ancienne m'a été inculquée dès le berceau.

— Tu n'es pas le seul. Le business model de mon patron repose entièrement sur cette prémisse.

— Je crois que c'est notre sang d'Européens. À mon avis, cette façon de voir est typique des Occidentaux, c'est la malédiction du Vieux Continent. Car ailleurs dans le monde, ils ne pensent pas comme nous. Ils détestent les vieux bazars. Les Japonais qui héritent d'une vieille maison la démolissent pour en construire une autre flambant neuve. Les Arabes trouvent sales les vieilles villes. Selon les Russes, un paysage urbain historique est synonyme de pauvreté et de stagnation économique. Un jour, j'ai rencontré une touriste australienne ici à Gênes et...

— Tu as couché avec elle ?

— Pourquoi tu me demandes ça ?

— Je suis curieuse, c'est tout.

— La réponse est non. Navré de te décevoir. Quoi qu'il en soit, c'était la première fois qu'elle venait en Europe et c'était le choc culturel. Elle m'a dit que jamais elle n'aurait pu imaginer que tout ce qu'elle avait vu dans les contes de fées, notamment les châteaux, existait pour de vrai dans la réalité. Pour elle, l'Histoire n'était pas une valeur ajoutée, comme elle l'est pour nous, mais un élément totalement fantasmagorique d'une autre dimension. Elle n'en voyait vraiment pas l'utilité.

— L'Europe se vautre dans la nostalgie, déclara Clio. Dans le cas de ce château, c'est même de la nostalgie de seconde main. Car, dans le lointain passé où il a été construit, il était déjà l'expression d'un désir nostalgique d'un passé encore plus lointain. Evan George Mackenzie, qui l'a fait concevoir et construire, vénérait Dante. Certaines personnes naissent dans le mauvais corps, mais lui est né au mauvais siècle. Le seul endroit où il se sentait chez lui, c'était dans la Florence du temps de Dante. La vraie Florence n'était déjà plus la sienne depuis des siècles. Cela lui faisait mal de voir ça, et c'est pour ça qu'il a choisi cet endroit historique, près des anciens murs de Gênes, et un architecte florentin pour ressusciter son regretté Moyen Âge. Et voilà qu'à son tour son rêve passéiste est devenu une antiquité, et que sa nouvelle construction médiévale se retrouve classée parmi les monuments historiques.

— Et ce repaire de nostalgie au carré sert aujourd'hui d'endroit où l'on propose à la vente du vieux fourbi, en jouant purement sur la corde nostalgique des acheteurs.

— On pourrait décrire l'histoire de l'Europe comme une histoire de nostalgie de l'Histoire.

— C'est l'essence de la Renaissance au fond, dis-je.

— C'est l'essence de tout, répondit-elle.

7

Son nom de famille est Chiavari Cattaneo, et je compris ce que cela signifiait le jour mémorable où elle me présenta à ses parents. Elle portait un pantalon en cuir moulant griffé Patrizia Pepe, des escarpins fermés en daim noir à talons hauts, un court manteau de fourrure vert mousse Alan Goglia, une bague, un bracelet et de grandes boucles d'oreilles au design géométrique de Sylvio Giardina, et ses lunettes de soleil Prada. Quant à moi, j'arborais un costume bleu foncé Biella, une chemise vert mousse de chez Camicissima, achetée spécialement pour aller avec sa fourrure, des boutons de manchette en nacre, des chaussures vertes assorties Melvin & Hamilton avec un motif et des lacets jaunes, et une cravate en soie de chez Finollo avec de larges rayures obliques vert foncé, jaunes et fuchsia, et une épingle à cravate nacrée. C'était dimanche.

— On retourne au musée ? demandai-je alors que nous nous engagions bras dessus, bras dessous dans la via Garibaldi.

— Presque.

— Cochonne.

Mais à la moitié de la rue, avant même le Palazzo Tursi, entre le vico della Chiesa della Maddalena et le vico Dietro il Coro della Maddalena, nous avions déjà atteint notre destination. Qui n'était autre que le Palazzo Cattaneo Adorno.

— Tes parents habitent ici ?

— Ce *palazzo* a été construit entre 1583 et 1588 par Lazzaro et Giacomo Spinola. Ce n'est que plus tard que notre famille en est devenue propriétaire.

Elle sonna.

— C'est moi.

La massive porte d'entrée s'ouvrit en vrombissant. Les voûtes de l'atrium étaient ornées de fresques de batailles.

— Tavarone, dit-elle. Il a recouvert la moitié de Gênes de ses peintures. Tu vois là les succès militaires d'Antoniotto Adorno, qui fut le doge de Gênes au XIVᵉ siècle. Il a participé à la conquête de Chypre et mené plusieurs guerres contre les musulmans en Tunisie et au Moyen-Orient. Les fresques datent évidemment de bien plus tard, 1624, si je ne m'abuse. À cette époque, les jours de gloire d'Antoniotto étaient déjà de l'histoire ancienne. Viens, c'est au premier étage.

— Le *piano nobile*, l'étage noble, dis-je.

— Si tu veux.

Le large escalier en marbre était couvert d'un tapis rouge vif. Les rampes en cuivre étaient astiquées.

Sa mère nous attendait à la porte. C'était une petite dame fragile, gris perle des cheveux jusqu'au tailleur et aux chaussures. Elle portait un collier de perles.

— Eh bien, dit-elle. C'est donc lui. Sacré Viking, en effet. Enfin, entrez, puisque vous êtes là.

Je lui offris les chocolats de chez Viganotti que j'avais achetés sur les instructions de Clio. Elle les prit sans dire merci.

— Viganotti, dit-elle. Mes chocolats préférés. Tu l'as bien éduqué, Clio. Continuez comme ça. Café ?

Pendant que sa mère préparait le café, Clio me fit visiter la maison. Les plafonds du grand salon à l'avant, dont les hautes fenêtres donnaient sur la via Garibaldi, étaient peints dans un style que je reconnus pour être celui de l'atrium.

— Tavarone ? hasardai-je.

— Bravo, Ilja, approuva Clio. Peut-être que tu en apprendras encore, toi aussi. C'est la rencontre historique entre Antoniotto Adorno et le pape Urbain VI à Gênes.

— Tu crois qu'un jour on peindra notre rencontre historique à nous sur un plafond ?

— Si j'étais toi, je perdrais d'abord quelques kilos, Ilja. Sinon, tu ne seras pas très crédible, en lévitation dans le ciel.

— C'est toi qui me donnes des ailes. Le spectateur le comprendra tout de suite.

Les murs étaient recouverts de dizaines de vieux tableaux sombres dans des cadres lourds et dorés. Clio me dit que la plupart étaient des œuvres de l'école génoise, complétées de quelques peintures vénitiennes et lombardes. Des représentations religieuses et mythologiques. Face au portrait sévère d'un homme âgé, elle affirma que c'était un aïeul, peint par Van Dyck. Sur le buffet, dans un cadre en argent, se trouvait une photo de sa mère, toute vêtue de noir, donnant la main au pape Jean-Paul II. Dans la salle à manger étaient accrochées des natures mortes et des scènes de cuisine de l'école flamande. Au centre de la table en chêne brillante trônait une petite sculpture de cheval en bronze.

— Jean Bologne, dit-elle.

Les chandeliers en argent étaient de Virgilio Fanelli. La collection était plus riche que celle de bien des musées.

— Et cette toile, là-bas ? demandai-je.

J'indiquai la représentation d'un jeune homme à la mise biblique, muni d'un bâton, penché en avant avec un regard sombre sur un rocher de l'Ancien Testament. Il était peint dans un clair-obscur suggestif et semblait être une pièce importante, car elle occupait une position centrale au-dessus de la cheminée.

— Ce pourrait être un épigone du Caravage, hasardai-je une nouvelle fois.

C'était un coup de bluff. Mais apparemment je n'étais pas loin, car elle eut un sourire éloquent.

— Pas mal, dit-elle. En théorie, tu pourrais avoir raison. Sauf qu'en l'occurrence c'est une toile du maître lui-même.

— C'est un Caravage ?

— Le seul à Gênes. Saint Jean-Baptiste. Mais je suis convaincue que c'est aussi un autoportrait. Le Caravage avait une véritable obsession pour Jean-Baptiste. Il s'identifiait souvent à lui. L'exemple le plus intéressant est sans doute la représentation de la *Décollation de saint Jean-Baptiste*, qui se trouve dans la co-cathédrale de Malte. Il a signé cette œuvre du sang de Jean-Baptiste : la mare de sang se prolonge dans son nom, tracé dans la même peinture rouge.

— J'aimerais bien la voir, dis-je.

— Je ne l'ai jamais vue en vrai non plus.

— Allons-y. Je t'emmène à Malte.

— Chiche, dit-elle.

— Mais tes parents ont donc un vrai Caravage chez eux.

— Il est dans la famille depuis des siècles. Tu comprends bien que tu ne dois jamais en parler dans tes livres. Moi-même, je ne peux rien publier sur lui. Les voleurs d'art nous lisent, et une maison particulière comme celle-ci est presque impossible à sécuriser adéquatement. Mais c'est effectivement le cas. J'ai grandi sous le regard intense du Caravage pointé sur moi. Que pouvais-je devenir d'autre que ce que je suis devenue ? Dès mon plus jeune âge, le passé regardait par-dessus mon épaule. De la même manière que le Caravage se représentait lui-même à l'ère biblique, le passé du Caravage était mon décor à moi. Et comme tu peux le voir à son regard sur ce tableau, cela ne rend pas spécialement gai.

— Qu'est-ce qui ne te rend pas gaie, Clio ?

Sa mère était sortie de la cuisine, portant un plateau d'argent avec le service à café.

— Tu viens à peine de le rencontrer. Ces boucles d'oreilles ne sont vraiment pas possibles, ma fille. Crois-en ta vieille mère. Alors ? Que pense-t-il de notre maison ?

— Il parle aussi italien, dit Clio. Tu peux le lui demander toi-même.

— Vraiment ? Vous pouvez donc aussi communiquer ? C'est fantastique.

Nous nous assîmes. Elle versa le contenu de la cafetière en argent dans de petites tasses en porcelaine.

— Du sucre ?

Elle présenta les chocolats que j'avais apportés.

— En l'occurrence, j'ai bel et bien quelque chose à communiquer, si vous me le permettez, dis-je. J'aimerais vous remercier de votre invitation, madame. C'est un honneur pour moi de vous rencontrer.

— C'est cela, répondit la mère de Clio. Au demeurant, ma fille s'est invitée elle-même. Lui as-tu déjà parlé de notre famille, Clio ?

Elle se renfonça dans son fauteuil, me regarda et se mit à raconter. Tandis que je gardais l'air intéressé, la tête commença bien vite à me tourner de tant de noms et de dates d'illustres ancêtres investis de fonctions de premier ordre dans la République génoise. Elle fut interrompue par l'arrivée discrète dans la pièce d'un vieil homme timide. Il portait un vieux costume d'un brun douteux, une cravate marron tachée de graisse et des charentaises roses. Clio me présenta à son père. Je me levai et lui serrai la main. Il ne dit rien, me fit un clin d'œil et sortit comme il était entré. La mère de Clio reprit le fil de son histoire.

— Eh bien, me dit-elle sur le pas de la porte, je serais presque tentée de dire « au revoir », mais attendons de voir combien de temps vous tiendrez.

— Elle t'aime bien, dit Clio une fois dehors. Elle n'est jamais aussi bavarde en temps normal.

— J'en suis fort aise. Moi-même, je n'ai pas eu cette impression. Une chose. Désolé de te poser cette question, mais je veux être bien sûr d'avoir compris. Tes parents sont de la noblesse ?

— Ma mère est la marquise Chiavari Cattaneo Della Volta. Mon père est une pièce rapportée.

— C'est haut, une marquise ?

— C'est entre la duchesse et la comtesse. Un archiviste a écrit un livre sur notre famille. Andrea Lercari. Notre arbre généalogique remonte à plus de mille ans.

— Toi aussi, tu es noble, alors.

— Quand ma mère mourra, ce sera moi, la marquise, que je le veuille ou non.

— Tu as donc de vraies armoiries.

— Coupé au premier quartier en chef chargé d'une aigle de sable couronnée sur champ d'or et aux trois autres quartiers en pointe fascés de six pièces d'azur et d'argent au pal bandé de huit pièces de gueules et d'argent.

— Cool.

— Tu trouves ?

— Mais tu es fille unique. Cela veut dire que si nous n'y mettons pas du nôtre, une famille millénaire s'éteindra avec toi. Je ne voudrais pas avoir ça sur la conscience. Je n'aurais jamais osé rêver d'être un jour investi d'une mission aussi importante, pour ne pas dire aussi noble.

— Vas-y, rigole. Ça ne te fait pas peur ?

— En fait, si.

— Le problème, c'est que mes parents pensent réellement comme ça. Tu comprends à quel point c'est terrible de naître avec le poids de l'Histoire sur les épaules ? Ça ne sert strictement à rien, cela ne fait que te prédestiner et te restreindre. Je suis venue au monde avec la tâche de perpétuer le passé, voilà à quoi ça se résume. Je me suis toujours rebellée contre cet état de fait, mais sans grand succès, car il a fallu que j'étudie l'histoire de l'art, idiote que je suis, si bien que je n'ai fait que m'enliser encore plus dans le passé.

8

Nous nous connaissions depuis à peine plus d'un mois quand l'offre se présenta. Elle m'en parla entre une chose et l'autre, tout en coupant les feuilles mortes de sa plante d'intérieur. Elle avait reçu un coup de fil d'une amie de son directeur de thèse, avec laquelle, contrairement à ce dernier, elle avait encore des contacts de temps à autre, à qui elle envoyait des chocolats à Noël et qu'elle avait d'ailleurs encore aidée pas plus tard que l'an dernier à rédiger un catalogue d'exposition. Elle n'avait toujours pas été payée, soit dit en passant. Cette amie travaillait pour la Galleria delle Belle Arti, et il y avait un poste vacant. Son patron lui devait une faveur, elle tenait à ce que ce soit Clio, car elle était en train de monter une nouvelle exposition, et donc, si Clio était intéressée, c'était réglé. Bien sûr, il faudrait publier pour la forme un appel à candidatures, mais ce ne serait guère plus qu'une simple formalité.

Je la félicitai avec effusion. Cela me semblait une nouvelle fantastique. Elle haussa les épaules. Je lui demandai en quoi consistait le travail. Elle était censée enseigner l'histoire de l'art aux étudiants de la filière artistique.

— Mais c'est ce que tu as toujours souhaité. Certes, ce n'est pas encore un poste de chercheuse, j'entends bien, mais c'est déjà plus gratifiant que ton travail à la salle des ventes.

— Ce n'est que pour un an. Avec prolongation possible. Mais sans aucune garantie que ce soit effectivement prolongé.

— Quand bien même ce ne serait que pour un an. C'est l'occasion de prendre une nouvelle direction et d'investir dans ton avenir. Désolé si je m'exprime comme un coach de carrière, mais je le pense sincèrement.

— Chez Cambi, j'ai un contrat à durée indéterminée. C'est peut-être idiot de le quitter pour un avenir incertain.

— Un avenir incertain a au moins le mérite d'en être un, dis-je. Si tu choisis la sécurité, tu ne sortiras jamais de ta brocante de souvenirs du passé.

— Je sais.

— Ne dis pas que tu n'es pas intéressée par l'avenir. Tu me l'as déjà faite une fois.

Elle rit.

— La Galleria se trouve Largo Pertini, n'est-ce pas ? demandai-je. À côté du théâtre Carlo Felice ? C'est un endroit magnifique pour travailler. Bien plus près aussi que ce château au-dessus de la piazza Manin. Je pourrais t'accompagner au travail tous les matins. Et nous prendrions le petit déjeuner ensemble piazza De Ferrari.

— Non, Ilja. Tu ne comprends pas. Je parle de la Galleria de Venise.

— Venise ?

— Oui.

— La célèbre Galleria de Venise ?

— Je devrais déménager, dit-elle. Donc.

— Donc quoi ?

— Donc, je ne sais pas.

— Je viens avec toi à Venise.

Je le prononçai dans un élan, mais en réfléchissant, l'instant d'après, je compris que je le pensais vraiment. Je dirais même plus, l'excitation s'emparait de moi, comme lorsqu'une grande aventure est sur le point de commencer. Cela se finirait bien ou mal, cela restait à voir, mais ce serait bel et bien une aventure. Bien sûr que j'irais à Venise avec Clio. Plus j'y songeais, plus vivre avec elle à Venise m'apparaissait comme le meilleur des plans jamais conçus par aucun être humain sous le soleil.

— Tu ferais vraiment ça pour moi ? me demanda-t-elle doucement.

— Cela me plairait énormément.

— Mais tu aimes Gênes. Tu es ici chez toi. Tu es encore plus génois que moi.

— Mais je ne suis pas italien, donc je n'ai pas peur du changement. J'ai déjà démarré une nouvelle vie avec toi, donc le fait que cela aille de pair avec un nouveau décor me semble tout naturel. Vivre ensemble à Venise est le cadeau le plus romantique que tu puisses m'offrir. Nous y serons encore plus ensemble qu'ici, car nous n'y connaissons personne. Tu imagines toutes les aventures que nous vivrons à Venise, toi et moi ? Je pense que nous pourrons y mener des expéditions formidables. Imagine tout ce qu'on découvrira là-bas.

— Donc tu penses que je dois le faire ?

— Oui, s'il te plaît.

— OK, alors. Si ça te fait tellement plaisir, je le fais pour toi.

Plein de gratitude, je couvris son visage de baisers. Je sentais confusément que quelque chose clochait, que les rôles s'étaient inversés quelque part en cours de route et que je n'aurais pas dû être le premier à exprimer ma reconnaissance, mais quelle importance, j'étais reconnaissant. Bien qu'ensuite elle revînt sur sa décision plusieurs fois par jour, soulevant chaque fois pour la forme de nouvelles objections, l'avenir s'était irréversiblement mis en branle. Sa nomination se déroula sans anicroche, comme promis. Je m'abstiendrai de lister les tracasseries variées. Nous avions la possibilité de louer un petit appartement dans la calle nuova Sant'Agnese, tout près de la Galleria, à un prix abordable, car son amie connaissait le propriétaire, et c'est ainsi qu'il n'y eut plus de retour en arrière possible. Clio et moi déménageâmes à Venise.

V

UN CYGNE EN MODE DISCO

1

Même si mes turbulentes années de débauche compulsive sont derrière moi depuis bien longtemps et que je pouvais déjà, bien avant mon arrivée au Grand Hotel Europa, presque passer pour un citoyen responsable avec un mode de vie que, du haut de mes années folles, j'aurais toisé avec dédain, je constate néanmoins que le carcan ouaté des journées structurées autour des collations et des repas pris à heures fixes me fait du bien. Je n'irais pas jusqu'à dire que le chagrin que j'avais en bagage s'est évanoui, mais la confusion associée à ma peine a trouvé dans le rythme prévisible des rituels un rocher auquel s'accrocher.

C'est comme si par désespoir, ou du moins en l'absence d'une autre option convaincante, j'étais entré dans les ordres et que, grâce à la régularité des séances de prière, je me convertissais progressivement à la foi. Certes, j'ai un lit à baldaquin à la place d'un grabat et une luxueuse suite d'hôtel au lieu d'une cellule, et je ne descends pas non plus vêtu d'une bure mais à la mode de la vieille Europe pour dîner à une table dressée de brocante et d'argent, toutefois, pour le reste, je ne diffère guère d'un religieux. Ma prière est sur le papier. De même que le moine se plonge dans le mystère de la création, implore le pardon pour ses péchés et adore Dieu en s'agenouillant, les mains jointes, je suis penché sur mon bureau en bois d'ébène, mon stylo à la main, et j'écris sur Clio.

Sans doute parce que je ressens l'effet salutaire de la régularité sur mon humeur, je commence involontairement à ajouter de plus en plus de rituels aux rituels. Alors qu'au début je tirais sur le cordon dès le réveil pour me faire apporter un café dans ma chambre, je me soumets désormais à une toilette préliminaire avant de sonner, parce que je me suis dit soudain que je ne voulais pas recevoir la femme de chambre sans être lavé ni rasé. Non qu'elle en ait quelque chose à faire, mais je me sens plus à l'aise comme cela. Jusque-là, rien de particulièrement anormal.

Mais aujourd'hui, je me suis aperçu que j'avais ajouté chaque matin sans m'en rendre compte de nouvelles opérations à ce rituel. Je ne me contente plus de me laver et de me raser vite fait, je procède désormais à une toilette minutieuse, utilisant deux types de savon différents, me rase à l'ancienne avec une lame que je dois d'abord aiguiser, me taille la moustache et les favoris à l'aide de deux petites paires de ciseaux spécifiques, me peigne les sourcils, me brosse les dents, me rince la bouche avec une solution buccale à l'extrait de sauge, enduis mon visage de crème de jour, me parfume les joues à la lotion tonique au sel marin et vaporise ma robe de chambre de deux petits coups de Rosso d'Ischia à la rose. Ce n'est qu'ensuite que j'agite la sonnette. Et ma véritable toilette doit encore commencer. J'y procède après mon café et ma première cigarette, avant de m'habiller et de descendre pour le petit déjeuner.

Maintenant que je l'écris, je remarque que c'est peut-être un peu bizarre. Mais je sais déjà que je reprendrai le cérémonial demain matin et qu'il y a de fortes chances pour que j'y ajoute quelques nouvelles manies.

Pour mon linge, je n'ai pas grand-chose à faire. Tout est impeccablement lessivé, repassé et amidonné par le service de blanchisserie de l'hôtel. Je constate néanmoins que j'astique de plus en plus souvent mes bagues, mes épingles de cravate et mes boutons de manchette, de manière obsessionnelle. Hier, j'ai même lustré mon boîtier de cartes de visite en argent et mon Zippo *solid brass*. Dans mes flamboyantes années, j'y aurais vu la preuve ultime de ma déchéance et j'aurais eu raison.

On pourrait penser que j'ai tout simplement trop de temps, mais ce n'est pas le cas, car il se passe quelque chose d'étrange avec le temps au Grand Hotel Europa : il n'existe pas. Je comprends qu'une telle affirmation requiert un zeste d'explication. Tout d'abord, nulle part il n'y a d'horloge dans l'hôtel. Dans ma chambre non plus ; ni pendule, ni réveil, ni radio-réveil. Bien sûr, j'ai apporté de l'extérieur mon propre temps, que je peux lire à ma montre, sur mon téléphone portable ou sur mon ordinateur, mais il a tout doucement perdu de sa pertinence. La cloche des repas cadence la journée.

Quand j'ai écrit que le temps ici n'existait pas, je voulais cependant dire autre chose, de plus mystérieux et plus difficile à expliquer. Laissez-moi le formuler ainsi. Les routes existent pour le chauffeur qui cherche son chemin. Mais pour le poète fatigué qui s'est endormi après son spectacle sur la banquette arrière de ce taxi, l'itinéraire, avec tous ses virages, ses carrefours et ses bifurcations possibles, n'est pas une réalité, car il n'a aucun besoin d'y être attentif. Aussi le temps existe-t-il lorsque vous vous demandez si vous avez le temps avant votre prochain rendez-vous de faire un saut à la pharmacie pour acheter des calmants.

Le temps existe par la grâce des choix. Les choix existent par la grâce des alternatives. Les alternatives existent par la grâce d'un avenir. Un avenir existe par la grâce d'un passé qui doit être oublié, comme dans le cas du pauvre Abdul. Mais lorsque le passé bruissait du froufrou des robes de bal et résonnait du tintement des bijoux, dans un va-et-vient de princes, de comtesses, d'ambassadeurs et de capitaines d'industrie, et lorsque le souvenir du passé est le rêve du présent, l'avenir n'est qu'un ajout superflu à tout ce qui a été. Alors le temps se dilue, jusqu'à ce qu'il soit si délayé que plus personne n'en a l'emploi.

2

— Quand je me suis retrouvé dans le désert, dit Abdul, j'ai pris conscience que j'avais tout perdu et que mon père était mort. Mais je ne pouvais pas me permettre de pleurer. Je devais économiser mes larmes, car je savais qu'il y aurait encore beaucoup d'occasions qui les feraient couler. Il me fallait devenir adulte d'un coup, et c'est ce que j'ai fait, parce que je l'avais décidé.

« Dans le désert, les directions que vous pouvez prendre sont nombreuses. Je ne savais pas laquelle choisir. Comme mon frère, en rêve, m'avait dit de fuir les flammes, j'ai tourné le dos au village qui brûlait au loin, j'ai repéré une étoile qui brillait droit devant moi dans le ciel et je me suis mis à marcher vers elle.

« Au bout de deux jours, j'étais plus loin que je ne l'avais jamais été de tout ce que j'avais connu auparavant. À partir de ce moment, j'ai dû chercher de l'eau et des plantes comestibles sans plus pouvoir m'appuyer sur ma mémoire. Il n'y avait plus de passé, juste un avenir dans lequel je devais m'assurer de survivre.

« Au bout de quatre jours, il s'est passé quelque chose qui m'a causé une frayeur énorme. J'ai trouvé un buisson de chardons, dont j'ai arraché une branche pour en aspirer le suc, comme mon père m'avait appris à le faire. Mais, au lieu du suc, j'ai senti sur mes lèvres le goût du sang. Ce sang provenait de ma main, car je m'étais écorché mais je ne l'avais pas encore vu. Je croyais que c'était le buisson qui saignait. C'est alors que j'ai vu des ossements humains. Ça, c'était l'histoire du buisson de chardons.

« Je ne sais pas combien de temps s'était écoulé quand je suis enfin arrivé dans une région plus verte avec de l'eau. J'ai vu quelques maisons délabrées, mais il n'y avait personne. Soudain, j'ai entendu un faible bêlement. C'était une vieille chèvre toute maigre, plus morte que vive, sans doute abandonnée par les anciens occupants des maisons délabrées. J'avais faim et, comme j'avais décidé que j'étais un adulte, j'ai abattu la chèvre. Ne sachant pas faire du feu, j'ai mangé la viande crue. C'est alors que les oiseaux sont arrivés, effrayants. Ils étaient tenaillés par une faim blême et poussaient des cris stridents. Ils étaient gros et noirs et dégageaient une odeur nauséabonde de fumier, de pourriture et de mort. Leurs têtes blanches paraissaient presque humaines. Ils m'ont jeté un regard noir de filles jalouses et m'ont volé la viande des mains avec leurs pattes crochues. Ça, c'était l'histoire des oiseaux.

« J'ai poursuivi mon voyage. La terre a de nouveau fait place au désert, et ce désert était plus vide et plus hostile que le désert dans lequel j'avais grandi. Ma bouche est devenue trop sèche pour prier, et mon espoir a brûlé au soleil. J'essayais de trouver de l'ombre pour dormir le jour et je marchais la nuit. Je mangeais des insectes. Il n'y avait plus de plantes.

« Un soir, j'ai vu de la lumière au loin. C'était un camp. Ça pouvait être dangereux, car je ne pouvais pas savoir qui étaient ces hommes. Mais ma soif et ma faim l'ont emporté sur ma peur. J'ai eu de la chance. C'était le camp du vieux marchand de ferraille et de ses assistants. C'était un ami de mon père. Quand il m'a vu, seul à plusieurs semaines de marche de chez moi, il a compris. Il m'a donné à boire et à manger, et ne m'a rien demandé. Je suis resté deux jours auprès de lui pour me reposer et reprendre des forces.

« Quand je me préparais à partir, le troisième jour, il m'a dit que je pouvais encore rester. Lui-même partait le lendemain vers l'est. Je pouvais l'accompagner. Mais je lui ai raconté mon rêve dans lequel mon frère m'avait dit de traverser la mer. Il a hoché la tête. Je lui ai demandé s'il avait un conseil à me donner.

« "Le destin trouve son propre chemin, il m'a dit. Ta destinée est encore loin. Pas un mot de plus. Va et sois reconnaissant envers les étoiles, qui te montrent la bonne direction, et envers ton père, pour tout ce qu'il t'a appris." Ça, c'était le conseil du vieux marchand de ferraille, et je lui étais reconnaissant aussi.

« Au fur et à mesure que je me rapprochais de l'étoile que je suivais, la terre devenait plus verte et moins aride. Je trouvais plus facilement de l'eau et des plantes comestibles, mais je devais aussi me tenir davantage sur mes gardes, car j'approchais d'un territoire habité. Les gens sont moins prévisibles que le désert. C'est une leçon que mon père m'a apprise. Une plante est comestible ou toxique, mais les gens ne sont pas toujours ce qu'ils paraissent.

« Un jour, j'ai cru entendre quelqu'un. Je me suis caché derrière un rocher, mais l'homme m'avait vu et il m'a trouvé. Il était décharné et crasseux. Ses vêtements étaient déchirés. Il m'a regardé avec ses yeux creux, et il m'a dit qu'il s'appelait Achaï et que la région était dangereuse, car un certain Borgne y patrouillait avec ses tout-terrain et ses milices armées. Il m'a dit que les passeurs les avaient laissés là avec son groupe, mais que le Borgne avait déjà capturé tous ses compagnons. Il m'a dit qu'il avait peur, qu'il ne savait pas quoi faire, et puis il m'a demandé s'il pouvait venir avec moi. Il m'a supplié. Voilà comment j'ai rencontré Achaï. Je lui ai donné mes fruits de cactus et je lui ai dit qu'il pouvait venir avec moi. Nous avons fait le chemin ensemble jusqu'à la mer, mais je préfère raconter cette histoire-là la prochaine fois.

3

Lorsque Abdul eut éteint sa cigarette dans le pot de fleurs et fut retourné à son travail, je regagnai ma chambre pour noter son histoire. Sa voix douce et timide bruissait encore à mes oreilles et je m'efforçai de conserver son rythme et son timbre, tout en tâchant de reproduire son témoignage aussi précisément que possible, avec ses mots à lui.

Bien que je sois venu pour mettre de l'ordre dans mon propre passé en reconstituant sur le papier la succession d'événements qui m'a acculé à m'imposer cette tâche, et bien que j'aie choisi le Grand Hotel Europa en partie dans l'espoir qu'il ne s'y passerait pas grand-chose qui vaille la peine d'être raconté et qui puisse me distraire de ma mission, le récit d'Abdul produit sur moi une telle impression que je me sens en devoir de le consigner par écrit, m'obligeant par ailleurs à tenter de refouler cette idée que mon histoire à moi fait bien piètre figure à côté de la sienne. Tout bien considéré, la seule excuse que j'ai de consacrer autant de temps et d'énergie à rejouer mon propre petit drame de luxe, où le personnage principal court à sa perte enveloppé d'un manteau d'hermine et chute, si tant est qu'il chute, sur une montagne de coussins en satin, c'est qu'il s'agit de mon histoire et qu'elle m'a par conséquent passablement touché. Mais c'est l'histoire d'Abdul que je devrais raconter. Tous les écrivains d'Europe devraient raconter l'histoire de tous les Abdul du monde, jusqu'à ce qu'il n'y ait plus personne, parmi nos lecteurs, qui n'ait conscience d'avoir vécu jusqu'à présent dans le passé.

Quoi qu'il en soit, ce qu'il m'a raconté est à présent enregistré et ce qu'il me racontera sera noté avec autant d'exactitude que possible, même si je n'ai aucune idée pour le moment de la destination de ce témoignage. Peut-être servira-t-il un jour dans un futur roman.

Je dois de toute façon réfléchir à ce que je compte faire de ces notes. Je sais que personne ne me croit quand je dis que j'écris mon histoire avec Clio essentiellement pour moi-même, parce que je souffre d'une déformation professionnelle qui veut que je ne vive vraiment les choses vécues dans la vraie vie qu'une fois que je les vis sur le papier. Ceux qui doutent de l'absence totale d'intention de ma part ont toutefois sans doute raison de dire que je suis trop écrivain pour ne pas envisager à un moment donné une forme quelconque de publication. Mais dans ce cas j'utiliserais ces notes tout au plus comme base, car je serais enclin, je pense, à opter pour une édition sous forme de fiction, dans laquelle je romancerais dans une très large mesure mon histoire. Je modifierais le prénom de Clio et devrais édulcorer une bonne part de la réalité afin de rester crédible. Mais, de grâce, laissons ces préoccupations pour plus tard.

Quand je pense qu'en plus je suis sous contrat pour écrire un tout autre livre... J'ai promis à mon éditeur un roman sur le tourisme. Il faudrait que je demande à mon agent, mais je crois qu'une coquette avance a même été versée. Ce livre est une idée de Clio. La manière dont elle l'a eue est d'ailleurs toute une histoire. Mais je vais y venir. Il me reste tellement de choses à raconter. Je suis soulagé d'avoir encore tant de passé sur la planche, parce que je ne sais vraiment pas quel genre d'avenir je pourrai bien m'inventer une fois que j'aurai accompli cette tâche que je me suis fixée.

4

À peine avais-je écrit cette phrase que j'entendis frapper à la porte de ma chambre. J'enfilai mon veston et ouvris. C'était Louisa, l'une des femmes de chambre. Je la remerciai de s'être déplacée, lui précisant que hélas je n'avais rien commandé, mais me déclarai tout disposé bien sûr à remédier à cette omission, si je pouvais en quelque façon lui être agréable.

— Je suis sincèrement désolée de vous déranger, maestro Leonard, dit Louisa, mais on m'a chargée de vous inviter à la cérémonie.

— J'apprécie beaucoup, même si je n'ai pas la moindre idée, en l'occurrence, du genre de cérémonie dont il peut bien s'agir.

— Le nouveau propriétaire m'a demandé de convier tous les hôtes permanents dans le hall central. Aucun de nous ne connaît ses intentions. M. Wang aime les surprises. Si vous le désirez, je vous excuserai auprès de lui.

— Non, non, il n'en est pas question. Je suis très honoré de compter d'ores et déjà au nombre des hôtes permanents, et le hasard veut que je sois friand de cérémonies. Je descends tout de suite.

Jambes écartées, vêtu de son costume noir, M. Wang attendait dans le hall, flanqué de son interprète. Il montait et redescendait sur la pointe des pieds pour montrer qu'il était de nature patiente et ne se formalisait guère de devoir attendre que tout le monde fût arrivé. L'interprète prenait son travail tellement au sérieux que, tant que son ventriloque ne parlait pas, il ne se permettait pas la moindre expression faciale. Autour d'eux s'était formé un cercle qui paraissait gêné de constituer un cercle franc. La plupart des invités faisaient mine de s'être trouvés là par hasard et d'être restés pour la circonstance. Je reconnus tous ceux que j'avais déjà rencontrés, à l'exception de Patelski.

Je constatai que le mobilier avait changé. À la place des divans élimés recouverts de velours vieux rose, de robustes Chesterfield en cuir trônaient désormais devant la cheminée, sous le portrait de Paganini. On ne pouvait nier que c'était une amélioration. L'ancien velours avait pris des allures de gazon pelé, et les divans en eux-mêmes n'avaient pas le cachet justifiant un nouvel habillage. Et ce hall, qui se voulait tout de même l'entrée majestueuse d'un hôtel de luxe, s'accommodait sans conteste des volumes opulents des Chesterfield en cuir sombre et luisant.

Mais qu'était-il arrivé au lustre ? Je ne distinguais pas bien dans la pénombre, mais tout portait à croire que le lustre aussi avait été remplacé. J'en étais presque certain. Pour le coup, c'eût été un choc. Le vieux lustre était certes défectueux et abîmé, mais c'était une antiquité, un chef-d'œuvre d'artisanat copieusement décoré dans un somptueux style rococo. Je me souvenais fort bien que Montebello, le jour où j'avais emménagé au Grand Hotel Europa, me l'avait montré en le qualifiant à juste titre de joyau.

M. Wang prit la parole. Curieusement, son discours, que nous servait l'interprète par portions digestes, était un éloge de la vieille Europe. M. Wang déclara que nombre de ses compatriotes considéraient l'Europe comme une curiosité historique qu'ils visitaient pour se faire une idée de la façon dont leurs ancêtres vivaient avant le progrès, mais que lui ne pensait pas comme eux. Il respectait la culture européenne, qui avait aussi su produire, à son avis, un certain nombre de choses valables, notamment dans le domaine de l'art et d'autres métiers manuels anciens. Il affirmait que sa philosophie était de miser sur les forces et non sur les faiblesses. S'il voulait faire du Grand Hotel Europa une entreprise prospère, et nous pouvions être sûrs que telle était bien son intention, il devait réunir ici, dans cet hôtel, ce que la tradition européenne avait de meilleur. Alors, les touristes chinois afflueraient tout naturellement, nous pouvions le croire sur parole. Il avait également une deuxième philosophie, c'était que les premières impressions sont déterminantes. De son point de vue, le hall central était la carte de visite de l'hôtel. C'est pourquoi il n'avait pas ménagé ses dépenses ni sa peine pour accorder une place, ici même dans ce hall, à un chef-d'œuvre de l'art européen, qu'il avait fait spécialement réaliser dans le respect des meilleures traditions du Vieux Continent, en Autriche, par la célèbre société Swarovski.

Il fit signe à son interprète d'actionner l'interrupteur mural afin d'étrenner solennellement la précieuse acquisition. Des centaines d'ampoules LED illuminèrent des milliers de gouttelettes de cristal poli. Au cœur de la lampe, le logo du cygne, triomphalement éclairé, ne laissait planer aucun doute quant à l'authenticité de ce cristal Swarovski. M. Wang se mit à applaudir. Nous l'imitâmes.

Mais les festivités inaugurales n'étaient pas terminées. Le plus beau était à venir. L'interprète tourna l'interrupteur et les diodes changèrent de couleur. Le lustre diffusa une lumière rose. Au cran suivant, la lumière se fit bleue, puis rouge, puis verte. Enfin, l'interprète enclencha le mode disco et toutes les couleurs se mirent à passer automatiquement de l'une à l'autre. M. Wang claqua des doigts et les plateaux de champagne arrivèrent. Quand chacun eut une flûte en main, il porta un toast à l'Europe.

VI

LA VILLE QUI SOMBRE

1

Il est des villes réelles et des villes imaginaires, des villes pensées dans les moindres détails et des villes qui prolifèrent comme une tumeur, il est des villes épargnées et des villes bombardées puis reconstruites, des villes décrites et des villes invisibles, des villes à la croissance exponentielle et des villes éternelles ; mais Venise, elle, est une ville qui n'existe plus. Telle feu la Troie d'Énée, elle est d'ores et déjà en train de devenir un mythe. Elle s'enfonce dans la lagune en souvenir étincelant de celle qu'elle fut jadis. Ses visiteurs viennent y honorer la mémoire d'illustres visiteurs du passé. Ils ralentissent le pas, traquant des souvenirs de souvenirs de morts. Ici se trouve la prison des Piombi, d'où s'échappa Giacomo Casanova. C'est parmi ces chaises longues en rotin du Lido que Thomas Mann posa son regard sur Tadzio. Voici le Caffè Lavena, où Gustav Mahler avait sa table attitrée. Et dans cette ruelle, autrefois une impasse, se trouve le Harry's Bar, dont Ernest Hemingway était un habitué. C'est le soir, et les pas résonnent dans les *calle* désertes, en écho aux échos d'autrefois.

Dans la vitrine de la Farmacia Morelli sur le Campo San Bortolomio, un compteur indique quotidiennement le nombre actuel de résidents officiels de la ville historique. En 1422, ils étaient 199 000. Ce qui faisait de Venise la deuxième plus grande ville d'Europe après Paris. En 1509, elle ne comptait plus que 115 000 habitants, dont 11 164 courtisanes. En ce temps-là, cependant, Venise était encore plus de deux fois plus peuplée que Londres. Selon un recensement de 1797, à la fin de la République, la vieille ville comptait à nouveau 141 000 habitants. En 1931, la population monta à 163 559 habitants, avant de redescendre à 145 402 en 1960. À partir de ce moment-là, le nombre d'habitants se mit à diminuer de façon spectaculaire, passant de 111 550 en 1970 à 95 222 en 1980, 78 165 en 1990 et 66 386 en 2000. Au moment de l'installation du compteur, le premier jour du printemps 2008, Venise n'abritait plus que 60 720 habitants, soit moins d'un tiers de sa population au temps de son apogée, au XVe siècle. Dix ans plus tard, il en restait 53 986, et le compteur continue de reculer de jour en jour. Le fait que deux nouveaux résidents soient venus s'ajouter récemment, ou plutôt un seul, car je n'ai toujours pas effectué mon inscription officielle, a tout au plus fait hoqueter le compte à rebours fatal. La population actuelle est à peu près égale à celle d'une commune néerlandaise comme Barneveld, Hoogeveen, Krimpenerwaard, Oosterhout ou Smallingerland, elle est inférieure à celle de la ville belge de Mouscron et environ égale à celles de la commune de Woluwe-Saint-Lambert, de villes allemandes comme Meerbusch et Hattingen ou du bourg anglais d'Altrincham dans le Grand Manchester. Si l'on extrapole, au rythme où la démographie décline, Venise sera vide en 2030. Ce jour-là, le dernier éteindra la lumière en partant.

Cette ville, qui n'est plus guère habitée que par des fantômes du passé, subit aujourd'hui l'invasion de 18 millions de touristes par an. Cela fait une moyenne de 50 000 touristes par jour, soit environ autant qu'au Disneyland d'Anaheim en Californie. Et les pronostics annoncent un doublement de ce nombre d'ici à 2030. Ce seront donc 100 000 touristes par jour qui visiteront une ville déserte. Les tourniquets ouvriront le matin et fermeront le soir, et personne ne protestera s'il faut acheter un billet pour visiter le site. En divers endroits de la ville, des banderoles clament « *Venezia è una vera città* ». Aucune autre vraie ville ne ressentirait le besoin de revendiquer ainsi son authenticité par le biais de manifestes.

Le mirage à l'élégance fragile que nous appelons Venise, avec ses *palazzi* qui se reflètent dans l'eau, est construit sur des sédiments de sable et d'argile déposés par le fleuve Pô au quaternaire. La ville a continué à se développer sur des îles artificielles, créées en jetant du sable dans la mer. Ce sol meuble s'affaisse. C'est un processus tout à fait naturel. Qui se déroule lentement. L'affaissement moyen est d'environ 2 millimètres par an. Depuis les premières mesures scientifiques en 1897, Venise a perdu 28 centimètres de hauteur. Cela ne semble peut-être pas dramatique, mais les marges sont faibles. Le vieux centre de Venise se trouve à 80 centimètres au-dessus du niveau de la mer. Le point le plus bas de la ville est l'entrée de la basilique Saint-Marc, à 63 centimètres au-dessus du niveau de la mer.

En période de hautes eaux, la ville est inondée. Les Vénitiens sont habitués à devoir, de temps en temps, chausser leurs bottes pour marcher dans la rue ou traverser les places sur des passerelles en retroussant par précaution leurs jupes et leurs pantalons. Toutes les boutiques de souvenirs vendent des cartes postales de gondoles qui pagaient au beau milieu de la place Saint-Marc. Mais pour les rares Vénitiens restants, l'habitude devient de plus en plus récurrente. Entre 1870 et 1900, la ville a été inondée neuf fois. De nos jours, cela arrive jusqu'à neuf fois par an. Entre 1990 et 2008, il y a eu 80 inondations graves. Les conséquences de ce processus naturel d'affaissement sont exacerbées par la montée du niveau de la mer, engendrée par le réchauffement climatique. Et cependant que l'eau monte, le sol s'enfonce de plus en plus sous les pieds des Vénitiens.

Les millions de touristes martèlent de leurs tongs et de leurs tennis malodorantes les pierres mouvantes d'une ville en train de sombrer. Nombre d'entre eux viennent en bateau de croisière. Pour épargner à leurs milliers de passagers des désagréments inutiles lors de leur visite inoubliable à Venise, ces immeubles de 60 mètres de haut passent par le canal de la Giudecca, à quelques mètres des monuments historiques, pour accoster place Saint-Marc. Bien que les autorités, l'œil rivé sur les recettes assurées par ces croisières, affirment que la sécurité n'est pas le moins du monde en danger, plusieurs incidents ont eu lieu, impliquant des navires ayant manœuvré trop près des *palazzi* historiques. Les vagues provoquées par ces mastodontes, même à vitesse réduite, entraînent des vibrations néfastes, attaquent les fondations et accélèrent le processus d'affaissement.

Bien sûr, des mesures sont à l'étude pour protéger Venise de la mer et la prémunir du sort qui la destine à s'enfoncer dans les vagues de la lagune. Mais c'est loin d'être facile, dans une ville qui s'est constituée au fil des siècles comme un fragile puzzle. Çà et là, on rehausse un quai, mais c'est impossible en de nombreux endroits sans nuire à quelque bâtiment historique. Or, à moins de le faire partout, cela n'a guère de sens. Il n'est pas évident de moderniser le passé et de l'adapter aux normes de sécurité actuelles sans l'abîmer ou le remplacer, ce qui n'est pas une option quand le passé représente l'unique source de revenus.

Le projet le plus ambitieux visant à sauver Venise de la noyade s'appelle « Mose » et consiste en une barrière mobile isolant la lagune de la mer Adriatique à marée haute. Lorsque le plan a été lancé, en 1981, il était fièrement décrit comme un chef-d'œuvre du génie hydraulique. Mais le chantier, après toutes sortes de tracas politiques et administratifs, n'a commencé qu'en 2003. Selon les plans, le barrage anti-tempête aurait dû être terminé en 2011. Les délais sont loin d'avoir été tenus. Le 4 juin 2014, le ministère public italien a suspendu la construction et procédé à 35 arrestations parmi les responsables du projet pour corruption et pots-de-vin. Une centaine d'autres personnes concernées, parmi lesquelles des hommes politiques et des fonctionnaires, ont fait l'objet d'une enquête pénale. Depuis décembre 2014, le projet est placé sous la direction d'un commissariat spécial. Au moment où j'écris ces lignes, en 2018, l'ouvrage n'est toujours pas achevé. Néanmoins, les travaux ont déjà coûté 5,5 milliards d'euros, au lieu des 1,6 milliard d'euros budgétés. Des recherches récentes ont en outre montré que les caissons immergés sont attaqués par la corrosion, les moisissures et les moules. Les vannes déjà installées en mer ne peuvent être ouvertes en raison de problèmes techniques. Et celles qui doivent encore être assemblées et se trouvent en attendant sur la terre ferme sont rouillées malgré la couche de peinture spéciale censée les protéger. Un milliard d'euros supplémentaire est nécessaire pour remédier à ces dégâts. La mise en service de Mose est actuellement prévue pour 2022, mais la plupart des experts s'accordent à qualifier cette estimation de trop optimiste.

La construction de la basilique Saint-Marc a pour sa part commencé sous le doge Domenico Ier Contarini en 1063. Le bâtiment, achevé dans toute sa somptuosité et sa grandeur, fut consacré sous le doge Vitale Falier, en 1094. Au XIe siècle, il fallut donc trente et un ans pour construire une pure merveille qui continue d'attirer des millions d'admirateurs à ce jour. Aux XXe et XXIe siècles, près de quarante ans se sont écoulés sur le Vieux Continent dans la tentative de construire un simple barrage afin de protéger cette basilique de l'eau, sans qu'il y ait encore un réel espoir de voir s'achever sa construction à brève échéance.

2

J'avais d'avance compris, naturellement, que mon déménagement à Venise allait me confronter de manière intense au phénomène du tourisme de masse. Contrairement à ce que beaucoup pourraient penser, ce n'était pas quelque chose qui me tirait des soupirs d'agacement prématuré. J'aime les touristes. Je les connaissais déjà de Gênes, même s'il va sans dire qu'en termes quantitatifs ce n'était rien comparé à ce qui m'attendait, et ils m'amusaient.

Cela n'a pas toujours été le cas, je l'avoue. Lorsque j'étais encore moi-même un touriste, dans ma jeunesse, j'étais un touriste type, en ce sens que j'essayais autant que possible de nier ma propre condition et ne détestais rien tant que les touristes. Je faisais tout ce que je pouvais pour me camoufler en autochtone, malgré le peu de chance que j'avais d'y parvenir. Je m'installais dans des petits bars miteux pour faire celui qui connaît l'hôtellerie-restauration locale, et j'évitais comme la peste les établissements propres et hygiéniques, farouchement convaincu que tout ce qui était régulièrement nettoyé était destiné aux touristes. J'achetais des cigarettes grecques de mauvaise qualité pour avoir un paquet authentique à poser sur ma table et commandais les mêmes breuvages infects que les petits vieux du coin. En Grèce, j'allai même jusqu'à acheter un komboloï, une sorte de petit collier de perles orange, qui était à l'origine un genre de chapelet, et m'entraînais tous les soirs dans ma chambre d'hôtel jusqu'à être capable de le manipuler de façon aussi insouciante et infantile qu'un vrai Grec. Le plus grave étant qu'ensuite je m'y adonnais en public. Je préférais me perdre plutôt que de tomber le masque en sortant mon plan de ma poche arrière. Quant au triomphe suprême, c'était qu'un autochtone se trompe et me demande son chemin dans la langue du pays. Bien que ce ne soit peut-être arrivé que deux fois au total, et bien qu'aucune des deux fois je n'aie été en mesure d'aider le pauvre homme, encore moins dans sa langue maternelle, j'avais savouré pendant des jours l'ivresse de la victoire, parce qu'il m'avait pris, de manière brève mais indéniable, pour un compatriote.

D'un autre côté, rien à l'époque ne pouvait davantage gâcher mon humeur qu'une confrontation directe avec d'autres touristes. Leur simple vue suffisait à me convaincre que j'étais au mauvais endroit, c'est-à-dire un endroit touristique, et que j'avais échoué dans ma mission sacrée, plus importante que tout pendant mes vacances, à savoir éviter les lieux touristiques. Si je ne pouvais pas m'en aller tout de suite, parce que je m'étais par exemple installé en terrasse et venais de commander à boire, j'endurais leur présence, défiguré par le dégoût, et ne reprenais mon souffle qu'une fois qu'ils avaient levé le camp.

Le pire qui pouvait m'arriver était de me retrouver face à des concitoyens. « Des Hollandais ! » sifflais-je alors entre mes dents à mon compagnon de voyage. S'ils étaient trop près et risquaient d'entendre mon signal d'alarme, je l'avertissais par de petits hochements de tête paniqués. À la vitesse de l'éclair, je scannais nos tenues et nos accessoires à la recherche de détails qui auraient pu trahir le fait que nous aussi, nous étions hollandais. Un simple sac en plastique du supermarché Albert Heijn aurait pu avoir des conséquences désastreuses. Et tant que les Bataves étaient à portée de voix, nous nous regardions, mon compagnon de voyage et moi, si nécessaire pendant tout le dîner, d'un air chargé de sous-entendus et sans un mot. Si notre stratégie fonctionnait et que nous pouvions épier leur conversation, par définition stupide parce qu'ils baignaient dans l'illusion que personne dans leur environnement immédiat ne comprenait leur langage secret des polders, le désagrément était alors en partie compensé, mais c'était un bien modeste baume sur la plaie cuisante infligée par l'insupportable réalité de leur existence.

Mais, lorsque je déménageai en Italie, mon attitude envers les touristes se transforma. La raison première de ce changement était que je n'étais moi-même plus un touriste en Italie. Avant non plus je n'étais pas un touriste, bien sûr, tant s'en faut, tout au plus étais-je un voyageur, mais désormais je ne l'étais vraiment plus. J'avais des clés d'appartement, je parlais la langue du pays et j'étais salué dans la rue par des commerçants et des amis. Le cas échéant, je me calais une gazette locale sous le bras. Quand des touristes faisaient patiemment la queue en attendant leur tour au comptoir de mon bar, je pouvais crier ma commande par-dessus leurs têtes dans un italien fluide, sans même avoir à ôter mes lunettes de soleil, et tandis qu'ils se demandaient encore s'ils allaient oser protester, j'avais déjà riposté par une boutade à l'adresse du barman, que j'appelais par son prénom. J'étais un résident, cela ne faisait pas un pli.

Comme je ne courais plus aucun risque d'être confondu avec eux, les touristes ne me gênaient plus. Je n'avais plus à m'inquiéter du fait qu'ils me tendaient un miroir, ni à rivaliser avec eux pour savoir qui avait découvert un endroit en premier et qui avait plus que l'autre le droit d'en profiter. J'avais remporté haut la main la bataille pour le territoire et le concours d'acceptation par la population locale, dans toutes les catégories imaginables. Je pouvais donc contempler les touristes d'un regard compatissant et d'un sourire amène, et je ne m'en privais pas. Ils me rappelaient le long chemin parcouru, le travail accompli et la vie tellement différente qui aurait pu être la mienne.

S'ajoutait à cela que j'étais fier de vivre dans une ville visitée par des foules de touristes venus des quatre coins du monde. Le fait que tant de gens soient prêts à parcourir des milliers de kilomètres pour admirer de leurs yeux la beauté mondialement célèbre de ma ville d'adoption me remplissait de satisfaction, me confortait dans mon choix de résidence et me donnait l'impression que, dans l'ensemble, je n'avais pas si mal réussi ma vie.

Je me plaisais à penser que les touristes m'enviaient. Quiconque visite une ville comme celle-ci caresse le fantasme de s'y installer, et, tandis que cela reste pour tous un doux rêve qui ne se réalisera jamais, par manque de courage et en raison d'objectives difficultés pratiques, je l'avais pour ma part réalisé. Quand eux devaient se résoudre, la mort dans l'âme, au terme de quelques jours inoubliables, à rentrer dans leurs pluvieux quartiers résidentiels et retrouver la station de lavage automatique et les vélos équipés de sièges enfants devant la supérette du coin, je continuais de flâner élégamment au bal bruissant de la vie dans la lumière dorée du soleil couchant entre des *palazzi* séculaires, où j'étais salué en ami. La *dolce vita italiana*, dans laquelle ils venaient de tremper leurs lèvres avant de retourner, ivres de regrets, à leurs obligations et leurs contrariétés, était la baignoire de champagne dans laquelle je me prélassais quotidiennement. Ils étaient forcément jaloux de moi, il ne pouvait en être autrement. C'est pourquoi c'était bien qu'ils soient là, parce que mon statut enviable avait besoin d'un public.

À cet égard, il était presque dommage que je me sois si bien intégré que les touristes ne me reconnaissaient plus comme un ex-étranger, parvenu à la force du poignet à se faire une place dans cette ville devant laquelle ils se pâmaient comme devant un idéal inaccessible. À Gênes, ce succès qui se neutralisait était compensé par le fait que j'étais régulièrement reconnu par des touristes néerlandais qui avaient lu mon roman consacré à cette ville et s'étaient déplacés tout spécialement pour se perdre en vrai dans le décor de ma fiction. Eux savaient d'où je venais et ce que j'avais accompli. Leurs visages suintaient la jalousie. À Venise, je n'avais pas encore eu ce plaisir. Les touristes néerlandais ne me reconnaissaient pas. Peut-être n'étaient-ils pas de mes lecteurs ou ne s'attendaient-ils pas à tomber sur moi dans cette ville. Bien sûr, cela s'arrangerait, pensais-je encore à ce moment-là, car le temps viendrait où j'écrirais également sur Venise, mais en attendant je devais me contenter d'être pris pour un Italien, sans qu'ils aient la pleine conscience de la performance que cela supposait.

3

Je marchai beaucoup les premiers temps. En semaine, je me levais avec Clio à 8 h 30 pour prendre le petit déjeuner chez Gino, au bar en bas de chez nous, et l'accompagnais à 10 heures à son travail à la Galleria. À 13 heures, je la rejoignais pour déjeuner, jusqu'à 14 h 30, et à 19 h 30, j'allais la chercher pour une soirée pleine d'aventures. Pendant qu'elle travaillait, j'écrivais et je me promenais. Je considérais comme un devoir autant qu'un plaisir d'apprendre à connaître Venise le plus vite et le mieux possible. Je devais en outre entreprendre de véritables périples à pied pour faire les courses quotidiennes. Si un authentique masque de carnaval vénitien *made in China* pouvait s'acheter à chaque coin de rue, les magasins vendant des produits aussi banals que du yaourt, du liquide vaisselle ou des tomates étaient rares et clairsemés. Pour certains articles, il me fallait me rendre à Mestre, sur le continent.

Lors de mes promenades, j'observais les touristes, pour m'amuser et parce qu'il était pratiquement impossible d'observer un autre genre de personnes, pour la simple raison qu'il n'y en avait pas. À l'instar du peintre croquant les personnages pittoresques assis au bar, je notais dans mon carnet de petites impressions des touristes que je croisais lors de mes expéditions. Je me concentrais en particulier sur mes compatriotes et tentais de les subdiviser en types standard. J'envisageais de vendre éventuellement ma série de caricatures à quelque journal néerlandais ou à un magazine comme *Vrij Nederland*, en guise de lecture amusante pour l'été, période où les rédactions ont un besoin criant de copies.

L'un des types standard les plus courants était ce que j'appelais « la famille infernale », avec deux ou trois enfants sur le même modèle en trois tailles différentes, tels les Dalton dans *Lucky Luke*. Sautillant sous leurs boucles blondes, ils détonnent par rapport à tout ce que l'Italie fut ou sera un jour. Ils suscitent l'attendrissement des vieilles Italiennes. Elles voient en eux des chérubins, bien qu'à leurs yeux ils soient plutôt mal élevés.

D'ailleurs, c'est aussi l'avis du papa. En raison de son importante carrière, il est bien obligé de laisser le soin de l'éducation tout le restant de l'année à son épouse, mais il a maintenant trois semaines pour débriefer, donner son feed-back et rectifier le tir sur quelques points essentiels. L'allure fière et énergique, il marche en tête, vêtu d'un polo bleu ciel portant le logo de l'un de ses fournisseurs, et d'un bermuda kaki aux grandes poches pratiques. Il va leur montrer comment on passe des vacances. Les enfants étaient d'avance récalcitrants à l'idée de devoir vivre sans leur PlayStation pendant trois semaines et, jusqu'à présent, le bagne culturel appelé vacances dépasse leurs pires cauchemars.

— Prenons les jeux vidéo des enfants, Jan-Jaap, avait dit maman. Ce sera plus facile. Crois-moi. Nous aussi, après tout, on est en vacances.

Mais papa Jan-Jaap n'avait rien voulu entendre.

— Les vacances se dérouleront à ma manière, Tineke. Ne t'inquiète pas. Tu peux te reposer.

Tandis qu'elle ferme la marche dans sa petite robe d'été ordinaire, peu scandaleuse et d'une certaine façon même de bon goût, elle essaie courageusement de profiter de la vie. Et quand Jan-Jaap décide de s'installer à une terrasse pour inculquer à ses enfants que l'ice tea est aussi bon que le Coca, elle arrive même à faire semblant de sourire. Elle prendrait volontiers un prosecco. Voire carrément un cocktail. Mais Jan-Jaap trouverait cela irresponsable. Elle se commande un ice tea aussi. Jusqu'à présent, les vacances sont désastreuses, mais pas pires que prévu.

Au deuxième type de touristes, j'avais donné le nom provisoire de « gaystronomes ». On les rencontre dans la nature bien plus souvent qu'on ne le croit. Peut-être aurais-je dû les baptiser autrement, quoique. Ils se baladent d'une manière très particulière, difficile à décrire. Là où d'autres touristes se démènent à la recherche des endroits incontournables, eux ont adopté le rythme lent qu'ils pensent être typiquement italien, avec le regard ouvert paradoxal des snobs qui ont déjà tout vu en mieux, mais qui ont décidé, avec un sourire bienveillant, de se laisser surprendre. Tandis que d'autres vacanciers, transpirant de stress dans leurs shorts, tâchent de déplier leur plan trempé, eux étudient le petit coin effrité trop marrant d'une décoration de façade quelconque et, surtout, le menu de tous les restaurants qui se présentent. Leur décontraction a de quoi rendre jaloux.

Ils sont aussi munis en permanence de sacs ou de sachets douteux provenant des plus obscurs détaillants ou supérettes de quartier, dénichés dans les ruelles sombres de la ville où ne s'aventurent que les rats.

— Ici, ils ont encore de la vraie tomate mûrie et séchée au soleil avec ce fameux duvet blanc. Tu te souviens qu'on nous en a servi aussi dans cette taverne du Vaucluse ? Mais ici, la patine blanche est encore plus épaisse et duveteuse. Tu vois ça, Robert ?

Le vieux gérant, qui prévoyait depuis longtemps de fermer cette vieille boutique à la noix et de prendre sa retraite, avait été agréablement étonné du prix qu'il avait pu obtenir pour sa vieille marchandise moisie. Les *funghi porcini* extra-secs seront également rangés dans les valises du couple comme de précieux trophées, en attendant de rejoindre la cuisine design de l'hôtel particulier en bordure de canal à Amsterdam, de même que la poutargue.

— Cet arôme de pourriture, Robert, tu sens ? C'est devenu quasiment introuvable chez nous.

Et ils achètent une machine à pâtes, vous pouvez en être certain. Ils en ont déjà deux à la maison, qu'ils n'utilisent jamais.

— Mais tu sais quoi, Robert ? La première qu'on a achetée, c'est peut-être une bonne marque, mais c'est du bête inox, en fin de compte. Au moins, la petite qu'on a trouvée l'an passé à San Abbato Grasso, c'est du laiton. Celle-ci par contre, c'est du laiton brossé. Tu vois un peu ce que ça veut dire, Robert ? OK, j'admets que 1 000 euros, c'est un paquet d'argent, mais si tu veux impressionner Freek et André avec ta bolognaise… En plus, une comme ça, c'est pour la vie. C'est comme ça que tu dois voir les choses, Robert. Maintenant qu'on a acheté des produits de première qualité. Et puis le *hardware* est toujours entre de bonnes mains avec nous.

Cette dernière phrase est bien sûr scandaleusement rédigée pour l'effet. Je ne m'abaisserais jamais à cela si j'écrivais pour moi-même, mais je sais qu'au journal ils apprécient ce genre de chute amusante.

Mon type de touristes suivant était « les italophiles hystériques », que je rencontrais plus souvent que je ne l'aurais voulu et qui m'angoissaient. Tout le monde aime l'Italie, mais eux l'aiment a priori, sans aucune connaissance de cause et un peu trop. Ils exultent déjà quand la serveuse dépose un cendrier à leur table en terrasse.

— Tu vois ce que je vois ? Quelle courtoisie. C'est typique des Italiens de ne pas en faire un problème. Tu veux allumer une cigarette en plein air ? Eh bien, tu peux. C'est ça, le style de vie à l'italienne. Ils respectent la dignité de chacun. Chez nous, on s'enlise dans la bureaucratie. Ce sont des règles, des règles et encore des règles. C'est pour ça que je déteste les Pays-Bas. Regarde-moi ça. Ici, ils ont compris que l'hospitalité relève de la politesse la plus élémentaire. J'appelle ça du savoir-vivre. Quel pays merveilleux. Je viendrais vivre ici tout de suite. Rien que pour ce cendrier. Et je ne fume même pas, c'est dire.

Je vous laisse imaginer lorsqu'ils découvrent par hasard une petite place quelconque.

— Regarde. Non mais… Quelle merveille. Tomber sur un McDonald's comme ça. Dans un *palazzo* historique à colonnes. Chez nous, ils sont toujours dans des immeubles tellement banals. Pense au McDo de l'Aarhof. Quel trou infâme, il faut vraiment avoir faim. Mais ici, ça a comme une sorte de… Comment dire ? De style. Style, oui, c'est le mot juste.

En fait, je les envie et j'ai honte de mon propre cynisme. Tandis que je joue les blasés, eux profitent bien plus que moi. Ils sont même capables de se pâmer devant une benne à ordures.

— C'est tellement génial qu'on puisse les voir comme ça sur la voie publique. Elles font partie de la vie après tout. Chez nous, on les cache. À ce qu'on dit, « ce que les yeux ne voient pas, le cœur ne s'en soucie pas ». Regarde-moi ça, ils ont jeté le poisson pourri par terre à côté du conteneur. Ça aussi, c'est si typique de l'Italie. Ils ne cachent rien. Ils vivent la vie telle qu'elle doit être vécue, avec tout ce que ça comporte. Sans faux-semblants. Je trouve ça tellement magique. Tu te souviens, l'autre jour, quand on a vu ce type avec un couteau planté dans le ventre ? Il était entré en titubant dans le café. Mais ça aussi, c'est italien. Personne n'a levé les yeux. Ils n'ont même pas appelé l'ambulance. Et ce couteau tombait à pic pour couper le salami. Ils l'ont emprunté en toute simplicité, puis l'ont remis proprement dans l'entaille. Ça, c'est l'Italie. Tout le monde s'entraide. Ce pays est une merveille.

Ce dernier paragraphe dépasse les bornes, c'est vrai, mais il n'est pas totalement dénué de drôlerie. Enfin, on pourrait continuer comme ça un moment. Je ne vais pas reproduire tous les articles que j'ai écrits à l'époque, mais il est une espèce très rare que je ne peux pas passer sous silence. Ou peut-être n'est-elle pas aussi rare qu'elle en a l'air. Elle est juste difficile à repérer. J'ai nommé les « princesses prédatrices ». Elles sont toujours deux et sont généralement blondes, quoique pas nécessairement. Mais si au moins l'une d'elles est blonde, leur duo fonctionne mieux. Car elles ont une mission, même si elles ne l'admettront jamais textuellement. Mais dans leur langage codé, qui leur permet de se comprendre comme des jumelles, elles ne cessent d'en délibérer entre elles. Elles ne parlent pour ainsi dire que de cela.

Elles sont étudiantes, se connaissent de la fac ou, plus probablement, de la vie nocturne dans leur cité universitaire. Elles voyagent avec un budget très serré, mais ce ne sont pas des routardes typiques, ne serait-ce que parce qu'elles n'ont pas de sac à dos. En avoir un leur donnerait l'air de routardes. En plus, cela fait transpirer du dos, ce qui n'est pas élégant. Il leur fallait en outre emporter toutes leurs robes d'été, ainsi que ce petit top qu'elles oseront tout juste porter avec un châle, cinq bikinis, puis surtout les six paires de chaussures à talons dont on peut avoir besoin à diverses occasions en vacances, plus la trousse de secours au complet, équipée de différentes sortes de mascaras waterproof, fond de teint, rouge à lèvres, vernis à ongles, un stick correcteur pour les piqûres de moustiques, et le kit à lentilles.

Elles ne dorment pas comme des routardes, dans des campings ou des auberges de jeunesse. Elles trouvent leurs adresses de façon mystérieuse grâce au cousin d'un ami ou via CouchSurfing. Puis elles verront, parce que trouver des adresses constitue l'un des principaux objectifs de leur mission secrète.

— Ne te retourne pas tout de suite, Frederieke, mais on a une moquette à 6 h 30. Il se rapproche. *Mamma mia*, quelle forêt vierge. Et vise plus bas, son froc…

Elles sont assises à la terrasse la plus chère de la place et boivent des cocktails chics qu'elles n'ont pas de quoi payer. Il émane d'elles une blonde et traître disponibilité. Elles sont la chandelle flamboyante à laquelle tous les *latin lovers* viendront se brûler les ailes en moins de temps qu'il n'en faut pour le dire, et elles le savent. C'est bien là le but. C'est leur mission. C'est pour cela qu'elles sont parties en vacances.

— Ça y est, il nous a vues. Frederieke, on le tient. Je l'estime à au moins six margaritas.

Vous auriez presque pitié de ces petits Italiens chauds comme la braise qui se jettent dans le piège. Ces petites chattes hollandaises, blondes et mousseuses, qu'ils imaginent sous la table, ils ne les auront jamais. C'est le pacte. On ne couche pas. Tout au plus *baci baci*, et quand l'autre dit stop, c'est stop. Des cocktails gratuits tous les soirs, c'est tout ce qui les intéresse. Et peut-être un endroit où loger. Et l'expérience de se sentir adorées trois semaines durant.

Les touristes les plus pénibles sont les « perfectibilistes », qui exhalent leur dédain avec un amusement apitoyé, assis jambes écartées en terrasse. Ce sont toujours des hommes. Au pays, ils ont une profession dont le maître mot est « efficacité ». Ils sont représentants en courroies de transmission synthétiques antidérapantes ou travaillent dans le business de l'assurance contre les intempéries. Ils s'amusent eux-mêmes et amusent la galerie en suggérant pour tout ce qu'ils voient des points d'amélioration simples et évidents.

— C'est un beau monument, mais la vérité, c'est que c'est une ruine. Si tu le remplaçais par un beau bloc tout neuf, tu résoudrais du même coup le problème des eaux usées. Et si tu mettais le fromage râpé sur les spaghettis bolognaise directement en cuisine plutôt que de le servir à part, tu économiserais un trajet. C'est chouette, ces pavés, mais tu sais l'entretien que ça demande ? Un bon asphaltage bien propre, et tu es tranquille pour des années. Et cette langue. Inefficace au possible, tu entends ça ? Je n'y comprends rien, mais je sais une chose : ils ont besoin d'une chiée de mots pour dire quelque chose. Puis reste à voir si les actes suivent.

C'est à se demander pourquoi ils prennent la peine de partir en vacances. En tout cas, ce n'est pas pour apprendre de la confrontation entre le connu et l'étranger, ni se laisser inspirer, l'esprit ouvert et animés d'une curiosité sincère, par la fascinante diversité des cultures. Ils le font parce que cela fait partie du lot. Pour leurs épouses. Pour la météo, seule caractéristique du pays qu'ils ne veulent pas réorganiser. Et surtout pour pouvoir tirer la conclusion extrêmement rassurante qu'une fois de plus ils ont raison, comme ils s'en doutaient déjà, et que tout est mieux organisé aux Pays-Bas.

Chez « les camouflés », qui veulent absolument éviter d'être pris pour des touristes, ce qui est mission impossible à Venise, je reconnaissais mon propre comportement étant jeune.

— Range ce plan dans ta poche ! Qu'est-ce que tu fous, bon sang ? Tout le monde te voit.

— Mais je voulais juste vérifier de quel côté on devait aller.

— Fais ça sous un porche, alors. Bordel.

Et puis, bien sûr, il y avait les « grippe-sous », les touristes néerlandais constamment aux aguets, flippant de se faire arnaquer ou détrousser. Même pour un simple café en terrasse. C'est que ces Italiens demandent facilement 1,20 euro pour une tasse minuscule, même pas à moitié remplie. Ça commence déjà. Mais ce n'est pas le pire. Car sur la liste des prix, à côté du bar, il est écrit que le café coûte 1 euro. Puis ces mêmes Italiens vous expliquent le visage impassible qu'il y a un prix si vous commandez au bar, et un autre si vous vous asseyez à table. Vous voyez comme ils sont sournois ? C'est pourtant bien le même café ! Vous ne trouvez pas que ça va tout droit à l'encontre du sens le plus élémentaire de justice ?

— Wim ! Attends un peu, Wim. Qu'est-ce que tu fais ? Tu allais t'enfoncer dans cette ruelle sinistre avec le petit cadenas de ton sac banane qui n'est même pas fermé convenablement. Et où as-tu mis le carnet d'assistance voyage ? Comme ça, dans ton sac à dos, là où tout le monde peut le voir ? Et où est la copie de notre police d'assurance contre les intempéries ? Non, Wim, sérieusement. Non, je ne plaisante pas. Je veux voir la copie de la police d'assurance contre les intempéries. Que je puisse un peu me détendre. Pour moi aussi, c'est les vacances. Et ne me dis pas que tu l'as laissée sans surveillance dans la chambre d'hôtel. Wim ?

Quand ils achètent une glace, ils doivent se mettre de dos pour ouvrir les cadenas l'un de l'autre et avoir accès à la petite clé qu'elle garde sur elle pour ouvrir son sac à lui, dans lequel se trouve le petit porte-monnaie avec fermeture sécurisée. Et la glace représente un péril non moindre.

— Tu fais bien attention de demander une glace au lait, Wim ? Non, uniquement préemballée. Ou tu risques de te retrouver avec du lait coupé à l'eau du robinet. Tu sais comment ils sont ici. Et je n'ai pas envie de devoir sortir le carnet d'assistance voyage pour te rapatrier en catastrophe sur leurs civières de barbares douteuses et à moitié branlantes, Wim.

Bref, j'en avais encore beaucoup dans le genre. Mais cela suffit peut-être à vous donner une idée. Bon, d'accord, un dernier pour la route. Un type de touristes rarissime : « les nerds efficients ». Ils sont presque invisibles. Même au pays, ils ne sortent quasiment pas de chez eux. Ils considèrent cela comme une perte de temps, de même que la plupart des choses normales que font les gens normaux. Manger est pour eux une manière inefficace de se recharger ; dormir, c'est être *offline* malgré soi ; ranger, c'est déplacer ; et nettoyer, diluer. Les vacances sont une sorte de ramadan : on fait, pendant une période prédéterminée, volontairement abstinence des besoins vitaux essentiels, comme une connexion Internet ultrarapide, pour s'en remettre à la lenteur quasi insupportable des signaux Wi-Fi captés çà et là, et on est content quand c'est fini.

Si par chance vous en apercevez, vous devez redoubler d'attention, car ils disparaissent aussitôt apparus. Ils se déplacent avec une fluidité qui contraste de manière saisissante avec leur apparence, qu'on ne peut vraiment pas qualifier de preste. Ils sont souvent par deux. Parfois, ils voyagent en groupes de trois ou quatre. Ce sont des garçons, des étudiants en architecture à Delft ou en histoire à l'université d'Amsterdam. Ils se ressemblent. Ils ont le teint blême de ceux qui fuient le grand air. Ils portent des tee-shirts informes et des shorts où prédominent les nuances de gris. Ils ont aux pieds des baskets usées et des chaussettes grises. Et leur fine équipe tourne comme une machine parfaitement huilée. L'esprit rivé sur l'objectif, ils manœuvrent leur barque avec efficacité d'un bout à l'autre des vacances. Ils n'ont besoin de rien ni personne et se comprennent à demi-mot.

— Place Saint-Marc. OK, dis-nous, Ries. Ou tu n'as pas de connexion ici ?

— Caffè Lavena trois étoiles, Caffè Florian deux, Grancaffè Quadri deux, Bar Gelateria Al Todaro deux et demie, Bar Al Campanile trois et demie.

Et sans une seconde d'hésitation ni le moindre regard autour d'eux, ils vont s'asseoir à la terrasse du café le mieux noté par leur site participatif favori. Ainsi, ils ne perdent pas de temps précieux dans des endroits médiocres, pas même pendant leurs loisirs obligatoires.

Pour le reste, l'Italie ne les intéresse pas spécialement. Ils préfèrent de loin la pizza d'Albert Heijn. Vous vous demandez pourquoi ils sont partis en vacances. Pour eux, ce n'était pas non plus nécessaire. Mais maintenant qu'ils sont là, le fait de gérer leurs vacances avec méthode leur procure tout de même une sorte de plaisir.

De même que ces jeunes sylphides italiennes aux cuisses de bronze. Mais ils osent à peine les regarder. Et bien qu'elles soient la véritable raison de leur présence ici, ils n'en parleront jamais entre eux.

Seule artère vénitienne qui ressemblât un tant soit peu à une rue passante, avec une direction claire, des chaînes de magasins et un vrai McDonald's, la Strada Nova était presque impraticable. Une manifestation était en cours. Une quarantaine de protestataires avait déployé des banderoles et le passage était obstrué par des centaines de touristes affairés à photographier cette authentique comédie à l'italienne. Il s'agissait apparemment de sympathisants de groupuscules d'extrême droite, qui revendiquaient plus d'autonomie pour la Vénétie.

J'ai toujours trouvé étonnant que les gens imaginent pouvoir résoudre automatiquement tous les problèmes existants en ayant davantage voix au chapitre. Ils recherchent la réponse dans la procédure de prise de décision, alors que la vraie question, selon moi, serait d'identifier les décisions souhaitables. Cela étant, la tendance qu'ont les gens à reporter leurs problèmes sur d'autres est psychologiquement compréhensible. La solution semble à moitié trouvée lorsqu'on peut blâmer un tiers pour les désagréments que l'on vit.

Les banderoles et le tract distribué épinglaient les boucs émissaires habituels : le gouvernement de Rome, les technocrates européens de Bruxelles et le tsunami d'étrangers, dont les politiciens accusés de s'en mettre plein les poches étaient tenus personnellement pour responsables. Par étrangers, ils ne visaient pas les touristes qui photographiaient la manifestation et constituaient, en tant que représentants d'une invasion croissante et incontrôlable, le véritable tsunami qui engloutissait la ville et la faisait sombrer dans la lagune. Eux étaient nantis, ils ne pouvaient donc en aucun cas être mauvais. Celui qui pense être dans la misère en attribue généralement la faute à celui qui l'est encore plus. Les faibles en veulent généralement aux plus faibles encore. Et le fait qu'il n'y ait pratiquement pas de réfugiés arrivés par bateau ni autres migrants africains à Venise ne devait pas empêcher de les identifier comme la source de tous les maux. Chacun sait qu'ils envahissent le Vieux Continent avec leur religion effrayante qui engendre le terrorisme, leur paresse qui siphonne les aides sociales et leurs énormes organes génitaux qui, sans aucun respect pour nos normes et nos valeurs, vous éclaboussent de leur testostérone. Les gens ne sont pas dupes. Et le fait que ces Noirs soient presque invisibles en ville était encore un de ces complots montés par les médias de gauche, qui refusent de mettre un nom sur les problèmes. Il ne fallait pas leur en conter.

J'envisageai un instant d'engager la discussion avec les manifestants et de défendre la thèse selon laquelle les migrants d'Afrique, loin d'être un problème, seraient au contraire la solution. Si seulement ils étaient un peu plus nombreux. Cela injecterait un sang neuf et chaud à cette vieille ville morte et dépeuplée. Avec une solide population africaine dans ses *calle*, Venise aurait besoin de boulangers, de marchands de fruits et légumes et de magasins qui vendent autre chose que des gondoles en plastique clignotantes et d'authentiques masques de carnaval *made in China*. Il leur faudrait des vêtements, des meubles et des ustensiles de cuisine et, de temps en temps, ils voudraient aller chez le coiffeur. Ils ramèneraient le bruit des scies, des machines à coudre et des coups de marteau dans les ruelles silencieuses. Ce serait un moyen de rompre avec la monoculture touristique et de restaurer la diversité économique. Peut-être même que le soir il y aurait des gens dans la rue. Quoique, je devrais sans doute m'abstenir de cette dernière remarque, car rien n'effraie plus des Blancs peureux que des Noirs dans la nuit. Ils me répondraient que cela ferait fuir les touristes. Je me réjouirais de répliquer que ce serait là une bénédiction pour la ville. Ils se moqueraient de moi, arguant que tous les bâtiments acquis pour des sommes astronomiques afin de les transformer en *bed and breakfast* verraient leur valeur chuter de manière dramatique. Triomphant, je soulignerais alors que la hausse des prix de l'immobilier constituait l'une des principales raisons pour lesquelles d'honnêtes citoyens italiens comme eux avaient fui la ville en masse.

Mais je n'en fis rien. J'avais déjà gagné le débat dans ma tête, et il eût été dommage de mettre ma victoire en péril dans l'indocile réalité. De plus, les manifestants n'avaient pas l'air particulièrement ouverts à la discussion. Leur bon droit leur suffisait.

« Maîtres chez soi », scandaient-ils. « Rendons à Venise sa grandeur. » J'étais sûr que, dans leur for intérieur, ils rêvaient de restaurer la glorieuse République sérénissime, qui avait régné sur les mers du monde entier sous le régime de doges inflexibles. En ce temps-là, nous savions encore qui nous étions. Il n'y avait pas encore de Noirs, et les musulmans avaient été massacrés sans merci lors de la bataille de Lépante. Et admirez donc autour de vous toute la richesse que cela a générée. La ville vit encore des fruits de ce passé glorieux, pour lesquels on fait payer des tickets d'entrée, et vous devriez voir le nombre de cappuccinos, de glaces et de pizzas qu'on écoule à des prix exorbitants.

Le séparatisme naît de la nostalgie de temps meilleurs, réels ou fantasmés. Il est tentant de penser que la solution aux problèmes d'aujourd'hui consiste à reculer les horloges jusqu'à un jour où ces problèmes n'existaient pas encore. L'attrait du populisme de droite est foncièrement nostalgique. On crée, on attise et on amplifie le malaise et les peurs, pour ensuite présenter en solution un passé idyllique et idéalisé. Nous devrions refermer nos frontières, réintroduire notre chère vieille monnaie, faire sonner les cloches de nos églises et abolir les mosquées, rétablir le service militaire, chanter l'hymne national et ressortir notre vieille morale du grenier, l'astiquer et la brandir tel un phare brillant dans les ténèbres.

Il est de mauvais augure que ce message nostalgique trouve un tel écho dans l'Europe entière. Si une part significative et grandissante de la population est prête à croire que tout était mieux avant, nous sommes en droit de parler d'un continent usé et fatigué qui, comme un vieillard, regarde fixement le vide sans plus rien attendre de l'avenir et songe au bon vieux temps, quand les hivers étaient encore de vrais hivers, et les étés, interminables. Il n'existe pas de meilleure preuve que l'Europe est devenue prisonnière de son propre passé. Mais quand l'Occident sombre dans la mélancolie en pensant au soleil qui l'éclairait à son zénith, la nostalgie ne peut en aucun cas être le remède.

5

— Je dois te montrer quelque chose, dit Clio.

Depuis plus d'une heure, elle était occupée à sortir tous ses ouvrages d'art des cartons, une tâche à laquelle je n'avais pas le droit de l'aider, car il fallait un doctorat en histoire de l'art pour décoder le système qui dictait l'ordre de ses livres sur l'étagère, et qui n'avançait pas puisque, avant de leur attribuer la seule bonne place qui leur revenait dans la bibliothèque, elle feuilletait chacun avec soin. En l'occurrence, elle tenait entre les mains un gros ouvrage de référence à la couverture vert savon qui avait l'air de l'intéresser au plus haut point. Elle s'assit sur le petit divan Ikea que nous avions quand même fini par emporter de Gênes pour avoir au moins un petit divan, et posa le livre ouvert sur ses cuisses.

— Viens.

— C'est quoi ?

— Boldini.

À l'heure où j'écris ces lignes, j'ajoute pour information qu'il s'agissait du catalogue de l'œuvre de l'impressionniste italien Giovanni Boldini, né à Ferrare en 1842 et mort à Paris en 1931, considéré comme le plus grand peintre de la Belle Époque, en guise de pense-bête pour moi-même, au cas où je voudrais utiliser cet épisode pour mon roman, et certes pas pour donner l'impression qu'au moment où l'histoire se déroule j'avais la moindre idée de qui était Boldini.

— C'est un génie, dit Clio. Regarde. Venise.

Elle montra la photo d'un tableau de la lagune. Les eaux étaient agitées de reflets irisés. Au loin émergeaient les contours flous des *palazzi* sur le quai, tels des fantômes surgis d'un lointain passé. Partout oscillaient des embarcations frêles, frivole flottille de plaisance pourvue de rames et de dais, quelques gondoles, des pêcheurs peut-être, mais probablement même pas. Et puis, transperçant cette scène idyllique d'une impitoyable diagonale noire, la proue d'un énorme bateau à vapeur. Le navire tout entier n'aurait pas tenu dans le tableau. La pointe effilée de l'étrave faisait voler le doux rêve en éclats.

— Le tableau date de 1899, dit Clio. Ou celui-ci. Regarde celui-ci. C'est le Grand Canal. En 1895.

C'était une vue de la ville en format paysage. À nouveau, les eaux miroitantes constituaient le premier plan. Elles donnaient sur une rangée de maisons majestueuses occupant toute la largeur du tableau. Des flèches de clochers dépassaient joyeusement des toits, créant un rythme harmonieux avec les lignes verticales des mâts des vieux cotres amarrés sur la droite. D'opulents dômes d'églises rappelaient la richesse d'antan. Deux mouettes rasaient l'eau. Deux autres criaient dans le ciel, dans le coin supérieur gauche. En dessous des oiseaux, la silhouette oblongue d'une gondole, au loin, se reflétait dans l'eau. Et en plein milieu du tableau, juste en face d'un haut bâtiment aux allures d'église, il y avait deux bateaux tout noirs. De gros nuages de vapeur blanche empêchaient de voir la ville, et un panache de fumée noire, échappé de la cheminée, formait une traînée sale dans le ciel. Tout le panorama s'en trouvait gâché.

— Ou celui-ci, dit Clio. C'est peut-être le meilleur. Il est un peu plus ancien, de 1887, disent-ils. Mais, selon moi, il date d'après. Le titre est simplement *Bateaux à Venise*. Tu vois où c'est ? Cette église blanche au milieu ressemble à Santa Maria della Visitazione e dei Gesuati, juste ici derrière, sur le canal de la Giudecca, à l'arrêt de vaporetto Zattere. Tu vois où je veux dire ? Non, si tu prends la rue qui longe la Galleria, rio Foscarini, et que tu ne vas pas vers le Grand Canal, où on prend toujours le vaporetto, mais de l'autre côté. Eh bien là, le long de l'eau à droite. Pour moi, c'est elle. Et si c'est bien cette église, ce dont je suis sûre, alors Boldini l'a peinte depuis l'autre côté du canal, sur l'île de la Giudecca. Mais on dirait qu'il a mis son chevalet sur une barque qui tangue, tu vois ? Tout est de travers, comme une photo prise d'une gondole ballottée par les vagues. Pure illusion d'optique, ou plutôt effet recherché. Contrairement au photographe, le peintre peut tout à fait, s'il le souhaite, donner d'un paysage vu du grand huit une image parfaitement verticale, plane et immobile.

— Il veut donner au spectateur l'illusion qu'il est à bord d'une barque, dis-je.

— Bravo, Ilja. Tout est bancal. Il te prive du moindre appui. Comme si le sol se dérobait sous tes pieds. Et tu vois ce qu'il fait ensuite ? Boum !

Moi-même, je n'aurais pas trouvé mieux que « boum ! » pour traduire en mots cette grosse tache sombre au milieu du tableau, censée représenter un enchevêtrement de navires. On ne pouvait même pas les dénombrer. C'était un méli-mélo de coques, de poupes et de proues. Une cheminée crachait de la fumée noire. Et cet énorme amas d'acier, de suie, de mazout et de rouille masquait presque entièrement l'église que Clio avait identifiée de manière si experte, et le restant de la vue féerique sur la ville.

— C'est presque de l'abstrait, dit Clio. Ou on dirait une grosse araignée noire qui dévore la ville. Qu'en dis-tu, Ilja ? Je vais te dire ce que tu en dis. Regarde. Bien sûr, il y a le jeu des contrastes entre le noir et le blanc des vagues, des maisons et de l'église. C'est ça qui intéressait Boldini en tant que peintre. Mais indépendamment de ça, c'est visionnaire. Je ne peux pas l'appeler autrement. Ce que Boldini fait dans ce tableau et dans le précédent que je t'ai montré, c'est détruire sur la toile la vision d'une vieille ville calme et idyllique. Il exprime presque une tragique prémonition de la mort de la ville.

J'étais impressionné. Je voulais l'embrasser, mais le cours n'était pas terminé.

— Il est intéressant de comparer ces vues de Venise avec le travail que fait Boldini à Paris. Il peint Paris comme une ville stable, sereine, respirant la confiance en soi, bien loin de ces rêves agités, perturbés et inquiétants de Venise. Et ce qui vient ruiner l'harmonie cristalline dans sa vision de Venise, c'est la modernité. Ce sont ces gros bateaux noirs modernes qui, à l'instar des paquebots de croisière d'aujourd'hui ou des cavaliers noirs de l'Apocalypse, en messagers ronflant, soufflant et fumant d'une ère qui point à l'horizon, troublent la beauté et font éclater le rêve comme une bulle de savon. Boldini avait donc prévu il y a plus d'un siècle la tragédie de cette ville fragile flottant sur son histoire et qui ne sera pas de taille à affronter les temps modernes. La ville perdra la bataille face à l'avenir. Voilà ce que Boldini peint.

Quand bien même je n'aurais pas écouté, j'aurais acquiescé à tout ce qu'elle disait en retenant mon souffle. J'étais suspendu à ses lèvres, comme le veut l'expression, ce qui ne signifie pas tant que j'éprouvais un intérêt particulier pour son argumentation, mais que les vagues de ses paroles me submergeaient et que le naufragé que j'étais n'avait d'yeux que pour la bouée rose tendre de ses lèvres et n'avait jamais rien aimé aussi profondément de toute sa vie. Je la trouvais irrésistible quand elle enseignait. Tous les gens sont beaux quand ils sont habités par leur discours, mais quand Clio se mettait à prêcher passionnément sa passion, elle devenait plus belle que la beauté elle-même. L'enthousiasme qu'elle éprouvait pour son sujet pétillait dans ses yeux sombres et électrisait tout son corps vif et gracile. Sur la musique de ses pensées, elle se mettait, de ses mains dansantes aux gestes décidés, à caresser l'instant. Pardonnez-moi si je m'échauffe un peu, mais je n'y tenais plus et ma main était déjà sur sa cuisse, que dis-je, sur son petit cul, enfin, sous son pâle tee-shirt de déménagement délavé, en dessous duquel nageaient ses doux lolos libres, tels des lolos nus dans une mer chaude et bienheureuse en été.

En règle générale, ceci était l'instant délicat où j'attendais l'infime signal de son corps qui m'indiquait si oui ou non j'avais le droit de continuer, cette milliseconde déterminante qui pouvait de tant de façons différentes se révéler fatale, mais, avant même que j'aie eu le temps de m'étonner de ma propre hardiesse, elle s'était déjà jetée sur moi et m'embrassait fougueusement de ses lèvres si savantes, de cette façon si noble qu'elle avait d'embrasser, élégante, nuancée, avec classe et virtuosité. Le tintouin habituel des ceintures, boutons et fermetures Éclair fut résolu en un tournemain. Elle me poussa dans les coussins sur le divan, érigea ma queue de sa main, me regarda et descendit lentement sur moi, presque timidement. J'étais serré en elle comme un doigt d'adulte dans un poing de bébé. Je gémis. Elle pas. Elle se redressa et, enlevant son tee-shirt, se mit à me chevaucher dans un silence parfait, au rythme lent et hypnotique du tango. Elle était à la fois petite et vulnérable, comme une nymphe se livrant à un satyre dans l'ivresse d'un après-midi aux bois, et arrogante, comme la damoiselle souriant de la tranquille certitude qu'une infime portion de son inépuisable raffinement aurait déjà suffi. Et tandis que je voyais sa proximité sans pareille croître de mon ventre, je me demandais ce que j'avais fait pour mériter une telle femme, sans avoir un instant l'illusion qu'il existât une réponse à cette question. La création n'est pas juste, mais imprégnée d'une insondable bonté. Elle trembla, comme si elle pensait la même chose, et à présent elle gémissait. Son orgasme dura deux siècles entiers, ou au moins vingt secondes. Comme un petit animal blessé, elle se laissa retomber dans mes bras. Elle m'embrassa doucement et, tandis que je lui caressais le dos pour la consoler de tant de plaisir, mon amour pour elle gicla en jets puissants dans sa chatte encore pantelante.

6

À ce stade de l'histoire intervint une complication sous la forme de l'arrivée de deux messieurs, l'un et l'autre prénommés Marco. Ils venaient d'Amsterdam, et le premier Marco était en effet aussi amstellodamois qu'une subvention culturelle. Le second Marco était italien, né du côté de Venise, et avait émigré dix ans plus tôt à Amsterdam dans l'intention de prendre sa carrière en main plutôt que de rester en Italie à se faire entretenir par ses parents en attendant son héritage. Le Marco néerlandais était cinéaste, spécialisé dans les documentaires d'art et d'essai sur les artistes subventionnés. Le Marco italien avait développé un petit business à Amsterdam en tant que producteur de films indépendant. C'est ainsi qu'ils s'étaient rencontrés.

Ils avaient déjà cherché à me contacter quelque temps plus tôt par l'intermédiaire de mon agent aux Pays-Bas. Ils avaient en effet une vague idée dont ils souhaitaient discuter avec moi. Mon agent leur avait demandé si cette vague idée pouvait éventuellement consister en un documentaire sur ma personne, mais c'était, d'après leur perception, donner à la chose un tour trop concret. Avant de restreindre le projet en le raccrochant d'emblée à une hypothèse de travail, il était selon eux plus intéressant de laisser ouvertes toutes les options formelles et de s'engager dans le processus artistique sans se focaliser a priori sur un résultat potentiel, quel qu'il soit. C'est pourquoi ils désiraient un entretien préliminaire avec moi, sans stress. Comme mon agent, contrairement à eux, ne dédaignait pas les résultats potentiels, il avait tout d'abord décliné.

Ayant appris par les médias que j'avais déménagé à Venise, ils l'avaient toutefois recontacté, car ils avaient développé comme théorie – même si « théorie » était peut-être un grand mot – que mon changement de résidence pouvait constituer un fascinant point de départ à partir duquel on aurait pu philosopher à loisir. Cet angle d'attaque étant un brin plus concret que leur première idée, mon agent avait consenti à leur organiser une rencontre avec moi à Venise, m'engageant à ne pas me faire trop d'illusions. Cela n'avait pas besoin d'être long. Tout au plus un petit après-midi. Et comme lieu de rendez-vous, il avait proposé le bar de Gino, pratiquement en dessous de chez moi. Malgré tout cela, il s'excusait par avance.

Les deux Marco m'attendaient en compagnie d'une Néerlandaise étonnamment insoupçonnable, qui, par son absence rassurante de toute forme de charisme artistique, ressemblait à une maman-lectrice et répondait au nom de Greet. Elle était flanquée d'un hippie grand, maigre et anachronique, aux longs cheveux noirs retombant devant ses yeux, qui s'avéra français et s'appelait Théophile Zoff. Greet, qui clignait nerveusement des yeux, se révéla être la responsable de l'organisation pratique du projet encore inexistant. C'était elle qui, à un éventuel stade ultérieur, s'occuperait de demander l'indispensable subvention. Comme je le craignais, Théophile Zoff était en revanche un artiste, qui jouissait dans un cercle très exclusif d'une grande renommée pour ses courts-métrages expérimentaux sans sujet ni histoire et composés d'images pour la plupart non identifiables, filmées avec un sténopé de sa fabrication. Je m'abstins de demander ce qu'était un sténopé. Bien qu'évidemment nous en soyons seulement à la phase exploratoire et que nous ignorions encore complètement quel genre de film nous allions faire, si tant est que nous en fassions un, ils avaient pensé que Théophile Zoff, avec son sténopé fait maison, pourrait déjà prendre des images d'ambiance fantasmagoriques.

— Nous sommes une équipe européenne, déclara le Marco italien.

Je m'assis avec eux, commandai un café et me disposai, tout ouïe, à entendre leurs plans les plus fous. Mais ils ne disaient rien. À la place, ils me dévisageaient, pleins d'espoir. Nous restâmes ainsi à nous attendre mutuellement pendant un moment. Je supposai que c'était ce qu'on appelait le brainstorming. Même s'il me répugnait de perturber ce délicat processus artistique, je n'avais pas tout l'après-midi et tentai d'accélérer quelque peu la réflexion en leur demandant ce qui, en tant qu'équipe européenne, les avait poussés à me contacter et ce qu'ils avaient en tête exactement.

— Le fait que nous soyons une équipe européenne présente l'avantage de pouvoir demander des subventions européennes, déclara Greet.

Elle cligna nerveusement des yeux.

— Artistiquement parlant, le fait que nous soyons une équipe européenne signifie avant tout pour moi que nous ne sommes pas une équipe américaine ou asiatique, ajouta le Marco néerlandais.

Il parcourut le groupe d'un regard triomphal.

— Et donc ? demandai-je.

— Eh bien, dit-il, ce n'est pas sans conséquence.

Les autres approuvèrent d'un hochement de tête.

— Par exemple ? demandai-je.

— Ça, je ne sais pas exactement, dit-il. Mais ça veut dire en tout cas, je pense, que nous ne devons pas nous sentir obligés de réfléchir en termes commerciaux et que nous devons prendre au contraire la liberté artistique de faire ce que nous trouvons personnellement important.

— Le choix d'un éventuel contenu doit être motivé par le contenu lui-même, précisa le Marco italien.

— Au risque d'avoir mal compris et de vous paraître bien involontairement prétentieux, je dois vous dire que j'ai reçu pour information que vous songiez à faire un documentaire sur moi.

— C'est certainement une possibilité, répondit le Marco italien.

— Tu ne manques pas d'épaisseur en effet, ajouta le Marco néerlandais. D'ailleurs, ne le prends pas pour une insulte. J'ai regardé de vieilles photos et des interventions de toi à la télévision, et d'après moi tu as perdu pas mal de poids.

— Nous n'avons plus qu'à explorer sans parti pris les différentes options ces prochains jours, conclut le Marco italien.

— Ces prochains jours ? répétai-je.

— Le plus important, à ce stade, intervint Greet, c'est d'obtenir d'urgence une subvention pour la phase de recherche.

— *Hippopotame, hippopotame**, dit Théophile.

— Pardon ? fis-je.

— Il est déjà au travail, souffla le Marco italien d'un air attendri.

Théophile était à califourchon sur sa chaise, face au mur. Sur ses genoux était posée une petite boîte noire d'où dépassait une manivelle qu'il tournait de la main gauche, tandis qu'il agitait sa main droite, gantée de noir, de haut en bas devant la boîte en répétant « hippopotame ».

— Avec ce sténopé, tout se fait manuellement, m'expliqua le Marco néerlandais. D'une main, il tourne le film et de l'autre il ouvre et ferme l'objectif. D'où le gant noir. Et ces hippopotames lui servent à mesurer le temps d'obturation. Chaque hippopotame équivaut à une seconde.

— Chaque hippopotame équivaut à une seconde, répétai-je avec incrédulité.

— Fantastique ! s'exclama Théophile. Comme la lumière tombe sur ce stuc. Tout simplement magnifique.

— Les gars ! s'exclama le Marco italien. C'est parti. J'en ai envie. Je sens que ça va être génial. On se retrouve demain. On loge tous les quatre toute la semaine dans un *bed and breakfast* juste ici au coin, donc on pourra même commencer un peu plus tôt, si c'est bon pour toi aussi, Ilja.

7

Je passai le plus clair des jours suivants à flâner dans Venise en compagnie de l'équipe européenne, sans avoir l'impression que cela nous rapprochât d'un éventuel thème de documentaire, ce dont l'équipe n'avait pas l'air particulièrement affectée. Nous effectuions des visites que je devais organiser et mangions dans des restaurants que Clio et moi devions dénicher, tandis qu'eux-mêmes ne manifestaient aucune velléité de progresser, ne posant par exemple aucune question spécifique sur mon métier d'écrivain, sur ma vie personnelle ni sur quoi que ce soit d'autre. Les premiers jours, je racontai donc, sans y avoir été invité, diverses choses sur moi-même qui, à mon humble avis, n'étaient pas totalement dénuées d'intérêt, mais eux ne partageaient visiblement pas mon opinion, si bien que je finis par renoncer. Leur idée du processus artistique consistait selon toute vraisemblance en une déambulation chronophage, agrémentée d'une bonne intendance. Le seul à travailler était Théophile Zoff, qui comptait les hippopotames toute la journée dans les endroits les plus improbables. Le Marco néerlandais, qui n'était pas seulement le réalisateur, mais aussi le cameraman présumé du documentaire imaginaire, n'avait même pas de caméra avec lui. Sa collecte professionnelle de matériel visuel se limitait à prendre parfois une photo de gondole avec son smartphone. Il ne notait rien de ce que je lui confiais à la vitesse d'une dictée. Il n'y réagissait même pas. Il gardait les yeux fixés sur un point dans le lointain, l'air concentré, comme si, en tant que sujet potentiel de son film, j'entravais ses visions cinématographiques plus que je ne l'aidais à les concrétiser.

Au bout de quelques jours, j'en eus assez. Ce soir-là, je prétextai que Clio et moi ne pouvions malheureusement pas être des leurs à dîner et je l'emmenai dans une affreuse gargote, de l'autre côté de la ville, pour un conseil de crise. Je lui dis que c'était un honneur, bien sûr, que quelqu'un souhaite réaliser un documentaire sur moi, mais que je n'avais aucune confiance en cette équipe beaucoup trop européenne. Je lui demandai son avis sur la façon de me débarrasser d'eux de manière élégante mais efficace.

À ma grande surprise, elle n'abonda pas dans mon sens. D'après elle, ce n'était pas la voie à suivre.

— Mais tu les as vus ? dis-je. Tu crois vraiment que ce documentaire va voir le jour ?

— Non, bien sûr, dit Clio. Mais ils ont une subvention, non ?

— Pas encore.

— Mais ils vont la demander. Et il y a de grandes chances pour qu'ils l'obtiennent.

— S'ils ont un bon projet, dis-je. Or c'est là que le bât blesse.

— Alors nous devons imaginer un bon projet pour eux, dit Clio.

— Et après ? Je n'ai aucune certitude qu'avec eux un bon projet mène à un bon film.

— Là n'est pas la question, dit Clio. Ce qui compte, c'est la subvention.

— Est-ce encore l'un de ces stratagèmes typiquement italiens pour escroquer de l'argent public ?

— Non. Écoute. Que dirais-tu par exemple de ce plan ?

— J'écoute.

— Ne m'interromps pas.

— J'ai juste dit que j'écoutais.

— Eh bien, écoute, alors ! Voilà le plan. Tu m'écoutes ?

Je ne dis rien.

— Quelle est, d'après toi, la caractéristique essentielle de Venise aujourd'hui ? Le tourisme de masse. Nulle part ailleurs peut-être il n'atteint des proportions aussi extrêmes qu'ici, mais c'est un phénomène relativement moderne, aux conséquences tentaculaires, qui touche toute l'Italie et une grande partie de l'Europe. À mon avis, cela pourrait faire un sujet de documentaire intéressant, ou en tout cas subventionnable.

— Et quel serait mon rôle là-dedans ? demandai-je.

— Tu vis à Venise. Tu as toute légitimité pour t'exprimer. Et s'ils insistent pour lier ce documentaire à ton métier d'écrivain, cela peut s'arranger.

— Et comment ?

— Tu pourrais dire, par exemple, que tu as l'intention d'écrire un livre sur le tourisme. D'ailleurs, ce ne serait pas une si mauvaise idée.

— Un roman sur le tourisme.

— Tu n'as pas rédigé des petits portraits de touristes récemment ?

— Des petits sketches pour le journal, dis-je.

— Mais c'est un sujet qui t'intéresse.

— C'est vrai, admis-je. Mais je ne comprends toujours pas bien quel genre de profit je pourrais tirer d'une collaboration avec ces cinéastes.

— Le projet pourrait être de te filmer en train d'effectuer tes recherches en vue de ton nouveau roman sur le tourisme. C'est un concept limpide. L'avantage pour toi serait qu'ils financent tes recherches grâce à leur subvention.

— Pas mal, Clio. Mais cela veut dire que je dois vraiment écrire ce livre.

— Pas nécessairement. Mais d'après moi, tu auras même envie de l'écrire.

— Peut-être bien. Ce qui est certain, c'est que je vois déjà d'ici comment je décrirai cette équipe de tournage dans mon livre. Le fait qu'ils me suivent en fera partie intégrante.

— Dans ce cas, dit-elle, si le film se fait vraiment, tu auras un diptyque intéressant, avec un roman qui raconte la genèse d'un film qui donne à voir la genèse d'un roman.

— Et si le film fait long feu, dis-je, je l'écrirai aussi, en métaphore de l'incapacité de l'Europe moderne à réaliser ne fût-ce que le rêve de l'ombre de sa fertilité créative passée.

— Et au moins tu auras pu faire quelques voyages subventionnés pour tes recherches.

— Tu sais quoi, Clio ? Tu es vraiment une muse exceptionnelle.

8

Ils furent d'emblée enthousiasmés par le projet, même si le fait qu'il n'y eût aucun autre plan en lice pour lui faire concurrence joua vraisemblablement en sa faveur. Ils me demandèrent de préciser mon angle d'attaque pour le roman et le film sur le tourisme.

— Les touristes, c'est toujours les autres, dis-je. Nous, nous voyageons. Nous sélectionnons nos destinations avec soin en fonction de l'absence de touristes et, comme ces endroits n'existent pas et que les touristes sont impossibles à éviter, nous gâchons une grande partie de nos vacances à nous irriter de leur comportement. Ce qui nous distingue d'eux n'est pas très clair, mais le fait qu'il existe bien une distinction fondamentale est pour nous une certitude essentielle et d'importance existentielle, et qui touche à notre identité.

« Eux portent des shorts et des claquettes, nous pas. Ou si nous en portons, c'est parce que nous avons compris que la population locale en porte aussi. Eux lézardent sur la plage et se cantonnent aux bars à cocktails, tandis que nous, nous visitons l'église locale et optons pour le petit bar louche derrière la pompe à essence, avec ses chaises en osier branlantes et ses nappes sales, parce qu'il est fréquenté par trois alcooliques du coin à la retraite. Notre intérêt est culturel, tandis qu'eux ne viennent que pour le soleil, la mer, l'alcool et le sexe. Et si d'aventure tous les touristes s'avèrent soudain intéressés par la culture et font la queue en masse devant le Colisée ou les ruines de Delphes, nous adaptons nos goûts et comprenons aussitôt que la vraie Rome et la vraie Grèce n'ont rien à voir avec ces attractions de cirque et qu'on s'imprègne bien mieux de la véritable culture en allant s'asseoir sur une petite place déserte dans le village d'à côté, où il n'y a vraiment rien à voir.

« C'est comme le fameux paradoxe du Crétois : "Tous les Crétois sont des menteurs", dit un Crétois. Le paradoxe est insoluble parce que celui qui s'exprime sur le groupe en fait aussi partie, de sorte que sa déclaration s'applique également à lui-même, remettant en cause la validité de sa déclaration sur le groupe. C'est la même chose si l'on dit, alors que nous voyageons à l'étranger, que tous les touristes sont affreux.

« Ce qui m'intéresse, c'est ce paradoxe existentiel qui veut que personne ne souhaite se définir comme celui qu'il choisit pourtant d'être dans son temps libre avec tellement d'avidité et d'empressement. Je suis également captivé par les choix que font les touristes. Pourquoi vouloir voir la Joconde en vrai ? Je pose la question sincèrement. Tout le monde veut voir la Joconde en vrai. Au Louvre, on a placé des flèches et des panneaux indicateurs pour s'assurer que vous soyez le moins distrait possible par les autres œuvres d'art et vous conduire en droite ligne devant la Joconde. Ce serait une raison suffisante pour ignorer la Joconde, n'est-ce pas ? Beaucoup trop touristique. La raison pour laquelle vous voulez quand même voir le tableau n'est pas qu'il est beau. La beauté n'est pas un critère. D'autres œuvres de Léonard de Vinci sont plus belles et meilleures. Et lorsque vous voyez enfin la Joconde en vrai, vous ne la voyez même pas. Les autres touristes vous bouchent la vue. De plus, le tableau est accroché derrière une vitre pare-balles verte de 1 centimètre d'épaisseur. Vous la voyez mieux sur des reproductions.

« En Italie, ils ont organisé il y a quelque temps une magnifique exposition des œuvres du Caravage. Toutes ses œuvres dispersées dans le monde entier avaient été rassemblées sous la forme de reproductions de première qualité, imprimées dans la plus haute résolution imaginable, avec un rétroéclairage. S'il n'était question que de beauté, d'intérêt pour l'image, d'étude critique de l'artiste et de son époque, cela aurait dû être l'exposition du Caravage idéale. Sauf que personne n'y est allé. C'est donc qu'il y a autre chose.

« On veut voir la Joconde en vrai pour l'expérience de la voir en vrai. Il s'agit de ce que Walter Benjamin appelait l'aura de l'œuvre d'art. Il ne s'agit pas de l'œuvre elle-même, mais de la sensation de proximité, de préférence immortalisée par une photo ou un selfie. La visite de la Joconde au Louvre n'offre aucune illumination profonde, aucune jouissance ni plaisir esthétique, aucune émotion, juste de l'agacement dû aux autres touristes. La photo que vous avez prise du tableau, vous ne la regarderez plus jamais. Le but était ailleurs. Tout ce que nous voulons, c'est l'illusion de nous approprier brièvement la célèbre œuvre d'art par notre présence. Nous pouvons alors la décocher de notre liste. Nous pouvons alors dire que nous l'avons vue.

« Étant à moitié italien et résident à Venise, je suis aussi sensible aux conséquences du tourisme telles que perçues par la partie qui reçoit. Bien qu'il soit, ou soit censé être, une source de revenus et que nombre de destinations touristiques ne disposent d'aucune source alternative de recettes, le tourisme provoque des nuisances, il occasionne des dégâts et constitue pour la population locale un phénomène extraordinairement problématique. Vous-mêmes en savez désormais quelque chose à Amsterdam. Une ville qui se livre au tourisme vend son âme. Alors que les touristes recherchent avant tout une expérience authentique, leur présence entraîne une détérioration de l'authenticité qu'ils convoitent. Quand cette authenticité n'est pas spécialement créée pour eux, de manière fort peu authentique. Le tourisme détruit ce par quoi il est attiré. Pour tragique qu'il soit, je trouve ce phénomène extrêmement fascinant.

« Le tourisme a toujours existé, mais le tourisme de masse est un phénomène récent, qui constitue une caractéristique distinctive de notre époque. Mes parents avaient 18 ans quand ils sont allés à l'étranger pour la première fois de leur vie, lors d'une randonnée à vélo dans la région des trois frontières. À 22 ans, ils ont découvert Paris. On serait presque jaloux de l'immensité du monde à l'époque. Et c'était il y a exactement une génération. Les vols *low cost* ont changé le monde. Toutes les destinations sont désormais aussi proches l'une que l'autre, c'est-à-dire à un vol de distance, et accessibles à la populace. Cette tendance est renforcée par d'autres évolutions contemporaines, telles que l'augmentation constante du temps libre.

« Cela a pour incidence que les gens ne tirent plus leur identité exclusivement de leur travail, comme c'était le cas jusqu'à récemment, mais de plus en plus aussi de la manière dont ils passent leurs vacances. Autrefois, les vacances étaient un temps de repos. De nos jours, c'est une occasion de se distinguer, à ne surtout pas manquer. L'époque où nous envisagions les vacances comme une période d'oisiveté et de détente est révolue. Lorsque nous voyageons, nous recherchons l'expérience unique et authentique. Et c'est là que les autres, qui sont eux aussi en quête de l'expérience unique et authentique, deviennent des agents perturbateurs, parce que leur seule présence suffit à ôter à notre expérience son unicité et son authenticité.

« L'idée que cette quête nous enrichit est au cœur de notre identité. Accomplir des choses extraordinaires indique très probablement que vous êtes également une personne extraordinaire. C'est devenu un concours. En vacances, nous sommes en compétition avec nos amis et collègues pour savoir qui ajoutera à son palmarès les expériences les plus uniques et les plus authentiques. L'essor des médias sociaux accroît l'urgence. Votre identité est déterminée par les selfies que vous partagez, et les selfies pris dans des lieux exotiques rejaillissent positivement sur votre personnalité et votre popularité. Regardez les photos que vos soi-disant amis partagent sur Facebook et comptez le nombre de photos prises de leur bureau et celles de moments de détente enviables, puis répondez à la question : lesquelles à votre avis contribuent le mieux d'après eux à la construction de leur image ?

« Le tourisme est peut-être la conséquence la plus visible de la mondialisation. Plus personne n'est protégé par la distance. Tandis que les terres reculées des continents les plus obscurs deviennent la proie du néocolonialisme de notre curiosité armée de sacs à dos et d'appareils photo, notre vieille Europe est submergée de visiteurs venus des nouvelles puissances mondiales d'Asie et d'Amérique. Je m'intéresse particulièrement à ce dernier élément, car il nous force à regarder en face l'évolution des rapports dans le monde et nous oblige à réfléchir à notre identité européenne.

« Ce que l'Europe a à offrir au monde, c'est son passé. Cependant que le Vieux Continent perd de son influence dans tous les domaines sur la scène mondiale, nous n'avons peut-être pas beaucoup d'autres choix que de vendre notre Histoire. Les pays qui furent autrefois le berceau de la civilisation européenne, la Grèce et l'Italie, vivent aujourd'hui presque exclusivement de l'exploitation de leur glorieux passé. Sans le tourisme, ils tomberaient dans le tiers-monde. La question se pose de savoir si c'est là la destination de l'Europe dans son ensemble.

« Le tourisme présente en outre un contraste inconfortable avec l'autre forme de migration résultant de la mondialisation, et que nous considérons sans aucune réserve comme problématique. Tandis que nous ouvrons nos frontières aussi généreusement que possible aux étrangers qui viennent pour dépenser leur argent, nous voudrions les fermer aux étrangers qui viennent pour en gagner. Ces deux formes de migration interfèrent par ailleurs entre elles avec mauvais goût. Les touristes de la Méditerranée nagent dans un charnier. Vu de Grèce, la principale raison pour laquelle la crise des réfugiés de 2015 était si urgente et devait être résolue le plus vite possible, c'était que la présence de réfugiés sur les plages faisait fuir les touristes.

« Pour conclure sur une obsession toute personnelle, je voudrais ajouter que le tourisme touche à des thèmes qui me fascinent depuis toujours et font d'une certaine manière l'objet de tous mes livres, et je me réfère plus particulièrement à la ligne de démarcation floue et de plus en plus vague entre le vrai et le faux, la réalité et la fiction, les faits et l'imaginaire, l'authentique et le factice, car les entrepreneurs qui souhaitent tirer profit du tourisme jouent sur les attentes et les préjugés des touristes et créent intentionnellement l'illusion d'authenticité que ces derniers recherchent. Le phénomène du tourisme est la problématisation ultime du concept d'authenticité, qui est en soi de plus en plus problématique.

9

— Je voudrais presque te proposer d'écrire toi-même la demande de subvention, dit Greet, clignant nerveusement des yeux.

— Je n'oserais pas te prendre ton travail, dis-je. Et je suis certain que tu feras ça bien mieux que moi. Mais je suis content que tu voies se dessiner les contours d'une hypothèse de travail.

— Si je te comprends bien, dit le Marco italien, le film se composerait en grande partie d'interviews de touristes et de la population locale en Italie.

— On doit certainement évoquer le cas de l'Italie, concédai-je, mais j'aimerais beaucoup, dans la mesure bien entendu où la subvention le permet, jeter un coup d'œil à autant d'autres parties du monde que possible.

— Je suis particulièrement fasciné par ton dernier point, déclara le Marco néerlandais. Sur les lignes de démarcation vagues entre le vrai et le faux. Parce que cela rejoint si bien le reste de ton œuvre. Je pense aussi que cela peut être très intéressant d'un point de vue cinématographique. À quel genre d'endroits penserais-tu ?

— Pour commencer, bien sûr, nous devrions aller à Las Vegas, dis-je. Ce Grand Canal que vous voyez devant vous a été reproduit là-bas au huitième étage d'un hôtel, avec gondoles et éclairage au plafond simulant le soleil et le ciel étoilé italiens. Cette fausse Venise est en fait une amélioration par rapport à ce que vous trouvez ici. Puisque la vraie Venise historique est elle aussi devenue une foire touristique, autant se rendre dans la nouvelle Venise, conçue dès le départ comme une foire touristique. Au lieu de ces *palazzi* séculaires pas pratiques, fragiles et désespérément protégés qui bordent ici le Grand Canal, vous avez là-bas des quais bordés de magasins, de bars, de restaurants, de tout ce dont un honnête touriste peut rêver. Il semble même que le pont du Rialto soit équipé d'escalators. Et quand vous en avez assez, vous pouvez vous rendre dans l'hôtel à côté, où ils ont reproduit l'Égypte ancienne. J'aimerais voir ça. C'est ça que nous devons filmer.

— Ça marche, dit le Marco néerlandais. Las Vegas est une excellente idée. Quoi d'autre ?

— Je pense qu'ils ont reconstruit un coin des Pays-Bas au Japon, intervint le Marco italien.

— Je trouve que c'est encore plus beau quand c'est un échec, confessai-je. J'ai entendu dire que quelque part en Chine ils ont reconstruit le centre de Paris pour les touristes, avec la tour Eiffel et l'Arc de triomphe grandeur nature, mais que personne n'y va.

Ils se mirent à googler sur leur téléphone.

— Tiandu Cheng, dit le Marco italien, dans la province de Zhejiang. Regarde, il y a des photos. J'avais déjà vu ça, en effet. Une ville fantôme totalement déserte. Un Paris postapocalyptique dans un terrain vague chinois gris et poussiéreux.

— C'est très photogénique, renchérit le Marco néerlandais, on peut certainement l'ajouter à la liste.

— On peut également aller à la recherche d'un autre type d'ambiguïté, dis-je. Des amis m'ont raconté s'être arrêtés lors de leurs vacances en Inde dans une station balnéaire. Pûri, si je me souviens bien. Ou quelque chose dans le genre. Il y a là-bas un temple célèbre qu'ils voulaient visiter. Mais ce temple s'est avéré bourré d'Occidentaux vêtus de robes colorées en quête de l'illumination, tandis que les Indiens étaient assis sur la plage, en short et tee-shirt Nike. Près de qui vas-tu t'asseoir, dans ce cas ? Vous comprenez ce que je veux dire ? Où est l'expérience authentique ?

— Ça aussi, à mon avis, c'est très cinématographique, dit le Marco néerlandais. Tu notes, Greet ?

— Que pensez-vous du *slum tourism* ? demanda le Marco italien.

— C'est quoi ? demanda le Marco néerlandais. Visiter des quartiers pauvres ?

— Exactement, dit le Marco italien. Les touristes se rendent dans les bidonvilles et les favelas pour éprouver la sensation authentique de la misère extrême. J'ai déjà fait des recherches là-dessus. C'est un phénomène ancien. Au XIXe siècle déjà, la grande bourgeoisie visitait les quartiers défavorisés de Londres. Cela soulève toutes sortes d'aspects intéressants et aussi très discutables, mais du point de vue du vrai et du faux, il faut savoir que, dans ces quartiers pauvres, les gens se mettaient en quatre afin de rendre l'expérience encore plus authentique pour les visiteurs. Il y a cette fameuse histoire de l'Américain qui organisait, dans les années 1930, à New York, des visites guidées dans Chinatown, quartier réputé dangereux à l'époque, où les gangsters faisaient la loi. Mais pendant ces visites, évidemment, il ne se passait pas grand-chose. Alors, pour rendre tout cela un peu plus excitant, il s'est mis à engager des acteurs qui se bagarraient devant les touristes. Puis il a ajouté des courses-poursuites et des fusillades. Ce tour-opérateur est devenu richissime.

— Quel sujet fantastique, dis-je. Je ne savais pas.

— Il y a un livre écrit là-dessus, ajouta-t-il. Je vais le chercher pour toi.

— Mais y a-t-il quelque chose de similaire aujourd'hui ? demanda le Marco néerlandais.

— Je sais que des visites guidées sont organisées dans les bidonvilles de Manille, de Rio de Janeiro, de Johannesburg et ce genre de villes. Mais j'ignore s'ils y assaisonnent aussi la misère du quotidien à l'intention des touristes en suivant une méthode bien rodée comme celle-là.

— Dans ce cas, nous devrons enquêter, dit le Marco néerlandais. Il faut aller là aussi.

— Cela me rappelle une histoire racontée par une amie de Clio, dis-je. Elle était allée au Mozambique pour travailler quelques semaines comme bénévole dans un orphelinat. Tu n'as pas idée du nombre d'Occidentaux qui font ça de nos jours. C'est ce qui s'appelle une expérience unique et authentique. En attendant, les orphelinats africains n'ont plus assez de places pour accueillir les volontaires européens. Ils créent donc de faux orphelinats et louent des enfants aux familles pauvres pour jouer les orphelins et répondre à l'énorme demande de l'Occident. À la fin de la saison touristique, ces enfants retournent simplement dans leurs familles. Ces faux orphelinats, où l'Occidental peut, en échange d'une somme considérable, se racheter une conscience et vivre une expérience unique, sont souvent construits juste à côté d'une plage de sable idyllique.

— Nous devrons aussi aller au Mozambique, dit le Marco néerlandais. Nous avons déjà une belle liste par laquelle commencer.

— Je pense qu'il serait sage de prévoir large pour le budget voyages, dit Greet.

— Je pense aussi, acquiesçai-je.

VII

UN TALENT POUR LA DÉCADENCE

1

Plus le temps au Grand Hotel Europa passait comme une soirée autour d'un bon millésime, plus j'étais intrigué par les paroles que le majordome avait prononcées incidemment le jour où la fontaine était revenue à la vie, à propos du fait que la très vieille dame naguère propriétaire de l'hôtel vivait toujours ici, bien qu'elle ne se montrât jamais et ne reçût d'après lui aucune visite non plus. Sa présence invisible commençait à prendre dans mon esprit la forme d'un grand mystère irrésistible. Je voulais la rencontrer, mais j'avais déjà compris que le majordome ne m'aiderait pas dans cette entreprise. Je me souvenais très bien en revanche qu'il avait laissé échapper qu'elle vivait parmi ses œuvres d'art et ses livres dans la chambre 1. Je pouvais commencer par aller voir à mon aise où se trouvait cette chambre 1, il n'y avait là rien de répréhensible, que je sache ? Il serait encore temps d'aviser ensuite si j'estimais opportun ou non de frapper à la porte.

Je me rendis compte que le Grand Hotel Europa recelait de nombreux recoins où je n'avais encore jamais mis les pieds. Cela n'avait rien de bien étrange. En principe, un client fait usage des espaces communs, de sa chambre et de son couloir, et ne va pas fureter dans les autres couloirs ni aux autres étages, devant les portes closes des autres chambres. Mais, à présent que mon séjour prolongé me valait d'être considéré comme un hôte permanent, une modeste exploration me paraissait légitime.

Je fus d'emblée frappé par l'absence de logique dans la numérotation des chambres. Ma suite portait le numéro 17, que j'avais spontanément interprété comme indiquant la septième chambre du premier étage. Mais la suite vide à côté de la mienne s'avéra marquée du numéro 33. À côté, il y avait une remise et la chambre suivante portait le numéro 8. En face se trouvait la chambre 21.

J'eus également du mal à m'orienter dans les couloirs, qui ne suivaient pas le tracé auquel je me serais attendu en me fondant sur l'architecture extérieure et l'agencement des pièces communes au rez-de-chaussée. Le couloir dans lequel se trouvait ma chambre s'enfonçait plus profondément dans l'aile est, au-dessus de la bibliothèque, de la salle verte et du salon chinois, mais présentait un angle de 90 degrés bien avant l'extrémité de l'aile, soit presque au-dessus de la salle verte. Peu après, il y avait une nouvelle bifurcation vers la gauche et un couloir débouchant sur un escalier qui menait à un entresol, car il n'était pas assez haut pour atteindre le deuxième étage. Là, je vis plusieurs portes rapprochées, numérotées respectivement 301, 307, 308, 350, 300 et 7, ouvrant sur des chambres minuscules. Le couloir tournait ensuite à droite, conduisant à un nouvel escalier qui montait. J'aboutis à un croisement entre le couloir qui venait de l'escalier et un autre couloir plus large, au sol couvert de moquette turquoise plutôt que rouge et aux lambris dorés. Je décidai de suivre celui-là et tombai sur une enfilade de portes à n'en plus finir. Combien de chambres cet hôtel comptait-il ? Sauf erreur, j'étais toujours dans l'aile est, et j'étais déjà passé devant plusieurs dizaines de portes de chambres. À moins d'abriter une armée de clients bizarres qui, à l'instar de la vieille dame, ne se montraient jamais, la plupart étaient vides.

Je me retrouvai à un moment donné dans un couloir à la décoration encore plus luxueuse que les autres. De petits lustres en cristal étaient suspendus au plafond stuqué. Des sculptures en bronze étaient exposées sur des consoles. Les portes étaient très largement espacées les unes des autres. Les suites cachées derrière devaient être gigantesques. Il me semblait tout à fait possible que la chambre 1 se trouvât dans ce couloir. L'ancienne propriétaire s'était très certainement réservé, ainsi que pour ses œuvres d'art et ses livres, un confortable logis, ce dont j'eusse été le dernier à la blâmer. Mais je relevai les numéros 49, 12, 6 et 56. Pas de chambre 1.

Le couloir menait à une grande baie vitrée ouvrant sur un balcon. J'étais convaincu de me trouver au deuxième étage, mais lorsque je sortis sur la petite terrasse, je fus presque effrayé de constater que j'étais bien plus haut que je ne le pensais. Nous étions au quatrième. De plus, je n'étais pas dans l'aile est, mais juste au-dessus de l'entrée principale. Je contemplai la longue allée disparaissant au loin dans les bois.

Si je revenais par le même couloir, je devais logiquement me retrouver dans la cage d'escalier centrale. Mais il n'en fut rien, car le couloir se mit à zigzaguer vers l'ouest. C'est alors que je tombai sur un vieux pater-noster désuet. Une cabine ouverte était à ma hauteur, mais l'ascenseur était inerte, probablement plus raccordé à l'électricité. C'est par souci d'exhaustivité que je mentionne cette découverte, non dans l'intention de suggérer que j'étais tellement pris par l'aventure que j'aurais testé l'ascenseur continu s'il avait encore été en service.

Puis je trouvai encore plus de couloirs, de portes de chambre, d'escaliers, et me perdis encore. Je m'étonnai qu'il n'y eût personne, dans tous ces couloirs, à tous ces étages. Je n'avais pas croisé un chat : ni visage connu, ni client, ni femme de chambre. Même le majordome omniprésent était ici invisible. En attendant, je me dis que mon inspection avait assez duré. Je reprendrais ma quête de la chambre 1 une autre fois. Je voulais retourner dans ma chambre. Mais c'était plus facile à dire qu'à faire.

Tout en cherchant, au petit bonheur, le chemin vers le monde tel que je le connaissais, je me retrouvai dans un grand espace sombre encombré de bibelots hétéroclites. Je cherchai un interrupteur. Je me préparais à ce que l'éclairage soit défectueux, mais il marchait. J'avais atterri dans une sorte de musée renfermant des curiosités coloniales, des masques africains, des boucliers, des lances, une statue asiatique de Bouddha, des plats, des marmites, des poêles, des bols, un instrument à cordes, des oiseaux exotiques empaillés et même une pirogue, le tout exposé comme une collection privée, sans vitrines. Je trouvai l'ensemble vaguement lugubre, voire un peu effrayant. J'éteignis la lumière et poursuivis ma route.

Sans que je le dusse à aucune stratégie intelligente, je me retrouvai soudain en terrain familier. Je reconnus mon couloir. Je ne peux nier que je me sentis soulagé. C'est alors que j'aperçus, tout au bout, au niveau de la porte de ma chambre, une silhouette fantomatique.

2

C'était la poétesse française Albane. Elle portait la même longue robe blanche et vaporeuse, ajourée de dentelle romantique, que le jour où elle m'avait été présentée. Je me demandai ce qu'elle faisait dans mon couloir. À ma connaissance, elle résidait dans l'autre aile. Elle m'avait vu aussi. Elle m'attendait.

— Si tu crois que je te cherchais, dit-elle, tu fournis de manière tout à fait superflue une énième preuve de ton égocentrisme typiquement masculin, ce dont je puis t'assurer n'avoir nul besoin, étant donné que je suis déjà pleinement convaincue.

Son tutoiement à brûle-pourpoint m'étonna, mais je n'en pris pas ombrage. Je décidai de l'interpréter comme un geste de rapprochement et répondis par la pareille à cette faveur qu'elle me témoignait. Après tout, nous étions collègues.

— Sans vouloir nier que j'eusse été enchanté si tu avais délibérément recherché ma compagnie, dis-je, je puis te rassurer en affirmant sincèrement que pas un instant je n'ai cru que c'était le cas. Il n'empêche que tu me vois ravi de cette rencontre tout à fait inopinée.

— Qu'est-ce qui te fait croire qu'il en va de même pour moi ? demanda Albane.

— Je ne parlais que pour moi-même.

— Précisément, dit-elle. Je dirais presque : *quod erat demonstrandum*[1]. Et j'ignore pourquoi je devrais m'intéresser, ne fût-ce que superficiellement, à quelqu'un qui ne parle que pour lui-même.

— J'ai pourtant l'intuition que tu apprécierais encore moins, si c'est possible, que je parle aussi pour toi.

1. CQFD. « Ce qu'il fallait démontrer. »

— Voilà pourquoi je trouve les hommes comme toi, ou vous, les hommes en général, tellement épuisants. Avec votre attitude agonistique primaire, vous transformez tout en petit jeu. Et comme des enfants, vous êtes contents quand vous gagnez à vos propres petits jeux. Mais je dois te décevoir. Ne t'attends pas à ce que je sois impressionnée par tes tours de passe-passe rhétoriques de pacotille, je les ai trop souvent entendus.

— Tu me rendrais un fier service si tu voulais bien alléger mon ignorance en m'indiquant de quelle manière une femme comme toi – ou vous, les femmes en général – manifesterait sa joie devant une rencontre inopinée telle que la nôtre.

— Pour commencer, tu peux partir du principe qu'une femme comme moi ne nourrira jamais le moindre soupçon de fantasme pathétique qu'un homme comme toi surgisse prétendument par hasard devant la porte de sa chambre d'hôtel.

— Dit comme ça, je vois, *mutatis mutandis*[1], peu de différence entre nous. Notre absence commune de fantasmes pourrait constituer un bon point de départ à une belle amitié.

— Lorsqu'un homme comme toi se met à parler d'amitié à une femme, on peut s'attendre à ce qu'il lui glisse la main dans la culotte l'instant d'après. Je connais les gens de ton espèce.

— Je ne me pardonnerais pas de te décevoir, dis-je, mais la vérité m'intime de dire que pareille chose n'entre nullement dans mes intentions.

— Pareille chose, dit-elle. C'est ainsi que tu appelles ça.

— Et quel mot voudrais-tu que j'utilise ?

1. « Tout ce qui devait être modifié ayant été modifié. »

— Agression sexuelle. Ni plus ni moins. Mais je te prierais de bien comprendre une fois pour toutes que je ne suis pas celle que tu crois, et qu'il n'y a pas une seule cellule de mon corps qui caresse le moins du monde une telle éventualité.

— Je te remercie d'avoir clarifié ce point, même si je tiens à spécifier que ton avertissement, s'il visait à prévenir des agissements inconvenants de ma part, était parfaitement superflu. Si tu le souhaites, je suis même prêt à promettre explicitement de ne pas attenter à ton intégrité sexuelle.

— Bien, dit-elle, et tant que tu y es, arrête aussi de fantasmer là-dessus.

— Pour peu qu'on puisse cesser ce qu'on n'a jamais commencé, je ferai tout ce qui est en mon pouvoir pour contenter tes vœux.

— Et ne crois pas que je reparaîtrai un jour dans ce couloir, encore moins pour frapper, en pâmoison, à la porte de ta chambre. Sois bien sûr que cela n'arrivera pas.

— Maintenant que ces questions sont peu ou prou élucidées, ce dont je te suis éminemment reconnaissant, me permets-tu d'émettre une suggestion : que dirais-tu, la prochaine fois, de parler d'autre chose ? De poésie, par exemple ?

— Il n'y aura pas de prochaine fois, dit Albane.

Elle tourna les talons et quitta le couloir en direction de la cage d'escalier.

3

Il y a trois jours – ou était-ce déjà quatre ? –, à la fin du déjeuner, le majordome m'apporta un billet sur un plateau en argent. C'était la carte de visite de Patelski. Au dos, il y avait écrit à la main la lettre P, soulignée d'un long trait, et, sous ce trait, le mot français « Venez ». Je souris. Je reconnus dans ce message laconique le rébus que Frédéric II de Prusse avait adressé à Voltaire. Patelski m'invitait à me joindre à sa table pour le repas du soir : « Venez souper. »

Je me souvenais également de la réponse de Voltaire. Je pris l'une de mes propres cartes de visite dans le boîtier en argent étincelant que je gardais dans ma poche intérieure, sortis mon stylo de mon autre poche intérieure, dévissai le capuchon, l'emboîtai sur l'autre extrémité, déplaçai ma chevalière de l'auriculaire droit à l'auriculaire gauche, retournai la carte de visite et écrivis au verso « G a ». Je déposai le message sur le plateau en argent et demandai au majordome de le remettre à Patelski.

L'idée était qu'il lise mon rébus comme étant « J'ai grand appétit » – G grand, a petit – et comprenne ainsi que j'acceptais son invitation. Naturellement, il n'aurait pas à réfléchir longtemps. Il connaissait sans doute aussi bien que moi la réponse classique de Voltaire.

Quand j'apparus dans la salle à manger ce soir-là, Patelski m'attendait déjà. Je me hâtai afin de l'empêcher de se lever pour me saluer, tandis qu'il m'accueillait comme si j'étais Voltaire en personne.

— On dit que votre intelligence est une machine de guerre, à en croire les écrits de Flaubert. Je suis d'autant plus heureux que vous ayez eu la bonté d'employer vos lumières aux fins pacifiques d'éclairer la soirée d'un vieil homme solitaire.

— Quoi que je fasse, dis-je, je tâche d'écraser l'infâme et de répondre à la gentillesse par la gentillesse.

Il me fit signe de m'asseoir et me dit qu'il avait fait ses devoirs et découvert que je tentais abusivement de me faire passer pour un *gentiluomo* italien, alors que je venais des Pays-Bas. Je plaidai coupable et lui demandai en souriant de ne point l'ébruiter. Il me demanda si je savais comment Voltaire avait dépeint ma patrie. Je dus lui avouer mon ignorance, exprimant toutefois ma crainte que cela n'augure rien de bon. Il répondit que tout dépendait du point de vue, Voltaire ayant dépeint la Hollande comme un endroit où l'on faisait plus de cas d'une cargaison de poivre que des paradoxes de Rousseau. Je dis que c'était vrai, ajoutant que c'était précisément mon goût des paradoxes qui m'avait poussé vers l'Italie. Je lui demandai si je pouvais lui demander d'où il venait.

— D'Europe, répondit-il. J'entends par là tout d'abord que je vis au Grand Hotel Europa depuis si longtemps que j'en suis venu à le considérer comme ma résidence. Mais quand bien même cette réponse ne vous satisferait pas, je vous donnerais encore la même. L'histoire de ma famille est tellement marquée par les atrocités du Vieux Continent et les innombrables déplacements volontaires et involontaires qui en ont résulté que la réponse la plus honnête, voire la seule bonne réponse possible, est que c'est l'Europe qui m'a fait naître. Par ailleurs, l'Europe m'a engendré d'une autre manière encore, puisque j'ai été formé à l'école des grands penseurs européens du passé, qui me tiennent encore chaque jour compagnie.

Je dis que j'avais rarement rencontré quelqu'un qui se présente à moi sans réserve comme européen. S'il pouvait fièrement arborer l'identité européenne, cela signifiait sans doute qu'il croyait en l'existence d'une certaine identité européenne. Je lui demandai s'il pouvait m'en donner une description.

4

— Vous connaissez sans doute la manière dont l'éminent érudit George Steiner a tâché de définir l'idée d'Europe. Il décrit la singularité du continent au moyen de cinq critères distinctifs. Chose intéressante, le premier est l'omniprésence de cafés, qu'il considère, convenable comme il est, non pas comme des abreuvoirs où l'on sert aux désespérés l'aigre oubli dans des verres sans fond, mais plutôt comme des lieux de rencontre où l'intelligentsia conspire, écrit et débat, et où ont vu le jour les philosophies déterminantes, ainsi que les courants artistiques majeurs et les révolutions idéologiques et esthétiques.

— Je suis heureux de pouvoir, sous l'autorité de nul autre que Steiner, justifier ma fréquentation autrefois assidue des cafés comme étant l'expression d'une attitude militante proeuropéenne.

— Vous remarquerez que l'Europe de Steiner ne commence pas avant le XIXe siècle. Les philosophies présocratiques, platoniciennes et aristotéliciennes, le stoïcisme et l'épicurisme, le néoplatonisme, l'héritage des Pères de l'Église, l'éthique mystique et courtoise, la Renaissance, les Lumières et le romantisme ne sont absolument pas nés au café, pas plus que le classicisme, l'hellénisme, le style roman, le gothique, le baroque ou le néoclassicisme. L'étalon de Steiner est l'Europe bourgeoise, dont il est lui-même un représentant. Quand il pense à l'Europe, il voit les boulevards de Paris et de Vienne, et non l'agora d'Athènes ni les puissantes cours royales. Mais c'est là une remarque insignifiante, qui occulte son caractère délibérément provocateur et le fait qu'il a en substance raison de dire que les échanges intellectuels et le débat d'idées sont des caractéristiques essentielles de l'identité européenne.

— Je trouve courageux de votre part, dis-je, d'employer l'indicatif présent.

— Ne suis-je pas en train de débattre avec vous ? dit Patelski. Nous ne devons pas nous faire d'illusions sur le passé. À l'époque également, le débat intellectuel était le passe-temps de quelques-uns. Il n'empêche que leurs discussions philosophiques ont eu une influence décisive. L'histoire européenne peut être décrite comme une histoire d'idées. Nulle part ailleurs dans le monde, cela ne s'applique autant qu'ici.

— Votre analyse a des accents de plaidoyer en faveur du rôle prépondérant de l'élite. Or il convient d'être très prudent à ce sujet, de nos jours. L'élite est passée de mode, si je puis dire. Les populistes la tiennent pour responsable de tous les maux de la Terre.

— Elle l'est, dit-il. Tout comme elle est responsable de toutes les bonnes choses de par le monde. Elle est déterminante. L'élite n'y peut rien si elle est l'élite. Le fait que les gens intelligents soient une minorité n'enlève rien au fait qu'ils sont plus intelligents que la majorité. Même en ces temps où la bêtise de la majorité est bombardée au rang de norme par les démagogues, la minorité intelligente continue d'avoir raison.

— Cela ne lui sert pas à grand-chose, si personne ne l'écoute.

— Vous pourriez défendre le point de vue, reprit-il, que l'influence déclinante de l'élite intellectuelle est un attentat à l'identité européenne et le héraut de sa chute. C'est en substance le cinquième point de Steiner. Nous y reviendrons. Pour éviter toute confusion, je vous propose de parcourir les cinq points dans l'ordre original.

— Dans ce cas, je vous saurais gré de m'aider à me rappeler le deuxième point.

— La deuxième caractéristique de l'Europe identifiée par Steiner est que la nature sur le Vieux Continent est domestiquée et accessible, tel un paysage à échelle humaine, contrastant radicalement avec la nature dangereuse et impraticable d'Asie, d'Amérique, d'Afrique et d'Australie.

— Pour la plus grande frustration des romantiques.

— La dichotomie entre le parc et la nature sauvage s'inscrit dans un idéal de civilisation que le romantisme s'est vainement attaché à remettre en cause.

— Quelqu'un pourrait arguer, dis-je, que c'est précisément la tradition européenne de manipulation et de domestication de la nature qui est à la racine du problème climatique mondial actuel.

— Je serais tenté d'affirmer le contraire. La tradition européenne est de soigner la nature comme un jardin où l'homme peut déambuler à sa guise, cependant que la nature est considérée comme hostile partout ailleurs. À juste titre, comprenez-moi bien. Il est des régions du monde où la nature est un adversaire redoutable et mortel pour l'homme. Les plus gros pollueurs et principaux responsables de la crise climatique se trouvent là-bas, alors que l'Europe est au contraire toute prête à inverser la tendance.

— Ce en quoi n'aide pas le fait que l'Europe soit de moins en moins prise au sérieux par le reste du monde.

— De nouveau, cela nous ramène au cinquième point. Mais parlons d'abord de la troisième caractéristique, à savoir que l'Europe est saturée par sa propre histoire.

— Il n'y a pas grand-chose à dire à ce sujet, dis-je. C'est une évidence. Dès leur enfance, les petits

Européens jouent dans les ruines d'empires déchus, parmi les grenades non explosées de la Grande Guerre, ils échangent leur premier baiser sur fond de violons en provenance des salons chatoyants de Vienne et de Salzbourg, se marient dans un hôtel de ville restauré sous des fresques célébrant des époques plus glorieuses, envoient leur progéniture apprendre le latin et le grec dans un lycée classique, vivent accrochés aux traditions parmi les trésors antiques et finissent enterrés, après une liturgie millénaire dans une cathédrale médiévale, dans un sol saturé de noms plus grands qu'eux-mêmes n'ont jamais pu porter. L'Europe se noie dans son histoire. Il y a tellement de passé en Europe qu'il n'y a plus de place pour l'avenir.

— Je pourrais ajouter, admit-il, que tels que nous sommes, à échanger ainsi nos points de vue, nous ne réfléchissons pas en observateurs extérieurs sur l'obsession de l'Europe pour son histoire, mais bien en malades dressant leur propre diagnostic. Notre intérêt pour le débat est ancien, nos arguments sont historiques et nous ne prenons les idées au sérieux que lorsqu'elles ont mûri pendant des siècles dans les énormes in-folio entassés dans nos bibliothèques.

— Oui, dis-je. Moi aussi, j'ai étudié le grec et le latin. Une conscience excessive de la tradition peut engendrer l'inertie, mais c'est sans doute un danger relativement inoffensif par rapport au retour en arrière préconisé par certains politiciens. Un passé grandiose rend la nostalgie séduisante. Si tout était mieux avant, cet avant peut être considéré comme la direction à suivre. Il peut sembler tentant de conjurer la peur en reculant les aiguilles de l'horloge jusqu'à une époque où cette peur n'existait pas encore.

— La nostalgie est vieille comme le monde. Rien n'est nouveau sur un vieux continent, pas même le regret du passé. Les Grecs anciens, qui devaient encore bâtir la civilisation européenne, pensaient déjà que l'âge d'or était derrière eux, le situant à l'époque mémorable où les dieux marchaient encore sur la Terre et où les hommes se nourrissaient de glands. Voilà qui nous amène au quatrième axiome : la civilisation européenne est née à Athènes et à Jérusalem. Elle est le fruit de la raison et d'une révélation.

— Que les extrémistes de droite ne vous entendent pas, dis-je. Eux qui disqualifient justement la présence de l'islam en Europe en pointant les racines judéo-chrétiennes de la civilisation européenne.

— Vous n'écoutez pas bien. Il ne s'agit pas de l'opposition entre Jérusalem et La Mecque, mais bien du mariage de raison entre la philosophie et la foi. Cette caractéristique de l'identité européenne tend à montrer ce double ancrage paradoxal, à la fois dans une tradition du Livre et dans une tradition des livres. Les musulmans aussi sont des gens du Livre. En cela, ils ne diffèrent pas des chrétiens. L'histoire européenne des idées est un tango, qui a souvent pris les allures d'une lutte et qui est long de plus de deux millénaires, entre deux croyances : l'une en une vérité exclusive et révélée, l'autre en la capacité de l'homme à découvrir la vérité par la raison.

<h1 style="text-align:center">5</h1>

On nous servit le plat de résistance. C'était un steak Paganini.

— Les Grecs ont échappé au destin d'une révélation, dis-je. Leur religion et leurs mythes n'ont jamais été figés dans un livre sacré faisant autorité. C'est pourquoi les fondements de leur foi sont toujours restés sujets à discussion. En l'absence de diktat divin, ce n'est pas un sacrilège de penser par soi-même. C'est la naissance de la philosophie grecque.

— Vous avez déjà écrit cela quelque part. Je m'en souviens. La singularité de la civilisation européenne est que cette raison, éveillée comme par un baiser, a ensuite dû trouver un terrain d'entente avec une révélation qui se prétendait vérité absolue. À cet égard, l'épicentre de l'histoire européenne réside dans les essais des Pères de l'Église, qui s'étaient donné pour mission de faire accepter par l'intelligentsia païenne leur foi invraisemblable dans des raisonnements d'une beauté surréaliste en l'harmonisant avec les illustres acquis de la philosophie grecque. Le fait que la peinture européenne ait mis la théorie de la perspective, développée avec la plus grande précision scientifique par Léonard de Vinci, au service de la création d'images de dévotion est, si vous voulez, une autre illustration tout aussi éclatante de cette même tradition paradoxale.

— Je doute cependant, dis-je, que la lutte entre la raison et la religion soit exclusivement européenne. Probablement est-elle plutôt une obsession humaine générale.

— Je parle de la coexistence de deux formidables traditions. Je pense que l'Europe n'a pas seulement un droit exclusif sur leur association, mais aussi, ou presque, sur chacune d'elles séparément. À l'exception de l'islam, l'expérience religieuse en dehors de l'Europe n'est pas fondée sur une révélation. Et à l'exception de la Chine et de l'Inde, la tradition philosophique hors d'Europe n'est pas un discours cohérent constitué de textes écrits. Je force un peu le trait, mais pas de manière extravagante. En Europe, les deux traditions sont lettrées. À mon avis, on peut qualifier cela d'unique.

— Finalement, c'est donc une question de livres, dis-je. Je me réjouis que ma mentalité européenne ne se manifeste pas seulement dans ma fréquentation des cafés mais aussi par mon choix du métier d'écrivain.

— Du moment que vous en êtes conscient, opina-t-il.

— Oui, mais c'est dommage que de moins en moins de lecteurs en soient conscients.

— Voilà qui nous amène à la cinquième et dernière caractéristique de l'identité européenne, dit Patelski. L'Europe est consciente de son propre déclin.

— De même que l'homme est le seul être vivant à avoir conscience de sa condition mortelle, l'Europe est le seul continent qui reconnaisse sa déchéance et prévoie son tragique effondrement. C'est le revers d'un riche passé. Celui qui a connu son heure de gloire en arrive bien vite à la conclusion que le meilleur est derrière lui et qu'il y a peu de chances pour que ce temps revienne.

— C'est plus profond que cela, dit Patelski. Au fil de son histoire, l'Europe a vu sombrer tant de puissants empires que le cycle voyant s'enchaîner ascension, prospérité et déclin s'est gravé comme modèle dans le cortex cérébral de notre conscience historique. Nous ressentons ce canevas tripartite, y compris le déclin inévitable à nos yeux, comme esthétiquement satisfaisant, au même titre que la symétrie ou la structuration d'une dissertation en trois parties – thèse, antithèse et synthèse – ou encore que le retable en triptyque, ou la sonate, composée d'une exposition, d'un développement et d'une reprise. Nous percevons de la beauté dans la décadence, parce que nous en avons idéalisé les exemples passés, comme la somptueuse et grandiose chute de l'Empire romain, et parce que le déclin fait pour nous partie d'une structure finie qui, sans le dernier volet du triptyque, serait esthétiquement bancale et nécessiteuse d'une dernière main.

— Si votre analyse est juste, dis-je, cela tombe bien que le déclin de l'Europe soit factuellement démontrable. Bien que nous nous plaisions à restreindre notre attention aux acquis culturels du continent, nous savons pertinemment que l'Europe n'a pu s'épanouir que grâce au socle solide de sa supériorité économique et militaire. Et tandis que nous revendiquons d'avoir encore quelque chose à dire en matière culturelle, l'Europe est, sur le plan de l'économie et de la défense, définitivement et irréversiblement dépassée par une grande partie du reste de la planète. C'est à cause de cela que l'Europe a perdu son autorité dans le monde. Et l'autorité morale, dont nous aimons à nous prévaloir faute de mieux, reste une fiction tant que nous sommes divisés et ne parvenons pas à parler d'une seule voix. Et encore. Le reste du monde se fiche éperdument de cette autorité morale autoproclamée, vu que nous ne pouvons plus utiliser ni les armes ni les ducats pour les forcer à nous écouter. L'Europe est devenue dérisoire sur la scène mondiale et a perdu toute incidence sur l'avenir. Je ne prends pas beaucoup de risques en affirmant que les Chinois peuvent passer plusieurs jours sans penser une seule seconde à nous. L'Europe ne produit plus rien. Tous les objets de notre quotidien sont fabriqués en Chine. Nos habits viennent du Bangladesh ou de l'Inde, et nos rêves de Hollywood. Nos dernières usines à l'agonie sont maintenues en activité contre toute logique par les syndicats et par le désespoir, au nom d'une nostalgie mal placée, jusqu'au jour où elles seront à leur tour inscrites au patrimoine industriel, sur la liste interminable des monuments qui témoignent de jours meilleurs. Nous avons développé une économie de services dense et raffinée pour faciliter l'enrichisse-ment chinois sur notre continent et administrer notre propre déchéance. Mais en réalité nous n'avons plus rien à vendre que notre passé.

— Vous parlez en véritable Européen, dit Patelski. Il n'y a pas que votre fréquentation des cafés et le choix de votre profession qui témoignent de votre nature européenne, vous avez également le déclinisme dans le sang.

— Est-ce à dire que vous n'êtes pas d'accord ?

— Non, c'est un compliment que je vous fais.

— Peut-être me permettrez-vous, en vous remerciant de votre assentiment et de vos louanges, une dernière petite observation. Un aspect inquiétant du déclinisme est qu'il se voit aujourd'hui relayé principalement par les adeptes de prophètes d'extrême droite, qui attribuent le déclin de la culture européenne au galvaudage des valeurs fondamentales judéo-chrétiennes et humanistes sous la pression de l'islamisation du continent consé-cutive à l'immigration massive. Je ne voudrais pas intituler mon livre, qui traite pourtant de ce sujet, *La Chute de l'Occident*, de peur de devoir son succès à la popularité de l'idéologie de droite.

— C'est tout à votre honneur de vous soucier de l'origine des ventes de vos ouvrages, dit-il. Mais je pense qu'il n'est pas difficile de faire la distinction entre une nostalgie défensive, qui se manifeste dans le désir d'un retour au Moyen Âge, au temps où de preux chevaliers massacraient les infidèles au nom de la Croix, et le réalisme historique, qui comprend que le seul espoir d'avenir pour l'Europe réside dans une intégration, une fédéralisation et une unité poussées, et que l'arrivée d'immigrants jeunes, robustes et résistants est un cadeau pour ce vieux continent chenu, bien plus qu'une menace.

— Je me réjouis que vous osiez parler d'espoir et d'avenir. Sur la base des cinq critères de l'identité européenne que nous venons de passer en revue, je puis vous dire à quoi ressemble l'avenir de l'Europe. Cet avenir est déjà présent et opérationnel à grande échelle en ce moment. Ce qu'il adviendra de nos cafés, de notre nature accessible, de notre trop-plein de mémoire, de notre tradition qui mêle raison et révélation, et de notre talent pour la décadence, est déjà advenu. L'Europe est devenue un parc d'attractions. La Forêt-Noire, jadis tant redoutée, est un site de randonnée balisé, et si l'on veut escalader le mont Blanc, on doit acheter un ticket. Pour les visiteurs qui souhaitent se rafraîchir, il y a la mer Méditerranée : photogénique, d'un bleu ridicule et surtout exempte de requins, de raz-de-marée et de tous ces dangers qui caractérisent une vraie mer. On y jouit en outre d'un climat agréable et tempéré. Ce parc est parsemé de curiosités. On peut s'émerveiller devant les monuments d'un passé qui parle à l'imagination et on ne se lassera pas d'admirer ces cathédrales construites par la Raison pour la Religion. Tout cela est impeccablement restauré et entretenu, car tout Européen comprend que nous sombrons et que le passé est tout ce qui nous reste. L'Europe est devenue un musée à ciel ouvert, un fantastique parc à thèmes historique pour les touristes. Et l'ingrédient principal de ce destin touristique est, conformément au premier critère essentiel de notre identité, notre excellent réseau d'hôtels et de restaurants. L'omniprésence de cafés et la richesse de nos formidables traditions culinaires font de notre continent la destination touristique idéale. L'avenir du Vieux Continent est déjà sous nos yeux. L'Europe est la villégiature du reste du monde.

— La question est de savoir si c'est grave, dit-il.

— La question, répétai-je, est de savoir si c'est grave.

VIII

LE MYSTÈRE MALTAIS

1

— J'ai rêvé de toi, m'annonça Clio un matin.

Je répondis que j'étais honoré.

— C'était un cauchemar, dit-elle. On était au bord d'un fleuve et on devait passer de l'autre côté. Mais il n'y avait pas de pont. Tu disais qu'il fallait traverser à la nage. Mais le courant était fort et j'avais peur. Tu m'as dit qu'on allait traverser ensemble et que tu m'aiderais, et tu m'as promis que, toi vivant, il ne m'arriverait rien. Mais, une fois dans l'eau, tu as commencé à t'énerver parce que je n'étais pas assez forte et pas assez rapide pour toi. Et au milieu du fleuve, tu en as eu assez. Tu m'as lâchée et tu as continué tout seul jusqu'à l'autre rive. Tu ne t'es même pas retourné. Et je me suis noyée.

— Ce n'était qu'un rêve, dis-je. Je ne ferais jamais une chose pareille. Je n'aime pas nager. J'aurais sûrement appelé un taxi, quitte à faire un détour par le pont le plus proche, pour nous amener confortablement et au sec de l'autre côté.

— Je t'ai dit qu'il n'y avait pas de pont. Tu ne me prends pas au sérieux. Tu sais quel est le problème, avec toi ? Tu vis dans ton petit monde. Tu persistes à te considérer comme le centre de ton propre univers. Et tant que je suis belle et guillerette à tes côtés, comme une fanfreluche à ta fatuité, tu es content. Mais si j'ai le moindre problème, tu détournes la tête parce que ça ne t'arrange pas. Et alors monsieur me laisse couler, comme dans mon rêve.

— Je plaisantais, Clio.

— Je ne te le fais pas dire. Tu n'as pas envie de te pencher sincèrement sur les soucis des autres, et donc tu les balaies d'une plaisanterie. Tu peux te le permettre dans tes livres, mais pas avec moi. Ou dans ce cas, tu réponds tout simplement à ma définition personnelle de l'égoïste.

— Franchement, je ne suis pas d'accord avec toi. C'est même la chose la plus injuste que tu puisses me dire. Si quelqu'un ne peut pas me reprocher d'être égoïste, c'est bien toi. J'ai chamboulé toute ma vie pour toi.

— En achetant quelques costumes et une paire de chemises assorties à mes manteaux de fourrure ? Félicitations, Ilja. C'est très altruiste de ta part.

— C'est pour toi que je suis à Venise.

— Seulement parce que j'ai insisté. C'est toujours pareil avec toi. Spontanément, tu ne feras jamais rien pour les autres.

— Si j'ai bonne mémoire, c'est moi qui ai insisté pour venir à Venise. Tu ne voulais même pas accepter le poste au début.

— Ah oui, et maintenant monsieur va se vanter d'avoir poussé sa petite amie à démissionner de son travail tant il avait envie de venir à Venise. Très noble. Un vrai gentleman. Laisse-moi te dire une chose, Ilja : il faut plus que deux costumes et trois cravates pour être un gentleman. Mais ça, on l'est ou on ne l'est pas, donc tu ne le comprendras sans doute jamais.

— Tu te contredis. Mais…

— Je ne me contredis absolument pas.

— Tu me reprochais d'avoir dû me convaincre et maintenant tu me reproches de t'avoir forcé la main. C'est contradictoire.

— J'ai horreur de tes tours de passe-passe rhétoriques. J'essaie d'avoir une conversation normale avec toi.

— Bien. Dans ce cas, exprimons les choses ainsi, dis-je. Je t'ai soutenue avec enthousiasme dans une décision que tu as prise. Est-ce une formulation qui t'agrée ? Si oui, peux-tu ensuite m'expliquer ce qu'il y a d'égoïste là-dedans ?

— Ensuite ? Ensuite, tu m'as laissée tout faire toute seule.

— Que veux-tu dire, Clio ?

— Cet appartement, tout. Tu n'as pas levé le petit doigt.

— Cet appartement t'a été proposé à un prix d'ami par ton employeur. Il n'y avait pas besoin de lever davantage le petit doigt. C'est pour ça que je ne l'ai pas fait.

— Tu vois. C'est facile. Comme toujours. Tu ne m'as même pas aidée à déballer mes livres.

— Qu'est-ce que tu as aujourd'hui, Clio ? Qu'est-ce qui te prend ?

— Je te l'ai déjà dit. Tu ne m'écoutes même pas. Mais visiblement, il faudra que je m'y habitue.

— Tu as fait un mauvais rêve.

— J'ai rêvé que tu étais un égoïste et que tu me laissais me noyer quand ça t'arrange.

— Je dois me défendre contre un rêve ?

— Ne te fatigue surtout pas.

— Un rêve ne reflète pas forcément la réalité, Clio.

— Ah non ? Et pourquoi je rêve de ça, alors ? Normalement, je ne fais jamais ce genre de rêve, mais depuis que je suis avec toi, oui. Drôle de coïncidence, tu ne trouves pas ?

— Je pourrais te renvoyer la question. Pourquoi fais-tu des rêves aussi affreux sur moi ? C'est le produit de ton cerveau, en fin de compte. C'est vrai ou c'est vrai ? C'est moi qui devrais être fâché que tu aies des pensées si négatives sur moi qu'elles ressurgissent ainsi dans tes rêves.

— Tu ne tiens pas tes promesses. Voilà ce qui ressurgit dans mes rêves.

— Et quelles promesses n'ai-je pas tenues ? Cite-m'en une.

— Je peux t'en citer plusieurs.

— Cite-m'en une.

— Tu n'as toujours pas écrit de poème sur moi.

— Clio, ce n'était pas une promesse. C'est toi qui t'es déshabillée. Même si je te suis encore reconnaissant aujourd'hui de cette surprenante initiative, ce n'est pas moi qui te l'ai demandé, et jamais je n'aurais osé te le demander. Et puis, je l'écrirai, ce poème. Mais un poème sur toi doit être le plus beau poème qui ait jamais été écrit. Ça ne se fait pas sur un coin de table. J'ai besoin d'un peu de temps.

— Et tu ne m'as jamais emmenée à Malte.

— À Malte ?

— Tu vois, tu ne t'en souviens même pas.

— Je te l'ai promis quand on était chez tes parents.

— Je suis contente que tu admettes enfin que tu ne tiens pas tes promesses et qu'on ne peut pas te faire confiance. Par ailleurs, je suis en congé la semaine prochaine, si ça t'intéresse.

Le jour même, j'avais réservé un vol et un hôtel.

— Au fait, tu sais pourquoi on va à Malte ? demanda Clio.

Je me retins de rire.

— La question n'est plus très pertinente. Je n'ai pas l'impression que tu m'aies vraiment laissé le choix. Mais ce n'est pas grave. Je t'aime quand même. On va à Malte parce que je n'ai pas envie que tu m'accuses encore d'homicide involontaire dans tes rêves.

C'est ce que j'aurais voulu répondre. Mais je n'en fis rien et donnai la réponse escomptée.

— Oui, acquiesça-t-elle. C'est juste. On y va en premier lieu pour voir la *Décollation de saint Jean-Baptiste*, que le Caravage a signée du sang du saint. Mais ce que je ne t'ai pas encore dit, c'est que ce tableau n'est qu'un petit maillon d'une chaîne d'événements et qu'il fait partie d'un grand mystère.

Sa colère s'était totalement évanouie et la mienne fondait, vaincue d'avance, sous la chaleur de son enthousiasme. Le scintillement de ses yeux tandis qu'elle évoquait ce grand mystère et la façon dont sa toute petite bouche tâchait d'articuler ces mots avec emphase m'attendrissaient. J'étais trop amoureux pour être fort. Je n'étais pas dupe, même pas à ce moment-là, mais je considérais à juste titre cette faiblesse comme un acquis admirable.

— Je te raconte ?

Je répondis que je voulais tout savoir de ce grand mystère.

— C'est une histoire assez longue et compliquée, mais je vais essayer de te la raconter convenablement.

— Je t'écoute.

— Oui, écoute bien, car je suis certaine que tu voudras l'utiliser dans ton livre. D'ailleurs, je te conseille d'entamer un nouveau chapitre, car ça devient important.

— Je n'écrirai rien de ce qui a eu lieu jusqu'ici parce que je n'écris pas sur toi, tu le sais. Je te l'ai promis. Et je sais que tu portes le nom d'une muse, mais c'est assez inhabituel pour les muses de se mêler activement de la composition des œuvres qu'elles inspirent.

— Je suis un genre nouveau de muse. Une muse 2.0. Mais cesse de m'interrompre tout le temps comme ça. Tu veux entendre mon histoire, oui ou non ?

— Je t'écoute.

3

— De nombreux mystères entourent la vie et l'œuvre de Michelangelo Merisi, surnommé le Caravage d'après le village natal de ses parents, mais le plus grand de ces mystères est lié à sa mort. C'est un bon incipit ? Bien qu'il ne soit pas mort à Malte, je suis intimement convaincue que son décès est une conséquence directe d'un événement qui s'est déroulé pendant son séjour sur cette île. Si la clé du mystère est à Malte, c'est sans doute là que se trouve également la réponse à la question qui occupe le monde entier depuis des siècles : où est passé le dernier des trois tableaux que le Caravage transportait lors de son dernier voyage ?

« C'est palpitant comme début d'histoire, non ? Mais avant de me lancer dans le récit de cet incident fatidique à Malte, je dois d'abord remonter quelques années en arrière et raconter comment et pourquoi il arriva sur cette île. Revenons au 28 mars de l'an 1606.

Le Caravage était alors âgé de 34 ans. Il vivait et travaillait à Rome et était au sommet de sa gloire. Il recevait de prestigieuses commandes et jouissait de la protection de plusieurs cardinaux et nobles influents. Il avait déjà eu recours plusieurs fois à leur aide, pour la simple raison qu'il avait un caractère de cochon. Désolée de le dire comme ça. C'était un homme irascible, agressif et violent. Et de ce fait, il s'était souvent retrouvé dans le pétrin.

« On murmurait que son arrivée à Rome n'avait pas été tout à fait volontaire, mais qu'il avait été obligé de fuir Milan après y avoir assassiné un homme vers 1590 ou 1592. Personne ne put jamais prouver quoi que ce soit. En revanche, il y eut des témoins, le 28 novembre 1600, quand il séjournait à Rome au Palazzo Madama, sous le patronage du cardinal Del Monte, et qu'il roua de coups de bâton un autre hôte de son mécène après une banale dispute. La victime n'était pas n'importe qui, il s'agissait de Girolamo Stampa, grand-duc de Montepulciano. Le cardinal Del Monte ne put ou ne voulut pas empêcher l'incarcération du Caravage à la prison de Tor di Nona.

« Sa libération en 1601 fut suivie d'autres incidents. En 1603, son confrère Giovanni Baglione porta plainte contre lui pour avoir écrit à son propos des vers salaces. Le Caravage fut condamné mais, grâce à l'intervention de l'ambassadeur de France, sa peine fut commuée en assignation à résidence. L'année suivante, on l'arrêta plusieurs fois pour port d'arme illégal et agression de gardes de la ville. Un aubergiste l'accusa de lui avoir lancé au visage une assiette d'artichauts. En 1605, il fut obligé de fuir quelques semaines à Gênes après avoir grièvement blessé en duel le notaire Mariano Pasqualone di Accumoli parce qu'ils avaient la même maîtresse, une certaine Lena. Ce n'est qu'avec le concours de ses mécènes qu'il put retourner à Rome, où il fut immédiatement dénoncé par la propriétaire de son appartement pour avoir refusé de payer le loyer et brisé ses carreaux pendant la nuit en représailles à ses réclamations.

« Je ne respecte peut-être pas toujours l'ordre chronologique, mais c'est pour te montrer que le Caravage avait déjà un casier judiciaire impressionnant quand il est allé jouer au tennis, le soir du 28 mars 1606 – un mardi, j'ai regardé –, au Champ de Mars avec Ranuccio Tomassoni de Terni. Le jeu s'appelait *pallacorda*, mais c'était du tennis, avec une corde à la place du filet, tendue au milieu du terrain. À un moment donné, une dispute a éclaté à propos d'une balle qui était ou non dehors, et le Caravage a tué Ranuccio Tomassoni. Il y avait certainement davantage en jeu que juste le jeu. C'est bien comme phrase ? Ils convoitaient tous les deux la même femme, Fillide Melandroni, une beauté célèbre à la réputation aussi sulfureuse qu'irrésistible. Certains prétendaient que le Caravage avait des dettes envers Ranuccio. D'autres ont évoqué la possibilité d'un différend politique. La famille Tomassoni était notoirement pro-espagnole, tandis que le Caravage bénéficiait de la protection de l'ambassadeur de France. Quoi qu'il en soit, Ranuccio Tomassoni ne bougeait plus. Il était mort, ce qui faisait du Caravage un meurtrier. Lors du jugement, vu ses antécédents criminels, le peintre écopa de la peine la plus lourde, à savoir la mort par décapitation. La sentence pouvait en outre être exécutée par quiconque le reconnaissait dans la rue.

« À partir de ce moment, il se mit à peindre de manière quasi obsessionnelle des scènes de décapitation, comme la célèbre toile de Judith et Holopherne, dont la tête tranchée est un autoportrait, ou celle de

Jean-Baptiste, peinte à Malte. Mais je ne raconte pas bien. Je vais trop vite. Il finira par s'enfuir à Malte, mais ce n'est pas encore pour tout de suite.

« Une chose était claire : le Caravage ne pouvait plus rester à Rome. Il réussit à s'échapper grâce au prince Filippo Ier Colonna, pour lequel il réalisa plusieurs tableaux, dont une toile des pèlerins d'Emmaüs. Pour mettre les autorités sur une fausse piste, le prince fit témoigner plusieurs membres de sa nombreuse famille, qui prétendirent avoir aperçu le Caravage en divers endroits d'Italie, tandis qu'il le faisait évacuer clandestinement vers son domaine dans le Latium. Quelques mois plus tard, avec l'aide d'une branche napolitaine de la famille, le prince parvint à l'exfiltrer vers Naples. Le Caravage se cacha dans les ruelles du quartier espagnol et travailla comme un damné. Mais il était trop connu. Même Naples devenait trop dangereuse pour lui. Il fallait trouver une solution structurelle à son arrêt de mort.

« Le prince avait un plan. Il y avait un moyen d'obtenir l'immunité contre les poursuites judiciaires. Et ce moyen consistait à faire intégrer au Caravage le corps d'élite catholique des chevaliers de Malte. Le prince Filippo contacta le grand maître de l'ordre de Malte, Alof de Wignacourt, qui, en échange d'un portrait, accepta d'accueillir le peintre à Malte.

« Je pense qu'il est important de se rendre compte à quel point il était exceptionnel que des princes, des nobles, des cardinaux et même le grand maître de l'ordre de Malte, un des hommes les plus puissants de la hiérarchie ecclésiastique après le pape, se montrent ainsi prêts à aider et rendre service à un coureur de prostituées, vandale et meurtrier. Ce n'était sûrement pas par indulgence ni par charité chrétienne. Le seul motif de cet altruisme apparent était leur désir d'obtenir une peinture du maître maudit et psychopathe. Cela te donne une idée de sa renommée, de la valeur et de l'attrait dont jouissaient déjà ses toiles de son vivant.

— Cela explique aussi la valeur et l'attrait dont jouissent encore ses tableaux aujourd'hui, dis-je. Telle que tu la brosses, la biographie du Caravage s'inscrit parfaitement dans l'idéal artistique romantique du génie maudit, broyé par son attitude sans compromis et n'ayant que son art auquel se raccrocher, tel un naufragé à son épave. Le romantisme inventé deux siècles plus tard semble l'avoir été avec effet rétroactif expressément pour le Caravage. On dit parfois que l'art doit être dangereux, mais cet artiste *était* dangereux. Plus romantique que ça, tu meurs.

— Après sa mort, le Caravage est tombé quelque temps aux oubliettes, dit Clio. Le courant classique a eu raison de son naturalisme. Il n'a été redécouvert qu'au XX\ :e\ : siècle. Mais ça, c'est une tout autre histoire. Ne m'interromps pas. Où en étions-nous ?

— À Malte.

4

— À Malte. Commence un nouveau sous-chapitre, alors. Non pas qu'il y soit parvenu, mais, au début en tout cas, le Caravage fit tout son possible pour changer et s'améliorer. Il avait toujours été profondément croyant. Plusieurs sources l'attestent. C'est l'un des paradoxes de son caractère et peut-être aussi la source de sa schizophrénie, puisqu'il était le pire pécheur qui soit en ce bas monde, et à la fois, en bigot fanatique et tremblant, douloureusement conscient de l'être. C'est une belle phrase, tu ne trouves pas ? Elle m'est venue comme ça. Je crois que je m'exprime de plus en plus comme toi. Mais en effet il y a de quoi devenir fou, quand ta ferveur religieuse et ton mode de vie sont de manière aussi flagrante en porte-à-faux. Quoi qu'il en soit, à Malte, le Caravage s'efforça de mener une vie monacale et de ne rien laisser transparaître qui puisse trahir son statut de repris de justice. Il travailla et se jeta corps et âme dans la prière et l'adoration. Il y avait aussi un côté pragmatique à cela, puisqu'il n'était toujours pas en sécurité. Il n'aurait atteint son but que lorsqu'on l'admettrait enfin dans l'Ordre et l'armerait chevalier, l'affranchissant ainsi de toute poursuite.

« Ce grand jour arriva un an plus tard. Le 14 juillet 1608, le Caravage fut nommé chevalier de grâce et de dévotion en obédience de l'ordre souverain militaire et hospitalier de Saint-Jean de Jérusalem de Rhodes et de Malte. C'était le rang le plus bas, car le rang supérieur des chevaliers de justice n'était accessible qu'à la noblesse. Mais, au moins, il n'avait plus à craindre d'être décapité. Sa condamnation, qu'il avait si anxieusement dissimulée, était automatiquement caduque.

« Mais il ne fallut pas trois mois pour que les choses se gâtent de nouveau. Une querelle dégénéra en rixe avec un chevalier de haut rang, que le Caravage offensa au point que ce supérieur le fit emprisonner dans les geôles de Sant'Angelo à La Valette. C'était le 6 octobre 1608. À cette occasion, il y eut une recherche des antécédents judiciaires et l'on découvrit son arrêt de mort signé à Rome. Le Caravage n'attendit pas les conclusions prévisibles des autorités et parvint miraculeusement à s'évader de Sant'Angelo. J'aimerais pouvoir te dire comment, mais même les geôliers de l'époque n'en eurent jamais la moindre idée. Il était déjà à Syracuse, en Sicile, quand une bulle, signée à La Valette le 6 décembre 1608, décréta sa radiation de l'ordre de chevalerie, en tant que membre infâme

et perverti, "*tanquam membrum putridum et fetidum*".
Je le mets entre guillemets. C'est une citation littérale.
On a retrouvé le document.

« Le Caravage passa par Messine, puis Palerme,
avant d'arriver à Naples à l'été 1609. Cette fois, c'est
la marquise Costanza Colonna qui le prit sous son
aile, une cousine éloignée de son ancien mécène, le
prince Filippo Ier. La dame le logea dans un palais
de sa propriété, le Palazzo Cellammare, situé dans le
quartier de Chiaia. Il se remit à peindre des décapi-
tations – David avec la tête de Goliath, Salomé avec
la tête de Jean-Baptiste –, car il avait perdu son
immunité et la sentence avait retrouvé toute sa validité.
À l'automne 1609, alors qu'il sortait de la Locanda del
Cerriglio, près de la via Monteoliveto, il fut attaqué
dans la rue par un groupe d'inconnus. Il écopa d'une
vilaine blessure au visage, mais parvint à s'échapper
avant que pire lui arrive. La peur cependant ne le
quitta plus. Il lui fallait un nouveau plan.

« Fais bien attention maintenant, car nous arrivons
au mystère de sa mort. Je me concentre. C'est un
peu compliqué. Je dois d'abord t'expliquer qui était
Scipione Borghese. Ça tient en quelques mots. Scipione
Borghese était à l'époque le deuxième homme le plus
puissant de Rome après le pape. Neveu du pontife – on
parle de Paul V –, il était cardinal, *sovrintendente*,
secrétaire d'État du Saint-Siège et chef de la curie
romaine. C'était en outre un passionné d'art et un
collectionneur. Le Caravage tenait son plan : il allait
se rendre à Rome pour offrir à Scipione Borghese trois
tableaux réalisés expressément pour lui, en échange
de sa grâce.

« Mais comment allait-il s'y prendre ? Comment
nouer contact avec un homme tel que Scipione
Borghese ? C'est là qu'entre en scène un vieux

prêtre du nom de Deodato Gentile, connaissance de l'hôtesse du Caravage, la marquise Colonna. C'était un dominicain, natif de Gênes où il avait été abbé au monastère de Santa Maria di Castello, serviteur de la sainte Inquisition, évêque de Caserte et nonce apostolique du royaume de Naples. Ce prêtre parvint donc à contacter Scipione Borghese, qui accepta le marché. En juillet 1610, le Caravage quitta Naples à bord d'une felouque, cap au nord.

« Le 29 juillet 1610, Deodato Gentile envoya une lettre à Scipione Borghese pour l'informer que, contrairement à ce que pensait Borghese, le Caravage n'était pas mort sur l'île de Procida, mais qu'il avait succombé à la fièvre quelques jours plus tôt, le 18 juillet, dans le port toscan de Porto Ercole. Gentile écrivait que la felouque à bord de laquelle le Caravage avait embarqué à Naples avait accosté dans le port de Palo di Ladispoli, dont les autorités avaient arrêté puis libéré le peintre contre paiement d'une somme d'argent considérable. Entre-temps, cependant, la felouque avait repris la mer, emportant les bagages du peintre vers sa destination finale de Porto Ercole. Ces bagages étaient d'une importance vitale pour le Caravage, puisqu'ils contenaient les trois tableaux de Borghese. Une fois libéré, le peintre s'était donc lancé à la poursuite de la felouque, par voie de terre, vers Porto Ercole, afin de mettre ses bagages en lieu sûr. Et c'est donc là qu'il serait mort de maladie. La felouque était retournée avec son précieux chargement à Naples, où les trois tableaux avaient été restitués à la marquise Colonna, dans sa demeure du quartier de Chiaia ; Gentile l'avait personnellement fait vérifier par un affidé. Il s'agissait de deux toiles de saint Jean-Baptiste et d'une de Marie-Madeleine.

« Cette lettre a été retrouvée en 1994 dans les archives secrètes du Vatican, et son authenticité est irréfutable. Le fait que le Caravage soit mort de maladie à Porto Ercole à l'âge de 38 ans est aujourd'hui pour ainsi dire incontesté. Reste à savoir ce qu'il est advenu des trois tableaux qu'il destinait à Scipione Borghese pour avoir la vie sauve.

« L'un des deux tableaux de saint Jean-Baptiste a tout de même été livré à Scipione Borghese après la mort du Caravage. Il est aujourd'hui exposé à la Galleria Borghese. La charge symbolique de la scène est évidente. Jean-Baptiste est représenté sous les traits du bon berger vers lequel revient une brebis égarée. Le peintre veut ainsi montrer qu'il a rejoint le troupeau de l'Église. Le bon berger Jean-Baptiste symbolise Scipione Borghese en tant que gardien de ce troupeau. Jean-Baptiste tient une hampe de roseau, en référence aux ustensiles d'écriture dont Borghese, espère-t-il, se saisira pour signer le pourvoi en grâce. Il tient le roseau entre deux doigts de la main gauche, dans une sorte de prise en ciseaux. La senestre est la main négative qui a signé précédemment la sentence de mort, et les ciseaux font référence à la destruction de ce verdict. La dextre, la bonne main, celle de la miséricorde, tient le poignet gauche. Nous avons donc la clémence qui aide à défaire au moyen d'une plume ce qu'a fait la mauvaise main au moyen d'une plume également, au profit de la brebis prodigue. Mes explications sont peut-être un peu brouillonnes, mais tu comprends ce que je veux dire. Tout cadre parfaitement.

« L'autre tableau de Jean-Baptiste a été confisqué après la mort du Caravage par le vice-roi de Naples, Pedro Fernández de Castro, septième comte de Lemos. Lorsque son mandat vint à échéance en 1616 et qu'il rentra en Espagne, il emporta le tableau à Madrid. Don

Pedro Antonio, dixième comte de Lemos, en hérita. Lorsque ce dernier fut nommé vice-roi du Pérou en 1667, il emporta la toile en Amérique latine. Elle fit ainsi partie de collections privées au Salvador et à Buenos Aires. Juste avant la Seconde Guerre mondiale, le tableau fut rapporté par une Argentine inconnue à Munich, où il se trouve encore aujourd'hui dans une collection privée. Il fait clairement pendant au premier tableau de Jean-Baptiste. On y voit la même personne, avec la même physionomie et le même manteau rouge, cette fois en position allongée. La mauvaise main gauche tient le bon poignet droit, tandis que le regard est détourné et couvert d'une ombre. C'est le revers. Il montre un Scipione Borghese qui aurait refusé le pourvoi en grâce, représenté comme quelqu'un qui se laisse guider par les émotions négatives de sa mauvaise main et refuse de prendre ses responsabilités, détourne les yeux et se cache dans les ténèbres. Sa position couchée, luxueuse et oisive, rappelle les voluptueuses Vénus et Danaé de Giorgione et de Titien, qui ne sont pas censées être des modèles pour un dignitaire de notre sainte mère l'Église.

« Jusqu'ici, tout concorde. Ce sont bel et bien deux des trois tableaux réalisés par le Caravage pour Scipione Borghese. Sa vie dépendait de ces toiles, et cela se voit. Mais où est passée Marie-Madeleine ? Ce tableau s'est perdu pendant des siècles. Jusqu'à ce que ma collègue et grande spécialiste du Caravage Mina Gregori le retrouve récemment. La toile fait partie d'une collection privée néerlandaise et représente une Marie-Madeleine en extase, les mains jointes, la tête renversée en arrière et les yeux clos. Au dos du tableau se trouve un billet écrit dans une graphie typique du XVIIᵉ siècle : "Madeleine peinte par le Caravage à Chiaia au bénéfice du cardinal Borghese à Rome". Il y a aussi un cachet en cire de la douane de Rome. Ce genre de cachet n'a été utilisé qu'à la fin du XVIIe siècle. C'est donc à cette époque que le tableau a dû être transporté de Naples à Rome. Et c'est ce tableau-là qui est censé être le troisième.

— Mais ?

— Mais il y a un « mais ».

— Ce n'est pas lui ?

— Non, ce n'est pas lui.

5

Clio fit une pause. Si elle avait eu un cocktail devant elle, elle en aurait bu une gorgée.

— Ce billet au dos et ce cachet de cire semblent dissiper tout doute, dit-elle. Mais c'est justement cela qui me rend soupçonneuse. Ils sont *destinés* à dissiper tout doute. Ils sont trop beaux pour être vrais. Trop probants pour être crédibles. Et la question qui surgit aussitôt à mon esprit, c'est : pourquoi les deux autres tableaux ne sont-ils pas pourvus du même billet à l'arrière ? Eux aussi ont été peints à Chiaia au bénéfice de Borghese, non ? Et celui qui a effectivement été livré chez son bénéficiaire à Rome devrait aussi présenter ce cachet de la douane. Or, il n'en porte aucune trace.

« Ensuite, il y a un autre problème. Le format ne correspond pas. Ces deux tableaux de Jean-Baptiste sont de grandes toiles. Plus d'1 mètre et demi de haut sur 1 mètre de large, l'un est vertical et l'autre horizontal. Le tableau de Marie-Madeleine en extase est beaucoup plus petit. Il est d'un format presque carré, d'à peine 1 mètre de côté. Dit comme ça, la différence ne semble pas énorme, mais l'impact de la toile est totalement différent. Les deux Jean-Baptiste sont presque grandeur nature, représentant une figure en pied. La Madeleine est un modeste format portrait. Sa composition est également celle d'un portrait. Or, nous pouvons déduire des deux Jean-Baptiste que le Caravage a conçu ses trois œuvres comme une série cohérente. La Madeleine retrouvée par ma collègue Mina Gregori ne s'intègre tout simplement pas dedans.

« Le plus gros problème, cependant, est le sujet. Et je ne parle pas du choix de Marie-Madeleine. Grâce à la lettre de Deodato Gentile à Scipione Borghese, nous savons qu'elle était le sujet du troisième tableau, ce qui est plausible. Elle était le prototype de la pécheresse et avait été pardonnée par Jésus. Elle est la première personne à qui le Christ est apparu après sa résurrection. Elle a été sa première apôtre. Si le Caravage voulait se présenter à Scipione Borghese en pécheur méritant le pardon, Marie-Madeleine offrait un symbole puissant et évident. Le problème n'est pas là. Le problème, c'est qu'elle est représentée en extase. C'est un moment mystique d'union avec le Christ, qui évoque davantage ses péchés antérieurs que sa repentance. En un mot, ce tableau est bien trop érotique. Dans le cadre d'un recours en grâce adressé à Scipione Borghese, c'est exactement ce qu'il ne fallait pas faire. C'est la porte ouverte au malentendu. Non, je crois savoir à quoi ressemble le tableau de Marie-Madeleine que nous recherchons. Et je vais te le dire. C'était la pièce centrale du triptyque réalisé par le Caravage pour Scipione Borghese. Elle était donc de la même dimension, voire plus grande que les deux toiles de Jean-Baptiste, et elle montre Marie-Madeleine en pied, peut-être agenouillée au sol, un crucifix à la main. C'est l'iconographie classique de son repentir. Et si les deux Jean-Baptiste symbolisent Scipione Borghese, la pièce centrale représente le peintre lui-même. Ce que nous recherchons, c'est un autoportrait du Caravage en Marie-Madeleine. Si un peintre était capable d'une telle chose, c'était bien lui. C'eût été le symbole ultime de son repentir, le moyen le plus spectaculaire qu'il eût pu imaginer pour appuyer sa demande de pardon.

— Waouh !

— Waouh, comme tu dis. Et la question suivante est bien sûr de savoir où chercher ce tableau « waouh ». Là encore, j'ai ma petite idée. Mais pour cela, il me faut revenir aux derniers jours du Caravage et à sa mort. Car je ne pense pas que les choses se soient déroulées comme tout le monde le croit, de la façon dont je viens de te les raconter. Trop de détails clochent dans cette histoire. Cela ne t'a pas frappé ?

« C'est la lettre du 29 juillet 1610 de Deodato Gentile à Scipione Borghese qui nous apprend que le Caravage aurait succombé à une mauvaise fièvre à Porto Ercole. Cette lettre est authentique, mais bizarre. Tout d'abord, il est étrange que Gentile ressente le besoin de démentir que le Caravage soit mort à Procida. Le Caravage n'a jamais rien eu à voir avec cette île. L'arrestation du Caravage dans le port de Palo di Ladispoli est attestée par d'autres documents. Mais le fait qu'après sa libération il se soit rendu à pied à Porto Ercole, comme l'écrit Gentile, est proprement invraisemblable. Palo di Ladispoli se trouve dans le Latium, à mi-chemin entre Ostie et Civitavecchia. Porto Ercole se situe pour sa part dans le sud de la Toscane, à hauteur de Capalbio, soit à plus de 100 kilomètres. En plus, la région était à l'époque composée en grande partie de marécages. Sans compter qu'il y avait sur la côte des tours de guet et des forteresses occupées par des garnisons romaines qui auraient pu reconnaître le Caravage. Il est impensable qu'il ait pris le risque d'entreprendre ce voyage à pied.

« Gentile écrit ensuite que le Caravage a été libéré par les autorités de Palo di Ladispoli en échange d'une somme d'argent considérable. Ça aussi, c'est étrange. Si c'est le cas, la question se pose de savoir comment le nonce apostolique dans le royaume de Naples a pu en avoir connaissance. Les autorités portuaires de Palo di Ladispoli n'ont de manière générale aucune raison de tenir le nonce informé de leurs procédures internes, encore moins dans ce cas spécifique où elles avaient toutes les raisons de les dissimuler puisqu'il s'agit de corruption.

« Si le Caravage est réellement mort de maladie à Porto Ercole, comme l'écrit Gentile, il est étrange en outre que l'événement n'ait laissé aucune trace. Porto Ercole n'était pas si grand et le Caravage était célèbre dans le monde entier. Sa mort aurait dû faire grand bruit. On aurait certainement organisé des funérailles et tenté de contacter des proches, des héritiers et des mécènes du peintre. Un tel événement est bien trop lucratif pour qu'un village comme Porto Ercole puisse se permettre de le rater. Et l'événement aurait figuré d'une façon ou d'une autre dans les annales. Mais il n'y a rien de tout ça. Même Gentile n'évoque aucun enterrement dans sa lettre.

« Il y a des documents postérieurs qui confirment la version de Gentile, mais eux aussi sont toujours un peu suspects. Un document officiel de la main d'un certain Giulio Mancini certifie ainsi que le peintre est décédé à Civitavecchia. Plus tard, cette mention a été barrée et changée en Porto Ercole dans une autre écriture. Une autre déclaration officielle atteste que le Caravage est mort à Porto Ercole le 18 juillet 1609. La date est correcte, mais c'est un an trop tôt. Tout cela éveille l'impression d'un scandale étouffé, d'une tentative orchestrée de cacher la vérité.

« En 1630, Francesco Bolvito, bibliothécaire de l'ordre des Théatins, écrit que le Caravage a été assassiné. Nous ne savons pas sur quoi il appuie cette affirmation, mais il doit avoir raison. Le fait que Deodato Gentile fasse tant d'efforts dans sa lettre à Scipione Borghese pour rendre plausible le scénario d'une mort naturelle du Caravage donne à penser que c'est lui qui a trahi le peintre. Gentile était un dignitaire conservateur du clergé et un inquisiteur. Contrairement à Scipione Borghese, il n'était pas sensible au génie artistique de ce meurtrier, coureur de bordels, qui peignait les saints de l'Église avec un naturalisme irrespectueux. La seule question est de savoir à qui il a livré le Caravage et qui a commis le meurtre.

« Et puis, il y a une deuxième lettre de Deodato Gentile à Scipione Borghese, datée du 31 juillet 1610. Gentile y écrit qu'il est inquiet pour la livraison des trois ultimes tableaux du Caravage, la marquise Colonna ayant déclaré qu'ils n'étaient plus en sa possession. Ils auraient été réquisitionnés par le prieur de l'ordre de Malte à Capoue. La raison invoquée par Gentile pour justifier cette revendication est que le prieur aurait déclaré que le Caravage était un estimé serviteur de l'Ordre et que les tableaux revenaient donc de droit à ce dernier. L'un des deux ment, puisque le Caravage avait été radié de l'Ordre dans l'opprobre. Il se pourrait que le prieur de Capoue taise ce fait pour s'approprier les précieuses toiles. Mais le prieur avait peut-être une autre raison de réclamer les tableaux, que Gentile ne pouvait révéler à Borghese.

« Ce qui s'est passé est clair comme de l'eau de roche. Deodato Gentile a trahi le Caravage auprès des chevaliers de l'ordre de Malte, qui le recherchaient parce qu'il avait insulté un chevalier de rang supérieur et déshonoré l'Ordre et qu'il n'avait pas encore été puni, s'étant évadé de leur prison. Les inconnus qui l'avaient attaqué à Naples à sa sortie de la Locanda del Cerriglio et auxquels il avait échappé de justesse étaient probablement les mêmes. Le Caravage a été assassiné par les chevaliers de Malte. Peut-être à Palo di Ladispoli. À moins qu'il n'ait jamais quitté Naples et que toute l'histoire de la felouque soit une mystification. Voilà la vraie raison pour laquelle l'ordre de Malte voulait ces tableaux : c'était le butin revenant aux exécuteurs de la vengeance. Cependant Gentile ne pouvait pas l'écrire à Borghese pour expliquer que les tableaux ne lui aient toujours pas été envoyés à Rome.

« Ce n'était pas tout puisque les tableaux faisaient aussi l'objet d'une revendication par le vice-roi de Naples. Trois partis, trois tableaux. Le compromis allait de soi. Un Jean-Baptiste alla à Scipione Borghese et l'autre au vice-roi de Naples. Mais c'étaient là des lots de consolation. Il n'y a qu'un seul endroit où puisse se trouver la pièce centrale, cette Marie-Madeleine égarée depuis des siècles : à Malte. Et c'est pour cela que nous y allons, Ilja. Nous partons chercher ce tableau.

6

La semaine précédant notre départ, je lus dans le journal qu'un bateau transportant principalement des migrants africains avait chaviré à quelques dizaines de kilomètres des côtes libyennes. De tels événements étaient si fréquents à l'époque qu'ils ne faisaient même plus d'office l'actualité, mais il était question ici d'un désastre d'une ampleur inouïe. Selon des témoins oculaires, il y avait plus de 900 personnes à bord, dont seules 28 avaient pu être secourues. On avait repêché 24 corps. Le reste s'était noyé et avait été enseveli sous les flots de la Méditerranée. Dans les colonnes du journal, on parlait de la plus grande catastrophe maritime depuis la Seconde Guerre mondiale.

Je lus que les 28 rescapés avaient rejoint l'Italie. Quant aux 24 dépouilles, elles avaient été transportées par bateau à Malte, où elles avaient été enterrées la veille. Cela me donna une idée. Grâce à cette tragédie, je me ferais rembourser mon voyage à Malte et gagnerais même un peu d'argent en écrivant un reportage sur le sujet. Je pris contact avec la rédaction du magazine néerlandais *Vrij Nederland* et proposai de me rendre sur les tombes des défunts et d'enquêter sur la manière dont ce micro-État, membre de l'Union européenne, gérait les flux de réfugiés qui partaient du Sud en bateau dans l'espoir d'atteindre la terre promise que représentait l'Europe, en quête d'une vie meilleure. Après tout, Malte était l'autre Lampedusa. Elle se situait plus ou moins à la même latitude que l'île italienne submergée de migrants, à quelque 400 kilomètres des côtes libyennes. Malte était juste un peu plus à l'est, d'environ 150 kilomètres. Avec Lampedusa, elle formait la frontière la plus méridionale de notre continent, au milieu de la mer Méditerranée, et constituait le tremplin logique vers l'Europe. Mais tandis que Lampedusa faisait la une des journaux quasi quotidiennement, on entendait peu parler de Malte dans le cadre de la problématique des réfugiés. Ma proposition à *Vrij Nederland* était de découvrir pourquoi. Ils m'offrirent des honoraires de 1 200 euros, hors frais de déplacement et d'hébergement, pour un article de 2 500 mots.

Notre vol matinal, l'AZ1460 d'Alitalia, décollait à 6 h 20 de l'aéroport Marco Polo à Venise pour atterrir à 7 h 25 à l'aéroport international Leonardo Da Vinci à Rome Fiumicino, d'où nous étions censés repartir à 10 heures par le vol AZ7912, pour arriver à Malte à 11 h 25 à l'aéroport de Luqa. Après avoir joué du fouet tel un dompteur en vue d'accélérer la toilette de Clio et réussir à la pousser à temps dans le taxi, je la guidai en souplesse du business lounge à la file prioritaire, en passant par les contrôles de sécurité et autres procédures d'embarquement, jusqu'à son confortable siège situé dans la onzième rangée à côté de l'issue de secours. Bien que nous soyons nous-mêmes des touristes, nous devions bien sûr éviter de nous retrouver nez à nez avec des congénères à l'aéroport. Cela aurait immédiatement gâché nos vacances. Notre voyage n'allait pas être aussi chic et commode qu'à la lointaine époque de l'Orient Express, mais grâce à ma carte de fidélité Freccia Alata Gold d'Alitalia, on n'en était pas loin.

Tandis que Clio s'endormait sur mon épaule, je réfléchissais à la vie du Caravage qu'elle m'avait racontée et à notre mission, même s'il y avait là peu matière à réflexion, et je souriais benoîtement dans mon siège, enlaçant ma petite marquise ronflotante, en route vers notre première destination de vacances ensemble, qui se caractériserait, où qu'elle soit dans le monde, par des rues où flâner main dans la main et un lit d'hôtel grinçant. Et ce qui me fascinait dans l'histoire du Caravage, c'était une chose que je savais depuis longtemps. Pourtant, j'étais une fois de plus frappé de constater que la culture européenne de son temps était déjà empreinte de nostalgie. Les histoires jugées dignes d'être racontées étaient les vieux récits bibliques et mythologiques. À l'heure d'implorer la miséricorde et la grâce, quand rien de moins que sa vie dépendait de son plaidoyer, le Caravage avait recouru à des symboles du passé. Pour insuffler à son appel désespéré la force de persuasion nécessaire, il s'en était remis à la puissance évocatrice des vieilles histoires. Ce besoin constant et obsessionnel d'invoquer les mânes et de relier à la tradition tout ce que nous sommes, pensons et voyons constitue l'ADN de l'Europe. Exister, en Occident, signifie se souvenir. Vivre est perpétuer. Rien ne peut jamais être nouveau sur un vieux continent.

À la réflexion, cela valait aussi pour notre mission. Nous n'étions pas partis en voyage pour voir du neuf, si nous faisions un instant abstraction du lit d'hôtel grinçant, quoiqu'il ne fût sans doute pas de première main non plus. Nous avions dépensé 300 euros pour le vol et à peu près autant pour l'hôtel, afin de voir de l'ancien. Nous ne trouvions visiblement rien d'anormal au fait de parcourir 1 000 kilomètres pour voir un tableau vieux de quatre siècles représentant une scène qui s'était déroulée mille six cents ans plus tôt, et d'en plus partir, en guise de nouveau jeu excitant, en quête d'un tableau similaire. Tandis que la mondialisation s'accélérait et que nos vieux pays étaient submergés de réfugiés et de touristes en provenance des quatre coins du nouveau monde, tandis qu'Internet sapait notre démocratie et que les fluctuations des Bourses mondiales nous faisaient trembler, tandis que les satellites proliféraient autour de notre planète et que les télescopes scrutaient l'espace à la recherche d'un avenir à l'humanité, nous, j'ai nommé la future marquise Chiavari Cattaneo Della Volta et son écrivain particulier, ou l'historienne de l'art et l'ex-spécialiste des lettres classiques, attachions la plus grande valeur à d'antiques artefacts, qui témoignaient eux-mêmes d'une antique obsession pour l'antique. Et, en cela, nous n'étions même pas si exceptionnels. Nous étions juste très européens.

En revanche, je ne pensais guère à mon autre mission. Cet article s'écrirait tout seul. Il suffirait de chercher ce cimetière, d'interviewer quelques intervenants, une belle citation de chauffeur de taxi, le tout saupoudré de quelques descriptions d'ambiance comme moi seul en avais le secret, et le tour serait joué.

On ne gâcherait point trop de temps à ces recherches. Il ne fallait pas que cela empiète sur nos vacances. Et j'écrirais mon article tranquillement, une fois de retour à la maison.

7

C'était à une heure de vol de Rome. Nous avions passé la côte sud de la Sicile depuis vingt minutes quand j'aperçus l'île ocre dans l'immensité bleue de la mer Méditerranée. Elle n'avait pas l'air très grande. D'ailleurs, elle ne l'était pas. J'ai cherché. Sa superficie est de 316 kilomètres carrés, à peu près comme l'île néerlandaise de Vlieland. Elle compte un peu plus de 400 000 habitants. La plupart d'entre eux vivent dans la capitale, La Valette, et dans les villes avoisinantes qui ont poussé tout autour des ports naturels au nord-est de l'île principale. Lampedusa est beaucoup plus petite. J'ai vérifié aussi. Elle affiche à peine 20 kilomètres carrés, soit le double de l'île de Tiengemeten, et un peu plus de 6 000 habitants. Mais je m'égare.

Étonnamment, l'aéroport international de Luqa à Malte avait beaucoup d'allure pour une petite île de la taille d'une ville de province. Le terminal en marbre et en chrome étincelait. Tout y était impeccablement propre et adéquatement sécurisé. Les fans du duty free étaient servis. On avait investi et misé de façon ambitieuse sur le tourisme. Sur les écrans du hall d'arrivée, je ne voyais que des vols en provenance du nord.

Je demandai au chauffeur de taxi qui nous conduisait à La Valette s'il avait entendu parler de l'enterrement de 24 migrants qui avait eu lieu quelques jours plus tôt. Nous longions en effet un immense cimetière, qui s'étendait de l'aéroport jusqu'à l'entrée de la ville. Probablement les victimes du naufrage étaient-elles enterrées là. Savait-il où exactement ? Il ne voyait même pas de quoi je parlais. Mais s'il s'agissait d'étrangers, ils n'étaient certainement pas là, il était formel, car ce cimetière était réservé aux Maltais.

— Catholiques ?

Il hocha la tête.

— Oui, bien sûr.

La première impression que nous fit La Valette fut celle d'une forteresse, entourée de hauts murs imprenables de plusieurs mètres d'épaisseur. Le taxi nous déposa aux portes de la ville. Il ne pouvait aller plus loin. Nous pénétrâmes dans la place forte et prîmes nos quartiers dans l'Hôtel Castille, juste à l'intérieur des murs. Avec mon ventre épanoui d'homme mûr et ma crinière grise, j'étais le plus jeune client de l'hôtel après Clio. Vous vous rendez compte ? De la terrasse sur le toit, nous avions une vue magnifique sur toute l'île et vîmes que la capitale de La Valette n'était pas la seule ville à être entourée de remparts. Toute l'île était fortifiée. Autour des ports naturels, cela regorgeait d'enceintes et de fortifications. Un gigantesque paquebot de croisière du tour-opérateur allemand TUI manœuvrait dans la baie entre les donjons et les tours de guet. Nous avions vu ce même navire quelques jours auparavant à Venise. Tout comme les avions, il venait du nord. Il avait à son bord environ 4 000 personnes, pur pouvoir d'achat. Ils avaient pourtant payé leur billet moins cher que les parias venus du sud sur leurs rafiots. Mais d'eux, il n'y avait aucune trace.

Bien sûr, je comprenais toutes ces murailles. En raison de sa situation, à mi-chemin entre l'Europe et l'Afrique, Malte avait eu une importance stratégique tout au long de son histoire. Durant la Seconde Guerre mondiale, sir Winston Churchill avait résumé la situation avec son art consommé de la formule en comparant

Malte à un porte-avions insubmersible. Les historiens s'accordent à dire que le succès des Alliés sur le front sud fut en grande partie dû au fait qu'ils avaient su conserver Malte. Durant les siècles précédents, Malte était un poste avancé des chrétiens en lutte contre les musulmans. Charles Quint avait fait don de l'île en 1530 aux croisés de l'ordre de Malte, également appelés chevaliers de Malte. C'est eux qui avaient construit la plupart des murs que je voyais. Ils étaient les troupes d'élite du pape, les défenseurs de la Croix et la ligne de front dans la guerre sainte contre les hordes du croissant et du cimeterre. Et les murs avaient rempli leur office. Grâce à ces fortifications, en 1565, une petite armée de 8 000 croisés avait su résister au siège d'une puissance ottomane forte de 40 000 hommes. Cette victoire était considérée comme l'une des plus importantes des chrétiens sur les musulmans.

Nous allâmes en ville. Les rues brillaient comme un sou neuf sous le soleil du printemps. Tout était propre et ordonné. Il n'y avait rien dont un touriste gâté eût pu s'offusquer. Ici, il pouvait en toute sécurité, avec son bermuda bariolé et ses mollets d'un blanc laiteux, partir à la recherche de beaux aimants à mettre sur son frigo. Il n'y avait pas un Noir à l'horizon. Même l'accordéoniste sur la petite place était blanc crème. Bien que nous nous trouvions tout au sud de l'Europe, à quelques centaines de kilomètres de l'Afrique, La Valette dégageait un petit air cosy et rassurant d'Europe du Nord. C'était dû à son plan de rues, clair et quadrillé, que l'architecte Francesco Laparelli Da Cortona avait imprimé au XVIᵉ siècle sur le terrain rebelle et vallonné, donnant à La Valette l'apparence d'un échiquier gondolé qui aurait pris la pluie pendant des siècles et était devenu inutilisable. C'était dû aussi aux noms de rue anglais aux consonances douillettes, comme Merchant Street ou Old Bakery Street. Bien que l'Afrique fût à un jet de pierre, elle paraissait infiniment lointaine. Tout semblait sous contrôle. On pouvait manger de la pizza ou de la soupe de poisson au curry dans laquelle avaient été jetées des coquilles de moules à repêcher à la main. À 22 heures, la ville était déserte. Plus personne n'habitait là. C'était une île de morts et de fantômes qui tentaient de retrouver quelque trace de leur vie dans un guide de voyage. Nous nous dîmes qu'il ne devait plus guère y avoir de lumière qu'au grand cimetière catholique.

8

Nous fîmes une promenade à travers les rues briquées et visitâmes la co-cathédrale Saint-Jean, cœur religieux de l'ordre de Malte. Les murs dorés vous y éclaboussaient de leur richesse et de leur magnificence. L'église était décorée des œuvres des meilleurs artistes que comptait le continent à l'époque. Le sol n'était qu'une grande mosaïque, toute de marbre polychrome précieux, composée des cénotaphes des membres de l'Ordre, chevaliers du pape et défenseurs de la seule vraie foi. Chaque tombeau portait le nom d'un noble soldat de la Croix, généreusement accompagné de sa kyrielle de titres ronflants. L'ordre de Malte s'était spécialisé dans deux missions. Ce n'étaient pas seulement des militaires, mais aussi des médecins. Dans leur hôpital de La Valette, on soignait les blessés de la guerre sainte. Ce fut jadis la principale raison d'être de cette place forte : l'aide à autrui. Mais déjà, à l'époque, ce n'était bien sûr valable que pour les chrétiens. Sur la lunette surmontant l'entrée principale de la co-cathédrale, les deux activités ayant fait la grandeur des chevaliers de Malte étaient représentées dans une fresque magnifique, peinte entre 1661 et 1666 par le maître napolitain Mattia Preti : à droite, une bataille navale contre les musulmans, tandis qu'à gauche un chrétien recevait des soins. Au milieu apparaissait une figure féminine en cuirasse, brandissant une bannière ornée d'une croix et piétinant les musulmans dominés – une allégorie du triomphe de l'Ordre.

Pour les œuvres du Caravage, un espace d'exposition séparé avait été aménagé dans l'ancienne sacristie, à gauche du maître-autel. Outre le tableau de la décollation de Jean-Baptiste, objet de ce voyage entrepris à la suite d'une promesse faite à Clio chez ses distingués parents, gardiens de son nom de famille, et d'une accusation d'homicide involontaire en rêve, il devait y avoir aussi une toile représentant Jérôme de Stridon. Le Caravage avait peint le saint en train d'écrire.

— Un collègue à toi, dit Clio.

Saint Jérôme était réputé pour être le rédacteur de la Vulgate, la traduction en latin standard de la parole de Dieu – doué, Lui, de glossolalie. Cette version de la Bible était censée devenir la référence faisant autorité, et elle l'était devenue.

— Le saint patron de mes traducteurs, dis-je, qui vivent comme des ascètes dans la pauvreté et tentent par leur travail de bénédictin de surpasser l'original.

Nous avions déjà regardé, dans le divan à la maison, une reproduction de ce tableau. Il était ainsi composé que le crâne chauve de l'érudit faisait écho de manière évocatrice et effrayante à une tête de mort posée sur son bureau. Méditant sur un passage de l'un des in-folio encombrant son bureau, il avait reposé un instant son bras droit sur le livre, et sa plume oscillait à son insu à quelques centimètres du rictus creux de la mort. Mais le stylet plastronnait fièrement, tel un majeur tendu au visage sans goût de la stupide fugacité.

Entre-temps, j'avais développé, grâce à Clio, une telle obsession pour la vie du Caravage, sa condamnation à mort et son angoisse de la décapitation que je crus découvrir un sens sous-jacent à ce tableau. Le crâne est, lui aussi, séparé de son buste. La proximité de la plume et du symbole par excellence de la mort évoquait la sentence signée par un patriarche austère de l'Église qui, plongé dans ses raffinements théologiques, ne daignait même pas accorder un regard au peintre maudit occupé à faire son portrait, pendant qu'il le condamnait. Sans fausse modestie, je trouvais que c'était une belle interprétation, mais Clio eut le même sourire que lorsqu'elle voyait une tache sur ma chemise ou que j'avais laissé cuire les pâtes trop longtemps.

On raconte de belles histoires sur Jérôme de Stridon. Et je ne parle pas de l'anecdote sur son ascèse dans le désert, lorsqu'il reçut la visite d'un lion souffrant d'une épine dans la patte, qu'il lui ôta son épine avec précaution et bienveillance et que l'animal reconnaissant se mit ensuite à le suivre partout pour le protéger. Ça fait un poil Disney. Il circule une histoire bien plus fascinante, qui eut lieu plus tôt, alors qu'il était encore immergé dans la vraie vie et siégeait au cœur du pouvoir. C'était en l'an de grâce 382. Jérôme était alors le secrétaire privé du pape Damase Ier à Rome et grand favori à sa succession. Mais bien qu'il se posât en défenseur irréductible et ultraconservateur du célibat, avec lequel on prenait plus de libertés à l'époque, il exerçait une force d'attraction magique sur les femmes. Ou était-ce justement à cause de cela ? Il avait autour de lui un authentique harem de pieuses disciples issues de la haute société romaine. L'une de ces disciples se prénommait Blésille, jeune femme de 20 ans descendant de la gens Cornelia, illustre famille ayant produit pas moins de 106 consuls dans l'Antiquité et n'ayant encore rien perdu de son influence. Mais peu après avoir rejoint le cercle de Jérôme, Blésille mourut. Elle avait jeûné avec trop de ferveur. Son décès fut imputé à Jérôme, qui vit ainsi partir en fumée ses chances de succéder au pape et dut s'enfuir de Rome.

Mais je m'éloigne. Ce récit n'a rien à voir avec mon propos, qui n'est pas du tout de suggérer en morale de l'histoire que plus vous maltraitez les femmes, plus elles vous courent après, et encore moins de prétendre le contraire, c'est-à-dire que je me serais aliéné Clio en étant trop docile et trop amoureux d'elle. Je ne voulais pas m'encombrer l'esprit de telles pensées à l'époque. J'étais d'ailleurs bien trop occupé à parsemer son cou de petits baisers afin de la distraire de sa haine de l'humanité, qui commençait à sourdre parce que nous devions faire la queue au guichet pour acheter un ticket spécial donnant accès à l'espace d'exposition dans l'ancienne sacristie, et qui menaçait de devenir rapidement incontrôlable face au spectacle de nos compagnons d'infortune dans la file.

— Quel besoin ces gens ont-ils de venir ici ? siffla-t-elle. Je ne vois vraiment aucune raison de rendre nos trésors artistiques accessibles à des Américains et des Chinois en short. Ils transpirent des pieds et n'ont pas la moindre idée de la signification ni de la valeur des tableaux pour lesquels ils font la queue. Tu crois qu'un Chinois sait qui a traduit la Vulgate ? Avec sa perche à selfies et son chapeau ridicule ? Et que veux-tu qu'un Américain saisisse des angoisses existentielles d'un artiste aussi complexe et ambivalent que le Caravage, quand son unique bagage culturel consiste à savoir distinguer deux sortes de colas ? Il ne sait même pas dire à peu près de quel siècle on parle. Et d'après toi, il faudrait qu'on trouve ça normal qu'il vienne fouler notre sol sacré avec ses baskets et embuer notre art de son haleine fétide ? Combien coûte le ticket, à propos ? Quatre euros. Tu vois ? C'est risible. Beaucoup trop bon marché. Ça devrait coûter au moins cent fois plus cher. Ou il ne faudrait pouvoir visiter le Caravage que sur rendez-vous, pris au moins un an à l'avance, avec lettre de motivation et examen d'entrée obligatoire. Au lieu de quoi, on brade notre passé. C'est un comble. Et qu'est-ce que tu as, à m'embrasser dans le cou comme un idiot ? Tu veux bien arrêter ?

Pour finir, nous vîmes à peine les Caravage. Trop petits, trop loin, trop bien protégés et sécurisés, mal éclairés et puis trop de gens, beaucoup trop de gens. Ils ne regardaient même pas les tableaux, trop occupés à faire des selfies, dos aux toiles, le Caravage sans doute à peine reconnaissable en arrière-plan.

— On voyait mieux les tableaux dans tes livres, assis sur le divan à la maison, dis-je.

— Ça n'a aucun sens d'être ici, répondit Clio. C'est grotesque.

9

C'est arrivé un matin dans le lobby de notre hôtel. Nous avions pris le petit déjeuner et nous étions habillés pour aller faire un tour en ville. Clio portait sa jupe fourreau noire bordée de dentelle, son chemisier en soie mauve et un sobre mais chic veston noir Armani, tandis que j'arborais mon costume gris à rayures, une chemise blanche à boutons de manchette dorés et une cravate mauve unie avec une épingle dorée. Nous étions sur le point de sortir quand elle se rendit compte qu'elle avait oublié ses lunettes de soleil. Elle remonta les chercher. Quant à moi, je l'attendis en regardant les reproductions d'anciennes vues et cartes géographiques de La Valette qui décoraient les murs du lobby.

C'est alors qu'un client de l'hôtel descendit le large escalier en bois. Je le décrirais comme un homme robuste à la calvitie naissante, parvenu à cet âge auquel les hommes doivent davantage leur sex-appeal à leur statut et à leur position sociale qu'à leur reflet dans le miroir. Sa panse à bière était en grande partie, mais pas complètement, couverte par un tee-shirt délavé. Il avait une tête épaisse et le teint rouge écrevisse, à cause des vacances et des inéluctables contrariétés qui en découlent. Il portait des lunettes de soleil en plastique au look sportif accrochées par une cordelette et l'inévitable bermuda fleuri sur ses blancs mollets bombés comme des vessies de porc pleines. Je le saluai parce qu'il m'eût semblé impoli de ne pas le faire.

— Quelqu'un doit venir voir en haut, me dit-il en anglais. La chasse d'eau des W.-C. ne marche pas.

— Vous m'en voyez navré, répondis-je. Mais je crains de ne pouvoir vous aider. Je ne travaille pas ici.

Il me dévisagea, l'air incrédule, mais finit tout de même par se tourner vers l'employé de la réception pour lui confier son problème.

C'était un incident de rien du tout, mais lorsque j'y réfléchis plus tard, je commençai rétrospectivement à m'énerver. Le fait que ce touriste à l'accoutrement peu flatteur m'ait confondu avec un employé de l'hôtel, passe encore. Mais l'évidence avec laquelle il avait commis sa bévue m'irritait, car j'en connaissais la cause. Il m'avait pris pour un membre du personnel parce que je portais un costume et une cravate. Que je sois un client de l'hôtel et, au fond, pas moins touriste que lui ne l'avait pas effleuré parce que je ne m'exhibais pas comme lui en claquettes et en marcel. Et au fond, il avait raison. C'est ce qui m'agaçait le plus. Il était la norme. Les statistiques parlaient pour lui. C'était moi, l'exception, la bête curieuse.

Si nous avions été dans une station balnéaire, j'aurais encore pu comprendre. À Lloret de Mar, je me serais vêtu tout aussi bien, car un gentleman ne tolère pas de compromis, mais j'aurais pu concevoir qu'à la discothèque de la plage on ait lorgné avec un peu d'étonnement mon complet et ma cravate soigneusement assortis. Mais nous étions ici dans la ville historique de La Valette, antique citadelle de la croix contre le cimeterre, berceau de l'ordre de Malte, quartier général des Templiers, où s'étaient illustrés des artistes de toute l'Europe et où s'était écrite l'histoire du continent. Or, ici aussi, j'étais le seul homme habillé décemment parmi des hordes de barbares en tenue de plage. Les seuls à porter un veston et une cravate étaient en effet les serveurs, les portiers des hôtels de luxe, le personnel de l'office du tourisme, les voituriers et les gardiens de musée. La méprise commise ce matin-là par le touriste dans le lobby de notre hôtel était parfaitement compréhensible, et c'est précisément ce qui était absurde, grotesque et ridicule. J'étais excédé.

Jadis, le monde était clair. Les gentlemen se reconnaissaient à leurs chapeaux, leurs redingotes et leurs cravates, et se faisaient servir par le *vulgum pecus* en haillons. Je ne dis pas que c'était le monde idéal, mais il avait une certaine logique. À un moment donné de l'Histoire, ces mêmes personnages ont échangé leurs costumes. Aujourd'hui, c'est exactement l'inverse, toujours aussi clair donc, mais moins logique. La classe des m'as-tu-vu, détentrice de l'argent à dépenser, se reconnaît au fait qu'elle peut se permettre de s'affaler en terrasse, habillée comme l'as de pique dans d'improbables liquettes délavées, tandis que le personnel se distingue de sa clientèle par sa tenue

199

irréprochable. Le serveur se reconnaît à son nœud papillon, le sommelier à son costume trois-pièces et le portier à sa cravate de bon goût aux tons sobres, tandis que leurs très estimés hôtes sont conduits à leur table en smoking Benidorm.

Ce qui est étrange, c'est que chez eux, en Allemagne, au Danemark, aux Pays-Bas ou en Amérique, ces touristes impudiques revêtent plus que probablement le costume-cravate pour se rendre à leur travail, dans une banque ou une compagnie d'assurances. Mais au fond cela relève encore de la même logique moderne paradoxale puisque, là-bas, c'est eux, le petit personnel. Ils considèrent leur veston comme une camisole de force et leur cravate comme un bâillon, les ligotant à leur vie d'esclave salarié. Alors qu'une mise soignée était autrefois un signe d'éducation, de savoir-vivre et de respect pour l'entourage, c'est aujourd'hui l'uniforme imposé d'une existence opprimée, que l'on se hâte de troquer durant son temps libre pour des vêtements le plus possible à l'opposé du bon ton perçu comme une contrainte.

Cela ne les empêche pas d'être fiers de leur travail, de leur stress, de leur salaire, de leur voiture de leasing, de leur bureau et du costume de rigueur. Ce sont des symboles de prestige. Mais l'ultime signe extérieur de richesse, ce sont les tongs et le short. Si vous rencontrez au siège social d'une multinationale quelqu'un qui se balade ainsi, vous pouvez être sûr que c'est le big boss. « Rien à foutre », vous voyez le genre, et il peut se le permettre. On l'admire profondément pour cela. Il est le modèle à suivre. N'importe qui rêverait d'engranger les millions tout en téléphonant entre deux cocktails au bord de sa piscine. Et c'est le rôle qu'ils s'essaient à jouer en vacances. Pendant les trois semaines où ils n'ont pas leur patron sur le dos, c'est à eux de n'en avoir « rien à foutre », et ils entendent que ça se voie.

Mais ce qui s'est perdu dans cet échange de costumes planétaire, c'est le respect pour l'entourage. Le respect est vu comme une obligation dictée par l'échelon supérieur au misérable esclave salarié. Quand vous pouvez jeter à bas ce harnais et donner libre cours à votre hédonisme et à votre égoïsme suffisants sans plus aucun respect pour autrui, vous pouvez considérer que vous avez réussi. Pendant leurs trois semaines de vacances, ils prennent un peu d'avance sur l'objectif.

Dans la nouvelle religion mondiale et cynique du néolibéralisme, non seulement l'unique but est de gagner et de dépenser un maximum d'argent dans cette permanente et perverse grand-messe du consumérisme, mais c'est aussi une vertu que de poursuivre ce but avec le moins de considération possible pour son prochain. Le respect d'autrui ne s'accorde pas avec la mentalité de gagnant que nous admirons et enseignons à nos enfants. L'égoïsme est une condition du succès. Un entrepreneur altruiste est un mauvais entrepreneur, et le culte néolibéral exige de tous les croyants qu'ils se convertissent en entrepreneurs et se livrent avec enthousiasme au jeu des gagnants et des perdants, où chaque triomphe se fait sciemment aux dépens des autres. Ce sont les règles. Le jeu se joue ainsi. Celui qui clame n'en avoir rien à foutre du reste de l'humanité et qui satisfait sans scrupule son petit hédonisme personnel est un saint et un exemple pour nous tous. Voilà ce qui ne va pas dans le monde. Voilà pourquoi des touristes à moitié nus polluent de leur mauvais goût les villes historiques de notre vieux continent.

Enfin bref, dans la version définitive de mon livre, il faudra peut-être que je déplace cette dernière partie avec mon analyse sur le néolibéralisme. C'est sans doute un peu trop en demander au lecteur que de partager mes conclusions parties d'un incident où un touriste mal habillé m'a confondu avec un employé de l'hôtel. Mais il n'empêche que j'ai raison.

10

Pour notre vraie mission, la visite de la co-cathédrale de Saint-Jean n'était rien de plus qu'un repérage préliminaire. Nous ne nous attendions certes pas à trouver ce stupéfiant autoportrait du Caravage en Marie-Madeleine, réputé perdu depuis des siècles, dans cet endroit visité quotidiennement par des milliers de touristes, accroché au mur d'une sombre chapelle avec le mauvais cartel à côté. Trouver ce que nous cherchions ne pouvait pas être aussi simple. Nous entrâmes au hasard dans quelques autres petites églises ; hélas, l'inestimable tableau n'y était pas. Il n'était pas non plus au musée municipal.

— Comment procède-t-on, de manière pratique, pour faire la découverte du siècle ? demandai-je au déjeuner, qui consistait en un vague ragoût de lapin. Je pose la question, car après tout c'est ton métier. Que dirais-tu d'aller à l'office du tourisme pour demander s'ils savent où est ce tableau ? Peut-être qu'ils ont une brochure. C'est une simple suggestion. Quoi qu'il en soit, ça me paraît une approche plus systématique que celle qu'on a suivie jusqu'à présent.

— C'est un jeu, dit Clio. Pour gagner, il faut jouer.

— Comme en amour.

— Non. En amour, il n'est pas question de chance. Et celui qui aime en vue de gagner ou de trouver quelque chose n'est pas capable d'aimer. Au jeu de l'amour, il faut travailler très dur pour ne pas perdre. C'est pour cela, d'ailleurs, que l'amour n'est pas un jeu amusant. La seule raison qu'on a d'y jouer, c'est qu'il est trop tard pour pouvoir se retirer.

— Mes compliments pour ton cynisme, dis-je. Je croirais m'entendre parler. D'où sors-tu cela, tout à coup ?

— Tu ne parles pas du tout ainsi, dit-elle. C'est justement ça, le problème. Tu es beaucoup trop amoureux pour être cynique, alors qu'en même temps tu ne te rends pas compte que tu dois encore apprendre à travailler pour l'amour. La seule cible sur laquelle tu exerces ton cynisme, c'est mon métier.

— Tu as raison, dis-je. Je suis désolé.

— Tu vois ?

Pour me racheter, je mis rapidement au point un plan constructif. Je suggérai de googler sur nos smartphones les endroits spécifiquement liés à l'ordre de Malte et joignis aussitôt le geste à la parole. Elle me regarda avec pitié. Elle avait un meilleur plan, comme toujours.

— Si nous partons de l'hypothèse que le tableau a été transporté à Malte en 1610, dit-elle, et qu'il a été conservé ici tout ce temps jusqu'à aujourd'hui, nous devons trouver une explication au fait qu'il n'a jamais été trouvé. La seule explication plausible est qu'on ne voulait pas qu'il soit découvert. Il est donc caché quelque part. Or quelle est la meilleure cachette pour un tableau de ce genre ? Tu peux l'enfermer dans une armoire à la cave ou derrière le mur aveugle d'un cachot, mais tu cours toujours le risque qu'une personne d'une génération future commence à fureter ou se lance, pour des raisons pratiques impossibles à prévoir, dans des travaux de rénovation. Une cachette que l'on oublie n'est jamais sûre. Pour cacher convenablement quelque chose, il faut un trésorier, quelqu'un qui tienne à distance les ignorants et puisse intervenir si nécessaire, lorsque les circonstances l'exigent. Mais les trésoriers sont mortels. Il faut veiller à ce qu'ils soient relayés à temps par de nouveaux. Comment organiser une chaîne de sentinelles capables de garder un secret de génération en génération ?

— Un ordre monastique, tentai-je.

— Bravo, Ilja. Mais la force est la faiblesse. Le point le plus fort est toujours le maillon le plus faible. Car lorsqu'un ordre garde un secret pendant des générations, on court toujours le risque que quelqu'un dans les rangs n'arrive pas à tenir sa langue et trahisse le secret. Comment empêcher cela, Ilja ?

— Je n'en ai aucune idée.

Je n'en avais vraiment aucune idée.

— Moi oui, dit Clio. Tu dois confier ton secret à des religieux qui n'ont pas le droit de parler.

— Des moines contemplatifs.

— Oui, c'est une possibilité. Mais il y a une meilleure option encore. Des nonnes contemplatives. Des sœurs cloîtrées. Il existe des ordres de religieuses qu'on appelle moniales, qui restent dans l'enceinte du couvent et ne peuvent pas avoir le moindre contact avec le monde extérieur. Elles passent leur vie derrière les barreaux d'un monastère entouré de murs, d'où elles n'ont jamais le droit de sortir. Les marchandises sont livrées ou retirées au moyen d'un plateau tournant. Même la communion leur est donnée via un guichet. Et en aucun cas elles ne sont autorisées à parler. Quand la communication est inévitable, elles recourent au langage des signes. Un monastère de ce genre serait l'endroit idéal où cacher un tableau à long terme. A fortiori le tableau dont il s'agit.

— Marie-Madeleine.

— Les religieuses s'identifient à elle. Elles se sentent toutes des pécheresses pénitentes à l'image de sainte Marie-Madeleine dans le désert. Et dans la nuit solitaire, sur le grabat de leurs cellules, elles se sentent toutes l'épouse du Christ. Elles veilleraient sur le tableau au prix de leur vie.

— Et maintenant, tu vas me dire qu'il y a un monastère de ce type ici, à Malte.

— Les religieuses hospitalières de l'ordre de Saint-Jean de Jérusalem.

— Mais comment fait-on pour y entrer ? On peut difficilement téléphoner et prendre un rendez-vous : « Bonjour, nous venons percer votre secret. »

— C'est fait.

— Mais comment ? J'imagine que des sœurs contemplatives ne répondent pas au téléphone ?

— Leur église est ouverte aux croyants ordinaires certains jours de fête. À ces occasions, elles assistent à la messe derrière un grillage en fonte. Et sur requête expresse, à des fins scientifiques, l'église peut aussi être visitée. Si tu appelles leur numéro, tu entends que quelqu'un décroche mais ne dit rien. Les sœurs ont un système de clochette. Tu dois poser des questions auxquelles on peut répondre par oui ou par non. Si la clochette tinte une fois, la réponse est oui, et si elle tinte deux fois, c'est non. J'ai expliqué qui j'étais et j'ai proposé une heure. La clochette a tinté une fois.

— Là, tu m'en bouches un coin. Et quand avons-nous rendez-vous ?

— Maintenant.

11

La porte de l'église était fermée. Clio appela le numéro spécial pour dire que nous étions arrivés. Aucune cloche ne tinta, car il n'y avait pas eu de question. Nous attendîmes. Au bout de dix minutes, nous envisageâmes de rappeler et de demander explicitement si l'on viendrait nous ouvrir. Mais nous ne voulions pas trop déranger, nous n'étions pas des touristes insistants et nous patientâmes donc quelques instants de plus.

Puis nous entendîmes cliqueter des serrures vieilles de plusieurs siècles. La porte grinça. Une petite bonne sœur au visage étonnamment jeune passa la tête dans l'entrebâillement et nous fit signe d'entrer. Elle souriait. Nous la suivîmes dans l'église mais, une fois à l'intérieur, elle se volatilisa.

— La Marie-Madeleine n'est pas ici, chuchota Clio.

Je dis que nous devions mieux chercher. Nous étudiâmes les chapelles latérales. Il faisait sombre dans l'église. Le retable était une crucifixion. Des deux côtés du maître-autel, il y avait d'autres tableaux. Ils étaient accrochés en hauteur. Il faisait trop noir pour voir ce qu'ils représentaient.

— Je vais téléphoner pour demander qu'on allume, dit Clio.

Je doutais que ce fût une bonne idée. Je trouvais cela gênant. Mais je ne deviendrais jamais un bon historien de l'art. Avec la détermination de qui a pris l'habitude de faire passer la recherche scientifique avant la courtoisie, Clio avait déjà saisi son portable. Quelque part, on appuya pour nous sur l'interrupteur.

Ce n'étaient pas des tableaux de Marie-Madeleine. À gauche, nous avions saint Sébastien et, à droite, sainte Ursule, elle aussi tuée par des flèches. Je voulus continuer, mais Clio s'était prise d'intérêt pour ces toiles que nous ne cherchions pas. Il s'agissait incontestablement de l'école génoise et personne n'avait connaissance de ces deux peintures-là, affirma-t-elle. Elle se mit à les photographier. Mais elles étaient trop hautes. Avant que je puisse l'arrêter, elle avait déjà grimpé sur l'autel, en minijupe et talons hauts.

C'est à ce moment que des touristes pénétrèrent dans l'église, d'abord un couple américain d'un certain âge, suivi d'une famille italienne avec deux enfants. Ils avaient vu la porte de l'église ouverte et étaient entrés assouvir leur appétit culturel, dirons-nous. Je m'estimais en devoir de les flanquer à la porte, mais c'était délicat, de nouveau. À la place, je commençai ostensiblement à m'agacer de leurs stupides messes basses et de leurs pas feutrés. Nous, nous avions le droit d'être là, tandis qu'eux étaient en tenue relax, chaussés de baskets confortables. Nous, nous faisions de la recherche scientifique, alors qu'eux ne pouvaient probablement même pas distinguer saint Sébastien de sainte Ursule. Allons bon, ça commençait déjà. Comme Clio prenait des photos des deux tableaux, il fallait qu'eux aussi les immortalisent à tout prix. Et cette aisance toute fallacieuse avec laquelle ils tenaient en bride cette progéniture beaucoup trop sage pour être honnête…

— Ilja ! cria Clio. Tu es plus grand que moi.

Elle descendit de l'autel et me tendit l'appareil photo.

— Ne râle pas. Fais-moi plaisir.

Tandis que je me hissais sur le maître-autel de l'église pour photographier d'importants tableaux et que Clio me criait d'en bas ses instructions à propos des détails les plus cruciaux à ses yeux, les touristes se mirent – incroyable mais vrai – à manifester leur irritation à notre égard.

— On aurait presque honte d'être des touristes italiens, chuchota cette chipie d'Italienne un peu trop fort à son mari, sachant pertinemment que nous la comprenions.

Mais c'est le monde à l'envers, les amis ! C'est vous, les touristes ici, pas nous ! Nous, on travaille, figurez-vous, pendant que vous exhibez votre oisiveté en m'as-tu-vu sans aucun goût. Est-ce qu'on vient, nous, arpenter votre bureau en tongs, en chuchotant discrètement ? Pendant que nous honorons les trésors artistiques séculaires de cette église, vous ne savez probablement même pas ce qu'est une église.

Lorsque Clio fut enfin satisfaite de mes photos de détails et que je pus redescendre de l'autel, renversant accidentellement un chandelier de bronze qui fit un tintamarre de Dieu le Père sur le sol en marbre de l'église, je vis cette bête truie d'Américaine agenouillée au premier banc, abîmée en prières. Les larmes ruisselaient sur ses joues. La famille italienne avait déjà quitté l'église sans bruit.

— Viens, dit Clio. Allons-y.

— Tu n'es pas déçue qu'on n'ait pas trouvé le tableau ?

— On a trouvé deux autres tableaux. Tu n'as rien compris au jeu, n'est-ce pas ? Ah, Ilja, tu as encore tant de choses à apprendre.

12

Le dernier jour, comme j'avais aussi promis d'écrire un article, nous partîmes à la recherche du lieu où avaient été enterrés les 24 corps de migrants repêchés après le naufrage. Cela n'alla pas sans mal. Nous nous informâmes à la réception de l'hôtel, à l'office du tourisme et en divers autres endroits, et partout nous eûmes l'impression de poser une question perçue comme douloureuse ou déplacée. Ce n'est qu'à force d'insistance que l'on nous révéla enfin qu'ils avaient été inhumés dans le cimetière des étrangers, qui s'appelait Addolorata et où étaient également enterrées les victimes étrangères de la Seconde Guerre mondiale. Ce n'était pas loin de La Valette.

Nous prîmes un taxi. Le chauffeur nous dit que le cimetière était fermé. Nous ne voulûmes pas le croire et insistâmes pour qu'il nous y conduise quand même. Mais il avait raison. Je pris mon téléphone. Au bout de quelques coups de fil, j'eus enfin en ligne quelqu'un qui donnait l'impression d'être habilité à fournir de l'information. En effet, le cimetière était fermé. Pour une durée indéterminée. Combien de temps ? Il l'ignorait. Le cimetière allait certainement rouvrir, mais pas à court terme. Était-ce lié aux 24 nouvelles tombes ? Non, cela n'avait rien à voir. Pourquoi alors ? Il ne savait pas très bien. L'entretien. Oui, pour l'entretien sans doute.

Il me fallait constater l'échec de la partie la plus importante de ma mission. Mais je ne m'avouai pas vaincu, ce qui veut surtout dire que Clio ne s'avoua pas vaincue. Cette autre quête commençait à l'amuser aussi. Et l'un de ses petits jeux favoris était de mobiliser ses contacts et les contacts de ses contacts. Grâce à une connaissance d'une amie de sa mère, elle remonta jusqu'à un certain Niccolò Zancan, journaliste à *La Stampa*, qui, d'après ses tweets, se trouvait à Malte lorsque les corps étaient arrivés au port. Il avait même posté une photo des funérailles deux jours plus tard. Peut-être était-il encore à Malte, suggéra-t-elle. Il s'avéra que non. Il était déjà reparti. Mais il envoya à Clio les notes qu'il avait prises pour l'article qu'il avait rédigé à la suite de ses expériences, et il nous mit sur la piste d'images vidéo de l'enterrement.

Tout cela me permit de reconstituer avec précision le sort des 24 dépouilles. Elles étaient arrivées à Malte dans des sacs en plastique noirs. Chacune d'elles portait un carton attaché à l'orteil sur lequel on aurait écrit leur nom au marqueur indélébile, si on l'avait connu. À présent, on ne pouvait lire que : « *Unknown number 7*[1] », « *Unknown number 11* », « *Unknown number 3* ». Vingt-quatre morts anonymes. Ils avaient été transférés à la morgue de l'hôpital Mater Dei pour autopsie. Selon le rapport du médecin légiste, tous provenaient de régions d'Afrique subsaharienne, d'Érythrée et de Somalie. Vingt-trois hommes adultes et un adolescent. Un échantillon d'ADN avait été prélevé sur chacun d'eux. On ne savait jamais, peut-être qu'un proche ou un membre de la famille se présenterait un jour, à la recherche de quelqu'un qui avait eu un nom et qu'on avait aimé.

Dans le cimetière des étrangers d'Addolorata, les corps avaient été inhumés sur une parcelle à l'écart, réservée aux morts anonymes. Les images montraient les cercueils transportés par des militaires vers leurs tombes – des trous dans le sol, taillés dans le grès ocre. Il n'y avait pas eu de cérémonie. Comme on ignorait tout de leur identité et de leur confession, on avait préféré ne rien faire de religieux. C'était le plus sûr moyen de ne pas se tromper. Le plus frappant sur ces images était qu'il n'y avait pratiquement personne. On apercevait une dizaine de femmes noires portant un voile blanc. Probablement des résidentes de Malte venues rendre un dernier hommage aux anonymes, conscientes qu'il s'agissait sans doute d'anciens compatriotes. Pour le reste, c'était calme. Sans un nom, sans une larme et pratiquement sans témoins, ils avaient été enfouis dans un recoin de la décharge des étrangers où l'on reléguait les macchabées inconnus. Leur dernière demeure était les oubliettes des damnés de l'histoire.

1. « Inconnu numéro 7. »

Je compris qu'il était symbolique que nous n'ayons pu visiter leurs tombes. L'âpre réalité était qu'ils n'existaient plus. Pour l'effet de mon article, je me dis qu'il faudrait que je souligne le contraste entre ces 24 tombes anonymes et introuvables, et le tapis de cénotaphes de chevaliers maltais aux noms grandioses et titres ronflants issus des quatre coins du monde qui couvrait de marbre polychrome le précieux sol de la co-cathédrale Saint-Jean.

Selon les notes de Zancan, les migrants avaient été inhumés à côté de 21 autres naufragés anonymes d'une catastrophe similaire survenue le 11 octobre 2013, et d'un Érythréen qui s'était noyé, lui, en tentant de s'échapper du centre d'accueil de Malte à bord d'une petite embarcation. Ce dernier fait me choqua. Je tombai sur d'autres témoignages de réfugiés qui étaient parvenus vivants à Malte, mais qui étaient loin d'être soulagés quand ils avaient compris où ils se trouvaient. Zancan citait un jeune Syrien du nom de Molhake al-Roasrn, parti du port libyen de Zuwarah et qui trépignait de colère. « Ce n'est pas l'Europe, ça ! criait-il. Je voulais débarquer en Italie, puis, à partir de là, gagner la Suède. Ça, c'est l'Europe ! Pas ça ici ! Je n'ai pas fait tout ce voyage pour atterrir ici. »

D'autres recherches m'apprirent que, depuis le pic de l'année 2009 où 3 000 réfugiés étaient arrivés sur l'île, le gouvernement maltais avait considérablement durci sa politique d'immigration. Les navires n'étaient plus admis dans les eaux territoriales maltaises et se voyaient redirigés vers le territoire italien. Que la pénin-sule s'en occupe ! La mission de sauvetage italienne Mare Nostrum était une bénédiction pour les Maltais. Les rares migrants qui passaient entre les mailles de ce contrôle sévère des frontières et parvenaient à atteindre l'île étaient écroués sans ménagement. Même les mineurs finissaient en prison. Diverses ONG se plaignaient depuis des années de cette violation des droits de l'homme et des conventions de Genève sur le statut des réfugiés. Les vivants n'étaient pas les bienvenus à Malte. On ne repêchait que les morts.

Dans un kiosque de La Valette, j'achetai un journal, le *Times of Malta*. En première page figurait un court article du journaliste Kurt Sansone commentant les dernières statistiques sur l'immigration. Il en ressortait que 568 migrants étaient arrivés à Malte par bateau au cours de l'année précédente. On parlait de cinq bateaux. Cinq. Sur toute une année. En Italie, c'était environ cinq par heure. Mais Malte avait résolu le problème. Dans ce même journal, un grand article triomphal saluait la reprise spectaculaire du tourisme à Malte, tandis qu'un autre évoquait la découverte exceptionnelle d'une carte de Malte datant de l'ère napoléonienne. Sur cette carte, la mer située au sud de l'île, c'est-à-dire la route désespérée que les réfugiés empruntaient aujourd'hui en quête d'un avenir, s'appelait la mer barbare ou africaine.

À cet endroit de mon article, je devais ajouter une description de la grande fresque de Mattia Preti dans la co-cathédrale, allégorie du triomphe de l'ordre de Malte sous les traits d'une figure féminine en armure, brandissant au vent une bannière ornée d'une croix et piétinant les musulmans dominés. Depuis que le monde est monde, cette île avait servi d'avant-poste dans la guerre sainte de la croix contre le cimeterre. Les 24 défunts anonymes étaient enterrés dans un cimetière pour les victimes de guerre. Je devais écrire que c'était plus approprié que je ne le pensais.

— Y a-t-il une mosquée ici ? demandai-je au chauffeur de taxi qui nous raccompagnait à l'aéroport.

Il réfléchit longuement.

— Il y a 365 églises, une pour chaque jour de l'année.

Il dépassa en jurant un autobus urbain.

— D'après moi, il n'y a qu'une seule mosquée, quelque part en périphérie, ajouta-t-il.

Je lui demandai ce qu'il pensait de l'immigration.

— Ici, nous n'avons pas ce problème, répondit-il.

Dans la conclusion de mon article, je devais écrire que le chauffeur de taxi avait raison. Dans les rues pittoresques et briquées comme un sou neuf de La Valette, nous n'avions pas vu un seul Noir. Nulle part en Europe on n'était plus près de l'Afrique qu'à Malte, mais à Malte, l'Afrique était plus lointaine que partout ailleurs en Europe. Il était là, le mystère de Malte. D'ailleurs, ce serait peut-être un bon titre pour mon article : « Le mystère maltais ». Et bien sûr, il y avait un lien direct entre la lutte rigoureuse contre l'immigration d'Afrique, son invisibilité voulue et la santé florissante de l'industrie touristique. Des Noirs dans les rues ne feraient qu'effrayer les touristes. Le gouvernement insulaire avait clairement misé sur l'hospitalité vis-à-vis des étrangers blancs disposant d'un certain pouvoir d'achat, ce qui s'accordait difficilement avec l'hospitalité envers les étrangers noirs et indigents.

Je pourrais exprimer la même chose de manière plus poétique. L'île, dont la moitié semble consister en un vaste cimetière, vit, pour autant qu'elle vive, dans le passé. Tout ce qu'elle peut encore vendre, c'est sa riche histoire. C'est pourquoi elle veut attirer les visiteurs intéressés par le passé et se doit d'écarter ceux en quête d'avenir. Je laisserai le lecteur juger de l'opportunité de voir dans cette île une métaphore de l'Europe dans son ensemble.

IX

DE NOUVEAUX HÔTES

1

De nouveaux hôtes sont arrivés aujourd'hui au Grand Hotel Europa. Il y a peu d'autres hôtels dans le monde où l'on serait tenté d'ouvrir un chapitre sur pareil événement, mais ce sont les premiers arrivants depuis que je me suis moi-même installé ici.

Jadis, il y a très longtemps, j'ai visité lors de vacances l'île grecque de Cythère. C'était au temps où j'étudiais encore le grec des dieux, parcourant la Grèce chaque été sous un soleil de plomb, tentant de faire abstraction des autres touristes, ainsi que de tout bâtiment érigé après la naissance du Christ, afin d'entrapercevoir l'antique Hellas où se parlait la langue que je déchiffrais le restant de l'année à la lumière artificielle de ma lampe. Bien entendu, je n'avais pas besoin d'un guide de voyage pour savoir que Cythère était l'île où Aphrodite était née de l'écume de la mer, mais le *Lonely Planet*, que j'avais glissé dans mon sac à dos uniquement pour ses informations pratiques, mentionnait une chose que j'ignorais et qui faisait que j'étais très attiré par cette île.

Quelques années auparavant, un référendum avait été organisé à Cythère pour savoir s'il fallait ou non équiper l'île d'infrastructures touristiques, et seuls deux habitants avaient voté pour. Pas 2 %, non : deux habitants. Tous les autres étaient contre. Le *Lonely Planet* expliquait aussi pourquoi. Une grande partie des insulaires avait émigré en Australie. Presque tous ceux qui vivaient encore sur l'île avaient en Australie des parents qui leur envoyaient régulièrement de l'argent. Ils n'avaient donc pas besoin des revenus qu'aurait pu générer le tourisme et pouvaient se permettre le luxe de se conformer à la sagesse populaire qui recommandait de se garder du tourisme si l'on voulait préserver ce qui nous était cher.

Comme j'étais à l'époque le touriste typique qui nie en être un, Cythère m'avait paru l'île faite pour moi. Elle était difficilement accessible. Même en haute saison, il n'y avait que deux bateaux de nuit par semaine qui partaient de Gythio, petit port isolé du Péloponnèse où Pâris avait emmené Hélène pour consommer sa nuit de noces concoctée par Aphrodite, avant d'appareiller pour Troie avec à bord la belle en guise de butin. Et, une fois débarqué à Cythère, trouver un logement n'était pas chose aisée. J'avais loué une mobylette dans le village d'Agia Pelagia, où le ferry accostait et où il n'y avait rien d'autre, pour me rendre de l'autre côté de l'île, dans la ville de Kapsali aux fameuses baies jumelles, où j'avais finalement réussi à louer une chambre spartiate.

Pour le reste, il n'y avait rien à faire sur l'île et, une semaine après, je connaissais déjà la poignée d'étrangers qui, comme moi, avaient été attirés par l'absence de touristes et qui n'avaient rien à faire non plus. L'attraction principale du lieu, et pour tout dire la seule, consistait à enfourcher nos mobylettes deux fois par semaine pour nous rendre à Agia Pelagia et regarder la tête des deux ou trois nouveaux touristes assez naïfs pour descendre à Cythère. C'était une sorte de méta-tourisme de catastrophe. En tant que touristes, nous jubilions à la vue des problèmes que causait aux autres touristes l'absence d'infrastructures.

Ce souvenir me revint en mémoire lors de l'arrivée des nouveaux hôtes au Grand Hotel Europa. Bien que cette arrivée ne coïncidât pas avec une heure de repas ou de collation à laquelle les résidents permanents sont normalement attendus dans l'une des salles du rez-de-chaussée, presque tout le monde se retrouva par le plus grand des hasards dans le hall central ou l'une des pièces adjacentes : qui feignant une visite à la bibliothèque, qui feuilletant un quotidien dans l'un des nouveaux Chesterfield devant la cheminée sous le portrait de Paganini. Moi-même, je descendis dans l'atrium sous prétexte d'aller fumer une cigarette dehors avec Abdul, le fait qu'il fût très affairé à transporter une quantité impressionnante de nouvelles valises me fournissant l'excuse idéale pour reporter l'exécution de mon prétendu plan et traîner un peu dans le hall, où les nouveaux hôtes étaient accueillis avec tous les égards par Montebello.

À la déception générale, nous fûmes bien obligés de constater qu'il s'agissait d'une famille américaine. Leur accent trahissait leur origine, laquelle constituait à nos yeux un sceau de superficialité et de tout ce que nous, Européens, ne voulions pas être. En outre, nous n'avions que faire d'une famille, qui n'était le plus souvent qu'une horrible entité refermée sur elle-même, consacrant toute son énergie à pourrir ses relations internes sans se soucier de ce que la vie en société offre de possibilités en la matière avec de parfaits étrangers. Peut-être étions-nous juste jaloux. Je n'y avais jamais songé, mais le Grand Hotel Europa était occupé uniquement par des personnes seules. L'arrivée d'une famille mettait en exergue notre statut de célibataires. Et l'idée de ne pas être en droit de revendiquer un statut d'exception pour moi-même et de devoir, moi aussi, être considéré comme un pitoyable vieux garçon me pinça le cœur et me remplit un court instant d'une intense amertume.

La seule chose qui garda vif l'espoir d'un ajout intéressant à notre compagnie était le caractère quelque peu atypique de leur famille. Le couple paraissait trop âgé, à moins que ce ne fût l'adolescente qui avait l'air trop jeune, pour qu'on pût avoir affaire ici à des parents accompagnés de leur fille. Des grands-parents de sortie avec leur petite-fille était, à en juger par leur apparence, un scénario plus probable. L'homme semblait fin prêt pour une petite partie de golf improvisée. Tout ou presque sur lui était à carreaux. Au check-in, son épouse avait pris la direction des opérations. Son aisance routinière trahissait sa probable habitude de régenter. Elle portait de larges habits indiens, sans doute destinés à lui donner un look juvénile et décomplexé, mais qui avaient surtout pour effet d'accuser son embonpoint. Sous ces plis amples se cachait une femme qui faisait bien la tarte aux pommes.

— Tu n'aiderais pas ce pauvre garçon tout maigre ? demanda-t-elle à sa fille ou petite-fille, indiquant Abdul qui se débattait avec l'imposante quantité de bagages accompagnant le trio. Porte tes valises toi-même, Memphis.

— Ne vous inquiétez surtout pas, mademoiselle, dit Montebello à la fille. Notre groom est fier de pouvoir vous servir. Vous l'offenseriez en lui allégeant la tâche.

La fille, qui s'appelait visiblement Memphis, prit le parti de croire le majordome sur parole. Contrairement à ses accompagnateurs majeurs, elle méritait une description. C'était une énergique petite vamp mastiquant du chewing-gum, pas assez âgée pour ne plus sautiller partout, mais suffisamment pour avoir compris qu'une œillade de femme pouvait faire des ravages. Bien qu'il ne fît pas particulièrement chaud, elle portait un minishort et était juste encore assez jeune pour soutenir avec succès, en cas de nécessité, sous la pression, que c'était sans arrière-pensée. Les évocations potentiellement émoustillantes de ce minishort étaient tournées en dérision par de grosses baskets noires lourdaudes, dont les lacets avaient été enlevés pour des raisons de commodité et qui n'auraient pas déparé aux pieds bien plantés d'un gangster aux bras couverts de Rolex faisant la loi dans le quartier. Elle portait un simple tee-shirt blanc à mancherons, pourvu du texte « YOLO », et je savais ce que cela signifiait, je n'étais pas si vieux non plus. La déformation des lettres de cette devise éclatante de vitalité par les vigoureuses collines qu'elles recouvraient donnait une impression convaincante de majorité. Sa tenue se complétait d'une casquette de base-ball à paillettes argentées, qu'elle portait la visière tournée vers l'avant. Elle avait fait passer sa queue-de-cheval blonde par le trou à l'arrière.

Dans le cadre chic et suranné du Grand Hotel Europa, toute son allure avait quelque chose de paradoxal, comme l'apparition d'une ballerine dans un cimetière monumental. Les colonnes de marbre la fixaient d'un air stupide. Les lambris dorés s'écaillaient d'étonnement. Le tapis rouge de haute laine qu'elle foulait de son pas dynamique s'empourprait d'embarras.

2

Lorsque le majordome eut dirigé avec charme et efficacité les trois Américains vers leurs chambres et que l'effervescence de leur apparition fut quelque peu retombée, je me dis que, tant qu'à faire, je pouvais aussi bien mettre en œuvre le projet simulé précédemment pour justifier ma présence au rez-de-chaussée et sortis par l'entrée principale pour fumer une cigarette près du pot de fleurs sur les marches du perron. Au bout de quelques minutes, Abdul parut à son tour ; vu le nombre de valises américaines qu'il avait dû porter, il avait bien mérité une pause.

Je lui offris une cigarette de mon paquet bleu clair de Gauloises brunes sans filtre, lui présentai la flamme de mon Zippo *solid brass* scintillant et en repris une pour moi.

— J'espère que tu ne vas pas me demander pourquoi les Américains voyagent toujours avec autant de bagages, dis-je, car je serais tenté de te répondre que c'est pour compenser leur absence de bagage intellectuel.

Abdul ne dit rien.

— C'était une blague, Abdul.

— Merci beaucoup pour votre blague, monsieur Leonard Pfeijffer.

— Ce n'était pas une bonne blague. Tu as raison de ne pas rire. Si tu veux, je peux essayer de trouver mieux pour te remonter le moral. Tu as l'air tellement triste. Quelque chose ne va pas ? C'est le poids des valises qui pèse encore sur tes épaules ?

— Je suis reconnaissant pour tout le travail qu'il m'est donné d'accomplir. Plus je peux me rendre utile, moins j'ai l'impression d'être un fardeau. Mais ce que vous avez dit au sujet du bagage intellectuel a touché un point qui me fait mal depuis longtemps. Vous n'y pouvez rien, ne vous méprenez pas. Il est vrai que M. Montebello est comme un père pour moi et qu'il m'instruit avec générosité, mais je me rends bien compte en vous fréquentant, vous et les autres résidents du Grand Hotel Europa, combien je sais peu de choses. Bien que je sois encore jeune, je suis parfois gagné par la peur d'avoir déjà accumulé un retard irrattrapable. Je suis capable de trouver de l'eau et des plantes comestibles dans le désert, mais votre monde, où j'ai la chance d'être accueilli, est si complexe que je crains de n'en savoir jamais assez pour y survivre, le jour où M. Montebello sera parti.

— Quand j'avais ton âge, je n'avais pas vécu le dixième de ce que tu as vécu. Il allait me falloir encore de longues années avant de devenir à peu près aussi adulte que tu l'es déjà aujourd'hui.

— C'est gentil à vous de dire ça, mais je sais que ce n'est pas vrai. Ou peut-être que c'est vrai, mais ce n'est pas important. Quand vous aviez mon âge, vous étiez à l'école depuis de nombreuses années, où l'on vous avait enseigné les moindres finesses de matières telles que l'histoire, la géographie, l'art et la littérature, que je n'apprendrai probablement jamais.

— J'ai souvent l'impression que la connaissance des matières que tu énumères est un fardeau encore plus superflu que les bagages des Américains.

— Cela aussi, vous le dites seulement pour me réconforter. Je vous en sais gré, mais je sais aussi que vous prêchez là des contrevérités. Les gens comme vous, M. Patelski, Mme Albane, M. Volonaki et même M. Montebello, respirez une culture imprégnée de passé. Vous vivez avec un pied dans l'Histoire. Cela me pèse de n'en savoir presque rien.

— Tu m'as dit toi-même que l'avenir est plus important que le passé. C'est toi qui avais raison, Abdul. Je ne mens pas si je dis que, d'une certaine manière, tu l'as mieux compris que nous tous. Nous vivons dans une réserve qui s'écaille, où l'on essaie tant bien que mal de maintenir en vie notre culture qui s'éteint lentement, tandis que le monde où l'avenir se construit fait rage ailleurs.

— J'aimerais en être, dit Abdul. Je rêve d'être un jour accepté parmi vous. Mais je sais que ce jour n'arrivera jamais.

— Je pense qu'il serait plus utile que nous apprenions tous de toi, plutôt que l'inverse. C'est toi qui détiens l'avenir, pas nous.

— Vous lisez beaucoup de livres, monsieur Leonard Pfeijffer ?

— Pas en ce moment. Je suis au Grand Hotel Europa pour écrire et, quand j'écris, je n'arrive pas à lire. Et toi ? Tu lis beaucoup ?

— M. Montebello m'a donné la permission d'utiliser la bibliothèque. Elle contient surtout des livres anciens et difficiles, mais j'essaie tout de même de les lire, même si je ne comprends pas tout.

— Et lequel préfères-tu ? demandai-je.

— Un vieux livre compliqué que M. Montebello m'a donné parce qu'il parle d'un migrant comme moi. C'est le seul livre que j'ai dans ma chambre.

— De qui est-il ? Quel est le titre ?

— J'oublie tout le temps. Mais je l'ai déjà lu six fois. Si vous voulez, je pourrai vous le montrer à l'occasion.

— Très volontiers, dis-je. Et j'aimerais aussi beaucoup entendre la suite de ton histoire. Tu sais que j'ai noté tout ce que tu m'as raconté jusqu'à présent ?

— J'en suis honoré, dit Abdul, qui n'avait pas l'air honoré du tout.

— Nous en étions restés à ta rencontre avec Achaï. Tu veux bien me raconter comment vous êtes arrivés ensemble jusqu'à la mer ?

— Je préférerais le faire une autre fois. Ce n'est pas une belle histoire.

Je constatai que ce n'était pas le moment d'insister. Il était vraiment triste. Afin de réussir un peu mieux à lui redonner le sourire, je décidai de changer radicalement de sujet.

— Que penses-tu de cette jeune Américaine, Abdul ?

Bingo. Il rit.

— Ce n'est pas à moi d'émettre un jugement sur nos hôtes, répondit-il. En plus, j'ai comme l'idée que je ferais mieux de vous retourner la question. Je n'ai pu me soustraire à l'impression que vous l'avez bien observée.

— Abdul ! m'exclamai-je. Ce n'est pas poli de dire ça.

— Soyez assuré de ma discrétion. J'ai reçu de M. Montebello des instructions formelles en la matière.

Il éteignit sa cigarette dans le pot de fleurs et se leva. Il rentra en riant aux éclats.

3

Pendant la *merenda* dans le salon chinois, je fus presque pris d'assaut par la poétesse française Albane. Quand elle entra et me vit assis avec le grand Grec, elle se rua sur moi, tel un squelette dansant sorti d'un dessin animé, son chemisier et sa jupe-culotte couleur crème s'agitant furieusement comme dans une quête désespérée de quelque chose à quoi s'accrocher. Et tandis que le Grec au visage luisant clignait grassement de l'œil, sans pouvoir visiblement réprimer un geste que l'on ne pouvait interpréter autrement que comme obscène, elle me siffla à l'oreille qu'elle devait me parler. Comme cela ne me semblait pas une bonne idée d'accéder à sa requête en la présente compagnie, et soupçonnant du reste que ce n'était pas non plus ce qu'elle attendait, je lui demandai si elle voulait me faire la grâce de me permettre de l'accompagner pour une courte promenade dans la roseraie, ou du moins ce qu'il en restait. Elle acquiesça agressivement, tourna les talons et sortit. Je me levai, boutonnai ma veste, m'excusai auprès de mon commensal et la suivis.

— Vas-y mollo quand tu la niques ! cria-t-il dans mon dos. Ou tu risques de lui briser les os.

Son rire tonitruant accompagna ma sortie.

Elle m'attendait sur le banc de pierre sous la pergola. Pour quelqu'un qui prétendait devoir me parler tout de suite, elle m'ignorait drôlement. Elle ne leva pas les yeux lorsque je m'assis à côté d'elle.

Je lui demandai ce que je pouvais faire pour elle.

— Nous ne devions pas nous promener ? rétorqua-t-elle.

Elle se leva et commença à avancer.

Je lui emboîtai le pas. Nous marchions sur le gravier crissant en direction de la fontaine.

— Une sculpture en forme de gland, dit-elle, d'où l'eau fertile jaillit triomphalement vers le ciel. Le monde est plein de symboles de la domination machiste. Mais les gens comme toi ne voient pas ce genre de choses.

Elle avait raison d'affirmer que l'interprétation qu'elle proposait de cet ornement de jardin ne m'était pas venue à l'esprit.

Je lui demandai si c'était de cela qu'elle devait m'entretenir d'urgence.

— D'une certaine manière, oui, dit-elle, mais elle s'abstint de m'expliquer la suite, qui aurait pu m'éclairer sur le rapport entre son dédain pour la fontaine et le sujet de conversation qui l'occupait.

Mal à l'aise, nous crissions de concert sur le gravier. Son mutisme laissait le champ libre à des pensées peu productives. Je réalisais que Clio était la dernière femme avec qui je m'étais promené. Et avant de rencontrer Clio, je n'avais jamais eu pour habitude de me promener avec les dames. Mais avec Clio, oui, souvent. C'était notre façon à nous de vivre des aventures. Nos promenades étaient des voyages d'exploration dans le passé de Gênes, de Venise et d'autres vieilles villes, où nous n'avions de cesse de nous perdre dans les siècles. Elle aussi interprétait toujours les monuments pour moi, quoique d'une manière plus respectueuse de l'Histoire, en mettant moins l'accent sur les éventuelles mauvaises intentions qu'aurait pu trahir la symbolique à la lumière du monde moderne dégénéré. Mes flâneries avec Clio étaient au contraire des complots pour échapper à ce monde moderne dégénéré. Nous marchions toujours main dans la main. Je me demandai ce qui se passerait si, à titre d'expérience anthropologique, je prenais dans la mienne la main osseuse d'Albane. Elle se glacerait probablement, et je n'excluais pas l'éventualité qu'elle me transperce ensuite de stalactites tranchantes comme des rasoirs. J'eus froid tout à coup. Le Sud me manquait, les vieilles villes et Clio qui, en tant que muse de l'historiographie, avait donné vie à tout cela pour moi.

— Je ne sais pas bien par où commencer, dit Albane, pour que tu comprennes à quel point ton attitude et ton comportement me donnent envie de vomir. Mais si, pour clarifier tout à fait mon propos, tu m'obligeais à commencer par le bas-fond, ce point où tous tes défauts les plus abjects ont éclaté à la lumière, j'évoquerais en premier lieu la façon dont ce matin, sous mes yeux, tu béais de concupiscence, sans vergogne et de manière extrêmement embarrassante, devant cette petite cruche d'Américaine. C'était une démonstration écœurante de pur sexisme et de frustration sexuelle, se traduisant dans ce comportement bestial de prédateur baveux. Et le fait que tu n'aies éprouvé aucune honte à te donner ainsi en spectacle en ma présence prouve que, sous ces dehors élégants et la couche infinitésimale de vernis de politesse et de charme, se cache un mufle égoïste aux proportions mythiques qui ne vaut même pas les cailloux qu'il foule.

— Toi aussi, tu t'y mets, maintenant ?

Cette question la désarçonna. Elle s'attendait à une justification arrogante qu'elle aurait pu déchiqueter en lambeaux. Elle n'aimait pas non plus se voir ravir le monopole de l'indignation. Un court instant, elle ne sut plus quoi dire.

— Notre groom en parlait déjà ce midi. Apparemment, je dois m'inquiéter du fait que j'observe de façon moins discrète que je ne le pense. Mais on ne peut pas vraiment dire que j'étais le seul. Tout le monde était descendu pour étudier les nouveaux venus, toi y compris. Et laisse-moi te rassurer, Albane. J'étais tout autant intéressé par les deux vieux messagers du Nouveau Monde que par la jeune compagne de voyage, mineure ou non, confiée à leurs bons soins. Mon intérêt était dicté par une curiosité innocente et, qui plus est, motivé par la littérature. Il se trouve que j'ai écrit cet après-midi une courte note dans laquelle je les décris, tous les trois, et pas seulement la petite adolescente mâcheuse de chewing-gum que, pour des raisons qui ne me regardent pas, tu trouves visiblement si scandaleuse. Bien que je ne sache pas au juste pourquoi je devrais me justifier, je peux te montrer mes notes, si tu veux, afin que tu puisses vérifier par toi-même la véracité de mes dires.

— Je n'ai pas besoin de voir ton manuscrit pour savoir que tu as dédié deux lignes condescendantes au couple d'adultes, avant de te lancer dans un descriptif fleuri du minishort.

— Je suis content que nous parlions enfin de littérature. Mais je peux te demander quelque chose ? Admettons que tu aies raison, même si ce n'est pas le cas : au nom de quoi devrais-tu te laisser submerger ainsi par la colère ? Pourquoi es-tu si fâchée contre moi, Albane ?

Elle ne répondit pas. Je craignais tout doucement d'entrevoir la réponse qu'elle me taisait. Mais je n'en avais pas du tout envie. Ma barque était suffisamment chargée comme ça. La façon la plus élégante qui me vint à l'esprit pour tuer le problème dans l'œuf fut d'exposer honnêtement ce qui suit.

— J'ai un aveu à te faire, Albane. La raison pour laquelle je suis venu au Grand Hotel Europa est un grand amour qui a cessé d'être. J'ai besoin de faire le point, comme on dit vulgairement. C'est la mission que je me suis fixée et que je tâche d'accomplir en reconstituant chaque jour, à l'aide d'un stylo et d'un clavier, ce qui s'est passé et ce que cela a signifié pour moi. Il en résulte que, tel que tu me vois là, je suis en train de revivre mon amour avec une intensité douloureuse et déstabilisante, et qui ne laisse absolument aucune place à d'éventuelles nouvelles frasques. Tu peux donc être tout à fait rassurée : une aventure avec une adolescente américaine qui mastique du chewing-gum est bien la dernière chose qui me traverse l'esprit en ce moment.

Ma confession sembla produire l'effet désiré. La colère fit place à la tristesse.

— Bien sûr, je ne puis offrir aucune garantie quant à l'avenir, ajoutai-je.

Je n'avais pas pu résister.

Elle rit. À cet instant, elle était malléable comme une jeune fille. Je le sentais. La féministe militante qu'elle voulait être s'était égarée sur un autre champ de bataille. Si je l'embrassais, là, tout de suite, elle succomberait dans un soupir. Mais je n'en fis rien. Ce que je lui avais dit était vrai.

— Allons, repris-je. Retournons au travail. Et j'insiste pour que, la prochaine fois, nous ayons une belle et longue conversation à propos de poésie.

Elle hocha la tête. Nous retournâmes à l'hôtel.

4

Nous n'étions pas préparés à ce qui nous attendait dans le hall central. Dans la pièce par ailleurs déserte, le majordome M. Montebello pleurait tout seul sur l'un des tout nouveaux Chesterfield.

— Non sans vous exprimer d'abord ma joie d'avoir le privilège de vous voir ensemble, dit-il sans nous regarder, je tiens à vous renouveler mes plus plates excuses pour l'état d'abandon dans lequel se trouve la roseraie. Notre ancien jardinier parlait aux roses en latin d'église. C'était un homme très pieux. Hélas, lorsqu'il nous a quittés à un âge honorable, nous n'avions pas les moyens d'embaucher un successeur. Cela fait déjà longtemps que nous accueillons bien moins d'hôtes qu'au temps béni de notre apogée. Quand je vois l'état actuel des roses, j'en viens parfois à penser qu'elles doivent pleurer en latin la perte de leur vieux serviteur ankylosé. L'hôtel bruisse et résonne de ces histoires. C'est pourquoi cet endroit m'est si cher. Mais je suis sûr que le nouveau propriétaire trouvera les moyens et l'énergie de restaurer l'ancienne roseraie tout aussi brillamment que le reste.

Il se leva et nous regarda. Les larmes ruisselaient sur ses joues.

— Je suis conscient de déchoir professionnellement, dit-il, et de rivaliser avec la roseraie en vous offrant ce spectacle navrant. Mon honneur de majordome me commande de garder à tout instant le contrôle de mes émotions. Afin d'être le pilier que je dois et veux être pour mes hôtes, il me faudrait rester moi-même imperturbable. Mais plus j'avance en âge, plus je deviens sentimental, et plus la force me manque pour asphalter mon chagrin et présenter un visage lisse et accessible. On pourrait penser qu'en vieillissant on accumule tant de souvenirs que l'offre pléthorique, conformément aux lois économiques élémentaires, fait chuter leur valeur. Mais c'est le contraire qui se passe. À présent que j'ai beaucoup plus de passé que d'avenir, je leur suis davantage attaché qu'au temps où j'avais encore des raisons de croire à l'avenir et presque pas de souvenirs. Je ne fais plus qu'un avec le Grand Hotel Europa, où j'ai passé le plus clair de ma vie. Tout ce que j'ai vécu, je l'ai vécu ici. Quand le vent gémit dans les lézardes, j'entends les innombrables voix de ceux qui séjournèrent ici. Quand les planchers craquent dans les couloirs, je me souviens de toutes les intrigues et escapades nocturnes qui se jouèrent entre ces murs. Dans mon sommeil, j'entends le froufrou des robes de bal et le tintement des bijoux. Tout ce qu'on voit au Grand Hotel Europa, et tout ce qu'on ne voit pas, est une histoire. Une histoire, c'est du sens. Et ce sens est le sens de ma vie.

Il s'interrompit pour ramasser sur le tapis un mouton qui avait attiré son œil. Il le mit dans la poche de son pantalon.

— Je vous ai dit que j'étais devenu un vieux sentimental, poursuivit-il, et je comprends fort bien que tout ne peut pas rester éternellement en l'état, que le changement peut constituer une amélioration et que le progrès est nécessaire. Je suis en outre profondément conscient qu'il est de mon devoir de montrer du respect, et non d'en réclamer. Mais j'ai l'impression d'avoir été amputé d'une partie de moi-même ou d'avoir perdu un être cher.

Il se retourna et se dirigea lentement vers la cheminée.

C'est alors que nous le vîmes. À l'endroit où était accroché le portrait de Paganini, il y avait à présent un poster encadré d'une photo romantique de Paris.

— J'en ai déjà parlé au nouveau propriétaire, M. Wang, dit Montebello. Il considère à juste titre ce hall comme la carte de visite de l'hôtel et trouve important qu'on crée ici, par le biais de la décoration, une atmosphère « typiquement européenne », comme il l'appelle. À ses yeux, une belle photo de Paris remplit mieux cet office qu'un sombre portrait du XIXᵉ siècle. Il a raison. Les hôtes chinois qu'il entend attirer, et qu'il attirera, sauront sans nul doute apprécier son intervention à sa juste valeur.

Nous exprimâmes notre indignation et insistâmes pour qu'il remette à sa place le portrait de Paganini.

— M. Wang ne le permettrait pas, répondit Montebello. Je lui ai demandé si je pouvais reprendre le tableau dans ma chambre. Il n'y voyait pas d'objection, mais hélas il l'avait déjà jeté. Ce n'est pas un Européen au cœur sensible tel que nous. Pour lui, ce sont juste des vieilleries. À ses yeux, le neuf est plus beau et a plus de valeur que l'ancien. Et force m'est de lui donner raison. Ce n'était qu'un modeste portrait d'un maître inconnu aux talents limités. Il n'avait aucune valeur, sinon sentimentale pour le vieil homme que je suis.

Nous ne savions que dire.

— Peut-être voudrez-vous bien m'excuser à présent, dit-il. S'il n'y a rien d'autre que je puisse faire pour vous, je souhaiterais me remettre au travail.

S'éloignant, il se retourna une dernière fois et dit :

— Je suis profondément soulagé que la vieille dame n'ait pas à voir cela. Pour elle, il s'agit réellement de la perte d'un être cher.

X

LE *PANCHAYAT* DE MUZAFFARGARH

1

Initialement, la visite de Giethoorn n'était pas inscrite au programme. À l'instar de Volendam, d'Alkmaar et du Keukenhof, Giethoorn avait bien figuré à un moment donné sur une liste provisoire, dressée par les deux Marco, de destinations touristiques néerlandaises autres qu'Amsterdam, mais, malgré le grand enthousiasme de Greet, le cerveau financier du projet, pour qui la plus grande faisabilité budgétaire de la recherche locale était un argument de poids, vu que le fonds cinématographique et les autres bailleurs de fonds potentiels n'avaient jusqu'ici que tièdement, voire pas du tout, réagi à sa demande de subvention, j'avais à un stade précoce plus ou moins déjà mis mon veto à un passage par ces sites-là. Je n'avais évidemment aucune envie d'aller là-bas. J'avais argué qu'il ne fallait pas commettre l'erreur, pour un documentaire traitant d'un phénomène global tel que le tourisme, de tomber dans un provincialisme facile, que le caractère petit-bourgeois de ces lieux archi-hollandais conduirait presque automatiquement à donner un ton ironique que nous devions à tout prix éviter et que, surtout maintenant que je commençais à percer en tant qu'écrivain auprès d'un public international, je tenais à me montrer plus exigeant dans mes ambitions artistiques et visais davantage qu'un murmure de reconnaissance approbateur parmi les dames du club de lecture drenthois. Greet avait rouspété, objectant que Giethoorn ne faisait pas partie de la Drenthe mais de l'Overijssel, mais les deux Marco étaient d'accord avec moi. Eux aussi voyaient surtout dans notre documentaire sur le versant obscur du tourisme l'occasion de s'offrir quelques voyages mémorables, et leur préférence allait évidemment à des contrées plus exotiques que les circuits soigneusement fléchés et balisés du syndicat d'initiative néerlandais.

Entre-temps néanmoins, le Marco néerlandais avait pris contact avec un couple de compatriotes, des amis d'amis, qui étaient de fervents voyageurs à la prédilection marquée pour les destinations insolites et qui, d'après lui, tenaient un blog passionnant. Pour être honnête, la lecture superficielle de ce blog ne m'impressionna guère, mais ce qui pouvait rendre le contact avec Bas et Yvonne intéressant, d'après Marco, c'est qu'ils étaient à leur tour amis avec un autre couple, Tom et Brenda, qui partageaient la même passion et avec lesquels ils s'étaient lancés, selon leurs propres dires, dans une compétition sans merci.

— Cela m'a rappelé ce que tu disais sur le stress des vacances, dit Marco.

Le phénomène m'intéressait en effet. Jadis, les vacances étaient une période de repos, et un voyage permettait de se changer les idées et de se détendre. Après avoir trimé toute l'année sous le joug d'un patron, on s'en allait deux ou trois semaines à la mer ou à la montagne, dans un chalet ou un camping en pleine nature, entouré de forêts et de ruisseaux qui ne rappelaient en rien le bureau, ou à la rigueur dans une ville étrangère pour voir des cathédrales et des palais que personne n'avait construits dans votre pays pragmatique, dîner sans cuisiner, s'embrasser derrière un menu étranger et flâner sur d'élégants boulevards. Au retour, on pouvait répondre aux amis qui s'enquéraient poliment du déroulement de nos vacances qu'on avait bien pu déconnecter, qu'on était bien reposé et d'attaque pour une nouvelle année.

Pour certaines personnes, c'est peut-être toujours le cas, mais pour beaucoup, réussir ses vacances est devenu une affaire singulièrement plus complexe. À l'heure où notre vie doit constamment être conquise sur la vie, et où l'identité ne se réduit plus au nom et au gagne-pain de son père, mais doit être quotidiennement construite, définie et marketée, les vacances sont devenues une aubaine à ne pas manquer pour se distinguer aux yeux des autres. Le monde est ouvert, on peut aller n'importe où, et cette possibilité équivaut à un devoir, car on ne vit qu'une fois, n'est-ce pas ? Celui qui ne fait pas usage des infinies possibilités de voyager est au minimum ennuyeux, mais il est aussi pitoyable et humainement inférieur, exactement comme celui qui, aujourd'hui que le succès est officiellement un choix, choisit de ne pas en avoir. Quiconque est conscient de son devoir de s'afficher en modèle et d'embrasser avec passion toutes les possibilités qu'offre la vie ne peut plus se présenter avec une rando dans le Harz ou un séjour en camping en Dordogne. Les réseaux sociaux, sur lesquels nous sommes chaque jour obligés de façonner et d'exposer notre vie formidable, n'ont fait qu'augmenter la pression à réussir nos vacances. On ne souhaite pas rester à la traîne de toutes ces autres vies formidables qui s'étalent sur son journal Facebook et, sans s'en rendre compte, on se retrouve lancé dans la course à qui trouvera les décors à selfies les plus exotiques.

Et tout cela n'est encore que la manifestation extérieure de l'anxiété de performance imposée par les vacances. Cela va plus loin. Car celui qui pense que ce qui compte, ce sont les photos exotiques, n'a pas bien compris. Les selfies sont importants, certes, mais il est encore plus crucial de le nier en riant. Bien sûr, vous vous prenez en photo devant le Taj Mahal ou le Borobudur, puisque vous y êtes et qu'il est conseillé de glisser dans le dossier numérique de votre sort enviable des preuves matérielles de votre présence sur place, mais vu que le premier quidam venu peut se permettre d'y aller, de nos jours, vous voilà obligé d'afficher votre mépris pour ces destinations jadis si exclusives et devenues, soupirez-vous inlassablement, des foires à touristes, de dénigrer ces clichés sans prétention que vous avez faits à contrecœur et de souligner que lors de vos vacances, que d'ailleurs vous n'appelez pas « vacances » mais « voyages », vous avez bien d'autres priorités que de visiter des monuments célèbres dont on trouve sur Internet des milliers de photos bien meilleures.

Mais quelles sont donc ces priorités ? Je vais vous le dire. Ce sont des expériences uniques et authentiques qui génèrent une histoire. C'est pour cela que toute destination de voyage se trouve gâchée aussitôt que surgissent d'autres touristes à l'horizon. D'un seul coup, l'expérience que vous auriez pu y vivre se voit dépouillée à la fois de son unicité et de son authenticité. Mais comme tous les touristes, dans leur chasse à l'expérience authentique, essaient mutuellement de s'éviter, il devient de plus en plus difficile de trouver un endroit vierge de toute concurrence en short. C'est un peu comme dans l'histoire des *Têtes interverties* de Thomas Mann, qui se déroule en Inde et où quelqu'un décide de se faire ermite dans la jungle, mais ne trouve pas d'endroit car la jungle est déjà pleine d'ermites. C'est stressant.

À bien y réfléchir, c'est même encore plus complexe que cela. Car le but n'est pas de trouver un endroit sans touristes. Ce serait trop facile. Il vous suffirait d'aller installer votre chaise pliante à l'entrée d'une station-service dans une banlieue de Charleroi, de prendre des photos d'une foire aux armes à Mogadiscio ou d'honorer de votre visite le musée municipal de Meppel. Mais ça ne marche pas comme ça, bien sûr. Ça ne compte pas. Il y a de bons et de mauvais endroits sans touristes, et ceux que vous recherchez sont ceux où d'autres touristes se sont déjà rendus sans y rencontrer de touristes. On ne va pas de son propre chef dans un pays totalement inconnu dont on n'a jamais entendu parler dans un contexte lié au tourisme, non, on va dans un pays dont d'autres touristes disent qu'il n'est pas touristique. Et là, vous pouvez en mettre plein la vue à vos amis Facebook. Là, vous pouvez vous pavaner en grand voyageur à la pointe de la dernière tendance. Dans notre quête d'expérience authentique et unique, on imite les expériences authentiques et uniques des autres. En tant que touriste désireux d'éviter les touristes, on voyage sur les traces d'autres touristes, dans des endroits où ces derniers sont parvenus à éviter les touristes. Cela implique de devoir se dépêcher, car en moins de temps qu'il n'en faut pour le dire de plus en plus de touristes ont la même idée et viennent éviter les touristes au même endroit que vous, qui devient bien vite aussi touristique qu'ailleurs.

Mais vous n'êtes pas au bout de vos peines une fois la bonne destination identifiée. Car lorsque vous avez enfin, après moult difficultés, trouvé un coin du monde sans un touriste dans votre champ de vision, vous pouvez certes siroter en terrasse votre tasse de thé au beurre de yak, mais vous ne tenez pas encore d'histoire. Pour pouvoir légitimement vous afficher en globe-trotteur capable de jouer les grands aventuriers trois semaines par an, vous devez vous débrouiller pour entrer en contact avec la population locale et vivre des expériences qui vous permettront ensuite de dire qu'elles ont radicalement changé votre façon de voir la vie.

Et s'il ne se passe rien ? Au point que vous en arriviez presque à espérer une révolte populaire, une lapidation, une invitation à n'importe quoi, ne serait-ce qu'une fête traditionnelle aux coutumes étranges, mais que ça n'arrive pas ? Le stress monte en flèche ! D'autant plus que la concurrence est féroce et que vous-même connaissez d'autres voyageurs qui ont été couronnés rois par une tribu africaine, invités à participer à la chasse rituelle aux coatis, adoubés cosaques honoraires par les Tatars de Crimée au moyen d'une entaille de sabre à la joue, d'autres encore qui ont assisté à une réunion de séparatistes hors la loi en cavale, ou effectué un voyage spirituel avec leur animal totem sous la guidance d'un chaman centenaire au corps noueux. Vous voilà donc au milieu de nulle part, loin des sentiers battus, à guetter cette expérience inoubliable à raconter chez vous et sur Internet, alors que, jusque-là, même avec le propriétaire de l'authentique hutte en torchis sans toilettes choisie sur le site d'Airbnb, vous n'avez pas échangé plus de trois phrases en mauvais anglais sur le prix qui, contrairement à ce que vous pensiez, n'était pas fixé d'avance. Or le temps presse, parce que vos vacances ne sont pas infinies, et, avant que vous ayez le temps de dire ouf, vous vous retrouverez bredouille sur le vol de retour à bord de votre avion *low cost*, sans aventure digne de ce nom dans vos bagages. Et tandis que vous rongez votre frein, dans la paix et l'oisiveté, vous restez sur vos gardes. Car imaginez que ces indigènes décident subitement de vous régaler d'une petite danse, vous ne manquerez pas de vous demander, naturellement, si c'est bien authentique, ou si c'est une petite danse qu'ils exécutent pour les touristes. Un touriste n'est jamais assez méfiant, quand il ne veut pas être pris pour un touriste.

2

Bien que je n'en attendisse pas grand-chose et que le Marco italien semblât lui aussi avoir d'autres priorités, je me laissai convaincre par Greet et le Marco néerlandais d'organiser une rencontre avec les deux couples férus de voyages.

— Prends ta caméra cette fois, lui dis-je. Je les interviewerai et tu filmeras en même temps. S'il y a quelque chose d'utilisable, ce sera déjà ça de pris. Je dois aller exprès aux Pays-Bas et je n'ai pas envie de gaspiller mon temps précieux en recherches informelles. Le deuxième pire scénario, et de loin le plus probable, c'est que ce soit de toute façon une perte de temps. Mais si, contre toute attente, il en ressort quelque chose d'intéressant et qu'on doit revenir pour filmer, on n'est pas sortis de l'auberge.

— Voilà une métaphore appropriée dans le cadre de notre documentaire.

— Occupe-toi de filmer, je me charge des métaphores.

Quelques jours plus tard, il me rappela. Il avait de bonnes nouvelles. Il affirmait même pouvoir parler sans crainte de nouvelles absolument fantastiques. Je retins ma respiration. Il avait été en contact avec les deux couples, qui étaient prêts à collaborer. Il avait aussi parlé à mon agent et trouvé une date qui pouvait être combinée avec une intervention spécialement intercalée pour l'occasion devant les dames du club de lecture drenthois.

— C'est toi qui as eu l'idée, Marco ?

— Oui. C'est super, non ? C'est elles qui paieront tes frais d'avion.

— C'était ça, la bonne nouvelle, ou elle doit encore arriver ?

— Non, il faut que tu entendes ça, Ilja. Après, je me suis donc mis en quête d'un lieu adapté pour filmer. J'ai demandé à Bas et Yvonne s'ils avaient une idée, et ils m'ont suggéré de tourner les images chez Tom et Brenda.

— Génial, Marco.

— Et tu sais où ils habitent ?

— Non, Marco. Surprends-moi.

— Bas et Yvonne vivent dans un pavillon à Steenwijk. Ce n'est peut-être pas très intéressant d'un point de vue cinématographique.

— Non.

— Mais Tom et Brenda vivent à Giethoorn.

— Giethoorn ?

— Tu saisis, maintenant ?

3

Le chauffeur qui était venu me chercher à l'aéroport de Schiphol entra dans Giethoorn par la Beulakerweg et me déposa sur le parking du Spar, sur l'Eendrachtsplein.

— Je ne peux pas aller plus loin avec la voiture. Le restaurant De Rietstulp est juste derrière, le long du canal. Je viendrai vous rechercher ici. À quelle heure devez-vous être à Assen ce soir ? 20 heures, c'est ça ? Je vous conseille de compter une petite heure de route à partir d'ici.

— 19 heures, c'est bien. Je ne crois pas qu'on en aura pour très longtemps ici, mais d'un autre côté nous devons éviter d'arriver trop tôt à Assen.

— Sages paroles.

Le Marco néerlandais et Greet m'attendaient déjà avec une tasse de café et une pâtisserie locale.

— Marco s'excuse. Il a fort à faire avec son projet australien sur les vidéastes aborigènes. On n'attend plus que Théophile. Mais notre rendez-vous avec Bas et Yvonne chez Tom et Brenda n'est que dans deux heures. Dès que Théophile arrive, on peut aller visiter le village à notre aise. Ça me paraissait important, en termes de définition de l'ambiance contextuelle.

— Où est ta caméra, Marco ?

— Nous sommes encore dans la phase de recherche, dit Greet. Officiellement, nous n'avons pas encore de budget pour tourner.

Elle cligna nerveusement des yeux.

— Non, mais j'aurais bien sûr pu emporter ma caméra, Ilja a raison. Mais je ne le sentais pas. Vous comprenez ce que je veux dire ? Je trouve plus sympa dans un premier temps de laisser affluer toutes les impressions sans filtre, pour ainsi dire. Avec une caméra, il n'y a rien à faire, tu cadres involontairement.

— Pas tout à fait involontairement, j'ose espérer, fis-je.

— Non, bien sûr que non, dit Marco. Ce n'est pas ça que je veux dire. C'est plus une question de principe, en termes de pureté d'approche. Je crois profondément que l'image doit découler de la perception et de la réflexion postobservation. On vit de nos jours dans une culture relativement visuelle, etc., et force est de constater que l'image a pris le pas sur la perception. Peut-être que je m'exprime de façon un peu vague.

— Oui.

— Ce que je veux dire, c'est que si je commence tout de suite à prendre des images, j'aurai la sensation d'être un touriste. C'est-à-dire le gars qui ne regarde qu'une fois rentré chez lui ce qu'il aurait dû voir au moment même. Quelque chose dans ce goût-là. Tu comprends ?

— Je ne voudrais pas t'empêcher de regarder et de réfléchir avant de filmer, dis-je, même si je ne voudrais pas en exagérer l'importance non plus. J'avais seulement espéré que tu serais en mesure de combiner efficacement toutes ces activités à la fois. Mais c'est peut-être trop demander. Reste le fait que je suis venu d'Italie pour rien.

— Ilja, tu ne dois pas voir les choses sous cet angle, dit Greet. Des recherches approfondies sont fondamentales pour réaliser un bon film. Et si la conversation d'aujourd'hui devait se révéler un matériel unique et non reproductible, tu pourras au moins l'utiliser pour le roman que tu as promis d'écrire en marge de notre documentaire. C'est aussi pour cela que nous trouvions bien que tu sois là.

— Quelle délicate attention de votre part, dis-je. Je vous suis vraiment très reconnaissant que tous les intérêts artistiques gigantesques en jeu dans votre production cinématographique ne vous fassent pas perdre de vue cet humble et futile sous-produit qui me permet d'assouvir mon violon d'Ingres littéraire.

— Ce n'est pas ce que je voulais dire, dit Greet. Tu le sais bien.

— Pour être honnête, l'ordre de mes priorités était exactement inverse, et j'espérais qu'avec le budget royal de votre film vous alliez rendre possibles les recherches pour mon roman. Tu comprendras, Greet, que je sois désappointé de voir que, malgré ton intervention personnelle expresse, le subventionnement de notre projet s'avère jusqu'à présent pour le moins… décevant, pour l'exprimer gentiment. Au lieu de faire pleuvoir les billets pour Bora Bora, Las Vegas, les Maldives, Tiandu Cheng, Maputo, le Belize, Aitutaki, Hawaii, les Fidji, les Bahamas, Bali ou Bangkok, vous me faites venir à Giethoorn. Franchement, ça ne figurait pas sur ma liste de choses à faire avant de mourir. Je suis ici uniquement pour vous faire plaisir. Et sache que j'exclus totalement de pouvoir faire usage de quoi que ce soit qui se passera ici aujourd'hui pour mon roman. Mais quand moi je fais preuve de conscience professionnelle en venant jusqu'à Giethoorn, putain de bled, je m'attends à être reçu de manière tout aussi professionnelle, ce qui implique que je ne doive pas en arriver à la conclusion que ma présence ici est totalement superflue.

— Théophile aura sa caméra, dit Greet. Il filmera.

— Avec son sténopé maison du Moyen Âge qui l'oblige à agiter sa main devant l'ouverture avec son gant noir en répétant « hippopotame » pour mesurer le temps d'obturation et qui le force à tourner la bobine à la main pour exposer ses images une à une ? C'est quoi, le rendement d'une journée de tournage à ce train-là, Marco ?

— Une minute ou deux, dit Marco. Mais ça donne vraiment des images fantasmagoriques.

— Je n'en doute pas. Mais nous sommes au XXIᵉ siècle. Je ne comprends vraiment pas ce qui pousse quelqu'un à renoncer délibérément, au nom de l'art, à tout un éventail de possibilités techniques et à se mettre à réinventer ses outils à partir de zéro comme un homme des cavernes. Les frères Lumière auraient tué père et mère pour avoir un appareil photo comme on en trouve maintenant sur tous les smartphones d'entrée de gamme. Mais la clé est sans doute là : n'importe qui peut filmer de nos jours. Pour se sentir artiste et s'afficher comme tel, par nostalgie de l'époque où les cinéastes étaient encore des artistes, on veut renoncer aux moyens qui permettent au premier venu d'en être un. C'est la nostalgie de l'exclusivité. Le regret d'une époque où les choses étaient si difficiles que peu de gens les maîtrisaient. Si je devais écrire là-dessus, j'en ferais un symbole de l'état dans lequel se retrouve l'art européen aujourd'hui, et peut-être même de l'état du continent en général. Au lieu de représenter quelque chose, nous sommes ramenés par la nostalgie à l'époque où nous représentions encore quelque chose. Notre identité est ancrée dans le passé et nous en sommes fiers. Mais notre culte d'antan n'est rien d'autre qu'un mécanisme de défense boiteux contre le déclin de notre identité présente. Et pour l'efficacité, on repassera. J'écrirai encore plus vite qu'il ne filme.

— Je croyais que tu avais dit que tu n'écrirais pas là-dessus, répliqua Marco.

— En effet. Tout cela est effroyablement vide de sens.

— Quoi qu'il en soit, tu n'es pas venu pour rien. Tu as encore ton intervention à Assen.

— Allons, allons, les garçons, dit Greet. Arrêtons de nous saper le moral. Nous allons faire pour le mieux. Théophile est déjà là.

— Allons-y tout de suite dans ce cas, lançai-je. Qu'on s'active, pour l'amour du ciel.

La richesse actuelle de Giethoorn vient de sa pauvreté de jadis. Pour se chauffer durant les saisons venteuses et brumeuses, les habitants de ce misérable hameau bourbeux, dans cette zone marécageuse où, avec la meilleure volonté du monde, il eût été impossible de cultiver quoi que ce soit, se virent forcés d'utiliser comme combustible leur propre sol. Partout où ils extrayaient la tourbe, de l'eau jaillissait. Ils relièrent ensuite les trous de la tourbière par des chenaux de navigation afin de charrier les mottes sur des barges à fond plat. Sur ces terres grêlées et excavées se dressèrent alors des fermes aux toits en dos de chameau, accessibles par des passerelles ou de hauts ponts de bois surplombant les fossés. Pour le reste, seule l'eau était encore praticable. L'épicier effectuait sa tournée de livraison en bateau. Le fermier chargeait son bétail sur une barge, tandis que son commis alignait les bidons de lait sur un radeau. Le facteur passait dans sa barque, tandis qu'un jeune couple naviguait en gloussant sur le canal arrière jusqu'à la prairie de fauche. Le coupeur de joncs, qui voguait sur le Walengracht, saluait de sa main calleuse le pêcheur qui déversait ses anguilles frétillantes dans le vivier de sa propre embarcation. Le foin était chargé sur des barges sommaires qu'on manœuvrait à la gaffe jusqu'à la ferme avec un calme d'avant-guerre. La vie dans ce village lacustre était chiche, misérable, dénuée de confort, et s'il y avait eu de l'argent pour moderniser ce trou perdu, on n'aurait pas hésité un instant.

Giethoorn est devenue touristique grâce à la fiction. Le réalisateur Bert Haanstra l'utilisa en 1958 comme décor pour son film *Fanfare*, mettant en scène deux petits orchestres de cuivres rivaux dans le village imaginaire de Lagerwiede. Cette comédie nostalgique en appelait efficacement à un sentiment patriotique, lequel, dans les années 1950, était déjà en train de devenir un anachronisme dans un monde qui, malgré les rideaux qu'on tentait convulsivement de garder fermés, s'engouffrait de plus en plus dans le salon des gens. Il s'agissait d'un petit culte léger rendu à la tranquillité et à l'innocence hollandaises, truffé de mignons animaux et débouchant sur un happy end. C'était le *feel-good movie* hollandais par excellence, et il fit un carton inimaginable. Le film attira plus de 2,5 millions de spectateurs dans les salles de cinéma, ce qui en fait le deuxième film néerlandais le plus populaire de tous les temps. Or les gens ont cette touchante tendance à vouloir eux-mêmes devenir les personnages des livres ou des films qu'ils ont aimés en se rendant dans le décor. Ils espèrent, en y vadrouillant physiquement, se fondre dans la fiction. Des hordes de touristes et de promeneurs du dimanche se rendirent donc à Giethoorn pour visiter Lagerwiede. En l'espace d'une décennie, le tourisme devint la principale source de revenus du village. Les toitures modernes furent démantelées et les toits de chaume bombés en dos de chameau furent replacés sur les chaumières. La N334 fut déviée et élargie pour assurer une desserte fluide, et des ports de plaisance furent construits le long du canal vers Steenwijk. Les fermiers sur leurs embarcations disparurent, et les maisons furent vendues pour des montants astronomiques à de riches Occidentaux. Lorsque l'humoriste Rijk de Gooyer, première célébrité néerlandaise de l'histoire nationale, y acheta une ferme aménagée, le village avait changé pour toujours.

Le monde découvrit Giethoorn. Ce village de moins de 3 000 habitants accueille désormais des milliers de touristes par jour. Ces dernières années ont connu une croissance exponentielle du nombre de visiteurs chinois. Il en vient aujourd'hui plusieurs centaines de milliers par an. À Shanghai, on a reconstruit Giethoorn grandeur nature et, grâce au nombre gigantesque de voix chinoises, le village s'est vu attribuer une case sur le plateau de l'édition mondiale du jeu de *Monopoly*. Les restaurants de Giethoorn proposent des menus en chinois avec des plats que les Chinois affectionnent, comme les asperges au lard et la soupe aux pois. Les hôtels ont équipé leurs chambres de cuiseurs de nouilles vapeur. Les serveurs et serveuses ont souvent des rudiments de mandarin. Des investisseurs chinois rachètent massivement des biens immobiliers, surtout le long du canal principal, le prestigieux Dorpsgracht, et reprennent des sociétés de location de bateaux. Selon certaines prévisions, le nombre de touristes chinois à Giethoorn atteindra 1 million par an d'ici dix ans.

Je les vis tandis que je marchais sur le Binnenpad, le long du Dorpsgracht. Ils étaient là en nombre, occupés à se prendre en photo sur les petits ponts de bois ou dans les petits bateaux à moteur électrique. La plupart étaient habillés de façon comique, ce à quoi nous ont habitués les touristes chinois, mais ils étaient habillés, ce qu'on ne pouvait pas franchement dire des touristes européens. Un canot passa, débordant de Français tapageurs torse nu, leurs bedaines de camping ballottant sans pudeur au gré de la houle provoquée par le trafic dense. Une pépée allemande, allongée seins nus dans la cale avant d'un bateau chuchoteur, pestait contre son mari féru de Mercedes qui tentait, la tête rouge et les commissures crispées, de manœuvrer leur embarcation à travers le chaos.

Un peu plus loin, au croisement avec un autre canal, le spectacle était encore plus ahurissant. Ayant pris son virage à gauche un peu trop large et risquant la collision avec un bateau chinois qui arrivait dans l'autre sens, un hors-bord de Belges avait enclenché à pleine puissance la marche arrière, frôlant un autre bateau de Chinois qui s'était mis à tanguer dangereusement, et manqua d'emboutir par le travers un canot chargé d'Espagnols ivres, une catastrophe évitée de justesse grâce à l'intervention de l'un des Ibères qui réussit à repousser de la main le bateau belge. De l'autre côté du canal, l'embarcation d'un couple chinois était restée accrochée à la rive. L'arceau de protection en acier du moteur s'était encastré dans une planche du mur de soutènement de la berge. Tandis qu'elle immortalisait leur pénible situation avec sa perche à selfies, lui tentait furieusement de dégager le bateau et finit par arracher toute la planche. Ils la repêchèrent, la jetèrent dans l'herbe, regardèrent furtivement alentour pour voir si quelqu'un les avait vus et s'éloignèrent aussi vite que le leur permettait le trafic. À ce moment arriva dans l'autre sens un autre couple chinois qui n'avait pas bien compris le mode d'emploi de sa barque de location. Elle était assise à l'envers sur le petit banc à l'avant, tandis que lui était également assis à l'envers sur le petit banc juste en face d'elle et se penchait pour atteindre le gouvernail situé derrière, dirigeant ainsi le bateau en marche arrière.

— Si seulement tu avais filmé ça, Marco, dis-je.

— Oh, ce sera pareil quand on reviendra. J'en suis certain. Mais peut-être que Théophile a filmé.

Théophile Zoff se tenait un peu plus loin, dos au canal, et filmait la cime d'un arbre en agitant sa main gantée devant sa boîte, marmottant « hippopotame » de façon audible après chaque mouvement, comme une formule incantatoire.

— Incroyable, dit Théophile. Quand les photons entrent dans mon appareil à travers l'arbre, ils explosent. Ça donne une image presque abstraite.

— Comment peux-tu le savoir, Théophile ? demandai-je. Tu n'as pas d'oculaire. Tu ne vois absolument pas ce que tu filmes.

— C'est vrai. Mais j'ai filmé ça tellement de fois. C'est magnifique. Splendide.

Marco me poussa du coude.

— Tu ne pourrais pas demander à un Chinois ce qu'il fait ici ?

— Tu peux demander toi-même, non ?

— Oui, mais c'est toi, l'intervieweur.

— Et tu comptes me diriger alors que tu n'as même pas ta caméra ?

— J'aimerais juste voir la dynamique, en termes d'interaction.

Il fallut un petit temps avant de tomber sur un Chinois qui parle anglais, mais nous finîmes par trouver une jeune femme qui put nous expliquer ce qui constituait pour elle l'attrait de Giethoorn.

— L'air frais, dit-elle à travers le masque qui lui couvrait la bouche. C'est si vert et si sain. En Chine, ça n'existe plus en raison du progrès industriel et technologique. Mais l'Europe est tellement désuète et archaïque qu'ici je peux m'imaginer comment vivaient nos ancêtres.

— C'est très intéressant, dis-je. Merci pour votre témoignage.

— De rien. Puis-je à mon tour vous demander un renseignement ? Savez-vous par hasard à quelle heure ça ferme, ici ?

5

— Il doit faire bon vivre ici.

— Oui, nous sommes à la fois proches des sorties d'autoroutes et immergés dans la verdure, dit Brenda. Pour nous, le calme est essentiel, n'est-ce pas, Tom ?

La villa de Tom et Brenda était une fermette isolée sur une grande parcelle de terrain, bordée de canaux des quatre côtés, si bien qu'ils habitaient en fait sur une île. La façade hollandaise traditionnelle contrastait de manière frappante avec la décoration intérieure exotique. Les meubles orientalisants en osier et en bois étaient généreusement garnis de coussins colorés. Il y avait au sol divers tapis persans dans des tons ocre et vert mousse, et aux murs des tapisseries de Bolivie et du Pérou. Dans un coin du salon se dressait une haute sculpture en bois peint aux motifs de plantes et d'animaux, ressemblant à un totem. Sur les appuis de fenêtres, les tables d'appoint et tous autres endroits de la maison s'y prêtant était exposé un nombre impressionnant de bibelots bariolés, sans doute glanés aux quatre coins du monde.

— Oui, je sais, dit Brenda, on se croirait dans un marché aux puces. On ne peut pas dire que ce soit le summum du chic, mais, pour nous, ce sont des souvenirs, n'est-ce pas, Tom ? Chaque objet a son histoire. Prenez ce bonnet, là-bas. Oh, c'est juste un exemple parmi d'autres, vous savez. Comment s'appelle ce bonnet déjà, Tom ?

— Ce bonnet ?

— Bon, tant pis, ce n'est pas très important. Quoi qu'il en soit, il vient du Népal. Tom et moi étions dans ce fameux temple, quand...

— Je suis désolée de t'interrompre, dit Yvonne, mais je ne sais pas si je peux déjà dire quelque chose ou non.

— Je vous en prie, dis-je. Le but est que ce soit une vraie conversation.

— Merci, répondit Yvonne. Je suis désolée d'être aussi maladroite. Mais je ne sais pas très bien comment ça fonctionne, moi, un tournage de documentaire. C'est la première fois. Du coup. Voilà.

— Je m'attendais à ce que vous veniez avec une caméra, intervint Tom.

— Moi aussi, dis-je.

— Vous devez voir ça davantage comme une discussion exploratoire, dit Marco, plus en termes de tâtonnement bilatéral des éventuelles possibilités. Une fois qu'on aura cartographié le spectre des sujets, on reviendra pour procéder au cadrage de certaines zones spécifiques qui méritent une attention plus particulière. Personnellement, c'est comme ça que je préfère travailler. Cela dit, notre intervieweur, Ilja ici présent, écrit, de façon tout à fait indépendante du documentaire, un roman sur ses expériences personnelles. Et dans ce cadre, bien sûr, c'est lui qui opère ses propres choix.

— Vous faites bien d'en parler, dit Bas.

— On peut se tutoyer, dit Marco.

— Tu fais bien d'en parler, reprit Bas. Merci. Nous avons effectivement entendu parler de ce roman. Et, pour être honnête, ça nous inquiète un peu, Yvonne et moi. Je pense qu'il est bon d'avoir des accords préalables clairs à ce sujet. En tout cas, nous avons décidé que nous ne voulions pas apparaître dans ce livre sous nos vrais noms.

— Un instant, dis-je. Primo, cette réserve est pour le moins prématurée. Bien que je me réjouisse de cette stimulante conversation avec vous et n'ose douter un seul instant que vos récits seront fascinants, j'exclus à vrai dire totalement de pouvoir faire un quelconque usage personnel de ce matériel. Un roman demande quand même un peu plus qu'un exotisme professé avec passion dans un contexte provincial. Deuzio, lorsque nous utiliserons vos histoires pour le documentaire, vos visages apparaîtront à l'écran de manière reconnaissable. J'ai cru comprendre que vous n'aviez pas de problème avec ça, rassurez-moi ! Donc, dans l'hypothèse où je viendrais à changer d'avis et souhaiterais utiliser vos expériences, je ne comprends vraiment pas pourquoi je ne pourrais pas mentionner vos vrais noms dans mon livre.

— Un roman n'est pas tout à fait pareil qu'un film, dit Bas. Un film reflète simplement la réalité, tandis qu'avec un roman on ne sait jamais à quoi on s'expose. La fantaisie de l'écrivain s'allie à l'imagination du lecteur et toutes sortes de choses se mettent à vivre leur propre vie. Nous trouvons que c'est un jeu risqué, Yvonne et moi. Un roman est bien plus dangereux qu'un film.

— Dit comme ça, je suis presque honoré. Très bien, dans ce cas. Je ne tiens pas à ce que nous retardions notre conversation plus longtemps en nous appesantissant sur ces formalités. Si jamais je devais utiliser votre histoire, j'inventerai des prénoms typiquement hollandais dont personne ne pourra prendre ombrage. Où en étions-nous ?

— Au Népal, dit Greet.

Elle cligna nerveusement des yeux.

— En effet, dit Yvonne. Ce que je voulais demander : ce temple dont tu parles, Brenda, n'est-ce pas à Bouddhanath par hasard ? Il se fait que nous aussi, nous avons un bonnet comme celui-là. Et un moulin à prières.

Brenda eut un sourire compatissant.

— En effet, la plupart des gens vont à Bouddhanath pour voir le stupa et cette fameuse paire d'yeux qui est sur toutes les cartes postales. C'est sympa, je ne dis pas le contraire, mais Tom et moi trouvions que c'était quand même un peu trop touristique, n'est-ce pas, Tom ? Mais il suffit d'aller un peu plus loin et tu arrives au sanctuaire de Pashupatinath. Presque personne ne le connaît. Et là, tu trouves encore le vrai Népal.

— Oui, dit Bas, Pashupatinath. Nous y sommes allés aussi, évidemment. On a même donné des oranges aux singes. Tu te souviens, Yvonne ? C'est là que vous avez acheté ce bonnet ? Amusant.

— Tu ne dois jamais faire ça, dit Tom. Ces oranges sont sacrées. Elles sont apportées par des pèlerins.

— C'étaient nos oranges à nous, dit Bas.

— Quand bien même, dit Tom. Et nous n'avons pas acheté ce chapeau, nous l'avons reçu. Brenda et moi avons engagé la conversation avec l'un de ces pèlerins, justement. On est comme ça, nous. Quand nous voyageons, ce n'est pas tant les monuments qui nous intéressent, c'est les rencontres. Si on veut vraiment s'immerger dans une culture, il n'y a rien de tel que le contact interpersonnel. C'est comme ça que nous avons fait la connaissance de plein de gens super intéressants au cours de nos voyages. Et ce pèlerin trouvait tellement extraordinaire que nous nous intéressions aux coutumes locales et à sa culture primitive qu'il nous a offert son bonnet.

— Nous, un pèlerin nous a même invités chez lui, dit Yvonne.

— Ça nous est arrivé mille fois, dit Brenda. Ce sont des gens tellement hospitaliers si on prend la peine de s'ouvrir à leur mode de vie. On devrait vraiment en prendre de la graine, en Occident. Je suis sincère.

— Nous, on nous a servi une table de riz complète, dit Bas, avec du *dal* et du curry. À manger avec les mains, bien sûr.

— La main droite, compléta Yvonne. Car la gauche sert à s'essuyer le derrière. Dans leur culture du moins. Du coup. Voilà.

— Tu peux aussi utiliser les *chapatis* pour saisir la nourriture, dit Bas. Où que nous soyons, Yvonne et moi, nous essayons toujours le plus possible de goûter des plats locaux. Pour nous, ça fait partie intégrante de la culture.

— Les tables de riz, c'est ce qu'ils servent aux touristes, dit Tom. Nous prenions toujours comme eux. Les nouilles ne coûtent que quelques roupies et cuisent en deux minutes, tandis qu'une table de riz traditionnelle coûte beaucoup plus cher et prend dix fois plus de temps à préparer. Ça coûte cher en combustible. La plupart des Occidentaux ne pensent pas à ça. Ils trouvent normal qu'une flamme brûle sous les casseroles et les poêles, parce qu'ils ne se plongent pas dans ce qui se passe vraiment dans ces pays.

— L'Asie est votre destination de voyage préférée ? demandai-je. Ou le continent importe peu ?

— Vous savez ce qu'il y a ? dit Brenda. En fait, toute l'Asie est devenue affreusement touristique.

Les autres approuvèrent d'un hochement de tête.

— Il y a vingt ans, on pouvait encore découvrir des choses, n'est-ce pas, Tom ? À l'époque, on devait encore faire attention à ce qu'on ne nous serve pas du chien ou du rat. Ils n'avaient jamais entendu parler de sanitaires. Du genre : l'hygiène, ah bon, qu'est-ce que c'est ? C'était fantastique. Nous avons vécu des choses incroyables à l'époque. Mais maintenant, il y a des infrastructures un peu partout. Pour les touristes, c'est bien plus agréable, évidemment, nous comprenons tout à fait, et nous sommes contents que la population locale ait aussi sa part du gâteau, mais pour les vrais voyageurs comme nous, il n'y a rien à faire, ça a un peu perdu de son charme.

— La seule vue d'un menu en anglais nous gâche déjà les vacances, dit Bas.

— Un menu ? dit Brenda. Ah bon, c'est quoi ? Rien que ça, c'est déjà une concession à l'Occident.

— Et ce que vous perdez, en fait, c'est la pureté, dit Yvonne. Il y a vingt ans, un voyage en Asie était un retour au Moyen Âge. Les gens étaient pauvres, malades et difformes, mais ils étaient heureux. Aujourd'hui, au contact des touristes, ils se sont laissé corrompre par l'argent. Vous ne voyez plus nulle part de lépreux ni de mendiant en guenilles. Ils se promènent tous en jean et en vêtements de marque, sans penser que c'est leur authenticité qu'ils perdent ainsi. Du coup. Voilà.

— Nous étions récemment en Thaïlande, dit Tom. Oui, un petit week-end, hein.

— Horrible, dit Yvonne.

— Où étiez-vous ? demanda Bas. À Ko Lipe ?

— Ko Adang, répondit Tom. Nous n'allons plus à Ko Lipe depuis des années.

— Nous sommes aussi allés à Ko Adang, dit Yvonne. Mais nous nous sommes bien vite enfuis à cause des excursionnistes. Ko Bulon Le est beaucoup plus authentique. Il n'y a même pas de magasins là-bas. Le pied.

— Ce n'est pas là-bas que tu as le centre pour la sauvegarde des tortues ? demanda Brenda.

— Non, dit Bas. Ça, c'est à Ko Talu. Un beau piège à touristes, d'ailleurs.

— Oui, bien sûr, approuva Brenda. C'est bien ainsi que je l'entendais.

— Vous savez où nous sommes allés pour la première fois l'an dernier ? demanda Bas. Au Pakistan.

— Ce n'est pas dangereux, là-bas ? demandai-je. Il n'y a pas d'avis négatif pour les voyages au Pakistan ?

Bas rit.

— La liste du ministère des Affaires étrangères nous sert plus ou moins de guide de voyages.

— Bien sûr, il ne faut pas aller dans les régions tribales sans se préparer, déclara Yvonne. Ni au Baloutchistan, au Khyber Pakhtunkhwa, à la frontière nord avec l'Afghanistan ou sur la ligne de contrôle entre le Pakistan et l'Inde. Il y a des risques d'enlèvement, des pillages, des attentats et des attaques armées. Mais c'est connu. Cela fait partie de leur culture. Si vous vous montrez ouverts, ce sont des gens extrêmement accueillants.

— On nous invitait partout, dit Bas. Nous pouvions assister à tout.

— Comme au *panchayat*, dit Yvonne.

— Oui, dit Bas. Ça, c'est une histoire extraordinaire. Vous voulez l'entendre ?

— Nous la connaissons déjà, dit Brenda. Nous avons vécu quelque chose de similaire, n'est-ce pas, Tom ?

— J'aimerais beaucoup l'entendre, dis-je.

— C'est toi qui racontes, Yvonne ? demanda Bas.

— Non, vas-y, dit Yvonne. Tu racontes tellement bien.

6

— Nous voyagions au Pakistan dans la province du Pendjab, dit Bas. L'État indien du même nom est composé de plaines verdoyantes et fertiles et d'une zone désertique dans le Sud-Est. C'est le pays des sikhs, une région magnifique qui respire l'Histoire. Nous y sommes allés à plusieurs reprises dans le passé, mais depuis que le *Lonely Planet* a élu le temple d'Or d'Amritsar comme le lieu le plus spirituel de la Terre, la spiritualité s'est comme qui dirait fait la malle. L'endroit attire aujourd'hui encore plus de touristes que le Taj Mahal, et les chaînes hôtelières internationales ont pris possession de la ville sainte.

« Le mot *pendjab* signifie "cinq rivières" et quatre de ces cinq rivières se trouvent dans l'actuel Pakistan. Le paysage y est plus varié que du côté indien de la frontière. Il est habité principalement par des musulmans, mais la province du Pendjab est connue comme étant la partie la plus prospère et la plus libérale du pays. Tout est relatif, bien entendu, comme nous allions le constater, mais la capitale, Lahore, est une puissante métropole de plus de 11 millions d'habitants et a des allures presque occidentales. Le Paris de l'Orient, comme on l'appelle, ou les jardins des Moghols, la ville des festivals. C'est la capitale culturelle du Pakistan, où se trouvent les industries de la mode et du cinéma. Si vous rencontrez des touristes au Pakistan, ce ne peut être qu'à Lahore. Pour nous, c'était une raison suffisante pour ne pas y rester trop longtemps et mettre le cap vers l'ouest pour voir le vrai Pakistan profond.

« Dans un salon de thé à Lahore, nous avons rencontré un jeune garçon du nom de Faysal, qui parlait bien l'anglais. Un beau garçon à la crinière de lion. Il était acteur. Il nous a dit qu'il avait joué quelques petits rôles dans de grands films, qu'il n'avait donc pas à se plaindre, mais qu'il attendait encore de percer véritablement. Mais sa famille était déjà fière de lui.

Et il était encore jeune. Il nous a dit qu'il venait d'un petit village au sud-ouest, près de la ville de Multan. Ce n'était pas très loin, à environ 350 kilomètres de Lahore. C'était encore dans la province du Pendjab. "Le Pakistan est un grand pays", a-t-il dit. Et il devait s'estimer heureux que sa famille ne soit qu'à un jour de voyage. Il ne rendait pas visite à ses parents aussi souvent qu'il l'aurait voulu, mais assez régulièrement tout de même. Il devait y aller deux jours plus tard.

« Nous lui avons demandé si nous pouvions l'accompagner. Tout d'abord, il n'a pas compris ce que nous lui voulions. Nous lui avons demandé s'il voulait bien nous montrer son village natal. Mais non, a-t-il répondu. Il était honoré de notre intérêt, mais nous le mettions dans l'embarras. Bien entendu, nous étions plus que bienvenus dans sa famille et nous pouvions rester aussi longtemps que nous le souhaitions, là n'était pas le problème, mais son village natal était pauvre et insignifiant. Il n'y avait rien là-bas qui puisse nous intéresser. Ce n'était pas un endroit pour les touristes. Nous lui avons dit que justement, c'était ce genre d'endroit qui avait tout notre intérêt. Nous lui avons expliqué que nous n'étions pas des touristes, mais des voyageurs. Nous avons ajouté que nous le considérions comme notre ami et que nous estimions de notre devoir de nous intéresser au passé de nos amis. Nous avions appris lors de voyages précédents que cette phrase ouvrait de nombreuses portes. Ça a marché. À contrecœur, il a accepté.

« Le nom du village natal de Faysal était Muzaffargarh. Il se situait dans les plaines entre la rivière Chenab et l'Indus, à environ une heure de route de la ville de Multan. Faysal n'avait pas menti. À notre grande joie, c'était aussi pauvre et peu attrayant qu'il nous l'avait présenté. Les rues étaient pleines de trous et bordées de ces bâtiments gris en béton du tiers-monde sans aucune fantaisie, le long desquels la ville s'était improvisée sous forme d'échoppes, d'étals et de magasins faits de tôle ondulée, de cageots et de plastique agricole. Partout, des draps aux couleurs vives, poussiéreux et tout déchirés étaient tendus au-dessus de la route pour offrir de l'ombre à la population surchauffée, obligée de jouer des coudes, dans cette vie vétuste, à grand renfort de cris gutturaux et de sons râpeux. Des tuk-tuks aux inscriptions bariolées cahotaient en crachotant une fumée noire dans l'air, qui était presque trop brûlant pour être respiré. Des fruits blets ou pourris étaient à vendre pour trois fois rien. Des rôtissoires à kebabs fumaient à chaque coin de rue. Muzaffargarh était un endroit fantastique. Nous avions rarement vu une pauvreté aussi authentique dans un pays musulman.

« Même si la petite ville avait l'air de vivre dans un état de fébrilité permanente et qu'on avait l'impression qu'à tout instant un attroupement en colère pouvait mettre le feu aux poudres, il y a quand même eu, à un moment donné, encore plus de bruit que d'habitude. C'était le deuxième jour de notre séjour là-bas. Ou était-ce le troisième ? Tu te rappelles, Yvonne ? Enfin, c'est un détail, peu importe. Nous marchions avec Faysal dans la rue principale pour nous rendre chez un marchand de tapis, un cousin à lui, comme la plupart des habitants de Muzaffargarh, quand nous avons vu une foule hurlante qui avançait vers nous. Le groupe approchant, nous avons vu qu'un jeune homme, le visage ensanglanté, était traîné à terre. Les gens lui crachaient dessus. Certains tentaient de le frapper, tandis que d'autres les retenaient. Tout cela donnait une impression très pure, très primaire. Faysal nous a dit qu'il valait mieux faire un détour, mais nous voulions rester ouverts à leur culture et comprendre ce qui se passait dans la tête de ces gens. Nous sommes comme ça, on ne nous changera pas. Nous n'avions pas fait des milliers de kilomètres pour aller nous cacher tout apeurés derrière le bloc au premier événement authentique qui se produisait. Nous avons suivi la foule jusqu'à la place centrale de la petite ville. Et là, d'un coup, les cris se sont tus. Un étrange silence est tombé sur la foule. Nous avons demandé à Faysal ce qui se passait.

« "*Panchayat*", a-t-il répondu.

« Nous lui avons demandé ce que c'était. Il nous a expliqué qu'il ne fallait pas penser que le Pakistan était un pays d'arriérés, mais qu'il y avait un grand respect pour certaines traditions. Nous lui avons assuré qu'au contraire nous respections cela, ajoutant que l'Occident, soi-disant libre, avait à notre avis beaucoup à apprendre de son pays à cet égard. Il a ensuite souligné que le Pakistan pouvait bien évidemment se prévaloir d'un système juridique modernisé et indépendant, mais que certains différends locaux, conformément à une coutume séculaire, étaient encore soumis à un conseil des anciens du village. C'est ce qui allait se passer maintenant. C'était le *panchayat*.

« Pouvez-vous imaginer, monsieur Pfeijffer, notre état d'excitation ? Nous tombions pile au bon moment. Nous n'avions certes jamais entendu parler de *panchayat*, mais c'était tout à coup notre désir le plus ardent d'y assister. Quand un pays ou un peuple a une âme, elle se niche dans les coutumes séculaires cachées sous la couche de plâtre de la modernité. Cela promettait d'être une expérience unique que d'être les témoins privilégiés d'un véritable procès tribal. C'était tellement préoccidental que nous nous serrions la main de joie. Faysal n'avait pas l'air de trouver très judicieux que nous restions à regarder, mais nous ne voulions rater cela pour rien au monde. Nous en avons appelé à son sens traditionnel de l'honneur et du devoir en tant qu'hôte, sachant qu'il ne pourrait pas non plus dire non à notre demande de tout traduire si nous insistions suffisamment.

« Un groupe de dix vieillards à l'authentique barbe islamique a pris place sur une rangée de chaises pliantes et de cageots à légumes disposés en arc de cercle sur la place. Faysal a dit qu'il s'agissait des anciens du village, mais nous l'avions déjà compris. Ils ont entonné un chant étrange aux longues sonorités plaintives. C'était sinistre, mais Faysal nous a expliqué que c'était une prière traditionnelle destinée à invoquer la sagesse. La sagesse : ça signifie encore quelque chose pour ces gens. Nous trouvions cela merveilleux. Au terme de la prière, le jeune homme ensanglanté, que la foule avait traîné jusque-là, a été jeté durement aux pieds des anciens du village. Il s'est redressé péniblement, s'est agenouillé et s'est mis à fixer le sol en silence. Ce devait être l'accusé, ou plutôt le coupable, comme on allait s'en apercevoir. En tout cas, nous trouvions tout cela prodigieusement palpitant.

« Ensuite, un autre jeune homme plus ou moins du même âge a pris la parole. Il portait une longue robe blanche. Eh bien, on a souvent l'impression que chez ces peuples l'émotion prend le dessus – on en a vu de belles, Yvonne et moi –, mais ce garçon concourait vraiment pour l'oscar, si je puis m'exprimer ainsi. Son plaidoyer était comme un grand huit passant avec fracas par tous les sommets de la colère, du dégoût, de la tristesse et de la haine. Et il ajoutait de la force à ses cris perçants en se martelant la poitrine à coups de poing et en se tirant lui-même les cheveux. Plus d'une fois, il a fallu l'empêcher de s'en prendre physiquement au suspect. Nous supposions qu'il était la partie lésée et que son discours animé exposait l'acte d'accusation. Et bien qu'il faille naturellement être attentif à ne pas projeter ses propres valeurs et attentes occidentales sur des comportements qui s'inscrivent dans une tout autre tradition, le ton du plaidoyer nous donnait à penser que l'affaire dont il retournait lui tenait très à cœur. Faysal ne voulait pas tout traduire, mais il nous a chuchoté qu'en substance la sœur de l'homme qui s'époumonait avait été violée par l'homme agenouillé.

« Nous nous demandions si nous avions bien compris, mais Faysal a refusé de répéter. Il a gardé le silence, le regard perdu dans le vague. Mais nous avions bien compris, car la victime a ensuite été montrée à la foule. Elle était menue, une toute jeune fille encore, et elle était dans un état épouvantable. Elle avait le minois enflé par les coups et les larmes. Sa robe de couleur vive était déchirée et tachée de sang au niveau du bas-ventre. L'un des anciens lui a posé une question d'une voix forte. Elle n'a pas répondu, mais a fait un geste faible en direction de l'homme agenouillé. Puis elle s'est écroulée. Les membres de la famille se sont précipités pour s'occuper d'elle. La foule était déchaînée.

« Le conseil des anciens s'est recueilli en délibération. Cela n'a pas duré longtemps. Le barbu qui avait posé une question à la victime et qui visiblement remplissait le rôle de président s'est levé. La foule s'est tue. Il a prononcé une courte phrase sur un ton solennel. Là-dessus, un autre homme s'est avancé. "Le père de la victime", a dit Faysal. Il n'a dit qu'un seul mot : "*Nahin*." La foule a hurlé d'incrédulité.

« Tandis que le conseil des anciens du village se concertait à nouveau et que l'assistance devenait de plus en plus bruyante, Faysal s'est soudain mis à nous parler avec animation. "Je sais ce que vous pensez, a-t-il dit, mais ici nous ne sommes pas à New York, ni en Suède, ni dans aucun autre pays occidental aux valeurs individualistes et autres jérémiades sur les droits de la personne. Quiconque est né au pied de ces montagnes où l'on forge des cimeterres, dans ce pays des cinq rivières piétiné au fil de l'Histoire par des hordes venues des quatre vents, sait que l'État de droit dans lequel vous croyez si fermement, en Occident, n'est pas meilleur que n'importe quel occupant, que la loi est un instrument dans les mains des dirigeants du moment et que le seul lien capable de le protéger est celui du sang de sa famille. Dans nos régions, un individu est une proie promise à une mort certaine. Ce que vous ne comprenez pas, c'est que vos droits de l'homme universels sont plus universels dans certaines parties du monde que dans d'autres, parce que l'existence est un combat mortel dans lequel la seule loi qui prévaut, c'est la loi du plus fort. Et vous êtes aussi fort que le groupe qui vous considère comme l'un de ses membres. Dans un monde où tout le monde se trahit pour quelques sous, la seule certitude est le sang qui coule dans vos veines et qui, lui, ne peut jamais être trahi. L'individu n'est rien. La famille est tout."

« Nous avons répondu que nous trouvions ça beau, justement, que dans sa culture il y ait encore des liens familiaux si chaleureux, alors que nous planquions notre vieille mère sénile dans une maison de repos.

« "La famille exige des sacrifices, a dit Faysal. L'honneur doit être défendu par tous les moyens. Quand une femme est violée, chez vous en Occident, c'est avant tout son problème personnel. C'est perçu comme une atteinte à son intégrité en tant qu'individu. Ici, c'est secondaire. Chez nous, c'est surtout une violation grossière de l'honneur de sa famille.

L'équilibre doit être rétabli ou la souillure réparée. Je sais qu'avec vos grands corps blancs et arrogants vous nous méprisez et voyez en nous des barbares qui ne sont toujours pas sortis du Moyen Âge, et je ne tiens sûrement pas non plus à justifier ce qui se passe ici, mais quiconque se donne la peine de se plonger dans le contexte reconnaîtra qu'il y a en jeu une nécessité qui transcende les principes et slogans publicitaires faciles de l'Occident. C'est pourquoi le *panchayat* a décidé que le coupable doit épouser la victime.

« — Et cela va se faire maintenant ? je lui ai demandé.

« — Non. Le père de la victime a refusé. C'est son droit.

« — Et maintenant ?

« — Je ne sais pas. Le *panchayat* doit trouver un autre moyen de laver l'honneur bafoué de la famille de la victime."

« Le calme est revenu sur la place. Le conseil des anciens était arrivé à un jugement. Le président s'est levé et a prononcé le verdict, qu'il a entériné en frappant trois fois le sol de son bâton. Et là, l'enfer s'est embrasé. Une partie de la foule s'est mise à applaudir à tout rompre, tandis que l'autre a explosé de rage. Ça sautait, ça poussait et tirait de toutes parts. Les femmes criaient. Des pierres volaient et des bagarres éclataient çà et là, que l'on interrompait avec beaucoup de violence. Tout portait à croire que le verdict était sujet à controverse. Nous avons demandé à Faysal ce que le conseil avait décidé, mais il n'a pas voulu nous le dire. Et puis il l'a dit quand même. Il nous a regardés avec un regard que nous ne pouvions pas interpréter et il a lâché : "Afin de rétablir l'équilibre rompu et l'honneur bafoué entre les deux familles concernées, le *panchayat* a décidé que la sœur du coupable devait être violée par le frère de la victime."

« La sentence devait être exécutée séance tenante. Faysal nous a dit de partir. Je me souviens qu'un court instant tu as hésité, Yvonne. Tu te rappelles ? Mais pas vraiment non plus. Nous étions bien d'accord tous les deux sur le fait que nous ne partions pas en voyage pour ne voir que de belles choses. Merde après tout, nous n'étions pas de ces touristes qui s'émerveillent devant des attractions luisantes de propreté sans comprendre où ils sont et qui photographient le vernis brillant sans creuser le sens profond de ce qu'ils voient. Celui qui veut vraiment comprendre un pays et une culture ne doit pas fermer les yeux sur les aspects un peu plus bruts de cette communauté. C'est notre vision des choses, n'est-ce pas, Yvonne ? On va jusqu'au bout. Tu ne peux pas dire que tu as assisté à un *panchayat* si tu t'es enfui avant l'exécution de la sentence. Nous allions rester. Entre nous, ce fut très vite réglé.

« Faysal insistait cependant pour qu'on s'en aille. Il s'est mis en colère. Il nous reprochait de le mettre dans l'embarras en tant qu'hôte en tenant à être les témoins de ce qui lui faisait horreur dans son propre pays. Il disait que c'était comme d'être invité dans une maison où l'on est accueilli à bras ouverts et d'aller délibérément à la recherche des cloportes. Nous lui avons répondu qu'au cours de nos voyages il ne nous était jamais venu à l'esprit de blâmer nos hôtes pour la vermine, alors que nous pouvions lui assurer que nous en avions vu bien plus qu'il ne pouvait l'imaginer, et que c'était pour nous un signe de respect d'explorer son passé et sa culture, et que la compréhension des circonstances difficiles dans lesquelles il nous accueillait ne nous faisait qu'apprécier davantage encore sa générosité. Faysal a rétorqué que nous nous comportions comme dans un zoo, et que ses compatriotes n'étaient pas des singes que nous pouvions épier et railler sans retenue, mais des gens ayant leur dignité. Nous avons répondu que ce n'était pas nous qui avions mis notre dignité en jeu. Il a dit quelque chose dans sa langue et il est parti. Nous ne l'avons plus revu.

« Un roulement de tambour a retenti. La foule s'est mise à chanter. On aurait dit une musique de film qui enflait avant le dénouement romantique. Le frère de la victime, qui venait de discourir avec tant de passion, a été conduit par ses amis et des membres de sa famille jusqu'au centre de la place, comme un gladiateur propulsé dans l'arène où l'attendaient sa victoire certaine et sa récompense. Le combat allait être beau, même si ce n'était qu'une formalité en quelque sorte, puisque l'issue était préétablie. Mais le garçon n'avait pas le regard triomphant. Comme tout grand lutteur professionnel, il avait le visage voilé de tristesse, conscient de sa supériorité et du fait qu'il allait donc inévitablement faire mal à l'adversaire.

« De l'autre côté de la place, une fille hurlante était amenée par des hommes qui semblaient faire de leur mieux pour ne pas être trop brutaux, mais elle ne leur facilitait pas la tâche en se débattant de tout son corps, criant et donnant des coups de pied autour d'elle. Elle était vêtue d'un *kameez* bleu ciel qui flottait, agité par ses mouvements désespérés, comme la robe d'un ange descendant du ciel dans un tableau de la Renaissance. Nous pouvions voir son visage déformé par la peur et la détresse. Elle était très jeune, elle aussi. Une vieille femme s'est jetée en lamentations à ses pieds et s'est agrippée à l'une de ses jambes pour tenter d'empêcher son entrée en scène forcée. L'un des hommes l'a repoussée d'un coup de pied.

« Après avoir été traînée au milieu de la place, jusque devant le frère de la victime, la fille s'est effondrée en pleurs. Les deux hommes l'ont remise debout. Les battements de tambour se sont accélérés. La foule a chanté plus fort. Le jeune homme chargé d'exécuter la sentence a interrogé du regard les anciens du village. Ils ont hoché la tête. D'un geste sec, il a arraché le *kameez* bleu ciel. La foule était déchaînée. Devenue le point de mire d'une centaine de paires d'yeux humiliantes, la fille était plus nue que le ver, plus vulnérable que le faon cerné par des loups enragés. Malgré la chaleur étouffante, elle tremblait comme une feuille. Sa bouche était ouverte, mais plus un cri n'en sortait. De ses yeux incrédules, elle fixait le bleu acier du ciel vide, déserté par les dieux.

« Ensuite, c'est allé très vite. Les deux hommes l'ont tournée dos au garçon et penchée en avant. Le bourreau a sorti son sexe de sa robe immaculée et l'a branlé quelques secondes jusqu'à ce qu'il soit pointé sur la victime comme le canon d'un fusil. Le frère de la jeune fille, qui jusque-là était resté agenouillé devant le conseil des anciens, a tenté d'enfouir son visage dans la terre, mais quelqu'un l'a tiré par les cheveux pour le forcer à regarder le frère de la femme qu'il avait violée pénétrer puissamment sa petite sœur par l'arrière. Elle a hurlé comme un animal. Ses pleurs n'avaient plus rien d'humain désormais, déformés en rythme par les coups de boutoir. Et puis, tout à coup, ç'a été fini. Il a gémi brièvement et l'a repoussée. Elle s'est écroulée sur le sol, dégouttant de semence. Le public a exulté et les familles ont accouru pour prendre soin des leurs. Les anciens se sont retirés et la foule s'est dispersée. Yvonne et moi sommes restés encore un moment pour voir si quelque chose d'autre se passait, mais c'était terminé.

7

— Tu l'as vraiment bien racontée cette fois, Bas !
s'exclama Yvonne.

— Nous avons un véritable écrivain parmi nous,
répondit Bas. J'ai tenté de me surpasser.

— Honnêtement, je trouve que c'est une histoire
assez violente, dis-je.

— Oui, reconnut Bas. C'est extraordinaire que nous
ayons pu vivre cela.

— Mais j'ai encore quelques questions. Comme
votre femme vient de le dire…

— Amie, rectifia Bas.

— Mes excuses, dis-je. Comme Yvonne vient de
le dire, vous avez particulièrement bien raconté cette
histoire, presque comme s'il s'agissait d'une belle
histoire. Mais je ne peux pas imaginer que vous ayez
vécu ces événements comme tels. Ou est-ce que je
me trompe ?

— C'est très ambivalent, à vrai dire, dit Yvonne.
D'un côté, ce qui s'est passé est bien entendu assez
cruel. Vous vous en rendez compte assurément, si vous
y réfléchissez un peu. Mais quand vous voyez tous ces
habits traditionnels et que vous comprenez que vous
êtes le témoin d'un rituel demeuré immuable depuis
le fin fond du Moyen Âge, le tout acquiert tout de
même une certaine valeur ajoutée. Vous comprenez
ce que je veux dire ?

— Il faut replacer les choses dans leur contexte,
dit Bas. En tant qu'étranger, c'est facile de juger, bien
sûr. Mais si vous prenez la peine de vous plonger
dans la signification profonde des événements, vous
commencez à percevoir les nuances. Personnellement,
je trouve cela très instructif.

— Et pour les gens de là-bas, cela a encore un sens, dit Yvonne. Vous pouvez le voir dans tout, et notamment dans l'énergie extraordinaire qui se dégage d'une telle foule. Cela a quelque chose de très primaire. Chez nous, le matin à l'heure de pointe, les travailleurs se déplacent comme des zombies, alors que ces gens, même s'ils sont pauvres, croient encore en ce qu'ils font. La vie a gardé une intensité à laquelle nous ne sommes plus habitués. Et cela inclut simplement des aspects plus sombres. Nous nous évertuons à les cacher, tandis qu'eux savent encore que le noir et le blanc sont les deux faces d'une même médaille. Qu'il n'y a pas de lumière sans obscurité. Yin et yang, vous avez compris. Du coup. Voilà. C'est peut-être aller un peu loin de qualifier ça d'émouvant, mais cela a quelque chose de beau. « Pur » est peut-être plus adapté, comme mot. Ou « inspirant ».

— Je trouve que c'est aller un peu loin, rétorquai-je, de voir dans un viol public une source d'inspiration.

— C'est à nouveau la vision typiquement occidentale qui s'exprime, dit Bas. C'est la première chose qu'il faut désapprendre quand on voyage comme nous le faisons : juger, tout voir par le prisme de nos prétendues Lumières et de ce que nous entendons par un État de droit moderne, et tout distribuer dans les cases rassurantes de nos catégories éthiques et morales occidentales. Le monde est un peu plus vaste que nos conceptions étriquées du bien et du mal. Et nos fameuses Lumières n'étaient finalement qu'un phénomène très local, ne l'oublions pas. C'est ce que nous disons toujours aux gens : enlevez vos œillères d'Occidentaux et essayez de vous ouvrir à l'idée que vous pourriez bien apprendre quelque chose de ces gens qui vous accueillent. Pour favoriser la compréhension entre les peuples, il faut commencer par se montrer ouvert à leurs us et coutumes et à leur mentalité. C'est quelque chose en quoi je crois très fort. Vraiment. Parce que, en fin de compte, on fait du tort à ces pays en se cramponnant à notre système de valeurs occidental et en voulant imposer notre propre culture de manière néocolonialiste à une communauté foncièrement étrangère. On détruit beaucoup en agissant ainsi. L'Histoire regorge d'exemples, hélas.

Je répondis que je pouvais souscrire à leur principe de manière générale, mais que, dans ce cas précis, je n'étais pas convaincu.

— Qu'aurions-nous dû faire ? demanda Bas. Appeler la police ? Ou aurais-je dû sauter tel un héros, dans mon bermuda kaki, au milieu de la foule déchaînée et jouer de mes poings blancs pour sauver une vierge maudite, mettant à bas tout le système judiciaire local ?

— Vous auriez pu choisir de ne pas regarder.

— Et ce ne serait pas arrivé alors, à votre avis ?

Tom et Brenda étaient silencieux depuis un moment. J'essayai de les ramener dans la conversation en leur demandant ce qu'ils en pensaient.

— Je ne devrais peut-être pas mentionner cela, dit Brenda, mais nous avons entendu dire de divers côtés que le *panchayat* et ce type de crimes d'honneur institutionnalisés sont abolis depuis longtemps et qu'ils ne le font plus que pour les touristes.

— C'est un grossier mensonge, s'insurgea Bas.

— Si tu le dis.

Brenda me regarda avec un sourire ironique.

— Je vous sers encore du café ? Ou est-ce déjà l'heure de quelque chose de plus corsé ?

8

Greet se leva. Elle remercia tout le monde, s'excusa et me fit remarquer que mon chauffeur m'attendait pour m'emmener à Assen. Elle ajouta que nous reviendrions certainement, mais que, vu l'agenda chargé de chacun, elle nous contacterait bien à l'avance.

Je voulais juste savoir une dernière chose.

— Étant donné que nous nous intéressons aux conséquences du tourisme et que vous êtes des experts dans ce domaine, je serais très intéressé de savoir ce que vous pensez de la situation ici.

— À Giethoorn ?

— L'ironie du sort veut que vous n'ayez plus du tout besoin d'aller en Asie. C'est l'Asie qui vient à vous.

— C'est terrible, dit Brenda.

— Un désastre, renchérit Tom.

— Hier, je voulais traverser le pont à vélo, ajouta Brenda.

— Oubliez ! dit Tom.

— Ils sont tous là, avec leurs chapeaux ridicules, à prendre des photos, reprit Brenda. Et vous croyez qu'ils vont s'écarter si vous sonnez ? Pas du tout. À la place, ils vous regardent comme si vous étiez un phénomène de foire.

— Avec un peu de chance, dit Tom, ils vous prennent même en photo.

— C'est exactement ce qui s'est passé, dit Brenda. Puis ils vont dire que c'est un chemin piétonnier, mais c'est faux. C'est une piste cyclable.

— Raconte donc ce qui t'est arrivé l'autre jour, Brenda, quand tu es sortie pour accrocher le linge dans le jardin.

— Oui ! Et que je me suis retrouvée nez à nez avec un Chinois. Dans *notre* jardin. Comme si c'était la chose la plus normale au monde.

— Le fait est qu'il y a un problème d'information, expliqua Tom. Les Chinois pensent réellement que Giethoorn est un parc d'attractions. Ils se croient donc autorisés à aller n'importe où, comme à Disneyland. Ils ne comprennent pas que c'est un village encore habité par des gens normaux.

— Le voisin a trouvé récemment une couche-culotte pleine dans sa boîte aux lettres, s'offusqua Brenda.

— Ils prennent les boîtes aux lettres pour des poubelles, dit Tom.

— D'ailleurs, il reste de moins en moins de gens normaux dans le village, dit Brenda. Les habitants d'origine s'en vont.

— C'est devenu invivable, dit Tom. Nos traditions sont en péril.

— Si je peux me permettre d'ajouter mon grain de sel, l'interrompit Bas, je trouve relativement hypocrite de se plaindre. Ces touristes rapportent une fortune.

— C'est facile pour toi de dire ça, s'indigna Tom. Yvonne et toi n'habitez pas ici. Vous vivez à Steenwijk. J'imagine que jusqu'à présent le tourisme international y prend des proportions moins massives.

— Mais nous avons de bons amis ici, à Giethoorn, dit Yvonne. Ils ont transformé leur maison en chambres d'hôtes et ce qu'ils disent, c'est : « Laissez-les venir, tous ces Chinois. Plus il y en a, mieux c'est. » Ils font fortune en dormant. Du coup. Voilà.

— Vous avez vu le Dorpsgracht ? demanda Brenda. Presque toutes les maisons ont été rachetées par des investisseurs chinois. Ils les transforment en hôtels, en sociétés de location de bateaux, en *bed and breakfast*, et c'est la ruée. Pas un centime de cet argent n'arrive dans la poche des habitants de Giethoorn. Pire : les habitants de Giethoorn sont incapables de rivaliser avec le grand capital chinois, n'est-ce pas, Tom ? Donc ce n'est pas vrai de dire que le village s'enrichit grâce aux touristes.

— Résultat des courses, dit Tom, le Dorpsgracht, fleuron de Giethoorn, est dans un état lamentable. Les Chinois n'investissent pas dans son entretien. Vous avez vu les murs de soutènement ? Des planches entières ont été arrachées. Quelque part, on ne peut même pas en vouloir à ces Chinois, car ils ne connaissent tout simplement pas nos traditions. Mais en attendant, le village part à vau-l'eau.

— Sur le Binnenpad, près du Dorpsgracht, il y a des fissures comme ça dans l'asphalte devant les bâtiments chinois, précisa Brenda. Cela représente quatre ou cinq chevilles foulées les jours d'affluence.

— Et parfois, il y a tellement de monde sur le chemin que les secours n'arrivent même plus à passer, dit Tom. Je ne veux pas dramatiser, mais ils mettent notre sécurité en danger.

— Puis, en automne et en hiver, ajouta Brenda, quand il n'y a pas de touristes, le Dorpsgracht est mort.

— Vous avez alors comme un trou noir, une sorte de zone interdite au cœur même de votre village, dit Tom.

— Au fait, Tom, tu sais qu'ils ont racheté le vieux salon de coiffure ? demanda Brenda.

— Non. Que vont-ils en faire ?

— Encore une boutique de souvenirs, sûrement. Je déteste les souvenirs.

— Et où iras-tu chez le coiffeur alors ? demanda Tom. Vous avez un bon coiffeur à Steenwijk ?

— La prochaine fois que vous viendrez, dit Brenda, nous vous ferons faire une belle visite guidée des bienfaits du tourisme de masse. Vous allez être surpris, je vous le garantis.

XI

POISSONS CARNIVORES

1

— Abdul, j'ai conscience que ma requête implique pour toi de rouvrir tes plaies, dis-je, mais la souffrance que je t'impose sert une cause. Toi, tu essaies de connaître le monde en écoutant les histoires des voyageurs qui séjournent au Grand Hotel Europa. Je t'ai parlé de cette ville de Venise en train de sombrer. Il y a d'autres endroits encore dont je peux te parler. Mais de nous tous, c'est toi qui as accompli le voyage le plus long et le plus périlleux pour arriver jusqu'ici. Tu as vécu des choses que personne n'a vues et que personne ne connaît. Moi aussi, je désire connaître le monde, et toi seul peux me raconter à quoi ressemblent ces endroits par lesquels tu es passé. Je pourrais m'y rendre avec un visa touristique, sac au dos et appareil photo sur le ventre, mais je ne verrais rien et ne comprendrais rien, car je ne vivrais pas la même chose que toi. Les histoires sont importantes. Et je ne dis pas ça parce que le hasard veut que je sois écrivain.

Abdul rit.

— J'espère que vous me pardonnerez mon impertinence si je vous contredis à propos de vos motivations personnelles. Le fait que vous soyez écrivain est la principale raison pour laquelle vous voulez entendre mon histoire. Vous avez vous-même avoué prendre note de tout ce que je racontais. Vous m'utilisez comme matériau pour votre roman. Mais ce n'est pas grave. Je devrais me sentir honoré. Et je sais que cela n'ôte rien à la sincérité et à la bienveillance de votre intérêt.

— Si cela peut te rasséréner, je tiens à dire que je me fais aussi le parasite de mon propre passé, pas seulement du tien. Et même si je n'oserais jamais comparer mon histoire à la tienne, tout comme je n'établirais pas de parallèle entre la peur causée par un verre renversé et un raz-de-marée, il m'est parfois pénible de la revivre en la racontant. Mais cela m'aide à comprendre les choses. En outre, les histoires doivent être racontées.

— Pourquoi ça ? demanda Abdul.

— Pourquoi les histoires doivent être racontées ?

— Oui.

— Parce que c'est ainsi. Parce que les histoires donnent un sens aux événements et parce que, en l'absence de sens, tout devient inutile. Parce que si tu ne trouves pas l'histoire au cœur de l'arbitraire, tu peux abandonner l'espoir d'un jour encore comprendre quoi que ce soit. Parce que nous sommes des êtres humains et que c'est ce que font les êtres humains depuis la nuit des temps : ils se racontent des histoires. S'il fallait donner une définition de la culture, ce serait ça : une mémoire collective de toutes les histoires qui définissent qui nous sommes et ce que cela signifie pour nous d'être des êtres humains. Le jour où nous cesserons de nous raconter des histoires, l'empathie pour nos semblables s'effritera, l'accord de coopération que nous appelons société s'effondrera, et nous serons, tels les personnages d'une dystopie postapocalyptique, à la merci de nos instincts de survie respectifs, en proie à la question de savoir si le producteur du film, pour des raisons commerciales, compte forcer malgré tout un invraisemblable happy end.

Il demanda ce qu'était une dystopie postapocalyptique. Je dis qu'en effet c'était un pléonasme, et lui expliquai ce que j'entendais par là.

— J'ai assisté à cela, dit-il. En fait, je vous ai raconté la plus grande partie de mon histoire. Quand j'ai rencontré Achaï à la frontière de la région des hommes, dans le pays où le Borgne et ses milices faisaient la loi, j'étais déjà tout près de la mer et, de l'autre côté de la mer, se trouvait le Grand Hotel Europa. Mais deux des trois pires choses de mon existence devaient encore arriver. La première, c'était la mort de mon père et la destruction de mon village par les flammes. Ça, je l'ai déjà raconté.

« La troisième, c'est la mer. Cette histoire viendra plus tard. Maintenant, je vais raconter la deuxième pire chose que j'aie eu à endurer, à savoir mon séjour dans le pays situé entre le désert et la mer. Le désert était dur, mais ce n'était pas le pire. On survit au désert en se raccrochant à l'espoir. On survit au pays des hommes en cédant le moins possible à la peur.

« Cette zone était une dystopie postapocalyptique. Il y avait eu une guerre qui avait tout détruit, même les lois. Cette guerre était officiellement terminée, sauf que les hommes avaient encore leurs voix dures et des armes, et que les femmes prenaient encore la fuite à tout bout de champ. M. Montebello m'a enseigné que les hommes sont naturellement bons et que tout le mal qu'ils causent sont des erreurs engendrées par l'ignorance, et je n'aurais jamais l'arrogance d'oser me montrer en désaccord avec lui, mais ce que j'ai vu là me fait douter. Il y avait beaucoup de voyageurs comme Achaï et moi qui voulaient prendre la mer pour l'avenir. Ils ont été capturés, battus, emprisonnés et réduits en esclavage. Nous avons rencontré un garçon qui venait du sud et qui s'était enfui de l'un des campements de ces hommes à la voix aussi dure que la crosse de leur fusil, et qui nous a montré les plaies des tortures qu'il avait subies là-bas. Pour les voyageuses, c'était encore pire, j'espère ne pas avoir besoin de vous expliquer pourquoi, car je n'ai pas appris les mots pour décrire ce qui leur était fait.

« Achaï et moi, nous contournions les dangers comme de farouches gerboises du désert. Nous voyagions de nuit. La journée, nous restions cachés. Nous avions faim. C'était encore plus difficile de nous procurer de la nourriture que dans le désert, car nous ne voulions pas voler, parce que c'est mal de voler et parce que c'était trop dangereux. Nous avons tout de même fini par être découverts alors que nous étions tout près de la mer. Les hommes ont voulu nous prendre notre argent. Mais nous n'en avions pas. Alors nous avons dû travailler pour eux afin de gagner l'argent qu'ils voulaient nous prendre. L'endroit où nous avons été emmenés était un endroit mauvais. Je ne veux pas raconter ce qui s'est passé là-bas. Il y avait d'autres voyageurs comme nous et, un jour, une révolte a éclaté. Les hommes ont commencé à tirer pour reprendre le contrôle. Deux voyageurs ont été tués. Dans le chaos, nous avons réussi à nous échapper. C'était l'histoire du pays des hommes. C'est comme cela qu'Achaï et moi avons atteint la mer.

« Quand j'ai vu la mer, j'ai eu peur. Je n'avais encore jamais rien vu de tel. C'était un grand désert mouvant, dans lequel ne poussaient même pas de plantes comestibles. Achaï m'a dit que ce désert faisait 100 mètres de profondeur, et qu'il y avait encore un autre désert au fond, où seuls les poissons carnivores pouvaient respirer. Je pensais que je pourrais voir l'avenir de l'autre côté mais, aussi loin que portaient mes yeux, je ne voyais rien d'autre que la mer, qui voulait m'engloutir et couvrait mes prières de ses mugissements, et le ciel, dans lequel je ne voyais personne qui aurait pu m'entendre.

« Il y avait un bateau. Je savais bien qu'il fallait un bateau pour traverser la mer, mais je m'étais imaginé quelque chose de plus grand. Ce bateau-ci n'était pas beaucoup plus grand que l'abreuvoir que mon père avait fabriqué pour notre âne. Et on ne nous a pas vraiment permis de monter à bord du bateau, on nous a plutôt poussés dessus avec dix-sept autres voyageurs parce qu'on nous a confondus avec le groupe.

« Tout le temps que nous étions en mer sur le bateau, j'ai eu peur. Je pensais à la profondeur et aux poissons carnivores. On nous avait dit que l'avenir n'était pas loin, mais, bien vite, nous n'avons plus vu le mauvais pays derrière nous, sans pour autant apercevoir le bon devant.

« Il a fait nuit, puis jour, puis en plein jour il a fait noir comme en pleine nuit. Le ciel s'est obscurci et une tempête s'est levée. Les vents se jetaient sur la mer et la soulevaient. Tout le monde s'est mis à crier. Il y a eu du tonnerre et puis des éclairs. J'avais si peur que je me disais que j'aurais mieux fait de mourir avec mon père et tous les autres dans notre village en feu. Puis une rafale de vent nous a frappés de plein fouet, a renversé le bateau et l'a fait se coucher en travers des vagues. C'était comme si nous tombions d'une montagne. Je suffoquais, mais j'ai réussi à me raccrocher au bateau retourné. Autour de moi, je voyais de temps à autre l'un de mes compagnons de voyage se débattre dans la masse d'eau en colère, entre les restes de nos maigres bagages, les bouteilles d'eau presque vides et le jerrican à sec qui contenait l'essence de réserve. Je ne sais pas combien de temps j'ai passé à mourir, deux minutes ou trois cents ans, mais un grand navire avec des Italiens est arrivé pour nous sauver. Cinq d'entre nous avaient survécu. Achaï n'était pas parmi eux. Ça, c'était l'histoire de la mer.

« Les Italiens nous ont amenés dans un pays qui s'appelait la Sicile. C'était un pays d'aimables médecins en blanc qui m'ont examiné, et d'hommes et de femmes en uniformes noirs. Ils ont noirci le bout de mes doigts et m'ont invité à tamponner du papier. Ils m'ont donné à manger et j'ai pu me coucher dans un vrai lit. J'ai dormi trois jours de suite.

« L'hôtel où j'ai pu loger avec des centaines d'autres voyageurs était situé non loin d'un village. Il était très différent de mon village. Il y avait des rues en pierre. J'y allais souvent pour étudier le mode de vie des gens. Il y avait beaucoup de personnes âgées. Elles avaient l'air fatiguées. Je m'étais imaginé l'avenir autrement.

« Un jour, j'ai vu dans le village une vieille dame avec un sac en plastique plein d'oranges. Le sac s'est déchiré, et les oranges ont roulé partout sur les pierres de la rue. J'ai couru après les oranges pour les ramasser et les lui rendre, et je l'ai aidée à rapporter tous les fruits chez elle. Elle m'a dit des choses que je ne comprenais pas, mais elle avait une voix douce.

« Quelques jours après, M. Montebello est venu me chercher. Plus tard, j'ai compris que la vieille dame du village de Sicile était la sœur de M. Montebello et qu'elle l'avait appelé pour lui dire que je l'avais aidée. M. Montebello m'a emmené dans un très grand train, qui était aussi long que la mer était profonde, et ensemble nous avons fait un voyage qui a duré un jour et une nuit et encore un petit bout du nouveau jour.

C'était une grande aventure. M. Montebello me faisait signe de dormir, mais j'étais trop excité. Pendant des heures, j'ai regardé par la fenêtre l'avenir qui défilait devant mes yeux et qui changeait.

« Nous sommes descendus dans une petite gare et avons pris un taxi pour venir jusqu'ici. Jamais je n'aurais pu rêver de vivre un jour dans une demeure aussi somptueuse que le Grand Hotel Europa. M. Montebello m'a offert ce bel uniforme rouge. Plus tard, quand il m'a appris sa langue, j'ai compris que c'était l'uniforme qu'il avait lui-même porté quand il avait mon âge. Il est trop grand pour moi, comme vous pouvez le voir, car je suis plus petit et plus maigre que lui à mon âge, mais j'en suis très fier. Voilà, c'était mon histoire. Je n'ai rien de plus à raconter.

— Merci d'avoir bien voulu me la raconter, Abdul. C'est une histoire très impressionnante. J'en reste muet.

— Je suis reconnaissant que ce soit une histoire qui se termine bien.

— Moi aussi, Abdul. Moi aussi.

— Vous allez écrire cette partie-là aussi ?

— Tu y vois un inconvénient ?

— Non. Peut-être même que j'en suis content. Si vous écrivez mon histoire, je pourrai l'oublier.

2

Alors que j'étais rentré et grimpais les marches pour retourner travailler dans ma chambre, j'entendis sur le palier, près des fleurs en plastique, le majordome discuter avec la femme de chambre prénommée Louisa. La conversation tournait autour d'un neveu à elle, qui avait eu des problèmes dans le passé, mais qui était au fond un brave garçon. Il avait besoin d'un travail. Pour le garder sur le droit chemin, il était d'après elle important qu'il trouve un emploi. Elle demandait au majordome de l'aider. Elle se montrait plutôt insistante. Il répondit qu'à son grand regret il n'avait pas de poste vacant et que l'hôtel ne pouvait se permettre d'engager une personne supplémentaire. Elle dit que son cher neveu était prêt à accepter n'importe quel poste, même celui de groom. Montebello répondit que le Grand Hotel Europa avait déjà un groom et qu'il n'y avait pas assez d'hôtes pour justifier l'embauche d'un second groom. Quand ils me virent, ils interrompirent leur conversation pour me saluer. J'ignore s'ils la reprirent après.

Dans le couloir où se trouvait ma suite, je rencontrai les trois Américains, qui devaient avoir leur propre chambre plus loin dans le couloir. Ce sont eux qui m'adressèrent la parole. Ils sortaient, me dirent-ils. Ils voulaient faire une balade dans les environs. Ils avaient vu qu'au bout de la longue allée il y avait un grand bois. Ils voulaient l'explorer. Cette résolution expliquait leur accoutrement sportif. Lui était vêtu d'une chemise kaki, d'un short et de chaussettes beiges montant jusqu'aux genoux. Son épouse portait un legging rose brillant sous un poncho multicolore à la coupe bien fluide et bien confortable. La fille, dont je savais qu'elle s'appelait Memphis, arborait un large pantalon militaire couleur camouflage, surmonté d'un petit pull blanc moulant qui s'arrêtait juste au-dessus du nombril et accentuait de manière efficace, pour ne pas dire scandaleuse, sa volumineuse poitrine. Ils me demandèrent si je connaissais le bois et si je pouvais leur conseiller un sentier particulier.

Je répondis qu'il fallait m'excuser de ne pouvoir leur être utile, mais que je n'avais pas encore trouvé le temps de faire une promenade en forêt. J'ajoutai que je n'étais pratiquement pas sorti de l'hôtel, que je n'avais pas leur énergie ni leur esprit d'entreprise, et que j'étais tout au plus partiellement excusable du fait que j'étais là pour travailler.

— Le maître d'hôtel nous a dit que vous étiez écrivain, dit la femme. C'est super !

— Il est majordome, corrigeai-je. Et sa discrétion est légendaire.

— Au fait, je m'appelle Jessica. Et voici Richard. Nous sommes de Crystal, Michigan. Et notre fille s'appelle Memphis. Vous ne la trouvez pas magnifique ?

Je me présentai à mon tour et dis que c'était un grand plaisir pour moi de faire leur connaissance. Les deux adultes marmonnèrent des politesses. Memphis, qui mâchonnait son chewing-gum, garda le silence et me tendit une main molle, tout en me toisant d'un regard ironique et interrogateur, comme si elle attendait une réponse sérieuse à la question rhétorique de sa mère. À moins que je ne me fasse des idées. Quoi qu'il en soit, elle allait l'avoir.

— Votre fille, madame Jessica, réconcilie avec le passé, donne de l'éclat au présent et incarne une somptueuse promesse d'avenir.

Mme Jessica eut l'air attendri. Memphis explosa de rire. Elle me regarda comme elle aurait regardé son petit frère, qui pouvait mettre son costume du dimanche, mais qui faisait tout de travers avec les filles parce qu'il avait encore tout à apprendre. Mais je me faisais sûrement des idées.

— Pourquoi ne vous joindriez-vous pas à nous pour dîner, ce soir ? demanda Jessica. Memphis aussi veut devenir écrivaine. Vous le saviez ? En fait, elle l'est déjà. Elle a un blog sur lequel elle écrit. Des histoires d'horreur. Richard et moi essayons de la laisser libre dans ses choix artistiques. N'est-ce pas, Richard ? Mais quel super hasard de tomber sur un véritable écrivain ici, dans cet hôtel. Vous pourrez donner quelques super tuyaux à Memphis. Ce serait vraiment super pour elle !

Memphis ne disait rien.

— Je suis honoré de la confiance que vous placez en moi, dis-je. Je serais prêt à accéder à toutes vos demandes en échange de votre compagnie et de celle de votre charmante fille. Hélas, j'ai un empêchement ce soir. Je dîne avec M. Patelski. Mais demain soir, si cela vous convient, c'est avec le plus grand plaisir que j'accepterai votre invitation.

— Super ! dit Jessica.

Memphis me regarda comme si elle s'excusait pour sa mère. J'étais quasiment sûr de ne pas me faire d'idées.

Ils prirent congé de moi et partirent se promener.

3

Je me suis attaché à mes rares rencontres avec Patelski. J'aimerais le voir plus souvent, mais il est vieux et a des difficultés à marcher. C'est tout un effort pour lui de quitter sa chambre et de descendre se mêler au commun des mortels. Et bien qu'il ait la grâce de se montrer sincèrement intéressé et amusé durant nos conversations, je sais que c'est pour lui un sacrifice de me tenir compagnie et qu'il préférerait rester dans sa chambre à étudier et travailler.

J'ai essayé d'en savoir davantage sur son passé, mais il n'a pas divulgué beaucoup plus que le fait que son histoire était étroitement mêlée à celle de l'Europe. Il a enseigné, mais n'a pas jugé important de me dire où ni quoi. Il a un certain nombre de publications à son actif, mais elles sont d'après lui insignifiantes et à juste titre introuvables. Je me suis également enquis de ses occupations actuelles. À quoi il s'est contenté de répondre qu'à son âge il se sentait dans l'obligation de s'efforcer d'enfin comprendre certaines choses. Je ne suis même pas en mesure de l'associer à une discipline spécifique. C'est un historien, qui allie une redoutable connaissance factuelle à des déclarations aussi courageuses que provocatrices sur les grandes tendances, un philosophe qui ne se laisse jamais aller à citer des philosophes, un savant homme de lettres, un économiste et un politologue. Je n'exclus pas la possibilité qu'il soit également juriste, astronome, mathématicien, chimiste et physicien nucléaire, et que je l'ignore pour la simple raison que je n'aborde jamais ces sujets dans nos conversations.

De toutes les personnes que j'ai rencontrées dans ma vie, Patelski est l'homme qui se rapproche le plus de l'*Homo universalis*, cet idéal de la Renaissance censé avoir trépassé sous les millions de pages de publications scientifiques, denses et alourdies de notes, qui constituent le triomphe de la croyance académique en la quantité, un idéal définitivement considéré comme inaccessible du fait de l'hyperspécialisation au nom de laquelle chaque érudit consacre désormais sa carrière à couper ses propres cheveux en quatre, avec un dédain pour les cheveux des autres, camouflé en professionnalisme.

Alors qu'il pourrait à bon droit tirer autorité de ses points de vue, il reste curieux des opinions des autres, presque par définition moins éclairées et moins mûries que les siennes. Mais ce que j'admire le plus chez lui, c'est que, malgré son érudition anachronique et son faible rayon d'action physique, limité à sa chambre et à ses livres, il témoigne d'un intérêt avide et indéfectible pour l'évolution du monde moderne. Contrairement à beaucoup d'autres, il ne se sert pas de ses connaissances comme d'un alibi pour se retirer dans le domaine où son expertise lui donne une illusion de contrôle, mais bien comme d'un instrument pour comprendre le présent.

Je lui dis qu'Abdul m'avait raconté son histoire. Il la connaissait. Il dit qu'il se souvenait parfaitement du jour où Abdul était arrivé au Grand Hotel Europa. C'était il y a peu de temps. Il était stupéfié par la rapidité avec laquelle le garçon avait appris la langue. Je suggérai qu'il avait un bon professeur. Patelski répondit que c'était certainement le cas, mais que la nécessité lui avait été un meilleur instructeur encore que M. Montebello. Je lui demandai son avis sur la question des réfugiés.

Il rit.

— C'est une question complexe, dit-il, et à la fois très simple, si vous consentez à me pardonner ce paradoxe facile. Je pense que tout le monde est prêt à aider une personne dans le besoin et que tout le monde a peur si ce sont des centaines de milliers de personnes qui viennent frapper à sa porte pour demander de l'aide. Quiconque entend l'histoire de notre Abdul ne peut qu'être touché et trouvera juste et légitime qu'il ait trouvé refuge chez nous. En revanche, celui qui ne lit que des chiffres dans le journal insistera pour qu'on prenne des mesures afin de nous protéger. Un seul réfugié est un frère, des centaines de milliers de réfugiés représentent une menace. Il s'agit pourtant de centaines de milliers d'individus au parcours similaire à celui d'Abdul. Si vous voulez dissoudre la peur de la masse et accroître l'empathie pour les individus, il se trouve que vous avez choisi le bon métier. En racontant leurs histoires, vous pouvez faire en sorte que ces chiffres redeviennent des hommes.

— Je crois que même dans nos démocraties droitisées, on trouve encore actuellement une majorité de personnes qui sont d'avis qu'il faut aider les vrais réfugiés, dis-je. Le problème, c'est le grand nombre de migrants économiques, que l'on traite avec condescendance de chercheurs de fortune.

— Je ne vois pas pourquoi fuir la pauvreté ne devrait pas compter, dit-il. La pauvreté tue autant que la guerre.

— Pensez-vous que les gens aient raison de se sentir menacés ? demandai-je.

— Ce n'est pas la bonne question, dit Patelski. Cela a tout aussi peu de sens que de se demander si les gens ont raison de se sentir menacés par l'eau. L'eau arrive. De la mer, de la montagne ou du ciel. Elle est inarrêtable. Si nous laissons libre cours à l'eau, les effets sont potentiellement désastreux, mais si nous parvenons à la canaliser pour irriguer nos champs, elle devient source de vie et de richesse. La migration ne peut être arrêtée non plus. Ceux qui le pensent ne connaissent pas l'histoire de l'humanité. Depuis que nous nous tenons sur deux jambes, nous n'avons pas cessé de marcher. Depuis notre berceau en Afrique, nous avons peuplé les continents. La migration est l'essence même de l'humanité. Ceux qui pensent pouvoir contenir la migration actuelle en provenance d'Afrique sous-estiment le désespoir des migrants. Celui qui est prêt à risquer sa vie ne se laissera arrêter par rien. La question de savoir s'il s'agit ou non d'une menace est donc improductive. Si les migrants continuent de venir, il est plus utile et plus urgent de réfléchir à la façon de canaliser leur flux à notre avantage. Si, par panique ou par un sentiment de supériorité mal placé, nous refusons de mobiliser intelligemment le flux des migrants au profit de notre société, nous serons submergés de manière potentiellement désastreuse. Si, en revanche, nous nous y attelons, le problème de la migration se transformera en solution. L'Europe vieillit. Chaque matin, j'en ai une preuve plus convaincante dans le miroir. Avec notre profil démographique actuel, nous serons dans l'impossibilité de maintenir le niveau de nos soins de santé et de nos pensions. Sans migration, il est difficile d'imaginer un avenir pour l'Europe.

— Cela ne mène-t-il pas à une disparition de notre culture ?

— Toute culture est un cocktail, dit Patelski, et la composition du mélange est soumise à une évolution constante. Voilà ce qui caractérise une culture vivante. Celui qui veut voir une culture figée dans une immobilité monolithique et des principes sculptés dans le marbre n'a qu'à contempler les vestiges des temples grecs et romains. Ce qui subsiste dans le présent de ces cultures mortes, c'est précisément ce qui s'est laissé diluer, contaminer et corrompre par deux millénaires d'influences étrangères. La peur actuelle de l'islamisation de l'Europe est identique à celle du patricien romain au IVe siècle devant la christianisation de l'empire. Je pourrais aussi citer Horace : « La Grèce conquise conquit son farouche vainqueur. » Vous comprenez ce que je veux dire. Le choc entre deux cultures ne conduit pas à la substitution de l'une par l'autre, mais à une nouvelle culture, dont toutes deux, de façon magique, ressortent victorieuses. Même les conquistadors espagnols armés jusqu'aux dents n'ont pas réussi, malgré leurs efforts acharnés, à éradiquer totalement la culture originelle des peuples d'Amérique du Sud. Quelques siècles plus tard, cette dernière revient dans leur propre langue au travers des livres de García Márquez, pour contaminer leur propre culture

et changer leur façon de penser. Si l'Europe s'isla-
mise, l'islam s'en trouvera tout autant modifié que
l'Europe. Indépendamment de la question de savoir
s'il est possible d'arrêter ce phénomène, on peut très
probablement considérer qu'il s'agirait d'un progrès à
l'échelle mondiale.

— Cette conception des choses serait taxée par
beaucoup de forme extrême de relativisme culturel,
dis-je.

— Appelez cela du réalisme culturel, dit Patelski.
Dans ce genre de questions, il peut se révéler utile de
ne pas être totalement ignorant de l'Histoire. L'opposé
du relativisme culturel est l'absolutisme culturel, où
une culture est considérée comme supérieure à toutes
les autres. Cette conception achoppe cependant, dans
un sens philosophique, sur le fait historique que tout
le monde, de tout temps et en tout lieu, a toujours
considéré sa propre culture comme étant supérieure
à toutes les autres. Et lorsque cette culture jugée
supérieure s'est ensuite transformée, sous l'influence
d'une autre, en une nouvelle culture, il s'est aussitôt
trouvé des adeptes fanatiques de la nouvelle culture
pour la défendre à cor et à cri comme étant objectivement supérieure à toutes les autres.

— Pourrait-on imaginer une argumentation philosophique pour justifier que l'on refoule les migrants ?
demandai-je.

— Si vous considérez Platon comme un philosophe,
dit-il, il faut en conclure que c'est du domaine du
possible, puisque, dans ses *Lois*, il donne au gouvernement la responsabilité de maintenir, au moyen de l'émigration et de l'immigration, le nombre idéal d'habitants
dans la région qu'il administre. Il ne s'agit cependant
pas d'un raisonnement éthique, mais d'une considération pragmatique donnant la primauté au bien-être

de son propre groupe. Cela dit, vu le vieillissement de l'Europe, l'on devrait, sur la base du critère platonicien, décider d'accueillir et de favoriser l'immigration. Mais dès que l'on aborde la problématique de la migration sous l'angle éthique, la question devient d'une effroyable banalité. Toute idée de justice part du principe de l'égalité entre les personnes. L'éthique étant universelle et égalitaire, elle implique d'elle-même le principe d'ouverture des frontières. Comme nous sommes tous des migrants et qu'aucun de nous ne peut se piquer d'avoir une ascendance née sur les mottes de terre qu'il a sous les pieds, il n'y a aucun argument valable pour que nous refusions aux autres le droit de migrer également. L'on peut en revanche en avancer beaucoup en faveur de la migration comme droit fondamental de l'homme, car, sans ce droit à la migration, tout le monde serait condamné à subir à vie le sort qui lui est échu à la loterie des lieux de naissance, ce qui ne cadre avec aucun principe de justice. La migration résulte en outre d'une injustice. Que les causes en soient la persécution, la violence ou une criante inégalité économique est sans importance. À cela s'ajoute que nous, les Occidentaux, portons la responsabilité de cette injustice. De nombreux migrants fuient des guerres que nous avons provoquées ou des régimes que nous soutenons pour des raisons pragmatiques. L'inégalité économique entre l'Europe et l'Afrique est la conséquence de notre exploitation coloniale passée et de l'actuelle déprédation capitaliste à laquelle nous nous livrons sur les ressources naturelles. À la lumière de ces considérations, le refoulement des migrants est injuste et vire même au crime abject lorsque l'on se rend compte que notre politique restrictive fait des milliers de morts, noyés dans la mer ou étouffés dans des camions, parce que nous leur fermons toutes les routes régulières et sûres menant vers l'Europe. Le seul motif que nous avons de refouler les migrants est la défense purement bestiale de notre territoire. Mais les animaux ne connaissent pas la justice. Et nous allons d'ailleurs perdre cette bataille, parce qu'ils sont plus nombreux. Donc, même pour des raisons pragmatiques, cette stratégie ne me semble pas judicieuse.

4

On nous servit le plat principal. La cuisinière avait testé une nouvelle recette. Des rouleaux de sole fourrés d'une farce piquante aux épices orientales. C'était étonnamment bon.

— Des poissons carnivores, dis-je.

— À mon avis, c'est une métaphore parfaite pour quelque chose, dit Patelski, mais je n'oserais pas m'aventurer sur votre terrain.

Il s'enquit de mes progrès dans mon travail. Je lui parlai de mon plan initial, en réalité le plan de Clio, d'écrire un livre sur le tourisme.

— L'invasion barbare de l'Europe, dit Patelski, vue comme une source de revenus et activement stimulée alors qu'elle représente en fait une menace, constitue un parallèle intéressant avec la prétendue invasion africaine de l'Europe, présentée comme une menace alors qu'elle pourrait offrir des perspectives d'avenir.

Je dis que j'y avais songé aussi, mais que je ne savais pas encore si je voulais me focaliser sur ce parallèle dans mon livre. Je préférais ne pas parler du monde extérieur, mais de mon histoire intime et personnelle avec Clio. Cela dit, je consignais tout par écrit, y compris les histoires glanées lors des recherches effectuées pour le documentaire sur le tourisme et qui devaient servir à mon livre initial. Pour être sûr, j'avais aussi pris note de l'histoire d'Abdul, lui confiai-je. Dès que j'aurais remis un peu d'ordre dans mon esprit, encore hanté par Clio, je déciderais d'une éventuelle publication et réfléchirais à ce que j'allais faire de tout ce matériel.

Je racontai dans les grandes lignes à Patelski mon chapitre sur le *panchayat* de Muzaffargarh, dont j'avais achevé le premier jet dans l'après-midi.

— Voilà encore une autre sorte de tourisme, dit-il. C'est aussi un parallèle intéressant, dans la mesure où il s'agit ici d'Occidentaux qui, pour leur bon plaisir, revendiquent comme la chose la plus normale du monde de pouvoir voyager librement dans des pays dont les habitants se voient dénier le droit de venir en Occident. C'est une sorte de tourisme morbide pour observer sur place l'injustice fondamentale de l'iné-galité économique, à cause de laquelle les pauvres se voient interdire ce que nous sommes autorisés à faire.

— Croyez-vous que voyager ouvre l'esprit ? demandai-je.

— Je crois que réfléchir ouvre l'esprit, répondit Patelski.

— Voyager aide-t-il à réfléchir ?

— De la même façon que prendre la fuite aide à résoudre les problèmes. Les problèmes sont instructifs. Les résoudre impliquerait de devoir mûrir et progres-ser. La fuite est une tentative d'éviter ce difficile chemin de l'amélioration de soi, mais, comme fuir est plus difficile qu'on ne le croit, la tentative d'évasion soulève nombre de nouveaux problèmes, qui recèlent à leur tour des enseignements. De cette manière, voyager peut effectivement stimuler la réflexion. Bien sûr, je parle de touristes comme ceux auxquels vous dites avoir parlé, pas de personnes comme Abdul, qui ont été forcées de fuir.

« Les gens qui se targuent d'être de grands voyageurs sont des escapistes hédonistes. Ils se fuient, même s'ils clament haut et fort que voyager les confronte à eux-mêmes. Et même s'ils affirment aussi que voyager leur permet de faire des rencontres intéressantes, leur fuite est avant tout égocentrique et égoïste. Ils trouvent leur sensation de liberté personnelle plus importante que de vivre en lien avec leurs proches dans leur environnement. Ils placent le stimulus addictif du déracinement au-dessus de la responsabilité envers l'endroit où ils ont leurs racines. Comme voyager est plus difficile que beaucoup ne le pensent, ils se retrouvent à l'étranger confrontés à des problèmes dont ils sont certes susceptibles de tirer une leçon, comme une crise de diarrhée aiguë, mais ils auraient davantage appris s'ils étaient restés à la maison et avaient réfléchi sérieusement à la façon d'améliorer la vie de leur voisine. Ils se concentrent sur ces désagréments insignifiants des pays lointains pour excuser leur comportement de fuite égoïste, et tentent, leurs photos de contrées exotiques à la main, de se faire accroire qu'ils sont plus ouverts d'esprit et meilleurs que ceux qui voyagent moins qu'eux, pour faire taire le sentiment latent de culpabilité qu'éveille en eux leur dérobade narcissique.

— Que vous ayez une opinion aussi tranchée m'amuse, dis-je. Mais pensez-vous vraiment que rencontrer des semblables vivant dans d'autres pays, dans d'autres conditions, n'a aucun effet positif ?

— Je me réjouis que la vérité parvienne à vous amuser, dit-il. Et je suis tout à fait d'accord avec vous pour dire que ce serait une excellente idée et une expérience instructive pour les voyageurs et les touristes d'entrer en contact avec la population locale. Malheureusement, cela n'arrive pas, malgré ce que les voyageurs compulsifs ne cessent de claironner. Si vous les interrogez un peu, vous découvrez que les contacts qu'ils ont avec la population locale se limitent à quelques conversations superficielles dans la *lingua franca* internationale qu'est le globish. Il est difficile d'avoir une interaction constructive avec la population locale. Cela demande un investissement considérable en efforts et surtout en temps. Avant de venir au Grand Hotel Europa, vous avez investi dix ans de votre vie à vous intégrer dans un pays qui était pour vous un pays exotique. Vous en avez appris la langue, vous vous êtes fait des amis, une petite amie également, si j'ai bien compris, et pendant dix ans, vous avez activement fourni des efforts au quotidien afin de pénétrer une culture qui vous était étrangère au départ. De vous, l'on peut éventuellement dire que vous avez été en contact avec la population locale, et espérer que vous en ayez appris quelque chose. Les aventuriers hédonistes, si fiers de leurs voyages lointains, ne sont pas prêts à consentir de tels sacrifices. Ils n'ont pas le temps nécessaire pour établir le début d'un contact sensé, car leur voyage n'attend pas. Leur addiction au déracinement les pousse en avant et les maintient partout en dehors. Ils voient peut-être des temples, des cascades et des couchers de soleil, mais ils ne voient pas l'homme. Les vrais adeptes des grands voyages ne sont d'ailleurs pas du tout demandeurs de contacts et d'expériences constructives, car ils savent que cela ne ferait que les retarder dans leur mission de fuir plus loin d'eux-mêmes. Ils courent, sont peu liants, ont érigé leur propre liberté au rang de norme morale suprême et ne veulent faire partie d'aucun groupe, nulle part. Les seuls contacts qu'ils ont sont des conversations lasses à propos d'eux-mêmes avec d'autres voyageurs, le soir au lodge ou à l'auberge, société. Le voyageur prend et ne donne rien. Dans les zones touristiques, cette inégalité a été corrigée et neutralisée sous la forme d'une transaction économique. Hors des sentiers battus, cette asymétrie reste en revanche criante mais, comme les voyageurs prennent leur égoïsme comme étalon moral, ils n'en ont cure.

— Dans la littérature, le voyage apparaît souvent comme une métaphore de croissance spirituelle, dis-je. La littérature occidentale commence par un récit de voyage.

— L'*Odyssée* n'est pas un récit de voyage, dit-il. C'est une histoire sur la responsabilité envers sa terre d'origine et la nécessité de rentrer à la maison. La tension et la pertinence de l'*Odyssée* ne résident pas dans les récits de voyage imaginatifs qu'Ulysse sert aux Phéaciens pour les convaincre de l'aider, mais dans le fait que nous savons et qu'il devine que son voyage a mis en péril tout ce qui est important pour lui. La moitié de l'*Odyssée* est consacrée au compte-rendu des tentatives d'Ulysse pour réparer les dégâts causés par son absence. Même dans les épopées plus tardives, le voyage n'est jamais une fin en soi. Jason n'appareille pas avec les Argonautes pour une croisière entre compagnons aux vues similaires à la découverte du vaste monde, mais pour s'emparer d'une toison d'or qui lui rendra le trône auquel il a droit. Énée ne met pas le cap vers l'ouest, laissant les ruines de Troie en flammes, son père âgé sur le dos et son jeune fils à la main, pour élargir ses horizons, mais parce qu'il a reçu la mission divine de fonder un nouveau foyer. Le but de son voyage est un endroit où demeurer. C'est un réfugié, pas un touriste. Les chevaliers de la Table ronde ne voyagent pas aux quatre coins de la Terre parce que ça les rend tellement ouverts d'esprit, mais cerveau et de ne plus penser à leurs problèmes. Je veux bien croire que ce soit agréable, mais pas que cela mène à une quelconque compréhension valable ou profonde des choses. C'est l'escapisme dont je faisais mention tout à l'heure. À cela s'ajoute que voyager est une activité qui confirme les préjugés plus qu'elle ne les infirme, contrairement à ce que beaucoup croient. Le voyageur voit ce qu'il veut voir. Si ce qu'il voit ne correspond pas à ses attentes, il en conclut qu'il est au mauvais endroit et poursuit son voyage. Celui qui se rend en Inde et voit des managers en Mercedes au lieu de gourous en robes colorées et de mendiants pittoresques n'en déduit pas que l'Inde est visiblement différente de ce qu'il pensait et qu'il doit donc réajuster l'image qu'il se faisait du pays, mais bien qu'il n'est pas au bon endroit et n'a pas encore trouvé l'Inde véritable, et il continuera son voyage jusqu'à tomber sur des robes colorées et des mendiants. Ce désir de voir tous ses préjugés confirmés est éminemment compris par l'industrie touristique.

— M. Wang a pleinement embrassé cette philosophie, dis-je. Il est fascinant de constater que le goût d'un propriétaire chinois s'avère indispensable à la transformation du Grand Hotel Europa en un lieu qui sera reconnu et apprécié par les futurs clients chinois comme étant typiquement européen. L'authenticité est une construction. En s'inspirant librement de Pindare et de Nietzsche, l'on pourrait dire que, pour devenir réellement qui l'on est, il faut devenir une caricature de soi-même.

— D'ailleurs, savez-vous que M. Wang a l'intention de transformer le salon chinois ? dit Patelski. Le paradoxe éclatant est que cette salle, qui a été décorée selon le goût orientaliste typiquement européen de la fin du XIXe siècle, avec des imitations de peintures chinoises aux murs et quelques authentiques vases chinois, n'est pas assez européenne au goût de notre nouveau propriétaire chinois. Il veut réaménager la salle en pub anglais typique, avec du tapis au sol, des divans de velours dans des alcôves et des tableaux représentant des scènes de chasse et des chevaux de course.

XII

LA VILLE AUX MILLE STATUES

1

Au début, Clio était censée m'accompagner à Skopje. J'avais été invité à un festival de littérature de trois jours à l'occasion de la présentation de la traduction de *La Superba* en macédonien et j'avais communiqué aux organisateurs, par l'intermédiaire de mon agent, mon souhait de bénéficier d'une chambre double pour toute la semaine.

La date du départ approchant, Clio changea d'avis, comme je m'y attendais déjà plus ou moins. Elle était débordée de travail à la Galleria. Elle venait de commencer et tenait à donner le meilleur d'elle-même. Elle devait encore faire ses preuves, je pouvais montrer un peu de compréhension, tout de même ! Sans compter qu'elle manquait déjà de temps pour ses propres recherches sur le Caravage, qui lui demandaient encore d'empiéter sur ses heures de loisir, et que donc, quitte à brûler ses maigres jours de congé, elle préférait les investir utilement plutôt que de me suivre les yeux fermés comme une docile épouse d'ambassadeur dans des bleds à l'autre bout du monde pour me permettre de me pavaner avec elle dans les réceptions. Elle aussi, elle avait une vie, que je l'ancre bien dans ma cervelle, et cela impliquait certaines ambitions personnelles. Elle regrettait d'être obligée de devoir expliciter de telles évidences mais, manifestement, cela me passait au-dessus de la tête, obnubilé que j'étais par ma brillante carrière ; elle allait devoir s'y faire. Il y avait un tas d'endroits où elle devait aller pour voir des Caravage qu'elle n'avait encore jamais vus en vrai, et Skopje n'en faisait pas partie. Mais au lieu de lui proposer de l'accompagner dans l'un de ces lieux de culture, je trouvais visiblement très amusant de l'inviter toute une semaine à Perpète-lès-Oies, dans un ancien patelin communiste sous-développé des Balkans.

Elle se mit à googler ostensiblement sous mon nez. Tu vois ? La ville bombardée quelques années plus tôt capitale de l'ancienne république yougoslave de Macédoine – et le terme « bombardée » était bien choisi pour le coup – n'avait rien représenté de toute l'histoire de l'humanité. Au mieux avait-elle été une sorte de carrefour régional où de misérables serfs échangeaient leur laitue flétrie contre du fromage puant de chèvres maigres, et encore elle enjolivait le tableau. Même les touristes n'y allaient pas, c'est dire, il aurait fallu être fou pour faire du tourisme là-bas.

Et puis, il n'y avait même pas la mer. Alors que je savais qu'elle tenait à passer tout le mois d'août à la mer parce qu'elle était fatiguée. Mais je ne voulais visiblement pas tenir compte de ses besoins. À la place, j'espérais qu'elle sacrifie plusieurs de ses précieux jours de plage pour que nous allions traîner nos guêtres dans une ville sale et nauséabonde. Elle savait bien que j'aimais ça, inhaler des gaz d'échappement et jouer les intellectuels, mais elle pensait aussi à sa santé, elle, et son corps avait besoin de nager dans la mer au moins quatre semaines sans interruption chaque année.

D'ailleurs, elle ne pouvait que vivement me le recommander, à moi aussi, ou croyais-je peut-être que c'était agréable pour elle d'avoir des rapports sexuels avec quelqu'un qui néglige son corps parce qu'il préfère aller à Skopje plutôt que de nager et qui n'aime rien tant que rester assis toute la journée, avec son gros cul flasque, à une terrasse ou dans un restaurant ? *Antipasto*, *primo*, *secondo*, *dolce*, c'est tout ce qui m'intéressait. Est-ce que je savais qu'elle se faisait une autre idée d'une relation que de regarder soir après soir son partenaire s'empiffrer ?

D'un autre côté, elle admettait qu'elle n'avait aucune raison d'être surprise, puisque ce n'était que la énième confirmation que je n'étais qu'un égoïste. J'en avais déjà donné des exemples à foison, dont chacun était parfaitement convaincant, merci bien, elle n'avait donc aucunement besoin d'aller à Skopje, ni dans aucun autre kolkhoze poststalinien du bloc de l'Est où je projetais de l'emmener en voyage romantique, pour en avoir une ultime preuve.

— Clio, ma chérie, avant que je retourne me rouler dans la cendre en m'arrachant les cheveux de remords pour mon incurable égoïsme, m'autoriserais-tu, afin de dissiper tout malentendu, à récapituler brièvement la situation ? Je dois aller à Skopje pour mon travail et j'avais pensé nous faire plaisir, à toi et à moi, en t'invitant à m'accompagner à mes frais. Si tu ne peux pas combiner cette frivolité avec tes activités, alors ne viens pas. J'en serai désolé, mais il ne me viendrait pas une seule seconde à l'idée d'en faire un drame. Néanmoins, tu deviens la proie d'une réaction psychologique en chaîne qu'il m'a déjà été loisible d'observer et qu'à mon humble avis je suis désormais à même d'interpréter sans trop me tromper. Tu es déçue parce que tu aurais bien aimé venir, et tu te sens coupable parce que tu avais plus ou moins promis de venir. Comme tu as du mal à gérer la déception et la culpabilité, tu traduis ces sentiments par de la colère. Tu t'en veux parce que tu ne peux pas faire ce que tu voudrais, et tu décharges cette colère sur moi, parce que tu estimes que c'est moi qui t'ai mise dans cette situation de t'en vouloir à toi-même. C'est un mécanisme d'autodéfense qui te pousse à rendre l'extérieur responsable de ta déception et de ton sentiment de culpabilité. Je ne veux pas te priver de cette panacée, tant que tu as bien conscience de son fonctionnement. Cela dit, je tiens à souligner que tu n'as aucune raison de te sentir coupable. J'irai seul à Skopje. Tu n'as pas non plus à t'excuser pour ton accès de colère. Il suffit de changer de sujet de conversation, comme tu le fais toujours quand tu risques d'être amenée à devoir reconnaître tes torts ou un comportement déraisonnable.

— Je te prierai de bien vouloir m'excuser d'être aussi transparente, dit Clio. J'aimerais être un peu plus mystérieuse à tes yeux.

— On peut y travailler. Pour commencer, tu pourrais m'étonner en ne te fâchant pas contre moi, un jour, comme ça, de façon totalement inattendue, quand quelque chose ne se passe pas comme tu le veux.

— Là, tu en demandes beaucoup.

— Je sais.

— Je t'aime, dit-elle.

— Pourquoi ?

— Je ne le sais pas très bien moi-même. Quel mystère, n'est-ce pas ?

— Tu vas me manquer à Skopje.

— Tu crois qu'on arrivera un jour à faire quelque chose de moi ? demanda-t-elle.

— Non.

— Tu veux m'aider ?

— À quoi ?

— À devenir une meilleure version de moi-même ?

— Je ne peux imaginer de meilleure version que celle que j'ai maintenant sous les yeux.

— Alors ça, c'est un mensonge plus gros que toi, Ilja. Si tu faisais de moi un personnage de roman, tu changerais tout chez moi.

— Non, ce n'est pas vrai, dis-je. Tout au plus, je t'habillerais autrement.

— Et qu'est-ce que tu reproches à ma façon de m'habiller, maintenant ?

— Que tu t'habilles.

Elle rit.

— Et puis ? Que ferais-tu avec ton personnage de roman déshabillé ?

— J'écrirais une scène de sexe torride.

— Raconte.

— Le personnage principal ne toucherait pas sa partenaire, qui est scandaleusement nue. Il va la prendre de son seul regard impérieux. Il s'approche d'elle et se met à caresser ses courbes, sans effleurer sa peau. Ses grandes mains avides glissent à quelques insupportables millimètres de ses cuisses, de ses hanches, de son dos, de son cou…

— Et quand il la touche de temps en temps sans le faire exprès, elle frissonne de plaisir.

— Elle rêve. Non, il ne la touche pas. Et chaque fois qu'elle tente de se tortiller en direction de ses paumes, il esquive ses mouvements de façon agile et terriblement agaçante. Puis il approche sa bouche de ses petits seins…

— Et il lui mordille les tétons.

— Non, il sort le bout de sa langue et l'approche de manière exaspérante à un millimètre de son téton qui se dresse.

301

— Ses tétons sont durs comme des pépins d'orange.

— Des pépites ardentes.

— Oh, oui !

— Ils font presque mal, tellement ils sont durs. Et tandis que notre perfide héros s'abstient irrésistiblement de prendre ces tétons brûlants dans sa bouche, sa main descend avec une fausse innocence pour s'abstenir outrageusement de saisir sa partenaire à la chatte...

— Qui convulse de désir comme une petite méduse.

— Comme une bouche de bébé.

— Alors je craque et je commence à te déshabiller sauvagement.

— Le héros l'arrête, se relève, se tient devant elle, la regarde comme un loup et ouvre sa braguette.

— Quelle trique !

— Son sexe est une arme. De ses yeux, il la force à écarter les jambes.

— Comme ça ?

— Encore. Il veut qu'elle écarte ses jambes au maximum. Puis il s'approche et le premier contact physique que la protagoniste sent dans cette scène est la queue dure du narrateur, qui la pénètre lentement, mais inexorablement, sans la moindre pitié.

— Oui, baise-moi...

— Pendant quelques secondes, il reste immobile au fond d'elle. Il veut qu'elle sente à quel point il la remplit.

— Je le sens.

— Puis il commence à la baiser, à coups longs, lents et précis. Il lui joint les mains dans le dos. Il regarde le corps scandaleusement nu qu'il est en train de posséder et la prend sans la toucher autrement qu'avec sa verge qui ne cesse de grossir.

— Je vais jouir, Ilja.

— Et ils jouissent tous les deux en même temps.

Je m'effondrai à côté d'elle sur le divan et elle m'étreignit de toute sa fragile nudité, comme un petit singe qui se cramponne à un tronc d'arbre. Elle posa sa cuisse sur ma queue mouillée, encore raide.

— Très réussie, ta scène de sexe, dit-elle.

— Ah oui ? Tu trouves ? À mon avis, on peut la peaufiner encore un peu.

— Avec plaisir.

2

Mon hôtel était un immeuble neuf de six étages, construit sans dépenser des fortunes dans une petite rue variolée, sur un terrain vague en bordure de périphérique. De ma chambre, j'avais vue sur les colonnes baroques et les coupoles du centre-ville qui s'étendait de l'autre côté du grand boulevard. Le soir tombait déjà. L'architecture monumentale était illuminée de façon suggestive par des lampes colorées. J'ouvris les portes de mon balcon à la française et entendis de la musique classique, transportée par le vent en provenance du centre. Il n'y avait pratiquement pas de circulation dans la rue.

Je descendis par l'ascenseur, quittai l'hôtel et traversai le périphérique en direction de la symphonie. J'arrivai devant un fleuve. Une somptueuse promenade avait été aménagée le long du quai, à l'abri de façades néoclassiques et baroques scintillantes. La musique venait de là. Des haut-parleurs disposés sur toute la longueur du boulevard diffusaient un pot-pourri de standards de Mozart, Beethoven, Tchaïkovski et Grieg.

Mais cela, je ne m'en rendis compte qu'après, car la première chose qui me frappa, pour ne pas dire qu'elle me laissa pantois, c'était que toute la rive du fleuve, depuis l'endroit où je me tenais jusqu'à perte de vue, était décorée de centaines de statues de bronze grandeur nature. Elles étaient toutes exécutées dans le même style hyperréaliste et toutes exactement de la même taille. Elles se dressaient à 5 mètres l'une de l'autre et représentaient les grands hommes de la glorieuse histoire millénaire de la toute jeune république de Macédoine. Chacune d'elles était rigoureusement pourvue d'une plaquette de cuivre bilingue, rappelant non seulement en macédonien, mais aussi en anglais, à quel héros de la patrie l'on avait affaire, afin que même les touristes ignorants tels que moi soient impressionnés par la riche histoire du pays. Je vis des seigneurs de guerre, des princes de l'Église, des artistes de cabaret, des brigands, des hommes politiques, des chanteurs, des héros de la résistance, des acteurs, des conquérants, des peintres, des saints, des soldats, des écrivains et des poètes, tous émaillés de fientes de pigeon. Au loin, le long des rambardes des ponts, les statues se découpaient contre le crépuscule comme des rangées de peupliers plantés à intervalles réguliers.

C'est dommage que je ne puisse pas jeter toutes mes impressions d'un coup sur le papier, car ce qui me surprit davantage encore que cette immense galerie de sculptures, c'est qu'il n'y avait personne. J'étais seul avec le poids de l'histoire macédonienne et la bande sonore majestueuse de ces symphonies à la sacralité consacrée. Et tout en étant submergé par le surréalisme à la Willink de ce décor abandonné, je prenais conscience que tout ce que je voyais était factice. Ces statues avaient été fabriquées la veille, même moi je m'en rendais compte, sans avoir besoin de l'expertise de Clio. Elles étaient mal faites et de mauvais goût. À mon avis, ce n'était même pas du bronze, mais du plâtre peint en couleur bronze. Ou peut-être me trompais-je et était-il possible de couler du bronze de manière tellement grossière que cela ressemble à du plâtre ? Quant aux façades néoclassiques et baroques, elles aussi ressemblaient à un décor de carton-pâte. Les palais suggérés par leur dignité ne faisaient que quelques mètres de profondeur.

Lorsque je m'en aperçus, je me mis presque à sautiller d'enthousiasme. Cette ville était taillée pour ma poétique. Skopje était une ville inventée. Mieux encore, c'était une ville que j'aurais pu inventer. Le fait qu'il y eût par-dessus le marché deux gigantesques galions en bois amarrés dans l'eau basse du fleuve était presque trop beau pour être vrai. Ils trônaient très au-dessus des ponts de pierre qui, malgré leur aspect neuf, déterminaient de manière évidente le *terminus post quem*[1] de la construction de ces antiques vaisseaux de bois. Bien que je pusse voir qu'il y avait de quoi se restaurer à bord, je continuai ma route, tel l'explorateur gagné par la fièvre lorsqu'il comprend qu'il vient de tomber sur les fascinants artefacts d'une culture inconnue. De l'autre côté du fleuve, à l'ombre d'un immeuble communiste, se dressait la statue haute comme une maison d'un homme politique assis. Des déchets s'amoncelaient autour de son socle massif. Il y avait des statues équestres et un groupe sculptural à la gloire de la cellule familiale classique. À côté d'un manège pour d'hypothétiques enfants, jusqu'à présent aux abonnés absents, un petit train touristique attendait, désœuvré.

J'arrivai alors sur la place centrale, Ploštad Makedonija, le cœur de Skopje, l'épicentre de la jeune République. Elle était dominée par une statue d'une

1. *TPQ* : précise la limite connue de datation d'un événement. Ici, la première heure à laquelle un événement a pu se produire.

taille exceptionnelle d'Alexandre le Grand, l'épée tirée, fièrement assis sur son cheval Bucéphale cabré. Il faut que je déploie tout mon arsenal pour décrire cela. En premier lieu, les dimensions. J'ai vérifié plus tard, elle mesure 22 mètres de haut. L'équivalent de huit étages. La statue ratatinait tout son environnement. D'un point de vue stylistique, c'était l'échec retentissant de proportions fatales.

Le colosse s'élevait au-dessus d'une grande fontaine circulaire dont la vasque était entourée de gradins en marbre. Le bord du bassin était orné aux quatre points cardinaux d'un lion en bronze destiné à faire grosse impression. À ce détail près que les fauves étaient à l'envers, la croupe dirigée vers la place, et ressemblaient davantage à des chiens aboyant contre un arbre. Sur l'anneau extérieur, formé par les marches, quatre autres lions regardaient cette fois en direction de la place, mais d'un air aussi féroce qu'un vieux matou castré assis sur le rebord de la fenêtre, contemplant plein d'ennui les petits oiseaux dans le jardin. Au centre du bassin circulaire se dressait une colonne cylindrique, beaucoup trop grosse et pataude par rapport à l'ensemble du monument, à croire qu'ils avaient utilisé une pile de pont toute faite. Cette colonne était décorée de trois bandes horizontales, séparées par des bandes plus étroites de marbre noir, et ornées de reliefs stuqués au style réaliste anachronique représentant les conquêtes des armées macédoniennes. Mais personne ne pouvait les observer de plus près, la fontaine ne permettant pas de s'approcher.

Autour du pied de la colonne se dressaient des statues en bronze plus grandes que nature de guerriers macédoniens en pose de combat, armés de lances et de boucliers. La statue équestre avait été conçue pour trôner au sommet de cette colonne, mais ça n'allait pas, bien sûr. Une silhouette en pied, à l'instar de l'amiral Nelson à Trafalgar Square, n'aurait pas posé de problème, mais un cheval avec un cavalier sur le dos, même cabré, reste beaucoup trop large. C'est pourquoi un plateau couronnait cette colonne cylindrique, donnant à l'ensemble un profil en T des plus inélégant. Pour mettre en valeur ce plateau hideux, on en avait incrusté le dessous d'un soleil de Vergina en marbre noir.

Dessus se tenait donc l'énorme cheval cabré en bronze. Mais on n'avait pas osé le faire tenir en équilibre sur ses deux jambes arrière pour seuls points d'appui, si bien qu'on avait quelque peu épaissi sa queue pour l'ancrer au plateau derrière lui, comme une grosse souche d'arbre. Les proportions du cheval n'étaient pas très heureuses. Ses jambes étaient trop courtes, sa tête trop grande, son corps allongé et informe, de sorte qu'une personne de mauvaise volonté aurait pu comparer le pauvre animal à un hippopotame. C'était d'autant plus fâcheux que la sculpture était composée de telle manière que le spectateur, depuis le plancher des vaches, voyait essentiellement de la viande de cheval, dissimulant le cavalier qui constituait pourtant le motif essentiel de l'œuvre.

Enfin, le but ultime d'une statue équestre est en général de montrer la maîtrise totale qu'a le cavalier de sa monture. C'est la représentation symbolique du pouvoir. Or, en l'occurrence, le cavalier n'avait aucun contrôle de son cheval. La composition ne suggérait aucune forme de lien ou de synergie entre eux deux. Alexandre avait l'air d'être assis sur la lunette des toilettes. Dans cette position, en vrai, il aurait même perdu l'équilibre, et son geste agressif de l'épée en perdait toute force et devenait pathétique. Ainsi le monument dans son ensemble devenait-il non seulement grotesque, mais aussi contre-productif, en ce sens qu'il était ridicule bien plus qu'imposant, et tendait à illustrer la stérilité de l'agression plus qu'à commémorer la glorieuse toute-puissance.

Quoi qu'il en soit, la provocation géopolitique qui émanait de cette statue ne m'échappait pas. Lorsque cette ancienne entité fédérée de la Yougoslavie était devenue indépendante en 1991 sous le nom de Macédoine, une guerre avait failli éclater avec le voisin grec. En effet, il existe une province du nord de la Grèce appelée Macédoine et l'adoption du même nom par le tout nouveau voisin avait été interprétée par les Grecs comme une insulte, une usurpation de l'identité grecque, ainsi qu'une potentielle revendication territoriale. Sous la pression des Grecs, le nom international officiel du nouveau pays avait été changé en ARYM, ancienne république yougoslave de Macédoine, tandis que les Grecs eux-mêmes parlaient et parlent encore avec mépris et colère de la « république de Skopje ». Ils n'ont jamais digéré l'affront. Et la raison principale de leur courroux est précisément Alexandre le Grand. Tout le monde sait que ce dernier vient de Macédoine. Il est vénéré par les Grecs comme leur plus grand héros, et cela n'avait jamais été un problème, car la Macédoine était grecque. Pour les Grecs, c'était comme si leur voisin, en adoptant le nom du berceau d'Alexandre, s'appropriait également leur grand héros. Inacceptable. L'homme avait beau être mort dans un passé plus que lointain, il y a près de deux mille trois cent cinquante ans, c'était un casus belli.

Lors d'un de mes voyages en Grèce, dans les années 1990, je me souviens fort bien que, lorsqu'on avait su que j'enseignais les langues classiques, on m'avait pris à part pour me forcer à reconnaître, sur la foi de ma connaissance de l'histoire antique,

en mon âme et conscience de scientifique, longuement et sans ambiguïté, qu'Alexandre le Grand était
grec, et on ne m'avait laissé partir qu'après m'avoir
fait promettre solennellement, pas jusqu'à sept fois,
mais jusqu'à soixante-dix fois sept fois que ce serait
la première leçon que j'inculquerais à mes élèves une
fois rentré au pays.

J'ai un jour amorcé le débat en objectant qu'Alexandre
le Grand n'avait pas d'acte de naissance et qu'il
était donc difficile de déterminer de quelle partie de
l'ancienne Macédoine il provenait, que la Macédoine
était en outre considérée dans l'Antiquité comme la
campagne profonde par rapport à la véritable Hellas, et
que son père, quand il avait envahi et conquis la Grèce,
était perçu comme un agresseur étranger. J'avais ajouté
qu'Alexandre avait effectivement reçu une éducation
plus grecque que grecque, qu'il s'était autoproclamé
champion de la civilisation grecque et se targuait de
l'avoir vengée de son ennemi atavique perse, mais qu'il
fallait y voir la surcompensation typique de quelqu'un
souffrant d'un complexe d'infériorité du fait d'être né
dans un bled perdu à la périphérie de l'Histoire. J'ai
donc tenté une fois de dire ces choses, et l'on m'a
fait comprendre que je ne devais pas m'y risquer une
deuxième. Par la suite, je me suis borné à confirmer
pour leur plus grande satisfaction qu'Alexandre le
Grand n'était en tout cas pas slave. C'est le pire que
vous puissiez être aux yeux d'un Grec : slave.

Et voilà que ces cancrelats de Slaves avaient placé
une statue gigantesque d'Alexandre le Grand sur la
place centrale de leur capitale. Et pas le genre de
statue que l'on pouvait facilement ignorer. Non, c'était
un doigt d'honneur de huit étages, tendu bien haut à
la face de la Grèce.

Lorsque je repris mon exploration le lendemain à la lumière du jour, après une matinée tranquille juste entrecoupée de quelques interviews dans le cadre du festival à propos de la publication de mon livre en macédonien, je remarquai que les prestigieuses façades récemment installées en guise de décor le long de la rive nord du fleuve n'étaient pas uniquement vouées à impressionner la galerie. En contournant le pâté d'immeubles, juste après la place centrale, je découvris que ce mur néoclassique et baroque dissimulait un vieux quartier de maisons basses d'où dépassaient des minarets. La veille, je n'en avais rien vu, parce que ces monuments islamiques n'étaient pas éclairés et parce que le but n'était pas que je les voie. Les façades clinquantes copiant les grands styles architecturaux occidentaux du passé avaient été érigées afin de cacher le vieux quartier musulman.

De tous les ponts, il n'y en avait qu'un seul vieux, qui reliait la place principale avec l'autre côté peu engageant où je devinais la présence des musulmans. Après cette profusion de kitsch nationaliste et d'artifice nostalgique, j'espérais bien trouver là une réalité un peu plus crapoteuse. Mais sur ce pont aussi, entre la Skopje rêvée par les détenteurs du pouvoir et la vraie ville, la propagande était à l'œuvre. La route, le pont et la perspective menaient tout droit de la statue équestre d'Alexandre le Grand à la statue de son père, Philippe II, qui était encore plus haute de quelques mètres. Il était représenté en pied, tel un géant, la main gauche sur la poignée de l'épée et le poing droit levé. Il était le conquérant de la Grèce, et son écrasante présence de bronze était une nouvelle déclaration de guerre au pays voisin. Le long de la route menant du fils au père, à droite du vieux pont, sur la rive du fleuve, se trouvait le Musée archéologique de Macédoine qui, fort de ses robustes colonnes doriques et de son lettrage d'or triomphal, se voulait un mémorial de la civilisation supérieure que leurs deux armées avaient imposée au monde.

À mi-chemin, sur la place après le pont, un monument d'une taille plus modeste était dédié à la mère d'Alexandre, Olympias, également appelée Myrtale. Par un hasard fondé sur une planification géométrique précise, ce monument avait atterri juste devant l'église chrétienne orthodoxe de la Sainte-Famille. Le positionnement des statues dans l'axe de vue, trouvant son point focal juste devant cette église, suggérait un lien entre Marie et Olympias, Joseph et Philippe, et surtout entre Alexandre et le Fils de Dieu. Bien que le grand héros fût mort plus de trois cents ans avant la naissance du Christ, il se trouvait implicitement placé dans une tradition chrétienne. Alexandre le Grand n'était pas seulement originaire de l'ARYM, il était également chrétien. Que je me le tienne pour dit avant de m'aventurer dans les ruelles sales du quartier islamique.

Derrière Philippe commençaient les Balkans. Des vieillards rabougris aux vêtements couleur crottin d'âne couraillaient de nulle part en ailleurs. Des charrettes à bras crissaient sur les chemins terreux. Un chaudronnier noir de suie, accroupi devant un étal branlant de marmites cabossées, fumait une cigarette poussiéreuse. Des femmes voilées s'extasiaient devant une vitrine de robes de mariée fluo. Des gitans mendiaient à grand renfort de jérémiades larmoyantes tandis que l'or brillait derrière les carreaux crasseux d'orfèvres. Partout, des kebabs fumaient. Un homme photogénique sans dents, fez rouge enfoncé sur une tignasse de boucles grises, tentait de vendre des fez à des touristes inexistants. Une petite fille fâchée, aux cheveux aussi noirs que ses pieds, apportait le thé dans de petits verres tulipes sur un plateau de cuivre à un groupe discutant sous le figuier. Des blousons noirs lacéraient l'ennui sur leurs scooters pétaradants. Dans les maisons de bois, des fusils chargés attendaient au milieu de la volaille. À la terrasse d'un café, des moustaches bourrues riaient au nez de la modernité. C'est alors que retentit l'appel à la prière.

J'essaie délibérément de décrire toutes ces choses de manière aussi stéréotypée qu'elles l'étaient, sans trop insister sur les start-up branchées surgissant çà et là, à l'encontre de toute raison, dans les cours intérieures de caravansérails abandonnés, ni sur le nouveau revêtement scintillant de la route principale, qui constituaient autant de tentatives ostensibles de détourner mon attention de ce passé qui continuait ici de trompeter allègrement, et de suggérer à d'éventuels futurs touristes un zeste rassurant de normalité.

Plus je m'éloignais du fleuve et de cette fiction autour de l'héritage d'Alexandre, plus je m'enfonçais dans les Balkans. J'arrivai à un moment donné sur un marché, pile au nord du vieux quartier. « Marché » est cependant un mot trop familier et limité pour qualifier cette ville semi-permanente de bois d'épave, de plastique de bâchage et de tôle ondulée où l'on négociait le désespoir dans un labyrinthe de misère. Je ne vais pas décrire ce bric-à-brac de fruits à des prix dérisoires, de détergents, de piles, de pièces de moteur de tracteur, de vêtements usagés du bloc de l'Est, de batteries d'occasion, de poissons, de déchets de chantier, de boîtes indéterminées, de fils et de boutons, car ce serait trop. Il y avait trop. Mais c'était là que gisait l'abdomen éventré du pays qui,

en désespoir de cause, exposait à qui voulait les voir
ses tripes mortellement malades.

Et lorsque je retournai à mon hôtel en repassant par
le Disneyland nationaliste, la ville aux mille statues
m'apparut encore plus irréelle qu'auparavant. Un bref
instant, je me dis même que je pourrais vivre là.

4

— Skopje 2014, dit Elena.

C'était la fille désignée par les organisateurs pour
être mon hôtesse. Et, en effet, elle était blonde et
parfaitement équipée par ailleurs pour assurer une
digne présence esthétique. Elle ne trahissait point son
mythologique prénom.

— C'est le nom du projet. Il a été lancé en 2010
par le gouvernement nationaliste de droite de l'époque,
avec pour but d'offrir en quatre ans un lifting radical
au centre de Skopje. En réalité, c'était un projet personnel du Premier ministre Nikola Gruevski. Il en était
beaucoup trop fier pour ne pas le souligner lors des
cérémonies officielles. À la base, l'idée n'était pas
totalement ridicule. Le 26 juillet 1963, un tremblement
de terre a presque entièrement détruit le vieux centre,
ce qui a coûté la vie à des milliers de personnes. La
ville a été reconstruite dans un style communiste sans
fantaisie, qui traduisait le noble idéal d'égalité par une
architecture d'une laideur homogène. Skopje avait bien
besoin d'un coup de pinceau, dirons-nous.

« Gruevski a saisi cette occasion pour lancer un
chantier mégalomane allant bien plus loin que la
cure de rafraîchissement indispensable. Le projet
Skopje 2014 prévoyait la construction de dizaines de
bâtiments publics flambant neufs de style historicisant,
d'une quarantaine de monuments de grande envergure

et de plusieurs centaines de statues de héros de la patrie. Gruevski ne voulait pas seulement embellir la ville, il voulait aussi la doter d'un passé. L'objectif était de la rendre plus attrayante aux yeux des touristes. L'économie de la Macédoine est un cas relativement désespéré et, comme partout dans le monde, le tourisme est vu comme la baguette magique capable de procurer un produit national brut à un pays totalement improductif. L'autre objectif, peut-être plus important encore, était d'éveiller chez les citoyens un brin de conscience patriotique et de les faire mariner dans la propagande de l'idéologie du parti au pouvoir.

« La différence entre Skopje 2014 et la plupart des autres grands chantiers de construction mégalomanes du même genre, c'est que Skopje 2014 a vu le jour. Incroyable, mais vrai. En 2014, il était en grande partie achevé, selon les délais. Vous avez pu en admirer le résultat. Allons, dites-moi, monsieur Pfeijffer, qu'en pensez-vous ?

— Je trouve le résultat éblouissant et fascinant.

— Vous plaisantez ?

— Non. Il y a plusieurs aspects que je trouve particulièrement intéressants et inspirants. Je comprends que la Macédoine est un pays jeune. C'est un réflexe compréhensible pour une nouvelle nation que de se chercher une identité nationale. L'unité doit être construite, le droit à l'existence légitimé, et les frontières extérieures pourvues d'une signification. On aimerait que ce ne soit pas nécessaire, mais, en soi, c'est un besoin qu'on peut comprendre. Ce que je trouve exceptionnellement captivant dans ce cas, c'est que cette identité nationale soit automatiquement et d'emblée définie en termes de passé, lequel doit être exhumé voire, au besoin, annexé ou inventé. Sans passé, un nouveau pays n'a pas d'avenir.

314

« Toi et moi n'y voyons rien de si étrange, mais c'est parce que nous sommes européens. Et pourtant, c'est étrange. C'est une tendance exclusivement européenne que de vouloir par-dessus tout posséder un passé. Sans passé, on ne compte pas en Occident. Ce n'est pas le cas ailleurs dans le monde. En Amérique, en Afrique, en Asie, en Australie, ils ne font pas de fixation comme nous sur le passé. Quand les cow-boys et les pionniers ont créé l'Amérique, ils n'ont pas ressenti le besoin d'ancrer leur identité dans une Antiquité et un Moyen Âge sortis de leur imagination. Au contraire, tout ce qui empestait le passé et rappelait les origines était considéré comme primitif et hostile, et ils l'ont extirpé jusqu'à la racine. Je fais référence aux Indiens. On pourrait dire la même chose des aborigènes en Australie. Même un pays comme la Chine, qui peut pourtant se prévaloir d'un riche passé, ne brandit pas son histoire s'il doit flatter la fierté nationale. L'idée qu'ils se font d'un pays dynamique est un pays qui embrasse l'avenir. Ils veulent voir des gratte-ciel. Ils rasent des quartiers historiques entiers au nom du progrès. Et va-t'en leur donner tort. Si tu réfléchis bien, c'est normal. L'avenir appartient à l'avenir, pas au passé. L'Europe fait figure de bête curieuse. Il n'y a qu'en Europe qu'on a adopté cette idée paradoxale que l'identité et la fierté nationales se devaient d'être définies en termes de passé national. Et le projet Skopje 2014, dans toute sa grotesque impudence, en est un magnifique exemple.

— Et l'Europe n'en manque pas, de maudit passé, dit Elena.

— Et s'il manque, on l'invente, comme ici.

— Que les nationalistes ne vous entendent pas. Pour eux, ce passé est tout ce qu'il y a de plus vrai.

— Qu'il soit vrai ou non n'est pas le plus fondamental, dis-je. L'important, c'est de savoir en tirer
parti efficacement. Mais tu as raison, bien sûr, Elena.
En Afrique ou en Australie, ils n'ont pas assez de
passé tangible sous les yeux pour avoir l'idée saugre-
nue d'y attacher une quelconque valeur. En Europe,
nous vivons et mourons au milieu de tant de traces
concrètes de l'Histoire que nous en sommes venus à
croire que notre passé est le noyau de notre identité.
Telle est la force et la faiblesse de l'Europe. Notre
passé est à la fois le boulet à notre pied et notre
meilleur argument de vente.

— C'est ce qui fait affluer les touristes.

— Exactement. Et c'est l'autre aspect intéressant
de Skopje 2014. Ce projet a clairement été conçu et
mis en œuvre dans le but d'attirer les touristes. Tu
viens de le dire et j'ai moi-même vu que toutes ces
statues sont accompagnées de plaquettes explicatives
en anglais. Je trouve le raisonnement des dirigeants
fascinant. Nous voulons des touristes, mais pour cela
nous avons besoin d'un passé. Avec un peu de bonne
volonté, nous pouvons en inventer un, quitte à emprunter quelques bribes çà et là au voisin grec, mais cela
ne nous donne pas encore de vestiges à mettre sur
une carte postale ou devant lesquels faire un selfie.
Qu'à cela ne tienne, il n'est jamais trop tard pour
bien faire. Nous allons tout simplement fabriquer ces
monuments historiques. Ensuite, les touristes viendront
d'eux-mêmes.

« Et il y a un autre aspect intéressant. En effet,
pourquoi le gouvernement croit-il avoir besoin de
touristes ? Pour l'économie, on est d'accord. Mais
les bénéfices économiques du tourisme sont souvent
surestimés. Va-t'en déjà récupérer les millions investis
dans toutes ces statues. Selon moi, une autre idée se

cache derrière tout ça. Qui est, selon toi, le public cible du message nationaliste incarné par tous ces monuments ? Les Macédoniens eux-mêmes savent très bien qui ils sont et sont déjà intimement persuadés d'être un grand peuple. Non, il s'agit d'en convaincre les étrangers. L'idée est que les touristes en visite à Skopje constatent de leurs yeux qu'ils sont au pays d'Alexandre le Grand et qu'ils emportent ces nouvelles connaissances dans leurs patries respectives. Voilà l'intention. C'est pour cela que ton gouvernement a investi tous ces millions. Le tourisme sert de média à la diffusion internationale de la propagande nationaliste.

— Sauf que ça ne marche pas, dit Elena. Les touristes ne viennent pas.

— Non, parce que c'est factice, même si je ne mettrais pas ma main au feu que tous les Américains ou tous les Chinois s'en aperçoivent immédiatement. Peut-être que le gouvernement vise ce groupe-là. Mais, en général, les touristes sont allergiques au factice. Ils détestent le faux presque autant qu'ils détestent les autres touristes. Ils en ont suffisamment toute l'année dans leur vie quotidienne. Pendant leurs vacances, ils recherchent désespérément l'authenticité. Ils ne la trouvent jamais, mais tu peux leur vendre l'illusion de l'authenticité. En revanche, si tu leur sers du factice qui saute aux yeux, ils se disent que tu fais ça pour les touristes et ils s'enfuient en poussant les hauts cris.

— Vous allez écrire sur Skopje, monsieur Pfeijffer ?

— Au moment même où nous parlons, nous sommes en plein chapitre. Pourquoi cette question ?

— Si vous publiez quelque chose sur notre Disney-land nationaliste, pour reprendre vos mots, je suis sûre que vos lecteurs auront envie de le voir en vrai. Tel que vous êtes là, vous êtes en train de promouvoir le tourisme à Skopje, vous en avez conscience ? Vous devriez en toucher un mot au Premier ministre pour qu'il vous rémunère adéquatement.

— Skopje pourrait devenir une destination culte, dis-je. Mais je la recommanderais comme destination de voyage à ceux qui aiment mes livres, car on s'y balade au cœur de ma thématique favorite. La ville est à la fois une fiction grotesque et une réalité difficile, un projet chimérique et un bidonville. C'est une ville archiréelle, qui veut malgré tout se faire passer pour un conte de fées. C'est une ville que j'aurais pu inventer. Ou l'ai-je déjà dit ?

— Pas à moi en tout cas.

— Je suis friand de ces contrastes.

— J'ai cru comprendre, dit-elle. C'est moins le cas de ceux qui y vivent. Et vous n'avez pas encore vu Shutka.

— Qu'est-ce donc ?

— Des contrastes.

— Qu'y a-t-il là-bas ?

— Des gitans. Shutka est le quartier le plus coloré, le plus pauvre, le plus beau et le plus terrible de la ville. Peut-être d'Europe.

— C'est là que tu dois m'emmener.

— Vaut mieux pas.

— J'insiste.

— Non.

— Dans ce cas, j'irai seul. C'est loin ? Tu te rappelles, de mémoire, quand j'ai un créneau dans mon emploi du temps ?

— Shutka est trop dangereux pour un homme comme vous. Je n'aurais pas dû vous en parler. Revenons à nos moutons. Savez-vous que le projet Skopje 2014 a soulevé beaucoup de protestations ?

— Dis-m'en plus sur Shutka.

— Le principal motif de scandale était bien sûr le coût astronomique du projet. Les estimations varient, mais, dans l'ensemble, il doit avoir coûté quelque 700 millions d'euros. C'est beaucoup d'argent pour un petit pays pauvre qui présente un chômage endémique. Il y avait certainement des investissements plus utiles à consentir pour ce montant. Et puis, il n'a pas seulement coûté cher, il a surtout coûté plus cher que nécessaire. Les experts ont calculé que tous ces monuments auraient pu être fabriqués pour un prix nettement inférieur. Appelons cela corruption. Cela vous étonnera peut-être mais, même en Macédoine, il y a des gens de goût, et ces derniers considèrent ces statues comme ce qu'elles sont vraiment : une violation de l'espace public. Vous êtes le premier intellectuel que je rencontre qui les trouve belles.

— Je n'ai pas exprimé ça comme ça.

— Le parti nationaliste de droite de Gruevski a perdu les dernières élections et les socialistes à présent au pouvoir envisagent sérieusement de retirer les mille statues. Vos lecteurs doivent donc se dépêcher s'ils veulent voir de leurs yeux votre chère ville de conte de fées.

— Il ne faut surtout pas faire ça, c'est évident. Ce serait une grave erreur de démanteler ces monuments. Peut-être n'aurait-on jamais dû les construire, mais maintenant qu'ils sont là ils témoignent d'une période marquante dans la courte histoire de ce jeune pays, et ce serait une sorte de censure et de destruction de la mémoire collective que de les faire disparaître.

— Vous raisonnez en véritable Européen. Vous ne voulez rien jeter parce que tout entre dans l'Histoire, d'une manière ou d'une autre. Et tout ce sur quoi vous pouvez coller le nom sacré d'Histoire devient précieux par définition. Vous venez ? C'est bientôt l'heure de votre présentation. Je vous emmène au théâtre.

5

Après un discours inaugural enflammé prononcé en macédonien par Boban, l'éditeur et directeur du festival, et un entretien public avec ma traductrice qui, à ma grande surprise, ne parlait pas un mot de néerlandais, ce qui ne posait pas de problème pour le moment étant donné que la langue véhiculaire était l'anglais, sous la conduite d'une journaliste qui ne tarissait pas d'éloges sur la traduction, bien qu'elle non plus n'ait pas lu l'original, Elena me présenta à l'ambassadeur des Pays-Bas et à son épouse, Hans et Marie-Angèle Tuinman, qui n'avaient pas davantage lu mon roman, mais que la rencontre avait rendus très curieux à son propos, et qui, avant de devoir malheureusement à nouveau s'excuser, m'invitèrent à déjeuner en ville le lendemain. Je m'étais proposé d'aller à Shutka, contre l'avis d'Elena, mais je comprenais qu'on ne refuse pas une invitation de l'ambassadeur.

— Belle intervention, dit Elena. Votre promesse d'évoquer Skopje dans votre prochain roman a particulièrement fait mouche auprès du public. Vous dînez avec nous ?

Deux taxis acheminèrent le petit groupe trié sur le volet jusqu'à une rue au nom d'Aminta Treti, dans un quartier en bordure ouest du centre, suffisamment loin du fantasme nationaliste et de la réalité bigarrée du vieux bazar pour être plus ou moins normal. Il y avait des bars, des restaurants, des terrasses et beaucoup de jeunes gens qui ne se comportaient pas du tout de manière exotique. Pour vous dire, je ne voyais même pas de statue, mais je ne regardais probablement pas bien.

Boban commanda pour tout le monde, comme un parrain qui sait ce qui est bon pour ses protégés et qui ne tolère aucune contradiction. Chaque table eut droit à sa salade de concombres et de tomates ensevelie sous une montagne de fromage râpé. Boban expliqua que ce hors-d'œuvre était connu sous le nom de *chopska* et que l'idée mondialement répandue selon laquelle il s'agissait d'une spécialité bulgare reposait sur un grossier mensonge.

Ma traductrice n'était pas là. Il s'avéra qu'elle était mère d'un enfant en bas âge et avait des problèmes de garderie. Je demandai à Boban comment il se faisait qu'elle avait pu traduire mon roman sans parler le néerlandais.

— Nous avons un seul traducteur du néerlandais en Macédoine, répondit Boban. Mais il n'était pas disponible. Heureusement, ton livre était déjà traduit en anglais. Je lui ai donc demandé. C'est l'une de nos meilleures traductrices de l'anglais.

— La traduction est excellente, dit Elena.

Tandis qu'un assortiment copieux de ragoûts et de viandes grillées était apporté à table, la conversation se porta sur la pertinence, pour la Macédoine, de rejoindre ou non l'Union européenne. Les partisans se résignaient avec passion à l'opinion que le pays n'avait pas le choix et qu'il n'y avait aucun avenir en dehors de l'UE. Les opposants tempêtaient avec fatalisme contre l'Europe techno-bureaucratique et ses lacunes par trop évidentes et connues. Ils ajoutèrent que le pays était indépendant depuis moins de trente ans et qu'ils n'avaient pas envie de perdre déjà de leur souveraineté en cédant des compétences acquises de haute lutte. Les partisans de l'adhésion opposèrent à cela que le nationalisme était un concept dépassé dans un monde globalisé, que le passé avait amplement démontré qu'il n'apportait que des ennuis et qu'un petit pays de 2 millions d'habitants tel que la Macédoine serait bien incapable de résoudre seul tous ses problèmes dans un isolement anachronique. Les opposants se permirent de soutenir le contraire et d'insister sur le fait que l'idéal autrefois progressiste de l'internationalisation avait été détourné par le grand capital qui l'avait fait devenir conservateur, et que les craintes et incertitudes découlant de la mondialisation réclamaient au contraire la restauration des identités et des liens nationaux, afin de redonner au peuple orphelin un sentiment d'appartenance. C'est dans cette restauration de la fierté patriotique que résidait le véritable agenda progressiste. Nous étions à table avec des intellectuels, et les opposants parmi eux n'avaient pas peur d'utiliser le mot d'« oikophobie » en guise de diagnostic du mal dont souffraient à leurs yeux les partisans de l'adhésion. Ces derniers étaient affectés d'une pulsion destructrice chronique à l'égard de leur propre culture. Voilà qui fâcha les partisans. Ils objectèrent que le fait que les craintes suscitées par la mondialisation étaient réelles ne signifiait pas qu'il fallût leur céder en se réfugiant dans une illusion de sécurité, derrière des frontières fermées, dans la tentative de revenir à une époque où la mondialisation n'existait pas encore. Les réponses aux défis de l'avenir ne se trouvaient pas dans le passé, comme ils le savaient fort bien.

Ils me demandèrent mon avis. Bien que j'eusse une opinion arrêtée à ce sujet, je préférais néanmoins me tenir en dehors de la discussion. Pour tenter de relativiser d'avance ma contribution au débat, devenue inévitable, j'évoquai sur un registre léger et ironique les conséquences esthétiques du nationalisme au sein de leur ville. Elena fut la seule à rire. J'essayai de sauver la situation en affirmant que je devais bien admettre, d'un autre côté, que peu de gens considéraient l'architecture du quartier général de l'Union européenne à Bruxelles comme un sommet d'esthétisme. Il y eut un silence gêné. Boban intervint.

— Je pense que nous devons des excuses à notre invité, dit-il. Nous n'aurions pas dû l'ennuyer avec les problèmes et les dilemmes de notre peuple. C'est un touriste. Nous ne pouvons pas attendre de lui qu'il comprenne ou témoigne même de l'intérêt pour la gravité de la question de la souveraineté chez un peuple qui s'est battu pour elle pendant des siècles.

Par ce seul mot de « touriste », il m'avait neutralisé. Les éclats de rire revinrent à la table. Et bien que je fusse reconnaissant à Boban et qu'il ne me vînt pas une seule seconde à l'esprit de le contredire, ce mot, qui contenait au moins un fond de vérité, me blessa profondément.

Elena le vit. Elle posa une main sur ma jambe, juste un instant.

6

Elena me raccompagna à mon hôtel. Ce n'était pas tout près, mais pas si loin non plus, nous avions donc décidé de marcher. On entendait du grabuge. Des sirènes et des cris de foule humaine. Le vacarme provenait du centre. Nous nous dirigions droit dessus.

— Une manifestation ? demandai-je. Si tard ?

Elena ne répondit pas. Mais je lisais sur son visage qu'elle n'était pas très rassurée. Elle suggéra de traverser et de prendre un autre itinéraire. Puis elle se ravisa et nous retournâmes sur l'artère principale. Les slogans des manifestants retentissaient de plus en plus fort. Nous étions tout près. Je dis que j'irais volontiers voir ce qui se passait, mais elle jugea l'idée mauvaise. Elle emprunta une petite rue latérale, tourna à droite puis à gauche, ce qui eut pour résultat de nous faire atterrir en plein chaos. Elena poussa un juron en macédonien, du moins je suppose. Le moment ne me semblait pas opportun pour lui demander confirmation, mais je me doutais au ton qu'elle avait employé qu'elle rechignerait à me traduire les mots qu'elle venait de proférer.

Ce sur quoi nous venions de tomber, à son grand dam, était un imposant cortège, presque exclusivement composé d'hommes. Ils brandissaient des drapeaux rouges ornés d'un aigle noir.

— Des Albanais ? demandai-je.

Elena acquiesça.

Ils portaient des banderoles que je ne pouvais pas lire et scandaient des slogans que je ne comprenais pas, mais je me rendais bien compte qu'ils étaient très en colère. Certains d'entre eux arboraient des casques de protection. Ce n'était peut-être pas bon signe, en effet. Je commençais à comprendre l'inquiétude d'Elena.

— Je conseille de faire demi-tour, dit-elle.

Nous nous retournâmes, mais, juste à ce moment-là, la contre-manifestation ethnique macédonienne apparut au fond de notre rue. Elena dit quelque chose en macédonien qui ressemblait à ce qu'elle avait dit la fois précédente, mais en deux fois plus long.

Les regards des deux groupes se croisèrent. Les Albanais s'arrêtèrent. Leur chœur se tut. Les Macédoniens au bout de la rue se mirent à courir.

Elena m'attrapa par la main et m'entraîna sous un porche vers une petite cour. Pour la forme, elle referma derrière nous la grille, qui heureusement n'était pas verrouillée.

— S'ils viennent ici, dit-elle, embrassons-nous. Et parlons uniquement en anglais. S'ils nous prennent pour un bête couple de touristes amoureux, ils nous laisseront peut-être tranquilles.

Vu les circonstances, il me sembla plus sage d'accepter son plan. Mais ils ne vinrent pas. Je ne m'étendrai pas sur le fait de savoir si je fus déçu ou non sur le moment, mais vu la violence des échauffourées dont nous fûmes les témoins à travers les barreaux de la grille, je me réjouis après coup que l'efficacité de notre défense n'ait pas été mise à l'épreuve.

Tout se passa à une vitesse vertigineuse. Il y eut des coups de batte, des coups de poing, des coups de pied, et soudain ce fut tout. La foule s'égailla. Un bref et étrange silence retomba sur la rue. Puis trois fourgonnettes de police fusèrent devant nous, toutes sirènes hurlantes.

— Venez, dit Elena.

Presque au pas de course, nous reprîmes la route. Nous arrivâmes à un rond-point. De là, nous tournâmes à gauche dans un parc. De l'autre côté, une voiture renversée était en train de brûler. La police anti-émeute se détachait tel un bataillon noir et menaçant contre la lueur rougeoyante. Les vitrines éclatées des magasins jonchaient le sol.

— Tu m'as sauvé la vie, dis-je lorsque nous fûmes enfin arrivés à l'hôtel. Puis-je t'offrir un verre ? C'est le moins que je puisse faire.

Le bar de l'hôtel était déjà fermé. Je l'invitai dans ma chambre et servis ce que mon minibar avait à proposer.

— C'est normal ? demandai-je.

Elena haussa les épaules.

— Il y a des manifestations presque tous les soirs, dit-elle. Parfois, elles se déroulent de manière pacifique. D'autres fois, elles dégénèrent, même encore bien plus que ce soir.

— Et quel est le problème ? Politique ?

— Ethnique. Ce sont les tensions entre la majorité macédonienne slave et la minorité albanaise qui remontent à la surface.

— Et quelle en est l'origine ?

— L'origine ? demanda-t-elle. L'origine ? Que dire ? Elles remontent à la création du Ciel et de la Terre. À Caïn qui tue son frère de ses mains et met en branle le mouvement perpétuel de la vendetta. On pourrait dire aussi que c'est la seule vraie question qui se pose à l'histoire et à laquelle reviennent en fin de compte toutes les autres questions : qui était là le premier ?

« Certaines sources parlent d'un Grand Empire illyrien, deux mille ans avant le Christ, qui couvrait l'ensemble des Balkans occidentaux, incluant l'Albanie actuelle, le nord de la Grèce et cette région-ci. Les Albanais prétendent être les descendants des Illyriens. De leur point de vue, ils étaient les propriétaires légitimes du lieu depuis déjà de nombreux siècles lorsque les peuples slaves sont descendus sur les Balkans, au VIIᵉ siècle après Jésus-Christ, dans le rôle des agresseurs étrangers. Les historiens slaves contestent cette vision. Selon eux, il n'est pas question d'une quelconque ascendance entre les illustres Illyriens et les Albanais actuels. Dans leur propre reconstitution des faits, les Albanais n'apparaissent dans les sources historiques qu'au XIᵉ siècle après Jésus-Christ, et ce sont eux les envahisseurs étrangers qui, à la fin du XVIIIᵉ siècle, ont occupé les territoires des Slaves du Sud. Quoi qu'il en soit, le fait est qu'au XIXᵉ siècle le groupe ethnique des Albanais peuplait un territoire bien plus vaste que l'Albanie actuelle. C'est pourquoi les Albanais ont le sentiment d'avoir été floués au détour de l'histoire. Et c'est ce sentiment qui rend les Slaves un peu nerveux.

« Sans parler de ce titre de propriété discutable, l'Histoire n'est qu'un long réquisitoire indélébile de qui a fait quoi à qui et qui a encore un compte à régler avec qui. Les Albanais sont musulmans. Durant les siècles où les Balkans faisaient partie de l'Empire ottoman, ils ont collaboré avec l'occupant turc, dont ils ont repris la religion, et nombre de gouverneurs provinciaux qui opprimaient et exploitaient la population slave chrétienne au nom du sultan étaient des Albanais. De plus, les autorités turques ne prenaient pratiquement pas de mesures contre les bandes de brigands albanaises, qui pillaient le peu qu'il restait aux chrétiens. Quant aux Albanais, ils se souviennent que les rôles étaient inversés à l'effondrement de l'Empire ottoman. De leur point de vue, la reconnaissance par les grandes puissances en 1912 des frontières nationales beaucoup trop restreintes de l'Albanie indépendante a récompensé l'agression militaire slave et grecque. Les millions d'Albanais qui se sont retrouvés en dehors de l'Albanie sous un régime slave se sont sentis et se sentent toujours déracinés et opprimés. La volonté de les ramener à l'intérieur des frontières du pays a inspiré l'idée d'une restauration de la Grande Albanie. Rien que l'idée apparaît déjà aux yeux des Slaves comme une déclaration de guerre. Le fait que les Albanais aient collaboré avec les fascistes italiens pendant la Seconde Guerre mondiale pour réaliser leur projet n'est pas pour les rassurer.

— Et ces jeunes garçons qu'on a vus se battre ce soir, ils savent tout ça ? Ils n'avaient pourtant pas des têtes d'historiens.

— Je trouve que Blaže Ristovski a raison quand il dit qu'il n'est pas nécessaire de connaître l'Histoire pour y puiser de la motivation, car on peut aussi ressentir l'Histoire.

— La minorité albanaise est-elle vraiment opprimée ? demandai-je.

— Tout dépend de la personne à qui vous posez la question. La Macédoine a accordé aux Albanais certains droits garantissant leur « reproduction culturelle », selon la formule consacrée. Ils ont un enseignement dans leur langue, ainsi que leur propre université. Mais, selon les Albanais, c'est trop peu et trop tard. Ils voudraient que leur langue soit officiellement reconnue comme la deuxième langue nationale et ils se sentent sous-représentés dans la politique, dans la police et dans l'armée. Pour un Albanais, un Macédonien est quelqu'un qui lui rabote ses droits s'il ne se bat pas. Pour un Macédonien, un Albanais est quelqu'un qui est toujours prêt à déclarer la guerre si ses exigences, qui semblent sans fin, ne sont pas satisfaites. Voilà un peu la situation, résumée brièvement. Et puis vous devez comprendre autre chose. À l'époque du régime communiste de Tito, ces oppositions étaient jugulées par un État fort, mais, dans la jeune et fragile république de Macédoine, les frustrations et ressentiments séculaires ont les coudées franches. Tout le monde dans les Balkans vit dans le passé.

— Et quelle est ton opinion personnelle là-dessus, Elena ?

— Je suis aussi macédonienne que la salade *chopska*, en ce sens que j'ai aussi quelques ancêtres bulgares. Mais il ne me viendrait pas à l'esprit de considérer mes compatriotes albanais comme des ennemis ou des citoyens de deuxième rang. Malheureusement, je représente un point de vue minoritaire, qui devient de plus en plus difficile à défendre vu le comportement des Albanais. Cela m'attriste, monsieur Pfeijffer. Je ne veux pas vous ennuyer plus longtemps avec cela, mais j'espère en tout cas que vous comprenez un peu mieux maintenant pourquoi le projet nationaliste macédonien Skopje 2014, avec toutes ces statues que votre esprit postmoderne raffiné trouve si amusantes et attrayantes, me fait mal, à moi, ainsi qu'à beaucoup d'autres comme moi, car il a été conçu et mis en œuvre dans le but prémédité de diviser ce pays encore plus qu'il ne l'est déjà.

Je voyais à son expression que ce sujet la touchait sincèrement. Une belle fille triste, blonde comme la *chopska*, vêtue d'un chemisier vaporeux et d'un blue-jean moulant, assise sur le bord de mon lit d'hôtel. Elle vida d'un trait la bouteille de cognac des Balkans tirée de mon minibar et me regarda de ses deux grands yeux bleus qui, dans cette lumière, semblaient brillants d'humidité. Elle ne pleurait pas, tout de même ?

Je songeai que je devais me lever de mon fauteuil et aller m'asseoir à côté d'elle au bord du lit pour la consoler. Je lui passerais un bras autour des épaules, timide et maladroit parce que je ne voudrais pas lui donner l'impression par ce geste d'avoir quelque intention malhonnête, mais elle répondrait en appuyant doucement sa tête contre mon épaule, souriant avec gratitude à travers ses larmes. Pour me donner une contenance, je commencerais à lui caresser le dos. Elle me laisserait faire de bon gré.

Puis elle relève la tête pour me dire quelque chose. Nous sursautons presque de voir à quel point nos visages sont proches. Ses grands yeux scintillent, et je n'avais pas prémédité de l'embrasser, vraiment pas, mais c'est pourtant ce qui arrive, de manière tout à fait naturelle, aussi naturelle que deux aimants tenus trop près l'un de l'autre s'unissent avec un léger clic. C'est peut-être aussi le relâchement de la tension de la soirée ou la promesse non tenue de cette stratégie de défense élaborée par elle derrière la grille, tout est possible, j'y réfléchirai plus tard, lorsqu'il me faudra trouver une bonne excuse à ce ballet de nos langues.

Ma main est irrésistiblement attirée par son chemisier. Elle ne se dérobe pas lorsque j'effleure son décolleté. Mieux, elle pousse doucement sa poitrine dans ma paume incrédule et soupire. Mes doigts s'enhardissent et torturent malicieusement un bouton, après quoi ma main se glisse à l'intérieur afin de trouver son soutiengorge, généreusement rempli. Elle tripote la ceinture de mon pantalon et, tout à coup, nous en avons assez de ces enfantillages. Nous nous levons et nous déshabillons à la vitesse de l'éclair, comme si c'était un concours. Par pure surprise devant notre nudité, nous plongeons l'un sur l'autre sur le lit, gloussant un peu en raison de la gravité indubitable de la situation.

Je jure, Votre Honneur, que c'était un hasard si, lors de cette manœuvre, mon membre en érection s'est retrouvé dangereusement près de son pubis, même si je ne veux pas dire par là que c'était un hasard que je fusse en érection, car le *corpus delicti* était une femme extraordinairement séduisante. D'ailleurs, peut-être me permettrez-vous d'ajouter aux pièces du dossier cet élément à ma décharge. Elle était grande avec de longues jambes de girafe. Elle avait un cul exquis en forme de poire. Tout son corps était recouvert d'un duvet blond des plus soyeux et presque invisible, et elle avait les seins fiers d'une sphinge, ronds et pleins, du meilleur marbre de Carrare. Et, même si je doute que cela servira ma cause, je suis prêt à avouer que, tout ce temps, l'idée ne me quittait pas que je tenais là un spécimen sensationnel de cette sous-espèce de sinistre réputation que constituent les blondes du bloc de l'Est et que cela ne faisait que m'exciter davantage.

La pénétration est presque accidentelle. Pour empêcher que ce machin dur reste en travers du chemin, je le fourre au-dedans d'elle, distrait comme un puceau, comme si j'avais trouvé par hasard un espace de rangement pratique à portée de main. Je ne me rends compte que c'est de la baise qu'une fois dans le feu de l'action. Elle me fait rouler sur le dos et se redresse. M'offrant une vue imprenable sur ses jeunes seins dans la fleur de l'âge, elle me soumet à un rythme furieux, qui ne me laisse pas l'ombre d'une chance. Je suis aussi vulnérable qu'un vieux con sentimental qui éclate en sanglots aux premiers sons mélodieux de sa musique préférée. Mais après que j'ai éjaculé, elle ne s'arrête pas. Dans un grand final bref et impétueux, elle se lance dans une chevauchée fantastique qui la mène à l'orgasme. Et tandis que nous gisons dans les bras l'un de l'autre comme deux animaux blessés, je suggère qu'au vu des circonstances il serait peut-être opportun qu'elle passe au tutoiement.

Mais cela ne se passa pas ainsi. Je ne me suis pas levé et ne me suis pas assis à côté d'elle au bord du lit pour la consoler. Je pensais à Clio, je veux bien être pendu si ce n'est pas vrai, et la certitude de mon amour pour elle me submergea avec une telle force que je ne voulus, d'aucune façon que ce soit, susciter de malentendu, surtout pas envers moi-même. J'en fus le premier surpris. Je sais que ce que je m'apprête à dire risque de paraître suspect, mais je vais le dire quand même : c'était la première fois de ma vie qu'au nom d'une amoureuse absente se trouvant à mille lieues de moi je laissais délibérément une aventure aussi excitante me filer entre les doigts.

— Je suis désolé, Elena, dis-je. Je suis fatigué. Je pense que je ferais mieux d'aller me coucher.

— Vous avez raison, monsieur Pfeijffer. La journée a été chargée.

Elle se leva, me serra la main et sortit.

Pendant une dizaine de minutes, je restai assis tout seul dans ma chambre d'hôtel à regarder stupidement devant moi. L'éclairage des bâtiments baroques de l'autre côté du boulevard était féerique. Et dire que je ne l'avais même pas remerciée. J'eus alors l'envie irrépressible d'appeler Clio. Il était tard, mais elle était sans doute encore debout. Je voulais lui dire combien la fille que j'avais laissée partir par amour pour elle était belle. Je voulais lui dire que c'était la première fois de ma vie que j'aimais une femme au point de ne pas la tromper. Je voulais lui dire merci.

Elle décrocha. Elle était déjà au lit mais ne dormait pas encore. Je me rendis compte qu'il n'était ni élégant ni très prudent de dire ce que je voulais dire, alors je lui parlai de la ville aux mille statues. Elle rit à ma description de la statue d'Alexandre le Grand et me dit que je lui manquais. Je dis que j'étais heureux d'entendre sa voix et qu'elle me manquait aussi très fort. C'était la vérité. La vérité on ne peut plus vraie.

7

— En tant qu'ambassadeur, vous êtes en fait *outsider* de profession, dit Hans Tuinman.

Il avait décidé de nous régaler, sa femme et moi, d'un déjeuner avec nappe blanche et couverts en argent dans un spacieux restaurant proposant une carte italienne et donnant sur la Ploštad Makedonija et Alexandre le Grand.

— Touriste de carrière, si vous préférez. Vous êtes les yeux et les oreilles du gouvernement de votre pays d'origine, avec interdiction de vous intégrer. « *Going native* » est le péché mortel par excellence. Celui qui commence à s'identifier avec l'endroit où il est en poste perd trop facilement de vue les intérêts de sa patrie. Le paradoxe est que vos perceptions s'émoussent à mesure que vous commencez à trop bien comprendre le pays étranger qui vous entoure et à voir par les yeux des autochtones. C'est pourquoi les ambassadeurs sont mutés tous les quatre ans. Marie-Angèle et moi sommes à la moitié de notre séjour ici. Dans deux ans, une nouvelle aventure nous attend.

Je leur demandai s'ils se réjouissaient ou s'ils regrettaient de devoir quitter Skopje. L'ambassadeur donna une réponse diplomatique. Marie-Angèle éclata de rire et dit que son mari demeurait diplomate même pendant leurs querelles conjugales.

— Mais il est vrai que c'est parfois difficile, dit-elle. Hans a son travail. Pour lui, peu importe dans quel recoin du monde on nous exile encore. Pour ma part, je dois chaque fois retrouver une activité. Vous comprenez ? Je vous avoue franchement que je ne serai pas fâchée d'enfin quitter Skopje, mais, d'un autre côté, j'appréhende vraiment de devoir tout recommencer pour la énième fois dans un nouvel endroit.

— Tu ne dois pas voir les choses de façon aussi négative, Marie-Angèle, dit l'ambassadeur. À Skopje, tu as tout de même décroché une belle place comme trésorière du refuge pour chats errants. Je trouve qu'il y a de quoi être un petit peu fière de toi.

— Oui, dit Marie-Angèle, j'ai le refuge pour chats errants. Et je suis hautement qualifiée pour ce poste. Je suis moi-même un chat errant.

Après le déjeuner, l'ambassadeur dut s'excuser. Il était attendu à une réunion d'information sur l'éventuelle construction de centrales hydroélectriques, et tout ce qui contenait le mot « hydro » était considéré par La Haye comme une priorité absolue. Agitant jovialement la main, il s'éloigna sur la Ploštad Makedonija, cravate rouge, blanc, bleu au vent, sur son vélo hollandais orange pétant. Le ministère des Affaires étrangères à La Haye pouvait dormir sur ses deux oreilles. « *Going native* » était la dernière chose qu'on pouvait reprocher à Hans Tuinman.

N'ayant rien de spécial à l'agenda, sa femme, sur une suggestion de son mari, proposa de m'emmener en balade touristique dans leur voiture de fonction à l'église Saint-Panteleimon, sur le mont Vodno, au sud de la ville. Bientôt, les routes devinrent plus étroites, sinueuses et cahoteuses, mais ce n'était pas une raison pour elle de réduire sa vitesse. Au mépris de la mort, dans des crissements de pneus, elle fonçait dans les virages en épingle à cheveux. Et de poursuivre pendant ce temps notre conversation du restaurant.

— C'est surtout pour les enfants que ça a été dur, disait-elle. Ils sont allés dans des écoles internationales, là n'est pas le problème, mais, tous les quatre ans, ils étaient obligés de se faire de nouveaux copains. Cela semble romantique, tous ces voyages, et il paraît que cela enrichit et élargit les horizons, mais j'ai bien vu chez mes enfants que ce n'est pas vrai. Ils ont grandi sans racines. Tous les trois sont maintenant partis de la maison et, le monde avait beau leur tendre les bras, ils se sont empressés de rentrer aux Pays-Bas. L'aîné fait des études d'ingénieur des mines à Delft, ma fille étudie le droit international à Leyde et le plus jeune vient d'entamer l'économie à Rotterdam. Ils vivent dans une chambre d'étudiant et, pour la première fois de leur vie, j'ai l'impression qu'ils ont trouvé leur place. Comment dire ? Qu'ils sont heureux. Ils ne vont jamais en vacances. À Noël dernier, ils n'ont même pas eu envie de venir ici. Ils en ont tout simplement par-dessus la tête de voyager. Et je les comprends.

Avec une nonchalance à glacer le sang, elle dépassa par l'extérieur du virage un tracteur qui tirait une charrette de betteraves.

— C'est important, les racines, dit-elle. C'est ce que les voyages vous apprennent : qu'ils n'apportent rien d'autre, en fin de compte, qu'une excuse à votre superficialité indifférente et l'expérience du déracinement, ce qui n'est pas forcément désagréable, mais ne vous mène en aucun cas à progresser, à vous améliorer, à vous réaliser, à grandir ou à tout ce que vous voudrez. *Il faut cultiver son jardin**. Qui a dit ça, déjà ? Je suis tout à fait d'accord avec lui.

« Le voyage est une forme de stagnation. Voilà le paradoxe. Il n'y a qu'à regarder ces globe-trotters, ces soi-disant citoyens du monde qui traversaient hier les terres intérieures du Rwanda, leurs sacs à dos remplis de sous-vêtements puants, qui tenteront ce soir de survivre à l'auberge de jeunesse de Katmandou, et qui feront demain un petit rafting sur l'Amazone. Vous voyez le genre. En fait, ce sont tout simplement des êtres de peu de valeur. Ils se sentent supérieurs, forts de leurs kilomètres et de leur CV de destinations invraisemblables au diable vauvert, et ils vous toisent d'un air condescendant qui signifie qu'ils ont compris le monde et pas vous, alors qu'ils sont totalement enlisés dans leur fatuité et leur hédonisme égoïste. Ils ont même perdu leur curiosité, puisqu'ils savent déjà tout sur tout, de toute façon. Et toutes ces activités dont une personne apprend réellement, comme entretenir son jardin, vivre quelque part, construire et

— Attendez de voir le village ethnique de Gorno Nerezi. C'est juste ici de l'autre côté. Venez.

Nous traversâmes la route et gravîmes une pente de 100 mètres pour arriver à un portail en bois rustique muni d'un guichet où nous dûmes payer l'entrée. De l'autre côté du portail se trouvait un authentique village de montagne typiquement macédonien, composé de maisonnettes en bois de style traditionnel, avec un étage en surplomb et une véranda où de vrais piments et de vraies feuilles de tabac séchaient sur un fil. Sauf que ce village était inhabité. Les maisonnettes faisaient office de boutiques de souvenirs, de costumes traditionnels et de bijoux, et d'épiceries où acheter des vins locaux, du miel, du fromage et du saucisson. Il y avait de petits bars et un grand restaurant doté d'une terrasse sur la place du village. La plus grande maison en bois s'avéra être un hôtel. C'est Venise, pensai-je. La seule différence avec la ville où je vivais, c'est qu'il n'y avait personne. La femme de l'ambassadeur et moi étions les seuls visiteurs.

— Alors, impressionné ? Vous n'auriez quand même pas voulu rater ça. Et vous savez le plus drôle ? C'est qu'il suffit de rouler une demi-heure dans la montagne pour trouver ce même genre de petit village, avec en prime le crottin d'âne et les petites vieilles bossues, habillées tout en noir, avec des fagots sur le dos, le tout gratuit.

Dans l'une des boutiques de souvenirs, j'achetai comme petits cadeaux pour Clio un livre sur les fresques de Saint-Panteleimon et une statuette en plâtre d'Alexandre le Grand. Je jetai aussi un œil aux boucles d'oreilles et aux bagues, mais je subodorais qu'elles ne lui plairaient pas. Marie-Angèle acheta du miel et me ramena ensuite à mon hôtel.

— C'est une bonne amie qui me l'a conseillé, dis-je. Par ailleurs, je ne suis pas ici en touriste, je suis écrivain. Je fais des recherches.

— Vous êtes sûr que c'est une bonne amie ? Sincèrement, permettez-moi d'en douter. Elle n'a pas oublié de vous dire qu'habillé comme vous l'êtes, avec votre costume, votre cravate en soie, votre épingle à cravate, vos boutons de manchette et vos lunettes de soleil Prada, vous ferez votre entrée dans Shutka comme un bon gros buffle débile dans l'antre de lions affamés ?

— Je n'ai pas peur.

— Non, je vois ça. C'est bien le problème.

J'étais reconnaissant à mon chauffeur de taxi. Grâce à lui, le trac me nouait agréablement l'estomac tandis que je marchais d'un pas ferme en direction de la ville gitane interdite. Cela promettait d'être une sacrée aventure.

D'une certaine façon, Shutka était exactement comme je me l'étais imaginée. Dans la ville normale – pour autant qu'elle soit normale, mais appelons-la ainsi pour l'instant –, j'avais vu des gitans qui formaient çà et là des grappes de mendiants misérables, en général des femmes aux habits colorés, une méchante lueur au fond de leurs yeux noirs, qui se tenaient avec leurs enfants sur des bouts de carton dans le caniveau, à la toute marge de la société. Vous vous demandiez d'où ils venaient et où ils allaient. La réponse était ici. Ceci était leur habitat. J'étais tombé sur le lieu d'incubation secret d'une espèce animale exotique farouche. Alors que je n'avais pu observer auparavant que quelques spécimens isolés, j'en avais à présent des dizaines de milliers sous les yeux, surpris en pleine routine quotidienne.

Lorsque je réécrirai ce passage, il faudra que je fasse particulièrement attention à ce que mes propos ne paraissent pas racistes, parce que ce n'est pas mon intention. Mais il est rudement compliqué de décrire leur abominable misère et les conditions d'hygiène précaires dans lesquelles ils sont contraints de vivre sans éveiller l'impression que vous voulez dire qu'ils sont pauvres et mal lavés. Je devrais peut-être aussi les appeler Roms plutôt que gitans. C'est une appellation plus correcte et plus neutre. Mais vous voyez comme c'est parti. C'est justement parce que le terme « gitans » est si connoté qu'il convient mieux. C'est le dilemme classique des écrivains occidentaux gâtés, obligés de rendre compte de leurs voyages et de leurs rencontres – pour autant que l'on puisse parler de vraies rencontres – dans des contrées exotiques avec des peuples moins privilégiés aux yeux des Occidentaux. Vous voulez transmettre à vos lecteurs de manière aussi vivante et colorée que possible votre étonnement, mais aussi votre joie et votre enthousiasme face à la différence, mais vous vous voyez reprocher de ne pas les considérer comme vos égaux. En consacrant votre attention à leurs conditions de vie inférieures, vous éveillez rapidement l'impression que vous les considérez eux-mêmes comme des êtres inférieurs. Et le simple fait de les trouver exotiques au point de vous donner la peine de déployer toutes vos capacités stylistiques pour en dresser le portrait peut vous valoir d'être accusé de racisme.

Je me sentais observé. J'essayais autant que possible d'irradier l'ouverture et la curiosité qui m'animaient réellement. Je me délectais des couleurs. Tout était bigarré, comme si des teintes criardes étaient à même de chasser la misère. Même la crasse de la rue était bariolée. Ou peut-être était-ce tout de même de la marchandise à l'étal, c'était difficile à dire. Je dus m'écarter pour laisser passer une charrette au chargement indéfini, tirée par un cheval maigre sur la route criblée de nids-de-poule. Le conducteur me lança un regard mauvais. Une vieille femme coiffée d'un foulard ocre s'approcha de moi, avança son visage tout près du mien et, de sa bouche édentée, me siffla quelque chose que je ne compris pas, puis autre chose que je compris. « Touriste », éructa-t-elle. Je gardai le sourire, même lorsqu'un grand adolescent en survêtement cracha sur mon veston.

Des enfants à moitié nus fouillaient dans des bennes à ordures. Des hommes traînaient dans la rue, sans but ni occupation. Je n'avais pas besoin d'un article de fond pour me rendre compte de l'absence de perspectives qui caractérisait ce groupe démographique. Les émeutes ethnonationalistes dont j'avais été témoin dans le centre étaient, à y regarder de plus près, des affrontements entre deux groupes de population jaloux, certes, mais très privilégiés. Les habitants de Shutka étaient encore loin de pouvoir s'inquiéter de la proportionnalité de leur représentation dans les organes politiques et gouvernementaux. Ils avaient d'autres soucis. Ils devaient tâcher de survivre dans un ghetto où ils étaient privés de leur humanité même. Tandis que les Macédoniens et les Albanais se bagarraient sur leur interprétation de l'Histoire, vivait ici un peuple qui avait été banni de l'Histoire.

Soudain, je me rendis compte que j'étais encerclé par quatre jeunes hommes en pantalon de jogging délavé et marcel blanc. C'est maintenant que ça se passe, me dis-je. Je vais me faire détrousser en plein jour. Bien sûr, je m'étais préparé à cette éventualité. Je ne suis pas naïf. J'avais laissé ma montre, mon téléphone, mes cartes de crédit et la plus grosse partie de mon argent liquide dans ma chambre d'hôtel. J'avais gardé dans mon portefeuille juste assez de billets pour satisfaire un éventuel agresseur. Mais cela n'arriva pas. Je ne fus pas dépouillé, du moins pas de façon classique. Cela se passa différemment.

L'homme devant moi devait être le meneur de la bande. Il prit la parole.

— Bonjour, monsieur, me dit-il en anglais. Nous sommes désolés de vous déranger, mais nous ne pouvons nous empêcher de penser que vous n'êtes pas du quartier, que vous êtes un touriste, autrement dit. Nous tenons à vous souhaiter personnellement la bienvenue.

Je le remerciai.

— Nous nous demandions seulement si vous aviez bien payé l'entrée.

Je commençais à comprendre où il voulait en venir. Pour la forme, je lui demandai ce qu'il voulait dire.

— Vous devez vraiment nous excuser, dit-il, mais, comme vous l'aurez certainement remarqué, ceci est un quartier pauvre. Et nous croyons savoir que c'est aussi la principale raison pour laquelle vous nous faites l'honneur de votre visite. Vous considérez notre misère comme une attraction touristique. C'est votre droit le plus strict, ne me comprenez pas mal. Mais vous admettrez qu'il n'est pas inhabituel de demander une entrée pour visiter des attractions touristiques. Êtes-vous allé au musée ? Vous avez payé, n'est-ce pas ? Et vous ne l'avez pas vécu comme une injustice, je suppose ? C'est pourquoi j'ose espérer que vous ne considérerez pas non plus comme une injustice de nous acheter un billet pour visiter notre quartier.

Je lui demandai combien coûtait le billet.

— Que vous dire ? Nous vivons ici dans le dénuement. Nous n'avons pas d'autres sources de revenus. J'espère donc que vous comprendrez que nous sommes dans l'obligation de vous demander un peu plus que le musée, qui bénéficie de subventions publiques. En contrepartie, notre misère est une attraction bien plus authentique que la collection du musée. Vous ne trouvez pas ? Tout bien considéré, 100 euros est un prix d'ami.

C'était exactement le montant que j'avais sur moi, déduction faite de l'argent macédonien que je gardais dans ma poche pour le taxi du retour. Je payai. Ils me remercièrent gentiment et me laissèrent tranquille. Mais ma soif d'aventure avait disparu. Je me sentais déplacé. Je dus admettre que mon interlocuteur avait eu raison lors de son élégant détroussage. Tout ce que j'aurais pu inventer comme excuses pour justifier ma présence à Shutka – mon métier d'écrivain exigeant des recherches, mon ouverture d'esprit et ma sincère curiosité – n'était rien d'autre que cela : des excuses. J'étais juste un touriste qui considérait leur misère comme une attraction exotique. Il était temps pour moi de quitter mon rôle de touriste agaçant et de retourner m'agacer des touristes. Il était temps de rentrer chez moi.

XIII

CHAUSSURES PORNO
À FOURRURE ROSE

1

Les trois Américains, Jessica, Richard et Memphis, avaient fait un effort vestimentaire pour notre rendez-vous à dîner dans la salle à manger du Grand Hotel Europa, à la fenêtre donnant sur la roseraie qui pleurait en latin et la fontaine à l'éjaculation virile. La femme qui, par nostalgie d'années envolées depuis longtemps, se parait du juvénile prénom de Jessica s'était enveloppée dans une longue robe noire de la taille d'une housse pour camionnette de milieu de gamme. Elle avait un sensuel boa de plumes noires sur les épaules, était couverte de bijoux étincelants comme un sapin de Noël et exhalait fièrement son onéreux parfum. Son mari avait joué la carte de la simplicité. Il portait une cravate large à rayures beiges et marron sur une chemise à carreaux gris et bleus, et une sobre veste à carreaux marron et verts, ornée de coudières en daim au look sportif. On aurait dit un garde-chasse à une soirée de charité pour la sauvegarde des huttes de castors.

Je repensai tout à coup à mon ami poète Erik Jan Harmens, avec lequel je me produisais régulièrement il y a longtemps, dans une autre vie, lors de soirées poétiques dans mon pays natal, non pas à cause de la tenue de mon nouvel ami américain, mais parce que, en plus d'être l'auteur d'une œuvre intéressante, il avait inventé ce vers : « Ce n'est pas une jupe, c'est une ceinture. » Lorsqu'il déclamait le poème dans lequel ce vers apparaissait, il mettait immanquablement les rieurs de son côté, si bien qu'il le lisait presque chaque fois, car à l'époque la poésie, en dépit d'éventuelles intentions profondes de la part des poètes, était considérée comme une forme de café-théâtre, et si le public se déplaçait, c'était parce que la venue de poètes était toujours promesse d'au moins quelques tranches de rire.

Je fus soudain submergé par une vague de nostalgie au souvenir de ma naïve patrie, perdue dans un recoin oublié de l'Histoire aux confins du Vieux Continent, et de ces petites salles enfumées en compagnie des autres poètes, où nous avions le droit d'être vieux, de façon précoce et prometteuse, et du bar où nous noyions nos engagements vis-à-vis de problèmes imaginaires dans la bière qu'on échangeait contre des tickets de consommation qu'on partageait en frères. C'était incroyable qu'il eût existé une chose telle que les Pays-Bas, cette oasis bruineuse de médiocrité béate, où chacun parvenait toujours bien à grappiller une subvention et où il suffisait d'un veston de prêt-à-porter sur un vieux jean froissé pour se sentir un grand intellectuel, et qui en ce temps-là pouvait encore se bercer de l'espoir de passer à travers les mailles du filet de la mondialisation.

Quand la nuit tombait tôt, en novembre, et qu'on suspendait les décorations lumineuses de Noël dans la rue commerçante, je contemplais par la grande fenêtre du bistrot où j'avais mes habitudes, mon stylo et mon carnet posés devant moi sur la table, mes concitoyens qui se hâtaient sur leurs vélos, entre leur train arrivé pile à l'heure et la crèche qui fermait pile à l'heure, et tout ce que j'étais capable d'écrire était de la fiction. J'avais le droit d'inventer ce que je voulais, parce que rien de la vue ou des environs ne requérait mon attention. Il n'y avait pas de civilisation en déclin à sauver, parce qu'il n'y avait pas grand-chose qui risquât de décliner, et il ne semblait pas que quoi que ce soit de dramatique pût arriver un jour ; tout était beaucoup trop bien organisé pour cela.

Ce terrain de jeu sûr et protégé, qui faisait rimer existence sans souci, petite échelle conviviale et dilettantisme artistique, était le paradis que j'avais perdu en m'installant dans cette véritable Europe qui voit le monde cogner contre ses portes vermoulues. En même temps que la nostalgie de ce paradis m'arrivait la conscience que je ne pourrais plus jamais y retourner. C'était devenu trop petit pour moi.

Non pas qu'émigrer hors de mon Luna Park de fiction m'eût finalement amené dans un endroit plus réaliste. Je m'apprêtais à passer à table en smoking bleu dans un hôtel décrépit avec une tente-bungalow, un agent du WWF et leur fille bien trop jeune, et ce n'était pas une jupe, c'était une ceinture. Pour ne rien arranger, à la place des baskets de gangster, elle portait des chaussures roses spectaculaires, pourvues d'épais plateaux en liège et de lourds mais vertigineux talons en liège également. Les brides enserrant le haut de sa cheville étaient garnies de fourrure rose. Au-dessus de sa jupe en jean minimaliste, elle portait un sweat en polaire d'une université américaine lui donnant l'air majeur, muni d'une fermeture Éclair qui permettait de régler manuellement son décolleté et qui était pour l'instant dans une position presque chaste.

Memphis endurait ma description minutieuse avec une indifférence mâchonnante, tandis que sa mère guillerette expliquait s'être réjouie toute la journée de notre rendez-vous. Nous prîmes place à table, après que j'eus insisté pour avancer les chaises de ces dames, et je n'eus même pas à poser de questions de courtoisie pour connaître tout ce que je ne voulais pas savoir. Jessica pensait manifestement nous faire plaisir, à sa famille et à moi, en se chargeant de la conversation, de telle manière que chacun puisse être sûr qu'aucun détail de leurs vies intéressantes ne serait laissé dans l'ombre.

C'est ainsi que j'appris avant l'entrée que Richard était pompier volontaire, maintenant qu'il avait plus de temps depuis la vente à un bon prix de sa société informatique ; qu'elle-même en revanche ne comprenait rien aux ordinateurs, que ses parents étaient morts peu de temps l'un après l'autre quand elle était encore jeune ; que Crystal, Michigan, où ils vivaient, avait été fondée en 1853 par les frères John W. et Humphrey Smith, bûcherons de leur état, et que le premier *postmaster* s'appelait Alfred A. Proctor, que la ville comptait désormais 2 824 habitants, dont 98 % étaient blancs – elle n'entendait rien insinuer de particulier par là, mais elle tenait tout de même à le préciser.

La première entrée fut servie. Un consommé à la queue de bœuf. Fasciné, je regardais Memphis tenter de trouver une solution pour son chewing-gum, qu'elle avait déjà sorti de sa bouche avec ses doigts. Elle voulut le mettre dans sa serviette, mais changea d'avis en voyant que ce n'était pas une serviette en papier mais du vrai linge de table. Elle finit par coller son chewing-gum sous la table. Elle s'aperçut que je l'avais vue et me lança un regard ironique, comme si c'était elle qui m'avait attrapé et non l'inverse.

Jessica expliqua que Memphis n'était pas leur vraie fille mais qu'ils l'avaient adoptée, parce qu'elle-même avait toujours trouvé les enfants super, mais qu'elle était stérile. À la suite d'une infection de chlamydia, ses trompes de Fallope s'étaient obstruées. J'acquiesçai d'un signe de tête compréhensif. À ce moment-là, Richard apporta une contribution inattendue à la conversation en notant que cela avait été un fameux soulagement pour lui quand elle s'était enfin rendue chez le médecin et qu'il était apparu qu'il n'était pas en cause, ce dont elle l'avait pourtant accusé pendant des années. Jessica rétorqua qu'il restait bien assez de choses dont il était réellement coupable et qu'il ne devait pas avoir peur de manquer de sujets de méditation.

À la seconde entrée, un risotto champagne et parmesan, alors qu'un premier moment de silence s'installait parce que Jessica ne comprenait pas ce qu'il y avait dans le riz et qu'elle était en train de le goûter avec méfiance par toutes petites bouchées, j'en profitai pour demander à Memphis comment elle trouvait l'Europe.

— Super, répondit Jessica. Mais vous savez, nous connaissons bien l'Europe. Nous sommes déjà allés à Paris. Et en Italie, bien sûr : nous avons fait Venise, Rome, Florence, les Cinque Terre et l'Outlet de Serravalle. C'est là que nous avons acheté cette magnifique robe pour moi et les chaussures que Memphis porte aux pieds. Le style, c'est quelque chose que vous avez su garder, en Europe.

— Ces chaussures sont très raffinées, dis-je, et cette robe vous sied à merveille.

Memphis rit.

— La seule chose qui nous ait déçus en Italie, poursuivit Jessica, c'est la nourriture. En soi, nous adorons la cuisine italienne, mais il était très difficile de trouver de bons spaghettis avec des *meatballs*, par exemple. En général, il n'y en avait même pas. En toute humilité, je trouve ça regrettable de négliger ainsi sa propre culture.

— Et les pizzas, dit Richard.

— Les pizzas sont beaucoup plus petites que chez nous. C'est ça que tu voulais dire, Richard ? Mais c'est plutôt logique, tu ne trouves pas, Richard ? En Europe, tout est beaucoup plus petit que chez nous, les routes, les maisons et même les gens. Je suis parfois effrayée de voir à quel point les Européennes sont maigres, comme si elles étaient sous-alimentées.

Je vis la poétesse française Albane entrer dans la salle à manger. Je lui fis un petit signe, mais elle ne répondit pas à mon salut. Elle s'assit à sa table habituelle et nous toisa avec mépris, mes convives et moi.

— Nous avons tout de même un autre niveau de vie en Amérique, dit Jessica. Mais, comme je dis toujours, l'un des avantages de voyager est justement de nous faire prendre conscience une fois de plus à quel point nous sommes en fait privilégiés.

Tandis qu'on nous servait le plat principal, le steak Paganini, je leur demandai quelle impression leur donnait toute cette histoire visible de l'Europe. Il ne me semblait pas facile, par exemple, de trouver dans toute l'Amérique, excepté sur la côte est, un seul bâtiment qui fût plus ancien que le Grand Hotel Europa, où ils séjournaient en ce moment.

— C'est pour nous une expérience fascinante, dit Jessica. Mais quand vous avez la possibilité de remonter dans le temps et d'expérimenter en vrai la façon dont les gens vivaient auparavant, il faut pouvoir s'accommoder de quelques désagréments.

— Nous sommes habitués à avoir de l'espace, dit Richard.

— Avant, les gens étaient aussi plus petits, dit Jessica. D'ailleurs, on le voit dans l'art de l'époque. Comme quand nous sommes allés aux Offices à Florence pour voir la Joconde.

— C'était à Paris, dit Richard.

— Tu es sûr ? demanda Jessica. Avant de m'interrompre pour me corriger, tu ferais peut-être bien de te rappeler qu'on compte encore sur les doigts d'une seule main les fois où tu as eu raison. Bref, cette Joconde nous a beaucoup déçus. Le tableau était minuscule. Bien sûr, il faut voir ça dans le contexte de l'époque. Mais puis-je vous poser une question à propos de l'Europe ? Ce qui nous frappe énormément quand nous sommes ici, c'est toutes ces différentes langues que vous avez. Vous parcourez la même distance que chez nous pour rejoindre l'État d'à côté, même moins, et on parle déjà une tout autre langue. N'est-ce pas terriblement compliqué ? Comment voulez-vous que l'Europe s'unifie dans ces conditions ? Et comment faites-vous ? Vous parlez toutes ces langues ?

— J'en parle quelques-unes, dis-je. Et vous avez raison de dire que le multilinguisme pose de petits problèmes pratiques qui compliquent l'unification du continent. Mais ils restent solubles. D'un autre côté, la diversité linguistique reflète la diversité culturelle que beaucoup, à commencer par moi-même, considérons comme l'une des plus grandes richesses de l'Europe, même si elle ploie actuellement sous la pression de l'américanisation et du tourisme.

— Je trouve inimaginable, dit Jessica, qu'une personne arrive à parler plus d'une langue. Je deviens schizophrène rien que d'y penser.

Elle rit elle-même à cette idée.

On apporta le dessert. Jessica protesta. Elle expliqua que son mari avait beau ne pas être diabétique, il valait mieux ne pas lui donner de sucré, et qu'elle-même y renonçait parce qu'elle devait faire un peu attention à sa ligne, mais que nous ne devions surtout pas nous priver. La serveuse ne comprenait pas. Moi non plus, mais cela ne m'empêchait pas de traduire. La serveuse nous servit notre dessert, à Memphis et à moi, et dit qu'il n'y avait pas de souci, qu'elle remportait les deux autres en cuisine, puis demanda si la dame et le monsieur désiraient un café. Jessica remercia gentiment. Elle dit qu'il était déjà tard pour Richard.

— Cette conversation était vraiment super intéressante, dit Jessica. À tel point qu'on n'a même pas eu le temps de parler de Memphis et de ses ambitions littéraires. Mais j'ai la solution qui va arranger tout le monde. Je vais mettre Richard au lit, et moi-même je vais peut-être lire encore un peu ou réfléchir à tous ces nouveaux *inputs*. Comme ça, vous pourrez tranquillement échanger vos points de vue et quelques tuyaux.

Ils se levèrent, me saluèrent avec effusion et regagnèrent leur chambre.

2

Memphis et moi étions assis en silence l'un en face de l'autre, vidant à la petite cuiller notre coupelle de mousse au chocolat.

— Je sais ce que tu veux me demander, dit soudain Memphis. Et la réponse est oui. Je trouve ma mère adoptive insupportable. Mais je leur serai éternellement reconnaissante, à elle et à Richard, de m'avoir sortie de la merde et de m'avoir offert un avenir.

— Quel âge avais-tu quand ils t'ont adoptée ?

— Treize ans. Assez pour avoir perdu toute foi en l'humanité. Mes parents biologiques étaient alcooliques, des *white trash*[1] de la pire espèce. Mon soi-disant père me battait et me violait, et ma soi-disant mère le savait et me battait parce qu'elle ne savait pas comment gérer la situation. J'ai avorté une première fois quand je suis tombée enceinte de mon père. Le jour où on m'a enfin retirée de chez moi, j'ai fêté ça comme une libération. Tout le monde trouvait que le foyer pour enfants, c'était l'enfer, et ça l'était. Mais pour moi c'était un paradis comparé à ce que j'avais l'habitude de vivre. Et pour finir, je n'y suis restée que très peu de temps. Jessica et Richard sont arrivés et m'ont emmenée dans le Michigan.

— Et c'est comment, la vie dans le Michigan ? demandai-je.

— Ennuyeux. Mais tu n'imagines pas la bénédiction que c'est pour quelqu'un comme moi de vivre une vie ennuyeuse. Je peux enfin aller à l'école sans avoir peur de rentrer à la maison. Je suis presque redevenue comme les autres filles de mon âge. Et après les vacances, Jessica et Richard veulent bien que j'aille à la fac.

— Que vas-tu étudier ?

— L'économie et le management. Ce ne sont pas des domaines qui m'intéressent particulièrement, mais je vis en Amérique. J'ai appris très tôt que l'Amérique n'est pas un pays où il fait bon être pauvre. C'est le pays du rêve américain, ce qui veut dire qu'il s'identifie aux *winners*. Si la philosophie officielle est que quiconque fait de son mieux peut se hisser au top, cela veut dire aussi que ceux qui n'arrivent pas au top n'ont

1. Littéralement, « racaille blanche ». Terme d'argot qui désigne la population blanche pauvre.

pas fait de leur mieux. Ceux-là ne méritent aucune pitié, juste de l'indifférence. Le système compétitif crée des *losers*, et ces *losers* n'ont plus qu'à se démerder. Si le succès est un choix, l'échec est votre faute. Je sais que c'est du *bullshit*. Le fait que j'aie aujourd'hui la possibilité et la ferme intention de faire quelque chose de ma vie n'est absolument pas mon mérite. Je le dois entièrement à Jessica et à Richard. Si deux parfaits inconnus de Crystal, Michigan, n'avaient pas décidé de m'adorer et de m'aider, j'aurais fini dans les poubelles où je suis née. Et j'aurais pu rêver toute ma vie de mon rêve américain. Mais il y a une chose que j'ai apprise : c'est que je ne veux plus jamais être pauvre. Alors la *girl* que tu vois devant toi, elle va étudier l'économie et le management pour se trouver un bête de job avec un gros salaire. Compte sur moi pour y arriver. Et avec mon premier salaire, j'achèterai une grosse bagnole européenne méga chère pour Jessica et Richard. Tu comprends ? Oui, tu comprends très bien. Et à côté, en option, je prendrai *creative writing*.

— Pourquoi veux-tu écrire ? demandai-je.

— Pour me venger.

Elle n'avait pas dû réfléchir une seule seconde à sa réponse.

— Un jour, j'écrirai un livre sur mes soi-disant parents. Mais avant de me lancer, je veux être sûre d'être assez bonne pour leur donner le coup de grâce avec un best-seller mortel. C'est pour ça que je m'exerce avec des histoires d'horreur pour l'instant. J'aurai besoin de la technique pour décrire des scènes cruelles. Tu n'écris jamais par vengeance ?

— Non.

— Vraiment ?

Je réfléchis, mais je pensais avoir dit la vérité. Je n'écrivais pas par vengeance. La question logique suivante eût été intéressante : et pourquoi pas, en fait ? Il s'était passé assez de choses entre Clio et moi pour justifier un doux désir de vengeance. C'eût été sans aucun doute un soulagement que d'y céder. Mais cela ne m'intéressait pas. À la place, j'avais ce satané penchant à rechercher la faute chez moi-même. Je devais écrire la vérité, mais c'était plus facile à dire qu'à faire. *Quid est veritas ? Est vir qui adest*[1]. Et la triviale vérité était que cet homme, amené ici à témoigner, l'aimait encore trop.

— Ilja, dit Memphis en baissant d'un ton. Rien à voir, mais il y a une femme là-bas qui nous fusille du regard depuis tout à l'heure. Tu sais qui c'est ?

— C'est une poétesse française, chuchotai-je.

— OK, dit-elle. Mais, je ne sais pas pourquoi, ça ne me rassure pas. Elle me met un peu mal à l'aise. On n'irait pas parler ailleurs ?

— On peut aller dans le salon, dis-je.

— J'ai comme l'impression qu'elle nous suivrait dans le salon, dit Memphis. On ne peut pas plutôt aller dans ta chambre ?

— Le privilège de pouvoir accueillir dans ma chambre une dame de ton charme et de ta classe donnerait à mon humble logis un éclat à faire pâlir tout l'or des lambris.

Memphis sourit. Elle décolla son chewing-gum de sous la table, le remit dans sa bouche, se leva et se dirigea vers le hall. Je la suivis. Tout en jambes sous sa jupe ultracourte, juchée sur ses talons spectaculaires, elle était presque aussi grande que moi.

---

1. « Quelle est la vérité ? C'est l'homme qui est ici. » (Dialogue apocryphe – contenant une anagramme – entre Ponce Pilate et Jésus.)

3

— C'est ta porte ? demanda-t-elle quand nous fûmes devant le numéro 17. J'arrive tout de suite. Je file chercher quelque chose dans ma chambre et je reviens. Entre déjà. Je frapperai quand je serai là.

J'entrai, jetai rapidement un œil à la ronde pour voir s'il y avait quelque chose à ranger, mais ce n'était pas le cas, alors je m'assis dans l'un des deux fauteuils de l'antichambre et allumai une cigarette en attendant. Le moment eût été idéal, dans cette posture photogénique, avec mon smoking bleu et les volutes de fumée, pour me mettre à penser à quelque question de poids, mais rien ne me vint. Au contraire, c'est Albane qui m'apparut. À l'heure qu'il était, mon éthérée collègue m'avait probablement déjà condamné pour crimes multiples en vertu d'articles que je ne connaissais pas, tirés d'un code que je n'avais pas reconnu, mais je n'avais aucune envie de penser à elle. La dernière chose dont j'avais besoin était d'une autre femme dans ma vie qui m'accapare l'esprit. J'aspirai une bouffée et attendis.

Je trouvai en revanche approprié de consacrer quelques pensées à Memphis et à l'histoire qu'elle venait de me raconter et qui m'avait vraiment impressionné, principalement en raison de son contenu choquant, bien sûr, mais aussi par la manière juste, concise et percutante dont elle l'avait racontée. Peut-être que je devrais le lui dire explicitement quand elle reviendrait, et lui dire aussi toute mon admiration pour sa – comment dit-on ? – maturité.

Les deux adolescents auxquels j'avais parlé depuis mon arrivée au Grand Hotel Europa, Abdul et Memphis, avaient accumulé et surmonté davantage de passé pour en arriver là où ils étaient que bien des vieillards marqués par la vie, et chacun d'eux à sa manière était fièrement intact et debout. Tandis qu'en véritable Européen je creusais mon passé avec nostalgie, à la recherche de vestiges que je déterrais, grattais à la spatule, brossais avec mon petit pinceau et alignais comme des objets de valeur dans une étincelante vitrine au musée de la littérature, eux avaient épinglé sur leur *vision board* les plans des gratte-ciel flambant neufs qu'ils élèveraient jusqu'au ciel. Abdul voulait que j'écrive son histoire pour pouvoir l'oublier, et Memphis y reviendrait une seule et unique fois pour faire un sort à ses souvenirs sordides. Leurs visages étaient tournés vers l'avenir, tandis que je marchais à reculons, regardant vers le passé, où j'avais connu un amour qui lui-même se repaissait de passé, du Caravage et de nostalgie de la grandiose histoire européenne. Je vieillissais, c'était sans doute l'explication. Je repris une cigarette.

À la troisième cigarette, je compris que Memphis ne viendrait plus. Sa mère adoptive avait dû décider à sa place qu'elle ne pouvait plus me déranger et qu'il était l'heure d'aller au lit, à moins qu'elle n'ait jamais eu l'intention de venir. Soit. Ce n'était pas grave. Je la croiserais sans aucun doute l'un de ces prochains jours, ce qui me donnerait l'occasion de lui dire que son histoire m'avait touché. Il était temps d'aller me coucher. Je quittai mon smoking et entamai les préparatifs de ma toilette du soir.

Alors que je sortais de la salle de bains, on frappa à la porte. J'enfilai à la hâte ma robe de chambre, la vaporisai de deux petits coups de Rosso d'Ischia, m'humectai les joues de lotion tonique au sel marin et ouvris.

— OK, dit Memphis, tu es déjà déshabillé. Très bien. J'ai apporté la déclaration.

— Je te prie de pardonner ma tenue inappropriée, dis-je. Je m'étais résolu à l'idée que tu ne viendrais plus, ce pour quoi tu avais d'ailleurs ma plus parfaite compréhension. Je m'apprêtais à aller me coucher. Mais entre. Sois la bienvenue. Si tu veux bien m'excuser une minute, je vais aller repasser une tenue plus décente. Qu'est-ce que c'est ?

Elle me tendit une feuille de papier.

— Ne fais pas semblant que tu n'as jamais vu ça de ta vie, dit-elle. Je ne marche pas.

— Je n'ai vraiment aucune idée de ce que ça peut être, dis-je.

— C'est la déclaration.

— Quelle déclaration ?

— Comment vous appelez ça, alors, en Europe ? L'accord. Le contrat. Tu es vraiment bête ou il faut que j'aie pitié de toi pour autre chose ? Regarde. Il n'y a rien de spécial à signaler. Tout est standard. Ici, en haut, tu as la déclaration de majorité. Peu importe qu'elle soit vraie ou non, ce qui compte, pour toi, c'est que tu l'aies noir sur blanc. Et là, en dessous, tu as la check-list habituelle des actes pour lesquels je marque mon libre consentement. J'ai tout coché, sauf anal. Date, signature. Ma signature est vraiment comme ça, c'est pas un *fake*, t'inquiète pas. Cet exemplaire est pour toi. Mets-le dans ton album. On n'est jamais trop prudents par les temps qui courent, mais avec ça tu es couvert juridiquement. On prend un verre d'abord ?

— Tout sauf anal, dis-je, tandis que mon regard abasourdi parcourait le document.

— Ça te pose un souci ? demanda-t-elle.

— Non. Pas le moins du monde.

— Alors, pourquoi tu fais cette tête ?

— C'est que ton geste romantique me prend passablement au dépourvu, dis-je.

— Je sais très bien qu'un homme comme toi a des dizaines de déclarations de ce genre dans ses archives.

— Non, vraiment, Memphis, l'honneur te revient d'être la première de ma vie à m'offrir la surprise d'un accord de ce genre. Mais, bien que je sois très honoré et reconnaissant de cette proposition plus que généreuse de ta part – tout sauf anal est réellement une offre royale qui dénote une grande largesse de vues –, je crains malgré tout qu'il ne soit question entre nous d'un léger malentendu.

— Comment ça ? demanda Memphis. Tu ne veux pas coucher avec moi ?

— Non, Memphis, c'est le cœur lourd que je me dois de renoncer à ce privilège indubitablement exquis.

— Dingue. Je n'ai jamais vécu un truc pareil.

— Je regrette, Memphis.

— J'ai du mal à te saisir, Ilja. Depuis le premier jour où on s'est rencontrés, tu n'arrêtes pas de me draguer. Tu as dit – comment c'était déjà ? – que je réconciliais avec le passé, donnais de l'éclat au présent et incarnais une somptueuse promesse d'avenir. Moi, je me dis : plus explicite que ça, tu meurs, surtout la promesse d'avenir. Tu as dit que tu serais prêt à tout en échange de ma compagnie. C'est moi qui suis folle ou tu es juste un gros *player* ? Tout à l'heure encore, tu parlais de mon charme et de ma classe, et du privilège éclatant que ce serait de pouvoir m'accueillir dans ta chambre. Alors voilà. Je suis là.

— J'ai bien peur que tu n'aies pris pour des tentatives de séduction mes piètres efforts de courtoisie. J'essayais d'être galant, sans nourrir d'arrière-pensées inconvenantes.

— *Fucking European*, dit-elle. Tu mentais, en fait, c'est tout. Tu ne me trouves pas bandante du tout.

— Bien qu'il ne s'agisse pas là d'un terme que j'emploierais spontanément, je me dois tout de même de protester contre ta conclusion hâtive de croire que je le jugerais inadéquat à ta personne.

— Parle un peu normalement pour une fois.

— Tu as raison. Je suis désolé. Écoute, Memphis. Ce que je veux dire, c'est ceci. Tu es belle. Je te trouve magnifique. Et, en plus de ça, je te trouve sympathique, intelligente, courageuse et forte. Je t'admire et je suis très heureux d'avoir fait ta connaissance. Mais je ne veux pas coucher avec toi.

— Et pourquoi pas ? Il y a une autre femme ?

— Il y *avait* une autre femme.

— Ben alors ?

— Elle est encore trop présente dans ma tête, dirons-nous.

— OK, dit-elle. Si ce n'est que ça.

D'un geste lent mais précis, elle tira sur la fermeture Éclair du polaire de sa future université. En dessous, il n'était pas question de soutien-gorge, mais bien d'une incontestable paire de seins.

— Essaie de ne pas trop réfléchir avec ta petite cervelle d'Européen.

Elle m'embrassa à pleine bouche tandis que sa main glissait négligemment dans les coulisses de ma robe de chambre pour préparer la tête d'affiche à sa montée sur scène. Sa caresse de velours éteignit les lumières dans ma tête. Mais il était hors de question que je participe à cette pièce obscène, où une adolescente autocertifiée majeure me chauffait comme si elle avait fait ça toute sa vie, avec une minijupe à elle seule déjà scandaleuse et des nibards en bubble gum, gonflés à l'hélium, roses et brillants, servis sur un plateau, comme si j'étais le premier vicelard en rut venu, qui avait déjà astiqué mille fois son vieux membre ridé sur ce fantasme-là. Mais je devais constater, à mon grand agacement déclinant, que ma queue ne partageait pas mes réserves.

— Sexy, ton peignoir, chuchota Memphis à mon oreille. Pratique aussi.

D'un petit geste expert, elle ouvrit le rideau pour l'entrée triomphale du salaud de la comédie. Et ne me dis pas que maintenant tu vas t'agenouiller pour me faire une pipe comme une petite starlette, pensai-je. Mais c'est exactement ce qu'elle s'apprêtait à faire. « Oral » était coché sur sa check-list, et j'allais en avoir la preuve. Tandis qu'elle m'en faisait une authentique démonstration, comme si elle passait un casting, le puissant producteur de cinéma que j'étais, dans sa robe de chambre ouverte, était en train, bien malgré lui, de trouver ce bout d'essai beaucoup trop bon.

Alors que je commençais tout doucement à avoir des raisons de craindre un *cumshot* bien trop cliché sur sa jeune et fraîche frimousse, elle se leva et me regarda en mâchonnant. Elle n'avait même pas pris la peine de coller son chewing-gum sous une table avant d'entamer sa performance. Sucer la bite d'un vieil homme la bousculait moins dans ses habitudes qu'une soupe à la queue de bœuf. Je me demandai si ma bite avait un goût de chewing-gum à présent. Tout de suite après, je me demandai comment je pourrais un jour vérifier ça. Elle enleva son polaire, puis retira de sous sa jupe un minislip qu'elle fit rouler avec une lenteur provocante, de manière exaspérante, sur toute la longueur de ses interminables jambes. Elle garda aux pieds ses chaussures porno à fourrure rose.

Tandis qu'elle se tenait là devant mon membre raide et luisant telle la photo glamour d'une fille d'une indéniable maturité, j'étais tiraillé entre deux pensées contradictoires. D'une part, il était grand temps d'interrompre cette farce. D'autre part, je pouvais envisager de lui rendre la pareille afin de donner à l'ensemble de la scène un semblant de réciprocité, ce qui ne pourrait certes pas servir d'excuse, mais peut-être de circonstance atténuante. J'aurais dû opter pour le premier choix, mais ma préférence alla à ce moment-là au second. Je me penchai dans la tentative de téter l'un de ses deux obus. Mais elle me signifia clairement que je ne devais pas m'imaginer qu'elle allait me laisser utiliser ma petite cervelle d'Européen. Elle attrapa vigoureusement ma queue comme une poignée d'autobus et m'entraîna jusque dans la chambre de derrière, où elle me renversa d'un geste ferme sur le lit à baldaquin.

Alors que j'étais couché, sans défense, les pans de ma robe de chambre et les vestiges de ma décence comme deux ailes brisées de part et d'autre de mon colossal corps nu au centre duquel se dressait ma queue ridicule, tel un mât arborant le drapeau blanc de la reddition inconditionnelle, elle vint se poster debout au-dessus de moi sur le lit, avec ses chaussures et tout le toutim, sa tête dans le ciel rouge étoilé d'or, remonta sa minijupe de 1 centimètre pour m'offrir une vue dégagée sur sa chatte, intégralement épilée comme le sexe imberbe d'une petite fille, et commença soudain à se doigter avec vigueur et sérieux. Cela ne dura peut-être que dix secondes avant qu'elle jouisse. On ne pouvait pas vraiment parler de femme fontaine, mais quelques gouttes tombèrent bel et bien sur mon ventre velu.

— Voilà, dit-elle. Comme ça, tu n'as plus à t'en faire.

Ensuite, elle fléchit les genoux et descendit lentement en position accroupie, tout en guidant ma queue vers l'entrée de sa chatte humide.

— Ne pense à rien, dit-elle.

Tandis que je passais en revue les choses auxquelles je ne devais pas penser, par exemple le fait que j'étais sur le point de pénétrer une fille qui avait menti sur son âge et qui avait été violée dans son enfance, elle descendait impitoyablement sur ma queue et se mit à me baiser de façon très photogénique, avec ses chaussures achetées avec sa mère adoptive dans l'Outlet de Serravalle, les semelles plantées dans le matelas de part et d'autre de mes hanches sans défense, et sa paire de seins stratosphériques, si parfaits qu'ils avaient l'air faux, ondulant glorieusement sous mon nez. Je n'allais pas tenir longtemps.

— Je ne vais pas tenir longtemps, dis-je.

— Tu peux jouir dans ma chatte, dit-elle. No souci. À moins que tu préfères gicler sur mon visage ou mes seins ?

— À quoi va ta préférence ? demandai-je.

— À ce que tu suives ton instinct au lieu de faire une affaire philosophique de tout.

— OK, dis-je. Désolé.

Et c'est apparemment le moment précis que mon instinct choisit pour s'abandonner à une éjaculation mémorable dans le corps d'une enfant. Elle resta immobile, ma bite encore vibrante à l'intérieur, me regarda d'un air ironique et fit éclater triomphalement une grosse bulle de chewing-gum.

— Tu vois, dit-elle. Ce n'était pas si difficile.

4

Je m'éveillai à une heure improbable, alors que les lumières de l'aube filtraient dans ma chambre d'hôtel. Un court instant, je me sentis coupable de mon rêve érotique, jusqu'à ce que je me rende compte qu'un corps de fille dormait dans mes bras. Mon sursaut de surprise l'éveilla. Elle me sourit d'un air ensommeillé. Pourtant, attendez une minute, elle pouvait m'attendrir avec sa bouille angélique de mâcheuse de chewing-gum, mais si elle n'était faite que sur un plan métaphorique de la matière dont les rêves sont faits, cela signifiait que tout ce qui s'était passé avait eu lieu dans le monde réel, où les événements sont irréversibles et engendrent des conséquences. La question était de savoir ce que cela voulait dire.

La première chose qui me vint à l'esprit était que j'aurais bien voulu remonter quelques jours en arrière, au moment où elle avait fait son apparition en minishort au Grand Hotel Europa, et me donner à moi-même un coup de coude, là, dans le hall central, accompagné d'un gros clin d'œil bien gras. La deuxième chose qui me vint à l'esprit était que je n'avais pas le droit d'avoir de telles pensées et qu'avec tous mes grands discours sur l'éthique, la civilisation et Clio, je m'étais tout simplement laissé grimper dessus comme un vulgaire satyre libidineux par la première nymphette venue qui m'avait fait du rentre-dedans. C'était un peu facile de brandir de nobles principes et de résister à toutes les tentations tant qu'il n'y en avait pas, quand la vérité était qu'au premier test je m'étais dépouillé de mon costume de dignité encore plus vite qu'elle n'avait enlevé sa culotte. Oui, et de dire que c'était sa faute à elle, que je n'avais rien fait, ça aussi, c'était un peu facile, j'étais un pauvre con, c'est tout.

La troisième chose qui me vint à l'esprit, c'était que j'étais bien content pour finir d'avoir cette déclaration écrite qu'elle m'avait fournie de manière si peu romantique avant que je l'autorise de manière tout aussi peu romantique à me faire la démonstration de toute l'étendue de son expérience sexuelle, acquise bien trop jeune. Non que je m'attendisse à ce qu'elle me cause des ennuis, mais on ne savait jamais, dans un monde aussi petit que le nôtre, qui aurait pu en avoir vent. La quatrième chose qui me vint à l'esprit fut de me demander qui pourrait être au courant de mon funeste faux pas.

— Tu es de nouveau en train de penser, pas vrai ? dit Memphis d'une voix pâteuse.

— Pourquoi t'es-tu endormie ici ? demandai-je. Tu dois retourner dans ta chambre. Tes parents doivent déjà se demander où tu es.

— Tu as peur ? s'enquit-elle.

— Je ne voudrais pas que tu aies des ennuis, dis-je.

— Si c'était vrai, ce serait très gentil de ta part. Ne t'inquiète pas. Nous avons tous les trois notre propre chambre. Ils ne me chercheront pas avant le petit déjeuner. Mais tu as raison. Pour toi, c'est mieux que je parte maintenant.

— Pourquoi ? demandai-je.

— Pourquoi il vaut mieux que je parte maintenant ?

— Non, pourquoi as-tu fait ce que tu as fait ?

Elle était tout à fait réveillée à présent. Elle alluma la lampe de chevet et se leva. Je voyais seulement maintenant qu'elle était nue de manière classique, normale. Elle devait avoir enlevé sa minijupe et ses chaussures avant de s'endormir. Quand je la vis debout à côté du lit sans ses semelles à plateau et ses hauts talons, je fus frappé par sa toute petite taille. Seuls ses seins rappelaient encore un tant soit peu la vamp de la veille, mais pour le reste elle ressemblait quand même plutôt à une enfant. Elle passa dans l'antichambre pour récupérer son polaire et sa culotte. Je me levai aussi. J'avais encore ma robe de chambre.

Elle se rhabilla.

— C'était mon cadeau pour toi, dit-elle. Parce que tu réfléchis trop.

— Si tu le présentes comme une récompense de mes réflexions, je dirais presque que ton cadeau m'incite à réfléchir encore plus.

Elle sourit.

— Maintenant, ne va pas faire un truc romantique à l'européenne comme de tomber amoureux. Mais je n'ai pas besoin de te le dire. Et tu es suffisamment européen pour comprendre aussi qu'il serait impoli, après avoir reçu un cadeau, de s'attendre à en recevoir d'autres comme celui-là.

— Et maintenant ? demandai-je.

— Tu peux me dire merci, même si tu n'es pas obligé, dit-elle.

Elle était rhabillée.

— Écris sur moi ! Comme ça, tu comprendras peut-être mieux ce que j'ai essayé de t'apprendre. Je suis très curieuse de lire un jour dans mon pays lointain, sur un autre continent, ce que tu as fait de moi. Ce sera ça, ma récompense. Et utilise mon vrai nom, hein !

Elle me donna un baiser sur la bouche, ouvrit la porte et partit. Je la regardai s'éloigner dans le couloir et tourner le coin. Et tandis que je refermais la porte de ma chambre, je vis une ombre blanche flotter dans le couloir, mais ce n'était, j'espère, que le fruit de mon imagination.

Je me laissai retomber sur mon lit et poussai un profond soupir, comme on dit dans les romans médiocres. Mais c'est ainsi que je me sentais, comme un personnage peu crédible dans un roman vraiment très médiocre. Je sentis quelque chose de dur entre les draps. Je savais ce que c'était. Du chewing-gum. J'éclatai de rire. Ce n'était pas un roman médiocre, c'était un mauvais roman. J'avais tout intérêt à essayer de dormir encore un peu. Si je pouvais redémarrer d'ici une petite heure, le tout gagnerait probablement déjà en qualité. J'éteignis la lampe de chevet.

Mais le sommeil me fuyait, comme on dit dans les romans médiocres et les mauvais romans. J'avais besoin d'air frais. Peut-être devais-je aller faire quelques pas. Je rallumai la lampe de chevet, me levai, mis mon smoking bleu, quittai ma chambre, descendis l'escalier jusqu'au hall et sortis par l'entrée principale. Sur le perron, je pris une grande inspiration. Heureusement, je n'avais croisé personne. Le jour commençait à poindre. Il faisait frais. À bien y réfléchir, j'étais trop légèrement vêtu. Qu'est-ce qui m'avait pris de mettre mon smoking à cette heure peu élégante ? Mais je n'avais pas envie de retourner dans ma chambre pour me changer. Je descendis les marches du perron et me mis à remonter l'allée.

Après avoir marché dans le gravier pendant un temps indéterminé comme un somnambule absorbé dans des pensées non reconstituables à travers la pénombre, j'atteignis le bout de l'allée et l'orée de la forêt. Si je quittais à présent le chemin, dans la lumière encore hésitante, j'avais de fortes chances de me perdre. D'un point de vue métaphorique, c'était probablement le plus approprié que je pusse faire. Pareil égarement eût illustré à merveille mon état d'esprit. D'un point de vue intertextuel aussi, l'option était alléchante. Sans vouloir donner lieu à de nouvelles réflexions sur la différence d'âge significative qui existait entre Memphis et moi, force était de constater que, statistiquement parlant, je me trouvais à la moitié de mon chemin de vie. Je pouvais aussi, tout comme Dante, choisir pour guide Virgile, qui à son tour avait marché dans les pas d'Homère, et placer mon errance dans une forêt sombre au milieu de mon récit en référence à la descente aux enfers, qui, sur le plan non seulement géographique mais également émotionnel, constitue le point le plus bas dans l'évolution du héros, mais aussi celui où il tire de précieuses leçons pour l'avenir. Je prenais peut-être mes rêves pour des réalités, tant en supposant que le point le plus bas avait déjà été atteint qu'en espérant en tirer quelque enseignement utile, mais je décidai de prendre le risque. Je quittai le chemin pour fouler le sol tendre entre les arbres. *Procul, o procul este, profani, totoque absistite luco. Tuque invade viam vaginaque eripe ferrum. Nunc animis opus, nunc pectore firmo*[1].

Je comprenais ce que Memphis avait voulu dire en affirmant vouloir m'apprendre quelque chose. Je n'y avais vu aucune arrogance. Au contraire, elle avait raison. Car c'était exactement cela qu'elle voulait dire. J'étais tellement rompu et déformé par ma culture européenne que je ne pouvais même pas entrer dans un bois sans me demander d'abord de façon circonstanciée si c'était bien légitimé par la tradition. L'approche didactique de Memphis était drastique et inhabituelle, mais elle avait eu raison de vouloir me faire sentir ce que c'était que de sentir. Même ma crise de conscience consécutive à sa thérapie de choc fâcheusement agréable était une construction cérébrale. Mon sentiment de culpabilité était le résultat d'une analyse rationnelle des événements au regard de ce que je savais d'elle, et pouvait donc difficilement être qualifié de « sentiment ». Je me sentais surtout coupable parce que je savais que c'était de bon ton en pareille circonstance. J'aurais véritablement dû me

---

1. « Loin d'ici, profanes, loin d'ici, et sortez tous de ce bois sacré. Et toi marche avec moi, Énée, l'épée hors du fourreau. Nous avons besoin de courage, et d'un cœur ferme. » (*Toutes les sources sont indiquées en fin d'ouvrage.*)

sentir coupable de ce que mon sentiment de culpabilité n'était pas un sentiment, mais voilà qui était
à nouveau une considération rationnelle et non un
sentiment spontané.

Je m'enfonçai dans les broussailles, mais je n'étais
hélas pas près de réussir à me perdre, car je vis surgir
entre les arbres un autre sentier, balisé d'une clôture
basse et pourvu d'un panneau interdisant de s'écarter
des sentiers. J'enjambai la première clôture, traversai
le sentier, enjambai la seconde et réessayai de l'autre
côté.

Il était peut-être là, le nœud : dans cette interdiction
de s'écarter des sentiers. J'avais conclu que je devais
me sentir coupable parce que, de manière générale, ce
que j'avais fait était perçu comme quelque chose qui
ne se fait pas. D'un autre côté, je n'avais rien fait de
mal. Ainsi fonctionne la civilisation. La société est
façonnée par des conventions rationnelles, des sentiers
prescrits et des clôtures qu'on ne peut pas enjamber.
Tant que j'étais conscient des règles convenues sur
des bases rationnelles, et je l'étais, je n'avais pas à
me sentir coupable de ne pas me sentir coupable. Je
commençais quand même à avoir vraiment froid.

Mais la culture aussi était ainsi. Elle fournit les
sentiers battus. La tradition a vécu la vie avant nous,
et nous devions lui en être reconnaissants. Si, à la
moitié de mon chemin de vie, dans un état de léger
désarroi, il m'arrivait de croiser un bois, je savais quoi
faire. Ignorer ou méconnaître la tradition vous réduit à
l'état d'animal qui s'en va seul à travers la forêt, faute
de mieux et sans y attacher de signification profonde.
Et si l'art a en commun avec la beauté de la vie de
s'écarter volontairement de ces sentiers battus, reste
qu'il faut bien connaître ces chemins balisés, au risque
de retomber indéfiniment sur eux par hasard, comme il

m'arrivait cette fois encore. Pire, c'était toute une aire de pique-nique, avec une table en bois, des bancs et des poubelles. Patelski avait raison. L'une des caractéristiques de l'Europe était sa nature complètement domestiquée. Ce n'était pas une forêt sombre, mais une zone de randonnée signalisée dans laquelle je tâchais de me perdre pour des raisons métaphoriques et intertextuelles.

Memphis avait raison de me traiter de « *fucking European* ». Même le participe présent était d'application depuis, mais, indépendamment de cela, c'était ce que je voulais être. Devant une forêt, je voulais penser à Homère, à Virgile et à Dante, et non à une forêt, parce que la tradition donne aux arbres un sens que les arbres muets, malgré tout leur feuillage, ne peuvent pas inventer. J'aime le sens. Je veux me perdre comme saint Augustin dans une forêt de symboles. Les histoires donnent un sens à la vie et empruntent ce sens à d'autres histoires. C'est une conversation patiente au fil des siècles, qui ne s'arrête jamais et parle de toutes ces choses petites et grandes qui en valent vraiment la peine. Si je baise en faisant des associations d'idées, cela ne veut pas dire que je suis un handicapé qui enfouit ses sentiments et réprime son instinct, mais que j'écoute l'écho de mes sentiments dans le puits des siècles et que chaque acte que je pose, je le pose en faisant des associations d'idées, parce que sinon tout devient plat, vulgaire et vide de sens.

Clio comprenait cela. Clio était comme moi. Elle portait le nom d'une muse, fille du souvenir, tout commençait là. Et notre relation, notre amour avait bruissé d'associations d'idées. Nous pouvions remonter le passé main dans la main. Si elle avait été ici avec moi dans ce bois à la noix, nous aurions, grâce à la tradition et à tout ce que nous aurions pu broder autour, transformé cette promenade en une grande aventure.

J'avais froid. Clio me manquait. Oui, je sais, c'est un pitoyable classique du genre. L'homme saute une greluche puis s'en va pleurnicher qu'il aime encore sa femme. Mais Clio n'était plus ma femme. C'était bien ça, le problème, mais nous le savions déjà. Cette errance théâtrale à travers les fourrés ne me menait nulle part. Mes pensées tournaient en rond. Peut-être aussi que j'avais fait le tour et que c'était bon comme ça. Je voulais rentrer à l'hôtel. Mais où étaient ces chemins balisés, quand vous en aviez besoin ? Et merde. Ma veste s'était accrochée à une espèce de branche. J'avais un accroc dans mon smoking, bon sang, c'est pas vrai. Ce bois était décidément nul.

Si Clio avait été là, tu parles qu'elle aurait vécu la grande aventure avec moi. Elle m'aurait quitté pour de bon, sans gaspiller un mot de plus, et même pas tant par jalousie que parce que j'aurais perdu toute dignité à ses yeux. Il n'y avait rien à dire pour ma défense. Je m'étais laissé aller comme le dernier des cons à coucher avec une petite pouffe aux nibards bubble gum, dont je savais par-dessus le marché qu'elle avait été violée et qu'elle mentait sur son âge, et tout cela faisait de moi un con fini. C'était aussi simple que cela. Mes titres de noblesse m'auraient été retirés. Toutes les voies d'appel fermées. Je n'étais pas l'homme qu'elle imaginait, mais un homme comme les autres, et donc plus digne d'être le sien. Heureusement que je ne l'étais déjà plus. Les larmes me montèrent aux yeux, mais ce devait être le froid.

XIV

LEVÉE DE SIÈGE
AU PARADIS DU NUTELLA

1

En ces jours où je m'employais avec acharnement à vivre à Venise, dans le sens où, à l'instar de chacun des millions de touristes, je m'agaçais à temps plein de tous les autres touristes, et à cette différence près que contrairement à eux je ne repartais pas au bout de quelques jours, je reçus un e-mail urgent du Marco néerlandais. Je m'exprime mal. Je reçus un e-mail qu'il avait lui-même marqué comme urgent.

Depuis notre mémorable excursion à Giethoorn, nous avions eu des contacts électroniques réguliers, c'est-à-dire qu'il m'envoyait plusieurs fois par semaine des messages auxquels je ne répondais que rarement et, de tous les adjectifs que j'aurais pu imaginer pour qualifier notre correspondance jusqu'à présent, « urgent » était probablement le moins approprié. Il m'envoyait des coupures de journaux, des articles et des réflexions dont il avait le sentiment qu'elles pourraient avoir un vague rapport avec notre projet, si nous étions prêts à envisager notre thème de la manière la plus large possible. Avec régularité aussi, il me faisait part de ses interprétations très personnelles de mes romans et de mes poèmes, qui avaient moins à voir avec mes romans et mes poèmes qu'avec son besoin de me montrer qu'en tant que frère d'art il avait un regard très original sur certaines questions.

Jusque-là, sa méthode de travail ne m'avait pas non plus laissé une impression de grande urgence. Ce que son insistance sur le processus artistique plutôt que sur l'obtention d'éventuels résultats nous avait rapporté jusque-là, c'était surtout une gigantesque perte de temps, dont je devinais qu'elle *était* le processus artistique, pour un résultat nul. Toute sa personnalité était peu urgente. Il promenait autour de lui son regard neutre, levait les yeux au loin d'un air pensif, et de cela il avait fait sa profession. Sa gestuelle lente et savamment étudiée était censée refléter des pensées subventionnables. Si son art était motivé par l'urgence, il le cachait bien.

Un e-mail urgent était donc inédit. Je supposai qu'il concernait la subvention. Si la demande avait été rejetée, c'eût expliqué d'un côté le marquage alarmant comme urgent. D'un autre côté, il n'y aurait pas vraiment eu urgence, puisque cela aurait signifié que la situation présente allait se poursuivre, sans rien d'autre qu'un plan vague en main. L'annonce positive d'un octroi de subvention, voilà qui serait urgent en revanche, car, dans ce cas, nous devrions tôt ou tard finir par concrétiser quelque chose, mais, venant de lui, une nouvelle aussi inespérée serait arrivée marquée non pas du drapeau menaçant de l'urgence, mais d'une kyrielle d'émojis avec serpentin, confettis et chapeaux pointus. Cela m'aurait donc étonné que ce soit ça.

J'avais tout faux. Nous étions toujours sans nouvelles de la subvention. Il s'était passé autre chose qui, à son grand regret, constituait un revers majeur pour notre projet, mais par quoi, selon sa ferme conviction, nous ne devions pas nous laisser abattre. Il préférait ne pas me dire par courrier électronique ce que c'était. Il proposait de venir à Venise pour me l'expliquer de manière personnelle.

Cela ne me semblait pas une bonne idée, si bien que je décidai de l'appeler. Je dus insister un peu, mais il finit par trouver le téléphone suffisamment personnel. Il était vraiment très ennuyé, mais il allait être honnête. Il avait eu un conflit assez pénible avec Théophile Zoff. Pour me rassurer, il tenait à souligner que leur différend touchait purement à la vision artistique du projet, et qu'aucun motif personnel n'entrait en ligne de compte. Pour être franc, je ne savais pas que notre projet comportait une vision artistique, mais je gardai ma réflexion pour moi, tandis qu'il refusa d'entrer dans le contenu de cette divergence de vues, ne trouvant pas cela chic envers Théophile. Mais pour faire court, ils avaient décidé d'un commun accord qu'il valait mieux pour tous les deux que leurs chemins se séparent, ce qui signifiait tout simplement que Marco avait exclu Théophile de l'équipe.

J'étais étonné. C'était la première fois que je surprenais le Marco néerlandais faisant preuve d'un peu de poigne. Je voulus l'en féliciter, mais je m'abstins et dis à la place que je comprenais qu'en tant que réalisateur il avait dû prendre ses responsabilités. En outre, cela ne semblait pas une grande perte pour notre film, si tant est qu'il dût voir le jour, de devoir se passer de compteur d'hippopotames, mais là encore je m'abstins et me contentai de dire que j'avais pleine confiance dans l'équipe restante.

Deux jours après notre appel téléphonique, je reçus un long e-mail de Marco qui se confondait en remerciements pour les mots positifs que j'avais eus à son égard après ce revers, dont il se sentait encore un peu coupable, et que ma réaction, qu'il avait vraiment ressentie comme un soutien fantastique, l'avait motivé à reprendre notre projet en main avec une énergie renouvelée. Comme, en attendant la subvention, nous n'avions pas encore de budget pour des voyages lointains, il se félicitait d'avoir eu l'idée géniale d'attaquer le plus gros sujet près de chez nous, et il faisait par là référence, je l'avais bien sûr deviné, à Amsterdam. J'aurais plutôt cru Venise, mais visiblement il voulait dire près de chez lui, et non près de chez moi. Mais, après tout, Amsterdam était la Venise du Nord. Tout comme Giethoorn, d'ailleurs. Afin de ne pas seulement étudier le tourisme de masse à Amsterdam sous l'angle problématique, mais d'en explorer aussi les solutions possibles, il trouvait judicieux que j'interviewe le fonctionnaire responsable du marketing urbain. Fort de son regain d'enthousiasme pour notre projet consécutif à sa conversation téléphonique avec moi, il avait pris la liberté de fixer un rendez-vous tout de suite. Pouvais-je venir la semaine prochaine à Amsterdam ? Ce fonctionnaire était en outre l'un de mes admirateurs. Il avait déjà lu trois fois *La Superba* et avait fait cadeau de mon roman à tous les membres du service de la communication externe.

2

Je n'avais pas envie d'aller à Amsterdam. Mes journées vénitiennes remplies d'émerveillements, de petits agacements et de Clio s'égrenaient sans effort en une vie joyeusement pétaradante, les Pays-Bas et leur linéarité étaient loin de mes pensées, et un voyage dans le Nord eût fâcheusement perturbé mon autohypnose entre les *palazzi*, dans les *calle*, le long des canaux lents.

D'un autre côté, ce n'était peut-être pas une si mauvaise idée d'y aller. Je pourrais combiner cela avec une visite à mon éditeur néerlandais, Peter Nijssen, à qui j'aurais dû parler depuis longtemps déjà de mon projet d'écrire aussi un roman sur le tourisme en parallèle du documentaire. Enfin, c'était l'idée de Clio, mais je m'étais mis à y croire de plus en plus. Quand bien même ce film ne devrait jamais voir le jour, je voulais écrire ce livre, même si cela impliquait de devoir financer seul mes recherches. À moins éventuellement que mon éditeur puisse faire un geste pour moi à cet égard-là aussi.

Une raison supplémentaire, à première vue banale mais qui constituait à mes yeux un argument relativement décisif en faveur d'un saut rapide à Amsterdam, était que je n'avais que peu pris l'avion cette année et qu'il me fallait 60 vols, ou 50 000 miles, pour pouvoir prolonger d'un an ma Freccia Alata Gold Card d'Alitalia. Un aller-retour Venise-Amsterdam via Rome m'assurait quatre vols éligibles.

J'appelai mon agent aux Pays-Bas et lui demandai de prendre rendez-vous avec mon éditeur. En dernière minute, il parvint encore à me faire participer à une soirée-débat sur la mondialisation au centre culturel De Balie, de sorte que mes quatre vols éligibles me furent en plus remboursés.

3

Cela faisait du bien de revoir Peter. Comme au bon vieux temps, nous allâmes manger chinois dans la Warmoesstraat. La seule chose qui me manquait parfois en Italie, sur le plan culinaire, c'était la cuisine asiatique. Certes, il y en avait aussi là-bas, mais les plats y étaient lâchement adaptés au goût italien. Si je voulais du chinois, je voulais du vrai chinois, adapté au goût hollandais.

En professionnel, il faillit exploser d'enthousiasme en entendant mon idée de nouveau livre, si ce n'est que je crus déceler que l'explosion était moins spectaculaire que d'habitude. Je lui demandai s'il avait des réserves quant au thème du tourisme. Il nia catégoriquement. Au contraire, c'était à son avis le thème le plus génial de tous les temps, et mes mains capables sauraient à coup sûr en faire un petit bijou désopilant et même d'une certaine profondeur ; il avait juste peur que mes lecteurs aient un peu moins d'affinités avec ce thème-là. Il devait se corriger. Il était plus correct de dire que les lecteurs avaient justement trop d'affinités avec le thème du tourisme pour être tout à fait prêts à se laisser convaincre de s'intéresser à un livre sur le sujet. Il suffisait de regarder autour de nous. Étais-je au courant que le tourisme à Amsterdam était en train d'échapper à tout contrôle et que les Amstellodamois, s'ils ne s'étaient pas déjà enfuis, en avaient plein le dos ? La Warmoesstraat, en bordure du quartier rouge et où nous étions en train de dîner si agréablement, était une base arrière du tourisme le plus bas de gamme que je puisse imaginer, se finissant en pisse dans le canal et en vomi sous les porches. Connaissais-je le phénomène du vélo à bière ? Des magasins de Nutella ? Des Anglais ivres qui prenaient un vol Ryanair le vendredi après le travail et rentraient le lundi matin par Ryanair, et qui ne voyaient même pas l'utilité de prendre un hôtel entre les deux ? Étais-je au courant des nuisances épiques engendrées par Airbnb ? De la hausse des prix de l'immobilier ? Du centre dépeuplé et de l'âme de la ville bradée ? Il n'était pas en train d'affirmer que tous mes lecteurs habitaient Amsterdam, mais il craignait que cette problématique ne fasse tellement partie de l'insoutenable pesanteur de l'être au quotidien pour les Amstellodamois qu'ils ne veuillent pas en plus lire un livre sur le sujet. À moins que cela ne devienne désopilant, bien sûr, ce qui serait certainement le cas, il savait qu'il pouvait me faire confiance là-dessus, et c'est pourquoi, malgré ses réserves, il trouvait quand même le sujet fantastique.

Je hochai la tête. Voilà pourquoi Peter Nijssen était un si bon éditeur. Il mettait infailliblement le doigt sur la plaie. En aucun cas, cela ne devait devenir désopilant. Les croquis satiriques des différents types de touristes que je lui avais donnés à lire, et qui étaient parus entre-temps dans *Vrij Nederland* sous forme de série divertissante assortie d'illustrations comiques, constituaient un point de départ erroné et avaient à juste titre suscité chez Peter des attentes erronées. Il n'avait jamais été dans mon intention d'écrire un petit bijou badin sur un phénomène jugé en général comme irritant ou ridicule. Cet angle de vue me semblait tout aussi peu intéressant pour le livre que pour l'hypothétique documentaire.

— En fait, mon but n'est pas du tout d'écrire un livre sur le tourisme, Peter. Merci à toi de me forcer à me montrer plus explicite à cet égard. Les touristes ne sont que le symptôme de quelque chose de plus grand et de plus grave, tout comme les gens à un enterrement ne sont qu'un symptôme de la mort. C'est cela que je veux explorer dans mon livre. Il doit traiter de l'Europe, de l'identité européenne empêtrée dans le passé, et du bradage de ce passé sur un marché globalisé faute d'autres options crédibles. Ce livre doit devenir une déclaration d'amour à l'Europe pour ce qu'elle fut jadis, et qui, pour ce qu'elle fut jadis, se fait en ce moment piétiner par l'ultime et irrémédiable invasion barbare. Ce sera un livre triste sur la fin d'une culture.

— Une sorte de *Montagne magique* du XXIe siècle, dit Peter.

— C'est bien que tu mettes la barre haut.

— Il nous faut un titre.

— Je n'ai pas encore de titre.

— Un titre provisoire, alors.

— *Les Funérailles de l'Occident.*

— Oswald Spengler.

— Ben oui, fis-je. C'est un peu trop proche du *Déclin de l'Occident*. C'est pour ça que ce n'est pas un bon titre. Je ne voudrais pas m'associer au conservatisme de Spengler. Pour une culture qui s'est enlisée dans son passé, la nostalgie des anciennes valeurs n'est pas le remède, mais la maladie.

— Comme titre de travail, ça peut suffire pour l'instant.

— À part ça, tu as d'autres suggestions, Peter ?

— Je n'oserais pas. Tu sais mieux que quiconque comment aborder un projet aussi ambitieux. Ce serait présomptueux de ma part de te suggérer quoi faire. Tant que tu en fais un livre personnel.

— Que veux-tu dire, Peter ?

— L'amour au temps du tourisme de masse, voilà ce que je veux dire. Il faut que cela parle de Clio et de toi, d'une historienne de l'art et d'un spécialiste des lettres classiques, deux personnages à Venise, accrochés au passé, et qui rendent tangible, sur un plan incarné, le mal abstrait et philosophique de l'Occident.

Oui, Peter, comme d'habitude tu as tout à fait raison, mais je ne peux pas faire ça à cause de cette promesse que j'ai faite naguère à Clio, sur la place Saint-Marc, de n'écrire sur elle que le jour où l'on ne s'adresserait plus la parole, dans l'espoir justement de ne jamais devoir écrire sur elle. Mais je ne vais pas te dire ça maintenant, Peter. J'inventerai bien quelque chose. Inventer est ma spécialité.

— *L'Amour au temps du tourisme de masse*, dis-je. Voilà qui est encore mieux comme titre de travail.

— Adopté. Quand penses-tu pouvoir me donner le manuscrit ? Si tu pouvais m'envoyer un petit projet de texte la semaine prochaine pour le nouveau catalogue, je ferais faire une maquette de couverture. Concernant le montant de l'à-valoir, je contacterai ton agent.

4

Le lendemain, je parlai au Marco néerlandais de ma conversation avec Peter. Il réfléchit, le regard perdu dans le lointain. Puis il dit :

— La plus grosse peau de banane, c'est la superficialité. Cela vaut aussi bien pour ton livre que pour notre film. Le tourisme est un phénomène caractérisé dans une large mesure par la superficialité, ce qui rend très tentant de le traiter de manière superficielle. C'est le gag de la peau de banane. Mais nous devons le traiter comme un assassin parmi nous. Quel est le poète qui a dit ça, déjà ?

Marco avait raison. Je n'aurais pu mieux le formuler moi-même.

— Hans Lodeizen, dis-je. Le différend avec Théophile Zoff portait aussi là-dessus ?

— Non, dit-il. Il s'agissait plutôt d'une divergence de vues sur le degré d'intelligibilité souhaitable pour notre projet. Tu as écrit un très bel essai sur cette notion il y a quelques années.

— Je parlais de poésie.

— Précisément, dit-il. Théophile est un poète. Il est doué pour préserver le mystère. Or nous voulons créer de la clarté. Nous avons une histoire à raconter. Cela engendre certaines obligations envers notre public cible. Nous ne pouvons pas nous permettre le luxe de compter sur la puissance suggestive d'un hobby solitaire pratiqué en amateur.

— Qu'est-ce que tu as mangé aujourd'hui, Marco ? Tu as pris une pilule ou quoi ?

— Pourquoi ?

— Je ne t'ai jamais vu aussi percutant.

— J'ai beaucoup réfléchi dernièrement.

De la Kalverstraat, nous débouchâmes sur la place du Dam. Marco et moi nous étions retrouvés deux heures avant le rendez-vous fixé pour l'interview avec le fonctionnaire responsable du marketing urbain, car il voulait me montrer la partie la plus touristique du centre-ville. Selon lui, le centre avait beaucoup changé ces derniers temps. Je n'étais plus venu à Amsterdam depuis longtemps, et il était curieux de voir quels changements me sauteraient aux yeux.

Je trouvais surtout qu'il y avait beaucoup de monde dans la rue. Avant, à condition de faire tinter sa sonnette, on pouvait encore illégalement traverser la zone piétonne à vélo, mais cette petite satisfaction avait été retirée aux Amstellodamois. À présent, même les pistes cyclables étaient envahies par le flot de touristes, et elles étaient devenues presque impraticables pour les deux-roues.

La nouveauté la plus visible concernait l'offre de magasins. Comme je m'y attendais, les quelques commerces pittoresques présents dans mes souvenirs n'avaient pas résisté aux loyers astronomiques pratiqués par des propriétaires décidés à presser la ville jusqu'à la dernière goutte. Je voyais beaucoup de boutiques de vêtements qui ressemblaient moins à des magasins où les clients pouvaient choisir parmi un large assortiment de produits variés, en vue de procéder éventuellement à un achat, qu'à des vitrines réduites à une ou deux marques exclusives, placées à des endroits stratégiques le long d'artères passantes, tels des comptes Instagram faits de brique et de verre.

Je fus frappé par les magasins de fromages. Ils étaient conçus avec soin et aménagés comme de véritables magasins de fromages. Lettrage gothique et recours abondant au bois blanc garantissaient l'image artisanale et authentiquement hollandaise de la marchandise. Mais pas un Amstellodamois ne serait entré pour y acheter quelques tranches de gouda jeune, un morceau de brie ou un camembert, car il n'y en avait pas. L'offre se composait d'un choix limité et préemballé sous vide pour l'avion, de fromages hollandais tels que l'édam ou l'Old Amsterdam vendus à prix d'or, et de planches à fromage en bleu de Delft ornées de dessins de moulins à vent, ainsi que de l'ustensile de ménage néerlandais le plus exotique et le plus mystérieux qui fût aux yeux des étrangers : le rabot à fromage. Certaines boutiques de fromages avaient également un rayon proposant des bulbes de tulipes dans de pimpants emballages-cadeaux.

Je demandai à Marco s'il pouvait me montrer l'un de ces fameux magasins Nutella dont Peter m'avait parlé. Nous n'eûmes pas à marcher bien loin. Damstraat. En effet, cela dépassait l'entendement. Déjà, le fait qu'un franchisé désespéré, ayant lu dans un manuel qu'il devait faire dans l'originalité, ait eu un jour l'idée funeste de remplir toute sa boutique de pots de pâte à tartiner au chocolat ressemblait plus à un gag tiré d'un roman comique mais peu crédible qu'à un véritable concept de commerce de détail, mais qu'il y eût une demande suffisante de Nutella pour justifier l'implantation de dizaines de magasins de ce type à des emplacements triple A, voilà qui défiait mes facultés explicatives, ce qui revenait à dire, en un mot comme en cent, que je n'y comprenais rien.

— Personne n'y comprend rien, dit Marco. Ce qui s'est passé, c'est qu'en 2012 des marchands de glaces et de gaufres ont commencé à mettre en vitrine des pots de Nutella de 5 kilos, et en un rien de temps la ville n'était plus concevable sans Nutella.

— Comme l'Empire romain au Ve siècle après Jésus-Christ qui a soudain été la proie, à la veille de son déclin, de toutes sortes d'inquiétants miracles que personne ne pouvait expliquer.

Je n'avais pas fini ma phrase que je vis un présage encore plus terrifiant que tous ceux que les chroniqueurs romains avaient enregistrés de leur plume tremblante dans leurs annales. C'était exposé dans la vitrine du magasin Nutella, en illustration d'un plat qu'on pouvait commander à l'intérieur. Aujourd'hui encore, à la seule évocation de cette vision monstrueuse gravée dans ma mémoire, je dois vaincre un haut-le-cœur pour vous décrire ce que je vis. Il s'agissait d'un « Pizza Cone », c'est-à-dire une crêpe en pâte à pizza, roulée de manière à former un cornet comestible, remplie de frites nappées de Nutella et parsemées de M&M's multicolores, le tout fixé par un glaçage et couronné d'une rosette de chantilly, dans laquelle trônait un donut frit, enrobé d'une sauce au chocolat et saupoudré de granulés de toutes les couleurs.

— Ne me regarde pas de cet air interrogateur, se justifia Marco. Je ne sais pas non plus.

— Je ne vois qu'une seule explication possible, dis-je, et c'est l'infantilisation du monde. Ce truc est un fantasme de gosse. Mais ce n'est pas destiné à des enfants. C'est trop gros, trop gras, trop difficile à manger et c'est exposé trop haut, à hauteur d'yeux d'une clientèle adulte. C'est destiné à des touristes adultes, qui se sentent en vacances dès qu'ils peuvent se comporter de manière infantile et irresponsable.

— D'après toi, il s'agirait donc de nostalgie de l'enfance ? dit Marco. C'est une hypothèse intéressante.

— Pas exactement. D'après moi, il n'est pas question de regrets à l'égard d'une jeunesse à jamais perdue, mais d'une volonté acharnée de prolonger cette jeunesse. Les gens refusent de devenir adultes. Tu peux l'observer partout autour de toi. À 30 ans, Alexandre le Grand avait déjà conquis le monde. Vers le même âge, Jésus-Christ avait sauvé l'humanité. Alors qu'aujourd'hui, quand un trentenaire contracte un simple prêt hypothécaire, tu le retrouves le soir au café, suçotant la paille colorée de son long drink en s'excusant auprès de ses amis de faire des choses apparemment si matures, mais qu'ils ne tombent pas dans le panneau, car sa maturité n'est qu'un déguisement ironique temporaire. Dans l'eldorado hédoniste de la jeunesse éternelle, les responsabilités sont balayées d'un geste de la main, comme un truc ennuyeux de grandes personnes. À cause de cette pression globalisée à l'amusement, qui nous renvoie qu'une vie ne peut être considérée comme réussie que si on la passe à rigoler, et à cause du culte religieux de la jeunesse, le comportement infantile est devenu la norme.

— Et le tourisme a quelque chose à voir là-dedans ? demanda Marco.

— Bien sûr, affirmai-je. Tout comme on pouvait vivre son statut d'enfant encore plus intensément pendant les grandes vacances, les vacances sont aujourd'hui, pour beaucoup de gens, la période par excellence où ils peuvent se lâcher et s'amuser comme des petits fous dans le gigantesque parc d'attractions qu'est devenu le monde. Les vacances font encore plus remonter l'enfant chez nos congénères déjà infantilisés. Et c'est pourquoi les touristes mangent cette monstruosité de nourriture régressive.

— Comme tu es là, tu viens d'improviser une belle analyse du monde à partir d'un plat au Nutella, dit Marco. Dommage que je n'aie pas ma caméra.

— Oui, dis-je, dommage que tu n'aies pas ta caméra. Ce sera encore à moi de tout retranscrire dans mon livre. Comme d'habitude.

— On doit y aller, dit Marco. Le fonctionnaire nous attend.

— Comment s'appelle-t-il, déjà ? Je n'arrive pas à retenir son nom.

— Van Tiggelen. Tjalko Van Tiggelen.

— On retrouve Greet et le Marco italien là-bas ?

— Mon homonyme s'excuse. Il travaille à son film sur les chamans coréens. Et Greet préfère à ce stade se concentrer sur la demande de subvention. Je pense que c'est plus judicieux.

— Je le pense aussi.

5

— Ce que ces magasins Nutella nous montrent en fin de compte, dit Van Tiggelen, c'est que nous n'avons pas en main les outils pour y faire quoi que ce soit – à supposer qu'il y ait une volonté en ce sens, car vous ne devez pas oublier non plus que cette cochonnerie rapporte des fortunes. Il serait peut-être bon que j'esquisse brièvement les antécédents. L'histoire remonte à 2009, année de légende pour nous. À l'époque, le glacier le plus populaire de la ville, Monte Pelmo, dans la Tweede Anjeliersdwarsstraat, menaçait de devoir fermer boutique faute de licence de restauration. À la suite de la manifestation lancée par les libéraux contre « la fièvre moralisatrice » qui s'était emparée d'Amsterdam, comme on appelait à l'époque toute tentative de faire respecter certaines règles, la commune a décidé de classer les glaciers parmi les commerces de détail, de sorte que la licence pour la restauration, très astreignante, n'était plus obligatoire dans leur cas. Depuis lors, les commerces sont autorisés à vendre de la nourriture sans règles supplémentaires particulières, à condition de ne pas préparer cette nourriture eux-mêmes et de ne pas se comporter de facto comme des établissements de restauration, par exemple en installant une petite terrasse. Voilà comment s'est ouverte la brèche dans laquelle se sont engouffrés les gars de Nutella. C'est un premier point.

« Le deuxième point, c'est moi qui, à mon tour, voudrais bien vous demander quelle sorte de magasins vous aimeriez voir à la place de ces palais du bon goût que vous décriez. Un petit épicier sympa ? Un cordonnier ? Une librairie spécialisée en poésie ? Je vous donne entièrement raison. Je suis à 100 % de votre côté. Mon seul souci, c'est que j'ignore comment les exploitants précités pourraient douiller l'hallucinant loyer de plusieurs dizaines de milliers d'euros par mois. En tant que pouvoir public, je n'ai aucune influence sur ce loyer tant qu'il s'agit d'un immeuble de propriété privée. Vous n'aimeriez pas non plus que j'intervienne en tant qu'État dans vos honoraires. Si le propriétaire et le locataire sont tous les deux d'accord pour qu'on tartine du Nutella dans cet immeuble, la municipalité n'a aucun moyen de s'y opposer. Nous vivons, que cela nous plaise ou non, dans une économie de marché, où il est malheureusement permis d'entreprendre. En tant que gouvernement, je dois me contenter de regarder, les mains liées, le comble étant qu'avec ces mains liées on s'attende en plus à ce que j'applaudisse parce qu'on crée des emplois.

« En dernier recours, je pourrais faire appliquer la fameuse réglementation du clapet anti-retour, qui empêche à un endroit donné l'ouverture d'un business du même type que celui qui vient de fermer, mais je n'en suis pas encore là. Et la question est de savoir si cela résoudrait quoi que ce soit. Je pense qu'il n'y a pas d'autre choix pour les habitants de cette ville que d'apprendre à vivre avec cette nouvelle donne économique. C'est une illusion de penser que le petit épicier sympa reviendra là où passent 10 000 personnes par jour.

« Cela nous amène à la problématique de la location de chambres. Là où, dans le cas de Nutella, on pourrait décréter qu'il s'agit en fin de compte d'une question de goût, parce que les désagréments, pour ceux qui ne mettent pas ces machins en bouche, sont relativement limités, la location de logements privés par des particuliers via Airbnb constitue un sérieux problème, tant pour les habitants que pour l'administration municipale. Cela cause un nombre inacceptable de désagréments aux riverains, il n'y a pas à polémiquer là-dessus. Lorsque la maison de vos voisins, toute l'année durant, été comme hiver, abrite de joyeux vacanciers qui traînent leurs valises à roulettes dans l'escalier et ne tiennent compte de rien d'autre que leur propre plaisir, vous avez un problème. Ces nuisances se traduisent en outre par une hausse exorbitante des prix de l'immobilier. Si un modeste bien au centre-ville peut rapporter de l'or en barre, les petits malins sautent sur l'occasion, avec pour corollaire qu'un logement en centre-ville, pour celui qui voudrait juste y vivre, est devenu inabordable. Résultat des courses, les Amstellodamois qui vivent encore ici tirent leurs marrons du feu, s'empressent d'empocher la plus-value de leur habitation, tournent le dos aux nuisances et à la ville, et c'est une maison de plus qui tombe définitivement aux mains du business du tourisme, devenant inaccessible en qualité de logement. Avec pour conséquence ultime un dépeuplement de la ville. Mais vous vivez à Venise. Vous connaissez ça par cœur.

« En outre, la location privée constitue une concurrence déloyale vis-à-vis des hôtels. Vous pourriez objecter que c'est le problème des hôtels, mais je me devrais de vous corriger vivement. Pour ces hôtels, nous avons élaboré une kyrielle de permis, de normes anti-incendie, de règles d'hygiène, etc., et nous ne l'avons pas fait par sadisme ou parce que nous voulions pourrir la vie des hôteliers. Il y a de bonnes raisons à toutes ces règles qui, en fin de compte, servent à protéger le consommateur et les riverains. La location privée se soustrait à ces règles et peut donc pratiquer des tarifs inférieurs à ceux des hôtels. C'est comme si vous me disiez que vous alliez faire concurrence aux hôpitaux en offrant des interventions médicales à moitié prix dans votre arrière-cuisine, où vous n'avez pas à subir tous ces contrôles et toutes ces réglementations qui rendent les hôpitaux si chers. C'est interdit, et vous trouvez cela justifié.

« Eux disent que nous ne sommes pas assez flexibles pour nous adapter à la nouvelle économie, au *peer-to-peer*, à l'économie collaborative, à l'offre et à la demande qui s'ajustent sans l'intervention d'une instance régulatrice, au nouveau monde, à l'avenir. C'est ce que nous appelons, pour employer un terme technique, du pur *bullshit*. La vieille économie est déjà problématique et la nouvelle économie vient rajouter une couche. La vieille économie pourrait se résumer en disant qu'il s'agit d'un jeu dont le but est de vendre le plus cher possible un produit aussi bon marché que possible. Tout l'art consiste à minimiser les coûts pour un certain niveau de qualité et de sécurité, et à maximaliser le prix de vente. En tant qu'instance de contrôle, le gouvernement aplanit les risques de débordement en fixant ces exigences minimales en matière de qualité et de sécurité. Dans la nouvelle économie, le jeu est le même, sauf que l'arbitre a été supprimé. Vous êtes donc à la merci des bandits. Et c'est ce que nous voyons se passer en ville pour l'instant.

« Parce qu'elle a l'air sympa, en effet, l'idée d'Airbnb de dire qu'en tant qu'honnête travailleur vous pouvez mettre un peu de beurre dans vos épinards en louant votre mansarde pour quelques jours à un citoyen du monde que ça intéresse. Mais bien sûr, ce n'est pas comme ça que ça marche. L'échelle locale de l'économie collaborative telle que l'exalte Airbnb est une pure fiction. L'argent ne va pas dans la poche des honnêtes citoyens qui ont une chambre d'amis. On estime que près de deux tiers des logements proposés à la location via Airbnb appartiennent à des multipropriétaires. L'argent va dans la poche des truands de l'immobilier et d'Airbnb lui-même.

« Dans un avenir pas si lointain, cela conduira inévitablement au scénario où les habitants de la ville se transforment en une classe de serviteurs établie dans les faubourgs, à la solde des touristes du centre. C'est déjà le cas dans de nombreuses villes européennes. Florence et Venise en sont des exemples extrêmes. Je pourrais également citer Athènes ou Lisbonne. Et dans ces villes pauvres, qui ne génèrent presque aucun revenu en dehors du secteur touristique, la tentation est grande de considérer ce scénario comme une solution plutôt que comme un problème. À Amsterdam, nous avons peut-être encore juste assez d'activités parallèles à notre vocation touristique pour nous autoriser le luxe de réfléchir à d'autres possibilités.

6

— C'est ainsi que notre politique actuelle, poursuivit Van Tiggelen, est axée sur l'endiguement de la location privée via Airbnb. Il n'est cependant pas simple de mettre cette politique en œuvre. Pour commencer, le siège social d'Airbnb à San Francisco n'est pas particulièrement emballé, c'est le moins que l'on puisse dire, à l'idée de coopérer à nos efforts pour maîtriser le phénomène. Pas étonnant. Ces philanthropes autoproclamés de l'économie du partage n'ont qu'à regarder leurs écrans d'ordinateur, les bras croisés et les doigts de pied en éventail, pour devenir riches comme Crésus. Ils ne voient aucune urgence à changer quoi que ce soit. Mais la conséquence de cette attitude peu coopérative, c'est que nous n'avons même pas de chiffres concrets. Nous devons travailler avec nos propres estimations. Si vous croyez que San Francisco va nous envoyer un beau petit fichier Excel avec les adresses, les prix de location et le nombre de nuitées, toutes données dont ils disposent, bien entendu, vous vous fourrez le doigt dans l'œil. Et quand nous avons voulu introduire une obligation de déclarer les biens privés offerts en location, Airbnb a appelé ses utilisateurs à protester contre nous, au motif que cette mesure était prétendument excessive et constituait une atteinte à la vie privée des propriétaires. Pour vous donner une petite idée de leur arrogance.

« À présent, nous avons fixé un plafond de 60 nuitées par an pour la location privée. Nous sommes en train d'étudier une interdiction totale, au moins dans certains quartiers, mais c'est juridiquement complexe. Berlin a essayé, mais ils en sont revenus, car cette interdiction s'est avérée indéfendable au regard de la loi. Et toute restriction que vous apportez s'enlise dans le problème de l'application. En cas de location illégale, la charge de la preuve incombe à la commune. La fraude à la location doit être signalée, après quoi un contrôleur doit prouver que l'immeuble n'est pas utilisé comme véritable habitation. Nous devons envoyer des patrouilles de surveillance devant la porte. C'est coûteux en temps et en argent, et, honnêtement, ce n'est pas faisable.

« Je serais partisan d'une campagne de sensibilisation comme celle que nous avons menée pour les activités nuisibles à l'environnement. Airbnb doit perdre son image joyeuse et innocente. Nous devons faire comprendre aux gens que, quand ils mettent une habitation en location sur le site ou qu'ils réservent une adresse à l'étranger via ce site, ils collaborent à un système conçu par des capitalistes américains dans le seul but de s'enrichir personnellement, et qui disloque la structure sociale des centres-villes européens. Ils contribuent à l'effondrement d'un secteur hôtelier bien régulé et facilement contrôlable, et se rendent complices de la prolifération sauvage d'un circuit gris, semi-légal, ignorant les normes de sécurité et éludant l'impôt, ainsi que du dépeuplement et en fin de compte de la destruction des centres historiques. Ah ça ! c'est authentique, de loger dans une vraie maison, mais ça a tôt fait de vous transformer une ville en Disneyland.

« Mais la question est de savoir si une telle campagne de sensibilisation servirait à quelque chose, et je me dois de nouveau d'être très honnête sur le sujet. En définitive, cela reste une question d'offre et de demande. La seule vraie solution aux problèmes causés par le tourisme est de réduire le tourisme.

« Je vous entends objecter qu'en tant que Ville d'Amsterdam, nous devrions ménager nos touristes parce qu'ils fournissent une contribution non négligeable à l'économie locale. Qu'il faut trouver un équilibre entre les deux plateaux de la balance. J'ai souvent entendu cet argument. Mais peut-être m'autoriserez-vous à vous soumettre quelques chiffres.

« Il est très difficile de calculer exactement combien de touristes viennent à Amsterdam et combien ils dépensent, car cela dépend des définitions que vous adoptez. Mais ce que le tourisme rapporte à la commune est en revanche parfaitement connu. Les chiffres sont clairs et sans équivoque. On parle de 60,8 millions d'euros en taxes de séjour et de 3,3 millions d'euros en taxes sur les tickets de promenade en bateau. Le bénéfice total pour la communauté s'élève donc à 64 millions d'euros par an. Je vous donne les chiffres de l'an dernier, qui sont les plus récents que nous ayons.

« En face, il y a naturellement aussi des coûts. Nous devons mettre à pied d'œuvre des agents de police supplémentaires pour tous ces touristes saouls, ceux qui ont été dévalisés ou se sont égarés. En moyenne dix fois par jour, il y a une ambulance qui sort pour une urgence médicale impliquant un touriste étranger. La charge des services de voirie est considérablement accrue, et ainsi de suite. Je vous épargne les détails, mais si vous additionnez tous les coûts supplémentaires supportés par la commune à cause du tourisme, vous obtenez un montant de 71 millions d'euros par an. Ce qui fait donc, pour les deniers publics, un déficit de 7 millions d'euros.

« Et nous n'avons encore compté que les coûts visibles. Vient en sus toute une série de coûts invisibles, difficilement évaluables, mais qui n'en sont pas moins réels. Pensez par exemple à la perte d'attractivité d'Amsterdam en tant que lieu de résidence, aux Amstellodamois qui ne vont plus faire de shopping dans le centre-ville le week-end, ou aux entreprises qui quittent ou évitent la ville en raison de l'agitation ou parce que leurs employés ne peuvent plus s'y payer un logement. C'est un manque à gagner pour la commune, et donc un coût. Voilà comment la facture nette pour les affaires publiques dépasse encore de quelques crans ces 7 millions d'euros par an.

« Le secteur privé tire bien évidemment des revenus du tourisme. Mais cet argent disparaît pour l'essentiel dans les poches d'un petit nombre de grands entrepreneurs. Cela signifie que l'on dépense des fonds publics pour permettre à quelques grands acteurs de s'enrichir. Vous pouvez vous demander si c'est une situation souhaitable.

« À cela s'ajoute que la plupart des entreprises qui profitent du tourisme sont entre des mains étrangères. Madame Tussauds et The Amsterdam Dungeon font partie de Merlin Entertainments, qui exploite aussi Legoland et le London Eye. Le tout appartient au fonds d'investissement américain Blackstone Capital Partners. L'Amstel Hotel a été vendu en 2014 pour 800 000 euros par chambre à un investisseur qatari. Le Krasnapolsky est la propriété d'Axa. Les bateaux touristiques de Canal Company appartiennent à une société suédoise. Ce sont les quelques exemples qui me viennent à l'esprit pour l'instant. Alors que le tourisme coûte de l'argent au contribuable, les bénéfices qui en découlent partent en grande partie à l'étranger. L'idée qu'Amsterdam profite du tourisme est une chimère. Il y a plein de bonnes raisons pour accueillir les touristes à bras ouverts – parce que nous sommes hospitaliers, par exemple, ou que nous sommes fiers de notre belle ville –, mais nous devons bien nous rendre compte que leur venue nous coûte de l'argent.

« À un moment donné, nous avons donc mis à contribution les méninges de tout le monde à la mairie pour voir comment récupérer un minimum de contrôle sur le flot exponentiel de touristes qui inonde Amsterdam. Et, en collaboration avec le service de la communication externe, j'ai mis sur pied un tout nouveau modèle de marketing urbain. Je dois vous avouer que je n'en suis pas peu fier, je n'ai pas honte de le dire. Il s'agit d'une forme révolutionnaire de promotion urbaine, unique au monde, visant à faire sortir les touristes de la ville, plutôt que de les y attirer. Vous pourriez dire également que nous avons quelque peu agrandi Amsterdam. C'est ainsi que, dans notre marketing, Zandvoort s'appelle désormais "Amsterdam Beach". Le Muiderslot est devenu "Amsterdam Castle". Les lacs hollandais ont été rebaptisés "Lakes of Amsterdam". Nous travaillons actuellement à transformer Rotterdam en "Amsterdam Harbour", mais nous nous heurtons encore à un manque d'enthousiasme de la part des Rotterdamois.

« Et maintenant, vous allez me demander si cela a fonctionné. Je vous remercie pour cette question. La réponse est oui. Grâce au changement de nom, le nombre de visiteurs au Muiderslot a doublé. À Zandvoort, cela a même tellement bien fonctionné qu'une plateforme de riverains s'est constituée pour protester contre le tourisme balnéaire, qui est en train de dépasser les bornes. En l'espace de deux ans, ils ont écopé des mêmes problèmes que nous. Personnellement, je trouve que c'est un succès qui mérite d'être souligné. Le seul bémol par rapport à nos attentes initiales, c'est que cette augmentation spectaculaire du tourisme dans les communes périphériques n'a pas vraiment entraîné de diminution sensible du nombre de visiteurs à Amsterdam.

« Selon nous, c'est une question de persévérance, et nous avons enrichi notre stratégie de dispersion des touristes d'une panoplie de parcours thématiques. Notre premier thème était Van Gogh, en 2015. Nous avons jumelé le musée Van Gogh d'Amsterdam avec le Kröller-Müller en Gueldre, ainsi qu'avec les lieux où le peintre est né et a grandi dans le Brabant. L'idée est que le visiteur suive notre fil rouge et soit guidé en douceur hors d'Amsterdam. Nous parlons bien évidemment de visiteurs intéressés par la culture, qui représentent une toute petite minorité du flux touristique global, mais nous avons reçu de leur part des réactions très positives.

« Nous avons donc continué à réfléchir en ce sens et créé d'autres parcours thématiques. Par exemple, pour l'année de commémoration du peintre Mondrian et du mouvement De Stijl, nous avons entamé une collaboration avec la ville de Drachten, où l'architecte Theo Van Doesburg, fondateur de De Stijl, a conçu 16 maisons de classe moyenne en 1920. Nous avons discuté avec la commune de Drachten et dit : "Vous avez un produit intéressant, un beau lien avec notre thématique, mais le musée est-il bien préparé à la venue de visiteurs étrangers ? Les panneaux signalétiques sont-ils en anglais ?" Ce genre de choses. Très basique. Mais il faut y penser. "Par ailleurs, votre ville toute seule, c'est un peu maigre. Y a-t-il éventuellement autre chose d'intéressant dans la région ?" Et oui, c'était le cas. Nous avons donc créé un cluster avec la commune d'Eelde, où Bart Van Der Leck a conçu l'École d'aviation néerlandaise. Et puis avec le musée de la Céramique Princessehof à Leeuwarden. Ensuite, nous avons essayé de trouver un petit village pittoresque dans les environs. C'est tombé sur Beetsterzwaag, qui se trouve à deux pas et qui dispose d'un excellent hôtel. Ce n'est qu'en procédant de la sorte qu'on obtient un package intéressant, un produit combiné, comme on dit dans le jargon. Et une fois qu'on a le produit, on peut lancer la promotion.

« Pour l'instant, je suis en train de monter un nouveau parcours thématique sur Rien Poortvliet. Oui, le dessinateur de gnomes. Ces gnomes sont mondialement connus, il ne faut pas croire. Au Japon, ils en sont dingues. En Espagne, ils en ont fait une série de dessins animés hyperpopulaire dans les années 1980. Sauf que personne à l'étranger ne connaît le nom de Rien Poortvliet. Eh bien, c'est l'occasion d'y remédier. Je suis en discussion avec le musée Rien Poortvliet à Tiengemeten. Il y a encore pas mal de pain sur la planche sur le plan de l'internationalisation, mais je les aide. En même temps, je suis en train de regarder si on ne peut pas faire quelque chose avec les bornes de signalisation du Touring Club néerlandais, qui sont en forme de champignons, en rapport avec cette histoire de gnomes. Ce qui du coup nous donne un lien immédiat vers les réserves naturelles.

« Je me démène un maximum derrière ce bureau, vous pouvez en être sûr, mais je vais de nouveau être très honnête avec vous, c'est un emplâtre sur une jambe de bois. Vous savez quelle est la seule chose qui aide à réduire de manière substantielle le nombre de touristes ? Je vais vous le dire : une attaque terroriste. Ça a marché à Barcelone. Ils ont lutté pendant des années contre le tourisme, mais le nombre de visiteurs n'a fait qu'augmenter. Jusqu'au 17 août 2017, où une camionnette blanche est montée sur la Rambla et a tué 16 piétons en zigzaguant. Oui, je sais que le conducteur, Younes Abouyaaqoub, qui a d'ailleurs été abattu quatre jours plus tard à Subirats, était un adepte de l'État islamique, mais n'importe qui aurait pu engager un musulman radicalisé. Je ne veux pas suggérer que c'est ce qui s'est passé, mais le fait est que ça a marché. On a assisté à une chute immédiate du nombre de touristes à Barcelone, ce qui reste pour nous du domaine du rêve. Mais tant qu'il n'y aura pas, ici à Amsterdam, de volonté politique ferme de s'attaquer réellement au problème, j'aurai les mains liées et serai obligé de poursuivre mes tentatives avec Rien Poortvliet.

« Pour conclure, si vous n'avez pas d'autres questions, je pourrais vous demander de me dédicacer mon exemplaire de *La Superba* ? Vous me feriez un grand plaisir. Le livre m'a beaucoup plu. Je peux aussi vous demander, maintenant que vous habitez à Venise, si vous comptez écrire un autre roman comme celui-ci sur Venise ? À mon avis, cela donnerait une atmosphère tout aussi belle, en complètement différent, bien sûr. *La Serenissima* serait un beau titre, qu'en pensez-vous ? Ne me remerciez pas, utilisez-le, je vous en prie. Quand rentrez-vous ? Demain, déjà ? Alors, il ne me reste plus qu'à vous souhaiter un très agréable vol de retour. Merci beaucoup d'être venu. Ce fut un honneur pour moi de pouvoir échanger des idées avec vous aussi ouvertement.

7

Contrairement au héros de mon roman *Peachez, une romance*, je n'ai pas la phobie de l'avion. Si j'ai décrit de façon crédible les symptômes de panique qui l'ont assailli lorsque mon intrigue l'a contraint à embarquer à bord d'un vol intercontinental, je le dois à mes recherches et à mon imagination, et non à une pénible expérience personnelle. Ce qui m'irrite, lorsque je voyage en avion, ce sont les tracasseries qu'il y a autour, du fait que d'autres personnes s'estiment en droit de prendre l'avion en même temps que moi. Mais pour les besoins de mon métier, je prends si souvent l'avion que j'ai professionnalisé mon comportement et mes mouvements dans les aéroports. Mon statut de *frequent flyer*, détenteur d'une Freccia Alata Gold Card d'Alitalia, me donne accès à la *fast-track security*, aux *airline lounges* et au *priority boarding*. J'arrive en général à limiter au minimum le contact avec mes congénères touristes. Et si, à cause d'une foi mal placée de la société en la démocratie, je me vois quand même condamné à me déplacer au milieu de joviaux papas-vacances qui, anticipant leur joie, ont déjà enfilé leur short et leurs claquettes, de hordes d'enfants pleurnichards qu'aucun iPad ne parvient à calmer et de petits groupes de potes pansus riant à ventre déboutonné, en route pour des vacances-bibine sans les nanas, je préfère les avoir derrière moi dans la file plutôt que devant.

À bord, je me renfonce rapidement dans mon siège exigu et mes pensées misanthropes, de la même manière que jadis, lorsque la météo était si désespérante que je devais prendre le bus pour aller à l'école, je faisais disparaître comme par magie mes compagnons de voyage, qui sentaient le chien mouillé et qui étaient d'une normalité repoussante, en pensant très fort à Goethe, à Homère et à des problèmes métaphysiques. J'essayais d'annuler leur existence injuste par des pensées auxquelles ils ne pouvaient prendre part.

Mais le vol était complet, et j'étais coincé à côté d'un Anglais qui était l'affabilité même, mais terriblement mal fagoté. Cela me dérangeait. Son voisinage était une insulte à mon exclusivité. Mon illusion de statut à part, indispensable à un vol confortable, était totalement ridiculisée par le fait d'être assis cuisse contre cuisse à côté de ce porteur de chaussettes de seconde main, tout droit sorti de chez un vendeur de fripes au kilo. J'essayai de me concentrer sur la lecture d'*Au cœur des ténèbres* de Joseph Conrad, que j'avais téléchargé sur mon iPhone avant le voyage, mais tandis que le héros Marlow expliquait avoir du respect pour le chef comptable du quartier général de la Compagnie car d'après lui cela témoignait de sa force de caractère qu'au bout de trois ans dans la misère démoralisante de la jungle africaine il conserve un aspect toujours aussi impeccable – chemise en lin au col amidonné et manchettes d'une blancheur de lys, veston léger assorti d'une cravate, bottes cirées et pli du pantalon tiré au cordeau –, j'entendais l'Anglais à côté de moi ronfler dans son chandail informe à la couleur indéfinissable. Il s'était endormi. Lui. Je soupirai. Sa tête s'affaissa contre mon épaule. Le commandant de bord nous informa par l'interphone de la durée restante du vol.

Au début d'*Au cœur des ténèbres*, le narrateur affirme que la plupart des marins mènent une vie sédentaire. Ils ont pour maison le navire, et pour pays, la mer. Lorsqu'ils descendent à terre, il leur suffit de flâner nonchalamment sur le quai, les mains dans les poches, pour percer à jour des continents tout entiers et en arriver à la conclusion que les secrets qu'ils recèlent ne valent pas la peine d'être connus. Les aéronautes qui m'entouraient avaient la mentalité inverse. Pour ces voyageurs, le voyage avait été aboli, en ce sens que le déplacement s'était réduit à une courte pause dépourvue de signification entre le départ et l'arrivée, remplie d'agacements, de snacks préemballés et d'un petit somme. Dans l'ignorance béate de l'azimut et des degrés de latitude et de longitude, ils se laissaient téléporter d'un terminal à l'autre. Toutes les destinations se situaient pour eux à égale distance : celle d'un vol plus ou moins long. C'était la destination qui importait, pas le voyage. Là-bas, ils s'emploieraient sans délai, en respectant un planning serré, à cocher l'un après l'autre sur leur liste les monuments incontournables, comme des fanatiques religieux aveuglés par l'espoir du salut. Eux nourrissaient l'espoir de capturer ne fût-ce qu'un soupçon de souvenir d'une expérience possédant encore cette authenticité qui chez eux s'était perdue quelque part entre la vaisselle et le pot du vendredi avec les collègues. En sueur, ils se mettraient à courir comme des poulets sans tête d'un bout à l'autre du quai, en priant pour qu'il y eût encore des secrets à découvrir dans leur destination indifférente, qui les regarderait avec perplexité avant de leur refiler de la verroterie.

Mais peut-être n'en était-il pas du tout ainsi. À tout aussi bon droit, vous pouviez affirmer qu'ils ne différaient guère des marins sédentaires de Conrad. Comme ils ne savaient pas ce qu'était voyager et se laissaient propulser, calés au fond de leur siège, d'un aéroport à un autre, il n'existait aucune distance entre les soucis quotidiens et le lointain, entre le familier et l'étranger, entre les préjugés et le doute. Par conséquent, où qu'ils arrivent, ce serait toujours au point de départ. Ils verraient exactement ce qu'ils s'attendaient à voir. Sinon, le tour-opérateur pouvait s'attendre à recevoir une plainte. Ils verraient leurs préjugés confirmés. Ils ne voulaient rien d'autre. C'était leur définition à eux de vacances réussies. Voyez vous-même. Imaginez un instant que les habitants de ce merveilleux pays du Sud ne passent pas du tout la journée à glander au soleil, mais s'avèrent être des bourreaux de travail, piliers stressés du produit national brut. Les touristes du Nord ne voudraient pas le voir, leurs vacances s'en trouveraient gâchées. Supposez que dans ce lointain et mystérieux pays d'Orient, on ne voie absolument pas dans les rues cette pauvreté pittoresque, mais bien une machinerie économique parfaitement huilée, voire, à bien des égards, plus productive que la leur. Les touristes occidentaux fermeraient les yeux sous peine de crise existentielle. Eux désiraient flâner sur le quai en secouant la tête, les mains dans les poches, et voir leur supériorité confirmée. Eux aussi étaient sédentaires, parce que la destination ne les intéressait pas. Seul le déplacement leur importait. L'air pressurisé était leur habitat, et ils ne cherchaient rien d'autre que la prévisibilité des aéroports qui, avec leurs halls d'arrivée et de départ miroitants, changeaient tout au plus de nom de temps à autre. Ou peut-être n'y étais-je pas encore.

Je ne m'en sortais pas et m'assoupis dans mon siège, la tête contre le hublot. Je m'éveillai en sursaut, prenant conscience, dans mon demi-sommeil, de l'adorable vision que nous devions offrir, l'Anglais et moi, somnolant fraternellement épaule contre épaule. Je décidai de regarder ostensiblement par la fenêtre. L'avion avait entamé sa descente. La mer s'imposait à nous.

J'avais souvent été frappé par le fait que la mer vue du ciel ne ressemble pas à la mer. Car ce que l'on voit ne ressemble pas à de l'eau. Il ne peut s'agir d'autre chose, évidemment, mais celui qui se fonderait uniquement sur son sens de la vue serait enclin à penser à une autre matière, que je n'avais jamais été capable d'identifier. Chaque fois que j'avais observé le phénomène, j'en avais conclu que cela méritait plus ample réflexion. Je décidai que le moment était venu. Afin de regagner, en tout cas pour moi-même, ma position d'exception à bord de cet avion, je me donnai pour mission d'être le seul parmi tous les passagers présents à trouver une métaphore convaincante pour la vue qu'offrait la mer depuis le ciel. Le plus frappant était que l'on voyait fort bien les vagues, sous forme de rides à la surface, mais que ces dernières ne semblaient pas bouger, à moins de bien regarder, et même alors le mouvement restait ténu. La surface ressemblait davantage à du pétrole qu'à de l'eau. Cette métaphore me plaisait moyennement. Elle attirait à juste titre l'attention sur la différence de viscosité apparente entre la mer observée au ras de l'eau et la mer vue du ciel, mais elle évoquait aussi l'image d'une fine couche de pétrole sur les vagues et donc d'une pollution superficielle, alors que la différence qu'il me fallait nommer était plus fondamentale. Je soupesai l'idée de comparer la mer vue d'en haut avec un métal liquide, comme du mercure, mais, comme la plupart des gens, moi le premier, n'ont jamais vu de récipient rempli de mercure, cette métaphore n'était pas très parlante. Une feuille d'aluminium, peut-être. Mais cela mettait trop l'accent sur la brillance, alors que je cherchais une métaphore pour l'ondulation en apparence statique des vagues. Une feuille d'aluminium froissée. Les rides à la surface de l'eau ressemblaient aux plis d'une feuille d'aluminium dont on aurait d'abord fait une boulette avant de la déplier soigneusement et de tenter de la lisser. En vain, évidemment. Cette image était relativement convaincante, mais un peu compliquée. Du plastique fondu. Voilà qui était mieux, peut-être. Je regardai à nouveau attentivement et décidai que c'était ça. La mer vue du ciel ressemblait à une masse fondue et resolidifiée, bombée de manière irrégulière, pour toujours abîmée, de plastique bleu marine. Satisfait, je me recalai au fond de mon siège. L'avion atterrit en douceur.

XV

INTERTEXTUALITÉ

1

Le soleil était déjà haut et l'heure du petit déjeuner largement dépassée lorsque le majordome du Grand Hotel Europa, M. Montebello, sortit sur le perron de l'entrée principale et vit s'approcher lentement du bout de la longue allée une silhouette lasse et transie de froid dans un smoking bleu déchiré.

— Je crois qu'il y a encore de la soupe, dit-il lorsque la silhouette enfin arrivée s'avéra être moi. Ou si vous voulez autre chose de chaud, je suis sûr de pouvoir amadouer la cuisinière afin qu'elle vous prépare une collation tout spécialement.

— Merci beaucoup, dis-je. De la soupe, ce sera bien. Je la prendrai volontiers dans ma chambre, si vous le permettez.

— Naturellement, dit Montebello. Plus tard, quand vous serez changé, si vous voulez bien m'accorder la faveur de me laisser m'occuper de votre veste de smoking, je demanderai à notre couturière de rendre possible l'impossible. Moi aussi, pendant des années, j'ai eu l'habitude de me dégourdir les jambes en début de journée. Aujourd'hui, je suis trop âgé et mes jambes sont trop raides mais, de mon expérience, une promenade matinale stimule la circulation, éclaircit les idées et égaye l'humeur. Je n'ai pourtant jamais eu l'élégance d'esprit de penser à mettre mon smoking pour exercer cette activité. Je me dois de vous complimenter.

— J'avais juste omis que la température n'est pas à pareille extravagance.

— Il fait frisquet pour la saison. Vous avez raison.

— Si vous voulez bien m'excuser, dis-je, j'aimerais maintenant aller prendre une douche chaude et manger ma soupe.

— Votre absence au petit déjeuner n'est pas passée inaperçue, dit Montebello. Mme Albane, en particulier, semblait fort agitée.

— Pourquoi dites-vous cela ? Qu'entendez-vous par là ?

— Elle s'inquiétait pour vous. Peut-être serait-il bon, plus tard dans la journée, quand il vous siéra, de la rassurer en lui montrant que vous êtes indemne. J'ai l'impression qu'elle l'apprécierait grandement.

— Permettez-moi d'en douter. Mais je vous remercie pour votre suggestion. Je me soucierai de cette question tout à l'heure. À présent, j'aimerais me retirer un instant.

— Cela va de soi, dit-il. Il y a toutefois une autre question qui requerra tout à l'heure un moment de votre attention.

— C'est-à-dire ?

— Je trouve l'affaire vraiment fort embarrassante pour vous, et j'aimerais qu'il fût en mon pouvoir de la reporter à demain, voire à plus tard encore, à votre meilleure convenance, mais je crains qu'elle ne présente un certain degré d'urgence. La police voudrait vous parler.

— La police ?

— Oui, c'est fort embarrassant, comme je vous le disais. J'espère que vous me pardonnerez de n'avoir pas l'autorité requise pour refuser la porte à pareils individus. Tout ce que je puis dire pour vous rassurer, c'est que l'inspecteur de service est un homme courtois et cultivé, d'un âge qui incline à l'indulgence. Il est venu ici ce matin. Lorsque, conformément à la vérité, je l'ai informé de votre absence et lui ai suggéré de revenir un autre jour, il m'a dit préférer vous attendre. Il patiente dans l'ancien salon chinois.

— Ce matin ? À quelle heure ? A-t-il dit le motif de sa visite ?

— Oui, j'ai bien peur que cela ne concerne une question plutôt épineuse. Mais je propose que vous alliez d'abord vous rafraîchir et vous changer, que vous mangiez votre soupe et preniez éventuellement un peu de repos, puis je vous accompagnerai calmement dans l'ancien salon chinois.

— Je vais me dépêcher, dis-je. Plus tôt ce problème sera résolu, mieux ce sera.

— Merci, dit Montebello. Je savais que je pouvais compter sur vous.

Nous franchîmes ensemble le seuil de l'entrée principale.

— Ah oui, dit Montebello, encore une chose. Nos trois hôtes américains sont partis ce matin. Je pensais qu'il vous plairait sans doute de le savoir.

2

Sous la douche, je me récurai comme un possédé. S'il était fort peu réaliste de croire que cela pouvait arranger mon cas, en tout cas cela ne l'aggraverait pas. Il fallait que je réfléchisse. Je devais gagner du temps. La déclaration signée était toujours en ma possession.

J'avais vérifié dès mon entrée dans ma chambre. Le document était toujours bien là où je l'avais posé, sur le secrétaire. Debout, dans mon smoking déchiré, je l'avais relu plusieurs fois avec attention, avant de le remettre exactement à la même place, pour éviter de paniquer.

Mais il n'y avait aucune raison de paniquer, tentais-je de me persuader. Légalement, c'était en béton armé. Majeure, c'était écrit noir sur blanc, consentement explicite et dûment détaillé pour tous les actes qui avaient eu lieu, et même davantage, jusqu'à la clause stipulant que la déclaration avait été établie en pleine conscience et possession de ses facultés mentales, date, signature ; c'était absolument inattaquable.

La présence de la police pouvait signifier deux choses : soit on mettait en doute la réalité du consentement, soit il y avait effectivement un problème d'âge. La première option était compréhensible, dans le chef d'observateurs extérieurs, vu la différence d'âge, le rapport de forces, etc., mais encore devraient-ils le prouver. Il n'y avait pas de témoins et j'avais pour moi la déclaration. En plus, ce n'était vraiment pas vrai. Si quelqu'un avait violé l'autre, c'était elle. D'autre part, si elle avait menti sur son âge, je pouvais toujours agiter le document signé de sa main et jouer les vertus outragées. D'accord, je n'avais pas vérifié son passeport, mais la bonne foi existe encore, non ?

Elle avait dit quelque chose sur son âge. Qu'est-ce que c'était, déjà ? Que cela n'avait pas d'importance que sa déclaration soit vraie ou non, et que tout ce qui comptait, c'était que j'aie cette déclaration noir sur blanc. Minute, papillon. Pas de panique. Il est vrai que ces propos pouvaient être interprétés comme un semi-aveu, ou en tout cas comme une forte présomption que quelque chose clochait dans cette majorité autoproclamée. Voilà qui, en revanche, pourrait bel et bien être utilisé contre moi. Du calme, Ilja, là non plus, il n'y avait pas de témoins.

Je me séchai et appliquai mes différentes crèmes de jour. Quel pétrin. Non, je ne devais pas penser comme ça. Je n'étais pas dans le pétrin. Tout était entièrement sous contrôle. Légalement, on ne pouvait rien contre moi. Mais l'aspect légal n'était pas le seul important. Cette affaire risquait d'écorner mon image. En tant qu'écrivain estimé et couronné de lauriers, j'étais une figure publique, en particulier dans mon pays natal. Si la presse avait vent d'une suspicion de rapports sexuels avec une mineure dans un hôtel isolé à l'étranger, ça allait faire du grabuge. J'aurais beau être relaxé cent fois de toute poursuite judiciaire, la tache resterait à jamais indélébile. Et devant pareille aubaine, il y avait trop d'individus jaloux ou mus par d'autres sentiments bas, en particulier dans mon pays natal, qui se feraient un malin plaisir de raviver cette tache avec vigueur, soin et régularité. Je devais empêcher cela à tout prix. Je devais sans attendre réfléchir à une stratégie média-tique, car dès que la crise pointerait le bout de son nez, il me faudrait réagir à la vitesse de l'éclair, sous peine de voir la machine s'emballer irrémédiablement.

Je pourrais aussi avouer et spéculer sur mon image d'artiste libertin. Après tout, je suis un poète, pas un politicien démocrate-chrétien, remettons un instant les choses à leur place. Je pourrais même en rajouter une couche en révélant quelques détails piquants et en prenant la pose du type bohème sûr de lui qui considère toute cette affaire comme un chapitre savoureux de son autobiographie. Ce serait de loin la meilleure stratégie, sinon que les rapports sexuels avec des mineures n'ont pas la cote, dernièrement, dans l'opinion publique. C'est un peu passé de mode.

Non, je devrais opter, sans délai ni demi-mesure, pour la contre-attaque : dénégation catégorique, plainte pour diffamation, la totale. Et puis quoi ? Cela servirait-il à quelque chose ? Le climat médiatique actuel était tellement perverti qu'une vérité factuelle et juridique n'avait pas l'ombre d'une chance face à une histoire croustillante.

Je soupirai. Comment faisaient mes pauvres compagnons d'infortune ? Ils achetaient le silence de la victime. Encore eût-il fallu retrouver la trace de Memphis. Car il y avait cela aussi. Pourquoi étaient-ils donc partis en catastrophe ce matin ? Et pourquoi Montebello avait-il jugé nécessaire de me le dire ? Que savait-il donc ? En soi, il était difficile d'imaginer qu'il pût se passer quoi que ce soit au Grand Hotel Europa sans qu'il en eût connaissance, mais dans ce cas spécifique il était tout de même impossible, en principe, qu'il fût au courant. D'un autre côté, Montebello connaissait par cœur le craquement du plancher de chaque couloir. Mais il n'avait aucune raison de vouloir me nuire.

Je préparai le savon à barbe, aiguisai ma lame et rasai les repousses drues de cette nuit presque blanche. Je taillai ma moustache et mes favoris avec les deux petites paires de ciseaux ad hoc. C'était bien sûr la vraie question. Qui donc avait intérêt à me nuire ? Si la police était là, cela voulait dire que quelqu'un l'avait informée. Les parents adoptifs de Memphis, possiblement. Peut-être Memphis avait-elle surestimé sa propre indépendance. Mais je pouvais difficilement concilier ce scénario avec leur départ impromptu. Si vous m'envoyiez la police, indigné par l'outrage subi par votre fille, vous voudriez tout de même vous assurer de visu que justice soit faite, non ?

Il y avait encore une autre possibilité. Supposons que je n'aie pas rêvé cette ombre en robe blanche dans le couloir au moment où Memphis était sortie de ma chambre, et que la poétesse française Albane ait traîné là par hasard ou, plus probablement, délibérément, en proie à une obsession maladive alimentée par le fait qu'elle nous avait vus quitter ensemble la salle à manger. Dans ce cas, elle aurait vu une fille mineure en minijupe sortir de ma chambre à une heure indue. Je fis claquer ma langue. Il se pouvait bien que les pièces du puzzle se mettent ainsi en place. Mais Albane ne pouvait pas savoir que j'étais légalement couvert par la déclaration. Si je jouais finement, sa trahison pourrait lui revenir tel un boomerang en plein visage.

Je m'habillai. Un costume noir serait trop sombre, comme si je pleurais d'avance sur ma juste condamnation. Je choisis mon costume bleu napolitain à la Brett Sinclair. Je l'accompagnai de mes chaussures Melvin & Hamilton bleu et argent, d'une chemise rose et d'une cravate en soie rayée bleu et argent de chez Finollo à Gênes. J'optai pour mes boutons de manchette en or et mon épingle à cravate en or sertie d'un petit rubis fantaisie. C'était la *final touch* espiègle, prouvant que j'abordais en toute confiance cet entretien avec le fonctionnaire de police. Je pliai la déclaration signée par Memphis et la glissai dans ma poche intérieure.

Quelque chose me revint tout à coup en mémoire. Qu'avait dit Memphis déjà, à propos de sa signature ? Elle m'avait dit que je ne devais pas croire que c'était une fausse, que sa vraie signature était réellement ainsi. Je ressortis le document de ma poche intérieure pour étudier la signature. Elle n'avait rien de bizarre. Un peu enfantine peut-être, avec un petit rond à la place du point sur le i de son prénom, mais je ne voyais pas pourquoi cela ne pourrait pas passer pour une vraie signature valide. Pourquoi avait-elle dit ça, alors ?

Un scénario vertigineux et noir comme de l'encre commença à s'imposer à moi. Celui qui insiste inutilement sur l'authenticité d'un objet sait pertinemment qu'il s'agit d'une contrefaçon. Peut-être Memphis m'avait-elle dit de ne pas prêter attention à sa signature parce qu'elle l'avait délibérément falsifiée. Envisageons un instant, à titre d'exercice mental, la question sous un angle différent. Quelle est la probabilité qu'une jeune fille résolument séduisante insiste de façon désintéressée et de sa propre initiative pour avoir des rapports sexuels avec un corpulent poète, inconnu d'elle et ayant trois fois son âge ? Presque n'importe quel complot diabolique était plus crédible que celui-là. Elle m'avait donc piégé. Elle avait voulu dissiper mes soupçons par cet étrange document, dont je n'avais absolument jamais entendu parler auparavant et qui, bien sûr, ne ferait jamais foi devant le tribunal, et avait ensuite recueilli des litres de mon ADN dans et sur son corps. Elle avait peut-être aussi procédé à des enregistrements, qui sait ? Pour finir, elle avait remis le tout consciencieusement à la police, avant de s'évaporer dans la nature. Que penses-tu de cela, Ilja ? N'était-ce pas là un scénario qui tenait la route ? J'étais bien d'accord.

Une seule chose manquait : le mobile. Il ne pouvait être question de chantage, car, dans ce cas, on se gardait d'impliquer la police. Elle devait avoir agi pour le compte de quelqu'un. Et ces prétendus Jessica et Richard étaient mêlés au complot. À y regarder de plus près, c'était même évident. Mais qui aurait échafaudé pareil plan, et pourquoi ?

Il n'y avait qu'un seul moyen de le découvrir. Peut-être mon épingle à cravate avec un onyx noir était-elle quand même préférable, tout compte fait. Je me frictionnai les joues de lotion au sel marin, vaporisai deux petits coups de Rosso d'Ischia sur mon veston et descendis, affamé de réponses et avide du vertige de ma propre déchéance.

3

Alors que je descendais l'escalier monumental et arrivais dans le hall central, entre le sphinx et la chimère, dans l'intention de tourner à droite pour gagner, par la bibliothèque et la salle verte, l'ancien salon chinois qui avait été transformé en une seule nuit, conformément à la vision européenne de M. Wang, en une imitation kitsch de pub anglais où j'étais attendu pour mon audition, je vis par la porte vitrée de l'entrée principale un autocar de tourisme stationné devant le perron.

— Nous avons des hôtes chinois, dit M. Montebello, qui arrivait derrière moi en dansant dans l'escalier.

— Un car entier ? demandai-je.

— Ils sont 23. Je viens juste de conduire les derniers à leurs chambres.

— Les beaux jours du Grand Hotel Europa sont en train de refleurir, dis-je.

— Le taux d'occupation d'un hôtel peut être examiné d'un point de vue tant quantitatif que qualitatif, dit-il, mais il ne m'appartient pas de prendre position à ce sujet. Je sais que vous connaissez le chemin, mais je vous demanderai de me permettre de vous accompagner jusqu'à notre pub anglais traditionnel flambant neuf. Mon instinct professionnel me soufflait que cette rénovation promettait de faire de cet espace l'endroit le plus calme de l'hôtel. C'est pourquoi j'avais proposé à l'inspecteur de police de vous attendre là-bas. Mais je dois vous avouer que je me suis trompé. Certains de nos hôtes chinois y ont déjà pris leurs quartiers. Ils le trouvent magnifique. Je comprends maintenant pourquoi M. Wang, qui était bien sûr au courant de l'arrivée de ses compatriotes, a tant hâté les travaux. Mais la conséquence en est qu'il sera peut-être opportun de déplacer votre rendez-vous dans une autre salle. Voilà pourquoi je souhaite venir avec vous.

— Merci, dis-je. Vu la nature délicate de l'affaire, un certain degré d'isolement et d'intimité est en effet souhaitable. D'un autre côté, je ne pense pas que la présence de purs locuteurs chinois à portée de voix constitue un problème insurmontable.

— À votre guise, dit Montebello.

Je n'avais pas encore vu ce qu'était devenu le salon chinois, mais ce que je voyais correspondait bien à ce que je m'étais figuré lorsqu'on m'avait décrit cet espace comme étant un pub anglais. Même en Angleterre, il eût été difficile de trouver pub plus anglais que celui-là. Les fresques orientalisantes du XIXe siècle, au charme desquelles, au demeurant, je n'avais jamais été particulièrement sensible, avaient été recouvertes d'un papier peint à fleurs nunuche. Une moquette témoignant d'un éloquent manque de goût avait été posée par-dessus le parquet et l'on avait créé des alcôves intimes, pourvues de divans de velours. Aux murs étaient accrochées des gravures encadrées et colorisées de chevaux de course et de chiens de race, parmi lesquelles le portrait de Sa Majesté Élisabeth II ne déparait pas. Dans le coin où s'était trouvé jadis un vase chinois sur une console, on avait placé une réplique de cabine téléphonique londonienne rouge.

Des grappes de Chinois sirotaient du thé dans les alcôves. À la table centrale, à l'arrière, était assis un homme grisonnant d'un certain âge, vêtu d'un costume trois-pièces rayé anthracite. Une chaînette trahissait la présence d'une montre de gousset dans la poche de son veston. Il aurait pu faire partie du décor, mais il se leva en me voyant entrer, me salua, me remercia d'être venu et se présenta à moi comme l'inspecteur. Je lui demandai pardon de l'avoir fait attendre. Il balaya mes excuses d'un geste de la main et m'invita à prendre place. Le majordome s'enquit de ce qu'il pouvait encore pour notre service. L'inspecteur demanda un thé, moi un double expresso. Montebello nous apporta nos commandes puis il nous laissa seuls.

— Rosso d'Ischia, dit l'inspecteur. Cela fait bien longtemps que je n'avais senti ce parfum. Très raffiné. Mes compliments.

Sur la table devant lui, il y avait un dossier, pas extrêmement épais, mais pas non plus tout mince. Un demi-centimètre d'épaisseur, aurais-je dit à vue de nez. Cela me surprit et m'inquiéta que le signalement d'un présumé délit remontant à moins de vingt-quatre heures ait déjà produit une telle quantité de matériel incriminant.

Je demandai à l'inspecteur ce que je pouvais faire pour lui.

— Je voudrais m'excuser par avance, dit-il, de me voir contraint de discuter avec vous d'une affaire dont j'aurais préféré ne pas avoir à m'occuper.

En tout cas, il amenait les choses avec style. J'acquiesçai d'un signe de tête compréhensif.

— Dans mon métier, je me heurte de temps à autre à des situations dans lesquelles la loi exige que j'intervienne, alors que je suis personnellement convaincu qu'il serait préférable de fermer les yeux et de ne plus y prêter attention. Nous sommes en présence d'une telle situation.

— Vous êtes un représentant de la loi, dis-je, et la loi prévaut par la grâce du fait qu'elle s'applique pareillement à tout le monde.

Des considérations stratégiques voulaient que je me montre aussi coopératif que possible.

— C'est très vrai, dit-il. Mais l'affaire en question est d'autant plus pénible qu'elle implique une personne mineure.

C'était quand même bien ça. Je le savais. C'était parti. Bon, j'étais prêt. Je palpai un instant le document dans ma poche intérieure.

— Et votre nom a été cité en lien avec notre affaire, poursuivit-il.

Ainsi concluait-il avec grâce. Mais je vis une ouverture pour obtenir l'information que je cherchais.

— Puis-je vous demander qui a cité mon nom ? demandai-je.

— La personne concernée elle-même, dit-il.

Bien que j'eusse anticipé ce scénario, je ne peux nier qu'une onde d'indignation me traversa. Si Memphis elle-même m'avait dénoncé, cela ne pouvait signifier qu'une chose, à savoir qu'elle m'avait piégé de façon préméditée. Ma colère à l'égard de ma propre naïveté se mêla à l'amère déception d'être forcé de conclure que ce qui restait des doux souvenirs de la nuit passée était fondé sur une perfide mascarade.

— Peut-être cela soulagera-t-il votre inconfort, dit l'inspecteur, de savoir que notre conversation a lieu à la demande expresse d'Abdul.

— Abdul ?

— Abdul. Vous le connaissez en tant que groom de ce magnifique hôtel. Si je ne m'abuse, une certaine amitié vous lie à lui.

— Bien sûr, je sais qui est Abdul, dis-je. Mais qu'avait-il à voir là-dedans ?

— C'est lui qui a suggéré que vous pourriez aider à sa cause, reprit l'inspecteur. Je suis heureux de suivre sa suggestion. C'est pourquoi nous sommes ici.

— Cette conversation concerne-t-elle Abdul ? demandai-je.

— Je pensais que vous le saviez, dit-il. De qui d'autre pourrait-il s'agir ?

Je ris. C'était inapproprié, mais je ne pus m'en empêcher.

— Mes excuses, dis-je. Je ne sais pas où j'avais la tête. J'ai mal dormi la nuit dernière. Abdul, mais c'est bien sûr. En effet, je le considère assurément comme un ami. Je brûle de curiosité d'entendre comment je puis lui venir en aide.

— Comme je vous l'ai déjà dit, il s'agit d'une affaire assez embarrassante, m'expliqua l'inspecteur. Ainsi que vous le savez sans doute, il a le statut de demandeur d'asile. Comme il est mineur, M. Montebello lui sert de tuteur. Mais ce n'est hélas pas suffisant pour obtenir un permis de séjour. Il doit pour cela être reconnu comme réfugié politique. Cela lui donnerait droit à un statut de résident pour raisons humanitaires. C'est la procédure dans laquelle il est engagé actuellement. J'ai son dossier ici devant moi. Je dois dire que cela s'annonçait bien pour lui. Sur la base de ce dossier, il aurait normalement dû se voir accorder l'asile, n'était le fait que des doutes ont récemment surgi quant à l'histoire de sa fuite.

— Il m'a raconté l'histoire de sa fuite, dis-je.

— Précisément. C'est ce qu'Abdul m'a dit aussi. Plus encore : il affirme que vous auriez même consigné son histoire par écrit. Est-ce correct ?

— C'est juste. Son histoire m'a tellement impressionné que j'en ai pris note dans l'intention de l'utiliser un jour dans un futur livre.

— Avez-vous romancé l'histoire d'Abdul, ou l'avez-vous adaptée d'une quelconque manière à vos normes littéraires ?

— Non, dis-je. Il se peut que je le fasse un jour, mais je dois pour cela attendre d'avoir une idée du contexte dans lequel je veux l'insérer.

— Naturellement, dit l'inspecteur.

— Pour l'instant, j'ai noté l'histoire d'Abdul exactement comme il me l'a racontée. J'ai même fait de mon mieux pour conserver le rythme et le timbre de sa voix, pour autant que ce soit possible sur le papier.

— Dans ce cas, vous nous rendriez un grand service, à Abdul et à moi, si vous vouliez bien me faire lire vos notes.

4

De retour dans ma chambre, je dus faire un effort surhumain pour ne pas me laisser aller à quelque chose de totalement fou, comme pousser un petit cri de joie spontané ou m'enhardir à esquisser un pas de danse. Je me rendis dans ma salle de bains, me regardai dans le grand miroir au cadre doré et secouai lentement la tête. Mon reflet me répondit par un sourire entendu. Outre le soulagement d'avoir échappé de justesse aux poursuites judiciaires et la gaieté de voir combien j'avais été sot de me laisser effrayer pour rien, je ressentais, à ma honte peu sincère, de l'excitation à l'idée que la nuit précédente avait tout de même été une vraie nuit. Rétrospectivement, mon affreux péché, à présent qu'il ne s'avérait pas être un crime, ou du moins qu'il n'était pas connu ni épinglé de la sorte par les autorités, ne me paraissait même plus être un si gros péché que ça. Mon reflet dans le miroir approuva en silence.

J'allai m'asseoir à mon bureau, ouvris mon MacBook et copiai le dossier avec l'histoire d'Abdul sur une clé USB. En dépit de l'aide peu secourable de Montebello, qui s'y connaissait visiblement mieux en têtières de fauteuil qu'en ordinateurs, je parvins à imprimer le document sur la vieille imprimante qui se trouvait dans la loge du portier. Je le remis à l'inspecteur, qui le parcourut attentivement.

— Naturellement, c'est un premier jet non corrigé, dis-je.

— J'en suis conscient, dit-il.

Il reprit au début et le lut une seconde fois.

— Je dois dire que c'est une bouffée d'oxygène, dit-il enfin, après la prose aride qui se trouve dans le dossier, d'avoir sous les yeux un rapport écrit convenablement. En matière de contenu, cette version est identique, jusque dans le détail, à l'histoire de la fuite que le fonctionnaire, en son temps et avec moins de style, a recueillie de la bouche d'Abdul.

— Je suis heureux d'avoir pu contribuer à dissiper le doute sur son histoire.

— Malheureusement, je dois vous détromper de cette conclusion hâtive, dit l'inspecteur. Votre histoire étant stylistiquement plus proche du langage employé par le garçon et non corrompue par le jargon administratif, les raisons pour lesquelles je me vois obligé de mettre en doute l'authenticité de cette histoire de fuite n'apparaissent qu'avec d'autant plus d'évidence.

— Je ne vous suis pas, dis-je.

Il se pencha et tira un livre de sa serviette posée par terre à côté de lui sur la toute nouvelle moquette sans goût.

416

— Vous connaissez sans aucun doute ce chef-d'œuvre de la littérature européenne, s'enquit-il.

Je pris le livre en main et l'ouvris à la page de titre.

— Je ne connais pas spécifiquement cette traduction en prose, dis-je, mais vous avez raison de supposer que *L'Énéide* de Virgile ne m'est pas étrangère.

— Il y a d'importantes similitudes entre l'histoire de la fuite d'Abdul, telle que le fonctionnaire du service de l'immigration et vous-même l'avez transcrite chacun de votre côté, et des passages de ce livre.

Je ris.

— Je suis sûr qu'il s'agit de pures coïncidences, dis-je.

— C'est aussi ce que j'espérais au départ, dit l'inspecteur. Mais peut-être dois-je passer en revue quelques exemples avec vous. Afin de ne pas rendre encore plus désagréable cette tâche qui ne l'est déjà que trop, prenons votre texte comme point de départ. Le récit que fait Abdul de l'attaque armée et de la destruction de son village suit de près l'histoire de la violente prise de Troie, telle que la relate Virgile par la bouche d'Énée dans le deuxième livre de son poème épique. Comme Virgile, Abdul fait précéder la prise du village d'un double présage. Abdul raconte la mort du saint homme de son village, provoquée par une morsure de serpent. Énée, dans la version de Virgile, évoque pour sa part le prêtre Laocoon, étranglé par deux serpents. Peu après, Énée raconte qu'Hector lui est apparu en rêve. Abdul aussi parle d'un rêve dans lequel il croit voir son frère décédé. Les détails correspondent. Tant Hector que le frère d'Abdul sont décrits comme fatigués et couverts de sang et de sable. Tant Énée qu'Abdul demandent en rêve à leur parent où il était tout ce temps. Et dans les deux cas, l'apparition répond qu'ils doivent fuir les flammes et prendre la mer.

« Abdul et Énée vivaient tous deux dans une maison isolée en dehors de la ville, tous deux sont réveillés par le tumulte, grimpent sur le toit, aperçoivent des flammes à l'horizon et courent vers la ville afin d'y apporter leur aide. Tous deux rencontrent un ami en chemin : Énée croise Panthoos, Abdul un certain Yasser. Même la comparaison qu'Abdul fait dans votre version, à savoir qu'il courait comme un jeune loup dans l'obscurité, est empruntée à Virgile. Laissez-moi vous montrer : ici, dans le deuxième livre, les vers 355 et suivants. "Ne rien espérer était mon seul espoir", dit par ailleurs Abdul dans votre rapport. C'est la façon dont cette traduction rend ce vers : "*Una salus victis, nullam sperare salutem*[1]."

« Les violences décrites par Abdul contiennent plusieurs réminiscences de Virgile. L'épisode où une certaine Kaysha est traînée par les cheveux hors de chez elle et où Abdul tente de lui venir en aide, mais où il ne peut s'approcher parce qu'il est la cible de coups de feu tirés depuis le toit, est inspiré de la scène de Virgile dans laquelle Énée raconte avoir vu Cassandre traînée hors du temple de Minerve, sans pouvoir lui venir en aide parce qu'il était bombardé de flèches tirées du toit du temple. Les femmes défendent la maison de l'ancien du village d'Abdul en lançant des objets de valeur sur les assaillants, tout comme les Troyens qui essayèrent en vain de protéger le palais de Priam. L'émouvante scène d'impuissance dans laquelle l'ancien de la tribu jette une lance avant d'être assassiné est une copie assez fidèle de la mort de Priam. Il y a encore d'autres détails qui

1. *L'Énéide*, II, 354.

coïncident, mais cela suffit sans doute à vous donner une première idée.

— Je suis abasourdi.

— Je suis moi-même étonné que cela ne vous ait pas sauté aux yeux, dit l'inspecteur. Et ce n'est pas fini. Le récit que fait Abdul de sa fuite du village incendié et de sa traversée du désert et de la mer regorge aussi de citations de Virgile. Pour cela, il suffit de comparer votre deuxième chapitre et le troisième livre de *L'Énéide*. Nous ne pouvons sans doute pas inclure la navigation aux étoiles, car ce pourrait être un fait établi, mais l'épisode du buisson de chardons qui saigne, sous lequel Abdul trouve des ossements humains, fait exactement écho à l'épisode se déroulant en Thrace, narré par Énée au début du troisième livre, où ce dernier découvre sous un buisson qui saigne la tombe de Polydore, et tant l'événement que les analogies sont trop spécifiques pour être dus au hasard.

« Abdul raconte ensuite qu'il se retrouve de façon inattendue dans une région fertile, où il tombe sur une chèvre, l'abat et commence à la manger, quand d'effrayants oiseaux poussant des cris stridents, qui pourraient sans doute faire penser à des vautours, arrivent et lui arrachent la viande des mains. C'est une réplique fidèle de l'épisode raconté par Énée se déroulant sur l'une des îles de l'archipel des Strophades, où les Troyens trouvent du bétail en train de paître et l'abattent en vue d'un bon repas, interrompu par les harpies qui leur arrachent la viande des mains. Tant Abdul qu'Énée soulignent l'odeur nauséabonde de ces oiseaux. Les mythiques harpies sont des oiseaux au visage de femme. Or, sous votre plume, Abdul dit à propos de ses vautours : "Leurs têtes blanches paraissaient presque humaines. Ils m'ont jeté un regard noir de filles jalouses."

« L'accueil généreux réservé à Abdul dans le campement du vieux marchand de ferraille, un ami de son père, répond à celui réservé à Énée par Hélénus. La prophétie qu'Hélénus fait à Énée avant son départ est beaucoup plus détaillée et spécifique que le conseil que le marchand donne à Abdul, mais tous les deux soulignent que la destination est encore loin et qu'il faut faire confiance au destin. "*Fata viam invenient*", dit Hélénus. "Le destin trouve son propre chemin", dit le vieux marchand de ferraille.

« Abdul raconte qu'il a rencontré un homme maigre et affamé du nom d'Achaï, qui lui a demandé s'il pouvait se joindre à lui. Cet épisode est tiré d'une scène à la fin du troisième livre de *L'Énéide*, dans laquelle Énée rencontre un homme décharné et crasseux prénommé Achéménide, qui le supplie de l'emmener. Même le nom du personnage est emprunté à Virgile. Cet Achéménide révèle à Énée qu'ils se trouvent au pays des monstrueux Cyclopes. L'ami d'Abdul, Achaï, lui révèle qu'ils sont dans le pays où le cruel Borgne fait régner sa loi.

« Le naufrage dont Abdul nous livre un récit terrifiant, dans votre troisième chapitre, est une copie conforme du naufrage d'Énée dans le premier livre de *L'Énéide*. Si vous placez les deux passages côte à côte, vous verrez apparaître les mêmes éléments dans le même ordre. Cela nous mènerait sans doute trop loin de nous livrer à l'exercice ensemble ici, mais je suppose que vous voudrez bien me croire sur parole.

— Je dois admettre que vos preuves sont irrécusables, dis-je. J'en reste sans voix. Cependant, je ne suis pas convaincu. Pour prouver qu'Abdul a bel et bien emprunté son histoire à Virgile, encore faudrait-il rendre plausible le fait qu'un garçon comme Abdul, fraîchement débarqué du désert, ait lu *L'Énéide*. Cela me semble hautement improbable, pour ne pas dire exclu.

— Ce livre que vous tenez en main est à lui, dit l'inspecteur. J'ai trouvé cette traduction en prose dans sa chambre. C'est même le seul livre que j'y ai trouvé.

— C'est le livre que M. Montebello lui a donné parce qu'il parlait aussi, d'après lui, d'un réfugié.

— C'est une interprétation de *L'Énéide* qui me semble difficilement contestable.

— Voici donc le livre dont Abdul m'avait parlé comme étant son préféré. Il m'a dit l'avoir déjà lu six fois.

— C'est aussi ce qu'il m'a dit.

— Et maintenant ? demandai-je. Quelles sont les conséquences de votre découverte ? Je veux croire que vous n'avez pas l'intention de poursuivre notre pauvre Abdul pour plagiat.

— Je suis bien loin de toute considération liée au plagiat, dit l'inspecteur. Cela pourrait éventuellement devenir votre problème à vous, si jamais vous décidiez d'utiliser ce matériel pour une publication littéraire. Je vous laisse en toute confiance le soin de cette décision. Mon souci, en l'espèce, est qu'un récit de fuite emprunté à un chef-d'œuvre de la littérature européenne ne peut constituer un récit de fuite authentique. Il n'a pas été demandé à Abdul de construire une belle et émouvante histoire fondée sur la tradition littéraire, mais de raconter véritablement ce qui lui était arrivé. C'est sur la base de cette vérité qu'il allait être décidé si oui ou non l'asile lui était octroyé. Mentir sur l'histoire de sa fuite représente une faute capitale dans le cadre de la procédure. Vous comprenez mon dilemme.

Nous fîmes venir Abdul afin de le confronter à la découverte de l'inspecteur. Il ne comprenait pas du tout le problème.

— Mais Abdul, dis-je à un moment donné, la question de l'inspecteur est très simple. Quand tu m'as raconté ton histoire et que tu l'as racontée précédemment au fonctionnaire, as-tu raconté ce qui s'était réellement passé ou as-tu raconté ton livre préféré ?

— Oui, dit Abdul.

Il me regardait d'un air désemparé.

— Oui quoi ? demandai-je. Tu as raconté ton livre préféré ?

— Oui, répéta-t-il.

— Donc tu n'as pas raconté ce qui s'était vraiment passé ?

— Si.

— Mais ce sont deux choses différentes, intervint l'inspecteur. D'une part, il y a ce que tu as réellement vécu, d'autre part, il y a ce que tu as lu.

Abdul ne comprenait pas, et nous ne comprenions pas pourquoi il ne comprenait pas. L'inspecteur décida alors de recourir à une technique d'interrogatoire innovante. Il se pencha et sortit une orange de sa serviette. Il la posa devant Abdul sur la table.

— Et maintenant, je vais te raconter comment cette orange s'est retrouvée devant toi sur la table, dit-il à Abdul. Un grand oiseau bleu aux yeux rouges est entré à tire-d'aile dans la pièce. Il tenait dans son bec une orange. J'ai dit à l'oiseau qu'il était tellement beau qu'il devait sûrement avoir une très belle voix aussi, et je lui ai demandé s'il voulait bien m'en faire une démonstration. L'oiseau était si flatté qu'il a accepté. Et comme il ouvrait grand son bec pour chanter, l'orange est tombée devant toi, sur la table. C'était mon histoire. À ton tour, Abdul, peux-tu me dire comment cette orange est arrivée ici ?

— Je vous remercie pour votre belle histoire, monsieur l'inspecteur, dit Abdul, mais avec tout le respect que je vous dois, je ne pense pas que votre mise en scène soit comparable à la situation pour laquelle vous m'interrogez. Je comprends que le but de votre expérience est de m'expliquer la différence entre une histoire et la vérité. Dans votre démonstration avec l'orange, la différence est nette. Vous l'avez sortie de votre mallette, et il n'y a jamais eu de grand oiseau bleu aux yeux rouges ici. Donc votre histoire est fausse. J'espère que vous ne m'en voudrez pas de dire cela.

« En revanche, quand vous m'interrogez sur mon village, l'incendie, ma traversée du désert et de la mer, tout s'est passé exactement comme c'est décrit dans mon livre. C'est pour ça que c'est mon livre préféré. C'est pour ça que je l'ai déjà lu six fois. Il raconte mon histoire. Il la raconte juste beaucoup mieux, avec des mots bien plus beaux que je ne pourrais jamais le faire moi-même. C'est pourquoi, quand j'ai raconté mon histoire au fonctionnaire et quand je vous l'ai racontée à vous, monsieur Leonard Pfeijffer, j'ai emprunté les mots de mon livre. Ce n'est pas parce que je voulais mentir, mais parce que je voulais faire de mon mieux pour raconter la vérité aussi bien que possible.

— Mais ce faisant, Abdul, tu as quand même inévitablement déformé la vérité, dit l'inspecteur. Car même si tu reconnais dans ton livre beaucoup de choses que tu as toi-même traversées, c'est impossible que les faits réels se soient passés exactement comme Virgile les décrit. Laisse-moi te citer un exemple. L'ami que tu as rencontré en chemin s'appelait-il vraiment Achaï, comme Achéménide dans ton livre ? Et tu l'as vraiment rencontré au pays du Borgne, comme Énée a rencontré Achéménide au pays des Cyclopes ?

— En réalité, je n'ai jamais su comment il s'appelait, dit Abdul. C'est plus tard que je lui ai donné le nom de mon livre. Pour moi, il s'appelle Achaï. C'est en anonyme qu'il s'est noyé dans la mer. Comme ça, il a quand même un nom. Et je ne sais rien du pays où je l'ai rencontré. Mais la chose la plus importante que je voulais raconter, c'était que j'avais peur, comme Énée au pays des monstres. Je n'ai pas menti et je n'ai pas non plus déformé la vérité. J'ai raconté l'essentiel de telle manière que quelqu'un qui n'a pas vécu ce que j'ai vécu puisse tout de même le comprendre.

— Dans quoi te retrouves-tu le plus dans ton livre ? demandai-je.

— Dans le destin, répondit Abdul. Quand Énée fuit les hommes qui mettent son village à feu et à sang et qu'il doit entreprendre un long et périlleux voyage qui peut lui coûter la vie, il sait que son destin est d'atteindre l'Italie et d'y fonder un nouveau foyer. C'est pour cela qu'il n'abandonnera jamais, parce qu'il sait qu'il ne peut pas abandonner. C'est aussi ce que j'ai ressenti. C'est à cette foi dans ma destinée que je dois la vie. Et quand Énée arrive enfin en Italie, ce n'est pas terminé. Il doit se battre pour s'intégrer et gagner sa place dans le nouveau monde. Même si j'ai eu beaucoup de chance, bien sûr, que M. Montebello me trouve, c'est quelque chose dans quoi je me retrouve très fort.

L'inspecteur et moi hochâmes la tête. Les mots d'Abdul nous avaient rendus muets.

— Qu'en pensez-vous ? demandai-je à l'inspecteur au bout d'un moment.

— Donnez-moi une seule raison, dit-il, qui me permette de remiser mes doutes sur l'authenticité de son histoire et de clore ce dossier.

— Appelez cela l'intertextualité, dis-je. Abdul a dit la vérité en usant de la technique littéraire employée par Virgile lui-même et par tous les grands poètes et écrivains après lui. En truffant le récit véridique de sa fuite de références à *L'Énéide*, il nous rappelle que son histoire est une histoire de tous les temps, et en employant une technique littéraire européenne séculaire, il prouve qu'il est mieux intégré dans la culture européenne que bien des Européens nés en Europe. Est-ce une raison valable ?

— Vous m'avez convaincu, conclut l'inspecteur, et j'en suis très heureux. Je vous remercie.

6

Montebello me pria de le suivre. Je dis que j'accédais naturellement à sa requête, mais lui demandai s'il voulait bien me révéler ses intentions. Il ne répondit pas. Pour un homme qui, par professionnalisme et par conviction, gardait toujours le contrôle de ses émotions, il semblait passablement agité. J'avais du mal à tenir le rythme de sa foulée qui nous menait droit vers la salle à manger. Il entra dans la cuisine. J'hésitai. En tant que résident de l'hôtel, il me semblait inapproprié de pénétrer dans ce sanctuaire. Montebello se retourna vers moi.

— Vous ne pouvez pas vous priver du grand finale en récompense de votre rôle fondamental dans ce sombre épisode, dit-il.

Je pénétrai à sa suite dans la cuisine. Il demanda à la cuisinière où était Louisa. Elle n'était pas là. Je le suivis jusqu'à la buanderie. Elle y était. Elle repassait des taies d'oreiller. Elle sursauta en nous voyant.

— La seule raison pour laquelle je te donne l'occasion de te défendre, lui dit Montebello d'un ton que je ne lui avais jamais entendu auparavant, c'est que je suis curieux de voir de quelle manière tu vas pouvoir te contorsionner pour justifier une trahison aussi basse et infâme.

— Je n'ai pas trahi Abdul, dit Louisa.

— Si tu n'as pas trahi Abdul, dit Montebello, je ne vois pas comment tu pourrais savoir que la trahison d'Abdul constitue très précisément le désagréable sujet que je voulais aborder avec toi.

— Il m'a parlé de son livre, en m'aidant à astiquer l'argenterie, et il m'a dit que ce livre contenait exactement ce qu'il avait vécu. Alors, par pure curiosité, je lui ai demandé s'il l'avait raconté aussi de cette manière aux services de l'immigration, et il m'a répondu que oui. Alors, j'ai pensé que ça pouvait être une information pertinente. Je devais justement appeler la police pour autre chose. Et donc, je le leur ai signalé, en citoyenne responsable, pour ainsi dire.

— Et cette autre raison pour laquelle tu devais appeler la police, dit Montebello, n'avait-elle pas à voir avec ton neveu, par hasard ?

— Que voulez-vous dire ? demanda-t-elle.

— Je veux dire que je me souviens très bien que tu m'as demandé il n'y a pas si longtemps si je n'avais pas un poste pour ton neveu, celui de groom par exemple, et que tu étais plutôt déçue lorsque je t'ai rappelé que la fonction de groom était déjà pourvue.

— Donc vous pensez que j'ai délibérément appelé la police pour donner des informations compromettantes sur Abdul dans l'espoir qu'il soit expulsé et que ça libère une place pour mon neveu ?

— En effet, c'est exactement ce que je pense, dit Montebello.

— Et vous avez raison, lança Louisa, car c'est exactement cela. Parce que mon neveu est un brave garçon. Il a eu des problèmes dans le passé, c'est vrai, mais que voulez-vous, c'est ce qui arrive quand un garçon honnête comme lui n'arrive à trouver de travail nulle part parce qu'il faut d'abord bichonner tous ces gens qui débarquent du désert ou de la brousse, et leur donner nos aides sociales et la priorité sur les logements, les emplois et j'en passe. Si c'est pas scandaleux ! Ce n'est quand même pas normal ? Je ne suis pas raciste, mais les étrangers sont des étrangers, qu'ils soient noirs, mauves ou verts, c'est aussi simple que ça, et je pense que c'est très beau d'aider la terre entière, moi aussi, j'ai du cœur, mais je trouve en toute honnêteté que charité bien ordonnée commence par soi-même.

« Quand on voit que l'Europe est submergée par un tsunami d'Africains, alors qu'il n'y a déjà pas de travail pour nos propres enfants, il y a quand même un problème. Quand ça devient interdit de donner un avenir à son peuple, à sa famille, à la chair de sa chair parce qu'il faut d'abord en donner un à tous ces étrangers, c'est le monde à l'envers, non ? Et je sais que je n'ai même pas le droit de dire ça. Les petites gens comme moi, on les muselle. Mais cela n'empêche pas qu'on a raison. Et je n'ai rien contre Abdul. Je veux juste que les règles soient appliquées. Donc oui, quand je vois un étranger qui fraude, j'appelle la police. Et vous savez quoi, monsieur Montebello ? J'en suis fière.

— À partir de maintenant, Louisa, dit Montebello, tu peux chercher du travail, non seulement pour ton neveu, mais aussi pour toi-même.

— C'est ça, licenciez-moi, dit Louisa. Détruisez-moi parce que je dis la vérité. Vous êtes comme tous ces politiciens de gauche qui ont mené l'Europe à sa perte pendant des années en laissant sciemment notre continent se faire piétiner par leurs misérables Noirs chéris pour les transformer en gentils électeurs de gauche, tout en se gargarisant de leur merveilleuse humanité et de leur générosité, et qui traitent de raciste quiconque ose les critiquer. Mais je peux vous dire une chose, monsieur Montebello : vous êtes du mauvais côté de l'histoire.

— Tu as une heure pour ramasser tes affaires et disparaître, dit Montebello.

Il tourna les talons et quitta la buanderie. Je le suivis.

— C'est en effet ce que je pense depuis des années, dit-il une fois dans le hall central.

— Quoi donc ? demandai-je.

— Que je suis du côté des perdants de l'histoire.

XVI

ASSASSINAT D'UN VILLAGE MORT

1

C'était l'été. Août allait s'imposer telle une sentence qui, en dépit de mes tentatives pour la refouler, serait prononcée à la date fatidique. Les volets métalliques tomberaient comme se referme une porte de cellule, et le pays serait verrouillé pour toute la durée officiellement convenue des grosses chaleurs. Je me souvenais qu'à Gênes, lorsque le mois d'août resserrait son étau sur la ville, il devenait problématique de subvenir à ses besoins élémentaires et de dénicher par exemple un bureau de tabac encore ouvert, et que les rares touristes égarés trouvaient partout porte close, pendant que les Génois prenaient leur exil en patience sur des plages surpeuplées. J'étais curieux de voir ce que donnerait Venise en août. Je me préfigurais un scénario apocalyptique dans lequel les derniers restes d'authenticité italienne prendraient authentiquement la fuite à l'italienne, livrant les rues brûlantes à la haute saison et à des touristes en nage et aux baskets fumantes. C'eût été utile pour mes recherches, mais je savais par avance qu'il ne me serait pas donné d'assister au spectacle. Clio était fatiguée, et elle était italienne. Elle voulait rentrer chez elle et aller à la mer.

Nous retournerions donc en Ligurie. Nous irions dire bonjour à ses parents à Gênes, puis décririons un magistral virage sous les Apennins jusqu'à la villégiature bordée d'eaux azurées qu'elle avait réservée pour elle et moi sur l'île de Palmaria, en face de Portovenere, dans la province de La Spezia. C'était là que se trouvait le fameux Hotel Lorena, l'un de ses précieux secrets de famille, et rien d'autre sinon des plages de galets et des promeneurs d'un jour. Elle n'avait pas présenté l'idée comme une idée, mais comme une bulle pontificale infaillible, et la destination comme le paradis tel qu'identifié clairement et sans équivoque par la doctrine. Mon opinion éventuelle sur la question était aussi peu pertinente que celle d'un enfant de chœur sur une encyclique.

En revanche, je peux vous dire ici ce que j'en pensais à l'époque. Je suis le premier à admettre que le projet comportait quelques éléments qui me réjouissaient sincèrement. Les retrouvailles avec Gênes trônaient en tête de cette courte liste. Tout comme m'excitait la perspective d'un séjour seul avec Clio, sans aucune autre forme de distraction, dans un hôtel isolé sur une île pratiquement déserte, surtout quand je l'imaginais, conformément aux mœurs de cette réserve inondée de soleil, après une rafraîchissante baignade bien méritée, jaillir d'entre les eaux scintillantes, son corps bronzé juste vêtu d'un minibikini. J'étais en outre soulagé que nous fassions une activité élaborée de A à Z en fonction de ses souhaits à elle. Ne vous fiez pas à l'altruisme apparent de mes paroles. J'étais heureux d'aller quelque part où, selon toute vraisemblance, elle allait se sentir bien, car cela limitait le risque de frustrations à décharger sur mézigue. Et si l'endroit s'avérait décevant, elle ne pourrait pas m'accuser, puisque c'était son idée.

Tout cela m'enchantait. Restait néanmoins que nous parlions de vacances à la plage. Mon dernier souvenir de vacances à la plage remontait à l'époque de photos jaunies dans l'album de ma mère, où j'avais cet âge photogénique auquel des accessoires tels qu'un seau et une pelle étaient encore jugés appropriés. Et ce souvenir ne m'était même pas particulièrement cher. Plus tard, j'avais pris l'habitude de mépriser les gens qui fréquentaient les plages de leur plein gré, les considérant comme des barbares cramoisis sans cervelle qui puaient la noix de coco et trouvaient plus passionnant de gonfler des objets en plastique que de découvrir les trésors artistiques de la civilisation européenne.

À la lecture de ces mots, Clio secouerait la tête et m'accuserait de faire une fixation cérébrale, ajoutant que moi aussi, je ferais bien de penser à mon corps qui, à son humble avis, avait bien besoin d'un peu d'attention. Si je répondais de façon sarcastique qu'il valait mieux dans ce cas que je continue mes promenades en ville plutôt que de suivre son exemple et de lézarder sur des galets du matin jusqu'au soir pendant des jours et de n'interrompre mon inertie que le temps d'un barbotage infantile dans l'eau tiède, elle rirait, à court d'arguments pour me contredire, ce qui ne voudrait bien sûr pas dire qu'elle me donnait raison.

Évidemment que je savais nager. Je nageais comme pas un. C'est juste que, dans les faits, je n'en avais jamais vraiment eu l'occasion et, pour être franc, je m'en estimais heureux. Du reste, je ne voyais pas ce qu'on pouvait faire sur une plage, à part attendre que ça passe. Et comment était-on censé procéder pour se déshabiller et se rhabiller ? À la limite, je pouvais mettre mon épingle à cravate et mes bagues dans une chaussure, mais où allais-je bien pouvoir accrocher mon veston et ma chemise ? Non seulement je ne ferais jamais une chose pareille, mais laisser mon veston à l'hôtel était en outre impossible pour des raisons pratiques, car j'avais tout mon bureau dans mes poches intérieures. Sans carnet ni stylo, sur la plage, je me sentirais encore plus inutile que je ne l'étais déjà. Je devrais acheter exprès une sacoche à bandoulière, mais l'idée même de sacoche me révulsait. Et puis d'ailleurs : comment pensais-je pouvoir écrire sans table ni chaise, couché sur un matelas gonflable ? Avais-je seulement songé à cela ?

Août me donnait des frissons. Clio disait qu'il ne fallait pas que je m'encroûte dans mes routines et que cela me ferait du bien de rompre avec mes habitudes. Voilà qui était facile à dire. Il s'agissait plutôt d'un dilemme entre mes habitudes et les siennes, et le choix s'était tout naturellement porté sur les siennes. Pour elle, un mois d'août passé ailleurs qu'à la mer n'était pas un vrai mois d'août, et une année sans vrai mois d'août était symptomatique d'une vie ratée. Il en était ainsi depuis sa naissance, pour elle et pour toutes les générations avant elle, depuis la nuit des temps. Oui, c'est moi qui voulais tant une petite amie italienne, je sais. Or les Italiens passent le mois d'août à la mer, et le fait que tous les autres Italiens passent aussi le mois d'août à la mer n'y pourra rien changer.

2

Cela faisait drôle d'être de retour à Gênes. C'était agréable, mais étrange. Nous n'y étions que pour peu de temps, trois jours, et, comme nous aurions refusé l'offre des parents de Clio de loger chez eux s'ils nous l'avaient proposé, nous avions pris un hôtel. Le choix s'était porté sur l'Hôtel Colombo de la via della Porta Soprana, à 100 mètres à vol d'oiseau de là où nous

nous étions rencontrés. Nous étions passés devant cet endroit des centaines de fois, auparavant séparément et ensuite main dans la main, sans jamais y être entrés ou lui avoir accordé d'attention.

L'orientation de la ville avait basculé avec notre nouvelle demeure. Le plan des rues, que nous connaissions tous les deux par cœur, n'avait pas changé, mais quelqu'un avait fait pivoter la carte d'un quart de tour, donnant malgré tout à chaque ruelle un air de nouveauté. Nous nous sentions comme des touristes dans notre ancienne ville, ce qui pouvait certes en partie s'expliquer par le fait que nous l'étions. Hormis remplir nos obligations envers les parents de Clio et une soirée avec de vieux amis, nous n'avions rien à faire d'utile, si bien que nos pas allaient sans hâte ni direction. Nous nous contentions de flâner, sans autre but que de nous laisser submerger par les souvenirs. Mais ils n'arrivaient pas, ou au compte-gouttes, sous forme diluée, comme des potages flottards. Nous nous sentions surtout gagnés par un agréable sentiment de superficialité. Comme nos racines ne se nourrissaient plus des nappes d'eau noire sous le pavé médiéval, la ville avait perdu sa signification et n'avait plus rien d'autre à nous offrir que sa beauté. Très curieux, tout cela.

Le déménagement remontait à peu de temps, quelques mois à peine, mais il avait changé nos regards. Ces quelques mois à Venise avaient suffi pour que je me sente un expert dans le domaine du tourisme de masse, ou que je commence du moins à considérer les autres villes sous cet aspect, et maintenant que je n'avais quand même rien de mieux à faire dans mon ancienne ville que de me laisser aller à mon statut inattendu et temporaire de touriste, je me mettais malgré moi à la jauger sur ses qualités et ses défauts en tant que destination touristique.

Tout ici n'en était encore qu'à ses balbutiements, comparé à Venise. C'était d'emblée un atout majeur de Gênes. Ses *palazzi* qui s'effritaient par manque d'entretien étaient habités. De petites femmes voûtées, qui ne faisaient plus qu'un avec le labyrinthe, trimballaient leurs cabas légers et leurs lourdes vies dans les ruelles sentant la pisse et le danger. Les dents blanches d'une pute noire souriaient dans l'ombre des *vicoli*[1] où même le soleil de midi ne pouvait pénétrer. Un rat fila sous ses talons aiguilles. Et derrière le coin vivait l'antique noblesse, que je pouvais depuis peu compter au rang de ma famille, même si cela n'impliquait bien sûr pas que je puisse prétendre à l'héritage. Enfin, je ne vais pas réécrire ici en plus court mon roman *La Superba*, mais ce qui en ressortait, c'était que Gênes avait su conserver son authenticité. Cela se voyait également aux commerces. Les petits magasins du vieux centre vendaient du beurre, du fromage et des œufs, du fil et de la quincaillerie, de la literie et des rideaux, de la fécule de pomme de terre et des robes de mariée, et pas des gondoles en plastique clignotantes ou des masques de carnaval. Cette authenticité était une mine d'or touristique, parce que c'était ce que recherchaient désespérément les touristes, tout en n'étant vulnérable à rien plus qu'au tourisme, ce dernier détruisant ce par quoi il était attiré.

Le tourisme de masse était passé à côté de Gênes et je comprenais pourquoi. La ville a énormément à offrir, mais elle souffre de n'avoir aucune attraction trois étoiles dans les guides de voyage, du niveau de la tour de Pise, du pont du Rialto, du Colisée ou du

1. Ruelles.

David de Michel-Ange, un monument que personne ne pourrait rater lors de son grand tour d'Italie et devant lequel tout le monde voudrait faire un selfie au moins une fois dans sa vie. Il est là, le salut de Gênes. La ville ne se dévoile pas immédiatement. Le visiteur doit se donner un peu de mal pour la découvrir, comme un poème n'acquiert de sens et ne s'anime que lorsque le lecteur est prêt à y investir du temps et des efforts. Cela attire un certain type de touristes, qui préparent leur séjour et ont des goûts culturels plutôt raffinés. Ils ne viennent pas nombreux, mais ce sont les touristes qu'une ville peut désirer, car ils font peu de dégâts et dépensent de l'argent dans les plus beaux restaurants.

Un autre facteur expliquant le caractère inaltéré de Gênes est sa mauvaise réputation. De nombreux touristes qui font halte à Gênes n'en voient que le port, d'où ils prennent le ferry pour la Corse ou la Sardaigne. C'est la partie la moins belle de la ville. Si la zone portuaire est tout ce que vous voyez de Gênes et que vous en parlez à vos amis une fois de retour au pays, vous contribuez au mythe injustifié, mais éminemment bienvenu, que Gênes est une ville à éviter. Même le vacancier qui passe la nuit à Gênes avant de prendre le ferry et qui s'aventure candidement, en tongs avec toute la famille, rêvant déjà de matelas gonflables et de ballons de plage, dans les ruelles du vieux centre à la recherche d'une pizzeria, court le risque énorme de trouver la ville horrible. Car elle n'est pas facile. Il faut un brin de préparation pour apprécier à sa juste valeur sa réalité crue de prostituées et de dealers de drogue.

Je savais que le conseil municipal de Gênes était relativement insensible aux bienfaits de la sinistre réputation de la ville et qu'il était occupé à développer une politique pour la rendre plus attractive aux yeux d'un plus grand nombre de touristes. Bien que je trouve l'idée mauvaise, je pouvais également la comprendre. La ville avait perdu pratiquement toute son industrie lourde. Avec les conditions de travail avantageuses obtenues par des syndicats puissants en des temps meilleurs, le port avait de plus en plus de mal à rivaliser avec le vaste monde. Bref, c'était comme partout ailleurs en Europe. Le modèle économique du XXᵉ siècle était en train de s'effriter, et la ville avait la lourde tâche de se réinventer. Ce n'était pas d'une fantaisie folle, mais étant donné la richesse historico-artistique du vieux centre, il était logique pour Gênes d'embrasser le tourisme comme nouveau modèle de revenus.

Bien que j'aie moi-même activement contribué par mon roman *La Superba* à mettre en branle une forme modeste de tourisme littéraire, qui à une certaine époque dégénéra même en visites guidées de groupes qui payaient si bien que je n'en avais plus honte, je ne pense pas que le tourisme à grande échelle soit un scénario d'avenir souhaitable pour Gênes, ni pour aucune autre ville, et je me rassure en me disant que, dans le cas spécifique de Gênes, une telle ambition est de toute façon vouée à l'échec. La ville est depuis des siècles trop rebelle, trop difficile et trop vraie pour pouvoir se couler dans le moule de cet ami de monsieur Tout-le-Monde au sourire factice. Jamais elle n'écartera les jambes comme une pute autrefois ravissante pour se laisser dégrader les yeux fermés, car elle se méfie de ses amants et aura déjà caché ses bijoux à l'abri de leurs yeux avides. Elle s'en sortira plutôt en grattant petitement et en marchandant sur un ton plaintif de menus avantages. Elle se fera toujours passer pour plus pauvre qu'elle n'est, parce que c'est meilleur pour les affaires. Et si les touristes viennent quand même, elle leur fera bon accueil. Pour n'en faire qu'une bouchée. Qu'ils suivent donc leurs circuits prévisibles, par la via San Lorenzo et la via Garibaldi. Ils n'oseront pas s'engager dans le dédale de ruelles sombres, et s'ils devaient malgré tout s'amuser à y aller, piqués par une dangereuse curiosité, il y a de fortes chances pour qu'on ne les retrouve jamais.

Ainsi récapitulais-je ma vision romantique de mon ancienne résidence, cependant qu'autour de moi j'observais bel et bien les symptômes d'un tourisme en pleine expansion. Sur la piazza San Lorenzo avait ainsi surgi une touchante tentative de boutique de souvenirs. Elle n'avait pas l'ombre d'une chance face aux vendeurs de rue sénégalais, qui offraient du kitsch d'encore plus mauvaise qualité à des prix inférieurs, mais elle avait le mérite d'être là. Dans la via degli Orefici s'était ouvert un magasin entièrement consacré à la truffe et à ses dérivés, un piège intelligent pour le touriste instruit dont le budget lui permettait de se profiler en italophile. Le magasin de pesto juste en face existait déjà du temps où je vivais ici, mais lui aussi affichait désormais un look un peu plus authentique et artisanal. La *focacceria*, avec sa grande terrasse sur le port près du Ponte Morosini, en théorie stratégiquement située entre l'aquarium et le Musée maritime pour d'hypothétiques flux touristiques futurs, était devenue un Burger King, pour l'heure à la grande joie essentiellement des écoliers italiens.

C'était un équilibre fragile entre la volonté de répondre aux souhaits et aux goûts des touristes et celle de créer l'illusion d'une authenticité inaltérée. Je songeai que je pourrais proposer un cours à ce sujet, car ils avaient encore tout à apprendre ici. Certains restaurateurs se débrouillaient bien. Ils faisaient pousser de la vigne le long des gouttières de leur terrasse et avaient couvert leurs tables de nappes à carreaux rouges et blancs. L'investissement était dérisoire, ce genre de nappe coûtait 1,50 euro le mètre au magasin chinois d'articles ménagers, mais cela donnait directement une allure plus italienne, plus trattoria, plus authentique. Les menus en anglais constituaient en revanche une erreur capitale. C'était presque aussi grave que d'afficher des photos couleur de vos plats dans un tableau lumineux à côté de l'entrée. L'unique signal, mais très puissant, que cela envoyait, c'était qu'il s'agissait d'un établissement pour touristes, si bien que les touristes l'évitaient autant qu'un bateau touristique. Non, ce que les touristes aiment, c'est un menu illisible, griffonné à la main en italien et couvert de taches de graisse. Cela leur donne l'impression d'avoir infiltré un lieu de restauration authentique pour autochtones, ce qui les remplit de satisfaction et de fierté. C'est là-dessus qu'il fallait jouer. Le nec plus ultra étant que le patron bourru vienne avec des pieds de plomb expliquer en dialecte à la table qu'il faut voir le menu comme une carte indicative et complètement dépassée depuis le temps, et qu'il a bien d'autres plats sous la toque, si vraiment on insiste. Et même si le vin provenait de litrons de supermarché, il devait être servi dans des pichets ébréchés qui donnaient l'impression que des dockers avaient mordu dedans au déjeuner. Quant à la décoration intérieure, je dirais : attention aux bouteilles clissées suspendues au plafond. Les petits anges de Raphaël sont à proscrire, mais ça, vous l'aviez déjà compris. Le mieux, c'étaient des photos noir et blanc de n'importe quel cycliste des années 1950. Et assurez-vous d'avoir une histoire à sortir de derrière les fagots, car les touristes ne manqueront pas de vous la demander.

Tant que j'en suis à donner des leçons, un cours à destination des touristes ne serait pas inutile non plus.

J'avais remarqué que ceux qui veulent éviter coûte que coûte d'être pris pour des touristes sont souvent bien plus maladroits, désagréables et nuisibles que les touristes pur jus, qui ont abandonné toute résistance à leur vraie nature et s'accoutrent sans faux-semblants comme les étrangers qu'ils sont. Les prétendus connaisseurs et italophiles, qui se débrouillent, ou croient se débrouiller, en italien, et qui se bercent de l'illusion de se fondre parmi les natifs comme de parfaits compatriotes, peuvent apparaître comme pédants et arrogants, et susciter l'agacement par leur connaissance présumée des us et coutumes, qui, hélas pour tous les intéressés, s'avère souvent moins juste qu'ils ne le pensent.

Il s'agit de toutes petites choses. Au restaurant, ils demandent avec un sourire entendu une soucoupe, de l'huile d'olive et du sel pour pouvoir y tremper à leur aise le pain de leur corbeille. Ils pensent que c'est typiquement italien et que le patron appréciera d'avoir affaire à des connaisseurs. Mais c'est typiquement espagnol. À Gênes et dans le reste de la Ligurie, c'est même carrément sacrilège, étant donné qu'on sert en général de la focaccia, qui contient déjà de l'huile d'olive. Pour le patron, c'est une source d'irritation et un coût de voir sa précieuse *extra vergine* absorbée par litres entiers dans les assiettes. Dans la salita del Prione, la patronne du restaurant Le Due Torri, où travaille ma vieille amie Simona, a donné l'ordre à cette dernière de cacher l'huile d'olive dès qu'elle voit entrer des italophiles.

Ce n'est qu'un exemple. Un autre est la conversation enjouée sur la mafia que ces présumés connaisseurs entament pour montrer qu'ils sont au courant des réalités. Ils ont alors tout intérêt à espérer que leur italien ne soit pas aussi bon qu'ils le pensent, car c'est un sujet qui peut mener à un douloureux malaise. En fait,

« mafia » est un mot tabou, qui ne se prononce pas dans un lieu public, et certainement pas en présence d'inconnus. Il existe des synonymes et des euphémismes voilés mais, là encore, à ne manipuler que si vous êtes absolument certain que votre interlocuteur vous comprend adéquatement.

Du point de vue de la population locale, rien ne vaut les vrais touristes, qui étalent leur ignorance sans aucune gêne et n'essaient pas de prétendre à un traitement particulier. Ils prennent une bière avec leur pizza et un cappuccino après le dessert, et ils paient l'addition sans discuter. Les serveurs, restaurateurs, vendeurs et gardiens de musées n'attendent pas du tout des étrangers qu'ils témoignent d'une quelconque compréhension de leur culture. Ils veulent juste faire leur travail et gagner de l'argent. Avec un gars en bermuda fleuri arborant un gros appareil photo sur le ventre, cela se passe en général mieux et en tout cas de manière beaucoup plus fluide. Et cela n'a rien à voir avec le fait de pouvoir les arnaquer – ne les insultez pas –, mais juste de commercer efficacement.

3

Le bateau à moteur de l'Hôtel Lorena, qui devait nous amener du quai de Portovenere à Palmaria, se faisait attendre. Ce n'est qu'après notre deuxième coup de fil que nous le vîmes arriver de loin en faisant *teuf-teuf*. Le jeune capitaine embarqua nos bagages ainsi que les matelas gonflables et les palmes de plongée que nous venions d'acheter à Portovenere, et aida Clio à monter à bord. Nous nous assîmes sur la banquette arrière et le bateau appareilla sur le golfe de La Spezia. Une brise légère nous recoiffa pour les vacances. Nous décrivîmes une large boucle autour d'un parc à moules.

Nous pouvions désormais voir derrière nous Portovenere telle qu'elle devait être vue : depuis la mer. Les maisons pastel sur le littoral formaient un rempart à l'aspect charmant, tandis qu'un rempart à l'aspect de rempart, doté de trois robustes tours de guet, grimpait à droite de la ville vers la montagne. Sur le promontoire à gauche de la ville, la silhouette de l'église en ruine de San Pietro se détachait de façon photogénique sur le ciel bleu de carte postale. Nous fîmes un selfie en nous embrassant, avec le drapeau italien qui claquait énergiquement à l'arrière du bateau et la ville en arrière-plan. Devant nous s'approchaient, de plus en plus nettes, les collines verdoyantes et inhabitées de l'île déserte de Palmaria. Le port militaire de La Spezia était caché par le promontoire à bâbord, nommé Punta della Castagna. Au loin, de l'autre côté de la baie, se dessinaient les contours des villages historiques de Lerici et Tellaro. Notre récente acquisition de matelas pneumatiques et de palmes ne m'empêchait pas de me sentir heureux d'être là. Clio avait raison. Ce n'était pas loin du paradis.

— Félicitations, dit Clio à notre jeune capitaine. À mon avis, c'est toi qui as le plus beau métier du monde.

— En fait, je suis informaticien, dit-il. Mais je n'ai pas de boulot. Parce qu'il n'y en a pas. Sinon, ça ferait longtemps que j'aurais quitté ce trou de province endormi. Mais comme je n'arrive pas à partir, mon père veut que je l'aide à son hôtel pendant l'été, notamment en enchaînant toute la journée les allers-retours sur ce rafiot à la noix.

— Je m'apprêtais justement à dire que c'est un paradis, dis-je.

— On n'avance pas au paradis, déplora-t-il. C'est ça, le problème. L'innovation n'est pas considérée comme une priorité. Et à part de nouveaux clients, il n'arrive jamais rien ici. Au moins, Charon recevait une obole pour traverser le Styx. Il était mieux payé que moi.

L'Hôtel Lorena somnolait dans sa baie luxuriante. Il s'était partiellement découvert à cause de la chaleur. Là où il s'était débarrassé de sa couverture de lierre vert foncé, il offrait une vue impudique sur ses murs ocre. J'avais peur qu'il ne se réveille à cause du craquement du ponton sous nos pieds.

C'était l'heure creuse du jour, cette heure vertigineuse en début d'après-midi où les grillons riaient au nez des gens. La vaste véranda du restaurant était déserte. Des tables dressées attendaient le soir. Des bourdons zonzonnaient autour du bougainvillier. Dans le hall étaient suspendues des photos d'illustres clients de l'hôtel, dont deux anciens présidents italiens posant avec le propriétaire. Hormis ces souriants souvenirs, il n'y avait pas un chat. Notre nocher désenchanté et sous-payé posa nos bagages sur le sol en marbre frais et alla chercher son père. Ce dernier descendit l'escalier d'un pas traînant, dans le même tablier blanc que celui qu'il portait pour les présidents. La seule différence avec l'homme des photos était l'absence de sourire. Il régla les formalités et nous donna la clé de la chambre 1.

Située au premier étage à l'avant, elle était sobre, mais décorée avec goût. Clio ouvrit les volets et les portes du balcon.

— Regarde, Ilja, dit-elle doucement.

Je vins me poster à côté d'elle. Elle m'enlaça. La mer s'étalait à nos pieds. Contre les montagnes bleues, de l'autre côté, la vue historique de Portovenere était peinte en pastel, porte ouvrant sur le monde habité.

— On va être heureux ici, dit-elle. Tu ne crois pas ?

— Je n'ai jamais été aussi loin de tout avec une femme, dis-je.

— C'est notre île déserte. C'est romantique, non ?

J'étais si heureux qu'elle soit heureuse que je le devenais aussi. Comme si le mot qu'elle avait prononcé était une formule magique, nous nous renversâmes de manière romantique sur le lit aux ressorts romantiques, pour sublimer nos sentiments romantiques dans une scène passionnée presque exagérée, qui mit les draps blancs dans un désordre étincelant.

4

Dans la panoplie des problèmes graves que j'avais anticipés, j'avais oublié la difficulté majeure et autant dire insoluble à laquelle j'étais à présent confronté : comment allais-je bien pouvoir traverser cette plage pentue couverte de gros galets jusqu'à la mer avec ces palmes aux pieds ? Le manque d'expérience me jouait des tours, je l'admets sans ambages. Clio n'avait pas ce problème. Elle était déjà allongée dans l'eau, dûment palmée, et me lançait des conseils en s'esclaffant. Mais je ne lui faisais pas confiance et, au lieu de suivre ses suggestions, je testai une technique à reculons, fondée sur l'idée, loin d'être absurde en soi, qu'en descendant les talons devant, je cesserais de prendre constamment ces extensions en caoutchouc dans les cailloux. Dans la pratique, cependant, cette stratégie s'avéra porteuse d'une autre difficulté, à savoir qu'il m'était quasiment impossible de garder l'équilibre sur un plan incliné vers l'arrière – un plan loin d'être plan pour ne rien arranger – avec ces excroissances aux orteils qui m'empêchaient de me pencher vers l'avant pour compenser la gravité. Entre-temps, Clio, toujours palmée, était sortie de l'eau sans effort et avait attrapé son téléphone pour me photographier sous tous les angles. Avec mon corps pataud tout blanc, je me sentais comme l'albatros de Baudelaire qui se dandine gauchement sur le pont sous les railleries féroces des marins. C'est d'ailleurs ce que je lui dis, mais elle n'en rit que plus fort.

Quand je fus enfin dans l'eau, elle vint me consoler en se pendant à mon cou comme un petit singe, ses jambes serrées autour de ma taille. Elle me donna des baisers salés. Ensuite, nous nageâmes main dans la main, ce qui était plus difficile qu'il n'y paraît, mais avec un peu de pratique nous nous améliorâmes. Lorsque nous sortîmes de l'eau pour nous allonger côte à côte sur nos matelas pneumatiques au soleil, elle voulut à toute force m'enduire de crème. Moi non plus, je ne sais pas pourquoi je tentai de résister au début. J'aurais dû savoir que c'était inutile. Et tandis qu'elle me frictionnait de ses petites mains fraîches, elle ne se lassait pas de me charrier sur la quantité de crème solaire nécessaire pour couvrir tout mon corps.

Ainsi l'après-midi s'écoula-t-il dans la gaieté, en ce sens que Clio s'égayait surtout à mes dépens, et, avant que je m'en rende compte, le soleil se couchait déjà derrière Portovenere, les mouettes prirent possession de la plage, et j'avais passé mon premier après-midi à la mer sans avoir eu l'occasion de donner forme au mépris que j'avais prévu d'afficher.

Nous allâmes nous changer pour le dîner. Clio se para d'une somptueuse petite robe Chanel noire au décolleté profond et à la coupe évasée arrivant juste au-dessus du genou, qu'elle combina avec une paire d'escarpins ouverts noirs à talons hauts de Patrizia Pepe. J'enfilai pour ma part mon costume noir Carlo Pignatelli, avec la chemise rose que j'avais fait faire sur mesure à Gênes par ma couturière dans la via Canneto il Lungo, une cravate en soie à fleurs roses sur fond noir de l'Antica Cravatteria de Roberta Failla à Palerme, des boutons de manchette dorés, une épingle à cravate dorée et mes chaussures noires Melvin & Hamilton. Je cueillis une fleur rose du bougainvillier sur le balcon, parfaitement assortie à ma cravate, et la glissai dans les cheveux de Clio.

Lorsque nous descendîmes l'escalier, la véranda du restaurant était déjà presque pleine. Il y avait non seulement des clients de l'hôtel, mais surtout des visiteurs occasionnels, venus du continent ou de l'un des nombreux yachts amarrés dans la baie. Ils avaient été amenés par notre nocher déprimé. Dînant en tenue de vacances, ils suspendirent leurs conversations et nous regardèrent comme si nous étions des stars de cinéma. Nous esquissâmes un sourire en guise de salutation et nous laissâmes guider par le serveur jusqu'à notre table. En notre qualité de clients en pension complète, nous avions droit à notre table attitrée au bord de la mer. Tout autour de nous bruissaient des murmures excités.

Durant les *antipasti misti di mare*, nous devisâmes avec entrain de notre expérience toute fraîche de la mer. Le soleil, qui avait rendu Clio si heureuse cet après-midi-là, avait coloré ses petites joues d'un voile d'excitation, rehaussé par la lumière tamisée des lampes d'extérieur contre lesquelles venaient se heurter les insectes.

— Ilja, dit-elle tandis que l'on nous servait une entrée plus substantielle composée de moules farcies, je dois te dire quelque chose de sérieux.

De la pointe de son couteau, elle ouvrit une coquille de moule et goûta attentivement un peu de farce.

— Il y a du jambon, dit-elle, et à mon avis une autre sorte de viande aussi. Et du parmesan, bien sûr. C'est un plat très audacieux.

— Tu as raison d'en parler, dis-je. L'audace culinaire est un sujet sérieux, surtout dans un pays traditionnel comme l'Italie.

— Je voudrais te remercier, m'interrompit-elle.

— C'est gentil, dis-je, mais il n'y a pas de quoi. Je suis content d'être ici. Ce n'est pas de l'abnégation. Vraiment pas. J'admets que c'était peut-être bien mon état d'esprit au départ, mais la réalité féerique a réduit ma noble aspiration à néant. Je crois donc qu'il serait plus approprié que je te remercie plutôt que l'inverse.

— Je voudrais te remercier de tenir le coup avec moi. Je donne peut-être l'impression de ne pas me rendre compte que je suis insupportable, mais si tu es capable de garder un secret, je voudrais admettre, pour une fois, entre nous, que je suis parfaitement consciente de la performance que tu livres en me supportant. J'ai honte d'avoir créé tant de circonstances qui m'ont permis d'admirer ta patience, et je regrette sincèrement d'avoir beaucoup trop souvent pu constater dans la pratique que je pouvais compter sur ta stabilité, ton calme et ton amour illogique.

— Le calme et en particulier la stabilité ne sont pas les premiers mots qui me viennent à l'esprit pour décrire ma performance de cet après-midi sur la plage avec mes palmes aux pieds. Mais vu le plaisir que tu as eu à te moquer de moi, tu as raison de dire que mon amour n'a pas grand-chose de logique.

— Même une déclaration d'amour sincère n'arrive pas à te désarçonner. C'est louable, mais permets-moi d'ajouter que tu peux te détendre et que tu n'es pas forcé, ce soir, à cette table drapée de blanc à côté du balancement noir de la mer, de faire une démonstration de ton impassibilité. Tu en as déjà amplement fait la preuve en temps utile. Je tiens à ce que tu saches que ce n'est pas passé inaperçu, Ilja. Je me sens protégée avec toi. Tu me protèges même de mes propres caprices, de mes humeurs et de mes explosions, comme une sorte de gros airbag blanc tout mou qui se gonfle entre le volant et moi quand je fonce vers la collision. Avant que mon humeur change de nouveau, et tu sais mieux que moi que le motif le plus futile peut y suffire, je voudrais profiter de ce rare instant de clairvoyance de ma part pour te dire que je t'aime.

Cela, elle me le dit droit dans les yeux. Je pris sa main, qui s'avançait vers une moule.

— Clio, ma chérie, lui dis-je, merci beaucoup. Cette comparaison à un airbag est la chose la plus romantique que j'aie jamais entendue. Et c'est d'ailleurs ce que je veux être pour toi. Mais, à mon grand regret, je dois te corriger sur un point. Mon impassibilité, que tu loues avec tant d'éloquence, n'est rien d'autre qu'une apparence. En réalité, rien ne m'importe plus que toi. Chacun de tes mots, de tes gestes, de tes regards, de tes pensées inexprimées me touche comme une arme de précision impitoyable. Mais c'est justement pour ça que j'ai l'espoir d'être de taille à t'aider et à te protéger : parce que mon sentiment pour toi est aux antipodes de l'indifférence. Et c'est aussi pour ça que je suis absolument sûr que, moi aussi, je t'aime.

Juste à ce moment-là, un papillon de nuit tomba dans l'assiette de moules farcies de Clio. De sa fourchette, elle tenta délicatement de le sauver de la noyade dans la sauce tomate, mais il était trop tard. Le papillon était déjà mort. Probablement avait-il volé contre la lampe au-dessus de notre table et avait-il été tué par la chaleur de la lumière qui l'avait attiré.

— Allons, dis-moi, cher poète de mon cœur, me défia Clio, de quoi serait-ce une métaphore ?

— C'est un fait, dis-je, que le papillon de nuit que j'étais avant de te rencontrer s'est senti irrésistiblement attiré par ta lumière et par le désir que ta main douce le sauve de la noyade dans le jus rouge sombre de sa suffisance.

— Mais un fait n'est pas une métaphore.

— Heureusement, non.

— Donc tu n'utiliseras pas non plus cet incident dans ton livre.

— Non, dis-je. Il y a déjà suffisamment de faits dépourvus de sens. La littérature n'a pas besoin d'en ajouter à la réalité.

— De toute façon, je t'interdis d'écrire sur cette soirée dans cette île, dit-elle.

— Pourquoi ? Ce serait une scène dans laquelle je pourrais te dépeindre sans aucune réserve de manière positive et éblouissante.

— Tout est trop beau, dit-elle. Tu as déjà gâché Gênes avec ton dernier roman. Si tu décris les lieux honnêtement dans ton nouveau livre, cette île sera envahie de touristes littéraires en moins de temps qu'il n'en faut pour le lire. Je veux revenir ici chaque année avec toi, et tu ne peux pas dédicacer des exemplaires à des groupies avec des palmes aux pieds. C'est de ça que je tiens à te prémunir.

— Je te remercie pour ta confiance dans la portée de mes livres.

Pendant le plat principal, un tassergal *alla ligure* avec ses pommes de terre, olives et pignons de pin, j'évoquai son travail à la Galleria. Les grandes vacances, comme on les appelle, qui venaient de prendre un départ si prometteur, me semblaient un bon moment pour évaluer les premiers mois passés dans sa nouvelle fonction, avec plus de distance que ne le permettent d'habitude les soucis du quotidien. Elle m'affirma qu'elle était heureuse, puis se corrigea, disant qu'elle aurait dû l'être. Elle aimait enseigner, même si elle était dépitée de voir le temps qu'elle passait à préparer ses cours. Et malheureusement les étudiants n'étaient pas tous très motivés par sa matière. Ils préféraient créer eux-mêmes quelques chefs-d'œuvre de génie, exposer à la Biennale et devenir riches et célèbres, le plus vite possible et sans se fouler, plutôt que de perdre leur temps à revoir avec elle l'histoire de l'art de leurs prédécesseurs. Elle était reconnaissante d'avoir pu renouer professionnellement avec sa discipline, qu'elle avait presque perdue de vue à force d'être plongée dans les vieilleries de la salle des ventes, mais les cours qu'elle était censée donner étaient en fin de compte assez superficiels, même si elle était navrée de devoir le dire. Ce qui la frustrait le plus, c'était qu'elle disposait d'encore moins de temps pour ses propres recherches sur le Caravage que dans son précédent emploi. Je devais comprendre qu'il était loin d'être certain que son contrat soit renouvelé l'année prochaine et qu'elle se sentait obligée pour cette raison d'effectuer toutes sortes de menues tâches administratives pour le compte de ses supérieurs, ceux-là mêmes qui décideraient en définitive du renouvellement de son contrat. Voilà comment cela fonctionnait une fois pour toutes en Italie. Je hochai la tête. Mais ce n'était pas avec des petits boulots organisationnels qu'on se construisait un vrai CV, or c'était d'un vrai CV qu'elle avait besoin pour conserver ne fût-ce qu'une once d'espoir dans le miracle d'une vraie carrière de grande personne à la hauteur de ses qualités. Bref, elle était officiellement reconnaissante de l'occasion qui lui était offerte, mais elle avait toujours besoin d'une brillante stratégie.

Je suggérai que la solution, en raisonnant purement sur la base de ce qu'elle venait de me dire, pourrait résider dans un travail organisationnel, mais qu'elle pourrait valablement inscrire dans son CV. Elle ne comprenait pas ce que je voulais dire. Je voulais dire, par exemple : organiser un congrès. À défaut d'avoir le temps et la concentration nécessaires pour ses propres recherches, ce pourrait être un moyen d'accroître sa visibilité auprès de futurs employeurs. Elle balaya ma suggestion d'un revers de main. D'après elle, un congrès scientifique sur le Caravage n'intéresserait personne. Je répondis que ce colloque ne devrait pas forcément porter sur le Caravage ni viser le monde académique. Elle avait toujours dit qu'elle préférerait travailler pour un grand musée plutôt qu'à l'université. Peut-être serait-ce une idée d'organiser un congrès sur l'avenir des musées en Italie. Ce n'était qu'une suggestion. Elle partit d'un grand éclat de rire. Quand elle retrouva enfin son sérieux, elle dit que, tout compte fait, ce n'était pas une si mauvaise idée.

Durant le dessert – une panna cotta aux fruits des bois –, nous continuâmes joyeusement à philosopher sur ses contacts dans le milieu des musées et sur ce qu'elle pourrait demander à qui, jusqu'à ce que le café arrive et que le plan ait pris les proportions épiques d'un rassemblement d'ores et déjà historique de tous les directeurs des musées des Offices, de Brera et du Vatican, qui changerait à jamais l'histoire de la culture muséologique italienne.

Puis elle dit :

— C'est une métaphore de moi-même. Ce papillon de nuit, c'est moi. Depuis toujours, j'ai le sentiment de voleter, sans but ni direction, dans l'obscurité de mon obsession professionnelle pour le passé, de mes frustrations dans le présent et de ma colère face à cet avenir qu'on me dénie. Je voudrais vivre dans la légèreté et la lumière, mais je n'ai jamais su comment m'y prendre. Et puis toi, tu arrives et tu allumes simplement la lumière, et tu me fais rire avec tes plans ridicules et ton positivisme sans fondement. Tu me montres comment je dois rêver.

— Si jamais tu devais finir comme ce malheureux insecte, je suis quand même content pour toi que tu aimes la sauce tomate.

— C'est exactement ce que je veux dire, dit-elle.

Son rire était plus beau que la nuit. Elle se leva et me prit par la main.

— On danse ?

— Comme deux papillons de nuit, dis-je.

Je me levai et nous dansâmes. Nous dansions, lents et fragiles, le plus proche possible l'un de l'autre. Il n'y avait pas de musique, mais nous fredonnions notre propre valse, qui ne ressemblait à rien, et nous dansions notre danse, qui ne ressemblait à rien non plus, entre les tables blanches au bord de la mer noire sur notre île déserte. Les seuls clients restants étaient des touristes à la table du milieu. Ils tournèrent la tête vers nous et éclatèrent de rire. L'une des femmes se mit à nous filmer avec son smartphone.

— *You're such a lovely couple*, dit-elle. *So Italian*[1].

Nous fîmes une profonde révérence et montâmes les marches, main dans la main, vers le lit blanc en désordre de la chambre 1.

1. « Vous faites un si joli couple, dit-elle. Tellement italien. »

Le lendemain matin, au petit déjeuner, depuis notre table attitrée au bord de la mer, nous vîmes le premier ferry de la commune de Portovenere accoster et déverser des baigneurs sur notre île déserte. Depuis le quai, ils défilèrent en longue colonne sur les passerelles en bois devant la véranda de notre hôtel pour rallier les plages. Parmi eux se trouvaient des étrangers au teint de mozzarella et surtout des cohortes d'enfants italiens avec leurs grands-parents.

Les interminables vacances scolaires italiennes, qui s'étendent sur un quart de l'année, ne s'appliquent pas aux parents chroniquement rejetés dans les cordes, à qui il ne reste plus aucune vie après celle qu'ils doivent mener pour entretenir l'illusion d'en avoir une. Le problème que constitue cette progéniture en liberté est bien sûr transféré avec l'évidence de la fatalité à papy et mamy, qui en plus, puisqu'on en parle, peuvent bien, de temps en temps, faire quelque chose en échange de tous les sacrifices qu'ils ont consentis pour élever leurs propres enfants, il faut dire ce qui est. La dernière semaine de vacances, ils seront rejoints par la mère, au bord de la dépression nerveuse, qui se retranchera sous le parasol derrière ses lunettes de soleil et une pile de magazines people, dans un bikini bien trop pimpant pour son humeur, et qui explosera dans des colères spectaculairement irrationnelles au moindre signe de gaieté chez ses enfants, qui troublent son temps de qualité bien mérité avec elle-même, avant de le regretter dans la foulée dans une crise de larmes hystérique. Le fait que son mari, qui se prétend le père de leurs enfants, les rejoigne quelques jours plus tard après sa dernière réunion à Milan pour redresser en un week-end l'éducation que sa femme a, d'après lui, laissée aller à la dérive en son absence tout le restant de l'année, n'est pas pour arranger les choses.

Les étrangers à la blancheur d'amateurs avaient perdu d'avance face aux familles italiennes, roublardes et basanées. Nous contemplions le drame qui se déroulait sous nos yeux. Tandis qu'ils s'arrêtaient benoîtement pour admirer le paysage et s'acheminaient tranquillement vers la plage, les ingénus du Nord, armés d'un simple sac à dos, étaient dépassés de tous côtés par des enfants et grands-parents au regard torve, courant avec du matériel lourd, des matelas pneumatiques, des parasols et des sacs réfrigérants, tout entiers focalisés sur un seul but : occuper en premier les meilleures places sur la plage.

Depuis que les Grecs au casque étincelant ont accosté avec mille bateaux en face de la ville aux murs bien bâtis des Troyens dompteurs de chevaux pour livrer une guerre de dix ans pour la plus belle femme du monde, les plages ont été le théâtre de nombreuses batailles sanglantes, mais la détermination et l'efficacité avec lesquelles les baigneurs conquéraient leur base d'opérations quotidienne pour leur récréation sacrée devraient faire l'objet dans toutes les académies militaires d'une étude de cas, prouvant que le dévouement et la volonté des troupes d'invasion ne dépendent pas forcément de la conviction qu'elles goûteront à un océan de paix, de bonheur et de tranquillité une fois que le territoire à conquérir l'aura été. Car la perspective qu'offrait la conquête consistait en la certitude d'une journée remplie d'une foule d'autres guerres : celles d'une progéniture rebelle contre des tuteurs épuisés, de vieillards contre un soleil qui refusait obstinément de se coucher, et de tout le monde contre le temps visqueux et contre l'inanité de ce mois d'août qui s'éternisait à en périr d'ennui. À cet égard, cette invasion ressemblait au débarquement des troupes alliées en Normandie, le Jour J, où la conquête des plages n'offrait d'autre perspective que le sang, la sueur et les larmes promis par Churchill à ses soldats.

Mais l'invasion de l'été 1944 était au moins motivée par des idées, comme la libération de l'Europe pour ne citer qu'un exemple, et la restauration de la démocratie sur le continent qui ployait sous la dictature du monstre fasciste. Ici, sur ces plages, nous pouvions voir où cet effort avait mené : à des tongs et à de la crème solaire, et à un désespoir suffocant qui avait pris la forme de jouets gonflables. L'idéal démocratique de liberté, d'égalité et de vacances pour tous avait dégénéré en un exhibitionnisme obèse, rouge écrevisse, d'une prospérité sans valeur ni valeurs, caractérisée par un excédent de temps libre et un manque absolu de fantaisie. La seule idée qui motivait l'invasion de ces plages-ci était l'absence d'une meilleure idée. Les loisirs étaient devenus un droit coutumier pour lequel on était prêt à trancher des gorges, et le fait insignifiant et accessoire qu'au fond personne n'aime ça n'était pas une raison pour ne pas le revendiquer haut et fort.

La plus belle femme du monde n'était plus non plus l'enjeu de la guerre livrée sur ces plages, car à perte de vue on ne voyait que des bourrelets débordant des élastiques et d'autres preuves superflues de l'existence de la gravité, qui avait déjà commencé à tirer en direction de la tombe certaines parties de corps jadis fermes et toniques. Ici, on venait claquer pensions de retraite et allocations familiales. Les jolies filles dormaient encore. Elles exsudaient ailleurs l'ivresse de leurs soirées technos et ce n'est que le soir, sur des plages plus branchées, dans des villes plus bruyantes, qu'elles lèveraient leurs yeux brillant d'un éclat dangereux. Elles surgiraient céans dans une dizaine d'années, dans une version bouffie d'elles-mêmes, le regard éteint, avec des jeux gonflables et des enfants geignards qui seraient la némésis pour leur conquête de cette nuit.

Clio vit à quoi je pensais et sourit.

— Oui, Ilja, dit-elle, tu as raison. Le moment est peut-être venu que je t'initie à l'un des plus grands secrets de la vie à la plage. C'est comme la vraie vie. Sauf que tout est beaucoup plus visible.

Nous descendîmes vers la plage privée de notre hôtel, où nous pouvions nourrir l'illusion de n'être visibles que l'un pour l'autre. Nous nous laissâmes bercer quelques jours au rythme contraignant de la pension complète et de ses trois repas par jour. Je commençais à bronzer et à me débrouiller correctement avec mes palmes quand, un matin, Clio me dit :

— Je n'ai pas tellement envie d'aller à la plage aujourd'hui. Que dirais-tu d'une excursion ?

6

— On pourrait aller à Portovenere, dis-je.

— C'est à cela que je pensais, répondit Clio.

— Allons voir si le dernier tableau de Caravage n'y est pas !

Elle éclata de rire.

— Et notre hypothèse, dans ce cas, poursuivit-elle, serait que la Marie-Madeleine confisquée par les chevaliers maltais a été amenée à Portovenere. Le problème, c'est que nous n'avons aucune source attestant un quelconque lien de l'ordre de Malte avec ce territoire. Pour justifier notre recherche, nous devrions donc d'abord rassembler des preuves plus ou moins plausibles de la présence des chevaliers à Portovenere, et puis trouver une bonne explication au fait qu'il n'y en ait aucune trace dans les annales.

— Cela m'a l'air faisable, dis-je. J'ai fait pire, comme écrivain.

— Une autre option, proposa-t-elle, serait de présenter ce silence écrasant des sources comme le point fort de notre hypothèse.

— Un classique, dis-je.

— Dans ce cas, notre raisonnement serait que les chevaliers maltais ont transporté le tableau du Caravage à Portovenere précisément parce qu'ils n'y possédaient pas de forteresse ou de bastion. Tu saisis ? C'était une manœuvre très intelligente de la part de ces Maltais, justement parce que personne ne s'y attendait.

— L'invraisemblance de l'hypothèse comme preuve essentielle de sa validité : c'est sur cette argumentation que repose la démonstration de toutes les théories du complot.

— Exactement, dit-elle. Les gens foncent tête baissée dans le panneau, car ils aiment bien se sentir un peu plus malins que la réalité ne le leur permet. L'invraisemblance de l'hypothèse fournit en outre l'explication parfaite au fait qu'on n'y ait pas pensé plus tôt. Tout se tient. *Quod erat demonstrandum*. Dans notre cas particulier, l'invraisemblance de notre théorie explique pourquoi on n'a jamais retrouvé le tableau de Marie-Madeleine depuis tous ces siècles. Tes lecteurs vont se régaler, Ilja.

— Je pense tout à coup à une autre possibilité, dis-je. Comment s'appelait-il déjà ?

— Qui ?

— Ce type.

— Tu veux dire Scipione Borghese. Le neveu du pape et le chef de la curie romaine, celui pour qui le

Caravage avait peint les trois tableaux dans l'espoir d'être gracié.

— Oui, ça, je sais. Non, c'est l'autre auquel je pense. Celui qui a écrit la lettre à Scipione Borghese pour l'informer de la mort du Caravage.

— Ah, lui, c'est Deodato Gentile, le nonce apostolique de Naples.

— Oui, c'est quand même d'abord lui qui s'est occupé des trois derniers tableaux, non ?

— En effet. Selon sa version de l'histoire, les tableaux auraient été rapportés à Naples à bord d'une felouque, depuis Porto Ercole où le Caravage aurait succombé à la fièvre. Il a fait en sorte que l'un des trois, le Jean-Baptiste debout, soit quand même livré à Scipione Borghese à Rome. Quant au Jean-Baptiste couché, il a été confisqué par le vice-roi de Naples et se trouve maintenant, après moult errances, à Munich.

— Et l'autoportrait en Marie-Madeleine, il l'a donné aux chevaliers maltais, ajoutai-je.

— Parce qu'ils avaient assassiné le Caravage et qu'ils réclamaient leur part du butin.

— Ça, c'était notre hypothèse, dis-je.

— C'est exact.

— À y regarder de plus près, n'est-il pas très improbable qu'un homme aussi puissant que Deodato Gentile ne se soit pas prévu une forme quelconque de compensation ?

— Tu veux dire qu'il aurait gardé la Marie-Madeleine pour lui, dit Clio.

— Réfléchis un instant. D'après notre reconstitution, il a trahi le Caravage auprès des chevaliers maltais. Leur récompense à eux était de restaurer leur idée de l'ordre juridique, d'exécuter le Caravage et de laver le nom de l'ordre de Malte. C'eût pu suffire à leur bonheur. Il se pourrait qu'ils aient trouvé raisonnable d'accorder à Deodato Gentile une part du butin pour le remercier de son aide.

— Dans ce cas, la correspondance de Deodato Gentile avec Scipione Borghese aurait visé à dissimuler qu'il s'était approprié l'un des trois tableaux destinés à Borghese, au su ou non de l'ordre des chevaliers de Malte. Ce n'est pas exclu. Cela expliquerait pourquoi Deodato Gentile, dans ses lettres, se donne tant de mal pour bâtir une autre version des événements.

— Pour justifier notre recherche, continuai-je, nous n'avons plus qu'à présumer que Deodato Gentile a caché le précieux tableau à Portovenere.

— C'est une bonne intrigue, dit Clio. Si les choses se sont passées comme tu le dis et que Deodato Gentile s'est approprié la toile, il est logique qu'il ait voulu la faire sortir de Naples. Le Caravage était trop célèbre là-bas. Quelqu'un aurait pu reconnaître le tableau et poser des questions embarrassantes. Où pouvait-il le cacher ? Il était originaire de Gênes. Il avait été prieur au couvent de Santa Maria di Castello. À Gênes, il avait de la famille et des contacts. Mais peut-être que Gênes n'était pas non plus un lieu sûr à ses yeux. Le Caravage y avait également travaillé quelque temps. Là-bas aussi, le risque qu'on reconnaisse le tableau et qu'on lui pose des questions embarrassantes était trop important. Choisir une autre ville sur le territoire génois, comme Portovenere, aurait donc pu constituer une décision logique. Mais on aimerait quand même bien avoir un indice spécifique. Ce qui nous reste à faire, c'est donc de relier la personne de Deodato Gentile à la ville de Portovenere. Mais on va y arriver.

Elle se mit à googler sur son téléphone et consulta une partie de ses archives stockées dans l'iCloud.

— Regarde, dit-elle. On tient déjà une piste. Deodato Gentile était un homme du clergé, et je suis en train de regarder ses possibles contacts ecclésiastiques. À l'époque dont nous parlons, Portovenere était sous la juridiction de l'évêque de Luni et Sarzana. Entre 1590 et 1632, il s'agissait de Giovanni Battista Salvago. Tout comme Gentile, il provenait d'une famille noble de Gênes. Son père s'appelait Ambrogio, fils de Francesco Salvago, et sa mère, Maria Lomellini Di Agostino. Ce sont des noms illustres. Et ce sont les cercles dans lesquels Deodato Gentile a grandi. Ils se connaissaient certainement.

Elle continua à chercher.

— Je vois ici que la famille Salvago avait aussi des accointances avec la famille Doria. La sœur de Giovanni Stefano Doria était mariée à un Salvago. Là, tout de suite, je n'arrive pas à retrouver lequel, mais c'est quelque chose qui compte en ce temps-là. Giovanni Stefano Doria a vécu de 1578 à 1643. La période colle. Tiens, en voilà une autre. Livia Doria, fille de Niccolò Doria et d'Aurelia Grimaldi, était mariée à Enrico Salvago, nommé sénateur de la République génoise en 1604. C'était une cousine de Marcantonio Doria, député de la République génoise à Naples. Et pourquoi le lien entre la famille Salvago et la famille Doria est-il si important ? Je vais te le dire. Parce que la famille Gentile avait, elle aussi, des relations étroites avec les Doria. Comment ça marchait, déjà ? Attends…

J'attendis.

— Voilà, dit-elle. J'ai trouvé. Avant de rejoindre l'*albergo*[1] Gentile, la famille de Deodato s'appelait Pignolo. Après que Gasparo Pignolo eut épousé

---

1. Au Moyen Âge et à la Renaissance, l'*albergo* était une structure regroupant plusieurs familles liées par le sang ou des intérêts communs.

Teresa Doria Di Lazzaro au début du xve siècle, la famille Pignolo, plus tard Gentile, a entretenu des liens étroits avec la famille Doria pendant plus de deux siècles. Giovanni Francesco Doria, fils de Marcantonio le second, a épousé Eliana Gentile Pignolo, fille d'Agostino Gentile Pignolo et petite-fille de Giovanni Battista Gentile Pignolo, soixante et onzième doge. On y est donc. Portovenere ressortissait à un évêque que Deodato Gentile connaissait forcément, car provenant d'une famille amie de la sienne, et qui, tout comme sa famille, entretenait des liens étroits avec la famille Doria.

— Comment as-tu trouvé tout cela aussi vite ? demandai-je. Tu savais où chercher ?

Elle ne répondit pas à ma question.

— Mais non, dit-elle. Je suis vraiment bête, ou ce n'est qu'une impression ? C'est encore bien plus simple que ça, bien sûr. Ces contacts avec l'évêque peuvent aider, du moins ils ne gâchent rien, mais pour finir on n'en aura même pas besoin. Qu'est-ce que je viens de dire ? Marcantonio Doria était député de la République génoise auprès du royaume de Naples au moment où Deodato Gentile occupait, en tant que noble génois, la fonction de nonce apostolique auprès du royaume de Naples. Les deux se connaissaient, bien sûr. Deux hauts dignitaires de Gênes, issus de familles nobles et apparentées, forcés de tenir le coup dans le chaos napolitain. Ils étaient probablement amis. Et suppose que Deodato Gentile ait demandé conseil à son ami Marcantonio Doria quant à un endroit où cacher un tableau précieux, qu'aurait suggéré Marcantonio ? Alors ? Je vais te le dire. Tu vois Portovenere en face de nous ? Tu vois ce fort sur la colline au-dessus de la ville ? Tu sais comment il s'appelle ? Castello Doria. Ce sont les Doria qui l'ont fait bâtir. Ce château venait d'être terminé au moment précis où Deodato Gentile ne savait pas quoi faire de son tableau. Difficile d'imaginer lieu plus sûr. En bordure du territoire génois, loin des regards curieux des amateurs d'art, près d'un village habité par des pêcheurs, dans un fort imprenable qui venait d'être construit et sécurisé selon les techniques les plus modernes. À toi maintenant, je te repasse la main.

Je dis que j'étais impressionné, mais elle n'écoutait pas, car elle se souvenait de quelque chose de bien plus important encore.

— Et pourquoi Deodato Gentile aurait-il demandé spécifiquement conseil à Marcantonio Doria pour un problème lié à un tableau du Caravage, indépendamment de leur amitié ? Parce que Marcantonio était amateur d'art. C'était un grand collectionneur. Il connaissait le Caravage personnellement. C'est lui qui avait commandé au peintre le tableau de sainte Ursule. Je pense même qu'on a retrouvé une lettre à ce sujet récemment dans les archives. Je dois l'avoir ici quelque part.

Ses doigts galopaient sur l'écran de son iPhone, comme si elle pourchassait des zombies du temps passé dans un jeu de tir ultrarapide. Elle en attrapait les joues rouges. Rien ne me rendait plus amoureux que son enthousiasme pour un jeu que nous avions inventé ensemble.

— J'ai trouvé. Bon, ça commence à devenir palpitant. Je te dis quelle lettre c'est. Il s'agit d'une lettre de Lanfranco Massa, adressée à Marcantonio Doria, datée du 11 mai 1610, retrouvée dans les archives de l'État de Naples, fonds Doria D'Angri, deuxième partie, liasse 290, feuillets numéros 9 et 10. Tu prends bien note de ces données ? Je ne veux pas que tes lecteurs pensent qu'on raconte n'importe quoi. Tout est rigoureusement vrai. Ils peuvent vérifier eux-mêmes. Voici le passage qui nous intéresse. Je cite : « J'avais l'intention, écrit Lanfranco Massa à Marcantonio Doria, de vous faire parvenir le tableau de sainte Ursule cette semaine. Mais pour être sûr que la peinture soit bien sèche, je l'ai exposé hier au soleil, et il s'est un peu abîmé. Avant de vous l'envoyer, je voudrais donc retourner chez le Caravage pour lui demander son avis sur les dégâts. Signor Damiano l'a vu, et il était très impressionné, de même que les autres à qui je l'ai montré. » À la fin de la lettre, où le papier est malheureusement endommagé, Massa parle d'un autre tableau du « Car... » pour lequel il doit préparer un transport. Il ajoute que ce « Car... » est un ami de Marcantonio. En théorie, cela pourrait désigner le peintre Battistello Caracciolo, qui travaillait lui aussi à Naples à l'époque. Mais le contexte rend plus probable que Massa parle d'un autre tableau du Caravage. C'est *notre* tableau, Ilja.

— Mais le Caravage était encore en vie à l'époque.

— Plus pour longtemps. La lettre dans laquelle Deodato Gentile fait part à Scipione Borghese du décès du Caravage est datée du 29 juillet 1610. C'est-à-dire deux mois plus tard. Un complot nécessite une préparation. Il fallait correspondre avec Rome et Malte. La poste avait besoin de temps à l'époque. Les meurtriers devaient se rendre à Naples. Il fallait attendre le bon moment. En mai 1610, Deodato Gentile avait probablement déjà ourdi toute sa machination. Il avait déjà contacté Marcantonio Doria pour faire transporter à Portovenere, par l'intermédiaire de son agent Lanfranco Massa, la toile dont il comptait s'emparer. Cette lettre en est la preuve. D'autant plus qu'il n'y a pas d'autre tableau du Caravage, après sainte Ursule, qui ait fait l'objet d'un transport vers le nord. C'est donc forcément Marie-Madeleine. Il n'y a pas d'autre solution.

— Marcantonio Doria était un collectionneur ? demandai-je.

— L'un des plus grands. Un vrai. Il avait pratiquement transformé son *palazzo* en académie et en atelier pour les nombreux artistes qu'il connaissait personnellement.

— Et Deodato Gentile ?

— Non, lui ne l'était pas. Il n'était pas sensible à l'art. Il avait été inquisiteur, c'était un homme qui trouvait des solutions à des problèmes.

— Il le faisait donc pour l'argent, dis-je, alors que Marcantonio Doria aurait probablement beaucoup aimé avoir ce tableau du Caravage.

— Oh oui, il aurait commis un meurtre pour ça.

— Vu que ce n'était plus nécessaire, il se peut qu'il ait juste payé.

— Tu as raison, Ilja. L'histoire fonctionne encore mieux ainsi. Donc, quand le Caravage, probablement par l'entremise de sa mécène la marquise Colonna, a approché Deodato Gentile pour lui demander de contacter Scipione Borghese afin de lui proposer d'obtenir sa grâce auprès du pape en échange de trois tableaux, Gentile a flairé l'aubaine. En tant que membre du haut clergé lié à l'Inquisition, il savait que l'ordre de Malte voulait la peau du peintre. En le livrant aux chevaliers maltais, il faisait d'une pierre trois coups. Primo, il pourrait compter sur une généreuse compensation financière de la part de Malte, et ce ne pouvait nuire à la carrière d'un ecclésiastique de rendre service au puissant ordre maltais. Secundo, il se débarrasserait d'un coureur de bordels violent, ivrogne et criminel, qui représentait les saints de l'Église avec un réalisme irrespectueux, et sur lequel, par-dessus le marché, pesait une condamnation à mort. C'était un maigre sacrifice à consentir, si tant est que c'en fût un. Tertio, l'opération lui rapporterait trois précieux tableaux à écouler.

« Mais pour ce faire, il devait jouer le jeu. Il devait réellement prendre contact avec Scipione Borghese et le persuader d'accepter le cadeau, afin d'être sûr que les trois œuvres soient effectivement réalisées. Cela signifiait qu'il devrait céder au moins l'un des trois tableaux à Borghese. En espérant que cela suffise à le contenter et l'endormir. Après tout, on ne lui demandait plus rien en échange. La grâce ne serait plus nécessaire après l'exécution. En fait, il recevait la toile gratis. Dans le cas où il aurait été nécessaire d'apaiser l'autorité séculière locale de Naples et de l'empêcher d'enquêter avec trop de zèle sur la mort du peintre – ce qui ne manquerait pas –, il pouvait faire don de la deuxième toile au vice-roi. En fin de compte, il lui resterait un seul tableau à monnayer, et il avait en la personne de son compatriote et ami Marcantonio Doria le meilleur acheteur qui se puisse imaginer. Probablement le choix de Marie-Madeleine reposait-il sur une préférence personnelle de Marcantonio Doria. Peut-être avait-il vu la toile inachevée en mai 1610 dans l'atelier du Caravage. Marie-Madeleine serait allée parfaitement avec la sainte Ursule qu'il venait d'acquérir. Et puis, c'était la pièce centrale du triptyque, la plus belle et la plus spectaculaire. Un connaisseur tel que lui voyait cela au premier coup d'œil. Il avait appelé son agent Lanfranco Massa pour régler d'ores et déjà les préparatifs nécessaires en vue du transport. Le Caravage a achevé son triptyque et, une fois qu'il a été prêt à partir pour Rome, deux mois plus tard, le plan de Gentile a pris effet, il a été trahi et assassiné.

« Les lettres de Gentile à Scipione retrouvées dans les archives secrètes du Vatican étaient une couverture. Marcantonio Doria a dû apprendre la nouvelle de la mort du Caravage, et ce n'est probablement qu'alors qu'il s'est rendu compte que Gentile avait joué un sale jeu. Même s'il l'avait voulu, il n'aurait pu entreprendre aucune démarche contre Gentile, étant donné que, légalement, ce dernier n'avait fait qu'exécuter une peine de mort encore en vigueur. Bien sûr, il ne voulait pas renoncer à son tableau, mais il se rendait compte que ce n'était peut-être pas une bonne idée de l'exposer à la vue de tous dans son *palazzo*. Il devait le cacher, au moins pour quelque temps. Le meilleur endroit qui lui venait à l'esprit était son château tout neuf à Portovenere.

— Qu'en était-il déjà de cette Marie-Madeleine qu'on a retrouvée récemment dans une collection privée néerlandaise ? demandai-je.

— C'est la Marie-Madeleine en extase, identifiée à tort par ma collègue Mina Gregori comme le tableau dont nous parlons. Pourquoi cette question ?

— Il y avait pourtant une espèce de billet du XVIIe siècle au dos, non ?

— Oui, avec en plus un cachet de cire du bureau des douanes de Rome. Également du XVIIe siècle. Trop beaux pour être vrais. Forcément faux, c'est ce qu'on avait dit. Trop de preuves pour que ce soit convaincant.

— Se pourrait-il que ce soit un faux datant du XVIIe siècle ? demandai-je. Un faux que Marcantonio Doria aurait fait faire ?

— Tu es un génie, Ilja. C'est un scénario magistral. Pour laver de tout soupçon le tableau coupable dissimulé et le réhabiliter, il a délibérément mis en circulation une autre version du dernier tableau du Caravage. En guise de paratonnerre. Cela expliquerait pourquoi ce faux est si bien exécuté que même une spécialiste telle que Mina Gregori s'y est laissé prendre. Et si ce billet au dos et le cachet de cire du XVIIe semblent si authentiques, c'est tout simplement parce qu'ils sont authentiquement du XVIIe.

— L'idée de Marcantonio Doria aurait alors été de transférer son beau tableau de sa cachette de Portovenere à son *palazzo* de Gênes dès que le faux aurait été accepté comme étant le vrai. Mais ce jour n'est jamais arrivé.

— Marcantonio Doria est mort brutalement peu après 1630, dit Clio. Apparemment, il n'a pas eu le temps de mettre son plan à exécution.

— Le tableau était encore à Portovenere au moment de sa mort. Mais personne ne le savait.

— Nous tenons une intrigue ! s'écria-t-elle triomphalement. Le dernier tableau du Caravage, l'autoportrait en Marie-Madeleine, est caché dans le Castello Doria, juste ici en face, à Portovenere. Réflexion faite, c'est même sûr à 100 %. Il ne nous reste plus qu'à le trouver. Ilja, tu sais que j'y croirais presque ?

7

Nous réservâmes notre nocher dépressif pour la traversée et allâmes nous habiller pour notre sortie en ville. Lorsque nous fûmes prêts, il avait déjà oublié notre rendez-vous. Nous dûmes aller le repêcher au bar, après quoi il consentit avec des pieds de plomb à faire un tant soit peu ce pour quoi il n'était pas payé.

— C'est devenu mon jeu préféré, dis-je tandis que le petit bateau à moteur glissait dans le golfe de La Spezia en direction du monde habité par tant de passé.

— Qu'est-ce qui est devenu ton jeu préféré ? demanda Clio.

— Chercher le dernier Caravage. Merci de m'y avoir initié.

Elle m'embrassa.

— Merci à toi. Tu y joues très bien.

— En tant qu'écrivain, j'ai appris que les histoires sont importantes. Et toi, tu m'as appris qu'une relation amoureuse, ce n'est rien d'autre qu'inventer une histoire ensemble.

— Une relation amoureuse. Tu parles de nous ? Comme c'est mignon.

— Oui, c'est vrai que c'est un peu tarte comme terme pour quelque chose d'aussi explosif, dis-je.

— Au fait, pourquoi les gens trouvent-ils les histoires importantes ? Pourquoi tout le monde cherche-t-il toujours une intrigue ?

— Pourquoi, dans un lointain passé, dans une forêt sacrée, dans un pays loin d'ici, un premier arbre a-t-il été abattu pour en tirer les premières planches pour le premier bateau ? Il faut une histoire pour embarquer. Regarde-nous. C'est pour l'histoire que nous sommes ici, à bord d'un canot-taxi, en route vers le Saint-Graal, l'inconnu et l'aventure. Les gens trouvent que les histoires rendent la vie plus amusante. C'est vrai, d'ailleurs, mais ce n'est pas la question. Sans histoires, tout perd son sens. Et le sens est fait de phrases. Les mots qui racontent l'histoire établissent un lien rassurant de cause à effet entre des événements fortuits et isolés. Les gens ont un besoin vital de ces intrigues parce qu'elles ramènent l'insoutenable et ingérable chaos d'ici-bas à une échelle plus humaine et à une chaîne d'actes et de conséquences qu'un être humain est à même de saisir. Une intrigue procure un sentiment de contrôle, de provenance et de destination, d'origine et de direction.

— Tu as déjà écrit un livre sans intrigue ?

— Pas exprès.

— Je me demande à quoi cela ressemblerait, dit-elle. Probablement à la vie elle-même.

— À des vacances, dis-je. La seule chose qui le rendrait supportable, c'est de savoir qu'il faudra bien qu'il prenne fin à un moment ou un autre.

— Mais je ne veux pas du tout que nos vacances se terminent, moi !

— Je ne parlais pas de nous. Nos vacances à nous ont une intrigue.

— Et si tu écrivais sur nous, demanda-t-elle, quel genre d'histoire inventerais-tu pour nous donner un sens ?

— Je parlerais en tout cas de notre jeu. Celui qui a compris notre jeu a compris la vie.

— Personnellement, ce que j'ai compris de la vie, dit notre capitaine qui avait manifestement suivi notre conversation, c'est que pour partir en vacances, il faut d'abord avoir un boulot. Ça peut paraître bizarre, mais allez dire que ce n'est pas vrai. Vous ne pouvez pas prendre de congés si vous êtes au chômage. Ou du moins, ça ne rime à rien.

Clio rit.

— Ça dépend de l'histoire que tu inventes autour, dit-elle. C'est ce que je viens d'apprendre.

— Je n'ai pas besoin d'inventer d'histoire, rétorqua-t-il, parce que l'histoire est déjà claire, et c'est qu'il n'y en a pas. On n'a qu'un vieux conte de fées usé jusqu'à la corde qui commence par « Il était une fois » et dans lequel on est restés calés. Comme on n'a pas de nouvelles histoires à raconter, on essaie de nous refourguer indéfiniment ce même vieux conte de fées en guise d'avenir. Regardez-vous, par exemple. Vous voulez aller à Portovenere, donc je vous amène à Portovenere. Mais puis-je vous demander pourquoi

468

vous y allez ? Pour le climat entrepreneurial trépidant, l'abondance de start-up captivantes, les évolutions rocambolesques de l'industrie de la création, si rapides qu'on a du mal à les suivre, les usines, les maisons de commerce, les espaces de travail innovants ? Ou vous faites cette traversée justement pour la pittoresque absence de tout cela, pour les remparts et les créneaux décrépits, pour l'illusion d'un voyage dans le temps vers un passé mignon et douillet ?

— Tu as raison, dis-je.

— Et c'est encore bien pire que ce que tu crois, dit Clio. Nous allons à Portovenere pour élucider un meurtre commis en 1610.

Notre capitaine siffla entre ses dents.

— Et en quoi cela vous intéresse-t-il, si je puis me permettre ? Qu'est-ce que ça a à voir avec maintenant ?

— C'est un jeu entre nous, dis-je.

— Pour formuler les choses autrement, ajouta Clio, disons que nous ne voyons pas grand-chose dans le présent d'assez intéressant pour nous distraire du passé.

8

De prime abord, la petite ville de Portovenere ressemblait, ainsi qu'elle nous était déjà apparue quelques jours plus tôt tandis que nous découvrions son large choix de palmes et de matelas pneumatiques, à un petit musée à ciel ouvert totalement vendu au tourisme et qui devait avoir été jadis d'une beauté à couper le souffle. Le front de mer aux *palazzi* pastel, hauts et étroits, la rue principale, juste derrière mais un niveau plus haut, et le fameux *Carruggio* au nom de Giovanni Capellini, paléontologue renommé d'un lointain passé, qui menait de la vieille porte de la ville aux ruines photogéniques de l'église San Pietro situées à l'extrême sud de la pointe rocheuse, avaient été réaménagés dans les règles de l'art en un eldorado de petits bars au look authentique, de restaurants aux nappes à carreaux rouges et blancs et de charmants bric-à-brac proposant à la vente les mêmes produits locaux typiques que l'on trouve partout en Italie. Il n'avait pas été nécessaire d'installer de panneau « Selfie-Point » près du mur resté courageusement debout avec ses trois fenêtres romanes cintrées, car la vue plongeante sur la mer azur, où un voilier blanc, si vous étiez patient, finissait par se glisser spontanément dans le champ, était suffisamment convaincante pour en faire, même sans le support actif du marketing urbain, l'un des endroits le plus souvent partagés sur les réseaux sociaux.

Mais ces deux rues ne constituaient que l'avant de la petite ville, construite à flanc de montagne et dotée depuis la nuit des temps d'un mécanisme de défense très efficace contre les touristes : des escaliers. Au premier niveau au-dessus de la rue principale surélevée, nous parcourions des ruelles et longions des jardins qui n'étaient déjà plus pris en photo que par les touristes les plus coriaces. Il n'y avait plus de petits bars pour se remettre de l'ascension. Après avoir grimpé les marches jusqu'à la petite place située encore plus haut, devant l'église du XIIᵉ siècle dédiée à San Lorenzo, nous ne voyions plus personne, à part une vieille femme on ne peut plus locale et une famille de touristes américains dont les visages rubiconds et les jurons expliquaient à eux seuls pourquoi il n'y avait plus ici un seul touriste en vue. Traînant quatre lourdes valises, ils suivaient la fille qui les emmenait à l'Airbnb qu'ils avaient réservé sur Internet en raison de la position centrale qu'il se vantait d'offrir au cœur de la vieille ville. Reconstituant leur trajet à rebours jusqu'au littoral, nous calculâmes qu'ils avaient déjà derrière eux au moins quatre escaliers monumentaux du Moyen Âge en pente raide, où les roulettes de leurs valises leur avaient été de peu d'utilité.

— Nous y sommes presque, dit la fille de l'Airbnb en anglais pour les encourager. Il n'y a plus qu'un petit bout à monter.

— Cette église est dédiée au même saint que la cathédrale de Gênes, dit Clio. Cela veut dire que cet avant-poste était formellement sous contrôle génois. Nous sommes sur la bonne voie, Ilja.

Depuis le parvis de San Lorenzo, un sentier abrupt grimpait entre les arbres vers le Castello Doria. C'était indiqué par un petit panneau rouillé datant d'avant les vols *low cost*. Le fort n'était pas ouvert, mais pas vraiment fermé non plus. Il avait tout simplement été délaissé par l'Histoire, sur le point le plus élevé du promontoire. Il n'avait pas besoin d'être sécurisé et ne pouvait pas être exploité, car, à moins d'avoir une intrigue, il n'y avait rien à y chercher. Si, le panorama. Mais il y avait suffisamment de points de vue trois étoiles à des niveaux inférieurs pour rendre l'ascension superflue. En l'absence de grilles ou de guichet où acheter des billets, nous entrâmes sans plus de façons.

Nous entamâmes notre exploration sans bien comprendre comment nous allions pouvoir trouver, dans ces murs envahis par le lichen et les mauvaises herbes, une peinture à l'huile réputée perdue depuis des siècles. Il y avait une poubelle. Machinalement, je jetai un œil dedans, mais pas de Caravage. Nous tombâmes sur une porte fermée. Clio essaya de forcer la serrure avec une épingle à cheveux, comme elle l'avait vu faire dans un film, mais l'épingle se cassa, et la porte resta close. Il y avait une haute fenêtre à barreaux qui devait donner sur le même espace auquel la porte nous empêchait d'accéder. Je laissai Clio grimper sur mes épaules pour lorgner à l'intérieur.

— Des outils de jardin, dit-elle. Une tondeuse à gazon électrique toute rouillée, des râteaux et des arrosoirs en plastique. Mais on dirait que le jardinier n'est pas venu depuis longtemps.

Sans plan d'action clair, nous errâmes plus loin entre les ruines de la forteresse.

— Quelque chose nous échappe, dit Clio. Nous devons mieux réfléchir.

C'est alors que nous trouvâmes un trou dans le sol, que nous avions failli rater parce qu'il était caché par des buissons. C'était une ouverture pratiquée par l'homme dans la vieille structure de pierre, et qui pouvait fort bien donner accès à un espace souterrain.

— Bien sûr, dit Clio. Un château comme celui-ci abrite forcément des caves et des casemates. À une telle altitude au-dessus du niveau de la mer, il ne doit pas y avoir de problème d'humidité, et la température doit y être constante. Des conditions idéales pour conserver un tableau.

Je m'imaginai que nous nous laissions descendre dans le trou l'un après l'autre jusqu'à sentir le sol ferme sous nos pieds. Une fois nos yeux habitués à l'obscurité, nous distinguions un escalier s'enfonçant plus profondément dans la roche. Prudemment, nous descendîmes, pas à pas, marche après marche, attentifs aux pierres descellées et aux chutes. Je crus voir bouger quelque chose qui ressemblait à un scorpion, mais ce n'était que mon ombre. L'escalier était plus long que nous ne le pensions. Nous étions descendus d'au moins 20 mètres lorsque nous arrivâmes devant une porte fermée. Nous regardâmes autour de nous pour voir s'il n'y avait pas d'autres passages possibles. Il n'y en avait pas. La porte bloquait le seul chemin que nous avions à notre disposition, à l'exclusion d'un piteux retour en arrière. Mais elle refusait de céder d'un millimètre. Elle n'avait même pas de serrure que nous aurions pu forcer, s'il nous était resté une épingle à cheveux. Pensifs, nous fixions la surface massive. Avec les lampes de poche de nos téléphones, nous éclairâmes ses montants en pierre et le mur tout autour.

C'est alors qu'à droite de la porte nous vîmes ce qui ressemblait à un relief. Nous le frottâmes avec nos mains. Une inscription apparut. « VTAPERIAMPRE-METEO », était-il écrit.

— C'est ta spécialité, dit Clio. C'est toi, le classique. Tu connais le latin. Je compte sur toi.

Je reconnaissais en effet le début comme étant du latin. « *Ut aperiam* » signifie « pour que je m'ouvre », « pour m'ouvrir ». Mais ce qu'il fallait faire pour y arriver, à ma grande frustration, je n'arrivais pas à le décrypter. « *Premeteo* » ne veut rien dire en latin. Ils voulaient peut-être dire « *premeto* », « il doit pousser ». Mais que celui qui voulait ouvrir la porte doive pousser contre la porte me semblait une indication d'une évidence sadique, et qui d'ailleurs ne marchait pas, car nous avions déjà essayé. Je songeai que « *premeteo* » pouvait être une autre graphie pour « Prometheo ». « Pour que j'ouvre à Prométhée » pouvait vouloir nous indiquer que, d'une manière ou d'une autre, il nous fallait utiliser du feu. Mais comment ? J'étais perdu. Fâché contre moi-même de devoir décevoir Clio, je donnai un coup de pied dans la porte, mais le miracle n'advint pas.

Et puis, soudain, la lumière se fit. Comment avais-je pu être aussi bête ? La solution était d'une ridicule simplicité. Il y avait deux mots : « *premete o* ». « Pour m'ouvrir, appuyez sur O. » Je mis mon pouce sur le petit rond à l'intérieur du O et poussai. Il s'enfonça.

Avec un grincement, la porte s'ouvrit, nous laissant bouche bée.

— Regarde, Ilja, dit Clio.

Nous étions sur le seuil d'une salle voûtée monumentale, au plafond aussi haut que l'escalier que nous venions de descendre, soutenu par des colonnes et éclairé d'en haut par plusieurs petits puits de lumière si finement construits que nous n'aurions pu les voir de l'extérieur. La salle était vide, à l'exception d'un angelot de marbre installé dans une niche à l'autre bout. Nous nous dirigeâmes vers la sculpture.

— Fin du XVIe, dit Clio. Début du XVIIe. C'est la bonne période. C'est un indice.

— À toi de jouer maintenant, dis-je.

L'air soucieux, elle inspecta les alentours de la statue. Elle cherchait quelque bouton ou levier cachés. Il n'y en avait pas. Elle recula de quelques pas et regarda l'angelot attentivement.

— La composition est étrange, dit-elle. La posture du *putto* est inhabituelle. Normalement, les anges pointent le doigt en direction du ciel ou d'une Madone à côté d'eux ou derrière eux, or celui-ci pointe le doigt vers le bas, en direction de ce mur aveugle. C'est là que nous devons chercher.

Nous suivîmes le regard et l'index de l'ange, et exactement là, tout en bas du mur, se trouvait un petit relief pratiquement invisible. Sans l'aide de l'ange, nous ne l'aurions jamais remarqué. Nous nous assîmes par terre pour l'examiner. Je n'y comprenais rien. Cela ressemblait à un dessin abstrait, fait de lignes, de cercles et de croix.

— C'est un plan de la salle, dit Clio. Regarde, ces lignes représentent les murs et ces cercles, les colonnes. Et ici, à la troisième colonne de la deuxième rangée de gauche, se trouvent les indications que nous recherchons. À droite de la colonne, il y a un X et en dessous un XII. Ce sont des chiffres romains. Nous devons donc faire dix pas vers la droite en partant de cette colonne, puis douze pas en arrière.

Surexcités, nous courûmes vers ladite colonne et exécutâmes les instructions. Rien. À l'endroit où nous arrivions, il y avait le même type de dalles en ardoise que partout ailleurs dans la salle, et elles étaient totalement scellées. Il n'y avait pas trace non plus d'un éventuel nouvel indice. Nous recommençâmes, espérant nous être trompés lors de notre première tentative, mais ce fut pour en arriver au même point.

Clio réfléchissait.

— Ce ne sont pas des pas, mais des pierres, dit-elle. Nous devons compter les dalles.

Nous comptâmes dix dalles à droite de la colonne et, de là, douze dalles en arrière. La dalle à laquelle nous aboutîmes était descellée. Sans trop d'efforts, je parvins à la soulever. En dessous, il y avait quelque chose qui ressemblait à un rouleau de parchemin. Clio le prit et le déroula avec précaution. Ce n'était pas du parchemin, mais du lin. C'était une peinture à l'huile, que l'on avait découpée de son cadre avant de l'enrouler. Malgré le peu de lumière, nous vîmes immédiatement qu'il s'agissait d'une représentation en pied de Marie-Madeleine pénitente dans le désert. Son visage en larmes, désespéré, avait des traits androgynes.

— Qui y va d'abord ? demanda Clio. Toi ou moi ? Maintenant qu'on a trouvé un trou, il va bien falloir descendre.

— Je n'ose pas, dis-je.

— Moi non plus.

Nous nous regardâmes et nous embrassâmes en riant. Clio avait un plan. Si je la tenais et que je jurais de ne pas la laisser tomber, elle pourrait se pencher et éclairer la cavité à l'aide de la lampe torche de son smartphone pour voir sa profondeur. Vu les circonstances, je trouvai son plan réaliste et raisonnable.

— Ce n'est pas très profond, dit-elle. Environ 2 mètres. Même pas. Et je ne vois pas de porte ni de passage dans les parois. C'est une sorte de puits, je crois. Mais j'aperçois quelque chose au fond. Un drôle de truc.

— Ça ressemble à un tableau ? demandai-je.

— Non, plutôt à une Barbie.

Nous nous mîmes en quête d'une branche afin de ressortir du trou secret le mystérieux objet ressemblant à une Barbie. Je vous épargne les grandes manœuvres mais, pour faire bref, nous trouvâmes un moyen de hisser l'objet le long de la paroi, de telle façon que je puisse le récupérer à la main. C'est ainsi que nous parvînmes à remonter à la surface le trésor caché. C'était effectivement une Barbie. Elle gisait, nue et désemparée, dans ma main. Il lui manquait un bras. Elle nous fixait de son imperturbable regard de poupée, comme une femme qui, même dans ces conditions extrêmes, restait une dame.

— Fin du XXe siècle, dit Clio. Début du XXIe.

Elle rangea soigneusement notre découverte dans son sac à main.

— On était tout près cette fois, dit Clio tandis que nous redescendions la côte.

— Tout près l'un de l'autre.

9

Des nuages sombres s'amoncellent à l'ouest. N'y voyez pas une métaphore pour le déclin et le bradage de l'âme de l'Occident, mais l'auspice de ce qui attend mes personnages lorsqu'ils se déplaceront tout bientôt dans la direction susdite. C'est mauvais comme figure de style, je sais. Suggérer l'imminence d'un malheur par le biais d'un changement inquiétant des conditions météorologiques est un procédé éculé, et donc à éviter, d'autant plus qu'il était faux de dire que, en ce mois d'août baigné d'un soleil impitoyable sur la côte ligure, on vit le moindre petit nuage ouateux, même solitaire, apparaître dans le ciel. Une métaphore qui ne marche qu'au sens figuré et qui ment sur le plan de la réalité est une forme de tricherie à laquelle un écrivain qui a de bonnes cartes en main n'a pas besoin de s'abaisser. Le fait qu'il me vienne d'aussi mauvaises métaphores trahit la répugnance que j'éprouve à la perspective d'écrire ce qu'il me faut pourtant écrire. Ainsi pourrais-je encore éventuellement sauver ma figure de style et empêcher qu'on la taxe de banalité stéréotypée en posant que l'inadéquation de la métaphore se veut une métaphore, à un métaniveau, de la réticence et des atermoiements du narrateur à poursuivre son histoire, et que les nuages noirs s'amoncellent en réalité au-dessus de son bureau et non des têtes joyeuses de ses personnages qui, pour l'heure, vivent les meilleurs moments de leur vie, comme deux enfants amoureux dans les jardins ensoleillés de Palmaria et de Portovenere, inconscients de la catastrophe qui les guette à l'ouest.

J'aimerais tellement pouvoir les laisser là et m'en aller sur la pointe des pieds. Ils étaient si heureux là-bas. Mais je dois écrire qu'ils s'en allèrent vers l'ouest, car c'est effectivement ce qui se passa dans la réalité. Je n'ai pas ce luxe de pouvoir m'amuser avec une fiction que je peux à ma guise, le sourire aux lèvres, orienter vers une fin heureuse. J'ai promis de dire la vérité. Le contraire n'aurait d'ailleurs pas de sens. Et je sais qu'un écrivain doit se garder d'avoir pitié de ses personnages. C'est une règle que j'ai moi-même proclamée en diverses occasions publiques. Mais permettez-moi ici de pousser un juron. C'est plus facile à dire qu'à faire, quand les personnages dont j'ai la responsabilité, et dont je tire tendrement les ficelles, ne sont autres que moi-même, dans un passé guère si lointain, et l'amour de ma vie.

10

À l'ouest, ou plus précisément à l'ouest-nord-ouest de Palmaria et Portovenere, à un azimut compris entre 300 et 310 degrés, se trouve le célèbre parc national des Cinque Terre. Même si nous savions que c'était l'une des régions les plus touristiques d'Italie et d'Europe, nous voulions conclure nos vacances par une visite éclair dans ce parc d'attractions, davantage par intérêt anthropologique et par cynisme que dans l'expectative d'être impressionnés par la beauté naturelle de cette région louée dans le monde entier. Je n'y étais jamais allé. Clio, oui, mais elle était petite et n'en avait que peu de souvenirs. Et ce dont elle se souvenait était sûrement méconnaissable, vu la popularité exponentielle dont la destination jouissait depuis lors.

Ce que nous savions de la région des Cinque Terre, c'est qu'elle devait son nom à cinq petits villages – Monterosso, Vernazza, Corniglia, Manarola et Riomaggiore – jadis taillés, par un spectaculaire tour d'adresse, dans l'inaccessible côte rocheuse. Ces grappes de maisons improbables, stuquées dans des tons pastel typiquement ligures, s'offraient dans toute leur photogénie, tels des nids d'hirondelles multicolores, à flanc de montagne au-dessus de la mer. Comme il en va souvent des destinations touristiques de premier plan, leur irrésistible attrait provenait de leur ancienne misère. Les communautés d'habitants étaient demeurées réduites parce qu'elles étaient à peine viables. Au cours des siècles, il n'était jamais venu à l'esprit de personne de moderniser quoi que ce soit dans ce lieu hors d'atteinte. Pour une expansion urbaine, de la promotion immobilière ou de la spéculation, il n'y avait tout simplement pas la place. C'était justement ce retard séculaire qui produisait sur les visiteurs modernes une impression saisissante d'authenticité. Les sentiers de montagne escarpés, qui constituaient autrefois les seules liaisons entre les cinq villages, comptaient désormais parmi les chemins de randonnée les plus populaires au monde.

Les Cinque Terre, avec un total de 3 600 habitants, voyaient déferler 2,5 millions de touristes par an. Selon les experts en logistique et en sécurité, c'était deux fois plus que ce qu'il était raisonnable de tolérer dans ces villages nains et sur les étroits sentiers de montagne qui les reliaient. La sécurité constituait au demeurant un réel souci, car ces sentiers de montagne étaient de vrais sentiers de montagne, bordés de précipices où s'appliquait une gravité tout ce qu'il y a de plus réaliste, alors que de nombreux touristes partaient du principe qu'étant des touristes, ils se trouvaient dans un parc d'attractions touristique, praticable en tongs. En moyenne une fois par semaine, un hélicoptère de secours devait intervenir pour permettre à une personne de poursuivre ses vacances inoubliables aux frais de l'État italien dans un hôpital de Gênes ou de La Spezia. Depuis des années déjà, on disait que ça ne pouvait plus durer, qu'il fallait prendre des mesures pour limiter ces statistiques, mais d'année en année, les chiffres ne faisaient que croître. Entre-temps, la destination avait été découverte par les Chinois. Ils étaient séduits. Fous d'enthousiasme. Pour l'année en cours, on s'attendait à un afflux de 1 million de nouveaux visiteurs en provenance de l'empire du Milieu.

Notre intention était d'éviter les sentiers de randonnée et de voir les cinq villages par la seule autre route disponible : la mer. Au petit matin, nous prîmes l'un des nombreux bateaux qui proposaient des excursions d'un jour à partir de Portovenere, passant par les cinq villages en sens inverse, de Riomaggiore à Monterosso. Nous nous contenterions de les contempler depuis la mer et ne descendrions qu'au terminus, à Monterosso. C'était d'ailleurs le plus gros et le plus intéressant des cinq villages. Le poète Eugenio Montale y avait vécu, au temps où le lieu inspirait encore aux artistes des poèmes bourdonnant comme des insectes au soleil et des vers au parfum de citron. Nous nous indignions par avance d'être les seuls visiteurs de Monterosso à savoir cela. Nous étions censés arriver là pour l'heure du déjeuner. Cela nous laissait l'après-midi pour visiter la ville. Comme nous ne voulions pas être victimes du business lucratif de la location de chambres en haute saison, Clio avait réservé, sur une suggestion de l'un de ses contacts à Gênes, une nuit à la montagne, entre Monterosso et Levanto, dans un hôtel dont le restaurant était vivement recommandé. Nous devions nous y rendre en taxi, pour le dîner et la nuitée, et le lendemain matin, après le petit déjeuner, reprendre le taxi pour Levanto, d'où plusieurs trains intercités partaient quotidiennement en direction de Gênes. À Gênes, enfin, nous sauterions dans la correspondance pour Venise. C'était un plan en béton.

Notre minicroisière à bord de l'un des bateaux de la Cinque Terre Paradise Dream Holiday Service Company (CTPDHSC), chargé comme une chaloupe débordant de migrants africains, était une expérience fascinante et instructive qui confirmait en partie nos préjugés, certes, avant tout, mais qui en réfutait aussi une partie. Bien sûr, nous nous trouvions parmi des cohortes de seniors espiègles aux mollets blancs, coiffés de chapeaux rigolos et armés de bâtons de marche nordique, venus dépenser là leurs riantes pensions crachées par les plus jeunes générations, pour enfin réaliser leur rêve longuement mûri de voir quelques beaux coins du monde, mais ça, on le savait d'avance, il ne fallait pas s'en agacer outre mesure. Même s'ils étaient vraiment nombreux. C'était un peu effrayant. Mais maintenant que nous étions obligés de les regarder de plus près, il fallait bien admettre qu'ils avaient aussi quelque chose d'attendrissant.

— Ils ont du mérite, dit Clio. Ils viennent des quatre coins du monde et ils sont prêts à marcher pendant des heures sous le soleil avec leurs articulations doulou-reuses pour voir ça. Ça me rendrait presque fière de mon pays.

De ces villages pittoresques, nous ne vîmes presque rien parce que, chaque fois que notre bateau s'appro-chait de l'un d'eux, tous les passagers se massaient sous notre nez au bastingage pour photographier l'époustou-flant panorama. D'un autre côté, nous avions tellement vu ces villages en photo que nous n'avions pas besoin de les voir en vrai pour savoir qu'ils étaient beaux.

Pile à l'heure prévue, nous accostâmes à Monte-rosso. Clio n'en revenait pas. Elle dit que dans toute l'histoire de l'Italie, jamais nulle part un train n'avait respecté l'horaire. Mais c'était donc possible. Si c'était pour des touristes qui payaient grassement, même les Italiens étaient capables d'organiser un service de transport ponctuel.

Il serait facile de décrire Monterosso comme un Luna Park d'italianeries où le touriste nanti, dans un décor de couleurs chaudes, de ruelles, d'arcades et de lierre, pouvait s'en donner à cœur joie entre les spécialités de poisson locales, les bars proposant une carte de cocktails internationale, les minisuccursales de grandes maisons de mode et les souvenirs de qualité originaux, car c'était vraiment ainsi. Il serait tout aussi simple de décrire la ville comme une formule devenue victime de son succès, parce que c'était aussi le cas. Les adorables placettes et charmantes venelles étaient si pleines de vacanciers déterminés qu'on eût dit que tout le monde faisait patiemment la file pour quelque chose qui devait assurément valoir le coup. Un excentrique qui se serait donné pour mission d'inculquer aux visiteurs étrangers la décence de s'habiller avec respect, comme moi, au moins dans les villes historiques, aurait eu assez d'un séjour de cinq minutes à Monterosso pour arriver à la conclusion qu'il se battait pour une cause définitivement perdue. J'aurais moins fait sensation en bikini qu'avec mon costume, ma chemise et ma cravate.

Mais il serait trop facile de décrire Monterosso de cette façon. Nous fîmes un excellent déjeuner dans un petit restaurant tout simple qui ne nous avait même pas été recommandé. Clio était surprise. Bien qu'il y eût sans aucun doute plus de logements Airbnb que d'habitants, cela n'avait pas que des conséquences négatives. Les bâtiments historiques avaient été rénovés de façon exemplaire. Tout le village avait été rafraîchi avec beaucoup de soin et de goût, d'une manière que même Clio jugeait sans réserve comme conforme à l'Histoire. De toute évidence, l'argent ne manquait pas pour faire les choses convenablement. Avant de nous rendre à notre hôtel-restaurant dans les montagnes, nous prîmes l'apéritif à l'ombre des platanes près d'une fontaine à l'architecture sobre du XVIe siècle. On nous servit un plateau de salami local exceptionnel et de fromages absolument étonnants. Lorsque Clio, qui voulait toujours tout savoir sur tout, demanda à la serveuse des informations sur l'origine et la méthode de production du saucisson et du fromage, elle se vit répondre avec enthousiasme et expertise. La serveuse et elle faillirent devenir amies.

— Tu sais ce que je pense ? me dit Clio. En fait, il est là, l'avenir de l'Italie. Ce que nous avons sous les yeux est notre destinée. Pourquoi devrait-on se rendre malheureux en se cramponnant à l'idée dépassée qu'il nous faut absolument être productifs, qu'on a besoin d'une industrie et qu'on doit fabriquer des objets dans des usines ? D'autres font ça beaucoup mieux que nous. Nous, on a les paysages, la mer, la culture et l'histoire. On a le décor et les traditions gastronomiques. Regarde autour de toi, il est là, notre talent. Concentrons-nous là-dessus. L'Italie doit devenir le jardin du monde.

— Peut-être que cela s'applique à toute l'Europe, dis-je.

11

Nous fîmes part de notre conclusion au chauffeur de taxi.

— Avant toute chose, dit-il, il faut bien sûr observer que vous n'avez passé qu'un seul après-midi à Monterosso. Moi, j'y suis né, comme mon père et son père avant lui. C'étaient des pêcheurs, comme tout le monde à l'époque. La famille de ma mère vient de ces montagnes. La mer et les montagnes n'ont pas changé, mais j'ai vu Monterosso se transformer jusqu'à devenir méconnaissable. Contrairement à vous, je sais donc de quoi je parle, et à cela s'ajoute que, contrairement à vous, la problématique me tient à cœur. À tel point que j'ai décidé, il y a quelques années, de me présenter aux élections municipales. J'ai été élu et je m'occupe tout particulièrement de tourisme, comme tous les hommes politiques locaux de Monterosso. Voilà ce que je tenais à dire en préambule. Histoire que vous sachiez que vous êtes bien tombés avec moi. Alors, si vous voulez connaître mon opinion éclairée sur les avantages et les inconvénients du tourisme de masse, on est partis pour un petit bout de temps. Parce que la matière est plus complexe que vous ne le pensez. Mais je vais essayer d'être bref.

Entre-temps, le taxi avait quitté l'agglomération de Monterosso. La route se hissait dans les montagnes en serpentant d'un panorama à l'autre. C'était une région difficile à exploiter. Des murets précaires, qui exigeaient un entretien constant, tentaient de transformer les coteaux abrupts en terrasses constructibles. La mer, où s'ébattaient au loin des touristes brailleurs et hilares, avait recouvré sa majesté.

— Bien sûr, le tourisme est un business, dit notre chauffeur et représentant élu. Commençons par là. Mais il faut aussi constater d'emblée que cela entraîne quelques complications. Si on pense aux millions d'euros que le parc national des Cinque Terre perçoit en tickets d'entrée, les sentiers pédestres devraient être équipés de garde-corps en or. En réalité, ils sont moyennement à mal entretenus. La plus grande partie de l'argent gagné par le business ne profite pas au business, et encore moins à la population locale. C'est une première chose. On dit que le tourisme crée de l'emploi et que la population locale en profite. C'est vrai jusqu'à un certain point. Car on doit bien se rendre compte qu'on parle quasi exclusivement de travail saisonnier, faiblement rémunéré et non qualifié, dans la restauration et l'hôtellerie. Ce n'est pas avec des serveurs et des femmes de chambre qu'on construit une population active stable et qu'on crée des perspectives de carrière. C'est le deuxième point.

Le troisième point, qui fait immédiatement suite au précédent, c'est que le tourisme de masse implique aussi des coûts, qui ne sont pas pris en compte dans le modèle de revenus, parce qu'ils se répercutent sur les finances publiques. Il suffit de penser à la voirie, aux hélicoptères de secours ou aux *carabinieri*, qui passent leurs journées à enregistrer des déclarations de touristes qui se sont fait piquer leurs lunettes de soleil dans leur sac-banane. C'est la population locale qui casque par le biais des impôts, alors que la majeure partie des recettes disparaît dans la poche d'un petit nombre d'acteurs privés.

Je lui demandai s'il trouvait que la situation avait dégénéré et s'il n'y avait pas tout simplement beaucoup trop de touristes aux Cinque Terre.

— Si c'est à moi que vous posez la question, dit-il, la réponse est claire. Ils sont beaucoup, beaucoup trop nombreux. Mais ça dépend de qui vous interrogez. Les hôteliers, restaurateurs et gérants de chambres d'hôtes vous répondront que nous devons faire tout notre possible pour attirer encore plus de touristes dans notre région. Ils forment la majorité. C'est ça, le problème.

Clio dit que le nœud se résoudrait peut-être de lui-même, les touristes fuyant les lieux touristiques. Une fois atteint un certain seuil de touristes, ces derniers se mettraient spontanément à éviter l'endroit.

Le chauffeur rit.

— Malheureusement, c'est l'inverse, dit-il. Vous connaissez l'enfer touristique par excellence ? Le paradis. Tout le monde veut y aller.

— Alors que leur politique d'admission est plutôt stricte, paraît-il. Seuls les élus sont les bienvenus.

Ignorant ma tentative d'humour, il poursuivit :

— Professionnellement, je me tiens au courant de ce genre de nouvelles. Récemment, le président des Philippines Rodrigo Duterte a fermé l'île de Boracay. Autrefois, c'était le prototype du paradis vierge sous les tropiques : des plages d'un blanc immaculé bordées d'une mer azur, des palmiers bercés par le vent, des huttes en bois et des hamacs indolents, çà et là une fille de pêcheur à moitié nue, dans son petit bikini en coquillages, qui vous sert des cocktails au rhum pour trois fois rien dans une noix de coco, bref, la totale. En 2012, le magazine *Travel & Leasure* l'a élue plus belle île du monde. Ils l'ont senti passer. À la suite de cet article, Boracay a été la proie d'une invasion qui défie tout ce qu'on peut imaginer. L'archipel des Philippines se compose de 7 640 îles, mais tout le monde veut aller sur cette île proclamée officiellement la plus belle du monde. Je suppose que tous ces touristes savent que, depuis cette publication dans *Travel & Leasure*, ils risquent fort de rencontrer d'autres touristes à Boracay, mais ça ne les arrête pas, car l'expérience réelle de la visite compte moins que la satisfaction de pouvoir dire qu'ils sont allés sur la plus belle île du monde. C'est clair que ça en jette, sur un mur Facebook. Une plage déserte quelconque des Philippines vous rapportera moins de likes. En plus, ce n'est pas votre faute s'il y a une meute de touristes présents en même temps que vous pour vous gâcher votre expérience de la nature intacte. Vous avez le droit d'être là. Les touristes, c'est les autres. Et s'ils sont là, c'est le résultat d'une mauvaise politique. En 1990, environ 1 million de touristes se rendaient chaque année aux Philippines. Aujourd'hui, ils sont 6,5 millions, dont 2 millions à

Boracay. Le président Duterte s'est rendu en personne sur les lieux et a dit que c'était devenu un égout. C'est le mot qu'il a utilisé. Un égout. Et il a fermé l'île. *Game over*.

Je croyais savoir que Duterte était un populiste aux tendances dictatoriales.

— C'est exact, me confirma-t-il. Il peut se permettre d'agir ainsi parce qu'il se fiche des procédures participatives et des intérêts locaux. Si nous tentions une manœuvre de ce genre ici, nous aurions dans l'heure un soulèvement des hôteliers, des restaurateurs, de la fédération des boutiques de souvenirs et de tous ceux qui tiennent un *bed and breakfast*, c'est-à-dire absolument tout le monde. Donc, on oublie.

— C'est l'un des exemples les plus clairs, dis-je, du fait que le tourisme détruit ce qui l'attire. Les touristes recherchent en masse la virginité du même petit bout de plage encore sauvage.

— Je peux vous donner d'autres exemples, dit-il. En Thaïlande, ils ont été forcés de fermer Maya Bay. C'était une baie paradisiaque, intacte, avec une eau cristalline, entourée de collines d'émeraude, tellement idyllique qu'elle avait été choisie comme décor pour le film *La Plage*, avec Leonardo DiCaprio. Depuis, elle a reçu la visite de plus de 5 000 touristes par jour. Nombre d'entre eux y venaient à bord de leur bateau personnel. Les ancres ont complètement ravagé le corail et le fond de la mer. La mer et la plage se sont transformées en décharge de détritus. Un autre exemple : Cozumel, dans le Yucatán, au Mexique, que les Mayas appelaient autrefois « l'île aux hirondelles ». Pendant des siècles, il n'y avait rien là-bas. Un village de 200 ou 300 âmes et deux églises. De loin en loin, un touriste passait. Récemment, ils y ont construit un débarcadère pour navires de croisière. Aujourd'hui, ce hameau endormi est envahi par plus de 3,5 millions de visiteurs par an.

« Encore un autre exemple effrayant à sa manière : celui de Fakarava, un minuscule atoll dans l'océan Pacifique, à l'ouest de Tahiti. Le paradis standard en bonne et due forme. Huit cents habitants. Depuis peu, des bateaux de croisière y accostent régulièrement. Vous devriez alors voir ce qui se passe. Les insulaires vont vite enfiler leurs pagnes polynésiens et se mettre à danser comme des possédés. Dès que les touristes ont disparu, ils retournent glander devant leur cabane, une bouteille de bière à la main. Si un jour l'idée a germé à Fakarava qu'il était bon de faire quelque chose de sa vie, l'arrivée des paquebots de croisière l'a éradiquée pour de bon. L'argent facile gagné grâce aux touristes est l'excuse définitive pour se la couler douce pour le restant de leurs jours.

— Il est tout de même paradoxal que les touristes, qui ne détestent rien tant que les autres touristes, suivent en masse les traces des autres touristes.

— Ce comportement grégaire va en s'aggravant. Les touristes ont de moins en moins d'imagination ou de courage pour faire leurs propres découvertes. Ils trouvent cela beaucoup trop risqué. Ils n'ont que quelques semaines de vacances par an et doivent les rentabiliser au mieux, alors ils choisissent des destinations de rêve certifiées. Prenez l'Indonésie, un État insulaire plusieurs fois plus grand que les Philippines. Personne n'a jamais été en mesure de savoir exactement combien d'îles il comprenait. À 18 300, ils ont arrêté de compter. Près de 14 millions de touristes se rendent chaque année en Indonésie et un tiers d'entre eux, soit environ 4,5 millions de visiteurs, vont exclusivement dans la minuscule île de Bali, qui par hasard est mondialement connue. Le problème, c'est que vous ne pouvez pas dire que vous êtes allé en Indonésie si vous n'avez pas vu Bali. Alors que ça fait bien longtemps qu'on ne voit plus rien de l'Indonésie à Bali. Pour le choix de leurs destinations, les touristes se laissent de plus en plus guider par les films, les émissions télévisées et les sites Internet. C'est pourquoi ils vont tous, de plus en plus, aux mêmes endroits. C'est aussi la malédiction des Cinque Terre.

Nous nous étions enfoncés dans le cœur montagneux de l'arrière-pays. La mer s'était presque estompée et n'était plus qu'un souvenir brumeux.

— Savez-vous le prix le plus élevé que Monterosso a dû payer pour la prospérité économique apportée par le tourisme ? La ville et toute la région des Cinque Terre ont perdu leur âme. Ces collines sont imbibées du sang, de la sueur et des larmes des générations qui ont trimé pour survivre en maintenant le fragile équilibre entre l'homme et la nature. La vie ici a toujours été difficile, mais l'argent facile a fait s'évaporer toute volonté de faire des efforts. C'est ce qu'on pourrait appeler le progrès. Mais la nature ne participe pas à ce changement de modèle économique. Il y a de plus en plus de glissements de terrain parce que les gens ne se donnent plus la peine d'entretenir les terrasses et les murets en pierre. Il y a des inondations en ville parce que l'eau des montagnes n'est plus canalisée ni déviée pour être utilisée. L'équilibre est perturbé. Je le sens dans mes os. Mon père m'a appris le métier de pêcheur. Mon grand-père maternel m'a appris les lois de la montagne. J'ai construit ma maison de mes mains, dans les collines non loin d'ici. Je connais les deux traditions. Et les deux traditions, transmises de père en fils pendant des siècles, se sont perdues en une génération. Ah, les touristes n'y pensent pas, à ça,

489

quand ils sirotent leur cocktail à l'ombre d'un platane, en ville. Mais c'est leur faute.

Sur ces mots, il nous lança un regard appuyé dans son rétroviseur.

— Et puis il y a autre chose, dit-il. La petite communauté isolée de Monterosso a toujours été très soudée. Les gens s'entraidaient. Jusqu'à il y a vingt ans, personne n'avait de verrou à sa porte. Cette solidarité aussi a totalement fichu le camp. Depuis que le moindre logement peut être exploité comme *bed and breakfast* et vaut soudain de l'or en barre, on voit les familles se déchirer pour un héritage. L'argent facile a transformé les voisins en concurrents qu'il faut éliminer et non plus aider. Tout cela m'attriste.

Nous étions arrivés. Le taxi tourna dans le parking de l'hôtel-restaurant où nous avions réservé une table et une chambre.

— Mais pour compliquer encore le tableau, dit notre chauffeur, il me reste une dernière chose à ajouter. Vous savez combien de pêcheurs il restait à Monterosso il y a dix ans ? Deux. Tous les autres avaient raccroché. Ils ne pouvaient pas rivaliser avec les gros bateaux de pêche modernes de La Spezia et de Gênes. Ils ne pouvaient pas se moderniser parce que le port de Monterosso était trop petit pour accueillir de tels navires. Et le port ne pouvait pas être agrandi, vu la situation géographique de Monterosso. La ville était condamnée à mourir. C'est le tourisme qui l'a sauvée.

— Le tourisme a assassiné une ville morte, dis-je.

— C'est exactement ça.

12

Il y avait des dizaines de milliers d'hôtels dans les environs, mais c'est pile devant l'entrée de cet hôtel isolé que nous tombâmes nez à nez avec une vieille connaissance. C'était Deborah Drimble, l'historienne italo-anglaise avec laquelle, dans un joyeux passé à Gênes, j'avais eu une brève relation. « Relation » était un grand mot. Dans ma perception, il s'était plutôt agi d'un jeu de ballon, tournant autour du fait qu'elle portait ses initiales avec verve. À cet égard, elle n'avait pas changé d'un pouce. Sa robe d'été vaporeuse ne laissait aucune place à l'imagination. Elle était accompagnée d'un Anglais d'un âge indéterminé, qu'elle nous présenta comme étant un ami. Elle était retournée vivre en Angleterre, comme je le savais, mais l'Italie continuait de l'attirer, même si elle devait se contenter pour l'instant d'y passer ses vacances. Ils logeaient à Levanto, mais ils venaient de manger ici. Oui, c'était beaucoup trop tôt pour dîner, elle était bien d'accord avec nous, mais elle était en compagnie anglaise. Cela étant, ils avaient donc pu tester pour nous le restaurant et ils confirmaient que nous avions fait le bon choix en venant ici.

Je la présentai à Clio.

— Mes compliments, Ilja, dit Deborah en italien. Tu as meilleur goût qu'avant. J'aimerais que tu puisses en dire autant de moi, mais on ne peut pas tout avoir. Pour l'heure, je suis sincèrement heureuse pour toi.

Je ris.

— Voilà un compliment du meilleur goût, dis-je. Je t'en remercie.

Voyant que Clio se retranchait dans un mutisme aristocratique, je ressentis le besoin d'ajouter une politesse quelconque pour éviter qu'un silence gênant ne s'installe.

— Tu sais que, d'une certaine façon, c'est à toi, Deborah, que je dois d'avoir rencontré Clio ? J'avais vu que tu donnais une conférence sur les croisades au

Palazzo Ducale de Gênes. J'y étais allé spécialement pour te revoir, mais je me suis trompé d'un soir, ce pour quoi je voudrais encore te faire mes excuses. Clio avait commis la même erreur, et c'est ainsi que nous nous sommes rencontrés. N'est-ce pas, Clio ?

Clio ne pipa mot.

— Je suis heureuse que tu aies pensé à moi, dit Deborah, et je le suis encore plus de savoir que ça t'a été si profitable.

Nous nous dîmes au revoir. Si par hasard nous passions par Levanto, nous étions les bienvenus, assura Deborah. Je dis que c'était effectivement là que nous prendrions le train le lendemain matin, mais que nous n'avions pas beaucoup de temps, hélas, car nous devions faire la route jusqu'à Venise. Elle dit que c'était à nous de voir, mais que ce serait un plaisir. Elle me donna son numéro de téléphone, au cas où. Nous prîmes à nouveau congé. Ils se dirigèrent vers leur voiture et nous entrâmes dans le restaurant.

Durant tout le dîner, qui, conformément aux nombreuses recommandations, était sans doute excellent, Clio ne m'adressa pas une seule fois la parole. Ce n'est qu'après le café et ma énième question posée d'une voix de plus en plus implorante pour savoir ce qu'il y avait, que, se levant pour monter dans notre chambre, elle déclara :

— Je compte sur toi pour effacer tout de suite ce numéro de téléphone. Je voulais aussi te dire à quel point je suis déçue d'être manifestement obligée de te le dire. Tu as baissé dans mon estime, Ilja, et encore, je mâche mes mots.

XVII

LA TULIPE CASSÉE

1

J'avais sous-estimé les conséquences de la rencontre avec Deborah Drimble. Pire que cela, dans ma grande naïveté, je n'avais même pas pensé qu'il pût y avoir des conséquences. Si quelqu'un m'avait demandé mon avis, juste après l'événement, j'aurais décrit la scène comme oubliable, et mon propre rôle dedans comme peu brillant, sans être indigne non plus. C'eût été gaspillage d'énergie et de salive de s'étendre plus longuement sur le sujet. En ce qui me concerne, on aurait largement pu la sucrer. D'ailleurs, je n'aurais même pas envisagé de mentionner cet épisode insignifiant, sans aucune pertinence dramatique pour l'histoire, si Clio n'y avait pas elle-même ajouté après coup la signifiance et le drame qui lui manquaient.

Car, regardons la réalité en face, que s'était-il passé ? Un fantôme de mon ancienne vie avait resurgi de manière inopinée, mais, bien qu'étant plutôt palpable pour un fantôme, il ne s'était pas imposé outre mesure. On avait échangé quelques formules courtoises, dont un compliment à l'adresse de Clio. Et lors des adieux, qui somme toute avaient eu lieu presque dans la foulée des salutations surprises, c'était par pure politesse que

493

la possibilité de se revoir avait été évoquée, chacun des protagonistes sachant qu'il n'en ferait rien.

Nous sommes ici entre nous, cher futur lecteur, en ce sens que je suis seul ici dans ma suite du Grand Hotel Europa, que je vous imagine et m'adresse exclusivement à vous, sans qu'il existe une chance que Clio ait un jour ces lignes sous les yeux, et je sais que je peux être honnête avec vous. Mieux, je sais que vous n'attendez pas autre chose de moi. À juste titre. Et bien que je pense aussi savoir que vous n'avez rien contre une petite gauloiserie de temps à autre ou quelque confession gênante, je dois vous décevoir. Je n'ai ressenti aucune excitation, nulle pulsion procréatrice ni nostalgie charnelle lors de ces retrouvailles inattendues avec cette symétrie frappante que j'aurais pu décrire en d'autres temps comme pleine de tonus et de répondant. Vous et moi savons que je pourrais et devrais le dire si c'était le cas. Je vous ferais plaisir en vous disant que c'était le cas. Mais ça ne l'était pas. Vraiment pas.

Tout au plus veux-je bien admettre que les choses autrefois étaient différentes. Si vous insistez vraiment, je puis vous avouer une fois encore, à titre surabondant, qu'il y eut des nuits dans ma vie où j'ai rebondi sur ce corps plein de ressort de manière franchement satisfaisante. Si les lois du bon goût ne m'en empêchaient pas, je pourrais même l'exprimer de manière encore plus suggestive, en entrant dans le détail des associations irrésistiblement pornographiques que ces roberts scandaleux évoquaient en moi, tandis que je regardais ma queue disparaître entre leurs éminences, qui ballottaient devant mon visage au rythme de gémissements délicieusement banals pour dégouliner ensuite de ma semence, comme dans les grands classiques du cinéma. Je serais même prêt à avouer, à l'extrême rigueur, que c'est ce genre d'images qui flottaient dans mon esprit, tels de précieux souvenirs, le soir où j'ai présenté ce comportement atypique d'aller assister à une conférence au Palazzo Ducale où j'ai rencontré Clio.

Mais je vous dis tout cela seulement parce que vous insistez et pour vous faire plaisir. Le cocktail enivrant de mémoire et de désir, évoqué par T.S. Eliot dans *La Terre vaine* et qui fait chanceler le protagoniste de mon premier roman, *Rupert, une confession*, avait disparu de mon sang le soir où j'ai regardé Clio dans les yeux et où je suis tombé amoureux d'elle. Car j'étais amoureux de Clio, indépendamment du fait que je l'aimais aussi. Jamais, avec aucune femme, je n'avais éprouvé ce désarmement et ce désarroi complets auxquels Clio m'avait livré, ne parlons même pas de la pétrissable Deborah Drimble, et pas un instant il ne me serait venu à l'idée de mettre en péril cette union sacrée en pensant ne fût-ce qu'une seule seconde à Deborah Drimble. J'insiste tellement sur l'innocence de mes pensées à l'occasion de cette rencontre inattendue que j'en viendrais presque à faire peser sur moi le soupçon du contraire, je sais, mais je veux juste vous faire comprendre, tout comme j'ai désespérément tenté de le faire comprendre à Clio, qu'aucune forme de danger ne se nichait dans cette brève et fortuite conjonction.

Et tant que j'en suis à vous parler, cher futur lecteur, vous que j'ai mis dans la confidence depuis le début et jusqu'à cet épisode délicat, puis-je vous demander si, à votre avis, à un quelconque moment de mon récit, je donne des raisons de penser qu'après ma reddition totale à Clio, j'ai délibérément mis le cap sur cette rencontre ? Vous conviendrez avec moi que je ne saurais être tenu responsable d'un hasard. Clio ne partageait pas cet avis et me jugeait explicitement coupable de mon passé.

Quelle ironie de devoir écrire, dans le cadre d'un livre se déroulant, pour les besoins de sa thématique, sur un continent qui a plus d'histoire que d'avenir et se voit totalement défini et déterminé par son passé, que mon propre passé ne jouait aucun rôle dans ma relation avec Clio. C'était pourtant la vérité. Sur le plan philosophique, nous pourrions longuement débattre de la question de savoir dans quelle mesure une personne est capable de couper avec son passé. Dans le cas spécifique de ma vie personnelle, je serais prêt à admettre que c'était mon passé qui m'avait propulsé à l'endroit où j'avais rencontré Clio et où tout avait commencé. Je serais également prêt à réfléchir à la question de savoir si, au Grand Hotel Europa, je ne suis pas retombé dans mes vieux schémas. Mais à la période dont nous parlons, Clio était si extraordinairement omniprésente, autant physiquement que dans mes pensées et mes désirs, que je puis affirmer en toute sincérité que mon passé n'exerçait aucune espèce d'influence. Sauf qu'elle n'en croyait rien.

Bien qu'il soit maintenant trop tard pour remédier à quoi que ce soit et que la question n'ait plus la moindre pertinence, je me suis adressé à vous essentiellement pour vous soumettre une interrogation qui, malgré tout, me taraude encore. Ayant pris connaissance des antécédents et de mon récit fidèle de la rencontre fortuite avec mon ex dans les montagnes, estimez-vous que je sois fautif, d'une manière ou d'une autre ? Clio pensait que oui.

2

Tel un maître d'arts martiaux qui s'immerge dans une longue méditation silencieuse et n'admet derrière son visage concentré aucune autre pensée que celle qui l'absorbe avant de fendre tout à coup, dans une explosion de volonté et de conviction mûrie, une bûche à main nue, ou telle une armée ennemie aux manœuvres patientes mais précises qui encercle une ville, entame son siège, puis se tient effroyablement coite malgré sa supériorité numérique, jusqu'au moment le plus inattendu où elle déploie avec une puissance magistrale son offensive exterminatrice, Clio s'était retranchée, la nuit après ce jour, et le jour d'après encore, durant le long voyage en train qui nous menait de Levanto via Gênes et Milan jusqu'à Venise, dans un silence de reproche.

Enfin arrivés à la gare de Santa Luciá, après nous être frayé un chemin à travers la foule en sueur, parmi les sacs à dos et les valises à roulettes, nous fûmes interpellés en anglais, sur la place entre la gare et le pont des Déchaussés, par un rabatteur de touristes qui était visiblement payé à la commission et donc très motivé pour nous amener dans un certain hôtel.

— Nous habitons ici, lui dis-je en italien.

Mais il ne se laissa pas éconduire si facilement, car il ne parlait pas du tout italien. Il insista pour nous montrer sur son téléphone des photos des chambres spacieuses qu'il pouvait nous proposer à prix d'ami.

— Tu m'autorises à le frapper ? demandai-je à Clio en italien.

Je nourrissais le maigre espoir qu'un ennemi commun puisse nous rabibocher.

— Je te suis très reconnaissante de vouloir protéger notre prétendu couple contre les importuns et les envahisseurs du dehors, dit Clio. Dommage que tu ne le fasses pas tout le temps.

— Que veux-tu dire par là ? demandai-je, non que je ne sache pas ce qu'elle voulait dire, mais parce que j'étais heureux qu'elle m'adresse enfin la parole et souhaitais par ma question entretenir l'amorce de conversation.

— Manifestement, tu ne joues les gentlemen que quand ça t'arrange.

Bien qu'il y ait peu de choses que je déteste autant que de me disputer, avant tout parce que je ne suis pas doué pour ça, j'étais presque soulagé que Clio ait enfin ouvert le feu. Tout était mieux que de me savoir tacitement condamné. Une bonne engueulade me donnait au moins la possibilité de tenter une défense. Mais elle devait me donner un peu plus de matière pour me permettre d'engager le combat. Je ne pouvais rien faire avec ces reproches. Je décidai de simuler une attaque afin de provoquer une offensive de plus grande envergure.

— Je trouve que tu exagères, dis-je.

— Ah bon ? Tu trouves ?

Le rabatteur de touristes, qui ne nous comprenait pas, mais qui, voyant que nous avions commencé à nous chamailler, avait dû en déduire qu'il avait une ouverture, sortit un plan de la ville pour nous convaincre de la position centrale de l'hôtel qu'il nous recommandait avec insistance et se mit à énumérer dans le détail toutes les merveilles à visiter dans les environs immédiats de l'hôtel. Je me détournai ostensiblement de lui et marchai avec Clio en direction de l'arrêt du vaporetto.

— Honnêtement, je trouve que c'est toi qui exagères, fulmina Clio, en m'imposant ton passé ignoble et en t'attendant à ce que je continue à sourire gentiment. Je sais très bien qu'avant d'avoir eu la chance imméritée de me rencontrer, avant que je te sorte du caniveau par tes longs cheveux crasseux, tu menais une vie infâme, tu n'as vraiment pas besoin de m'en convaincre, Ilja, je te remercie. Pour être précise, je ne veux rien avoir à faire avec cela. Tu m'entends ? Rien du tout, *nada*, *niente*. En principe, je ne devrais même pas avoir à te le dire. N'importe quel homme avec un semblant d'éducation comprend que c'est une simple question de respect, mais pour ce genre de savoir-vivre élémentaire, je ne suis pas à la bonne adresse, ça fait longtemps que je l'ai compris. J'ose tout de même espérer que tu as le minimum d'intelligence requis pour comprendre que tu ne dois pas te présenter chez moi avec cette promiscuité scabreuse entre passé et présent, dont tu es manifestement si friand. Pour être tout à fait claire sur le sujet : je ne participe pas à ce genre de mascarade. Tu comprends ça ? Très bien. Alors maintenant, permets-moi, si tu le veux bien, de t'inviter à prendre ton temps pour mettre de l'ordre dans ton passé malsain et pour nettoyer tes saletés, et nous aviserons ensuite à tête reposée si cela vaut la peine de redonner une chance à notre relation…

— Mais Clio, je n'y peux rien, quand même, si le hasard a voulu qu'on croise une ancienne connaissance.

Le rabatteur de touristes tentait d'obtenir mon attention en tirant sur la manche de ma veste. Je me retournai et l'insultai en anglais. Il m'insulta en retour, et je ne pus en supporter davantage. Je tournai les talons et partis. Clio me rattrapa.

— Une ancienne connaissance ? dit-elle. Appelons un chat un chat, de grâce. Cette matrone pathétique qui racolait avec ses melons blets dans la devanture était une ex. C'est vrai ou pas ?

— Là n'est pas la question, dis-je. Ce qui compte, c'est que c'était un hasard.

— Je t'ai posé une question. Tu peux te contenter de répondre quand je te pose une question ? Est-ce une ex, oui ou merde ?

Le vaporetto n'était pas une option. Les bateaux que nous voyions partir étaient chargés au maximum de leur capacité. On empêchait les gens d'avancer. Il y avait plus de touristes que la compagnie de transport n'en pouvait absorber. Il s'était formé une longue file qui ne faisait que s'allonger. Sans besoin de nous concerter, nous décidâmes de rentrer à pied.

— Peut-être que tu n'as pas bien saisi le sens de ma question, poursuivit Clio. Peut-être que tu ne comprends pas ce que veut dire le mot « ex ». Cela ne m'étonnerait pas, vu ton penchant pervers à brouiller le présent en le mélangeant avec le passé. Mais je vais me faire un plaisir de clarifier ma question. Toi et ta quéquette puante, vous avez ramoné la fente schlinguante de ce gros quintal de chair, c'est juste ou je me trompe ? Alors ? Quelle est ta réponse ?

— Je n'ai jamais nié que c'était une sorte d'ex. Ce que je veux d…

— Tu vois ? Tu l'admets enfin. C'était si difficile que ça, Ilja ? Il te suffisait de dire la vérité. Et maintenant que le doute est levé, laisse-moi te demander si tu crois vraiment que ça me fait plaisir de savoir que tu es allé fourrer ta bistouquette, avec laquelle tu fais l'amour avec moi, si on peut appeler ça comme ça, mais bon, c'est un autre problème, bref, que tu es allé tremper ton misérable biscuit là-dedans. Tu me dégoûtes, Ilja.

Sur le pont des Déchaussés, nous dûmes nous écarter pour laisser passer un groupe bruyant de six jeunes Néerlandais blafards en maillot de bain. Deux d'entre eux grimpèrent sur la rambarde métallique du pont et sautèrent en même temps dans le Grand Canal. Les autres exultèrent. À ce stade, ils ne pouvaient plus se dégonfler, évidemment. Un vieil Italien leur dit qu'ils ne devaient pas faire ça, que c'était dangereux. Sans le comprendre, ils avaient deviné le sens de ses mots et évacuèrent bruyamment ses objections. Un à un, les quatre autres plongèrent dans le canal. Un jeune gars italien bien habillé filmait toute la scène avec son téléphone portable en ricanant. Je le soupçonnais d'être le propriétaire de l'Airbnb, et accessoirement l'instigateur de ce petit divertissement typiquement vénitien offert à ses clients.

— Penses-tu qu'une personne puisse être tenue responsable d'un hasard ? demandai-je à Clio.

— Ce n'est pas de ça qu'il s'agit.

— Si, c'est de ça qu'il s'agit. C'est exactement de ça qu'il s'agit, Clio.

— Depuis le temps que nous sommes en couple, si l'on tient absolument à continuer à l'appeler ainsi, as-tu jamais rencontré un seul de mes ex ? Alors ? J'attends… Non. Et ce n'est pas parce que je n'en ai pas, si c'est ce que tu penses. J'en ai plus que toi. Tu veux que je t'en fasse la liste ? C'est ça que tu veux, Ilja ? Je peux même ajouter des descriptions détaillées de leurs prestations au lit, si tu le souhaites. Tu aimes tellement ça, pas vrai, déterrer les détails rances du passé ? Tu pourrais d'ailleurs en prendre de la graine, c'est moi qui te le dis. Mais tu n'as jamais rencontré d'ex à moi. C'est vrai ou pas ? Et tu sais pourquoi ? Parce que, contrairement à toi, j'ai eu la décence la plus élémentaire de clôturer mon passé avant d'entamer une relation avec toi. Et ose dire que tu ne m'en es pas reconnaissant. J'aimerais pouvoir en dire autant. C'est de ça qu'il s'agit.

Du reste, le vieil Italien avait raison. Sans même parler du fait qu'il était scandaleux de réduire la ville historique à une vulgaire piscine, comme le soulignait fréquemment le courrier des lecteurs dans les journaux locaux, ces couillons de Néerlandais avaient risqué leur vie. Il y a moins d'un an, un Néo-Zélandais avait été admis aux soins intensifs après avoir sauté du pont du Rialto, poussé dans le dos par l'audace des vacances et par l'alcool, et s'être fait passer dessus par un bateau-taxi qui débouchait de sous le pont au même moment. Je souhaitai le même sort à mes idiots de compatriotes.

— Il y a beaucoup de gens sur Terre, dis-je, qui ont fait des bêtises dans le passé. Je les soupçonne même d'être une majorité. Et leur nombre, comme tu peux le constater, s'accroît chaque jour. Or, c'est précisément l'une des caractéristiques les plus odieuses du passé que de ne pouvoir être changé. Donc, même si je devais me repentir de liaisons ou d'aventures anciennes, ou si tu me persuadais d'en éprouver du repentir, il ne serait quand même pas en mon pouvoir d'effacer ces épisodes. C'est en partie pour ça que je pense qu'il est peu productif d'être jaloux du passé de quelqu'un. Car tu auras beau le réprouver, la personne en question sera impuissante à le changer. Tu comprends ce que je veux dire ? Aussi proposerais-je de laisser le passé reposer à la lointaine époque où il est enterré.

— Je voudrais proposer la même chose, dit Clio. Mais le problème, c'est que toi, tu fais resurgir *ton* passé dans *mon* présent. Est-ce que j'avais demandé quoi que ce soit ? Et je ne suis pas jalouse. Ce n'est pas la peine de m'insulter en plus, en m'accusant de manière absurde. Tu crois qu'une femme comme moi a de quoi être jalouse d'une vache laitière ? Elle me donne la nausée, et toi, tu me déçois profondément.

— Mais qu'attendais-tu de moi, Clio ?

— Un geste viril.

Devant le Burger King, de l'autre côté du pont, c'était bouché. Les marches du pont, la rue et le mur du quai étaient monopolisés par des affamés de toutes nationalités qui savouraient les célèbres petits pains.

Nous enjambâmes des enfants en train de manger, traversâmes à gué parmi les détritus, et je fus forcé de pousser un fin gourmet sur le côté pour nous faufiler vers la calle Lunga.

— Je sais que c'est trop t'en demander, poursuivit Clio, mais j'aurais apprécié que tu sortes de ton rôle et que tu fasses semblant d'agir en homme pour me protéger et protéger notre couple d'éléments hautement perturbateurs.

— Ça, tu l'as déjà dit.

— Et visiblement, il faut le répéter, car ça n'a pas l'air de rentrer.

— Qu'est-ce j'aurais dû faire ? L'ignorer ? Lui aboyer dessus ? L'injurier ? La chasser ?

— Tu aurais dû te voir, Ilja. Tu rampais devant elle. Tu étais prêt à lui lécher les semelles. « Oh ! Deborah par-ci, Deborah par-là » et « quelle classe tu as » et « tu sais que j'avais très envie de te revoir, échangeons nos numéros, ce serait tellement sympa qu'on se fixe un petit rendez-vous à Levanto ». Vraiment, Ilja, c'était un spectacle écœurant.

— C'étaient des formules de politesse, dis-je. Contrairement à toi, je tiens à faire preuve d'une certaine courtoisie en toutes circonstances.

— Si tu penses que c'est être courtois que d'insulter ta propre petite amie en étant poli avec une ex, tu as encore beaucoup de choses à apprendre, Ilja.

Sur le pont de la Bergami Santa Croce, nous fûmes arrêtés par un couple de retraités chinois qui nous demandèrent poliment si nous voulions bien les prendre en photo avec leur appareil. C'était au-dessus de mes forces. Clio m'adressa un regard de reproche et se plia à leur requête. Ils avaient l'air heureux, ces deux vieux Chinois en goguette à Venise.

— Elle t'a même fait un compliment, dis-je.

J'aurais mieux fait de me taire. Là, elle se fâcha vraiment.

— Voilà que tu défends ton ex, maintenant, Ilja ? Qu'est-ce que tu crois que je m'évertue à t'expliquer ? Tu m'as profondément blessée, humiliée, offensée. Et tu crois que tu vas sauver la situation en prenant parti, l'air de rien, pour une ex ? Parfois, je me demande vraiment ce que tu as fait pour me mériter. Grâce à cette distributrice de compliments, nous sommes en train de vivre la crise la plus grave de toute notre relation, si ce n'est sa fin, et la seule chose qui te vient à l'esprit pour sauver notre couple, c'est d'en remettre une couche en soulignant quelle personne fantastique est ton ex, et à quel point ses intentions étaient pures. Tu passes peut-être pour une personne intelligente auprès des critiques de ton pays, mais permets-moi de m'interroger sur l'intelligence de ces gens. *Mamma mia.*

Nous étions entre-temps arrivés à Campo dei Frari et, ma parole, un touriste était en train de nous filmer avec son portable. Même pas en cachette ou discrètement, en gardant ses distances, non : sans aucune gêne et à peu près pile sous notre nez. Il pensait avoir pris sur le vif une scène exotique, typiquement italienne, dans laquelle une belle Italienne élégamment vêtue, haussant la voix et gesticulant avec passion, tançait un gentleman distingué, d'allure italienne, désappointé et ne sachant plus à quel saint se vouer. En plus, elle avait crié « *mamma mia* », ce qui donnait à l'enregistrement un inestimable cachet d'authenticité. Nous vivions à Venise dans un zoo, où les visiteurs ne montraient aucun scrupule à se repaître du spectacle des résidents permanents et à immortaliser leur comportement étonnant. Clio l'avait forcément vu, ce n'était pas possible autrement, mais n'en fut pas le moins du monde découragée. Au contraire, la présence de la caméra sembla vivifier ses invectives.

— Tu crois vraiment que j'attends des compliments de la part d'une tarte pareille ? Comment crois-tu qu'Artémis réagirait aux louanges d'un bœuf ? Hein ? Dis-moi. C'est toi, le classique. Tu devrais savoir ce genre de choses, si tu avais été plus attentif. Et quelle était déjà la teneur exacte de ce fameux compliment ? Aide-moi à me rafraîchir la mémoire, car j'avais déjà refoulé ce souvenir, pour être franche. Si je me souviens bien, cet éloge, qui à ton humble avis était d'une grande classe, disait que tu avais meilleur goût qu'avant. Comment veux-tu que ça ne me fasse pas vomir ? Madame se paie le luxe de suggérer que me choisir témoigne de davantage de goût que de se rabattre sur une vulgaire poupée gonflable incapable de se taire. Ça témoigne surtout d'une prétention sans borne d'insinuer une telle comparaison, et c'est une insulte grossière à mon égard que de me mettre dans le même classement que cette star du porno de troisième zone en robe à fleurs. Et toi qui vas en plus la féliciter pour sa classe. Un peu de sérieux. Si tu tenais un tant soit peu à moi, tu lui aurais fait ravaler son dentier sur-le-champ. Ce qui ne fait que prouver une fois de plus que j'ai manifestement eu tort de croire que je représentais quelque chose pour toi. C'était naïf de ma part. Et je tiens sincèrement à m'excuser pour cela.

Après avoir été content dans un premier temps qu'elle se remette à parler, je cherchais désespérément à présent un moyen de l'arrêter. Mais je n'avais aucune chance. Elle était lancée.

— Il est temps d'enfin regarder les choses en face, dit-elle, tu es un égoïste. Il n'y a pas grand-chose à faire. Tu ne penses qu'à toi. Tu ne m'as même pas aidée à déballer les livres après le déménagement. Au lieu de t'inquiéter quand on insulte ta propre petite amie devant toi, tu préfères te laisser conter fleurette par une ex sordide et sans scrupule. Elle te draguait tranquillement avec ses gros jambons de Parme moisis. Et dire que tu avais meilleur goût qu'avant n'était pas du tout un compliment sincère à mon égard, mais un truc sournois pour te rappeler vos copulations, que, pour être tout à fait honnête, je refuse de m'imaginer. Et puis elle ose encore dire que la même chose ne vaut pas pour elle, la salope, pour te dire après, avec un gros clin d'œil bien gras, qu'elle est contente que tu aies pensé à elle et que, pour l'heure, elle est heureuse que tu sois avec moi. Pour l'heure ! C'est ce qu'elle a dit. Si tu ne me crois pas, retourne voir en arrière dans ton petit calepin. Et que voulait-elle dire par là, à ton humble avis ? Elle ne voulait sûrement pas dire, non, que notre relation ne durerait plus très longtemps après ce soir-là. Il se pourrait d'ailleurs qu'elle ait eu raison. C'était une candidature spontanée, Ilja, et tu l'as reçue cinq sur cinq. Tu l'as laissée faire et tu t'attends à ce que je vous regarde en souriant. Et puis tu as le culot d'échanger ton numéro de téléphone avec elle sous mon nez. Jusqu'où es-tu capable de t'abaisser ? Non, Ilja, j'ai vu ta vraie nature, et j'ai bien peur que ce que j'ai vu ne me plaise pas beaucoup, et c'est peu dire. Peut-être qu'il vaudrait mieux que j'abandonne maintenant mon espoir de te voir un jour devenir une personne meilleure, et te laisse retourner à tes coussins gonflables. Après tout, c'est là que tu allais, le soir où tu m'as rencontrée par erreur, comme tu l'as si bien rappelé devant elle, avec l'élégance qui te caractérise. Il ne me reste plus qu'à te souhaiter beaucoup de plaisir dans ton passé.

Ainsi parla Clio. Des bancs contre le mur de la Scuola Grande di San Rocco, au bord du Campo dei Frari, s'élevèrent des applaudissements.

3

La crise dura plusieurs jours et me vit osciller entre l'acceptation silencieuse de ma condamnation et la réécoute forcée de son réquisitoire. Le premier jour déjà, lorsque je compris que tout argument de ma part serait vain, je me confondis en excuses. J'étais réellement prêt en toute sincérité à me convertir à l'idée que j'avais commis un crime, si seulement cela signifiait pouvoir purger ma peine sans être rejugé à tout bout de champ. Mais ma punition semblait précisément consister dans l'obligation de réentendre sans cesse l'acte d'accusation et d'être superbement ignoré dans les intervalles.

Quand, à un moment donné, je recourus en désespoir de cause à la question classique de ce que je pouvais faire pour me racheter, elle dit qu'un homme, un vrai, aurait depuis longtemps apporté des fleurs à la maison, mais que même ça, apparemment, elle ne pouvait pas l'attendre de moi.

Des fleurs. J'étais dans de beaux draps. Maintenant qu'elle l'avait dit, il n'était plus possible de ne pas obéir à sa suggestion. Si je ne lui offrais pas de bouquet, et aujourd'hui même encore, ce serait la preuve définitive de ma nullité. D'un autre côté, offrir des fleurs m'exposait au reproche de ne faire que ce qu'elle disait et de ne jamais prendre d'initiative. Je décidai que c'était le moindre des deux maux.

Il était 18 heures. Clio devait se rendre à une réunion à la Galleria. Elle serait de retour à la maison vers 20 heures. Il était souhaitable, sinon vital, que la surprise forcée se trouve à ce moment-là sur la table sous la forme d'un luxuriant bouquet. Les magasins fermaient à 19 h 30. J'avais encore le temps. Je pouvais y arriver.

Je ne connaissais pas de fleuriste à Venise. D'après Google, il y en avait un près de San Rocco, un au nord à Cannaregio, et un à Campo San Salvador, sur le chemin menant de la place Saint-Marc au pont du Rialto. Le premier était le plus proche. Il fallait compter deux arrêts avec le vaporetto numéro 1, du Ponte dell'Accademia à San Tomà. De là, il y avait cinq minutes de marche. Maximum.

Dans la calle nuova Sant'Agnese, pratiquement en dessous de chez nous, une dispute était en cours. Il s'était passé quelque chose au bar de Gino. Du verre brisé jonchait le sol. Un serveur était en train d'insulter en italien et en anglais quatre hommes qui répliquaient en russe et en anglais. Deux autres serveurs se joignirent à eux. Il y avait déjà un petit attroupement. Je demandai à l'un des badauds ce qui s'était passé. Les Russes avaient bu une bière, puis jeté leurs bocks par terre. Quand le serveur était sorti pour leur faire une remarque, ils s'étaient mis en colère. Ils avaient payé assez cher, non ? Depuis quand on n'avait plus le droit de faire voler les bocks en éclats sur la voie publique, quand on avait craché 8 euros le verre ? C'était quoi, cette règle débile ? À ce moment-là, l'un des Russes demanda au serveur, en anglais et sur un ton arrogant, combien pouvait valoir le bar tout entier. Il sortit avec ostentation son porte-monnaie de sa poche arrière, histoire de montrer qu'il était prêt à payer cash la reprise de ce boui-boui minable, juste pour pouvoir les virer sur-le-champ et être débarrassé de leurs jérémiades. C'est alors que la situation dégénéra pour de bon. L'un des serveurs envoya son poing dans la gueule de l'insolent et la bagarre éclata. Une table se renversa, la foule se dispersa, la police arriva, le tout sous l'œil des smartphones des touristes attirés par le tumulte. Pour mon cas personnel, la conclusion la plus importante de tout cela était que je ne parvenais pas à passer. Je dus faire le tour par la Piscina Venier et prendre la venelle sous le petit porche qui débouchait sur le rio Foscarini.

À l'arrêt du vaporetto, il y avait beaucoup trop de monde. Il aurait mieux valu y aller à pied, mais j'avais déjà perdu trop de temps. Et toutes ces bedaines et ces jambes blanches qui devaient encore monter à bord… Une roulette de la valise d'une jeune Asiatique se coinça entre le quai et la passerelle. Une vieille dame française en fauteuil roulant devait elle aussi absolument prendre cette navette-là. Je sais très bien que la plupart des handicapés ne sont pas responsables de leur infirmité, et heureusement que les fauteuils roulants existent, mais, de grâce, laissez-les assis dedans bien confortablement chez eux, cela nous épargnera à tous un monceau de temps et d'agacements. J'essayai de pousser, mais je reçus un sac à dos en pleine figure. À bord, il n'y avait pas la place pour respirer, ce qui somme toute était un avantage vu que chaque bouffée se saturait immédiatement de gouttelettes de sueur aigre. Bien que, comme je viens de le dire, et pas pour rien, il n'y eût vraiment pas l'espace, tout le monde se mit à se déplacer dès que le bateau démarra, car il y avait bien sûr différentes gondoles à photographier de différents côtés. Je regardai autour de moi et constatai qu'avec le pilote calabrais et le contrôleur napolitain j'étais le seul local à bord. Dans le chaos du débarquement, je reçus un coup de valise à roulettes sur le tibia, mais on ne prenait pas les transports en commun à Venise sans quelques bleus à la clé.

Depuis le débarcadère de San Tomà, je devais prendre la calle Traghetto Vecchio vers le Campo San Tomà et, de là, continuer plus ou moins tout droit. Le premier problème était qu'il y avait aussi dans ce débarcadère des gondoles amarrées, et que les gondoliers ne laissaient passer aucun touriste sans lui faire l'article d'une alléchante croisière exclusive. Le deuxième problème était que la calle Traghetto Vecchio était une ruelle étroite et que tout le monde était forcé de la prendre, faute d'autre possibilité. Il ne fallait pas être pressé. Or, et c'était là mon plus gros problème, j'étais pressé.

Quand je crus avoir enfin atteint mon fleuriste, je ne le vis nulle part. À l'endroit où je m'attendais à le trouver, il y avait une boutique de verre de Murano. Je vérifiai l'adresse sur Internet. San Polo 3127, improbable adresse vénitienne fidèle au système insulaire fondé sur des *sestieri*, des quartiers, plutôt que sur des noms de rues, instauré par l'occupant autrichien au XIXe siècle, qui n'était déjà pas pratique à l'époque, mais n'avait néanmoins jamais été aboli. J'étais bien dans le quartier San Polo et le numéro 3127 figurait également à côté de la porte, mais probablement étais-je en train de retomber dans ce travers tenace de mon caractère qui consistait à partir trop facilement du principe que la pratique devait coller à la théorie.

En face, il y avait une sandwicherie. Je décidai d'entrer pour demander s'ils avaient connaissance d'un fleuriste dans les parages. Des touristes se bousculaient au comptoir. Une énorme Américaine commandait une baguette sans gluten avec du bacon et du brie, le tout de préférence sans lactose et végétarien, avec un Coca light sans glaçons. J'élevai la voix et, du fond de la salle, demandai dans un italien roulant, par-dessus les têtes des étrangers, si je pouvais les déranger un court moment pour un renseignement. La tartineuse de sandwichs derrière le bar me jeta un regard irrité et me lança en anglais que je devais attendre mon tour comme tout le monde.

Le propriétaire chinois de la boutique de souvenirs d'à côté ne parlait pas davantage italien, mais il sut en revanche me dire que le propriétaire de la boutique de verre de Murano était de sa famille. Si je voulais, il pouvait m'avoir un prix d'ami. C'était sympa, mais ce n'était pas ce que je demandais. Fleuriste, magasin de fleurs, fleurs ? Ah oui, des fleurs, pas bon business. Les touristes n'achètent pas de fleurs, dit-il. On ne fleurit pas sa chambre d'hôtel, et ça ne va pas non plus comme souvenir, car ce sera fané avant qu'on soit rentré chez soi. C'était pure logique que cette affaire ait fait faillite. Un parent à lui avait pu reprendre l'immeuble pour pas trop cher. Si je voulais, il avait de belles roses en plastique, et même des fluorescentes.

Plan B. Je regardai ma montre. Il était déjà tard. Pour Cannaregio, c'était cuit. Campo San Salvador était la seule option réaliste. Je vérifiai l'itinéraire sur mon téléphone portable. Zut, c'était exactement ce que je craignais. Le chemin le plus rapide, ou plutôt le seul possible, passait par le pont du Rialto. Cela voulait dire que je devais traverser jusqu'à l'église Sant'Aponal et, à partir de là, rejoindre la Riva del Vin, la berge du Grand Canal, qu'il me fallait ensuite longer jusqu'au pont. Sans Google Maps, c'était ainsi que j'aurais fait, et Google Maps me confirma qu'il n'y avait pas d'autre option, du moins pas sans reprendre de vaporetto. C'était à seize minutes de marche, précisait l'application. Mais cette route passait par le cœur touristique de la ville, le paradis flânant du consumérisme flemmard, le moteur de l'économie vénitienne.

Bien que les touristes s'attardent partout à tout bout de champ, ils ne s'attardent pas sur le fait que leurs attardements intempestifs puissent être excessivement pénibles pour les résidents qui tâchent de vivre leur vie. L'oisiveté dilate les gens. Au lieu de se mouvoir de façon linéaire et efficace, d'un point de départ à un but, de devoirs en obligations, ils se boursouflent, dans toute leur vacuité, jusqu'à occuper toute la largeur de rues entières. Leur absence de direction est pareille au cholestérol qui bloque la circulation de la ville et provoque des infarctus. Leur existence est un obstacle. Leur présence est un gaspillage injustifiable de précieux espace. L'évidence avec laquelle ils revendiquent le droit d'obstruer les rues d'autrui relève d'un culot inouï. En remerciement du privilège de pouvoir entrapercevoir la grandeur et la beauté d'une ville dont ils ne sont dignes en rien, ils devraient avoir la bienséance de réduire leur existence au minimum et de raser timidement les murs en s'excusant, les yeux baissés de honte. Au lieu de quoi ils prennent possession des places, jambes écartées, en sous-vêtements, et envahissent les rues de leur égoïsme de masse vulgaire.

Sur le ponton en face de l'Hôtel Marconi, un couple de touristes était en train de bronzer en bikini et en maillot. Je me demandai si je devais leur faire une remarque. C'était choquant de constater à quel point manifestement ils n'avaient aucune idée de l'endroit où ils se trouvaient – au bord du Grand Canal, artère vitale de la glorieuse Sérénissime, devant le seuil de palais de cristal chantants où furent calligraphiées à la plume d'oie des pensées qui façonnèrent le monde, au cœur de l'Histoire, et à la source du raffinement et de l'élégance –, et le fait qu'ils s'approprient ce lieu magique avec une évidence veule comme s'il se fût agi d'une portion de plage me scandalisait au plus haut point.

Ils auraient dû admirer les façades ciselées en tenue de soirée, le haut-de-forme à la main, dans un silence empreint de respect, mais à la place ils avaient laissé choir leurs bourrelets écrevisse juste devant la porte. Ils auraient dû se ratatiner en murmurant des excuses et des remerciements, jusqu'à n'être plus qu'un petit tas d'humilité tout juste acceptable, au lieu de quoi ils considéraient que s'arroger ainsi l'espace était leur droit inaliénable. Ils auraient dû être mortifiés de se savoir en tout point inférieurs à ceux qui avaient érigé ces merveilles, mais, à la place, ils profitaient de leurs vacances, allongés tranquillement.

Un châtiment corporel s'imposait. Le hasard veut que le Vieux Continent puisse se prévaloir d'une riche tradition en la matière. Je me représentais la noble tâche que ce serait de leur inculquer un peu de conscience historique par le biais de quelques bonnes vieilles méthodes de torture médiévales.

En guise d'innocente ouverture, nous pourrions ressortir la poire d'angoisse. Il s'agit d'un gracieux petit instrument métallique en forme de tulipe fermée. On dirait un adorable souvenir pour touristes. Il s'insère dans la bouche. Ensuite, on tourne lentement la vis située à l'extrémité de la tige, de sorte que les quatre pétales s'ouvrent et que la tulipe de fer éclose lentement. La cavité buccale est ainsi étirée à l'extrême, jusqu'à ce que l'os de la mâchoire explose. La poire d'angoisse peut éventuellement être introduite dans l'anus, une modalité que nos deux adorateurs du soleil semblaient d'ailleurs presque implorer.

Pour le premier acte, je pense qu'il serait des plus approprié d'exhumer de la cave un classique. Qui ne connaît pas l'étireuse, de son autre petit nom, le chevalet ? Le principe est aussi simple qu'élégant. Permettez-moi de vous en faire la démonstration. Couchons sur la table en bois l'un de nos deux touristes, sur le dos comme s'il prenait un bain de soleil sur un ponton, et attachons ses chevilles à l'aide de cordes. Nouons ses poignets de la même façon au-dessus de sa tête. Sa petite amie peut le regarder profiter de ses vacances bien méritées, tandis que je commence à tourner la roue. Les cordes se tendent, les bras et les jambes s'étirent, et les articulations se disloquent une à une. Si vous vous dites que ce doit être terriblement douloureux, sachez que cela fait encore beaucoup plus mal que vous ne l'imaginez. La capitulation des tendons s'accompagne de claquements sonores, pour la plus grande joie du public. À un moment donné, l'un des membres s'arrache, généralement un bras. Cela ressemble à l'écartèlement, vous avez raison, mais l'avantage de l'étireuse est que vous avez le rythme du processus totalement sous contrôle, et donc tout loisir de le faire durer indéfiniment.

En guise d'intermède comique, nous utiliserons un drôle de petit chapeau. Les touristes en raffolent. Ils aiment s'attifer de façon ridicule quand ils sont à l'étranger. Cette coiffe de bouffon en acier est également appelée « casse-tête », un nom approprié si l'on songe à son effet, mais bien moins si l'on songe au délit, puisque le touriste a la particularité de ne se casser la tête pour rien, pas même pour se demander où il est. Quoi qu'il en soit, il a tout le temps d'y réfléchir tandis qu'il s'installe confortablement sur une chaise, pose son menton sur la barre en fer du mécanisme et cale sa tête sous le chapeau d'acier. Quand on serre les vis, augmentant ainsi la pression, ce sont les dents qui éclatent en premier. Ensuite vient le tour de la mâchoire inférieure, et puis du reste du crâne, pour peu qu'on se montre clément et qu'on aille jusque-là. Ce modèle dispose d'un petit récipient spécial pour récupérer les yeux éjectés de leurs orbites.

Pour le grand finale, j'hésite encore : le berceau de Judas ou la scie ? Avec cette dernière méthode, le touriste est suspendu entre deux poteaux, la tête en bas et les jambes écartées, puis scié en deux par un duo de bourreaux à partir de l'entrejambe. Ce qu'il y a de bien avec cette technique, c'est que tout son sang descend dans sa tête, puisqu'il est pendu à l'envers, et que si l'on s'arrête de scier quelque part à la moitié du torse, cela peut prendre un certain temps avant qu'il se vide de son sang. L'inconvénient, c'est qu'il ne peut pas voir ce qui lui arrive.

À cet égard, le berceau de Judas est plus raffiné. Semblable à une espèce d'échafaudage, l'instrument peut paraître compliqué, mais son principe est tout simple. Vous attachez une ceinture autour du ventre du touriste, un peu à la manière d'un alpiniste, et vous le suspendez à trois ou quatre cordes, qui vont vous permettre de le manœuvrer avec précision, l'anus au-dessus d'une pointe en fer. Puis vous le laissez descendre doucement.

Bien entendu, je gardai tout cela pour moi. Je vis les deux touristes bronzer en maillot de bain sur le ponton du Grand Canal, je secouai la tête et poursuivis ma route. Comme il en allait du Vieux Continent, mon dynamisme était plus freiné que favorisé par le riche répertoire de solutions possibles héritées du passé, et mon hyperconscience d'anciens triomphes et débâcles m'inclinait à laisser le présent suivre son cours. Formulons les choses ainsi. À moins que nous ne puissions une fois encore incriminer cette maudite éducation européenne qui m'empêchait de prendre des mesures contre ceux qui l'outrageaient.

Restait le pont du Rialto. Jadis, dans un lointain passé, ce monument fut une arabesque d'élégance au cœur de la ville, qui enjambait le Grand Canal de son arc audacieux et précis, selon un projet d'Antonio Da Ponte datant de 1588 et achevé en 1591. Sur les photos prises de loin, on peut encore percevoir une petite parcelle de cette élégance. Mais, de près, le pont est un champ de foire. Il est constitué de deux galeries d'arches, conçues à l'origine pour abriter des marchands et occupées aujourd'hui avec gratitude par des vendeurs de souvenirs. Entre ces deux galeries court l'escalier central. Prévoyant quelques encombrements du fait que le commerce ralentit le pas, l'architecte du XVIe siècle avait ajouté le long des parapets, à l'extérieur des galeries, deux passages supplémentaires destinés à approvisionner les échoppes en marchandises, ainsi qu'à fluidifier la circulation. Ce qu'en revanche il n'avait pas prévu, au XVIe siècle, c'était que devant ces parapets donnant sur le Grand Canal, tout le monde ferait des selfies. Il n'y avait aucun moyen de passer. Il paraît qu'à Las Vegas on a reconstruit le pont du Rialto grandeur nature, mais qu'on l'a équipé d'escaliers mécaniques. On devrait faire la même chose à Venise. Car même si les gens s'arrêtent à leur aise, le schmilblick avancerait quand même un petit peu plus vite sur des escalators que sur des marches en pierre. Par ailleurs, sans mentir, sur ce pont du Rialto, on me demanda trois fois, dans un anglais approximatif, où se trouvait le pont du Rialto.

Je trouvai enfin ce putain de fleuriste qui, ô miracle, n'avait pas encore fait faillite et était même carrément ouvert, et achetai pour une somme ridiculement élevée un bouquet de quarante tulipes blanches. Maintenant, il n'y avait plus qu'à rentrer. Le fait qu'il y ait un retour après l'aller était inhérent aux tracas quotidiens dans la plupart des villes, mais à Venise c'était particulièrement épuisant. Il me restait à mon avis une demi-heure avant que Clio rentre de sa réunion. Je devais me dépêcher avec mon bouquet de tulipes. Crispé, concentré et tendu comme un archer qui met la cible en joue avant un tir mortel, je visualisais l'itinéraire et ma destination.

Environ à mi-parcours, sur le petit pont qui enjambe le rio de Sant'Anzolo de Campo Sant'Anzolo, à côté de la Corte dei Conti en allant vers la calle dei Frati, avec au coin une charmante petite boutique de porcelaine, un touriste allemand, qui immortalisait sous toutes les coutures sa femme occupée à gâcher le panorama, recula juste au moment où je passais – partant de l'idée en soi parfaitement compréhensible qu'il aurait ainsi dans son champ plus de décor et moins d'épouse –, me bouscula et cassa une tulipe. À ce moment, quelque chose cassa en moi aussi. Tandis qu'il se confondait en excuses, dans une bouffée de rage irraisonnée très éloignée de mon caractère, je le jetai par-dessus la petite barrière en fer forgé, dans le canal, avec son appareil et tout le toutim.

4

— Qu'est-ce que tu as fait ? demanda Clio.

Je répétai ce que je venais de dire. J'avais balancé un touriste allemand, non sans user d'une certaine forme de supériorité qui pouvait être interprétée comme de la violence physique, sous les yeux de son épouse, par-dessus le parapet, dans le rio de Sant'Anzolo.

— Mais ça ne te ressemble pas.

Elle se mit à rire. C'était la première fois depuis notre départ de Monterosso que je la voyais rire. J'étais si agréablement surpris que moi aussi, je me mis à rire.

— Mais dis-moi encore une fois exactement comment cela s'est passé.

Je racontai encore une fois exactement comment cela s'était passé.

— Incroyable, dit-elle. Je suis presque fière de toi.

Elle n'avait pas encore daigné jeter un regard au bouquet de trente-neuf tulipes blanches qui trônait dans un vase sur la table, mais ces derniers mots récompensaient ma mission au-delà de mes plus folles espérances.

— Et puis tu as continué ton chemin ?

— J'étais pressé, dis-je. Je voulais être à temps à la maison.

— Je suis certaine que cet Allemand était un con.

— En fait, pas vraiment. Je suis sûr qu'il ne l'a pas fait exprès. Il s'est excusé très poliment. Il avait même plutôt une bonne tête. Mais je n'en pouvais plus. C'était juste le touriste de trop. Et c'est tombé sur lui.

— Ce qui fait de lui un con. Appelons les choses par leur nom, de grâce.

— Si tu le dis.

— Quoi qu'il en soit, nous avons un problème, dit-elle.

J'étais reconnaissant pour tout problème qui lui faisait employer la première personne du pluriel au lieu de cette deuxième personne du singulier réprobatrice dont elle avait usé ces derniers jours.

— Parce que cet Allemand va bien sûr porter plainte.

— Tu crois vraiment ? demandai-je.

— Sans doute qu'il l'a déjà fait.

— À cause de son appareil photo.

— Aussi. « Coups et blessures » serait déjà en soi un motif suffisant. Mais tu as raison. Si son appareil est fichu parce qu'il est tombé à l'eau, il va vouloir demander une indemnisation à sa compagnie d'assurances. Et pour cela, il a besoin d'une copie de déposition.

— Mais les *carabinieri* ne font rien d'une plainte pareille, si ? m'inquiétai-je.

— En fait, Ilja, j'ai bien peur que notre problème se trouve exactement là. Si c'était un simple vol, tu aurais raison. Mais dans le cas d'une déposition pour coups et blessures, ils vont certainement lancer une enquête. Sur le papier, c'est une infraction lourde.

— Mais pas s'il n'y a pas de séquelles permanentes, si ?

— Comment sais-tu dans quel état est ton ami allemand ? Tu as continué ton chemin.

— Tu commences presque à me faire peur, Clio.

— Non, ce serait une erreur. En aucun cas nous ne devons nous laisser guider par la peur. Ce que nous devons faire, c'est réagir adéquatement.

Dans ses yeux brillait la même lueur d'excitation que lorsque nous jouions à rechercher le dernier tableau du Caravage. Et aussi sérieusement que lorsqu'elle concevait les arguments les plus inventifs pour justifier que la toile censément perdue se trouvait forcément à Malte ou à Portovenere, elle se mit à soupeser toutes nos options face à la menace d'une enquête pénale lancée à mon encontre.

— Il y avait des témoins, bien sûr, dit-elle.

— Sa femme.

— Plus la moitié du monde. C'est l'un des endroits les plus fréquentés de Venise.

— Mais tu crois que les *carabinieri* peuvent remonter jusqu'à moi sur la base de témoignages ?

— Réfléchis un instant, Ilja. Ils n'ont qu'à te décrire. Tu es le seul dans tout Venise à te balader en costume-cravate au mois d'août.

— Quelle ironie si cela devait causer ma perte.

— Non, Ilja, il n'y a plus qu'une solution.

— Laquelle ?

— Nous devons nous assurer que les *carabinieri* classent l'affaire.

— Et comment comptes-tu t'y prendre ?

Elle sourit mystérieusement.

— Dans un pays où rien n'est régulier, rien n'est impossible, dit-elle. Disons que c'est l'avantage de l'Italie.

— Tu vas soudoyer quelqu'un ? À mes frais, bien sûr.

— Je ne pense pas que ce sera nécessaire, dit-elle. Pour commencer, je vais appeler ma mère. Va dans la cuisine, Ilja chéri, tu n'as pas besoin de tout savoir.

Je refermai la porte de la cuisine derrière moi. « Ilja chéri », avait-elle dit. Je ressortis de la poubelle à pédale la tulipe blanche à la tige cassée et la posai, à côté de la poupée Barbie, sur le frigo décoré d'aimants de Malte, de Palmaria, de Portovenere et de Monterosso. C'était le jeu qui nous reliait, parce qu'on ne joue jamais trop sérieusement. Le sens est un acte de création.

Au bout d'une petite demi-heure, elle me rappela dans le salon. Le visage triomphant, elle dit que c'était arrangé et que nous n'avions plus de souci à nous faire.

— Merci, Clio chérie.

— Merci à toi. C'était amusant.

Elle m'embrassa sur la bouche.

XVIII

L'EXERCICE D'ÉVACUATION

1

Il fallait dire que la stratégie employée par le nouveau propriétaire chinois pour rendre le Grand Hotel Europa à nouveau rentable, ou du moins un peu plus rentable qu'il ne l'était depuis des années, en adaptant cet hôtel européen, historique et romantique aux attentes nourries par un public asiatique à l'égard d'un hôtel européen, historique et romantique, s'avérait moins inepte que ce que certains des hôtes permanents, irrités par les nuisances, ne l'avaient pensé, voire espéré. Son marketing aussi, il l'avait bien en main. Le Grand Hotel Europa ressemblait de plus en plus à un hôtel normal, où de nouveaux clients arrivaient quotidiennement et repartaient le lendemain ou au bout de quelques jours, et la grande majorité d'entre eux étaient chinois. Je ne leur parlais pas, n'essayais pas d'engager la conversation et n'entretenais pas non plus l'illusion que cela eût pu déboucher sur de longs et passionnants échanges si j'avais essayé, mais ils avaient l'air contents, en règle générale, sous leurs petits chapeaux et derrière leurs masques, et ils continuaient d'affluer.

Ils se prenaient en photo devant les endroits qu'ils trouvaient de toute évidence particulièrement beaux ou authentiques : sur le perron de l'entrée en dessous des lettres dorées du frontispice de l'hôtel, dans le hall central devant l'escalier monumental, où on les voyait s'ingénier à inclure dans le champ le lustre en cristal Swarovski, et surtout dans le pub anglais, qui remportait tous les suffrages. Il était aussi arrivé plusieurs fois qu'ils me prennent en photo alors que je dînais en smoking dans la salle à manger. Cela arrivait plus souvent encore au grand Grec. C'était leur Européen préféré. Il était en outre bien meilleur modèle que moi : gesticulant comme un diable et blaguant dans une langue qu'ils ne comprenaient pas, Volonaki n'hésitait pas à prendre l'épouse gloussante du photographe sur ses genoux, avant d'insister lourdement pour qu'on lui envoie la photo.

La résurrection économique de l'hôtel, ou du moins son timide redressement, s'accompagnait de quelques modernisations contre lesquelles seuls les nostalgiques incurables parmi les résidents permanents, c'est-à-dire tous les résidents permanents, parvenaient à trouver des objections tarabiscotées. Par exemple, le petit déjeuner n'était plus servi à table, mais remplacé par un abondant buffet, offrant pour être honnête un choix plus large que la carte d'antan. Au grand dam de M. Montebello, un système informatique était en cours d'installation à la réception, en remplacement de ses registres manuscrits. J'ignorais si c'était lié, mais la connexion Internet dans ma chambre était aussi significativement plus rapide ces derniers jours.

Aujourd'hui, j'avais découvert qu'un véritable merchandising de l'hôtel s'opérait à la réception. On avait le choix entre deux cartes postales : une de la façade avec le perron, photographiés de loin depuis l'allée, et une autre de la fontaine. Il y avait du papier à en-tête avec les mêmes lettres dorées qu'au fronton de l'entrée principale. Des sonnettes de réception gravées à l'enseigne de l'hôtel. Et mon préféré : une poupée en plastique indubitablement *made in China*, avec un petit costume de groom rouge en vrai tissu et le nom de l'hôtel imprimé en petites lettres dorées sur le calot.

Le seul véritable inconvénient induit par la popularité croissante de l'hôtel était qu'au dîner les anciennes tables attitrées dans la salle à manger n'étaient plus toujours garanties. Il m'était déjà arrivé deux fois de descendre à l'heure habituelle et de trouver des Chinois en confortable tenue de vacances se léchant les babines à ma table, près de la fenêtre donnant sur la roseraie, et de devoir me rabattre sur l'une des petites tables contre le mur. Montebello faisait ce qu'il pouvait pour nous, mais la politique officielle était de ne plus réserver les plus belles tables aux hôtes permanents. Le système des ronds de serviette en argent personnalisés avait été aboli. J'avais pu garder le mien, en souvenir.

2

Mais tandis que la modernisation du Grand Hotel Europa s'imposait à nous aussi inexorablement que la lente montée du niveau de la mer, je ne pouvais réfréner ma fascination pour son glorieux passé. Je m'exprime mal. Le fait que l'hôtel ne puisse apparemment demeurer épargné par la réalité prosaïque d'une existence dans le monde actuel ne faisait qu'exacerber mon attrait pour les mythes poétiques entourant son passé presque encore tangible. Si je m'étais immédiatement senti chez moi à mon arrivée ici et avais décidé de m'y installer pour une durée indéterminée, c'était parce que j'avais l'impression d'avoir atterri dans un recoin douillet du passé. À présent, pour continuer à me sentir chez moi, je devais m'efforcer de ne pas perdre de vue ce passé, désormais banni pour de bon dans les annales de l'histoire, où somme toute il avait légitimement sa place.

La pensée de la vieille dame ne me quittait pas. Plus le nouveau propriétaire entraînait son hôtel dans le monde moderne, plus je trouvais incroyable, étrange et belle l'idée que la mystérieuse ancienne propriétaire séjourne encore quelque part à l'intérieur de ses murs, avec ses œuvres d'art et ses livres, dans l'introuvable chambre 1, sans jamais se montrer. Probablement n'avait-elle même pas connaissance de ce que son grand hôtel était en train de devenir. Sa présence cachée, qui était une sorte d'absence prégnante, m'intriguait.

Hier, j'ai interrogé Abdul à son sujet. J'espérais qu'il en saurait un peu plus. La diversité de ses tâches l'amène dans tous les coins et recoins du bâtiment. Peut-être savait-il où était la chambre 1. Mais ce n'était pas le cas. Il connaissait l'existence de la vieille dame. Montebello lui avait parlé d'elle une fois. Mais il ne l'avait encore jamais vue. Selon lui, Montebello était le seul à la voir de temps en temps. Il lui avait dit qu'elle était comme une mère pour lui et que, par gratitude envers elle, il voulait être comme un père pour Abdul.

Plus tard dans la journée, je trouvai le majordome dans la chambre verte. Bien que je sache que la discrétion légendaire dont il se prévalait, à tort ou à raison, sévissait dans sa version la plus inflexible dès lors qu'il était question de la vieille dame, je me risquai pour la seconde fois à lui demander de ses nouvelles. Il me raconta qu'elle était autrefois le cœur étincelant du Grand Hotel Europa, que les hôtes l'adoraient et qu'il n'était pas un écuyer, un comte, un marquis, un duc ou un prince à cette époque qui ne lui eût baisé la main, mais qu'elle préférait aujourd'hui être seule avec ses œuvres d'art et ses souvenirs, et qu'il considérait comme sa mission sacrée de respecter son souhait.

Je lui demandai s'il la voyait souvent. Il me dit qu'il lui apportait à manger tous les deux ou trois jours, mais qu'elle mangeait fort peu, et qu'il trouvait parfois intact le peu qu'il lui avait apporté. Je lui demandai de quoi ils parlaient.

— De l'ancien temps, dit-il. Elle vit dans son passé.

Je lui demandai s'il était vrai qu'il la considérait comme une mère.

— Si l'on définit la mère comme la personne qui donne la vie, dit-il, alors elle est effectivement ma mère, car tout ce que je suis et désire être, je le lui dois. Cela étant dit, je tiens à souligner que je vous suis très reconnaissant de l'intérêt que vous lui portez, mais que, si vous aviez davantage de questions à son sujet, je me verrais dans l'obligation de vous décevoir, et vous savez combien je le regretterais.

Lorsque, un peu plus tard, je vis par hasard le majordome passer dans mon couloir avec un plateau et deux assiettes couvertes d'une cloche en argent, j'eus la certitude qu'il se rendait chez elle et décidai sur un coup de tête de le suivre. Mais rien à faire. Il se déplaçait si vite dans les couloirs que je le perdis déjà de vue au deuxième tournant.

J'en toucherais un mot à Patelski. De nous tous, c'était lui le plus ancien résident. Peut-être en savait-il davantage sur la vieille dame. Je ne lui avais de toute façon plus parlé depuis un moment. Je devais encore lui raconter toute l'histoire à propos d'Abdul et Énée. Il allait se régaler. Quant à la raison pour laquelle j'avais été personnellement peu rassuré de voir surgir un officier de police, il était sans doute préférable de la garder pour moi.

3

Voilà qui nous amène à « l'affaire Albane », dont je n'étais même pas sûr jusqu'à hier qu'il s'agissait bien d'une affaire. Depuis qu'il s'était passé ce qu'elle savait ou non, mais dont elle avait au moins le soupçon, elle m'évitait, ce qui ne voulait encore rien dire, puisqu'elle m'avait toujours évité, hormis dans les moments où elle m'imposait sa présence. Étant donné que je préférais la première attitude à la seconde, je ne voyais pas de raison urgente de prendre d'initiative susceptible de modifier la situation en vigueur. De toute façon, je ne me sentais nullement responsable de ses états d'âme. La seule chose que je craignais, c'était une hostilité ouverte, qui eût pu mener à des scènes embarrassantes risquant de troubler la paix des autres résidents et de me forcer à prendre position, d'une manière ou d'une autre, en actes et en paroles. Mais ce n'était pas le cas. Les rares fois où je l'entrapercevais, lors de ses farouches tentatives de me fuir, son visage n'était pas plus hargneux ni vengeur que d'habitude.

Jusqu'à hier, où il n'y eut pas d'échappatoire. Nous tombâmes littéralement l'un sur l'autre lors de l'exercice d'évacuation. Car j'oublierais presque de vous dire qu'un exercice d'évacuation a eu lieu hier. C'était là aussi l'une des nouveautés que nous devions à l'enthousiasme de M. Wang, et je le soupçonnais d'ailleurs d'être moins motivé par la sécurité de ses clients que par le bruit retentissant de l'alarme flambant neuve qu'il avait fait installer. En tout état de cause, l'exercice, préalablement annoncé, était facultatif et donc inutile, et M. Wang n'avait guère l'air intéressé de vérifier que les participants se déplaçaient bien conformément au plan d'évacuation, une tâche qu'il avait déléguée à son interprète qui manageait plus ou moins l'exercice, tandis que lui-même se tenait dans le hall, rayonnant de satisfaction sous la sirène hurlante.

Quant à moi, je participais uniquement parce que je me trouvais par hasard en bas dans le hall et que le tocsin de M. Wang y rendait tout séjour un peu prolongé extrêmement désagréable. Je suivis à l'extérieur les Chinois qui fuyaient docilement. Lorsque la sirène se tut, ces derniers restèrent comme prescrit au point de ralliement en attendant la suite des instructions, tandis que j'estimai pour ma part que la comédie du danger de mort avait assez duré et m'apprêtai à rentrer. C'est alors que la poétesse française Albane sortit en trombe. À en juger par son air paniqué, le caractère fictif de l'épisode lui avait échappé. D'un pas de danse improvisé dont je n'étais pas peu fier, je parvins de justesse à empêcher qu'on ne finisse quand même par avoir, elle et moi, un plein contact physique frontal.

— Toi, tu ne fuis pas le danger, tu *es* le danger, lui dis-je, jugeant malgré tout devoir me fendre d'un petit mot.

Elle me regarda un court instant, d'abord confuse, puis en colère, avant de recouvrer le regard dénigrant qu'elle me réservait habituellement, à moi ainsi qu'à tous les autres hommes.

— Je me suis juré de ne jamais accepter, en tant que femme, qu'un homme se dresse entre moi et ma destination, dit-elle. Mais toi, tu n'hésites pas à te mettre en travers de ma propre survie.

— Ce n'est que de la fiction, dis-je.

— Ah ça, c'est sûr que tu t'y connais en fiction, fables et autres belles histoires dont tu gratifies tout le monde à ta guise.

— Je suis un professionnel.

— À cette nuance près que, pour un professionnel, tu as le *modus operandi* d'un amateur.

— Je sais. Parfois, je ne peux résister à la propension du dilettante à dire la vérité.

— Comme cette fois où tu as essayé de me faire croire que tu étais paralysé par le deuil d'un grand amour perdu.

— C'est un bon exemple, en effet.

— Les vérités sont-elles toujours de courte durée chez toi ?

— L'éclipse de la vérité est toujours de courte durée.

— Je n'en doute pas un instant, dit-elle. Même si tu avais tenu aussi longtemps qu'elle était vieille, ce n'aurait quand même été qu'un coup tiré à la sauvette.

La formule n'était pas mal, je dois l'avouer. Et grâce à elle, nous en étions revenus au pot mâchonneur de chewing-gum autour duquel elle avait si ostensiblement tourné ces derniers jours. Réflexion faite, peu m'importait en fin de compte qu'elle fonde sa déception à mon égard sur des soupçons et des fantasmes, ou qu'elle dispose d'informations plus concrètes parce qu'elle traînait dans mon couloir cette nuit-là et avait vu le *corpus delicti* sortir de ma chambre à une heure indue. Je n'avais pas non plus envie de me défendre, et encore moins de nier l'incident en tirant dans l'instant un rideau de fumée sophistiqué, si approprié fût-il dans le contexte d'un exercice d'évacuation.

— Tu sais, Albane, cela ne m'intéresse pas de savoir ce qu'à tes yeux j'ai bien pu faire ou ne pas faire, ni ce que tu peux bien en penser.

— Moi non plus, cela ne m'intéresse pas.

— Tant mieux. Je suis content que cette affaire entre nous soit résolue.

— Cela ne m'intéresse pas le moins du monde, dit-elle, que pour commencer tu penses devoir me repousser, parce que tu es un homme, et que tu crois que tout tourne autour de toi, et qu'en conséquence, par commodité, tu pars du principe que j'ai envie d'une histoire avec toi, comme si une femme telle que moi pouvait envisager une seule seconde d'honorer d'une miette de son précieux intérêt un homme aussi assurément futile, égoïste et vil que toi ; qu'ensuite, dans le but de te faire passer pour une personne bonne et sensible, tu penses devoir m'inventer une histoire à l'eau de rose absolument pas crédible de chagrin et de fidélité spirituelle à un grand amour défunt, comme si une femme décente pouvait un jour te considérer comme digne de son amour, et que, moins d'un jour plus tard – ou combien de temps était-ce ? –, pratiquement sous mes yeux, tu baisses ton pantalon merdeux de suffisance devant la première petite pute adolescente venue qui a volé une minijupe dans la garde-robe de sa mère et qui jette en pâture comme un Kinder Surprise sa vulgaire paire de nibards bubble gum à de vieux vicelards baveux comme toi. Sais-tu combien cela m'intéresse, Ilja Leonard Pfeijffer ? Cela ne m'intéresse pas le moins du monde.

— Tu consacres une sacrément longue phrase à quelque chose qui ne t'intéresse pas, répondit Ilja Leonard Pfeijffer.

— Si tu veux dire que même cette conversation que nous avons maintenant est te faire trop d'honneur, dit-elle, je peux pour la première fois te donner raison.

— C'est vraiment une occasion manquée qu'il ne se soit jamais rien passé entre nous, Albane, tu ne trouves pas ? Alors que les débuts étaient si prometteurs. Dès le moment où je t'ai été présenté, le mépris a jailli de ton visage, et tu n'as plus laissé passer une occasion de me le manifester explicitement avec une virtuosité admirable. Va donc dire que ce n'était pas une base solide pour une merveilleuse relation. Nous aurions pu former un sublime couple littéraire, comme Ted Hughes et Sylvia Plath, et nous transpercer l'un l'autre de notre haine depuis les cimes de la littérature. C'eût été magnifique. Nous aurions pu entrer dans l'Histoire.

— Oui, dit Albane, mais malheureusement, tu as déjà une relation avec une écolière américaine. Est-ce qu'elle t'écrit des lettres d'amour avec des petits cœurs dans sa chambre rose pleine de nounours en peluche, ou elle a trop de devoirs pour ça ? Tu ne vas quand même pas me dire qu'elle aussi, elle t'a déjà largué ? Ça va vite avec toi, n'est-ce pas ? Je me demande comment ça se fait. Pauvre homme. Mais peut-être vaut-il mieux que je te laisse tranquille ? Parce que, tendre et sensible comme tu es, tu dois te consumer d'un insoutenable chagrin existentiel.

— Je te remercie pour ta compassion, Albane. Cela fait chaud au cœur de savoir qu'en toutes circonstances je peux compter sur ton dédain réconfortant.

— Ou peut-être recevras-tu un de ces jours une belle photo pixélisée noir et blanc de la première échographie, en souvenir de tes deux petites minutes de détente égoïste. Voilà qui fera durer le plaisir une vie entière.

Je devais dire qu'elle était douée pour trouver les failles de ma défense inexistante. Je ne pouvais exclure catégoriquement le scénario catastrophe qu'elle venait d'esquisser avec une diabolique satisfaction. Ma tranquillité d'esprit sur ce point était entièrement

construite sur les sables mouvants des paroles rassurantes prononcées par l'intéressée.

— Dans ce cas, poursuivit-elle, je trouve que tu
devrais donner un petit coup de fil à ton autre ex,
pour lui permettre de te féliciter.

— C'est moi qui dois te faire mes compliments,
dis-je. Si ton intention est de me blesser, ce qui me
semble être l'une des rares constantes de notre turbu-
lent rapport, tu as choisi là une stratégie efficace.

— Ne commence pas à renverser les choses,
dit-elle. Ce n'est pas moi qui te blesse, c'est toi qui
m'as blessée.

— Je croyais que tu t'en fichais.

— C'est le cas.

— En fait, tu ne t'es déjà que trop étendue sur le
sujet.

— Exactement, dit-elle.

— Un de perdu, dix de retrouvés.

— Je ne te le fais pas dire.

— Qui donc, par exemple ?

Je l'admets, c'était un peu facile comme stratagème.
Mais vu la nature de la conversation, je ne pouvais
résister à la tentation de la faire tomber les yeux
ouverts dans ce piège rhétorique primitif. Il ne me
restait plus qu'à profiter du retournement de situation.

— Je suis sûr, poursuivis-je, que n'importe quel
homme ayant en son cœur un faible pour ta douceur et
dans l'œil les courbes de ton corps galbé ne peut que
rêver de refermer ses bras sur toi, mais nous sommes au
Grand Hotel Europa. Si tu as développé un fétichisme
pour les Chinois coiffés de petits chapeaux ridicules,
c'est avec un immense plaisir que je te félicite pour
ton séjour dans ce harem inépuisable. Sinon, tu as
un problème.

— Ah bon, c'est ce que tu crois ?

— Oui, c'est ce que je crois, dis-je.

— Si je veux un homme, j'en ai un ce soir dans mon lit.

— Je n'en doute pas, mais vu la moyenne d'âge des hommes non chinois ici, je doute que tu en retires beaucoup de plaisir.

— Nous avons encore Abdul.

— Abdul est un enfant.

— Pour toi, ce ne serait pas un obstacle, dit-elle.

— Mais pour toi, oui.

— Nous avons Yannis aussi.

— Le grand Grec, dis-je. Je n'y avais pas songé. Je crois qu'il le ferait même avec une poule plumée. Tu as peut-être une chance.

— Tu es jaloux, hein ?

— Oh oui, je suis vert de jalousie.

— Habitue-toi, alors, parce que je vais vraiment le faire.

— Tu vas draguer le grand Grec pour me rendre jaloux ? C'est ça, le plan ? Et si je te disais que c'était juste pour rire que je prétendais que cette simple pensée me faisait me consumer d'envie et de dépit, et qu'en réalité je m'en fiche complètement ?

— Je le ferais quand même.

Sans un mot de plus, elle tourna les talons et rentra dans l'hôtel. L'espace d'un instant, je ne sus vraiment pas si elle pensait ce qu'elle venait de dire. Elle était assez folle pour ça. Mais je réalisai alors que ses paroles étaient ses actes à elle, et que remporter cette joute oratoire l'intéressait davantage que de m'étonner concrètement, moi et tous les autres. Si toutefois je me trompais, ma compassion allait d'avance à Yannis Volonaki, alias le grand Grec.

XIX

LA DÉCOLLATION
DE SAINT SÉBASTIEN

1

Telle une dame vieillissante tentant désespérément
de continuer à ressembler au souvenir qu'elle avait
d'elle-même, l'été tâchait avec de moins en moins de
succès d'imiter la splendeur envolée de son règne
de terreur. Le soleil brillait avec plus de profondeur
et moins de vulgarité, mais il se fatiguait plus vite
aussi, et, en divers endroits de la ville, l'on apprêtait les
passerelles de bois en prévision des eaux montantes. Et
tandis que la haute saison glissait inexorablement dans
l'Histoire, où elle serait probablement jugée insignifiante, j'avais le sentiment inconfortable que quelque
chose était en train de me filer entre les doigts, et je
n'aurais pas voulu que ce fût la magie de mon amour
pour Clio.

Le drame provoqué par mon crime, qui était d'avoir
un passé, avait été désamorcé grâce à une tulipe cassée,
un acte de violence, le plaisir ludique qu'elle avait eu
à me préserver de poursuites judiciaires et le sentiment
de complicité né de cette conspiration, ou devrais-je
plutôt dire que sa contrariété suscitée par mon histoire
personnelle s'était vue rétrogradée du niveau d'état

d'urgence à celui d'ingrédient standard dans le vaste répertoire de reproches dans lequel elle allait piocher pour alimenter nos querelles hebdomadaires.

Contrairement à ce qu'elle affirmait lors de ces disputes, ce douloureux épisode ne semblait pas avoir laissé chez elle de séquelles indélébiles, mais je commençais à craindre que ce ne fût en revanche le cas chez moi, même si je n'en disais rien. Une fois retombée la nécessité de réparer les dégâts, qui avait requis toute mon attention, j'avais eu le temps de me rendre compte que cette affaire m'avait blessé. C'était cette maudite confiance, ces sables mouvants sur lesquels repose toute construction, qui s'était effritée, car, quelle que soit la manière dont on tourne la question, Clio avait apporté la preuve douloureuse de sa capacité à se dresser contre moi dans des situations que je ne pouvais nullement empêcher. Et je ressentais en outre comme une rayure profonde dans l'étincelante cuirasse de notre solidarité l'impossibilité de partager ces réflexions avec elle, vu que la simple suggestion que ce n'était pas entièrement ma faute aurait immédiatement redonné à la question, désormais plus ou moins enterrée, les proportions d'une crise explosive.

Peut-être que j'exagérais. J'en étais tout à fait capable, je me connais. Je dramatisais. Bien que je ne fusse tout au plus qu'à moitié italien, j'avais un certain talent pour la chose, qui pouvait se déployer lorsque j'étais trop longtemps livré à moi-même, privé de l'influence corrective des obligations envers autrui. Or c'était l'une de ces périodes de solitude propices à la rumination, car les vacances étaient finies, et Clio avait beaucoup de travail à la Galleria. Elle était en outre empêtrée dans les préparatifs complexes et chronophages d'un congrès qu'elle avait décidé d'organiser sur l'avenir des musées italiens. J'étais fier de son initiative et, même si cela n'avait pas été le cas, je n'aurais pas eu le droit de m'offusquer de son absence, puisque je lui avais moi-même soufflé l'idée lors d'une soirée féerique sur l'île déserte de Palmaria. En revanche, que je sois l'instigateur du projet signifiait naturellement qu'elle pouvait, dans les moments beaucoup trop rares où nous nous voyions, décharger sur moi ses frustrations à propos des difficultés d'organisation qu'elle rencontrait, mais elle l'aurait fait même si je n'avais pas été à l'origine du projet, donc je ne pouvais pas lui en vouloir.

Je ne devais pas devenir cynique. Je ne devais surtout pas réfléchir autant, et certainement pas à propos du passé. Car je voyais bien que c'était ce que je m'apprêtais à faire. Car même si Clio avait tout faux lorsqu'elle me reprochait avec véhémence de ne pas avoir archivé mon passé et de penser quotidiennement à Deborah Drimble, je m'étais mis à songer sérieusement à ses accusations, ce qui avait produit l'effet inverse, faisant surgir en moi l'image de Deborah Drimble plus souvent qu'elle ne m'était jamais apparue auparavant. Tentant d'ordonner mes doutes et de rassurer mes incertitudes, j'avais en outre développé une tendance à comparer ma situation actuelle avec des moments de crise vécus lors de relations antérieures et, bien que ces comparaisons penchassent sans exception en faveur de ma relation actuelle avec Clio, les cloaques du passé s'étaient rouverts et menaçaient de tout contaminer de la puanteur exhalée par mes anciens échecs. Le passé est dangereux, j'étais bien d'accord avec Clio. Il empoisonne les sources.

Celui qui menace de devenir la proie d'une vague insatisfaction ne doit pas rester assis avec défiance, tel un bouquetin indigné sur son rocher solitaire, dans l'attente d'un geste de l'autre pour le sortir de son amertume ; il doit créer lui-même la joie. Ma mission était d'assumer dans la gaieté et la bonne humeur la responsabilité de toutes les difficultés pratiques rencontrées par Clio dans l'organisation de son congrès, et de nier que c'était moi qui en avais eu l'idée si ce devait être un succès. Et si j'essayais d'identifier les moments de notre relation où nous avions été le plus unis, c'était notre jeu qui me venait en tête. Pour la distraire et retrouver notre complicité, nous devions donc repartir à la chasse au dernier tableau du Caravage. Naguère, à des années-lumière des complications chicanières et têtues du présent, nous étions capables de jouer comme des enfants et d'être sincèrement heureux à deux. Mais nous étions à Venise et nous n'avions pas le temps de partir en voyage. Il fallait donc une théorie qui rende plausible la présence de la toile dans la cité des Doges. Restait que je ne pouvais pas déranger Clio en lui demandant d'échafauder cette théorie. J'allais devoir le faire tout seul. J'allais me mettre à l'étude et lui faire une surprise. Et puis, nous partirions jouer ensemble.

2

Tandis que, sans l'expertise de Clio pour me guider, j'effectuais des recherches dans ses livres et dans toutes les archives numérisées trouvables sur Internet, j'avais l'impression d'être un complotiste cherchant dans des documents sur l'ovni qui s'est écrasé à Roswell des preuves que la Terre est plate. Le problème du scientifique amateur, ce n'est pas tant de ne rien pouvoir démontrer que de pouvoir, au contraire, prouver n'importe quoi. Avant de s'en rendre compte, il corrobore des faussetés honnies par la communauté scientifique, apportant plus d'eau encore au moulin des thèses conspirationnistes. Les gens ont trop de temps libre, et c'est peut-être là le problème majeur du monde actuel. Tous, sauf Clio. C'était le second problème majeur.

Mais je n'étais pas un amateur. J'avais fait des études classiques, et ça aussi, c'était une discipline historique, nom de nom. Bien que les temples me fussent plus familiers que les églises, et que je me fusse aventuré dans l'Athènes de Périclès et la Rome d'Auguste plus souvent que dans l'Italie pittoresque du Caravage, j'étais entraîné et outillé pour les investigations dans le passé. Je devais juste travailler un peu plus dur pour opérer mon incursion dans une époque où je n'étais jamais allé qu'en vacances avec Clio.

Bien que beaucoup aient affirmé que le Caravage était influencé par l'école vénitienne, il n'y avait guère de liens directs entre le peintre et la ville. Peut-être y était-il allé dans sa jeunesse avec son maître Simone Peterzano, mais il était alors trop jeune pour y laisser des traces. Abstraction faite du dernier tableau, qui était demeuré caché jusqu'à ce jour et se trouvait à Venise pour des raisons que je devais encore découvrir, il n'y avait aucune œuvre du Caravage dans la ville. Cela commençait bien.

Je songeai que la clé résidait peut-être dans les antécédents et les contacts des nobles mécènes du Caravage. La puissante famille Colonna constituait une porte d'entrée prometteuse. Après le meurtre commis par le peintre et sa condamnation, Filippo Ier Colonna l'avait aidé à s'enfuir de Rome. À Naples, l'artiste avait bénéficié jusqu'à la fin de sa vie de la protection de la marquise Costanza Colonna. Selon les informations que Deodato Gentile avait fournies à Scipione Borghese, le dernier tableau avait, après la mort du Caravage, été un court moment en possession de la dame.

Je soumis la vie de cette dernière à un examen plus approfondi. Elle avait été mariée en 1567, à l'âge de 12 ans, à Francesco Ier Sforza, âgé quant à lui de 17 ans. Ce Sforza était un marquis originaire de la petite ville lombarde de Caravaggio, près de Milan, d'où étaient également originaires les parents du peintre et à laquelle Michelangelo Merisi avait emprunté son nom d'artiste. Le père du Caravage était au service de la famille Sforza. Je considérai cette étonnante coïncidence comme un signe de ce que j'étais sur la bonne voie. Au début, Costanza n'était pas franchement heureuse. Peu après les noces, elle écrivit à son père : « Si vous ne me sortez pas de cette maison, je me donnerai la mort, et peu m'importe si j'y laisse mon âme. » Pour la protéger d'elle-même, on la mit au couvent. La méthode fut efficace. Elle changea d'avis et donna naissance en 1569 au premier des six enfants qu'elle allait avoir avec Francesco Sforza.

Costanza Colonna fut veuve prématurément, Francesco Sforza ayant trouvé la mort en 1580. Elle avait alors 25 ans. Je découvris qu'il existait des liens entre la famille Sforza et Venise. Au XVe siècle, un aïeul de l'époux de Costanza Colonna avait fait construire la « Ca' del Duca » au bord du Grand Canal, dans le quartier Saint-Marc, à côté du Palazzo Falier. Dans les années 1520, cette maison avait servi d'atelier à Titien. Si Costanza Colonna avait hérité des biens de son mari, elle était donc la propriétaire d'un riant *palazzo* à Venise. Je sentais l'excitation me gagner. Malheureusement, un examen plus poussé me révéla que la Ca' del Duca avait été saisie dès le XVe siècle, en raison de tensions accrues entre la république de Venise et le duché de Milan. Au moment de la mort du Caravage, elle n'appartenait déjà plus à la famille depuis plus d'un siècle et demi.

Je cherchai alors si je pouvais parvenir à localiser la famille Borghese à Venise. À un moment donné, je crus tenir une piste, mais c'était le cuisinier de la télévision Alessandro Borghese qui avait organisé un Live Cooking Event à Venise. Je ne devais pas perdre de vue qu'Internet était pollué par un monceau d'idioties contemporaines sans intérêt. L'imposant buste en marbre que le sculpteur Gian Lorenzo Bernini, dit le Bernin, avait fait de Scipione Borghese en 1632 avait été exposé entre 1892 et 1908 dans les Gallerie del Seicento, où Clio travaillait, mais ce fait, si intéressant fût-il, ne me semblait pas constituer une base suffisamment solide pour justifier l'hypothèse qu'un tableau destiné à ce même Scipione Borghese ait été transporté à Venise trois siècles auparavant.

Il fallait que j'affûte mon jeu. Je n'arriverais nulle part de cette manière. Je devais tâcher de penser comme Clio. Il me fallait raisonner à partir de la peinture et des peintres, plutôt que de faire confiance aux marquises, cardinaux et cuisiniers du petit écran. Je me souvenais que Clio m'avait dit que nombre de tableaux du Caravage existaient en différentes versions, du fait qu'ils étaient avidement copiés. Ces copies étaient généralement réalisées sur place, dans l'atelier, alors que l'original séchait encore. Il y avait un marché pour ces copies et, une fois l'original envoyé au client, c'était trop tard pour le copiste. Il devait être rapide. Qui mieux que ces copistes était au courant de la production du Caravage ? songeai-je. Si quelqu'un avait vu la dernière toile avant qu'elle disparaisse, c'était l'un d'eux. Voilà la piste à suivre.

Sans trop d'efforts, je découvris que les copistes les plus importants de l'œuvre tardive du Caravage étaient deux peintres des plats pays, Louis Finson de Bruges et Abraham Vinck, Amstellodamois né à

Hambourg. Finson avait réalisé les célèbres répliques de *La Madone du rosaire*, actuellement exposée à Vienne, et de *Judith décapitant Holopherne* exposée au Palazzo Zevallos Stigliano à Naples. Les deux compères vivaient et travaillaient à Naples à l'époque où le Caravage y séjournait. C'étaient de bons amis du Caravage. Ils auraient pu être les témoins de sa mort. Il était fort possible qu'ils aient vu l'autoportrait en Marie-Madeleine aujourd'hui disparu.

Mais la piste s'arrêtait là. Je ne parvenais pas à relier Finson et Vinck à Venise. Je songeai qu'il me fallait raisonner dans l'autre sens. Je devais partir de Venise et tâcher de remonter patiemment la tradition vénitienne des caravagistes, épigones et autres imitateurs jusqu'au maître. Je me mis à étudier mais, à ma grande surprise, je découvris qu'il n'y avait pas de tradition caravagesque à Venise. Apparemment, l'œuvre du Caravage n'avait jamais acquis à Venise le statut dont elle jouissait ailleurs en Italie et en Europe du Nord. Elle n'avait pas fait école à Venise. Elle ne correspondait pas au goût vénitien. Le légendaire historien de l'art Roberto Longhi l'a formulé de sa plume caractéristique. Le Caravage avait grandi dans les landes entre Milan, Bergame et Brescia, où les ombres sont longues, et avait développé son affreux naturalisme à Rome, une ville qui était en tout point contraire à la pétillante et colorée Venise. À Rome, la lumière et la couleur avaient été emportées par les eaux du Tibre, au cœur d'une ville corrompue qui s'apprêtait pour une contre-réforme scélérate, faite de faste et de misère.

Il y avait toutefois une exception notable. Dans un recueil d'études de Linda Borean et Stefania Mason sur les collections d'art à Venise aux XVIe et XVIIe siècles, trouvé dans la bibliothèque de Clio, je tombai sur un article de Linda Borean et Isabella Cecchini à propos de Giovanni Andrea Lumaga, collectionneur et marchand vénitien du XVIIe siècle, qui était à l'époque le seul de cette ville à s'intéresser à l'œuvre des caravagistes. C'est pourquoi un article était consacré à sa collection. Les chercheuses avançaient l'hypothèse que l'apparition de leurs tableaux à Venise, pour qu'ils pussent être appréciés et achetés par Lumaga, était liée à l'installation à Venise du peintre flamand Nicolas Régnier en 1626. Lui aussi était un bon ami du Caravage, qu'il avait rencontré à Rome. Il s'était en outre lié d'amitié avec Louis Finson et Abraham Vinck. Lors de son déménagement de Rome à Venise, Régnier avait emporté un nombre considérable d'œuvres de sa propriété, dont des toiles du Caravage.

Dans cette étude scientifique, je trouvai une référence à Francesco Saverio Baldinucci, qui, dans sa biographie du peintre Luca Giordano, mentionne en passant la collection du marchand Giovanni Andrea Lumaga. Parmi les tableaux cités, et donc attribués à Giordano, figurait notamment une *Madeleine pénitente* « dans le style du Spagnoletto », renvoyant au surnom de Jusepe de Ribera, l'Espagnolet, l'un des épigones de la première heure les plus dévoués et talentueux du Caravage, qui avait fait le voyage d'Espagne à Naples spécialement pour rencontrer le Caravage. Dire qu'un tableau était peint dans le style du Spagnoletto revenait à dire qu'il était peint dans le style du Caravage.

Or ce tableau était absent de l'inventaire que Lucrezia Bonamin, la veuve de Giovanni Andrea Lumaga, fit dresser le 7 janvier 1677 lorsqu'elle voulut vendre la collection. Et le fait que ce tableau ne figure pas dans l'inventaire ne pouvait que signifier que la veuve avait décidé de ne pas le vendre.

OK. Attendez une seconde. Nous tenions quelque chose. Le but du jeu, au départ, était juste de faire plaisir à Clio, mais je commençais presque à y croire vraiment. Il n'était pas exclu que cette Madeleine évoquée par Baldinucci soit bel et bien le dernier tableau du Caravage. Cette toile aurait pu être apportée à Venise par Nicolas Régnier et vendue à Lumaga. Régnier devait quant à lui avoir obtenu le tableau via Louis Finson et Abraham Vinck. Tout cela n'était pas complètement improbable. Et si le tableau ne figurait pas dans l'inventaire de vente de la collection, parce qu'il n'avait pas été mis en vente, on ne pouvait alors exclure qu'il se trouvât encore à Venise.

La tête commençait à me tourner. Je soupesais fébrilement les options. Venise n'était pas très grande, mais pas minuscule non plus. Où le tableau pouvait-il bien être si Lucrezia Bonamin l'avait gardé pour elle ? Je devais découvrir où habitait la dame. Dans l'article de Borean et Cecchini, je trouvai une référence à un acte notarié de 1701 où il était établi que Lucrezia Bonamin était décédée à l'âge de 76 ans. Peut-être y avait-il d'autres documents. Je devais me rendre aux archives.

Ce fut encore toute une aventure, mais je n'avais pas le temps de m'y attarder trop longtemps, car je voulais vite mettre la main sur ce que je cherchais et épater Clio par ma trouvaille. Je découvris que Giovanni Andrea Lumaga et son épouse avaient vécu dans une grande maison à Santa Marina, propriété de la famille Dandolo et pour laquelle ils payaient un loyer, rondelet pour l'époque, de 300 ducats (ASVe, Dieci Savi alle Decime, Estimi 1661, b. 217, fasc. n. 665, et Catastici, Estimo 1661, b. 421, paroisse de Santa Marina). À la mort de son mari, la veuve Lucrezia Bonamin avait déménagé dans une maison plus petite dans la paroisse voisine, à Santa Maria Nova, où elle avait vécu jusqu'à la fin de ses jours (ASVe, Notarile, Testamenti, notaire Giovan Battista Giavarina, b. 1197/203, feuillet volant).

Si la Marie-Madeleine du Caravage n'avait pas été vendue en 1677, le tableau avait déménagé avec sa propriétaire dans la nouvelle maison de Santa Maria Nova. Et s'il n'avait jamais refait surface ensuite, c'est qu'il y était encore. Forcément. Ce n'était pas possible autrement. Malheureusement, je n'avais pas d'adresse plus précise qu'une indication de la paroisse. Mais une paroisse représentait une zone de recherche relativement circonscrite. L'église de Santa Maria Nova s'était trouvée jadis dans le quartier de Cannaregio, juste à côté de la Chiesa dei Miracoli, mais elle avait été démolie au XIXe siècle. Nous parlions donc de la partie est de Cannaregio. C'est là que nous devions entamer les recherches. L'aventure pouvait commencer.

3

Sauf que l'aventure ne pouvait pas commencer tout de suite. Organiser un congrès prend plus de temps qu'on ne croit, et même si l'on s'attend à ce que ça prenne plus de temps qu'on ne croit, eh bien ça finit par prendre encore plus de temps qu'on ne croit. C'est en général le problème avec la plupart des choses : elles durent trop longtemps. Un ami écrivain aux Pays-Bas m'instruisit un jour de la loi de la Conservation des Emmerdes, qui garantit que de nouveaux problèmes surgiront de nulle part dès l'instant où les anciens auront enfin été péniblement résolus. Tenter d'arranger les choses les aggrave presque toujours, si vous me permettez cette autocitation. Mais je suis de plus en plus convaincu que la loi susdite n'offre qu'une explication partielle à la force primordiale qui régit l'univers, à savoir la loi de Conservation de Tout. Le cours naturel des choses est que tout reste en l'état. Quiconque, en sa qualité d'être humain insignifiant, veut y apporter un infime changement doit produire un effort surnaturel. L'homme sage n'aspire pas à faire bouger les choses, car il sait que la durée d'une vie humaine est limitée, et probablement insuffisante.

En Italie, cette viscosité naturelle du monde est encore plus tangible qu'ailleurs. J'ai vu un jour un graffiti sur un mur : « *Italians do it better*[1] », avait écrit quelqu'un, tandis qu'un autre avait barré le « *better* » pour le remplacer par « *later*[2] ». Loin de moi l'idée de vouloir suggérer que Clio était à cet égard typiquement italienne. Laissez-moi plutôt formuler cela ainsi : dans un contexte italien, elle se voyait contrainte d'opérer à l'italienne.

On parlait en outre d'une frustration considérable. Clio avait l'impression de ne pas être soutenue par sa supérieure, la directrice de la Galleria, Delfina Ballarin, et cette impression se muait progressivement en conviction que cette dernière lui mettait activement des bâtons dans les roues. J'avais demandé à Clio le motif de ce supposé sabotage, mais cela s'était avéré une question stupide. La jalousie, évidemment, motif éternel de toute chose. Les rapports de force ne pouvaient être perturbés par le succès d'une subordonnée. La réponse à la question de savoir si elle était capable d'organiser un congrès valable ne pouvait dépendre de ses qualités, mais était déterminée par sa position, et si elle menaçait d'obtenir grâce à ses qualités un succès plus grand que ne le légitimait sa

1. « Les Italiens le font mieux. »
2. « Plus tard. »

position, des mesures s'imposaient pour rétablir l'ordre naturel. Il était en outre parfaitement inutile que je m'indigne avec elle de cet état de fait, puisque les choses étaient comme ça, une fois pour toutes.

Ce sabotage ne prit jamais la forme d'actions contre-productives visibles, mais se cacha derrière une négligence souriante, tout à fait délibérée. Les invitations formelles aux orateurs en étaient un exemple éloquent. Le protocole voulait que l'invitation fût envoyée par une personne du même niveau hiérarchique que l'invité. En tant que commis de seconde classe, l'on ne pouvait convier un ministre d'une puissance amie. Or Clio visait les directeurs des grands musées italiens. Bien que la majorité d'entre eux se fussent déjà engagés de manière informelle envers elle personnellement, l'invitation officielle devait émaner de la directrice des Gallerie del Seicento, c'est-à-dire Delfina Ballarin. Elle avait promis à plusieurs reprises de le faire, débordant en apparence d'enthousiasme et de gratitude envers Clio qui organisait tout cela, mais elle ne bougeait pas le petit doigt. Bien obligée de trouver une solution à ce problème, Clio devait donc manœuvrer pour contourner la hiérarchie formelle – ce en quoi son amitié avec la copine de son directeur de thèse, qui lui avait plus ou moins procuré ce job, tombait à point nommé – et s'en remettre aux sonorités magiques de son noble patronyme, mais tout cela prenait du temps et de l'énergie, et lui laissait un goût amer.

Bref, je faisais de mon mieux pour vivre sur la pointe des pieds. Je me comportais en serviteur modèle, prêtais patiemment le flanc à son besoin de se décharger sur moi et, le reste du temps, slalomais avec prudence entre ses accès de mauvaise humeur.

Le dimanche venu, lorsque Clio déclara qu'ils pouvaient tous aller au diable avec ce putain de congrès et qu'elle voulait s'amuser, le moment me sembla idéal pour lui exposer ma théorie. Elle écouta avec sur le visage une expression qui pouvait aussi bien trahir la stupéfaction que l'attendrissement.

— Pourquoi as-tu cherché tout ça ? demanda-t-elle. Tu as fait ça pour moi ?

— Pour nous. Je me disais qu'un peu d'aventure nous ferait du bien.

— C'est très gentil de ta part.

— Mais que penses-tu de ma théorie ? demandai-je.

— Sa valeur distrayante est élevée, dit-elle. À ce niveau-là, il n'y a rien à redire. Merci beaucoup.

— Et sa valeur scientifique ?

— Disons que quelques menus détails de ta reconstitution sont légèrement moins convaincants. Le point faible de ton hypothèse, c'est qu'elle est intégralement fondée sur le témoignage de Baldinucci. C'est une source tardive. Cette biographie de Luca Giordano date de 1728, si je ne m'abuse. Tu as raison d'affirmer que la Marie-Madeleine évoquée par Baldinucci n'est en aucun cas attribuable à Luca Giordano, contrairement à ce que Baldinucci veut nous faire croire. Mais l'inventaire dressé en 1743 des œuvres en possession d'Antonio Maria Lumaga, le fils de ton Giovanni Andrea Lumaga, qui entre-temps avait déménagé à Naples, pourrait s'avérer problématique, car sur cette liste figure bel et bien une Marie-Madeleine anonyme. Je connais bien cet inventaire, parce qu'il est repris dans le Getty Provenance Index. Pour pouvoir soutenir que le tableau mentionné par Baldinucci est encore à Venise, nous devrions affirmer que la toile documentée en 1743 à Naples est une autre œuvre. C'est peu probable, mais pas impossible.

« Il nous reste à identifier cette toile comme étant le dernier tableau du Caravage. Le fait que Baldinucci dise qu'elle est peinte dans le style du Spagnoletto plaide en ta faveur, je suis tout à fait d'accord avec toi. Et s'il y a eu un Caravage à Venise à l'époque, il est en effet plausible que ce soit Nicolas Régnier qui l'ait apporté de Rome dans ses bagages. Mais les trois derniers tableaux réalisés par le Caravage pour Scipione Borghese ont été peints à Naples. Or Régnier n'avait rien à voir avec Naples. Il habitait à Rome à l'époque. Ses contacts personnels avec le Caravage remontent à une période antérieure, quand ce dernier était aussi à Rome. C'est très malin de ta part de suggérer que Finson et Vinck puissent avoir officié en tant qu'intermédiaires. Tu as besoin d'eux pour étayer ton scénario. Mais je ne vois pas très bien quelle aurait pu être la motivation de Finson et de Vinck pour contacter Régnier dans la lointaine Rome. C'est cette partie-là de ta théorie que tu devrais creuser. C'est là que le bât blesse.

« Cela dit, ce n'est pas du tout impossible. Mais si tu as raison de dire que la toile évoquée par Baldinucci est notre dernier tableau du Caravage, et que Lucrezia Bonamin a caché cette toile quelque part à Venise avant sa mort, alors je suis surprise que tu n'aies pas pensé que la famille Lumaga a financé la construction de la chapelle du Sauveur dans l'église des Carmes déchaussés, là où leur caveau familial a été transféré en 1732. Une chapelle me semble une cachette plus sûre qu'une maison de location dans un quartier populaire comme Cannaregio. Cette église et cette chapelle y sont toujours. Je commencerais par chercher là.

Le nom officiel de l'église des Carmes déchaussés était la Chiesa di Santa Maria di Nazareth. Elle se dressait au bord du Grand Canal, au pied du pont des Déchaussés, en face de la gare de Santa Lucia. En préparation de notre expédition, nous étudiâmes soigneusement les photos de la chapelle de la famille Lumaga. Elle n'était pas très grande et présentait une voûte en berceau, peinte plus tard par Tiepolo en 1732, ainsi qu'un autel en marbre polychrome. La pièce centrale se composait d'un crucifix en marbre d'une époque plus tardive, flanqué de part et d'autre de trois colonnes corinthiennes grises supportant un tympan fantaisiste en forme de cloche, couronné d'un motif en coquillage et garni d'une petite fenêtre ronde gardée par des sphinx.

Nous essayâmes d'imaginer où le tableau pouvait être caché. L'endroit le plus évident était derrière le panneau central de marbre en arrière-plan du crucifix. Mais Clio avait des doutes. Cette statue datait clairement de la fin du XVIIIe siècle. Il s'agissait d'un ajout ultérieur. Il y avait de grandes chances pour que la plaque de marbre ait été placée en même temps que le crucifix. Si le tableau avait été caché derrière, il aurait été découvert lors de cette opération. L'oculus excluait le tympan. Il nous restait l'autel. À en juger par les photos sur Internet, il n'était pas impossible qu'il y eût un espace entre les montants avant et arrière de l'autel. Peut-être y avait-il un interstice entre la table rectangulaire et la structure concave qui servait de base aux six colonnes. Cela aurait pu indiquer l'existence d'une niche cachée, même si l'on imaginait difficilement comment faire bouger les lourdes structures de marbre pour y accéder. Inspiré par notre aventure à

Portovenere, je suggérai le sol comme possibilité. Il était malaisé d'en juger à partir des photos, mais la chapelle était peu profonde et le sol semblait solide. C'est alors que l'œil de Clio tomba sur les panneaux latéraux. Le mur de droite semblait plus profond que celui de gauche. Cette asymétrie pouvait trahir quelque chose. D'autant que l'autel était pourvu d'un sobre bas-relief représentant un ange pointant l'index vers la droite. Se pouvait-il que ce soit un indice ?

— Tu parles comme un documentaire sur National Geographic, dit Clio. Avec une question pleine de suspense à la fin de ton alinéa. *Tadaaam…* Et maintenant, une page de publicité.

Elle rit. J'étais heureux de la voir joyeuse pour la première fois depuis des jours.

— De la publicité pour un week-end en amoureux à Venise, dis-je.

Nous traversâmes ce dimanche main dans la main, depuis notre maison près de la Galleria jusqu'au lieu de notre nouvelle aventure. À la Chiesa di Santa Maria di Nazareth, un certain tumulte nous attendait. Une ambulance était sur place, ainsi que la police. Le tronçon de quai devant l'église avait été fermé par des rubans rouge et blanc, derrière lesquels se tenaient des touristes, caméra à la main. Quelqu'un était étendu par terre parmi des gravats.

— Une partie de la façade s'est sans doute effondrée, dit Clio. Et ce garçon a pris les éboulis sur la tête. C'est ce qui arrive quand on a trop de patrimoine et pas assez d'argent pour l'entretenir. Quoi qu'il en soit, ce gamin aura une belle bosse en souvenir de Venise. C'est plus original qu'une gondole en plastique.

Tout portait à croire que nous allions devoir reporter notre visite de l'église et la plus grande découverte de l'histoire de la peinture occidentale. L'accès était barré et, à première vue, cela risquait de durer encore un certain temps. Nous nous approchâmes du ruban de sécurité afin d'évaluer la situation avec plus de précision. De l'autre côté, un agent de police surveillait les opérations. Clio l'apostropha et lui demanda combien de temps encore le cordon serait nécessaire. Il était bien incapable de donner ne fût-ce qu'une réponse approximative à cette question. Clio ajouta que c'était une honte que des pierres se détachent ainsi de nos monuments. Là, il se devait de la corriger. Les choses ne s'étaient pas passées ainsi. Ce n'était pas ce qu'elle imaginait. Le garçon allongé par terre était un touriste hollandais qui s'était dit que ce serait une chouette idée de faire un selfie avec la statue de saint Sébastien qui se trouvait dans la première niche à gauche, là, dans la rangée du bas. Quelle hauteur cela faisait-il ? Environ 4 mètres. Il s'était mis à l'escalader.

— Et il est tombé, ajouta Clio. J'espère qu'il s'est cassé le cou.

— C'est encore pire que cela, *dottoressa*, dit l'agent. Il s'est accroché à la tête de la statue, qui s'est cassée. C'est comme ça qu'il est tombé.

C'est alors que nous vîmes : la statue de gauche de la rangée inférieure n'avait plus de tête. Le marbre à la base du cou était blanc comme la craie, des suites de la toute fraîche cassure. De manière tout à fait superflue, le pauvre Sébastien, déjà criblé de flèches, avait en plus été décapité. Clio entra dans une colère noire. Je l'éloignai de la scène du crime, où elle aurait été capable de sauter par-dessus le cordon pour donner le coup de grâce au gisant et le rendre totalement paraplégique, s'il ne l'était pas déjà.

— J'espère qu'il passera le restant de ses jours inutiles handicapé et impuissant, seul comme un rat avec son selfie, dans un appart déprimant au fond d'une cité-mouroir dans ton pays de ploucs barbares, pendant que la pluie battante de l'éternel automne tambourinera à ses fenêtres et à sa conscience, dit-elle. Cette statue de saint Sébastien est un chef-d'œuvre du baroque vénitien tardif, réalisé par Orazio Marinali. Enfin, *c'était* un chef-d'œuvre, puisque maintenant elle est ruinée à jamais. Maudit gamin, qui n'a jamais rien fait dans sa vie à part s'astiquer le manche. Ce gosse n'a pas la moindre idée de qui était Orazio Marinali ni du caractère rare et exceptionnel de l'œuvre qu'il a détruite par son comportement de brute infantile. Cette statue avait été réalisée entre 1672 et 1680. Elle avait bravé près de trois siècles et demi. Les armées de Napoléon, de l'empereur d'Autriche, de Garibaldi, de Mussolini et d'Hitler n'avaient pas réussi à l'abattre, mais il aura suffi d'un seul crétin en short qui veuille faire un selfie pour anéantir trois siècles et demi d'histoire. J'espère vraiment qu'il ne se relèvera plus jamais, et je m'en vais personnellement envoyer une lettre à ses parents pour leur dire de ne pas pleurer la perte de la nullité qu'ils ont fait l'erreur de mettre au monde.

« Non, Ilja, cessons de nous voiler la face. La prise de Rome par les barbares a fait moins de dégâts que ces hordes en bermuda qui nous envahissent aujourd'hui. Nous sommes en train d'assister à l'ultime et irrémédiable invasion barbare de l'Italie. Ce que tu vois ici, c'est l'enterrement de l'Europe, et tous ces touristes qui mitraillent le spectacle avec leurs appareils photo ne se rendent pas compte que ce sont eux qui ont réglé leur compte à trois millénaires de culture européenne.

Nous étions devant la gare, qui vomissait sur la ville fragile de nouvelles fournées de sacs à dos et de valises à roulettes. Clio regarda le bâtiment et dit :

— On y va ?

— Où veux-tu aller ? demandai-je.

— N'importe où. Loin. Je n'en peux plus. Je veux partir d'ici pour toujours.

6

Bien sûr, nous n'étions pas partis. Il y avait des contraintes et des obligations. Il y avait une vie à mener et un congrès à organiser, qui prit finalement la forme d'une table ronde avec moins d'intervenants que ce que Clio avait espéré au départ, parce que sa directrice Delfina Ballarin avait refusé de soutenir son initiative. Mais c'étaient quoi qu'il en soit des orateurs d'un calibre suffisant pour prouver à Ballarin qu'elle avait eu raison d'être jalouse de sa subordonnée. Afin de réconcilier quelque peu sa supérieure avec son succès imminent, Clio lui avait adressé l'honorable requête d'inaugurer le colloque. Ensuite, la parole serait donnée à Eike Schmidt, directeur des Offices de Florence, puis à Antonio Paolucci, directeur des musées du Vatican, avant de passer à l'écrivain et historien d'art français Jean Clair, conservateur général du patrimoine national de France et auteur d'un ouvrage polémique sur la crise des musées, et enfin à Alessandra Mottola Molfino, la plus grande muséologue d'Italie, pour ne pas dire d'Europe.

J'assistais à l'événement, qui avait lieu dans l'amphithéâtre de la Galleria. Indépendamment du fait qu'une défection de ma part ne m'aurait pas été pardonnée, je n'aurais voulu manquer cela pour rien au monde. Clio portait un somptueux tailleur en soie anthracite Armani, dont la veste se refermait en diagonale avec une encolure bateau et un nœud frivole à la place du col, et ses escarpins Mad Hatters rouge Ferrari. Le public était plutôt nombreux. L'amphithéâtre était rempli au moins aux trois quarts. Je m'assis au dernier rang, d'avance fier de Clio.

Dans un discours d'ouverture pompeux, qui selon la bonne habitude italienne dura beaucoup trop longtemps, la directrice assuma avec classe le rôle de la modeste maîtresse de maison, écartant d'avance toutes les louanges pour sa remarquable initiative, tenant à laisser la primauté aux éminents orateurs qu'elle présenta en détail au public, bien qu'évidemment ils ne nécessitassent point de présentation, soulignant, outre leurs maintes qualités évidentes, toute l'estime qu'ils avaient pour elle.

Eike Schmidt, qui était directeur des Offices depuis maintenant trois ans, déclara que la priorité absolue était toujours la même qu'à sa nomination trois ans plus tôt, à savoir le problème, gênant tant il était trivial, pratique mais pratiquement insoluble, de la longueur des files d'attente. Il avait sous sa tutelle une collection millénaire des plus belles choses que l'humanité ait produites, mais il se voyait contraint de s'occuper des temps d'attente devant l'entrée de son musée. À son entrée en fonction, la situation était intenable. Les touristes faisaient la queue pendant au moins trois heures et étaient épuisés avant d'entrer dans le musée. Et il devait être honnête et dire que c'était toujours le cas. Ses moyens d'action étaient limités. Son musée se trouvait dans un palais séculaire du centre historique de Florence, et on ne pouvait le transformer aisément pour faciliter l'afflux sans cesse croissant de touristes. Il ne pouvait étendre les heures d'ouverture, car cette seule suggestion lui avait valu une déclaration de guerre de la part des syndicats du personnel. Il avait à présent fait appel à l'expertise de spécialistes américains dans le domaine de la gestion, du contrôle et de l'influence des foules. Tous ses espoirs actuels reposaient là-dessus. Il parla ensuite avec passion de la mission scientifique de son musée et des musées en général, mais il admettait lui-même qu'il s'exprimait comme un anachronisme ambulant, en ces temps qui exigeaient avant tout que l'on s'intéressât au contrôle des foules.

Antonio Paolucci était un intellectuel distingué d'un âge avancé, dont on eût dit qu'il pouvait à tout moment se mettre à citer Dante de mémoire, et c'est ce qu'il fit, déclamant « *Tosto fur sovr'a noi, perché correndo / si movea tutta quella turba magna*[1] », extrait du dix-huitième chant du Purgatoire, où une foule ayant péché par oisiveté et par excès de temps libre se voit obligée, en guise de châtiment, de courir à la queue leu leu pour l'éternité. Ainsi introduisit-il sa contribution. Il dit ensuite que « *tutta quella turba magna* », dans le cas des Offices de son estimé collègue Schmidt, s'élevait à 4 millions de visiteurs par an, ce qui était sans aucun doute considérable, mais qu'il devait faire face, aux musées du Vatican, à un intérêt une fois et demie supérieur.

Son institution était en outre unique au monde, en ce qu'elle n'avait pas été conçue en tant que musée, mais en tant que trésor du Saint-Siège. La collection était le feu solidifié de mille ans de dévotion chrétienne, l'épicentre de l'identité culturelle de l'Europe, et le cœur et la conscience artistique de notre sainte mère l'Église. Il usait à dessein de mots grandiloquents parce qu'il voulait faire comprendre que la collection d'art n'avait jamais été destinée à un public, encore moins à un public de plusieurs millions de personnes. Non seulement la collection, mais aussi la structure du musée faisaient partie de l'intérieur intime du palais pontifical. C'étaient des millions de visiteurs que l'on faisait transiter par les appartements

1. « Ils furent tôt sur nous parce que en courant se déroulait la longue caravane. »

privés du Saint-Père, si nous lui permettions cette petite exagération, mais c'était à peu de chose près la vérité. Personne ne devait s'étonner que cela cause d'immenses problèmes, puisqu'il n'avait jamais été prévu que ces fragiles parquets grinçants soient foulés par 6 millions de visiteurs par an.

Michel-Ange serait abasourdi d'apprendre que sa chapelle Sixtine était visitée par 20 000 personnes par jour. Cela n'avait jamais été son intention. Les cardinaux devaient s'y réunir en conclave une fois tous les vingt ou trente ans. Voilà pourquoi tout cela avait été fait : pour servir de siège exclusif de réflexion et de recueillement dans le monde clos de l'Église, où même les cardinaux se taisaient par respect, et non d'attraction foraine. Le gros problème ici, selon Paolucci, était que l'on ne tolérait pas impunément ce que ces structures ne pouvaient supporter. Les gens respirent, et l'haleine de 6 millions de visiteurs par an, combinée à la poussière, aux pellicules et aux peaux mortes, constituait une menace fatale pour les fresques de la chapelle Sixtine.

Il les avait récemment fait restaurer et avait fait installer un purificateur d'air pour les protéger de leur renommée. Cette opération s'était révélée extrêmement complexe et avait coûté des dizaines de millions d'euros, car l'on ne pouvait évidemment pas se permettre de percer des trous ni de poser des tuyaux dans les murs d'un monument historique exceptionnel. Il nous épargnait les détails mais, résultat des courses, le nouveau système de purification d'air high-tech ne donnait pas satisfaction. Il n'y avait tout simplement pas moyen d'aérer quand on avait 6 millions de visiteurs par an. En guise de conclusion, il dit qu'il n'y avait guère que deux possibilités. Soit on fermait la chapelle Sixtine au public, soit les fresques de

Michel-Ange auraient totalement disparu d'ici quelques décennies. Malheureusement, la première possibilité était politiquement irréalisable.

Jean Clair enchaîna en soulevant la question de savoir pour combien de ces 6 millions de personnes la visite de ces musées représentait une expérience essentielle. Pensions-nous réellement que tous ces Asiatiques et ces Américains comprenaient une once de ces œuvres d'art pour lesquelles ils faisaient la queue pendant des heures ? Même pour les touristes occidentaux, il y avait un abîme infranchissable entre leur univers et le contexte historico-religieux dans lequel ces œuvres étaient nées. Non seulement nous sacrifiions notre patrimoine à des hordes, mais nous permettions aussi que des incultes revendiquent comme un droit moral de se l'approprier. Cela témoignait d'une obsession mal placée pour la démocratie et d'un idéal d'élévation socialiste dépassé que de vouloir rendre les expressions les plus élitaires de l'intellect humain accessibles aux masses de béotiens.

Il avait le ton anguleux et bourru de l'homme habitué à voir ses idées irréfutables prises pour des provocations. Et il voulait aller plus loin. Les musées étaient des tombes. L'existence des musées était en soi un phénomène de crise et le symptôme d'une culture agonisante, car une culture vivante n'avait pas besoin de musées. Les musées étaient des mausolées de nostalgie où étaient exposés les vestiges d'un passé supérieur au présent. Ces millions de visiteurs étaient des voyeurs aux funérailles de l'Occident, mais ils étaient arrivés trop tard.

Alessandra Mottola Molfino entama son exposé par un aperçu historique clair et éclairant du développement de la culture muséale en Italie et en Europe. En tant que grande dame de la muséologie, elle n'avait plus rien à prouver. Elle pouvait se permettre d'être sympathique. Son bref schéma historique débouchait sur une tendance actuelle qui l'inquiétait et qu'elle appelait « le monopole des multinationales ». Par multinationales, elle entendait les grands musées de renommée internationale, qui cannibalisaient tous les petits musées et qui, sous la pression tyrannique de la logique de marché, se profilaient de plus en plus comme des supermarchés de l'art, courant après le volume et les économies d'échelle au bénéfice d'un merchandising lucratif.

L'espace le plus important dans les grands musées de Londres et de New York, comme le British Museum, le Victoria and Albert Museum et le MoMA, était dévolu à la boutique. C'était le saint des saints, où était réalisé le gros du chiffre d'affaires et où les visiteurs passaient d'ailleurs bien plus de temps que dans les salles d'exposition. C'était pour cette boutique qu'il fallait accroître le nombre de visiteurs. Tous les musées du monde entier suivaient ce même modèle de réussite économique.

Ce qui risquait d'être englouti dans cette entreprise, c'était la mission primordiale et fondamentale des musées : la conservation. Les œuvres d'art elles-mêmes étaient sacrifiées au modèle économique, ainsi que l'avait illustré de façon convaincante Antonio Paolucci. Elle esquissa les conséquences de cette évolution en nous présentant le scénario peut-être absurde, mais hélas loin d'être imaginaire, dans lequel on vendrait des millions d'aimants à frigo, d'agendas, de parapluies, de carnets, de tasses, de tee-shirts et de sets de table du *Jugement dernier* de Michel-Ange, tandis que l'œuvre elle-même se serait estompée sous les yeux de tous.

Clio brilla de tous ses feux dans le débat de clôture. Incisive et pleine d'ironie, elle mit avec succès les quatre intervenants au défi de reconsidérer les conséquences extrêmes de leurs positions. À un moment donné, elle ramena la discussion sur les solutions possibles à la crise que tous signalaient. Elle suggérait pour sa part d'augmenter drastiquement le prix d'entrée des musées. Car il était quand même aberrant et scandaleux, disait-elle, que nous bradions les plus grands trésors artistiques de l'humanité pour le prix d'un Big Mac et d'un Coca light. Elle mit les rieurs dans sa poche, mais elle était on ne peut plus sérieuse. Elle pensait à un prix de 400 euros. Mais peut-être n'était-ce pas encore assez et fallait-il envisager en sus un examen d'entrée obligatoire ou n'accorder l'admission que sur demande écrite et dûment motivée.

Alessandra Mottola Molfino sourit.

— Chère *dottoressa* Chiavari Cattaneo, dit-elle, j'ai bien peur qu'il n'y ait qu'une seule solution si nous voulons protéger et préserver notre patrimoine. Nous devons fermer les portes aux barbares et nous barricader. Mettre des sacs de sable devant la porte.

Clio donna aux autres l'occasion de contredire ses propos, mais nul ne le fit. Aussi la *dottoressa* Clio Chiavari Cattaneo remercia-t-elle tout le monde et clôtura-t-elle l'assemblée.

XX

LE JARDIN DU MONDE

1

Patelski s'efforçait de le cacher, mais il était fatigué. À moins qu'il n'accusât le passage des ans plus qu'à l'accoutumée. Je me demandais quel âge il pouvait bien avoir. Il n'avait jamais rien voulu révéler à ce sujet, ni rien de ce qui concernât sa personne ou sa vie, tout juste avait-il bien voulu confier un jour, sur le ton de la plaisanterie, qu'il était assez vieux pour avoir été amoureux de Sophia Loren, et pour que ce fût réciproque, du moins qu'elle aussi aurait été amoureuse de lui si elle avait eu connaissance de son existence. Mais il n'était pas trop tard, avait-il ajouté. Elle était encore en vie, et toujours beaucoup plus belle que lui, exactement comme à l'époque, il n'y avait finalement pas grand-chose qui changeât dans une vie humaine.

Cela faisait un certain temps qu'il n'avait plus dîné en bas dans la salle à manger du Grand Hotel Europa, et il était surpris de voir le nombre de touristes asiatiques. Je dis que c'était déjà une chance que j'aie pu nous réserver mon ancienne table à la fenêtre, et qu'il y avait encore plus de monde certains soirs. Il me demanda si je connaissais l'amiral chinois Zheng He. Je n'avais jamais eu ce plaisir, dis-je. Il me raconta qu'entre

1405 et 1433 l'empire de Chine avait envoyé sept expéditions maritimes d'envergure en Occident, sous le commandement de Zheng He. Avec une immense flotte composée des plus grands navires en bois jamais vus dans l'Histoire, 300 jonques de plus de 120 mètres, dotées de sept mâts et quatre ponts, transportant un équipage total de 28 000 têtes, il atteignit Ormuz dans le golfe Persique, les Maldives et Mogadiscio sur la côte de l'Afrique de l'Est. L'idée était de contourner l'Afrique et d'emprunter la mer Méditerranée jusqu'en Europe. Les Chinois voulaient voir Venise, dont le voyageur solitaire Marco Polo leur avait parlé un siècle plus tôt. Mais l'empereur mourut, et son successeur rappela la flotte et mit un terme aux expéditions en mer. Il nous fallait tenter d'imaginer ce qui se serait passé si une gigantesque flotte chinoise avait débarqué dans la lagune au début du XVe siècle. Cela aurait changé l'Histoire. À moins que, dit Patelski, l'Histoire ne soit juste allée un peu plus lentement, et que l'invasion chinoise de l'Europe ne se concrétise que maintenant. Tout ce qui doit arriver finit par arriver, même si c'est presque toujours plus tard qu'on ne le pense.

Je racontai à Patelski mon dernier chapitre, dont j'avais terminé le premier jet cet après-midi et qui relatait la décapitation brutale par un touriste de la statue de saint Sébastien sur la façade de l'église de Santa Maria di Nazareth, dont Clio et moi avions été les témoins, du moins presque, et le congrès organisé par Clio dans l'amphithéâtre de la Galleria avec les directeurs de musées et les muséologues, qui avaient conclu à l'unanimité que le tourisme de masse représentait un danger pour les structures muséales et les collections. Je dis que tout n'était certainement pas la faute des Chinois, mais que le tourisme à Venise et ailleurs en Italie tenait quand même beaucoup de l'invasion.

— Le tourisme détruit ce par quoi il est attiré, dit Patelski. Cette loi est en train de s'accomplir en miniature au Grand Hotel Europa. Ce n'est pas tant que le bâtiment ou l'entreprise soit détruit, mais plutôt que cette pâle et fragile atmosphère palpable de mélancolie et de gloire passée qui attire les clients trépasse par le fait même de leur présence.

— En l'occurrence, il est bel et bien question de dégâts matériels, dis-je. L'antique lustre a été remplacé par une monstruosité moderne en cristal Swarovski et le portrait de Paganini par une photo de Paris, pour se limiter à deux exemples.

— C'est une question de goût, maestro, dit Patelski. Mais vous avez raison, bien sûr. Pour ma part, j'aurais cité le pub anglais.

Je pensai pouvoir me permettre d'observer que le tourisme de masse était somme toute un phénomène extrêmement récent, et que cela pouvait expliquer pourquoi nous étions si mal outillés pour nous défendre. La menace était si nouvelle qu'elle n'avait même pas encore été identifiée comme telle par notre cerveau.

— Sans vouloir vous contredire, il convient naturellement d'apporter cette précision que le tourisme est de tous les temps, dit-il. Hérodote a visité l'Égypte au Ve siècle avant Jésus-Christ, mû par nulle autre raison que sa curiosité. Au IIe siècle après Jésus-Christ, Pausanias a écrit un guide de voyage sur la Grèce antique, qui à l'époque n'était déjà plus qu'un souvenir à regagner sur la réalité. Les Romains avaient leurs stations thermales et balnéaires, comme Baïes. Sénèque fulmine contre l'idée fausse voulant que l'on puisse oublier ses soucis en partant en vacances. Selon lui, les gens ne se rendent pas compte que leurs soucis trouvent leur origine dans leur tête et qu'ils ne peuvent laisser celle-ci chez eux, sous peine d'une délivrance définitive de leurs préoccupations. Cette illusion et l'habitude de vouloir passer ses vacances sans sa tête étaient donc déjà assez répandues pour s'attirer l'attention critique de Sénèque. Mais vous savez tout cela mieux que moi.

« Quant aux pèlerinages, nous avons déjà eu l'occasion, si je me souviens bien, de les évoquer. Le premier touriste moderne fut peut-être le grand poète de votre seconde patrie, Pétrarque, qui, en 1336, voulut à toute force escalader le mont Ventoux, ce qui est typiquement le genre d'entreprise irresponsable et inutile que collectionnent les voyageurs amateurs à l'étranger, et la seule justification qu'il put ensuite trouver, après mûre réflexion, était qu'il reprochait aux gens sensés qui s'abstenaient à juste titre de telles aventures un profond manque de curiosité.

« Si l'on fait abstraction des pèlerinages, le tourisme sous sa forme profane s'est pour la première fois quelque peu institutionnalisé avec le Grand Tour à la mode au XVIIe siècle. De riches garçons gâtés, issus de familles distinguées du nord de l'Europe, en vue de parfaire leur bonne éducation et, en pratique, pour la réduire à néant, étaient envoyés, avec une partie du capital familial en guise d'argent de poche et un carnet d'adresses rempli de contacts influents de papa, pour un long voyage par-delà les Alpes, en Italie, berceau de la civilisation européenne, où certains parvenaient miraculeusement, entre leurs visites aux prostituées et la tournée des cafés, à contempler avec la gueule de bois une ou deux ruines romaines et quelques chefs-d'œuvre de la Renaissance. Je pense qu'on n'imagine pas les nuisances occasionnées par ces garnements blasés, mais ils étaient peu nombreux et ils avaient beaucoup à dépenser, et eux-mêmes ne se tracassaient pas, car les Italiens étaient à leurs yeux d'amusants petits singes, dégénérés au point d'en avoir oublié leur latin et de devoir parler avec les mains. Aux XVIIIe et XIXe siècles, ce voyage d'études dans les tavernes et les bordels du Sud était devenu un symbole de prestige, d'autant plus aisément justifiable que les théories de Winckelmann sur la supériorité inégalée de l'art antique étaient en vogue à l'époque.

« Mais ce divertissement demeurait un privilège exclusif de l'élite du nord de l'Europe. Ce n'est qu'au milieu du XIXe siècle, lorsque les trains et les bateaux à vapeur ont rendu les voyages plus rapides, moins dangereux et moins dispendieux, que les classes moyennes ont commencé à rêver de voyager, elles aussi. Les premières croisières ont quitté l'Angleterre pour la Méditerranée, et Thomas Cook s'est mis à proposer des voyages organisés en train, avec repas, excursions et hébergement à l'hôtel inclus, initialement au départ de Campbell Street Station à Leicester. En 1890, Thomas Cook & Son a vendu plus de 3 millions de billets dans le monde entier. Mais contrairement à ce que ce chiffre pourrait laisser croire, voyager demeurait un privilège chic. À l'époque, un couple payait 85 livres pour un voyage de six semaines à travers l'Allemagne, la Suisse et la France. Ce n'était pas impayable, mais suffisamment cher pour présumer qu'ils ne feraient probablement un tel voyage qu'une fois dans leur vie.

« Ce n'est qu'avec la généralisation de la possession d'une automobile dans la seconde moitié du XXe siècle que voyager a commencé à faire partie du domaine du possible pour des groupes de population plus importants. Partir en vacances en voiture était bon marché, mais cela limitait le rayon d'action. En même temps, l'aviation civile a commencé à décoller, si vous me pardonnez ce jeu de mots facile. Les voyages lointains sont devenus possibles, mais les billets d'avion coûtaient très cher. Et, dans l'ensemble, nous n'avions pas encore atteint ce moment de l'Histoire où l'on peut vraiment parler de tourisme de masse, d'une ampleur que vous n'avez pas tort de comparer à une invasion. Donc, hormis cette petite digression, pour laquelle je m'excuse, je dois vous donner raison. Le tourisme de masse est un phénomène extrêmement récent.

2

— Je pense que l'on est en droit de considérer, poursuivit Patelski, que le raz-de-marée de touristes qui submerge actuellement l'Europe est le résultat de deux évolutions indépendantes que le hasard a voulues simultanées. La première est l'avènement des compagnies aériennes *low cost*. Les États-Unis, traditionnellement moins réglementés à cet égard, connaissaient déjà les vols à bas prix dans les années 1970, mais la croissance exponentielle en Europe est beaucoup plus récente. En 1994, les compagnies *low cost* transportaient 3 millions de passagers, en 1999, il y en avait déjà 17,5 millions, mais la véritable explosion n'a eu lieu qu'au troisième millénaire. En 2012, pour la première fois, la part de marché des compagnies aériennes à bas prix en Europe a dépassé celle des compagnies aériennes traditionnelles. Alors que la part de marché des *low cost* n'était encore que d'environ 10 % en 2002, elle est passée à 55 % en 2017. En 2016, Ryanair a transporté à lui seul quelque 117 millions de passagers. Ajoutez à cela les 80 millions de passagers d'EasyJet pour la même année, et vous n'avez même pas besoin des chiffres des autres discounters pour comprendre pourquoi certains centres-villes d'Europe sont plus animés depuis quelques années.

— Ces vols *low cost* ont provoqué une véritable révolution, dis-je. Toutes les destinations sont désormais accessibles à tout le monde et se trouvent à une distance égale, c'est-à-dire équivalente à la durée d'un vol unique. Plus personne ne peut se sentir protégé par la distance. En outre, le prix ne permet plus de discriminer le type de visiteurs que nous accueillons dans nos fragiles centres historiques. Un rustre dénué de toute intelligence qui ruine une statue d'Orazio Marinali en escaladant la façade de Santa Maria di Nazareth pour faire un selfie n'aurait probablement pas pu, à une époque plus ancienne et plus élégante, s'offrir un billet pour Venise.

« Mais le plus grand bouleversement a peut-être eu lieu dans l'esprit des gens. Je repense à votre couple d'Anglais de 1890 qui pouvait se permettre un voyage inoubliable en Allemagne, en Suisse et en France une fois dans sa vie. Je me souviens de mes propres vacances avec mes parents, lorsque j'étais enfant. Une fois par an, pendant les grandes vacances, nous entreprenions notre transhumance dans la voiture familiale bondée vers la Dordogne ou l'Ardèche. Étudiant, j'ai dû prendre un job d'appoint et économiser pour pouvoir acheter mon billet d'avion annuel pour la Grèce. De nos jours, grâce aux compagnies *low cost*, il est devenu tout à fait normal d'ajouter aux vacances d'été et aux sports d'hiver plusieurs citytrips dans la même année. Actuellement, quelqu'un qui ne part en vacances qu'une fois par an est regardé avec commisération. Et son profil Facebook fait piètre figure, évidemment.

— La deuxième évolution, qui aggrave les conséquences de la première, renchérit Patelski, c'est l'émergence de ce que l'on appelle les nouvelles économies, comme le Brésil, la Russie et surtout la Chine, où est apparue en peu de temps une importante classe moyenne relativement aisée, pour laquelle le rêve de voir l'Europe est devenu réalisable. Le nombre de touristes chinois en Europe a triplé au cours des dix dernières années. En l'an 2000, 10 millions de voyages outre-mer ont été réservés par des Chinois. En 2017, c'en étaient 145 millions, dont une grande partie en Europe. Nous en voyons les conséquences autour de nous dans cette salle à manger. Quand vous prenez conscience que seuls 7 % sur un milliard et demi de Chinois possèdent un passeport, vous comprenez clairement qu'il reste un important potentiel de croissance. Les prévisions annoncent 400 millions de touristes chinois en 2030. Ils ne viendront pas tous en Europe, mais une grande partie, oui. Et la destination européenne qui jouit de loin chez eux de la plus forte popularité est votre deuxième patrie, l'Italie. On ne peut pas leur donner tort.

— J'ai l'impression que vous voulez me faire peur, dis-je.

— C'est l'idée, concéda-t-il.

— Je suis impressionné que vous ayez tous ces chiffres prêts à l'emploi.

Il sourit.

— Je dois admettre que j'ai effectué quelques recherches cet après-midi. Je me doutais que nous aborderions le thème du tourisme ce soir.

— Je vous suis très reconnaissant d'avoir pris la peine de préparer notre dîner, même si je serais aussitôt tenté d'ajouter que c'est me faire trop d'honneur.

— Appelez cela de la bienséance, dit-il. J'agis toujours ainsi, soyez donc rassuré, vous n'avez aucune raison de vous sentir personnellement honoré.

— Auriez-vous éventuellement préparé une réponse à la question de savoir comment nous armer contre la croissance attendue de ce tourisme d'ores et déjà insupportable et destructeur ?

— Il n'y a pas de réponse univoque à cette question, dit-il. La libre circulation des personnes est un grand bienfait, et l'Europe est affligée d'un passé photogénique. Le vrai problème, selon moi, c'est le marché libre. Et je ne veux même pas dire par là que la philosophie du marché libre autorise, voire stimule, les compagnies aériennes à se faire concurrence à des tarifs bien inférieurs au seuil qui pourrait paraître acceptable aux yeux d'une personne sensible aux dégâts environnementaux causés par le transport aérien. Ce que je veux dire avant tout, c'est que la pensée dominante du marché libre constitue un obstacle majeur à toute réflexion qui tâcherait de trouver un moyen de canaliser le tourisme de masse et d'en minimiser les effets néfastes. En réalité, une bataille pour l'espace public est en cours dans nos centres historiques, avec des entrepreneurs privés qui gagnent à contenter le mauvais goût lucratif des touristes, et un gouvernement dont la foi dogmatique dans le marché libre le prive de facto de toute possibilité d'intervention. Pour enrayer ce bradage de nos centres-villes, nos représentants démocratiquement élus doivent reprendre le contrôle de l'espace public des mains des entrepreneurs privés. Il n'y a pas d'autre moyen. Sinon, l'Europe entière deviendra une grande Venise.

« Mais pour parvenir à ce changement de mentalité, nous devons d'abord nous rendre compte que le tourisme de masse constitue une menace. Pour l'instant, loin d'en prendre conscience, on le perçoit encore à tort comme un modèle de revenus. Le tourisme n'est pas combattu, mais stimulé. Dans quelques décennies, on regardera en arrière avec la même incrédulité que celle avec laquelle on regarde aujourd'hui les vieilles publicités qui préconisent le tabac pour des raisons de santé. Peut-être suis-je en droit d'espérer que votre livre contribuera à cette prise de conscience.

3

— Je vous remercie de votre confiance, dis-je. Merci aussi pour votre analyse, que je ne peux qu'approuver. Je me souviens de notre conversation d'il y a maintenant quelque temps déjà, à l'issue de laquelle, sur la base des caractéristiques de l'identité européenne, nous étions arrivés à la conclusion que le Vieux Continent était destiné à devenir la villégiature du reste du monde. Nous avions terminé cette conversation en nous demandant si c'était grave. Ce soir, vous semblez répondre à cette question par l'affirmative.

— On peut imaginer différentes sortes de jardins pour s'accorder un moment de répit, dit-il. Toutes les villégiatures ne doivent pas forcément devenir des parcs d'attractions.

— Mais il y a peut-être un problème encore plus fondamental, sous-jacent à ceux que vous identifiez, posés par l'exploitation économique du tourisme, c'est qu'on peut se demander s'il existe vraiment une alternative. Venise est l'exemple patent d'une ville qui s'est rendue à contrecœur au tourisme parce qu'il n'y avait plus d'économie alternative qui pût la maintenir à flot. Je voudrais bien vous demander dans quelle mesure cela ne s'applique pas à l'Europe dans son ensemble.

— Le déclin économique de l'Europe est évident, dit-il. Si l'Europe pense encore aujourd'hui pouvoir concurrencer l'Asie dans certains domaines, ce n'est qu'une question de temps avant que ce ne soit plus le cas.

— Avez-vous préparé des chiffres à ce sujet ?

— Une connaissance basique de l'Histoire suffit. Pour commencer, il ne nuit pas de se rappeler que la domination européenne de l'économie mondiale est une anomalie qui a duré relativement peu de temps. Depuis l'Antiquité jusqu'au début du Xe siècle, c'est-à-dire pendant plus de deux millénaires, le poids économique de l'Europe a été négligeable par rapport à celui de l'Asie. On peut reconstituer historiquement, avec les nécessaires réserves, que le monde antique à l'époque d'Auguste, de Rome, d'Athènes et d'Alexandrie – l'Empire romain, l'Italie, la Grèce et l'Égypte réunis – représentait environ un quart de l'économie mondiale. Les trois quarts restants étaient à mettre au compte de la Chine et de l'Inde. Vers l'an 1200, la part de l'Europe dans l'économie mondiale avait fondu à 10 %. Quatre-vingt-dix pour cent de la production et des richesses mondiales se trouvaient en Asie. Pendant la Renaissance et avec le début de la colonisation, la puissance économique de l'Europe s'est considérablement accrue, mais la Chine et l'Inde représentaient encore 70 % de l'économie mondiale à cette époque.

« L'économie mondiale connaissait alors une croissance linéaire, allant de pair avec la croissance démographique. Sans machines ni innovation technologique, il y a une limite naturelle à ce qu'un être humain peut produire avec le temps et les ressources qui lui sont impartis. La révolution industrielle a radicalement changé la donne. L'économie a commencé à croître de façon exponentielle, et l'Europe et les États-Unis ont été les premières puissances à en bénéficier. Entre 1820 et la Seconde Guerre mondiale, la part de l'Occident dans l'économie mondiale est passée à

80 %, au détriment de l'Asie. Mais maintenant que l'Asie a rattrapé son retard technologique et que les règles du jeu sont à nouveau équitables, la Chine et l'Inde retrouvent leur position historiquement dominante. La part de l'Occident dans l'économie mondiale s'est maintenant réduite à 40 % et diminue d'année en année. Et la plus grande contribution à l'économie occidentale vient des États-Unis. Selon les statistiques du *World Factbook* de la CIA et du Fonds monétaire international, en 2015, la Chine a ravi aux États-Unis la première place au classement des pays en fonction de leur produit intérieur brut, tandis que l'Inde s'est hissée au troisième rang.

« Sur le plan économique, l'Europe a occupé une place marginale pendant plus de deux mille ans, à l'exception du gros siècle qui s'est écoulé entre 1820 et la Seconde Guerre mondiale. Le fait que l'Europe soit à nouveau marginalisée économiquement est tout à fait conforme aux tendances historiques. La seule différence entre le passé et maintenant, c'est qu'il y avait auparavant peu de contacts entre l'Europe et l'Asie et que, pendant des siècles, l'insignifiante Europe a pu tranquillement se sentir importante dans ses petits royaumes, sans devoir rivaliser avec l'Asie. À présent que la mondialisation a aboli les distances, elle ne peut plus se satisfaire de ne pas voir plus loin que le bout de son nez.

« Nous pouvons également établir un parallèle entre le déclin économique de l'Europe et celui de sa puissance militaire. Aux XVIᵉ et XVIIᵉ siècles, les grandes puissances européennes ont pris possession du monde. Mais ce n'est qu'après le déclin des empires préindustriels aux XVIIIᵉ et XIXᵉ siècles que l'Europe est devenue un centre d'influence économique et militaire. En 1800, l'Europe et ses colonies couvraient un peu plus de la moitié de la surface du globe. En 1914, c'étaient 85 %, et les seules régions habitées du monde au début de la Seconde Guerre mondiale à n'avoir jamais été sous domination européenne étaient la Chine, le Japon, la Mongolie, l'Éthiopie, la Perse, le Siam et le Tibet. Cette domination mondiale, pour ne pas dire cette hégémonie de l'Europe, a duré un siècle et demi et s'est complètement effondrée en un peu plus de trente ans, pour se réduire à une poignée de possessions outre-mer, comparables à quelques morceaux de fruits tropicaux dans un grand bol de yaourt.

« L'on pourrait expliquer pourquoi une croissance économique illimitée est théoriquement impossible, mais, même sans ces arguments, la chose est facile à comprendre. Et la simple poursuite d'une croissance économique illimitée conduit à un désastre écologique. Ce qui prouve d'ailleurs le caractère insoutenable du système capitaliste, fondé sur la croissance économique, mais c'est une autre discussion que nous mènerons en temps voulu. Ce qui nous importe pour l'instant, c'est qu'étant donné l'inéluctabilité du déclin économique il ne faut peut-être pas s'étonner que l'Europe, premier continent à avoir atteint la pleine maturité en termes économiques, soit également la première macro-région à être frappée par la récession. Au cours des quarante dernières années, l'Europe a montré tous les symptômes d'une économie avancée qui se heurte aux limites de sa croissance. Ses ressources minérales sont épuisées, la production industrielle recule, le chômage augmente, et la population rétrécit.

— Si je comprends bien, dis-je, vous voyez le déclin économique de l'Europe comme un processus naturel.

— C'est le rétablissement de l'ordre séculaire, ainsi que le prix que l'Europe paie pour son avance, qui fut de courte durée.

4

— Mais si l'Europe est dépassée en matière de productivité et de développement économique, dis-je, l'on peut aussi constater que le Vieux Continent donne toujours le ton dans le domaine de la connaissance et de la science. Vous-même en êtes un exemple vivant. La tradition académique de l'Occident est inégalée. L'université de Bologne, fondée en 1088, est la plus ancienne du monde. La Sorbonne, à Paris, a ouvert ses portes environ soixante à soixante-dix ans plus tard. Oxford a été fondée en 1167 et Cambridge en 1209. La création de l'université de Salamanque remonte à 1218, puis a vu le jour celle de Padoue, suivie de Naples, Sienne, Valladolid, Macerata et Coimbra, et nous n'en sommes encore qu'au XIIIe siècle. Le reste du monde devait encore pour ainsi dire être découvert. Et toutes ces universités prospèrent encore aujourd'hui.

— Vous faites l'erreur sympathique et typiquement européenne d'assimiler la tradition à l'importance, dit-il. Le fait que l'Europe puisse se prévaloir de la plus ancienne, et peut-être aussi de la plus vénérable tradition académique du monde ne signifie pas automatiquement qu'elle possède actuellement les meilleures universités. En l'occurrence, ce n'est pas le cas. On peut mesurer cela de toutes sortes de façons, et le résultat dépend bien sûr entièrement des définitions et paramètres adoptés, mais on ne peut ignorer au bout du compte que les universités européennes, quelle que soit la méthode d'évaluation et dans toutes les études, se voient toujours dépasser par les universités du reste du monde. Il se trouve que mon regard a été attiré par un récent rapport de l'Organisation de coopération et de développement économiques qui montrait, chiffres à l'appui, que l'Europe dans son ensemble, à l'aune du nombre de jeunes qui terminent des études universitaires, descendrait dans dix ans de la troisième à la quatrième place parmi les macrorégions économiques de la planète. Cette troisième place n'était déjà pas une première place, comme vous l'espériez peut-être, et cette quatrième place, derrière la Chine, l'Inde et les États-Unis, n'est qu'à un cheveu devant l'Indonésie, le Japon et la Corée. Attention, il ne s'agit pas ici d'un pauvre pays européen isolé qui lutte pour rivaliser sur le plan académique avec l'Asie, mais du continent européen dans son ensemble, et de l'addition de tous les jeunes universitaires de chacun de ses pays aux traditions anciennes et vénérables.

« Maintenant, vous pourriez éventuellement objecter que le nombre de diplômés ne dit pas grand-chose. Or, le problème, c'est qu'il en dit long, au contraire. Le nombre de jeunes gens ayant une formation universitaire est un indicateur douloureusement précis des perspectives d'avenir de la région concernée. Dans le jargon administratif de l'OCDE, si je me souviens bien, c'est formulé plus ou moins comme suit : la connaissance est la nouvelle monnaie de l'économie contemporaine. En raison de la numérisation, des innovations technologiques et de la mondialisation, le capital intellectuel constitue la marchandise la plus précieuse de l'ère moderne. Vous pourriez certainement le formuler autrement, mais je ne crois pas que vous voudrez contester cette thèse. Dans dix ans, la Chine et l'Inde fourniront ensemble près de 40 % des jeunes universitaires du monde. L'Europe sera bloquée à 13 % du total mondial. À mon humble avis, peu de chiffres démontrent de manière aussi convaincante que l'avenir du monde ne sera pas conçu en Europe. Les experts de l'OCDE mettent donc l'Europe en garde, à juste titre, contre sa marginalisation académique et économique.

« Mais peut-être préférez-vous une approche qualitative à la méthode quantitative de l'OCDE ? Un baromètre éprouvé de la qualité de la recherche scientifique est le nombre de prix Nobel. Les lauréats européens forment l'écrasante majorité, direz-vous, avec plus de 450 lauréats, contre 250 originaires d'Amérique du Nord et à peine une cinquantaine originaires d'Asie. Je suis d'accord avec vous sur ce point. Mais le tableau change quelque peu si l'on se met à compter à partir du tournant du millénaire et si l'on exclut les prix Nobel de la paix et de littérature. Près de la moitié des prix Nobel d'Amérique du Nord et d'Asie a été décernée au XXIe siècle. Le nombre de lauréats européens après l'an 2000 ne représente qu'un septième du total. Au troisième millénaire, les États-Unis ont remporté à eux seuls deux fois plus de prix Nobel que tous les pays européens réunis. Il existe aussi des classements des prix Nobel par affiliation universitaire. Dans le top 20 des universités meilleures pourvoyeuses à cet égard depuis l'an 2000 figurent en tout et pour tout quatre universités européennes : Cambridge, Oxford, Londres et Paris, dont seule la première est dans le top 10.

« Depuis des années, la Corée est en tête de l'indice Bloomberg des pays les plus innovants. Un autre indicateur de la qualité académique consiste à calculer le nombre de brevets demandés et octroyés, et le chiffre d'affaires qu'ils génèrent. Selon l'Organisation mondiale de la propriété intellectuelle, la Chine, les États-Unis, la Corée et le Japon mènent le classement depuis des années, tant pour le nombre absolu de brevets que pour leur rentabilité. Quant à la valeur totale de tous les brevets de tous les pays européens additionnés, elle est inférieure à la moitié de la valeur des brevets de la seule Corée, égale à environ un tiers de la valeur des brevets japonais et à moins d'un dixième de la valeur des brevets chinois. Ce sont des chiffres de l'an dernier.

« Tout cela nous amène à la conclusion que l'Europe peut être tranquille : elle ne jouera plus jamais un rôle de premier plan dans le monde et n'aura plus à se soucier d'industrie ni de la nécessité de produire elle-même ses objets ni quoi que ce soit qui salisse les mains. Plus aucun avenir ne détournera le Vieux Continent de son glorieux passé. Et voilà qui peut être vendu comme divertissement à la partie productive de l'humanité qui vit en Asie. En tant que somptueuse région marginalisée, nous pouvons être le jardin du monde, et peut-être n'est-ce pas si mal. Quoi qu'il en soit, il n'y a pas d'autre option.

« À présent, voulez-vous bien m'excuser ? C'était comme toujours un grand plaisir d'échanger des vues avec vous, mais je suis fatigué. Ou probablement est-ce l'âge qui se rappelle à moi plus qu'à l'accoutumée.

J'aurais encore voulu interroger Patelski au sujet de la vieille dame, mais ce n'était visiblement pas le moment. Je lui offris de le raccompagner à sa chambre, mais il refusa d'un ton ferme. Il me salua, ôtant un chapeau imaginaire, et laissa la nouvelle femme de chambre, embauchée après le départ forcé de Louisa, le soutenir dans son retour vers son sanctuaire.

XXI

ABDICATION DANS UN RESTOROUTE

1

Cela faisait un certain temps déjà que j'étais sans nouvelles de l'équipe avec laquelle j'étais censé tourner un documentaire. Même le Marco néerlandais ne m'avait plus envoyé de mails pour me faire part de ses idées et réflexions. Je commençais à me demander si ce surprenant silence ne signifiait pas que la demande de subvention avait été refusée. D'un autre côté, il était peu probable qu'on m'ait caché une telle nouvelle.

Le hasard voulait que la semaine suivante je doive faire un saut aux Pays-Bas pour la première de l'adaptation théâtrale par le Toneelgroep Maastricht de mon roman *La Superba*. D'habitude, le Marco néerlandais, qui visiblement me tenait à l'œil via les agendas culturels en ligne et les réseaux sociaux, était au courant de tous mes déplacements, de manière presque effrayante et plus rapide que ma propre mère, pour faire main basse sur une partie du temps que j'allais passer sur le sol néerlandais, mais cette fois mon agenda jouait de la prunelle sans qu'il tente le moindre assaut sur ses plages libres.

Je trouvais cela étrange. J'admets, j'aurais rechigné s'il avait effectivement voulu prendre rendez-vous, et j'aurais déployé mille excuses pour expliquer pourquoi ça allait être terriblement compliqué, pour ne pas dire impossible, mais là n'était pas la question. Le jeu voulait que je succombe à contrecœur à ses supplications. S'il ne me donnait pas l'occasion de le rejeter une première fois, puis une seconde, c'est moi qui me sentais rejeté. Cela me rendait très nerveux.

Clio comprenait ce genre de choses. Il me suffit de mentionner juste une fois en passant mon étonnement devant l'absence de contacts pour qu'elle se mette à simuler avec une virtuosité toute sarcastique sa profonde préoccupation pour ma valeur déclinante, ma renommée languissante et le grand néant de l'anonymat qui, tel un banc de brouillard qui se lève, me priverait lentement mais sûrement de toute visibilité. Elle dit que cela ne l'empêcherait pas de continuer à m'aimer, même si le souci de la vérité l'obligeait à ajouter que pour sa famille ce serait difficile à comprendre et impossible à accepter qu'elle se commette avec un poète mineur qui avait ses plus beaux jours derrière lui. Elle perdrait tous ses amis, et nous passerions le reste de nos jours misérables et abandonnés, mais heureux, en haillons, en marge de la société. Nos lèvres seraient notre aumône l'un à l'autre.

Du reste, heureusement qu'elle ne l'avait pas su plus tôt, car elle n'aurait bien sûr jamais posé nue pour un poème si elle avait compris à l'époque que ma carrière allait s'écraser au sol telle une perdrix tirée en vol. D'ailleurs, je lui devais toujours ce poème, mais je ne devais plus me faire de souci, car il était bien certain qu'elle ne laisserait pas décrire son corps par la plume brisée d'un poète du dimanche jeté au rebut, abandonnant sa mue d'artiste. À présent que mon rôle public s'avérait terminé et que ma renommée se diluait telle une aquarelle sous la pluie, il serait peut-être nécessaire que je me cherche un emploi. Qu'en pensais-je ? Elle me soutiendrait, bien sûr. Sans doute pouvais-je travailler dans un café, avec mes longues années d'expérience, du mauvais côté du bar, certes, mais c'était mieux que rien.

À un moment donné, j'en eus tellement assez que j'appelai Marco.

2

Oui, non, il avait eu l'intention de m'écrire, en effet, mais il s'était dit qu'on se verrait de toute façon bientôt à Maastricht. Oui, bien sûr qu'il était au courant. Il avait déjà demandé son entrée gratuite. Il avait hâte. Oui, tout allait bien, sinon. Non, toujours pas de nouvelles de la subvention. Maintenant que je le disais, ça faisait un bail qu'il n'avait pas eu de nouvelles de Greet. Il allait l'appeler un de ces jours. Non, il n'avait plus du tout de contacts avec le Marco italien. Il était surchargé de travail avec son film sur les tagueurs esquimaux. Ou inuits, qu'il fallait dire, en fait. Donc oui, plutôt calme, c'était le mot. Il avait eu le temps de beaucoup réfléchir dernièrement. Certaines choses en étaient ressorties. C'était à ce sujet d'ailleurs qu'il avait voulu m'écrire. Mais c'était peut-être mieux de se voir, en effet. Le soir de la première, je serais probablement trop occupé, il comprenait tout à fait, mais le lendemain c'était très bien.

Cette conversation téléphonique me laissa une drôle de sensation. Alors qu'il avait jusque-là opéré de manière plutôt offensive, même si c'était plus inces-sant que vraiment énergique, à la façon d'un ragondin qui s'attaque à une digue, il m'avait paru au téléphone carrément sur la défensive, comme si c'était moi qui voulais absolument faire un documentaire et qu'il avait ses réserves professionnelles, en plus d'avoir bien d'autres chats à fouetter, et pas l'inverse. Et même s'il n'avait jamais eu un débit très dynamique, sa voix m'avait semblé encore plus morne que d'habitude, comme s'il avait un lourd secret sur le cœur qu'il ne voulait pas me dire.

— Il n'y a qu'une seule possibilité, dit Clio. Ils ont engagé un autre présentateur, avec qui ils tournent déjà à Tahiti et à Bora Bora. Ils attendent juste le bon moment pour te le dire. Un ex-footballeur célèbre ou quelqu'un du genre, qui fera de l'audimat, contrairement à toi. Vous avez ça, aux Pays-Bas, d'anciens joueurs célèbres ? Ou ce n'est pas trop votre truc, le football ?

Moi aussi, je trouvais étrange qu'il n'ait même pas proposé l'une ou l'autre visite de travail inutile. Puisque j'étais de toute façon aux Pays-Bas, il pouvait quand même en profiter pour me faire interviewer contre mon gré un autocariste ou un patron de camping, non ? Je ne comprenais vraiment pas ce qui lui arrivait.

Le lendemain, je décidai de lui renvoyer un mail, disant que le jour de notre rendez-vous, après la première à Maastricht, j'aurais éventuellement aussi du temps pour des recherches. Avait-il par hasard une idée d'un endroit où nous pourrions aller ? Il répondit qu'il avait effectivement pensé à quelque chose, mais qu'il n'était lui-même pas persuadé de l'utilité. En fait, il ne voulait pas m'ennuyer avec ça. Il s'agissait d'un voyagiste international spécialisé dans les vacances extrêmes et aventureuses. Cela s'appelait Xtreme Xperience. Le siège social était aux Pays-Bas. À Almere, pour être précis. Mais il avait des doutes, et puis je n'avais sûrement aucune envie d'aller à Almere. Il proposait donc de laisser tomber.

Je lui répondis qu'au contraire son idée m'enthousiasmait et que j'insistais pour qu'il prenne rendez-vous. Nous pouvions en tout cas avoir une conversation avec eux. Il n'était pas obligé de prendre sa caméra.

3

C'est ainsi que le lendemain matin de la première de l'adaptation théâtrale de mon roman sur le centre infâme, crasseux, désespérément poétique et labyrinthique de Gênes, je m'engageais, au volant d'une voiture de location, au côté du Marco néerlandais, dans une zone industrielle en périphérie d'Almere. Un fameux labyrinthe aussi. Nous tournions en rond dans l'infrastructure délibérément agencée de la manière la plus illogique possible, et nous nous égarâmes dans un quartier résidentiel qui, du point de vue de l'architecture et de l'ambiance, ne différait pas tellement de la zone industrielle, ce qui expliquait notre méprise.

— Quand tu vois ça, dit Marco, tu comprends quand même la nécessité du tourisme de masse. Celui qui vit ici est obligé, dès qu'il a une petite semaine de congé, de foncer dans une ville comme la tienne, à Venise, pour faire le plein de beauté. Sans ça, tu ne survis pas ici.

Enfin, nous trouvâmes le quartier général et centre névralgique de Xtreme Xperience. Il occupait un immeuble indépendant peu élevé, tout en verre noir, sur lequel l'étincelant logo aux deux X vainqueurs était apposé de manière si visible qu'on se serait presque senti coupable d'avoir eu du mal à le trouver. Nous fûmes accueillis avec entrain par le directeur, qui se présenta sous le nom de Stef, sans nom de famille.

— Nos clients étrangers – et on en a quelques-uns – m'appellent Steve, comme Steve Jobs. Parce que aujourd'hui tout se fait par Internet, bien sûr. Ce que vous voyez ici, nos humbles pénates à Almere, n'est que la partie émergée de l'iceberg d'un organisme qui opère à l'échelle mondiale. Mais c'est ici que tout a commencé. Donc, en ce qui nous concerne, c'est quand même un petit fleuron national. D'ailleurs, on propose des icebergs dans notre programme Xtreme Antarctic Xperience. Mais on y reviendra plus tard. Comme toujours, je m'emballe. C'est génial que vous soyez là. Trop la classe. Pour nous, toute forme de publicité est la bienvenue. On est fiers de ce qu'on parvient à mettre sur pied pour les gens, et une plus grande notoriété nous permettra juste de rendre encore plus de gens heureux. Tout le monde est content. Est-ce que je parle trop ? Oui, je parle trop. Je ne vous ai même pas encore offert de champagne. Ou vous préférez quelque chose de plus fort ?

Après que nous eûmes trinqué à lui et un peu aussi à notre rencontre avec lui, Stef se déclara extrêmement curieux d'entendre nos questions.

— Déchaînez-vous ! Je suis sur des charbons ardents.

Je lui demandai s'il pouvait expliquer brièvement quel type de voyages son entreprise organisait.

— Direct dans le vif du sujet, dit Stef. Quelle bonne question. Je suis content que tu la poses. À vrai dire, il y en a trop pour tous les citer. Regarde, on a des packages standard, bien sûr, mais notre valeur ajoutée, c'est vraiment le sur-mesure. De quoi toi, tu as envie ? C'est ça qui nous intéresse, et c'est là-dessus qu'on va bosser. Par exemple, on a un programme qui s'appelle Xtreme Jungle Survival Xperience. De base, c'est déjà un super package, avec droppage dans la brousse cambodgienne. Mais si tu le réserves, j'attends de toi que tu me dises si tu veux vivre une expérience à l'Indiana Jones, ou si ton trip, c'est plutôt le Viêtnam, le napalm, *L'Enfer du devoir* et compagnie. Dans le premier cas, on va te larguer quelques machins archéologiques dans la forêt vierge, et quelques serpents et scorpions en plus. On a aussi un groupe de percussionnistes africains qu'on peut déguiser et déposer de nuit dans la forêt. « Nos cannibales », qu'on les appelle affectueusement. Mais si tu penches plus pour l'offensive du Têt, on va te dire : « Trop la classe », et on va bourrer la jungle de pièges, et engager quelques acteurs locaux qui vont se faire un plaisir de tirer des balles à blanc. Vous comprenez ce que je veux dire ? Vous voyez un peu le topo ?

Marco demanda quelles sortes de packages standard ils offraient.

— Encore une chouette question, dit Stef. Pour résumer, vous pouvez considérer qu'il n'y a rien de trop extrême sur cette planète pour qu'on n'ait pas ça en package. Le Sahara, la Sibérie, avec ou sans archipel du goulag, les deux pôles, *Escape from Alcatraz*, sans oublier l'Amazone – on a un scénario pour tout. Mais si tu as envie d'un truc particulier auquel on n'a pas pensé, on te l'organise. Vous pigez ?

— Quel est votre programme le plus populaire ? demandai-je.

— Vous êtes de vrais journalistes, dites donc, dit Stef. Vous y allez à fond, avec vos questions. Eh bien, je vais vous le dire. Notre plus grand hit est sans aucun doute le programme Xtreme Uninhabited Island Survival Xperience. On a même dû chercher un deuxième site récemment parce que notre île déserte aux Philippines était trop souvent complète. Et on n'aime pas décevoir le client. Pour nous, en fait, c'est l'un des scénarios les plus faciles, parce qu'on droppe un groupe sur une île, avec ou sans naufrage, c'est comme ils veulent, et puis c'est à peu près tout. Les dix, quinze jours qu'ils sont là, on est peinards. On leur donne deux, trois outils et un sac Albert Heijn avec des crackers pour passer le premier jour, et puis c'est à eux de se débrouiller. C'est justement ça qui les amuse. On leur laisse un téléphone satellite en cas d'urgence, mais ils ne l'utilisent pas, parce qu'ils ont payé assez cher pour vivre une expérience authentique. Et au bout de deux semaines, on va les rechercher. Faut les voir, comme ils sont contents ! Pour nous, c'est vraiment très gratifiant, comme boulot.

— Quel genre de clients recourent à vos services ? demanda Marco.

— Excellente question, répondit Stef. C'est très varié. Notre projet île déserte intéresse surtout des groupes ou des cadres en team-building, ce genre de clientèle. Beaucoup d'associations diététiques comme Weight Watchers aussi. Mais dans les autres programmes, on a vraiment de tout. L'année dernière, pour le scénario du radeau sur l'océan, on a eu un couple en crise qui voulait tenter de sauver son mariage par ce biais-là. Nous, on s'est dit aïe, pourvu que ça se termine bien. Mais le client est roi. Et figurez-vous qu'ils viennent d'avoir un bébé. Conçu sur le radeau. On vient de recevoir un faire-part de naissance. Trop la classe, non ?

Je demandai s'il y avait parfois des accidents.

— Ah, une question critique, dit Stef. Très bien. C'est de bonne guerre. Écoute, bien sûr, ça arrive parfois. Des morsures de serpent, des trucs comme ça. L'un des participants à notre programme Xtreme Arctic Xploration Xperience a récemment eu un pied gelé, et il a dû se faire amputer. Mais vous savez quoi ? S'il ne se passait jamais rien, nos voyages ne seraient pas dangereux, or c'est justement le danger que nos clients recherchent. Je veux dire que ce que nous offrons, c'est une expérience authentique. C'est notre force. Et sans risque, cette expérience authentique ne serait pas réaliste. Est-ce que je réponds à ta question ?

4

— C'est dingue, dis-je à Marco. Je ne savais pas du tout qu'un truc pareil existait. Mais ça existe, évidemment. Si j'avais mieux réfléchi, j'aurais pu l'inventer. Je crains juste que ce ne soit pas facile pour toi à mettre en images. On a envie d'entendre ce type parler. Rien que ça, on n'en croit pas ses oreilles. Mais idéalement on devrait aussi accompagner l'un de ces groupes en tournage sur cette fameuse île déserte.

Marco ne disait rien. Il gardait les yeux rivés à la route, comme à d'autres moments où, sans volant, il regardait fixement devant lui, transparent et insaisissable tel un homme d'eau. Comme aucun de nous deux ne voyait l'intérêt de prolonger notre séjour à Almere, nous quittâmes la ville pour rejoindre l'autoroute d'Amsterdam.

— Mais peut-être que ça pourra s'arranger pour filmer là-bas, dis-je. Notre nouvel ami Stef ne semblait pas cracher sur un peu de publicité. On pourrait la jouer comme ça. Pourquoi tu ne dis rien, Marco ?

— Je suis désolé de t'avoir fait perdre un temps précieux en t'amenant ici, dit-il. Si tu n'avais pas insisté, je ne l'aurais jamais fait.

— Mais qu'est-ce que tu racontes, Marco ? Au contraire, c'est du matériel fantastique. Ce qu'on voit ici sous une forme vraiment extrême, à mon avis, c'est la quête désespérée de l'authenticité qui est, au fond, le moteur de presque toutes les formes de tourisme. Les gens voyagent pour voir quelque chose de vrai ou, mieux encore, pour vivre et expérimenter quelque chose de vrai. Et pour ça, rien n'est trop loin pour eux. S'il le faut, ils traverseront des régions inhospitalières pendant des jours dans des bus brinquebalants, pourvu qu'ils arrivent dans un village ou une peuplade où ils pourront avoir l'impression qu'on vit encore comme avant, du temps où tout était encore vrai. Même s'il n'y a rien d'autre à voir ni à faire, cette expérience de supposée authenticité vaut à elle seule le voyage pénible qu'ils ont enduré. Et les touristes sont prêts à tout pour se mettre hors de portée des autres touristes, car la présence d'autres personnes avides d'authenticité fait éclater toute illusion d'authenticité comme une bulle de savon.

« Même dans l'Italie bondée de touristes, je les vois constamment à la recherche de détails typiquement italiens, comme une façade mal entretenue et envahie par le lierre, une trattoria avec des nappes à carreaux rouges et blancs, ou deux gondoliers qui se disputent en gesticulant. Ce sont ces expériences-là, de supposée authenticité, qui les rendent heureux, qu'ils retiennent et qu'ils racontent après à leurs amis, plus que tous les trésors artistiques réunis qu'ils visitent pourtant l'un après l'autre consciencieusement.

« Et si tu pousses cette soif d'authenticité à l'extrême, tu atterris chez Stef et ses packages. Car quoi de plus authentique que de devoir survivre dans la jungle, dans le désert ou sur une île, comme dans les films, mais en vrai ? Alors là, tu vis quelque chose qui vaut le coup. Là, tu as de quoi raconter à tes amis. Le paradoxe, bien sûr, c'est que tu as besoin de Stef, que tu paies pour ça et que ton expérience authentique est mise en scène du début à la fin. Mais, cela dit, le danger est réel. L'aventure peut vraiment mal tourner. Et ça leur sert même de publicité. Donc, même ta peur est réelle, ce qui fait que l'expérience scénarisée finit quand même par devenir authentique sur un plan émotionnel. Tout cela est d'une diabolique ambivalence. Très intéressant. Je te suis reconnaissant de m'avoir amené ici. Il faut certainement utiliser ce matériel dans notre documentaire. Tu ne crois pas ?

— Ce que je voudrais te proposer, dit Marco, c'est de nous arrêter un instant dans ce restoroute là-bas. Comme ça, on pourra prendre un café tranquilles. Je dois te parler.

5

Nous avions trouvé une petite table au calme avec vue sur le trafic autoroutier et commandé deux tasses de café avec de la tarte aux pommes. Lorsque nos pâtisseries arrivèrent, nous mordîmes tous les deux dedans en même temps. Puis je le regardai d'un air interrogateur.

— Ce dont je voulais te parler en réalité, dit-il, c'est de la première de ta pièce hier soir. Je m'exprime mal. Ce n'est pas ta pièce. C'est leur adaptation de ton livre. Tu n'as rien à voir avec l'adaptation théâtrale, si je ne m'abuse. C'est juste ?

— C'est juste, dis-je. Et que voulais-tu dire à ce sujet ?

Je ne voyais vraiment pas où il voulait en venir.

— J'y ai longuement réfléchi hier soir dans ma chambre d'hôtel à Maastricht et j'en suis arrivé à la conclusion que je trouvais cela courageux.

— Courageux ?

— Doublement courageux. Je me suis rendu compte que je trouvais courageux de ta part d'avoir écrit ce roman, et je n'entends pas par là que c'était courageux d'avoir écrit ce roman-là en particulier, mais que c'était courageux de ta part d'avoir écrit un roman tout court.

Il rit.

— Dit comme ça, tu pourrais le prendre mal. Mais ce n'est pas ça que je veux dire. Ce que je veux dire, c'est que, si je pense à tous ces romans brillants qui ont été écrits dans la tradition européenne et ailleurs, il est presque inconcevable pour moi que quelqu'un ait encore le courage d'avoir l'idée d'y ajouter un autre roman, mais, en plus, de mettre cette idée à exécution. Et puis vient le moment où le roman est là, et d'autres trouvent le courage de réélaborer cette œuvre existante et de la transformer en une nouvelle œuvre. C'est donc doublement courageux. Le spectacle que j'ai vu hier soir est le résultat de deux démonstrations de courage successives, que je trouve l'une et l'autre inimaginables.

— Où veux-tu en venir, Marco ?

— Où je veux en venir, Ilja, c'est que je ne sais pas si je suis la bonne personne pour faire notre film.

— Mais qu'est-ce que tu dis, Marco ?

— Tu sais, Ilja, j'ai beaucoup réfléchi ces derniers temps. Un peu trop, tu as peut-être raison. Mais j'en suis arrivé à la conclusion que je manque de courage, et je ne veux pas dire par là que je n'ai pas foi dans notre projet spécifique, mais que j'ai peur d'avoir du mal à trouver en moi le culot nécessaire à la réalisation de n'importe quel nouveau film. Tant de choses ont déjà été créées que j'ai de plus en plus de peine à justifier pourquoi je devrais absolument y ajouter quelque chose de personnel.

— C'est une crise passagère, Marco. Un moment d'abattement comme on en connaît tous. Moi aussi, quand j'entre dans une librairie et que je vois tout ce qui sort, je perds toute envie d'écrire. Ça va passer.

— Je te remercie, dit Marco, mais non. C'est plus fondamental que cela.

— Tu as déjà plusieurs films magnifiques à ton actif, dis-je, et tu en tourneras encore beaucoup d'autres. J'en suis certain.

— Merci encore, Ilja, mais ce n'est pas aussi simple. Cette conscience écrasante et paralysante de la richesse du passé n'est pas neuve chez moi, ce n'est pas quelque chose qu'avec un peu de bonne volonté on peut balayer comme le caprice d'un doute momentané. J'en ai toujours souffert. C'est vrai qu'il y a eu des époques où j'ai réussi à passer au-dessus. Mais je remarque en vieillissant que j'y arrive de moins en moins. Plus je vois de choses, plus je lis, plus je réalise combien il faut de naïveté pour croire à l'illusion que je puisse éventuellement ajouter quoi que ce soit de valeur à toutes les œuvres qui existent déjà. J'ai eu cette naïveté autrefois, mais je l'ai perdue. C'est signe que je mûris, Ilja. Que je progresse. Tu devrais me féliciter pour ça.

« Je suis conscient qu'avec un tel discours tu pourrais croire que je te taxe de naïveté parce que tu continues à faire de l'art. Mais j'espère que tu comprends que ce n'est pas du tout mon propos. J'ai aussi réfléchi à ce qui nous différencie. Comme tous les grands artistes, tu aimes le matériau avec lequel tu travailles. Tu vis dans la langue. Tu vis de mots comme d'autres vivent de pain et d'eau. Les phrases sont ton oxygène. Pour toi, la langue est aussi palpable que le bronze du sculpteur. C'est l'amour du matériau avec lequel ils travaillent qui stimule les artistes pour avancer et créer de nouvelles choses, encore et encore. Tu t'amuses quand tu écris, parce que tu aimes modeler le langage et façonner des images à partir de mots. Tu t'ingénies à trouver des solutions à des problèmes formels toujours nouveaux, et c'est cela qui te garde en mouvement. Théophile aussi est comme ça. Il continue de filmer parce qu'il adore bricoler avec ses appareils photo qu'il construit lui-même, et parce qu'il s'amuse comme un petit fou avec son révélateur, son fixateur et ses photons qui explosent. Je vous envie.

« Moi, je ne suis pas comme ça. Je vois le matériau avec lequel je dois travailler comme un handicap et une limitation qui restreint mes idées. Je ne m'amuse pas quand je filme. Au contraire, je suis frustré de constater que la concrétisation de mes idées les déforme et les banalise. Ce n'est pas pour rien que tu ne m'as jamais vu avec une caméra. Je ne pense même pas vraiment en images. Ce sont les idées qui m'intéressent, et plus je vieillis, plus c'est le cas. Et si mes idées sont nourries par la lecture et par la contemplation de ce que les autres font, elles s'effritent sous mes doigts dès que j'essaie d'en faire quelque chose moi-même. Ce que je vais te dire va peut-être te sembler étrange, mais je trouve plus honnête envers mes idées de m'abstenir d'un quelconque processus de réalisation. Et c'est aussi pourquoi j'estime qu'il est illégitime d'encore me définir comme un artiste.

J'étais stupéfait.

— Je ne sais pas trop quoi te dire, dis-je. Tu me prends au dépourvu. Et maintenant ?

— Ne t'inquiète pas pour moi. Encore une fois, je le vois comme un gain de maturité. Je vais continuer à lire et à regarder ce que les autres font, et pour gagner ma vie je ferai autre chose. De toute façon, le cinéma n'a jamais vraiment été idéal comme gagne-pain. Et je suis sûr que vous n'aurez pas trop de difficultés à trouver un autre réalisateur pour votre film sur le tourisme.

— Je ne veux pas faire ce film sans toi, dis-je.

J'étais sincère.

Il sourit.

— Tu en reviendras, dit-il.

— Non. Je suis sincère.

— Le plus important, c'est que tu sortes ton livre. Comme ça, au moins, le travail qu'on a fait ensemble n'aura pas servi à rien. Je serais fier d'avoir pu y contribuer un tant soit peu.

— Tu l'as fait, Marco. Et je t'en suis reconnaissant.

Lorsque je racontai plus tard à Clio notre entretien au restoroute et la décision de Marco, elle dit :

— Quel homme admirable. Il a compris. Si seulement il y avait plus d'artistes qui suivaient son exemple.

Je reçus encore un e-mail de Marco, pour me remercier de ma collaboration et de ma compréhension, et me signaler qu'un court-métrage de Théophile Zoff avait remporté un prix au festival du film de Locarno. Il y avait un lien vers le film, qui s'intitulait *Venices*. C'était un chef-d'œuvre de six minutes dans lequel il était parvenu à rendre sur images à la fois Giethoorn et la vraie Venise du Sud parfaitement méconnaissables. À la minute 3:23, on me voyait passer. Je regardais l'objectif avec méfiance.

XXII

DERRIÈRE UN MISÉRABLE ROSIER

1

Il faisait un temps étrange hier. Après le réveil et ma première toilette matinale, vêtu de ma robe de chambre vaporisée de deux petits coups de Rosso d'Ischia, les joues frictionnées de lotion au sel marin, lorsque je repoussai la chaise afin d'ouvrir les portes-fenêtres et sortis sur ma terrasse avec la tasse de café que la nouvelle femme de chambre m'avait apportée et une cigarette de mon paquet bleu clair de Gauloises brunes sans filtre, je fus surpris par le froid mordant, chargé de lointains effluves, qui me ramenèrent à ces petits matins d'enfance chez ma grand-mère, dans la chambre à coucher sans chauffage de la vieille maison du Grand Nord où j'ai grandi. Le ciel était pâle comme un couvre-lit délavé. Le domaine entourant le Grand Hotel Europa était plongé dans un brouillard qui semblait monter du sol, comme si la terre lasse exhalait des soupirs de vapeur.

Je ne voyais que jusqu'au début de la longue allée. La forêt au loin, où j'avais en vain cherché une expérience intertextuelle et abîmé mon smoking bleu, demeurait cachée. Tout en allumant ma cigarette avec mon Zippo *solid brass* et m'essayant à souffler la fumée dans la brume, je m'amusai à imaginer que le Grand Hotel Europa s'était subrepticement détaché du reste du monde au cours de la nuit précédente, et qu'il flottait comme par magie sur les nuages, nous condamnant tous à y rester pour toujours, et que rien ne changerait plus jamais.

Mon café et ma cigarette terminés, je rentrai et laissai les portes de la terrasse ouvertes pour prolonger le fantasme porté par l'air vif qui s'engouffrait dans la chambre. Je regardai mon MacBook et les cahiers déjà pleins entassés sur mon bureau marqueté d'ébène. Je n'allais pas rester ici pour toujours. Une fois que j'aurais achevé mon travail et accompli la mission que je m'étais fixée, il me faudrait repartir, même si j'ignorais encore où. J'espérais que l'inspiration me guiderait le moment venu.

Ce moment, toutefois, n'était plus très éloigné. Dans la reconstitution des événements qui avaient eu lieu entre Clio et moi, j'en étais presque arrivé au dernier chapitre, celui qui de tous serait le plus difficile à écrire, notre plus grand voyage ensemble, le dernier aussi, la fin. J'appréhendais d'avoir à le coucher sur le papier parce que cela m'obligerait à revivre ce que j'aurais préféré ne jamais vivre du tout, et j'appréhendais peut-être encore plus d'avoir fini de l'écrire, parce que je devrais alors me séparer une nouvelle fois de Clio. Tant que je n'avais pas mis le point final au bout de la dernière phrase de la dernière page, elle était en quelque sorte encore auprès de moi, sur les pages blanches des cahiers qui me restaient à remplir. Il y avait encore des aventures à raconter, et je pourrais encore décrire sa beauté, son rire lorsqu'elle s'éveillait le matin, et cette façon qu'elle avait de faire taire le soir par la calligraphie de ses gestes, et puis, en théorie, il restait même une chance que l'histoire se termine autrement, même si cette probabilité n'existait pas. Mais, une fois que ce serait fait, ce serait à jamais. Clio me manquait et je craignais qu'elle me manque doublement.

Je savais que le but était qu'ensuite une sorte de clarté se fasse comme par enchantement, et que je comprenne enfin certaines choses, à commencer par l'endroit où je devais aller, mais je n'étais plus sûr d'y croire encore. Peut-être avais-je peur de cette soudaine clarté et préférais-je l'existence ritualisée dans un hôtel dans les nuages, détaché du monde et hanté par les souvenirs d'un passé plus beau. La clarté illuminerait le vide. La brume convenait mieux au manque qui m'habitait.

2

J'eus envie tout à coup de sortir me promener dans le brouillard. Mais je devais d'abord prendre mon petit déjeuner. Il était déjà tard. J'avais dormi longtemps, sans raison particulière. Mais je n'avais pas non plus de raison particulière de me lever plus tôt. Je me consacrai alors à ma seconde toilette matinale, m'habillai et descendis. Il n'y avait presque plus personne dans la salle du petit déjeuner. Une partie du buffet avait déjà été débarrassée, mais ce qui restait suffisait amplement à me rassasier. Je n'avais pas faim.

Je vis par la fenêtre que le soleil perçait. Le brouillard était en train de se dissiper. Mais je décidai de m'en tenir à mon plan initial et me dirigeai vers la sortie. Je passai devant la réception, où Montebello s'occupait du check-in d'une famille chinoise tout juste arrivée, deux jeunes parents étonnamment bien habillés et une petite fille âgée d'une douzaine d'années, un peu plus peut-être. Elle portait fièrement un étui à violon dans le dos.

Je remarquai que l'opération ne se déroulait pas de manière aussi impeccable que Montebello l'exigeait de lui-même. Il y avait un problème avec le système informatique, qui avait été installé récemment pour remplacer les registres manuscrits, ou plus probablement le problème résidait-il dans le degré de familiarité et de dextérité qu'entretenait Montebello avec le nouveau système informatique et les systèmes informatiques en général. Il continuait de voir l'ordinateur comme une boîte pleine d'électronique effrayante et ne parvenait pas à ignorer le *hardware* pour se concentrer sur la logique de l'interface, comme un enfant ou un petit singe qui ne verrait dans un dessin que du papier, des couleurs et des lignes, sans arriver à faire le saut cognitif et métaphorique vers ce qu'il représente. Ou sans *vouloir* faire ce saut, peut-être. À sa décharge, essayez donc d'introduire des noms chinois dans un tableau avec des dates d'arrivée, de départ et des numéros de chambre…

Il y avait en outre un problème de communication. Les Chinois ne comprenaient pas ses gracieuses arabesques d'excuses, et lui ne comprenait pas une requête particulière qu'ils tentaient de formuler, moitié en chinois, moitié en anglais chinois, qui avait l'air d'être importante et concernait visiblement le violon de leur fille. C'était en tout cas ce qu'ils montraient du doigt. Soucieux de leur venir en aide, je me permis d'intervenir et suggérai que la jeune fille avait besoin d'un lieu de répétition. Montebello me fut reconnaissant d'avoir traduit l'aporie en un problème qu'il était apte à résoudre et déclara qu'il pouvait mettre à leur disposition la salle verte ou, mieux encore, la salle à manger, une fois le petit déjeuner terminé. Bien qu'il fût tout à fait probable que les Chinois aient compris une tout autre solution à un problème que nous avions totalement compris de travers, ils nous sourirent avec gratitude.

Lorsque je fus enfin dehors, le temps était chaud et ensoleillé. Le brouillard s'était dissipé. Mon plan brumeux avait échoué. Pour me donner une contenance, plus que par conviction, je flânai le long de la pergola et des vases de bougainvillées en direction de la roseraie, où l'absence du vieux jardinier qui parlait aux roses en latin se faisait toujours aussi cruellement sentir, et de la fontaine, situées à l'arrière du bâtiment.

Lorsque je tournai le coin pour entrer dans la roseraie, ou ce qu'il en restait, je vis au loin deux personnes de tailles très inégales qui se dirigeaient vers moi depuis l'autre bout. Je devais me tromper, mais je ne me trompais pas. C'étaient la poétesse française Albane et le grand Grec, que je n'avais jamais pris en flagrant délit d'exercice physique. Je me cachai derrière un misérable rosier pour les épier. Bien entendu, ce dernier était loin d'offrir une couverture suffisante. Je vis par terre une branche envolée encore feuillue, la ramassai et la tins devant le buisson afin de professionnaliser mon camouflage. Mais le fruit de mon espionnage fut décevant. Ils ne faisaient rien. Si inouï que cela pût paraître, ils se promenaient. Je me serais attendu au minimum à ce que le grand Grec, de ses mains grasses avec lesquelles il s'attaquait en général aux ailes de poulet, profite de ce moment de romantisme extrêmement rare dans sa vie pour lui pincer les fesses, et à ce qu'elle l'accable d'injures militantes féministes, dans un ordre ou dans l'autre, mais ce n'était pas ce qui était en train de se produire. Nom d'une pipe, ils avaient l'air de papoter en toute quiétude. Je nageais en pleine hallucination.

Je me mis alors à soupçonner un très probable dessein derrière cette mascarade. Albane avait dû m'apercevoir à la réception avec Montebello et les Chinois, et m'avait vu ensuite sortir. Elle était aussitôt allée cueillir le grand Grec dans le salon, afin de donner le coup d'envoi à la mise en œuvre de son plan ridicule destiné à me rendre jaloux. Elle avait délibérément fait avec lui le tour du bâtiment par l'autre côté afin de venir triomphalement à ma rencontre avec son gros et gras trophée de chasse.

Mais, du coup, cela n'avait aucun sens que je me cache avec une branche à la main derrière un buisson qui pleurait visiblement en latin. S'ils savaient que j'étais là, ou du moins si Albane le savait, et si c'était même la raison pour laquelle eux aussi étaient là, j'étais en train de me rendre parfaitement ridicule, si je ne l'étais pas déjà. Dans ce cas, autant sortir de derrière mon rosier inadéquat. Mais c'était une autre paire de manches. Quiconque sort de derrière les buissons suscite inévitablement le soupçon qu'il était en train d'espionner. Je ne savais donc pas quoi faire, et à un moment ils furent tellement proches que je n'avais plus aucune action crédible à ma disposition. Ils me virent et me dirent bonjour.

— *Huc nimium brevis flores amoenae ferre iube rosae dum res et aetas patiuntur*[1].

— Que dites-vous ? demanda le grand Grec. Et que faites-vous là, au juste ?

— Je parle aux roses en latin, dis-je.

— Il faut bien que quelqu'un le fasse, dit Albane, et je crus même voir un sourire.

1. « Commande ici qu'on apporte les fleurs trop brèves de l'aimable rosier, tant que te le permettent les circonstances et l'âge. »

3

Beaucoup plus tard dans la journée, après la *merenda*, je tombai sur Abdul en train d'épousseter et de nettoyer les fleurs en plastique du palier avec une eau savonneuse. Lorsqu'il me vit, il interrompit son ouvrage pour me parler.

— J'espère que vous voudrez bien me pardonner mon insolence, dit-il, et je n'entends pas prendre pour habitude de me mêler de ce qui ne me regarde pas, mais il serait bon que vous vous entreteniez un instant avec M. Montebello. Je crois que quelque chose ne va pas.

— Que se passe-t-il ? demandai-je.

— Je pense qu'il est mieux que vous lui demandiez vous-même, dit Abdul. Je ne voudrais pas vous inquiéter inutilement si je devais avoir mal compris.

— J'y vais de ce pas. Sais-tu où il est ?

— Non. Je suis désolé, répondit-il. Merci beaucoup.

Je descendis à la recherche de Montebello, mais le majordome, d'ordinaire omniprésent, ne se trouvait nulle part. Il n'était pas dans la bibliothèque ni dans la salle verte, ni dans l'ancien salon chinois qui, depuis qu'il avait été transformé en pub anglais, était plein de Chinois. Il n'était pas non plus à la réception. S'y trouvait en revanche l'interprète de M. Wang, qui travaillait sur le nouvel ordinateur. Je lui demandai s'il avait vu Montebello. Il me répondit que malheureusement il ne pouvait pas m'aider.

Je cherchai dans l'autre aile et, lorsque j'arrivai dans le salon, j'entendis du violon en provenance de la salle du petit déjeuner. Ce n'étaient que des gammes, des tierces et des arpèges brisés, mais exécutés avec le tempo et la précision sans faille d'un professionnel. Je me demandais qui au Grand Hotel Europa possédait un violon, à part la petite Chinoise de 12 ans. Mais c'était elle. Lorsque j'entrai dans la salle à manger, elle interrompit son étude et s'excusa en inclinant la tête. Je levai les pouces, applaudis et fis signe qu'elle pouvait continuer. Spécialement pour moi, elle joua alors de mémoire le premier mouvement, l'allemande, de la partita numéro 1 en *si* mineur de Bach, et l'exécuta divinement bien, assurément, pour une enfant de 12 ans. Son jeu était mature, techniquement impeccable et vigoureusement *cantante*. J'applaudis de nouveau, avec encore plus de sincérité. Rétrospectivement, j'étais fier aussi d'avoir correctement deviné ce dont ils avaient besoin, ce matin à la réception, et que mon intervention se soit avérée judicieuse.

Enfin, je trouvai Montebello à l'extérieur, sur le banc sous la pergola. Je m'assis à côté de lui et déclarai que j'aurais voulu lui dire que, malgré le brouillard de ce matin, nous avions droit à une journée splendide, mais que j'avais des raisons de croire qu'il pourrait ne pas être d'accord avec moi et préférer parler d'autre chose que du temps.

— Dans le brouillard, le monde hideux et toutes ses lois semblent disparaître, dit-il, mais finalement c'est le brouillard lui-même qui disparaît. Ainsi en va-t-il de toute chose. La neige fond au soleil et, dans quelques millions d'années, c'est le soleil qui aura fini de brûler. Les pensées qui furent jadis importantes s'envolent comme de vieux journaux au vent. Même l'empire millénaire s'effondre un jour, et il n'est même pas besoin de barbares pour cela. Il suffit que les temps changent. Le marbre dans lequel sont gravées les lois éternelles se fissure, les colonnes se renversent, et les dieux antiques fuient, la queue entre les jambes, pour rejoindre les constellations, les manuels scolaires et leurs significations symboliques. La fugacité de toute chose est la seule loi impérissable. L'unique consolation est de savoir qu'à la place il vient autre chose, qui à son tour devra céder la place, comme les animaux dans la chaîne alimentaire, qui ne savent pas qu'ils finiront un jour comme le dodo empaillé au musée d'Histoire naturelle, ce qui nous amène à la situation de ma propre et insignifiante personne, car c'est exactement là que j'en suis aujourd'hui.

« J'ai eu cet après-midi une conversation avec l'actuel propriétaire du Grand Hotel Europa, M. Wang, qui m'a informé par le truchement de son interprète qu'il accordait une valeur inestimable à mes efforts, mais que la modernisation de l'hôtel exigeait des qualités qui, pour des raisons bien compréhensibles, me font défaut. Il a fait remarquer à juste titre que l'automatisation croissante de l'administration et du fichier clientèle rendait indispensable une connaissance de base en informatique, que je n'ai pas, et que l'évolution de la clientèle du Grand Hotel Europa avait fait naître le besoin d'un interlocuteur maîtrisant le mandarin, sa préférence allant en outre à une personne à l'allure juvénile, plutôt qu'à un homme dont l'identité s'était à ce point confondue avec l'hôtel que le délabrement des murs marquait les traits de son visage. Il a déclaré qu'au vu des circonstances il en était arrivé à la conclusion inéluctable qu'il ne voyait pas de raison de s'attacher mes services plus longtemps, et que tout en me remerciant pour tout ce que j'avais représenté pour l'hôtel, en particulier durant la délicate période ayant précédé la reprise, il désirait mettre fin à notre collaboration, avec effet immédiat.

— C'est inouï, dis-je.

— Non, maestro Leonardo, si vous me permettez de vous appeler ainsi, ce n'est pas inouï. Je l'ai hélas ouï de mes propres oreilles, et je puis comprendre le raisonnement qui a mené à cette décision. Les temps ont changé, et je me suis retrouvé du côté des perdants de l'histoire. En demeurant fidèle à la tradition, je me suis fait l'artisan de ma propre inutilité, après quoi il ne me reste d'autre choix que de rejoindre le musée.

— Je ne connais aucun mortel qui puisse vous remplacer, dis-je.

— Il n'y aura pas de nouveau majordome. À la place, l'interprète de M. Wang remplira la fonction de *general manager*.

— Mais le Grand Hotel Europa est toute votre vie.

— Ça, vous pouvez le dire. Bien que je ne sois pas né ici, c'est ici que je suis devenu l'homme que j'ai été toute ma vie. Si vous voulez bien me pardonner de vous infliger cette pensée morbide, je vous avoue volontiers que j'ai toujours rêvé de mourir en livrée, avec sur mes lèvres un sourire et un dernier mot d'excuse pour le dérangement occasionné. Mais ce ne me sera pas accordé.

— Je ne puis l'accepter, dis-je.

— C'est infiniment gentil de votre part, mais avec tout le respect que je vous dois, je ne crois pas qu'une réponse négative à la question de savoir si vous l'acceptez ou non changera quoi que ce soit à la situation.

— Nous devons protester, insistai-je. Je me fais fort d'en parler personnellement à tous les hôtes permanents, et nous établirons une déclaration commune dans laquelle nous ferons savoir au propriétaire que le Grand Hotel Europa sans vous n'est plus notre chez-nous, en le priant instamment de reconsidérer sa décision. Collectivement, nous représentons un montant considérable de revenus fixes et garantis. Opérer de concert nous dotera d'un pouvoir certain. Je veux voir si M. Wang osera ignorer un recours unanime. L'histoire ne s'achève pas ici, je vous en fais la promesse.

XXIII

TRÉSORS DE L'ÉPAVE
DE *L'INCROYABLE*

1

Par une pâle journée d'hiver, Clio et moi prîmes le vaporetto pour aller aux Giardini visiter la Biennale. Bien que seul l'art ancien fût réellement de l'art à ses yeux d'historienne de l'art spécialiste de l'époque où l'Italie était encore le centre du monde, elle se sentait professionnellement obligée de prendre connaissance des dernières tendances dans l'art contemporain, et la Biennale allait bientôt fermer. Il fallait donc bien y aller. Je dois dire que j'étais sincèrement curieux, même si je n'en attendais pas beaucoup plus qu'une overdose de délires prévisibles. Mais en général cela m'amusait de voir ces expressions artistiques qui se voulaient un commentaire très sérieux de l'époque actuelle. Pour finir, c'était moi qui avais insisté et l'avais persuadée d'y aller.

Tandis que les touristes se pressaient sur l'avant-pont pour immortaliser le Grand Canal, nous prîmes place, en bons Vénitiens, à l'intérieur du bateau. Il faisait froid.

— Parfois, je me dis que j'aimerais bien avoir un homme, dit-elle, qui prend aussi de temps en temps l'initiative de m'emmener quelque part.

— Si je n'avais pas insisté, on n'y serait pas allés.

— Mais c'était mon idée, objecta-t-elle. Comme d'habitude. C'est ça que je veux dire. Les idées doivent toujours venir de moi, tandis que tu te laisses traîner partout comme un gros boulet. Tu es lourd, tu sais ça ? Lourd.

Je ne dis rien. Des gondoles noires glissaient sur l'eau grise. La plupart des gondoliers avaient troqué leur authentique chapeau de paille à ruban coloré pour un bonnet de laine. Ils transportaient des tourtereaux chinois emmitouflés qui photographiaient notre vaporetto, d'où ils étaient à leur tour photographiés par des touristes moins fortunés. Clio prit ma main et m'embrassa dans le cou.

— Quand est-ce que tu iras enfin t'enregistrer à la commune ? demanda-t-elle. C'est ridicule que tu doives encore payer le tarif touriste pour le vaporetto.

Telles des demoiselles d'antan trop légèrement vêtues un jour d'hiver, les élégants *palazzi* du Grand Canal frissonnaient dans leurs teintes d'aquarelle sur leurs fondations pourrissantes plongées dans l'eau glacée. Le vaporetto s'arrêta au débarcadère de San Marco. De manière calme et routinière, les passagers furent autorisés à descendre et à monter à bord. Venise est une ville d'une irréductible lenteur. Celui qui entre dans la vieille ville se trouve immédiatement pris au piège d'obstacles dressés par le passé. Il doit zigzaguer dans des ruelles étroites et gravir les marches de dizaines de petits ponts avant d'arriver à destination. C'est comme marcher dans une ville affectée de sinusite chronique. Tout est bouché depuis des siècles, et aucun gouvernement un peu dynamique ne s'est mis en devoir de moucher la ville pour libérer ne fût-ce que quelques voies passantes. Tout ce que les temps modernes ont apporté, ce sont des essaims de touristes qui s'arrêtent à tout bout de champ dans les venelles pour s'émerveiller devant les vitrines où clignotent des gondoles en plastique. Et il n'y a pas de raccourci. Vous ne pouvez pas héler un taxi si vous en avez marre de piétiner et que vous voulez tricher en vous faisant amener de l'autre côté de la ville en la contournant par l'extérieur. Le seul autre itinéraire, c'est l'eau, où le temps ralentit, bercé par les flots lents coulant vers la lagune. L'infrastructure de Venise est dessinée à la plume d'oie trempée dans une encre visqueuse et brunie sur du papier jauni.

2

Nous flânions aux Giardini devant les pavillons nationaux de la Biennale comme devant des stands au marché de Noël. La seule raison pour laquelle ils avaient ressorti leur camelote habituelle, c'était que la saison était de retour. Apparemment, il y avait des gens qui aimaient ça – pour cette seule et même raison – et qui auraient été déçus si l'offre avait été trop surprenante ou différente des éditions précédentes. Nous avions donc droit au grand jeu des élucubrations attendues.

Des installations de vidéos amateurs montrant des acteurs à l'accoutrement bizarre, l'esprit visiblement embrumé, et qui se mettaient à hurler sans raison apparente. Très primitif. Des vidéos à gros grain noir et blanc présentant une surface ondulante pendant une durée indéfinie, en métaphore du temps cosmique qui passe de façon perceptible. Un long-métrage sur des adolescents qui n'arrêtaient pas de se bousculer, en guise de critique lapidaire de la société de performance néolibérale. Nous avions déjà tout vu avant, même si c'était alors très différent. La peinture à l'huile sur toile était plutôt rétro à l'époque de l'iPhone, et il fallait reconnaître la puissance de l'animation, nous le comprenions fort bien, mais tout ce que l'avant-garde européenne avait atteint, cinématographiquement parlant, était, sur le plan de la technique comme sur le plan de la richesse des idées, dépassé haut la main par le premier film hollywoodien de série B venu.

Le pavillon anglais était rempli du sol au plafond de grosses boules de papier mâché coloré. Dans le pavillon français, l'artiste avait reproduit le chaos de son atelier pour que tout le monde comprenne pourquoi il n'avait hélas pas réussi à fabriquer une véritable œuvre d'art. Le kitsch fluo provocateur se trouvait cette fois-ci du côté de la Bulgarie. Le pavillon finlandais présentait une sculpture en bois minimaliste d'où suintait la conscience écologique. Le spectacle des Allemands, qui avait remporté le premier prix, n'était pas joué ce jour-là, si bien que nous errâmes un court instant sur le sol en verre du pavillon vide, tentant d'y ajouter en imagination les uniformes et les aboiements de chiens évoqués par les articles que nous avions lus. Voilà peut-être ce que nous vîmes de mieux.

Lorsque nous franchîmes les grilles des Giardini pour nous acheminer vers la seconde partie de la Biennale à l'Arsenal, un glorieux coucher de soleil se déployait sur la lagune et éclipsait sans effort toutes les œuvres d'art que nous venions de voir. Au bord de l'eau, tournant le dos à la Biennale, des dizaines de touristes américains et chinois photographiaient l'astre rougeoyant au-dessus de la skyline séculaire de Venise.

Il commençait à faire froid. Clio mit ses mains dans les poches de son manteau. Puis elle changea d'avis et glissa une main dans la mienne, dans la poche de mon manteau. J'étais heureux de me sentir un instant uni à elle dans un mépris commun pour l'art contemporain.

— Tu sais ce qu'il y a de plus beau, au fond, dans toute la Biennale ? demanda-t-elle.

Elle donna elle-même la réponse.

— C'est le public.

— En effet, certains avaient des tenues d'expert en œuvres d'art très convaincantes. C'est surtout aux lunettes que ça se remarque.

— Ce n'est pas ça que je veux dire, dit-elle. Tu es épuisant à toujours tout vouloir tourner à la plaisanterie. Ce que je veux dire, c'est que c'est touchant de voir combien de gens – et même des jeunes ! – sont sincèrement intéressés, prennent la peine de venir ici, achètent un billet et sont vraiment prêts à s'ouvrir et à se laisser surprendre.

— Dommage qu'ils ne voient rien de surprenant.

— Ce n'est pas dommage, dit Clio. C'est scandaleux. Je n'ai pas d'autre mot. C'est la faillite de la décence des artistes à prendre leur propre art au sérieux.

— Ils n'ont aucune notion de la tradition, dis-je, parce que je savais que c'était l'un de ses chevaux de bataille et que je voulais préserver notre sentiment de cohésion.

— Au contraire, ils n'ont que trop conscience de la tradition, dit-elle.

Elle retira sa main de ma poche.

— Le passé pèse comme une chape de plomb sur leurs épaules. Tous ces artistes entament leurs œuvres avec la pensée paralysante que tout a déjà été dit et fait avant.

— Le Caravage pensait peut-être la même chose en son temps, dis-je.

J'étais irrité qu'elle ait repris sa main.

— Une culture vivante nourrit la tradition en la perpétuant, répondit-elle.

J'eus l'impression qu'il valait mieux que j'approuve.

— Le rejet catégorique de la tradition est un symptôme de crise. Tu as froid ? Rends-moi ta main.

3

Le vaste complexe de l'Arsenal est ce qui reste des anciens chantiers navals et des fabriques d'armes de l'illustre république de Venise. Les premières références admiratives à cette structure remontent au XIIᵉ siècle. Entre le XIVᵉ et le XVIᵉ siècle, les ateliers ont connu plusieurs agrandissements substantiels. À leur apogée, les bâtiments de l'Arsenal couvraient une superficie de 48 hectares, soit 15 % de la surface de la ville, et la fabrication d'armes et de navires fournissait du travail à un dixième de la population masculine.

Dans le chant XXI de « L'Enfer », où Dante décrit la damnation éternelle des serviteurs du gouvernement coupables de corruption et d'abus de pouvoir, il compare la poix bouillante dans laquelle leurs âmes sont plongées à l'Arsenal des Vénitiens, où, par un sombre jour d'hiver, la poix tenace bouillonne pour radouber des vaisseaux délabrés, et où les ouvriers triment sans relâche, l'un courbant les planches d'un nouveau galion, l'autre calfatant une carène endommagée, l'un réparant la proue, l'autre la poupe, l'un taillant des rames, l'autre tordant des cordages, tandis que d'autres encore ravaudent les voiles de misaine et d'artimon.

Les historiens affirment que la construction navale et la fabrication d'armes dans l'Arsenal vénitien constituaient le premier exemple de processus industriel où des ouvriers spécialisés formaient une chaîne de production extrêmement efficace. Il ne manquait que le tapis roulant pour l'appeler chaîne de montage. C'était une imposante usine de guerre, et de ses halles bruyantes sortirent les galères et galions lourdement armés qui permirent de résister aux Ottomans dans la mer Égée, de les battre à Lépante et de dominer la Méditerranée pendant des siècles. C'est dans la production incessante de ces chantiers navals que la Sérénissime puisa sa gloire, sa richesse et sa toute-puissance.

Il était difficile de ne pas percevoir d'emblée un signe de décadence dans le fait que ces mêmes halles où furent construits jadis des vaisseaux exceptionnels capables de naviguer en haute mer abritaient désormais les fragiles bricolages de l'avant-garde européenne. Me revint en mémoire l'adjectif grec *eútyktos*, employé par Homère pour souligner la qualité des navires, des bâtiments et des ustensiles, et signifiant « bien fait ». Ce terme faisait référence au savoir-faire artisanal et à la longévité du produit ainsi obtenu. Au cœur de Venise, où l'on ne fabriquait plus rien depuis longtemps, à l'endroit même où l'on construisait jadis des bateaux bien faits, l'on exposait aujourd'hui des objets qui étaient tout sauf *eútyktos*. Abstraction faite de la pauvreté des idées présentées, la Biennale faisait preuve d'un mépris navrant pour l'artisanat. Il y avait des chandails punaisés sur les pays pauvres d'une carte du monde pour sensibiliser les spectateurs aux conditions de travail dans lesquelles nos vêtements étaient confectionnés. Il y avait un tipi en macramé dans lequel on pouvait, en tant qu'expert en œuvres d'art, aller s'asseoir et méditer sur ses péchés. Il y avait une grande œuvre abstraite multicolore qui semblait constituée de centaines de vieilles cassettes collées sur un morceau de carton. Il y avait des chaussures suspendues à des ficelles avec des plantes dedans.

Il y avait une sculpture composée de vases chinois collés les uns aux autres, qu'un modeste éternuement eût suffi à faire s'écrouler. À l'instar d'une poétesse du dimanche qui ramasse des brindilles bizarres dans la rue (« Les gens ne voient pas ça, c'est dingue, ils passent devant comme ça ») et les retricote ensuite dans une robe à fleurs en sirotant une tisane d'églantier (« C'est aphrodisiaque, chez moi, oui je sais, j'suis pas normale »), la majeure partie de ce qui se présentait comme de l'art à la Biennale relevait, oui, d'une forme de masturbation : une camelote autoréférentielle qui, comme l'urinoir de Duchamp, dépendait purement du contexte muséal. C'était dénué d'imagination, et puis, surtout, c'était mal fait.

— Tu vois cette toile ? demanda Clio.

— C'est quoi ? Un hamburger au fœtus ?

— Indépendamment de ce que ça représente. Je croyais que c'était de la gouache. Mais c'est de la couleur à l'huile industrielle pas chère qu'on vend en tube au supermarché.

— Comment tu vois ça ?

— Je le vois. Dans une vingtaine d'années, cette peinture va se mettre à baver et à dégouliner. Voire avant. Le tableau sera bon à jeter.

— En l'occurrence, ce ne sera peut-être pas une grande perte, dis-je.

— Ce n'est pas la question, Ilja. Le fait est que c'est tout simplement de la merde.

— Tu peux difficilement juger un artiste d'après la qualité de ses tubes de peinture.

— Oh que si, je peux, dit Clio.

La moutarde lui montait au nez.

— Tu sais comment faisait le Caravage ? Tu sais comment faisaient Rubens, Rembrandt et Van Dyck ? Ils ont passé des années en apprentissage chez un maître pour apprendre à fabriquer leur peinture. Le soin apporté à la qualité de leur matériel faisait partie intégrante de leur savoir-faire. Je dirais même plus : il en était la base. C'est d'ailleurs pourquoi, quatre siècles plus tard, leurs tableaux semblent toujours aussi neufs que s'ils avaient été peints la veille.

Je lui donnai raison, mais elle n'écoutait pas.

— Or nous sommes à la Biennale, dit-elle. Le top du top de l'art contemporain. Un collectionneur va débourser 300, 400, 500 000 euros pour ce truc, juste parce qu'il était accroché là. C'est une farce. Et ça vaut pour toutes les œuvres présentes ici. Tu peux t'imaginer un musée qui achète ces bricolages en papier mâché assemblés avec de la colle multiusage et des lacets, et qui doit essayer de les conserver ? C'est un scandale. Du mépris pur et simple de l'artisanat.

— Je crois que c'est aussi un manque de confiance en soi, avançai-je prudemment. Celui qui n'est pas sûr d'avoir quelque chose d'essentiel à dire sera probablement moins enclin à graver ses mots dans le granit. Tu vois ce que je veux dire ? Sans s'en rendre compte ou sans vouloir l'avouer, tous ces artistes ici présents ont peur de l'éternité, parce qu'ils sont inconsciemment tourmentés par le pressentiment de leur insignifiance face à l'éternité. Tout a déjà été fait avant en mieux. L'art européen a peut-être duré trop longtemps.

Clio me toisait de son regard ironique qui me faisait chaque fois retomber amoureux aussi sec.

— Manque de confiance en soi, hein ?

— Tu ne crois pas ?

— Une chose est sûre, c'est que tu n'en souffres pas, dit-elle. Allez, assez d'art pour aujourd'hui. Allons manger un bout, puis j'exige qu'avec ta belle confiance en toi tu me ramènes rapido presto à la maison, où je te coucherai nu sur le canapé comme un satyre alangui pour que je puisse m'amuser un bon et long moment avec toi.

— On peut aussi sauter le repas.

— Non, j'ai faim.

4

Bien qu'avec Clio ma mission de vie fût devenue de reconnaître que ses idées étaient par définition les meilleures, il s'avéra après coup que mon idée eût été préférable. Nous aurions mieux fait de sauter le repas. Pour commencer, nous eûmes du mal à trouver un restaurant adapté. Les établissements que nous croisions étaient soit trop touristiques, soit tellement touristiques qu'ils étaient fermés pendant la saison hivernale, faute de touristes. Il commençait à se faire tard. Nous arpentions les *calle* abandonnées et les places désertes. Tous les volets étaient fermés. Il n'y avait de lumière à aucune fenêtre.

Enfin, nous trouvâmes un restaurant qui m'avait l'air acceptable, mais qui lui paraissait trop cher. Je dis que je l'invitais. Cela l'irrita. Elle dit qu'il ne s'agissait pas de ça. Elle dit que j'étais tout simplement trop paresseux pour continuer à chercher. Je dis que je proposais ça juste pour qu'on puisse rentrer rapidement à la maison. Elle dit que, comme d'habitude, je ne pensais qu'à moi. Je dis qu'alors on pouvait continuer à marcher pour voir si on trouvait un autre restaurant qui lui plaisait. Elle dit qu'elle avait déjà dit qu'elle avait faim, mais qu'apparemment je n'étais pas décidé à en tenir compte. Je dis que je voulais faire ce qu'elle voulait. Nous finîmes donc quand même par entrer là, ce qui en faisait toutefois officiellement un restaurant de mon choix et lui donnait le droit de me tenir personnellement pour responsable de tout plat décevant.

Par méfiance, elle commanda juste une toute petite entrée, que même le plus mauvais des cuisiniers, d'après elle, ne pouvait pas rater. Je dis que je croyais qu'elle avait faim. Bien qu'elle fût une grande adepte de l'ironie, je pouvais lui épargner la mienne. Elle dit que moi, je voulais toujours rester assis pendant des heures sur mon gros cul dans les restaurants à ingurgiter un service après l'autre. Elle dit que je ne pensais qu'à ça. De toute façon, j'étais incapable de penser à autre chose qu'à mon nombril. Je ne l'avais même pas aidée à déballer ses livres lors du déménagement. Elle, elle n'était pas comme ça. Elle pensait aussi aux autres, et elle faisait aussi attention à sa santé, figure-toi, même si elle se rendait bien compte que ce mot était absent de mon vocabulaire. Mais j'appréciais sûrement d'avoir dans mon lit une biche svelte et élancée plutôt qu'un gros égoïste flasque, avec qui elle, en revanche, était apparemment condamnée à dormir ? Tout ce qu'elle aurait voulu, en fait, c'était une salade. Elle trouvait que nous devions manger plus souvent à la maison. Son entrée était mauvaise. Tu vois ? Je lui proposai de l'échanger contre mes spaghettis. Au lieu d'accepter mon offre, elle se lança dans une tirade virulente contre cette ville décadente, cette Venise à la con avec ses valises à roulettes, où sa culture italienne supérieure était jetée en pâture à des hordes barbares et où il n'y avait même plus moyen de se faire servir une assiette convenable.

J'étais soulagé que la Sérénissime serve de paratonnerre aux éclairs brûlants de son ire et abondai dans son sens avec enthousiasme. J'exagérai visiblement mon ardeur, car elle me lança d'un ton tranchant que je n'avais pas le droit d'être aussi condescendant et que dans mon pays natal on se trimballait encore en peau d'ours avec le cul poilu et pas lavé quand les Vénitiens construisaient la basilique Saint-Marc. Je finis mon assiette de pâtes en silence, pendant qu'en guise de suite logique à ce qui précédait elle remettait sur le tapis mon hygiène personnelle. C'était l'un de ses thèmes favoris lorsqu'elle était en colère. Non qu'il y eût réellement quoi que ce soit à y redire. Au contraire, vu la véhémence avec laquelle elle avait si souvent abordé le sujet, je veillais avec un soin exagéré à ce que le moindre détail en la matière ne pût m'être reproché. J'allais même régulièrement chez la pédicure. Mais je ne pouvais effacer mon passé, et elle aimait s'attarder sur le fait que j'avais grandi dans un pays où personne n'utilise de bidet.

Quand j'eus terminé mes pâtes, j'essayai de ramener la conversation sur le sujet précédent et me lançai dans un discours, affirmant que la pléthorique et glorieuse histoire de l'Italie forçait évidemment l'admiration, mais qu'elle avait aussi ses côtés sombres.

— L'Italie est un pays prisonnier de son passé, dis-je. Pour commencer, il y a trop de trésors artistiques et de monuments à entretenir. Budgétairement parlant, le présent ne peut pas se permettre un tel historique.

Mais ce n'était pas l'objet de mon propos du moment : ce que je voulais dire, c'était que la mentalité des gens était, elle aussi, demeurée rivée au passé. Tout, en Italie, se déroule selon des traditions et des rituels si anciens et enracinés que personne n'a l'idée de les remettre en question. L'année voit invariablement s'enchaîner le mois de janvier à la montagne, le 15 août à la mer et Noël avec les mêmes cadeaux coûteux et ses sempiternelles querelles familiales. La vie entière tourne autour de l'église, depuis la naissance dans le berceau de satin blanc ayant appartenu à la grand-mère, en passant par la première communion et le mariage traditionnel, jusqu'au baptême des petits-enfants et à l'inhumation dans le caveau familial. La politique est toujours aussi mal organisée qu'à l'époque de la République romaine. Les entreprises et les universités sont gérées par des hommes portant le bon nom de famille. On répète siècle après siècle les mêmes façons de faire. L'innovation est aussi malvenue, voire aussi inconcevable qu'une variante créative de la recette traditionnelle des spaghettis *alle vongole*. L'excès étouffant de passé ne laisse pas le moindre filet d'air pour quoi que ce soit de nouveau.

Nous en avions déjà souvent parlé, et cela me paraissait un sujet sûr, car il lui donnait l'occasion de décharger sa colère sur sa carrière universitaire contrariée et la rigidité des institutions italiennes, avec lesquelles elle avait encore plusieurs comptes à régler. Mais ma stratégie se révéla douloureusement erronée. Elle dit qu'elle était surprise d'entendre une analyse aussi adéquate sortir de ma bouche, bien qu'apparemment je ne me sois toujours pas rendu compte que j'étais moi-même prisonnier de mon passé. Parlons-en. De mes fameuses ex. Et c'était reparti pour un tour. Non, je ne pouvais pas nier que j'avais un passé ni le changer, quand bien même je l'aurais voulu, mais je pouvais lui assurer que mon passé n'était d'aucune pertinence pour le présent. Elle dit que c'étaient des paroles creuses et que le présent, comme je venais de l'exposer si brillamment, était toujours imprégné de passé.

Puis elle me demanda ce que je pensais vraiment. Je la regardai d'un air interrogateur. Ce que je pensais de quoi ?

— De nous, dit-elle.

Elle était curieuse de connaître mon avis à propos de notre relation.

J'étais conscient qu'elle me poussait les yeux bandés dans un champ de mines. Indépendamment de mon opinion réelle, il était particulièrement difficile de jauger quelle était la réponse souhaitable à donner à sa question. Si je déclarais, en toute honnêteté, que je ne m'étais jamais senti aussi lié à une femme auparavant et que je ne savais pas ce que je pouvais me souhaiter de plus, je courais le risque de me voir accuser de manquer d'ambition et de choisir la facilité, dans la mesure où, à l'évidence, je ne souhaitais pas faire l'effort de réfléchir aux points qui pouvaient être améliorés. Si, au contraire, je répondais, peut-être tout aussi sincèrement, qu'il y avait des moments, comme celui-ci, où je me réjouissais surtout que l'on atteigne enfin tous les deux cette maturité relationnelle que j'appelais de tous mes vœux, elle ne manquerait pas, non sans raison, de le prendre pour une critique person-nelle. Les deux réponses m'exposaient en outre au reproche de ne raisonner qu'à partir de mon nombril. Elle m'avait si souvent blâmé pour mon égoïsme que j'avais fini par croire à ce présumé défaut.

— J'ai encore tellement à apprendre, dis-je.

Elle me regardait de ses yeux tristes et sombres qui brillaient comme une preuve de l'existence de Dieu. Aucun raisonnement, aucune logique ne pouvaient résister à ce regard. Un homme ne peut que croire en une telle femme, et c'était là précisément la religion et le destin que je souhaitais embrasser. Elle prit entre ses deux mains fines ma main qui reposait sur la table et soupira.

— Moi aussi, dit-elle.

Par souci d'exhaustivité, j'ajoute que la nuit s'écoula paisiblement. La mythologie fut remise au lendemain.

Mais j'étais déjà, comme souvent, plein de gratitude pour ce moment de sérénité.

5

— Ce n'est pas terminé, dit Clio le lendemain matin.

Moi qui croyais qu'on avait fait la paix.

— On a encore Hirst.

Je lui demandai ce qu'elle voulait dire.

— On a vu la Biennale, ou du moins ce qui passe pour être la Biennale, mais il y a encore une grande exposition de Damien Hirst. Elle aussi ferme bientôt.

— Elle fait partie de la Biennale ?

— Non, c'est indépendant.

— Mais ça a lieu en même temps ?

— C'est sûrement fait exprès.

— C'est une rétrospective ?

— Non, que de nouvelles œuvres.

— Allons-y tout de suite alors, dis-je. Comme ça, ce sera fait aussi.

L'art ne prend pas de précautions. Tout ce qui peut rendre vivable le commerce quotidien avec nos semblables, comme la prévenance, la retenue ou la sincérité, est malvenu entre une œuvre d'art et son public. Tout bon art est extrême, car l'art ne tolère pas le compromis. C'est pourquoi une bonne œuvre d'art peut être insupportable. Même l'art classique de la lointaine époque préromantique, que nous associons à l'harmonie, au juste milieu et au contrôle des émotions, n'a jamais visé la médiocrité. Le but n'était rien de moins que le sublime. Aucun artiste digne de ce nom ne s'est jamais contenu. Il n'a eu de cesse au contraire de trouver les moyens de réaliser l'expression suprême de son idéal artistique.

On pouvait tout dire de l'exposition de Damien Hirst, *Treasures from the Wreck of the Unbelievable*, mais pas qu'elle était prudente, modeste ou réservée. Tout en elle était extrême. À commencer par son ampleur. L'exposition comprenait des centaines d'œuvres et occupait deux musées vénitiens complets : le Palazzo Grassi et la Punta della Dogana. Il nous fallut la journée entière pour tout voir. La majeure partie des centaines de sculptures étaient en outre énormes.

Le réalisme était provocateur, le choix des matières sans compromis. Les statues étaient exécutées dans les matériaux les plus chers et les plus durables : le bronze, l'or, l'argent, le jade et le marbre de Carrare. Bien que Hirst garde le mystère quant à ses méthodes de travail, on sait qu'il a travaillé dix ans à cette exposition avec une équipe d'une centaine de personnes, et que la réalisation des sculptures a coûté minimum 100 millions d'euros en matériaux et en main-d'œuvre.

L'exposition racontait une histoire. Ce qu'elle nous donnait à voir, c'étaient les prétendus trésors de l'*Apistos*, un navire romain ayant péri au large des côtes de l'Afrique de l'Est au Ier siècle après Jésus-Christ, et retrouvé par hasard en 2008. Les statues portaient les traces de leur prétendu séjour de vingt siècles dans les abysses. Elles étaient endommagées et couvertes de corail, d'algues et d'éponges. Il y avait une vidéo montrant les difficultueuses opérations de renflouage effectuées par des plongeurs pour remonter ces statues titanesques depuis le fond marin. Hirst avait donc réellement poussé toutes ces statues à l'eau, comme des poissons qu'on rejette à la mer, pour pouvoir les filmer. Dans les salles de l'exposition, on voyait les photos couleur des trésors tels qu'ils avaient été retrouvés sous l'eau. Au dernier étage du Palazzo Grassi se trouvait une réplique du vaisseau, avec une reconstitution interactive de la façon dont les statues avaient dû jadis être stockées dans la cale. Comme dans un véritable musée archéologique, il y avait aussi des salles avec des vitrines pleines de bric-à-brac devant lesquelles on passe rapidement : ustensiles variés, batteries de casseroles, louches et pièces de monnaie, également retrouvés dans le bateau. En même temps que nous, il y avait un touriste chinois qui n'y comprenait rien et qui demandait à un gardien où étaient les originaux, au Louvre ou au British Museum ?

La première chose que nous vîmes en entrant dans le Palazzo Grassi fut la statue monumentale endommagée d'un démon décapité de plus de 18 mètres de haut. Il touchait presque le toit en verre de l'atrium. Les hautes colonnes doriques qui soutenaient la galerie du majestueux palais lui arrivaient aux cuisses. Le dieu avançait résolument une jambe droite musclée, son bras gauche tendu à hauteur du *piano nobile*. Il tenait dans la main une coupe cassée. J'imaginais sans mal le sang d'un sacrifice humain coulant des tessons. Les ongles de ses doigts et de ses orteils étaient larges, coniques et recourbés comme les griffes d'un monstre. Malgré sa morphologie athlétique classique et sa musculature parfaitement articulée, ce démon n'avait rien d'humain.

Sa tête était dans la salle à côté. Elle était énorme, mais relativement petite comparée au corps colossal. Le nez camus menait à un front bas. Il avait des yeux globuleux et de petites oreilles surmontées d'espèces de branchies. Sa bouche ouverte dévoilait de longues dents fourchues et acérées. Il tirait une langue ondulante et lascive, tel un meurtrier condamné à perpétuité adressant un geste obscène à la psychologue carcérale.

Il y avait une statue de bronze grandeur nature d'un hermaphrodite tout incrusté de coquillages, aux membres cassés. À l'étage, plusieurs salles présentaient des sculptures plus petites en argent massif. Un lion combattant un serpent. Un crâne de cyclope en bronze. Cerbère, le chien des Enfers, sculpté avec une précision effrayante dans du marbre de Carrare, ses petits yeux sertis de rubellite rouge feu, ses pattes ainsi que l'une de ses trois têtes cassées et des inscriptions en hiéroglyphes, coptes et démotiques, gravées sur ses flancs.

La salle suivante était dominée par un groupe sculptural monumental bleu foncé de 4 mètres de haut sur 5 mètres de large et 3 mètres et demi de profondeur. Je l'identifiai tout de suite. C'était Andromède, enchaînée nue à un rocher. Elle était de la taille d'une vraie femme, sexy et terrifiée. Son visage détourné était déformé par un cri de détresse silencieux. De la mer qui s'étendait à ses pieds surgissait un terrible monstre marin beaucoup plus gros qu'elle, doté de tentacules enchevêtrés et de deux têtes abominables aux gueules grandes ouvertes, où brillaient des dents tranchantes comme des rasoirs. Le fait que des crabes géants soient en train d'escalader le rocher derrière elle pouvait presque être qualifié de détail face à la menace qui se dressait devant elle. Tout cela était exécuté avec le plus grand réalisme et une minutie extrême.

— Tu ne vas pas le croire, dit Clio, mais c'est bel et bien du bronze. Il n'y a qu'une seule fonderie au monde capable de couler quelque chose d'aussi grand et d'aussi détaillé. Elle se trouve à Florence. La même fonderie qui a fabriqué les statues pour le compte des Médicis. Mais je ne te dis pas le prix que ça coûte.

— Du bronze ? Tu es sûre ? Pourquoi est-ce bleu alors ? On dirait du plastique.

— C'est la patine. Non, c'est du vrai bronze. Hirst a délibérément fait en sorte que cela ait l'air bon marché.

— Pourquoi aurait-il fait ça ?

— À toi de me le dire. En référence au pop art et aux figurines de superhéros. En suggérant la comparaison, il souligne sa propre supériorité. Quelque chose dans ce goût-là ?

La plus belle sculpture était peut-être une statue de bronze, plus grande que nature, de la déesse Ishtar. Son corps était cassé juste en dessous du nombril, mais le buste et la tête étaient pratiquement intacts. Son cou, sa poitrine et son ventre étaient couverts de feuilles d'or. L'air supérieur, pour ne pas dire arrogant, elle toisait le monde moderne dans lequel elle avait atterri. Un soupçon de compassion flottait néanmoins dans son regard. Il émanait d'elle une certaine consolation, sa jeunesse ayant déjà deux mille ans.

C'est alors que nous vîmes la tête de la Méduse. Elle était effrayante. Couchée sur la joue gauche dans une vitrine, elle tournait les yeux vers le ciel, la bouche grande ouverte. Bien que sauvagement décapitée, on eût dit qu'elle vivait encore. Sa carotide et ses vertèbres cervicales s'échappaient de la base du cou. Sa chevelure était un entrelacs grouillant de serpents furieux aux langues fourchues et sifflantes, leurs crochets à venin dangereusement recourbés et chaque écaille comme en mouvement. La sculpture, d'environ 50 centimètres cubes, était taillée avec une précision millimétrique dans un seul bloc de malachite vert foncé.

Dans la salle voisine, un Bouddha de jade de plus de 1 mètre de haut méditait. Nous vîmes un portrait de 60 centimètres d'or pur de la déesse égyptienne Hathor. Ses ailes avaient une envergure de 85 centimètres et étaient incrustées de turquoise. Sa coiffure était de style égyptien, tout comme le disque solaire encadré de cornes qui surmontait sa tête, mais son corps était aussi adorable que celui d'un mannequin moderne. Elle me faisait penser à quelqu'un, mais à qui ? Je n'osais le demander à Clio.

Dehors, devant la Punta della Dogana, se dressait une statue de marbre de près de 4 mètres de haut représentant un cavalier et son cheval étranglés par un serpent. À l'intérieur, dans la première salle, nous vîmes une sculpture en bronze de près de 5 mètres de haut d'une nageuse nue hissée sur la pointe des pieds, les bras et les mains tendus vers le ciel en position de plongée. On eût dit qu'elle s'élançait du fond de la mer pour ressortir de l'eau après des siècles et être transférée avec amour dans ce musée. Sa tête manquait, et son corps était couvert d'éponges, mais elle était sensationnelle. Elle avait une spectaculaire paire de seins gros comme des éponges. Du corail lui avait poussé entre les doigts, les faisant paraître plus longs.

Mais la statue la plus ahurissante était peut-être une sculpture en bronze d'un ours en colère gigantesque, dressé sur ses pattes arrière, avec un guerrier debout sur ses épaules, qui levait deux cimeterres dégainés au-dessus de sa tête. Le tout faisait plus de 7 mètres de haut. Et la statue avait beau être couverte d'algues et d'éponges rouge vif, la sauvagerie et la force primor-diale qui en émanaient étaient aussi puissantes qu'au premier jour. « Révérence » est le mot le plus juste pour décrire ce qu'elle m'inspirait, tandis que je me tenais devant elle, petit et insignifiant.

Nous vîmes ensuite un couple de statues grandeur nature en bronze, plus ou moins symétriques, mais pas identiques, représentant deux amazones nues tenant un lion enchaîné. D'après le cartel, elles avaient vraisem-blablement servi de gardiennes aux portes d'un temple. Il y avait un sphinx en marbre et un buste de pharaon inconnu. À côté se trouvait un stupéfiant bronze de plus de 2 mètres de haut d'une femme transformée en mouche. Je l'exprime ainsi, car je ne saurais comment mieux la décrire. Son corps, parfaitement classique, était enveloppé dans le péplum transparent des déesses grecques les plus bandantes, sauf que des plis aguichants de sa robe dépassaient des pattes d'insecte poilues. À la place des bras, elle avait six pattes de mouche articulées et une tête pourvue d'yeux à facettes. Chaque poil, chaque facette, chaque articulation étaient sculptés avec une précision extrême.

Et puis nous vîmes Kali combattant l'Hydre. C'était une amazone nue, grandeur nature, dans la posture souple et athlétique d'un guerrier entraîné, tenant une épée dégainée au bout de chacun de ses six bras. Le monstre aquatique à sept têtes la dominait largement. L'ensemble du groupe mesurait près de 5 mètres et demi de haut sur plus de 6 mètres de large. Lui aussi était en bronze.

Puis il y avait un pied géant, chaussé d'une sandale appartenant à Apollon Sminthée, le dieu des rats, escaladé par un rat génétiquement modifié portant sur le dos une oreille humaine, le tout en marbre. Nous vîmes aussi le buste en marbre rouge, orné de feuilles d'or, de la déesse égyptienne Aten en extase. Il y avait un archer et un cheval ailé, d'autres crânes de cyclopes et deux fantastiques bassines en marbre avec des têtes d'animaux. Nous vîmes des portes de temple en or et un disque solaire de près d'1 mètre et demi de diamètre en or massif, des animaux plus petits et des têtes d'or, le bouclier d'Achille et la tête de Méduse que nous avions déjà vue en malachite, mais cette fois en or et en cristal de roche. Sur deux tombeaux gisaient des femmes à moitié nues couvertes d'un fin linceul. L'une était en marbre blanc de Carrare, l'autre en marbre noir. Nous vîmes un groupe sculptural en marbre de deux esclaves enchaînés, un homme et une femme, nus, criblés de balles. La statue avait prétendument servi de cible, pendant la Seconde Guerre mondiale, à des exercices de tir dans une caserne. La photo en noir et blanc qui le prouvait était accrochée à côté.

Il y avait une sculpture en bronze de plus de 3 mètres de haut du dieu grec Cronos dévorant ses enfants. Nous en vîmes une autre en granit noir grandeur nature du Minotaure violant une vierge athénienne. Le caractère explicite et détaillé de la scène avait de quoi déstabiliser. Du porno mythologique. À l'étage, avec une vue imprenable sur la ville féerique de Venise, il y avait un crâne de licorne remarquable. La dernière statue, exposée dehors, à la pointe de la presqu'île, était une sensuelle sirène de bronze de 4 mètres et demi de haut, surgissant des flots avec de petits crabes accrochés dans ses cheveux et sur ses seins.

Voilà comment il faut que j'écrive, me dis-je : dans l'esprit de cette démonstration de force, de cette exubérance et de cette joie aventurière. Je ne dois pas fuir les formes classiques et l'aspiration à la perfection monumentale de peur de ne pas paraître moderne. Je dois au contraire avoir le courage de saisir l'époque dans laquelle je vis dans des phrases de marbre, des mots de bronze et des métaphores d'or, d'argent et de jade, et ériger un mémorial au présent à l'aide des procédés et matériaux du passé les plus précieux. Ce doit être grandiose, et baroque, une étourdissante orgie de l'imagination alliée à la perfection technique du kitsch le plus commercial. Je dois stupéfier. Voilà ma mission. Je dois sortir d'un seul coup un cycle de sonnets classiques et 50 poèmes épiques en alexandrins rimés sans la moindre compassion pour mes petits collègues qui ne disposent pas des compétences

techniques pour composer ne serait-ce qu'un penta-
mètre, ou un hexamètre iambique qui fonctionne. Je
dois avoir le courage d'écrire sur de grands sujets tels
que le monde et le passage des siècles, tout en étant
clair et compréhensible comme une sculpture classique
en marbre dans les rayons brûlants du soleil de midi.
Je ne dois pas rechercher les ténèbres par crainte que
la lumière soit désuète et périmée. Je ne dois pas
me réfugier dans la solitude rassurante de l'expéri-
mentation, mais dire ce que j'ai à dire, sans tâtonner
ou feindre par coquetterie un manque d'assurance qui
suscite tant de sympathie, mais parler d'une manière
parfaitement percutante et péremptoire, qui coupe le
souffle à tous mes détracteurs. Je dois retrouver la
joie de l'aventure et, loin de me limiter à des états
d'âme personnels, parce que la petitesse d'esprit est
considérée comme littéraire, et la restriction, comme
un signe de maîtrise, je dois donner des ailes à des
monstres et des démons aux proportions mythiques
qui essaimeront par-dessus les sept mers et tous les
continents que je pourrai imaginer. Eux l'appelleront
kitsch car, pour légitimer leur propre incompétence,
ils fraient avec une conception de l'art qui célèbre
l'inachevé, l'imparfait, le fragile et le provisoire, mais
ils seront effacés par les siècles comme les empreintes
de pattes de chien par les vagues sur la grève.

Je dis tout cela à Clio, mais je ne le formulai pas
aussi bien que je ne l'écris maintenant, et elle se mit
à rire.

— Si ton but est de tendre vers les formes
classiques, dit-elle, tu devrais peut-être commencer
par faire quelque chose pour ton bide monumental.

Le thème proposé était le caractère périssable, ou au contraire impérissable de l'art. Beaucoup de sculptures étaient endommagées. La plupart montraient des traces visibles d'un séjour de plusieurs siècles au fond de la mer. Elles étaient couvertes d'algues, de coquillages, de corail, de varech et d'éponges de toutes les couleurs. Néanmoins, tout cela était méticuleusement coulé dans le bronze ou sculpté dans le marbre, avant d'être peint. Si vous y réfléchissiez bien, c'était ironique. D'authentiques œuvres d'art archéologiques réellement exhumées des fonds marins auraient été nettoyées et restaurées avant leur exposition dans un musée. Chez Hirst, le délabrement et les marques des siècles passés constituaient une part inaliénable de l'œuvre. Il y avait une statue en marbre d'un blanc éclatant d'une femme allongée sur une méridienne, le buste redressé, dont des morceaux de la jambe repliée et du visage étaient cassés, mais sur laquelle des éponges avaient été sculptées et laissées aussi blanches que le reste. Dans l'abstraction qu'il faisait de la moindre illusion de vie marine multicolore, c'était un monument à l'éphémère.

L'exposition parlait du vrai et du faux. Dans le contexte fictif d'une histoire inventée de toutes pièces à propos d'un navire naufragé et d'un prétendu renflouage, l'on nous donnait à voir des statues extrêmement tangibles, durables et techniquement parfaites, évoquant un passé à la fois réel et inventé. L'apparente dégradation était une fiction, ces statues ayant été réalisées hier. Mais cette décrépitude était en fin de compte loin d'être fictive, car elle renvoyait à l'éphémère et à la décomposition qui nous entourent dans la réalité. Dans sa façon d'insister en mode multimédia sur une histoire fabriquée, l'exposition pouvait même être interprétée comme une satire de notre époque de *fake news*, où les faits et la vérité sont subordonnés au show.

L'exposition parlait de l'art et du kitsch, et de la relation entre l'art et l'artisanat. La perfection technique des sculptures offrait un contraste saisissant par rapport à ce qui prévaut en général dans l'art contemporain, comme nous l'avions vu la veille à la Biennale. De grandes boules colorées en papier mâché. Des chaussures suspendues à une ficelle. Des centaines de cassettes colorées collées sur un morceau de carton. *Treasures from the Wreck of the Unbelievable* était un doigt d'honneur colossal à ces dilettantes, avec leurs petites idées et leurs bricolages, et posait en même temps la question de savoir ce qui valait la peine d'être exposé dans un musée. L'alliance de la perfection technique et des matériaux les plus précieux garantit-elle un art de valeur ? Pendant des siècles, cela a été le cas. En proposant de venir admirer dans un musée des artefacts d'exceptionnelle facture issus d'un passé imaginaire, Hirst dénonce le dédain contemporain pour l'artisanat. Et faut-il nécessairement que quelque chose ait plusieurs siècles pour avoir de la valeur ? Si les sculptures de Hirst avaient réellement deux mille ans, elles figureraient parmi les plus importants trésors artistiques de l'humanité. Mais ce n'est pas le cas. Elles datent d'hier. Mais elles sont tout aussi parfaites que les plus belles œuvres d'art d'il y a deux mille ans. Les trouvons-nous néanmoins de moindre valeur, parce que trop neuves et trop brillantes ? À cela, Hirst répond en y ajoutant le délabrement et les ravages du temps.

L'exposition parlait de la formation des mythes et du besoin d'histoires. Les statues n'en imposaient pas seulement par leur taille et leur qualité, mais aussi par leur pouvoir évocateur de temps plus virils et plus réels, peuplés de héros et parsemés d'aventures. C'est pourquoi cette exposition tenait tellement du livre pour jeunes garçons. Les gens ont besoin de s'émerveiller, de s'étonner et de se laisser emporter par une histoire aventureuse. Ceux qui disent le contraire se sont laissé émousser par la réalité usante des déclarations d'impôts, des réunions de parents d'élèves et des embouteillages. Ils ont perdu leur enfant intérieur et sont à plaindre. L'exposition parlait du mystère. Elle montrait ce que nous avions perdu, dans cette époque contemporaine où nous pensions tout savoir sur tout, et où nous croyions ne plus avoir besoin de héros ou de dieux.

— Si on avait visité l'exposition dans le bon ordre, dit Clio, d'abord la Punta della Dogana et puis le Palazzo Grassi, alors la toute dernière statue aurait été celle en malachite des deux mains jointes en prière. Ce n'est évidemment pas anodin.

« Une constante dans l'œuvre de Damien Hirst est la maxime "*memento mori*" : souviens-toi que tu vas mourir. La mort et la fugacité sont partout dans son œuvre. *Treasures from the Wreck of the Unbelievable* a porté cette thématique à un niveau supérieur, lançant le débat sur la précarité de notre civilisation. Car quand on voit les prétendus vestiges d'une culture disparue, on se demande immanquablement ce qui restera de notre prétendue civilisation à nous dans vingt siècles. C'est une question inconfortable. Car que pourront-ils donc bien exposer dans un musée de notre époque pressée ? Tout ce que nous fabriquons est programmé pour l'obsolescence, pour entretenir notre rythme de consommation. Et je crains que ces boules en papier mâché et ces chaussures suspendues à des ficelles ne tiennent pas le coup jusque-là. Notre ouvrage majeur est le World Wide Web. Voilà le monument de notre génération. C'est à lui que nous avons confié notre mémoire et notre identité. Mais Internet est aussi volatil qu'il est immatériel. Je ne retrouve déjà plus les photos de vacances numériques dont j'ai un jour fait un back-up sur mon ancien ordinateur et que j'ai uploadées sur un serveur qui n'existe plus. Et heureusement que mes poèmes écrits sur Word 4.0 ont été publiés avec de l'encre sur du papier, parce que mon traitement de texte actuel n'ouvre plus ces fichiers. Une petite panne de courant d'un siècle, d'un an ou d'un mois suffit à balayer notre toile mondiale. Toute notre mémoire est virtuelle, et elle est aussi éphémère qu'un courant d'électrons dans une micropuce. La mémoire n'existe pas sans matière. C'est ce que Hirst nous montre. C'est pourquoi il a choisi les matériaux les plus nobles et inaltérables. Il n'est pas inconcevable que, dans un avenir lointain, ses statues délibérément abîmées et vieillies soient les seules reliques de notre époque.

« Et le problème de notre ère est encore plus fondamental que cela. Car nous n'avons même pas d'histoires à transmettre à l'avenir. Nous n'avons plus de mythes. OK, Mickey peut-être. Ou Pluto. Hirst les représente, tous deux censément retrouvés dans l'épave au fond de la mer, sous forme de bronzes grandeur nature. Ils étaient couverts de coquillages, de corail et d'éponges. Les critiques et les articles que j'ai lus sur l'exposition y voyaient, selon le degré de bienveillance du journaliste, du kitsch, de l'ironie ou de l'humour postmoderne. Mais si on y réfléchit davantage, ce n'est pas drôle. Si Mickey et Pluto sont les seuls points de référence universels de notre culture, et ils le sont, il n'y a pas vraiment de quoi rire. Le contraste avec tous ces dieux et héros d'époques plus glorieuses devient vraiment criant. Et puis, autre chose : nos Mickey et Pluto à nous ne sont pas en bronze. Ils n'existent que sur Celluloïd et papier bon marché. Seule la version impérissable à moitié décomposée que Hirst a réalisée de nos mythes bon marché est à même de défier les siècles. Eux-mêmes ne le peuvent pas.

Je traversais les salles de *Treasures from the Wreck of the Unbelievable* comme si j'ouvrais un roman pour ados et me laissais emporter par l'aventure. Mais, peu à peu, je me rendais compte que ce que je contemplais là, c'était la mort de notre culture et la fin de notre civilisation. Tout ce qui a de la valeur appartient au passé, recouvert de la patine des siècles. En nous servant un passé inventé, Hirst nous force à voir la réalité en face. Dès qu'un objet est vieux, nous l'exposons dans un musée. Mais nous ne comprenons pas que nous vivons nous-mêmes dans un musée, et que nous ne produisons rien qui puisse briller dans les salles des musées du futur. Dans la fragile et languissante Venise qui sombrait peu à peu, *Treasures from the Wreck of the Unbelievable* était le chant du cygne de l'Occident, une évocation extrême, grotesque et fantasmagorique de notre passé réel et rêvé, un baroud d'honneur.

— Tu dois utiliser ça dans ton livre, dit Clio. D'après moi, c'est pertinent.

XXIV

LE CONCERT

1

Certes, la nouvelle du licenciement de M. Montebello de son poste de majordome du Grand Hotel Europa m'avait choqué et indigné, mais je ne pouvais pas dire qu'elle m'eût surpris. Cette décision se trouvait en effet dans la droite ligne des remaniements opérés précédemment par le nouveau propriétaire. Si notre faiblesse en tant qu'Européens était d'être attachés à la tradition pour la tradition et d'accorder de la valeur à ce qui existe depuis longtemps uniquement parce que cela existe depuis longtemps, la force du patron chinois était d'être insensible à tout cela et de pouvoir distinguer le passé de l'avenir sans s'embarrasser de considérations sentimentales. Ce que nous nommons patine est à ses yeux de la rouille. Et si sa force était de ne pas craindre les indispensables changements, notre faiblesse était de mesurer toute nouveauté à l'aune de notre longue histoire et d'y voir, en hochant la tête, une énième confirmation de notre croyance bien ancrée que notre civilisation était condamnée à sombrer.

Mais cela ne voulait pas dire pour autant qu'il avait raison. M. Montebello était davantage qu'une tradition ou une relique d'une époque révolue, à la courtoisie et à l'élégance périmées. Il était l'âme du Grand Hotel Europa et, plus important encore, c'était un homme de chair et de sang, qui avait entremêlé sa vie au Grand Hotel Europa et qui ne pouvait être écarté de façon aussi sommaire, comme un lustre défectueux ou une sombre croûte de Paganini. Et même si je le connaissais à peine, que je ne souhaitais pas le connaître mieux et que jamais de ma vie je ne le tutoierais, il était mon ami. J'allais l'aider.

Mon idée était de mobiliser tous les résidents permanents du Grand Hotel Europa et de parvenir à une protestation commune, forte et unanime. J'ébauchai un projet de déclaration mentionnant le caractère inacceptable de la décision et notre instante prière de la reconsidérer, et m'en allai voir d'abord le grand Grec. Je le trouvai dans le salon avec un verre de muscat de Samos et quelques amuse-bouches. Lui aussi avait appris le limogeage de Montebello, il était tout à fait d'accord pour le qualifier de scandale et soutenait de tout cœur mon initiative de pétition. Il n'avait qu'une petite objection formelle au texte de mon projet.

— Je suis moi-même entrepreneur, dit-il, et je serai jusqu'à mon dernier souffle du côté des entrepreneurs. Si nous avons atteint quelque chose en Europe, c'est grâce aux entrepreneurs comme moi qui, en dépit de l'opposition incessante de nos politiciens, ont continué à croire en un monde meilleur. Et je trouverais inacceptable, en tant qu'entrepreneur, que quelqu'un qualifie mes décisions d'inacceptables.

— Mais je croyais que nous étions d'accord sur le fait que la décision de M. Wang était inacceptable.

— C'est une question de principe, dit-il. La gestion du personnel relève de la compétence du propriétaire. Il doit avoir toute liberté en la matière. De la perspective d'un entrepreneur, une politique du personnel inacceptable n'existe pas.

— Autant arrêter alors, dis-je, parce que c'est précisément ce contre quoi nous protestons.

— C'est une question de formulation.

— Et à quelle formulation pourriez-vous souscrire, dans ce cas ?

— « Sans préjudice du droit à la libre entreprise », dit-il. Si vous ajoutez cette clause et remplacez « inacceptable » par « contre-productive », vous avez mon entier soutien.

J'allai avec mon projet de déclaration adapté chez la poétesse française Albane. Dans un premier temps, elle refusa de m'adresser la parole. Ce n'est que lorsque je lui eus expliqué que j'intercédais en qualité de défenseur de Montebello et que ce n'était donc pas moi, mais le majordome, qu'elle était invitée à entendre qu'elle consentit à m'accorder une audience dans la bibliothèque. Elle examina ma déclaration et me demanda si je la cautionnais.

— Cela me semble plutôt logique, dis-je. C'est moi-même qui l'ai rédigée.

— Alors je suis contre, déclara-t-elle.

Je me mets rarement en colère, mais ce fut l'un de ces moments où je sacrifie volontiers mon sang-froid à une nécessité supérieure. Je me lançai dans une tirade que je ne répéterai pas ici, mais qui revenait à dire qu'elle était tout ce qu'une femme digne de ce nom ne voudrait jamais être, que j'avais de sérieux doutes quant à son intelligence, que j'appelais la malédiction de l'Être suprême sur son égoïsme, et deux ou trois bêtises dans le même ordre d'idées. En vain. Elle restait d'avis que c'était une ligne de conduite parfaitement adéquate dans la vie que d'être contre tout ce que je soutenais, et inversement.

Je ravalai ma colère et changeai de tactique. Je lui fis remarquer que j'étais contre l'amendement apporté par le grand Grec. En toute logique, elle devait donc être pour. Elle ne trouva rien à objecter et marqua son accord à la formulation « sans préjudice du droit à la libre entreprise, souscrit à titre personnel par Albane ». Mais elle se refusait toujours à signer le document. En échange de sa signature, je lui proposai de formuler une exigence personnelle, qui serait ajoutée au document. Elle y vit une occasion alléchante, ce qui était bien mon but. Elle voulait voir écrit noir sur blanc que Montebello serait remplacé par une femme. Je lui expliquai que l'objectif de la pétition était justement d'empêcher le licenciement de Montebello, et que la question de la succession ne devrait donc logiquement jamais venir sur le tapis. Mais il en allait pour elle du principe. J'étais de bonne volonté et disposé à lui donner satisfaction, mais il n'était pas évident de traduire son exigence en une formule acceptable. Finalement, je proposai comme compromis que les signataires de la déclaration appelaient à un renforcement de la position de la femme dans le management du Grand Hotel Europa.

— Dans le top management, corrigea-t-elle, et même à compétences inégales.

— L'inégalité de compétences va de soi, dis-je.

Heureusement, elle ne comprit pas ma blague. Nous pûmes ainsi conclure les laborieuses négociations.

Je fis lire le projet de déclaration modifié à Patelski qui, eu égard à l'urgence de l'affaire, qu'il reconnaissait également, me reçut très exceptionnellement dans sa chambre.

À la lecture de la prose torturée, le vieil homme se mit à rire.

— Voilà ce qui arrive quand un poète est contraint de composer avec l'indocile réalité.

Je lui expliquai que le présent projet était le résultat de plusieurs compromis âprement négociés. Il dit qu'il l'avait bien compris et qu'il n'entendait pas chinoiser, mais que pour des raisons stratégiques, il lui semblait également opportun de souligner dans le texte qu'il s'agissait d'une déclaration unanime et solidaire. En outre, il tenait à ce que l'on insiste sur le principe philosophique selon lequel une position dirigeante implique des responsabilités envers ses subordonnés. Il avait du mal avec le droit à la libre entreprise, mais je le suppliai d'accepter cette clause qui, pour des raisons diverses, était cruciale pour les deux autres parties. Il comprenait fort bien, mais il ne pourrait pas signer le texte tel quel. Après un long remue-méninges, nous parvînmes à un nouveau compromis selon lequel nous respections le droit à la libre entreprise, en l'état actuel des choses et faute d'autre option. Il n'était pas très enthousiaste, mais il pouvait s'en accommoder.

Je retournai chez le grand Grec avec le nouveau texte. Il n'était pas content de l'amendement de Patelski à son propre amendement. Je parvins à l'apaiser avec la formulation « faute d'autre option possible ». Mais la plus grosse pierre d'achoppement pour lui était l'addendum d'Albane sur le renforcement de la position de la femme. Avant qu'il parte dans un discours enflammé sur l'infériorité des femmes, j'attirai son attention sur la clause « même à compétences inégales » et tentai de lui faire croire que cette phrase signifiait que l'inégalité de compétences était implicite. Dans ce cas, il pouvait marquer son accord, mais il voulait voir cette interprétation dûment explicitée noir sur blanc. Dont acte.

Je retournai chez Patelski. Il contesta l'adjectif « possible » et proposa de le remplacer par « existante ». Je comprenais ce qu'il voulait dire, mais je prévoyais que le grand Grec ne l'entendrait pas de cette oreille. J'étais las de ces tractations et proposai le classique compromis qui ménage la chèvre et le chou, à savoir de juxtaposer les deux qualificatifs. À la réflexion, Patelski voulait en outre que l'on insiste davantage sur le fait que la décision contre laquelle nous protestions était contraire à l'éthique. Pour éviter d'avoir à repartir pour un tour complet de négociations sur ce point, je suggérai qu'il procède à cet ajout à titre personnel.

Albane ne voulait plus lire le nouveau texte. Elle avait changé d'avis. Nous n'aurions pas sa signature. Je pensai à tous les amendements apportés expressément pour elle, et mon moral chuta au fond de mes bottes. Je tentai de la persuader d'accepter la clause explicite selon laquelle elle n'approuvait pas le document en lui-même. Elle dit que je pouvais ajouter ce que je voulais, elle s'en fichait puisque de toute façon elle ne signerait pas.

C'est ainsi que nous arrivâmes à la version définitive de notre vigoureuse protestation commune :

« Les résidents permanents du Grand Hotel Europa, ci-après dénommés "les Européens", déclarent de façon unanime et solidaire, à l'exception d'Albane, sans préjudice du droit à la libre entreprise, souscrit à titre personnel par Albane et validé par les autres en l'état actuel des choses et faute d'autre option existante ou possible, et considérant en outre le principe de responsabilité qu'implique une position dirigeante envers ses subordonnés, que la décision de licencier M. Montebello est contre-productive, M. Patelski faisant noter à titre personnel qu'elle est également contraire aux principes fondamentaux de l'éthique, et que la position de la femme, même à compétences implicitement inégales, doit être renforcée au sein du top management du Grand Hotel Europa, et demandent que la décision susmentionnée soit instamment réexaminée. »

Le document était signé par Yannis Volonaki, alias le grand Grec, Patelski et moi-même.

2

Une profonde tristesse m'envahit. Tout le monde sans exception était d'accord sur le fait que le licenciement de Montebello devait être annulé, mais si ce document devait exprimer notre unanimité, il était difficile d'imaginer à quoi aurait ressemblé un désaccord. Je ne pouvais pas me présenter devant un chef d'entreprise aussi pragmatique et linéaire que M. Wang avec une telle déclaration. Je déchirai le document obtenu de haute lutte, me levai, boutonnai ma veste et pris une grande inspiration. D'autres moyens que l'arme tendre de la démocratie s'avéraient ici plus opportuns. La cause exigeait une intervention ferme et opiniâtre, même si je n'avais pas vraiment d'idée quant à la forme qu'elle devrait prendre. Mais comme le dit Énée juste avant le duel décisif à la fin de son épopée : « Serre les mâchoires, et rassemble toutes les ressources de ta vaillance. » J'irais parler à ce Chinois, et mieux valait le faire sans tarder, avant de me donner le temps d'inventer des raisons pour lesquelles ce projet n'avait aucune chance d'aboutir. Je me rendis chez le nouveau *general manager*, qui allait m'être utile en son ancienne qualité d'interprète, et sollicitai un rendez-vous urgent avec M. Wang. Nous pouvions nous voir tout de suite dans le pub anglais.

— Je voudrais tout d'abord vous exprimer à tous les deux ma gratitude, dis-je, pour avoir permis que nous nous rencontrions dans un délai aussi court, ce que j'apprécie d'autant plus que la question que je souhaite vous soumettre me tient particulièrement à cœur. Mais avant de vous exposer mes réflexions à ce sujet, j'espère que vous me permettrez de vous présenter mes plus sincères compliments pour la manière dont vous avez su, en si peu de temps, transformer en promesse d'avenir le souvenir d'un passé illustre qu'était le Grand Hotel Europa, et pour la façon dont vous avez ainsi su donner l'envie à une toute nouvelle clientèle de séjourner dans ce lieu si cher à nous tous.

Voilà pour l'ouverture des hostilités. C'était la partie facile. J'aurais pu tourner une centaine d'autres phrases enluminées du genre, mais celle-là me paraissait suffisante. Il était temps d'entrer dans le vif du sujet.

— Il m'est revenu, repris-je, qu'il a récemment été décidé de démettre de ses fonctions le major-dome M. Montebello, après une vie de bons et loyaux services, et de vous nommer, monsieur l'interprète, *general manager* du Grand Hotel Europa. Je vous prie de croire que je comprends, soutiens et respecte cette décision justifiée et nécessaire, et que c'est au nom de tous les résidents permanents du Grand Hotel Europa que je vous félicite chaleureusement, monsieur l'interprète, pour votre désignation, tout en me rendant compte qu'il serait plus approprié de congratuler l'hôtel, ses clients et nous-mêmes pour cette heureuse nouvelle.

Par ces mots, je m'étais attendu à susciter au moins un sourire de reconnaissance, mais tous deux restaient de marbre. Je ne devais pas laisser leur impassibilité affecter ma confiance en moi, déjà fort artificieusement maintenue.

— Cette réjouissante évolution, poursuivis-je, s'accompagne toutefois d'un corollaire, source de grande préoccupation pour moi-même ainsi que pour tous les résidents permanents, et qui, à notre avis, requerrait de trouver une solution élégante. Je parle du sort de M. Montebello. Bien que je sois conscient que vous ne pouvez, dans le cadre de la gestion d'un grand hôtel tel que le nôtre, vous permettre de vous laisser distraire par des considérations d'ordre sentimental, je souhaiterais attirer votre attention sur le fait que M. Montebello est profondément affligé par votre décision, qu'il a toujours considéré sa fonction de majordome non comme un emploi, mais comme une vocation donnant sens à sa vie, et qu'en le licenciant vous l'avez privé de ce qu'il avait de plus cher au monde.

L'interprète traduisait, M. Wang écoutait. Il me regardait mais demeurait muet. Je décidai d'user de l'arme surprise de l'honnêteté, bien que je pusse difficilement déduire du visage stoïque du propriétaire si elle avait une chance d'être efficace.

— Le sort de M. Montebello me touche personnellement, dis-je, car je le considère comme un ami, et cette unique raison fait que je ne me pardonnerais jamais de n'avoir pas tenté au moins une fois de porter son chagrin à votre connaissance. Et je ne suis pas le seul : tous les résidents permanents du Grand Hotel Europa sont très attachés au majordome, et tous regretteraient profondément son départ. Nous avons tenté de rédiger une déclaration commune en ce sens, mais nous avons échoué à nous mettre d'accord sur la formulation exacte. Nous sommes européens.

L'interprète rit en traduisant ces derniers mots, et M. Wang s'esclaffa à son tour. Je décidai d'accueillir leur gaieté comme un présage favorable et de me risquer à leur soumettre un plan.

— Ce que j'apprécie et admire particulièrement chez vous, monsieur Wang, c'est votre compréhension des traditions européennes, votre goût, presque plus européen que celui des Européens eux-mêmes, et le raffinement avec lequel vous avez su mettre en valeur et développer les atouts de ce vieil hôtel européen. Le nouveau lustre est un bijou, la photo romantique de Paris à la place du portrait de Paganini crée dans le hall central l'atmosphère de mélancolie idéale, et ce pub anglais où nous sommes assis présentement est encore plus anglais que n'importe quel pub anglais en Angleterre. Ma suggestion à votre égard serait d'envisager la fonction de majordome et la personne de M. Montebello avec ce même œil heureux et ce flair que vous avez eu jusqu'ici pour identifier le folklore européen qu'il valait la peine d'exploiter céans.

« Je ne vous demande pas de revenir sur votre décision, car je suis convaincu que l'hôtel a besoin d'un *general manager* tel que votre interprète, mais je souhaite en toute humilité vous amener à considérer que tous les hôtels ont un *general manager*, mais que très peu peuvent se targuer d'avoir un majordome de la distinction et de la classe anachronique de Montebello. Sa grâce et ses bonnes manières européennes, qui sont devenues extrêmement rares même en Europe, pourraient devenir un trait distinctif et un atout maître du Grand Hotel Europa. Montebello pourrait œuvrer en tant que lui-même, sans responsabilités administratives particulières, à côté ou en dessous du *general manager*, comme une pièce de musée rare, qui pourrait même à mon avis devenir le visage de futures campagnes publicitaires.

« Vous comprenez, monsieur Wang, que l'Europe que vous pouvez vendre comme destination de rêve à vos compatriotes doit être un conte de fées et une caricature de son passé fabuleux. Or Montebello fait partie intégrante de cette caricature féerique, de la même manière qu'un cirque n'est pas un vrai cirque sans un Monsieur Loyal cérémonieux en jaquette pailletée, affublé d'un fouet d'apparat et du traditionnel haut-de-forme qu'il lève pour saluer le public. Si l'Europe est un musée de clichés romantiques à exploiter, alors Montebello est une pièce maîtresse qui ne peut manquer à votre collection. Il n'est peut-être pas efficace de lui confier des tâches concrètes, je n'en sais rien, je vous laisse juge, mais sa présence est d'une valeur inestimable.

Ainsi parlai-je. C'était le plaidoyer le plus favorable à Montebello que j'eus pu inventer. Je pensais sincèrement que je n'aurais pu mieux défendre sa cause, même si j'avais l'impression de l'avoir trahi.

L'interprète traduisit mes derniers mots et M. Wang donna une courte réponse en chinois.

— M. Wang est d'accord, dit l'interprète.

— Que voulez-vous dire exactement ? demandai-je.

— Qu'il est d'accord avec ce que vous venez de dire, dit l'interprète. Vous l'avez convaincu.

3

Montebello était fou de joie ou, comme il l'exprima lui-même, ravi et très obligé. Peu après que je lui eus apporté la nouvelle, à laquelle il refusa tout d'abord de croire, l'annonce lui fut officiellement confirmée par l'interprète en sa qualité de *general manager*, qui le chargea de préparer la salle verte pour la *merenda*, ajoutant qu'il avait l'impression qu'il y avait eu un léger malentendu, que le management n'avait naturellement jamais eu l'intention de licencier leur estimé majordome, mais qu'il avait uniquement été décidé de le délester de la gestion du fichier clients informatisé ainsi que de l'obligation d'informer la clientèle en mandarin, de sorte qu'il pût se concentrer sur ses tâches essentielles, et qu'il était heureux que ce malentendu fût dissipé.

Je me réjouissais de pouvoir annoncer aux autres résidents permanents l'issue favorable de notre intervention commune et unanime, et trouvai, comme je m'y attendais, la poétesse française Albane et le grand Grec dans la salle verte à l'heure de la *merenda*. La seule chose à laquelle je ne m'attendais pas, c'était de les trouver assis à la même table. On eût dit deux créatures originaires de planètes différentes. Lui savait tout de la pesanteur, elle respirait un air raréfié et toxique. Lui était attablé devant trois copieux plateaux de fruits de mer sur trois étages et un gros ballon de vin blanc doux, elle grignotait des minitoasts ronds au caviar. Plus grande encore que ma consternation de les voir ensemble fut ma surprise lorsque Albane, d'un geste d'une jovialité excessive, m'invita à me joindre à eux.

— Alors comme ça, notre pétition a marché ? demanda-t-elle.

— Notre déclaration réfléchie, pondérée et pratiquement unanime a produit son effet, dis-je. Le propriétaire chinois était tellement impressionné par ce petit aperçu de musculation diplomatique dans le plus pur style européen qu'il s'est dépêché de revenir sur sa décision.

— Nous aussi, on a quelque chose à fêter, dit Albane.

— C'est là que vous m'annoncez que vous êtes fiancés.

Tout en fourrant une crevette dans sa bouche, le grand Grec me donna un coup de coude et se mit à rire de bon cœur.

— Si seulement tu comprenais toujours aussi vite, railla Albane.

— Si cette annonce est vraie, dis-je, ce que je peine à croire évidemment, elle mérite de franches félicitations, notamment à votre adresse, monsieur Volonaki, car je ne crois pas qu'homme nulle part ici-bas sût jamais trouver d'épouse aussi bonne et douce que celle que vous vous assurez en la personne d'Albane.

— Ah ça, pour être bonne, elle est bonne, dit le grand Grec.

Albane partit d'un grand rire qui lui découvrit les gencives.

— Mais je ne la qualifierais pas exactement de douce, ajouta-t-il, si je pense à la furie que j'ai vue à l'œuvre une fois qu'elle a pu mettre la main sur ma colonne dorique.

De ses gros doigts, il attrapa une huître sur ses plateaux et l'aspira bruyamment. Albane se pencha vers lui et lui donna un baiser sur la bouche.

— Compte tenu du fait étonnant que tu ne l'as même pas giflé pour ce qu'il vient de dire, dis-je, tu me forces à conclure, Albane, de deux choses l'une : soit je suis le spectateur d'une pièce romantique peu crédible dans la tradition fleur bleue de la nouvelle comédie grecque, soit j'ai le privilège d'être le témoin d'un amour fraîchement éclos, tellement singulier et absurde qu'il ne peut qu'être vrai.

— Tu es jaloux ? demanda Albane.

— C'est le but ? demandai-je.

— Au départ, ça l'était, dit-elle, mais désormais ce ne serait qu'un agréable effet secondaire d'une tournure des événements qui présente à elle seule déjà suffisamment d'agréments, pour ne pas dire de satisfactions. Ce serait la cerise sur le gâteau, disons, rien de plus. Car tu n'es pas non plus si important que cela, Ilja.

— Si, qu'il est important, dit le grand Grec. Il doit être notre témoin de mariage.

Tous deux trouvèrent cela visiblement très drôle. Je dis que ce serait un grand honneur pour moi. Ce qu'ils trouvèrent encore plus drôle.

— Tu m'étonnes vraiment, Albane, dis-je. Je n'aurais jamais pensé qu'une fervente militante des droits des femmes comme toi serait un jour amusée à l'idée de se soumettre à une institution patriarcale telle que le mariage.

— Tu es jaloux, dit-elle. Comme c'est mignon.

— Bah, vous et moi savons, monsieur Pfeijffer, intervint le grand Grec, que toutes ces histoires de droits des femmes, c'est juste pour attirer l'attention. Une bonne partie de jambes en l'air, et vous ne les entendez plus regimber. A-t-on jamais vu, je vous le demande, une femme en pleine santé, une cramouille satisfaite entre les cuisses, jouer les féministes ? Non ! C'est bien ce que je pensais. Si ces enquiquineuses ouvrent leur caquet, c'est parce qu'elles n'ont rien dedans. Au fond, on parle toujours des droits des femmes, mais on ferait mieux de le mettre au singulier, parce qu'il n'y a qu'un droit de la femme, et c'est le droit à un bon coup dans la bavette. Qu'est-ce que tu en penses, ma petite caille ?

— Le pluriel est quand même loin de me déplaire, répondit la petite caille. Plus j'y ai droit, plus je suis heureuse, et tu le sais très bien, mon bel Héraclès. Tu sais qu'il fait honneur à son sobriquet, Ilja ?

Elle se leva de sa chaise, grimpa sur ses genoux et, bien qu'il vienne de mettre en bouche une moule à l'étuvée, se mit à l'embrasser goulûment. C'était un spectacle saisissant de voir cet Héraclès de la surconsommation, pour qui le tour du bloc était déjà tout un labeur, être adoré par cette créature éthérée, encore plus décharnée que ses poèmes, autrefois raide de principes linéaires, et qui maintenant blottissait son corps nouveau-né dans ses bras colossaux. Je pense vraiment qu'ils étaient amoureux. On ne peut pas jouer ça. Quelqu'un qui aurait voulu faire semblant aurait fait un effort pour rendre la chose un peu plus crédible. La comédienne s'était d'abord écrit un rôle fourbe et perfide dans une comédie vengeresse, puis s'était prise au jeu au point d'oublier que c'était censé n'être qu'une pièce de théâtre. Elle était pour de vrai tombée amoureuse du comédien qu'elle avait choisi pour lui donner la réplique, et se moquait éperdument désormais de ce que le public pouvait bien en penser. Je me raclai la gorge.

— Je suis désolé de vous interrompre et de vous déranger dans cette démonstration d'attention mutuelle exclusive qui réchauffe le cœur, dis-je, mais je tiens à vous dire en cet instant combien je suis sincèrement heureux pour vous. J'en viendrais presque à vous soupçonner de savoir que le roman que j'écris ici au Grand Hotel Europa est en train de toucher à sa fin et de vouloir coûte que coûte forcer un happy end. C'est un jour mémorable, où nous avons beaucoup de bonnes nouvelles à fêter. Aussi, je suggère de songer aux réjouissances. Nous pourrions décider les autres hôtes à se joindre à nous, ce soir, pour célébrer tous ces succès.

Ils étaient enthousiastes. Il fallait que ce soit une grande fête. Tout le monde serait le bienvenu, les Chinois aussi. Mais il fallait que cela reste une surprise pour Montebello, car ce serait une fête pour lui aussi. Surtout pour lui. Lui qui parlait toujours des fêtes éblouissantes de jadis, du temps où le Grand Hotel Europa bruissait du froufrou des robes de bal et résonnait du tintement des bijoux. Ce ne serait hélas pas aussi somptueux qu'à l'époque. Mais nous pouvions tout mettre en œuvre pour en faire quelque chose d'élégant, spécialement pour Montebello. Et aussi un peu pour eux.

— En Crète, il suffit qu'il y ait de la musique pour que la fête commence, dit le grand Grec.

Cela me donna une idée. Je leur parlai de la jeune violoniste chinoise que j'avais surprise en pleine étude. Ce n'était peut-être pas le genre de musique auquel pensait le grand Grec, mais c'était le répertoire qui ferait assurément plaisir à Montebello. Un concert classique dans le hall central, comme aux grands jours du Grand Hotel Europa, on n'aurait pas pu trouver mieux, à bien y réfléchir ; nous étions tout à fait d'accord.

4

Bien sûr, nous n'avions pu cacher à Montebello qu'un événement spécial se tramait, car il avait été chargé avec Abdul de préparer le hall central et d'y installer le compte de chaises, mais ce qui allait se passer au juste, il l'ignorait. Par le truchement du nouveau *general manager*, les clients chinois avaient été informés. M. Wang s'était personnellement occupé d'inviter la soliste, qui s'était sentie si honorée qu'elle n'avait pu refuser. Après dîner, alors qu'elle avait normalement sonné pour la dernière fois de la journée avant le repas, la cloche retentit, et les convives affluèrent dans le hall. Nous fîmes asseoir Montebello, qui aurait préféré rester debout au fond dans un coin d'ombre, contre son gré au premier rang.

La jeune Chinoise de 12 ans fit son entrée en scène, munie de son violon. Elle portait une robe de concert à volants de couleur rouge. Un murmure d'incrédulité parcourut la salle, qui se tut d'un coup lorsque la jeune fille attaqua la première note.

Avant de vous parler de son jeu, je voudrais, pour des raisons qui me sont propres, faire une brève digression afin de vous exposer mes vues sur la musique classique. S'il est une chose qui symbolise l'âme de l'Europe, c'est bien la pratique contemporaine de la musique classique, qui se concentre exclusivement sur la réinterprétation indéfinie et la plus fidèle possible de chefs-d'œuvre du passé. On parle par ailleurs d'une période extrêmement courte du passé, allant de Mozart à Brahms, avec, de temps à autre, une pièce du précurseur Bach et une poignée d'épigones du début du XXe siècle, tels que Mahler et Rachmaninov, qui usaient d'une langue tonale d'un romantisme réactionnaire et étaient déjà démodés de leur temps. Ce qu'on appelle musique classique, c'est donc la culture musicale qui prévalut pendant un petit siècle et demi, de 1750 à 1900, soit, et ce n'est pas un hasard, l'époque de l'émancipation bourgeoise, de la révolution industrielle et de l'expansion européenne, et qui s'épanouit en outre dans une zone de la taille d'un mouchoir brodé, entre Salzbourg et Vienne. Je force le trait, mais à peine.

Bien qu'elle ait maintenant plus d'un siècle, la musique novatrice de la seconde école de Vienne et de Stravinski au début du XXe siècle paraît encore trop moderne aux oreilles matures du public de concert contemporain. Car des compositeurs n'ont cessé de voir le jour jusqu'à aujourd'hui, des musiciens qui ont voué leur vie et leurs talents à capturer les émotions complexes et déroutantes des temps modernes dans des notes de musique, mais tout directeur de théâtre sait que les programmer équivaut à un suicide commercial. Ces nouveaux compositeurs n'intéressent pas le public, qui les boude résolument. À l'époque de Mozart, Beethoven, Schubert et Liszt, quand la musique classique respirait encore, les gens se rendaient à la salle de concert pour entendre quelque chose de nouveau. Mais le public d'aujourd'hui abhorre la nouveauté et ne reprend haleine que lorsque résonnent les sons familiers de leurs sempiternels et poussiéreux chefs-d'œuvre.

Dans aucune autre forme d'art, l'adoration du passé et la négation des évolutions contemporaines ne sont aussi totales. La musique classique n'est pas une culture vivante, mais une relique pathétique, une momie qu'on garde sous perfusion en dépit du bon sens, parce que personne n'ose dire qu'elle est déjà morte depuis plus d'un siècle. Un public de plus en plus chenu se presse dans ces grands-messes, vrais gouffres à subventions, par nostalgie d'un bref mais glorieux passé, lorsque l'Europe régnait sur le monde et que la bourgeoisie sortait doucement de l'ombre de la noblesse, avec ses napperons en dentelle et ses tartes Sacher. Difficile de concevoir plus belle métaphore pour la situation actuelle de l'Europe.

Mais c'était pour toutes ces raisons justement qu'un concert classique était ce soir-là, dans le hall central du Grand Hotel Europa, la chose la plus belle et la plus appropriée qui pût nous arriver. La mélancolie et la nostalgie du passé qu'incarnait le Grand Hotel Europa devenaient liquides sous ces notes qui nous revenaient d'une époque plus élégante et plus belle, où les robes de bal bruissaient et les bijoux tintaient dans un va-et-vient de princes, de comtesses, d'ambassadeurs et de capitaines d'industrie. Les cordes du violon vibraient du désir de retrouver ce rêve évanoui, et la feuille d'or des lambris s'écaillait d'émotion. Et s'il était dédié à Montebello, ce concert était d'autant plus approprié que la décision de garder ce dernier comme major-dome représentait une victoire du romantisme et de la nostalgie sur le pragmatisme d'un présent fruste et prosaïque, rigoureusement tourné vers l'avenir, et la musique avait exactement ces accents-là. Montebello était immobile au premier rang. Je ne pouvais pas voir son visage, mais je l'imaginais luttant contre les larmes.

La jeune fille joua les *Caprices pour violon solo* de Paganini, opus 1, de 1820. Je fus frappé par l'opportunité de ce choix. Au faîte de sa gloire, alors qu'il était de passage au Grand Hotel Europa, en route vers l'admiration et les applaudissements des cours royales du Vieux Continent, Paganini avait donné un concert dans ce hall, à l'endroit même où elle se tenait, en remerciement de l'excellent steak aux girolles qui lui avait été servi, comme Montebello me l'avait raconté le jour de mon arrivée. Je me demandai si la jeune Chinoise le savait, ou si ce choix providentiel était le fruit d'un heureux hasard. Si le portrait de Paganini s'était encore trouvé au-dessus de la cheminée, c'eût été encore plus merveilleux.

Elle commença par le dernier, le plus connu, le *Caprice n° 24*, thème avec variations, en *la* mineur. Elle joua la célèbre mélodie du thème avec légèreté mais assurance, et même de manière presque ironi-quement dansante, comme si elle nous adressait un clin d'œil parce que nous avions reconnu l'air. Dans la première variation, elle nous titilla d'appoggiatures doubles, puis passa aux triolets, qu'elle exécuta avec une aisance espiègle, avant de ralentir quelque peu le tempo pour instiller aux intervalles mineurs de la deuxième variation, qu'elle jouait strictement *legato*, la gravité sonore inattendue d'une menace qui gronde, jusqu'au climax mélancolique en doubles cordes majestueuses de la troisième variation, jouée avec un *rubato* extrême parfaitement audacieux. Elle marqua une pause avant d'entamer la quatrième variation et de faire planer *pianissimo* les doubles croches aiguës, comme un chuchotis, presque en s'excusant, sous le haut plafond du hall, enchaînant avec une parfaite fluidité sur la cinquième variation, dont les croches *sforzato* du registre grave semblaient incarner la deuxième voix d'un autre instrument plus robuste. L'attaque *forte* de la sixième variation nous frappa tel un coup de fouet, les doubles cordes donnant l'impression que s'était déployé un orchestre entier, qui se tut ensuite dans la septième variation pour céder la place aux doux bourdons des triolets, telle une pataude chrysalide donnant naissance à un papillon.

Elle prit alors une profonde inspiration et attaqua les incroyables triples accords de la huitième variation, qui nous firent imaginer un juge prononçant sa sentence sans tolérer la moindre contradiction. Le *pizzicato* de la neuvième variation, qu'elle exécuta de la main gauche, nous fit presque éclater de rire, en raison de son espièglerie inattendue, comme une soudaine et mortelle attaque de chatouilles, après quoi le chant lyrique, éthéré et aigu de la dixième variation, qu'elle joua de nouveau avec un *rubato* poussé à l'extrême, résonna comme une promesse de miséricorde venue des sphères angéliques. Dans la onzième variation, aux doubles cordes rapides et aux traits vertigineux, qui débouchait sur le finale tourbillonnant, elle nous offrit une démonstration débridée de virtuosité, qui nous fit comprendre que jusque-là elle s'était retenue. Ce fut une performance enchanteresse et stupéfiante, les applaudissements nourris qui s'ensuivirent étaient amplement mérités, et je ne me permis guère de m'attarder à penser à quel point c'était illustratif du déclin de la culture européenne que nous n'ayons même plus besoin d'un mélancolique artiste européen pour interpréter la nostalgie européenne de notre passé, parce qu'une jeune Chinoise de 12 ans pouvait le faire tout aussi bien, voire mieux.

Après une attendrissante révérence, qui lui redonnait tout à coup l'allure d'une enfant de 12 ans plutôt que celle d'une virtuose du violon d'une catégorie exceptionnelle, elle poursuivit son récital avec le premier *Caprice* en *mi* majeur, surnommé *L'arpeggio*. Alors qu'elle en était à la moitié, nous entendîmes un léger tintement de bijoux. Je pensai que c'était la magie de son interprétation qui avait convoqué dans notre imagination les jours enfuis de Paganini, mais c'étaient de vrais bijoux, et c'est alors que nous entendîmes aussi le bruissement d'une vraie robe.

Une très vieille dame descendait lentement l'escalier monumental en marbre. Toute de blanc vêtue, telle une mariée. La peau de son visage et de ses mains était aussi blanche que le parchemin d'antiques in-folio, où devait être écrit ce que nous avions oublié. Ses cheveux d'argent formaient une longue natte dans son dos. Toute sa silhouette était frêle et fragile, presque diaphane, comme si elle n'existait plus que pour une part infime, mais il y avait dans sa posture et sa pénible progression quelque chose d'une insaisissable dignité, qui se souvenait d'un passé de haut rang. Seuls ses yeux étaient pleins de vie, d'un bleu vif, et rayonnants comme ceux d'une jouvencelle.

Je compris qui elle était. À vrai dire, j'avais abandonné l'espoir de la rencontrer un jour. Paganini avait su l'attirer hors de son introuvable chambre 1. Je frissonnai. Non qu'elle me fît peur, mais elle inspirait le respect d'une manière que je ne saurais expliquer.

La petite Chinoise s'arrêta de jouer. La vieille dame lui fit signe de continuer, et la petite reprit le premier *Caprice* au début. Montebello avait bondi pour soutenir la vieille dame et l'accompagner jusqu'à une chaise au premier rang à côté de lui. Elle s'assit et serra la main ridée du majordome dans sa petite main parcheminée d'un blanc laiteux.

La petite Chinoise finit par jouer environ la moitié de tous les *Caprices* de Paganini, et elle les joua plus brillamment les uns que les autres. À la fin du concert, la vieille dame se leva pour la remercier. Lorsqu'elle fut à côté d'elle, l'une en blanc, l'autre en rouge, il s'avéra qu'elle était à peine plus grande que la fillette. Elle posa sa main blanche sur la petite tête aux cheveux noirs, un geste maternel qui dispensait d'autres mots. Puis elle s'avança d'un pas traînant jusqu'à la cheminée et s'immobilisa. Pendant de longues minutes, elle fixa intensément la photo noir et blanc de Paris.

— Elle a sans doute des souvenirs extraordinaires de cette ville, me chuchota en anglais un Chinois assis à côté de moi.

— Elle voit le passé, murmurai-je. Elle regarde quelque chose qui était là avant.

Elle se retourna et fit un geste à Montebello. Les larmes ruisselaient sur ses joues. Il la soutint et la raccompagna à sa chambre à l'étage. Le lendemain matin, on apprit qu'elle était morte.

XXV

DU SABLE DANS LES ÉTOILES

1

Et c'est alors que Clio se vit offrir un poste à Abu Dhabi. Au début, je crus que c'était une blague. Elle aussi, mais, contrairement à moi qui n'avais d'autre image du pays que celle d'un désert où une historienne de l'art ne pouvait pas fleurir, elle au moins était au courant de l'existence improbable de la prestigieuse oasis en chantier dont émanait l'offre.

Une antenne du Louvre allait ouvrir à Abu Dhabi. Il s'agissait d'un accord conclu pour une durée de trente ans entre la capitale des Émirats arabes unis et le gouvernement français, prévoyant l'apport par l'une des parties d'un vieux nom européen de prestige et par l'autre d'un paquet de pétrodollars. Les cheiks n'avaient pas seulement investi quelque 600 millions d'euros dans la construction de leur musée, ils avaient également payé 525 millions pour pouvoir utiliser le nom. L'idée était qu'ils avaient trente ans pour s'imposer sur le marché de l'art et se constituer progressivement leur propre collection. Jusque-là, le musée serait approvisionné en œuvres d'art prêtées par le Louvre de Paris. Cet accord de prêt impliquait le versement de 747 millions d'euros supplémentaires. Cela pouvait sembler beaucoup d'argent et, pour les conservateurs de Paris, c'était effectivement une manne providentielle qui tombait en tourbillonnant du désert sur leurs têtes bien en chair, mais pour les Arabes il s'agissait d'une bagatelle en comparaison de la fortune qu'ils allaient devoir débourser pour leurs futures acquisitions. Récemment, ils avaient effectué leur premier achat, avait appris Clio – le *Salvator Mundi*, attribué à tort selon elle à Léonard de Vinci – et, pour ce seul tableau de 65 centimètres sur 45, ils avaient déjà dépensé 450 millions de dollars.

Voilà pour les chiffres. Ils parlaient d'eux-mêmes. Les émirs prenaient la chose très au sérieux, et le musée allait ouvrir ses portes incessamment. Restait à savoir comment leur était venue l'idée d'envoyer un e-mail à la *dottoressa* Clio Chiavari Cattaneo des Gallerie del Seicento de Venise, ex-secrétaire améliorée d'un commissaire-priseur véreux dans un château de conte de fées génois, pour lui proposer de se rendre à leurs frais dans la capitale des Émirats arabes unis afin de discuter des conditions d'une fructueuse collaboration. Pour éviter la déception que cela ne se révèle une mauvaise plaisanterie, il était sage de partir du principe que c'en était une.

Renseignements pris auprès de ses collègues, il s'avéra cependant que Clio n'était pas la seule sollicitée. Le bruit circulait que d'autres historiens de l'art avaient reçu un mail similaire. Le Louvre d'Abu Dhabi était bel et bien occupé à recruter du personnel scientifique, et sa préférence allait visiblement à de jeunes universitaires européens spécialisés dans l'art ancien. Forte de ces échos, Clio prit le risque de répondre au courriel en demandant de plus amples informations quant aux motivations de leur offre, sans encore écarter la possibilité que la réponse consiste en un énorme smiley qui tire la langue pour la railler d'être tombée dans le panneau.

Mais elle reçut une réponse polie, détaillée et sérieuse, expliquant leur besoin de disposer d'une expertise dans le domaine de la peinture italienne des XVIᵉ et XVIIᵉ siècles, et du Caravage plus particulièrement, et qu'ils étaient impressionnés par ses publications au sujet de cet artiste. D'après Clio, ils faisaient référence à ses articles, ignorant qu'elle avait l'intention de réfuter la plupart de ses conclusions dans sa monographie, si seulement elle trouvait le temps un jour d'en venir à bout. Ils considéraient en outre comme un atout précieux pour leur organisme les nombreuses années d'expérience dont elle pouvait se targuer dans l'une des maisons de vente les plus en vue d'Italie. Il fallait qu'elle le dise à son ancien patron Cambi, s'esclaffa-t-elle. Jamais elle n'aurait imaginé que les finesses du commerce frauduleux de toiles d'araignées et de meubles moisis suscitaient un tel intérêt dans les émirats du Golfe. Mais l'argument décisif qui avait fait pencher la balance en sa faveur parmi un petit nombre d'autres candidats au profil analogue était cet important congrès sur l'avenir des musées qu'elle avait organisé récemment.

Clio était stupéfaite.

— Mais comment savent-ils tout cela ?

Quelques recherches plus tard, la réponse à cette question se révéla bien plus évidente que tous les scénarios d'espionnage et de contre-espionnage farfelus que nous avions échafaudés en un rien de temps. Pour les orienter dans leur processus de recrutement, ils avaient consulté leurs partenaires français. Et leur principal conseiller n'était autre qu'une vieille connaissance de Clio. La boucle était bouclée. Ce n'était peut-être pas une blague, finalement.

Cette conclusion prudente nous mettait devant un problème majeur. Car si l'offre était sérieuse, il fallait aussi envisager sérieusement de l'accepter ou non. Les arguments en faveur d'un oui étaient nombreux. Clio avait toujours ambitionné de travailler dans un grand musée. Qu'il s'agisse d'une collection en devenir n'en rendait le travail que plus intéressant. Vu d'Europe, ce serait un luxe inouï de pouvoir mener une politique d'achat offensive et expansive avec des moyens financiers adéquats, plutôt que d'être engagée à la grâce de Dieu dans une institution dont l'âge d'or était révolu depuis des siècles et qui, voyant fondre ses subventions, menait un combat d'arrière-garde pour ne fût-ce qu'arriver à entretenir une collection mise sur pied en des temps meilleurs. Elle se tiendrait au berceau d'une collection plutôt qu'au chevet de son lit de mort. Ce serait comme travailler à Florence à l'époque des Médicis, plutôt que n'importe où en Europe aujourd'hui et demain. Bien que la correspondance n'évoque pas sa rémunération personnelle, il était permis de penser qu'elle ne laisserait pas à désirer. De toute façon, Clio ne renonçait pas à grand-chose de ce côté-là. Son travail à la Galleria était acceptable faute de mieux. Son poste pour l'année académique suivante n'avait toujours pas été reconduit. Elle pouvait encore se retrouver sans emploi dans six mois.

Tous ces avantages pesaient lourd. En fait, il n'y avait aucun inconvénient objectif, si ce n'est que tout cela paraissait une très mauvaise idée.

— À la rigueur, tu peux le faire temporairement, dis-je. Un emploi comme ça, ce sera pas mal sur ton CV. Après, ce sera sûrement plus facile de trouver autre chose que maintenant.

— Eh, ce n'est pas comme si j'avais déjà le poste, hein.

— Bien sûr que non. Disons qu'ils te demandent avec beaucoup d'insistance de postuler.

— Je ne sais pas, Ilja.

— Tu peux en tout cas aller discuter avec eux.

— Je crois que j'ai peur.

— J'y vais avec toi, dis-je. Je ne suis jamais allé à Abu Dhabi. On doit voir ça comme une blague.

Elle convint d'un rendez-vous et nous réservâmes notre voyage. Comme promis, son billet lui fut immédiatement remboursé. Ce n'était pas une blague.

2

Je me contente de tout écrire comme nous l'avons vécu à l'époque, sans laisser transparaître la répugnance et le malaise que je ressens aujourd'hui. Mais pour être tout à fait honnête, et je veux l'être, je dois vous avouer que, déjà à ce moment-là, je n'étais pas très rassuré. Si je devais analyser en termes techniques mes réticences d'alors, je dirais que je ne suis pas un amateur de rebondissements inattendus. Le Louvre d'Abu Dhabi et notre voyage imminent aux Émirats surgissaient de nulle part. Jusqu'au début de ce chapitre, j'ignorais tout de l'existence de ce prestigieux projet arabe. J'aurais aimé voir annoncé, préparé et motivé dans les chapitres précédents ce tour qu'allaient prendre les événements. Le scénario m'eût certainement inspiré davantage confiance.

Si je regarde en arrière, avec ce que je sais aujourd'hui et connaissant la fin de l'histoire, je comprends que le vrai problème était bien là, dans le fait que je n'aime pas les retournements de situation inattendus. Je n'ai pas la souplesse pour apprécier à leur juste valeur les virages soudains et gratuits. C'est une question de caractère, même si ce n'est pas une excuse. Qualifiez-moi de traditionaliste, de cataleptique, d'intransigeant, et même de psychorigide à la limite, le fait est que je m'en tiens à la ligne directrice. Clio avait raison quand elle m'accusait de rigidité consubstantielle. Me reprocher d'être encore accroché à mon passé était cependant injustifié. Je trouve juste difficile d'embrasser un avenir qui ne découle pas logiquement du passé. Ou peut-être me sentais-je bel et bien, de manière générale, plus à mon aise dans le passé que dans n'importe quel avenir. Après tout, je suis européen. Je peux l'admettre, maintenant. Cela n'a plus d'importance.

L'aversion que j'éprouve à raconter cet épisode vient de ce que, jouissant à présent du douteux privilège de revenir sur une histoire close, je me rends compte qu'il n'était pas du tout question d'un renversement imprévu de l'intrigue. La graine de tout ce qui a mal tourné ensuite avait été semée avant. Même au niveau superficiel de la logistique, ce revirement avait été motivé, préparé et anticipé. Et ce qui est tragique, c'est que c'était moi qui avais enclenché ces développements. C'était moi qui avais insisté pour déménager à Venise, moi qui, lors d'une nuit enchanteresse sur l'île déserte de Palmaria, avais suggéré l'idée d'organiser un congrès, et c'était encore moi à présent qui insistais en disant qu'elle ne risquait rien à aller à Abu Dhabi pour un entretien. À cet égard aussi, je pouvais me qualifier d'Européen qui perpétue le passé : tel le protagoniste typique d'une tragédie grecque traditionnelle, je ne pouvais m'en prendre qu'à moi-même. J'emploie le terme « protagoniste » pour éviter le mot « héros ».

Au temps où les gens voyageaient encore par terre et par mer et où partir était encore tout un voyage, les grands paquebots transatlantiques italiens constituaient de véritables expositions flottantes de tout ce qui faisait la fierté nationale. Chaque bateau était une arche à bord de laquelle, avant de quitter Gênes, Naples ou Venise, on embarquait des spécimens des produits les plus raffinés sortis des ateliers des ébénistes, des souffleurs de verre, des orfèvres, des sculpteurs, des céramistes, des tapissiers, des vignerons et des cuisiniers de toutes les régions d'Italie, pour plonger les passagers de première et de deuxième classe pendant leur traversée, qui durait plus de deux semaines, dans un spot publicitaire ininterrompu pour le *made in Italy*. Lorsque la voie des airs devint accessible à bon marché, la compagnie aérienne nationale italienne Alitalia essaya de perpétuer cette tradition d'exhibitionnisme de la qualité : elle fit dessiner les uniformes de ses hôtesses et stewards par Armani, servit de bons repas et prit l'habitude d'aller chercher chez eux les pilotes dans une Maserati avec chauffeur, entraînant sa propre faillite et son rachat en 2014 par Etihad Airways et, par voie de conséquence, pour Clio et moi, l'avantage d'un vol direct Rome-Abu Dhabi.

Alors que les compagnies de transport italiennes avaient toujours immergé leurs passagers dans l'opulence des traditions d'un passé bienfaisant, Etihad Airways nous emmenait sans détour vers l'avenir, incarné par l'aéroport international d'Abu Dhabi : un avenir brillant d'une propreté hystérique et implacablement sécurisé. Nous étions face à un concept architectural global aux lignes courbes et ondulantes, et le monde y avait été normalisé sous la forme d'un gigantesque centre commercial dont on avait éliminé tout élément perturbateur qui eût pu nous détourner de nos devoirs envers la société de consommation. L'air y était sec et frais, et la devise forte était l'oxygène qu'on y respirait. L'avenir était objectif et clairement balisé. Tous les scénarios avaient été testés jusqu'à ce que seuls les comportements souhaitables demeurent du domaine du possible.

Ce qui me surprit le plus, c'est qu'il n'y avait rien qui dégageât le moindre effluve d'Orient. Même à notre arrivée en ville, l'unique indice qui trahissait le fait que nous n'étions pas en Occident était justement que tout paraissait trop parfaitement occidental. L'envie rôdait dans la forêt claustrophobe des gratte-ciel. Cette ville voulait être la plus belle New York du monde, et c'est pourquoi tout avait été construit, avec des moyens financiers illimités, en plus grand, plus haut, plus brillant, plus moderne que dans toutes les autres villes voulant ressembler à New York, y compris New York elle-même. Ce machisme architectural et cette esbroufe urbanistique me subjuguaient. La stratégie fonctionnait donc.

Nous logions au Southern Sun Hotel, rue Al-Mina, dans le quartier d'Al-Zahiyah, non loin de la mer. L'hôtel aussi était impressionnant : un gratte-ciel avec une piscine sur le toit, plusieurs restaurants, des ascenseurs ultrarapides et une suite où nous avions toute la place pour danser. C'était un hôtel de luxe occidental, qui s'efforçait de ressembler jusque dans les moindres détails à un hôtel de luxe occidental, depuis l'accueil irréprochable des réceptionnistes à l'écran plasma géant dans la chambre, en passant par les petits chocolats qui nous attendaient avec les compliments de la direction sur les oreillers d'un blanc immaculé et impeccablement tapotés ornant le lit *king size*. Un minibar bien garni vrombissait de la satisfaction de s'intégrer si parfaitement dans le placard mural. Enfin, un dossier en vachette était ouvert sur le secrétaire en plastique blanc avec éclairage LED intégré, invitant à lire ses brochures d'information en couleur sur les curiosités d'Abu Dhabi.

Nous ignorâmes provisoirement les dépliants touristiques et fîmes ce que nous faisions toujours lorsque nous arrivions quelque part : nous partîmes explorer le quartier. Nous empruntâmes l'ascenseur ultrarapide et sortîmes par la porte à tambour automatique pour une petite promenade.

C'était la première fois, après l'aéroport, le taxi et les halls en marbre de l'hôtel, que nous quittions le monde climatisé pour entrer de plain-pied dans la réalité. Je m'attendais à ce qu'il fasse chaud. J'avais déjà des métaphores toutes prêtes, de la claque dans le visage au mur pris de plein fouet. Mais c'était pire que cela. C'était comme si nous étions exposés sans scaphandrier à l'atmosphère d'une planète étrangère où les humains ne peuvent pas respirer. Peut-être était-ce une question d'habitude. Nous persévérâmes. Mais l'habitude ne venait pas. En plus, il n'y avait pas vraiment d'endroit où se promener. Il n'y avait personne dans la rue. Il n'y avait même pas de trottoir. Entre deux gratte-ciel, la route était le domaine exclusif des grosses voitures de luxe climatisées, carburant à l'essence ridiculement bon marché. Rien n'était prévu pour les piétons, car ils n'étaient pas prévus. Et c'est pourquoi il n'y avait pas non plus de magasins avec de belles vitrines. Il n'y avait même pas de magasins avec de moches vitrines. Il n'y avait pas d'espaces publics en dehors des murs étanches des bâtiments, juste de l'autoroute.

Notre présence était tout à fait incongrue. Nous ne tînmes pas longtemps. Après un petit tour du bloc, nous rentrâmes épuisés à notre hôtel. Peut-être fallait-il quand même d'abord consulter le dossier d'information. Et le minibar.

4

Le guide touristique d'Abu Dhabi se lisait comme le *Livre Guinness des records*. Ainsi la ville était-elle le fier siège du plus grand hôpital de faucons au monde, ouvert à la visite pour 35 euros, une somme dérisoire si l'on pense que le ticket incluait une visite au centre de manucure des faucons. Je me demandai si, dans le cas des faucons, il n'était pas plus opportun de parler de pédicure, mais pour un prix pareil je n'allais pas chipoter.

Abu Dhabi abritait en outre les montagnes russes les plus rapides du monde, appelées le Formula Rossa, capables de passer de 0 à 240 kilomètres à l'heure en 4,9 secondes. Le port de lunettes de sécurité était obligatoire. Le Formula Rossa faisait partie du parc à thème Ferrari World sur l'île de Yas, le plus grand parc d'attractions au monde, où étaient rassemblées sous un toit rouge Ferrari, dans un espace climatisé de 85 000 mètres carrés, un grand nombre d'attractions inspirées de la marque automobile de luxe. Parmi elles, une collection de modèles historiques, ou le Tyre Twist, où l'on pouvait s'asseoir dans d'énormes pneus de voiture pour tamponner d'autres visiteurs, une aire de jeux pour les tout-petits en forme de lave-auto automatique, ou encore une version miniature de l'Italie, à parcourir à bord de nacelles télécommandées. Et tout cela accessible pour la modique somme de 57 euros.

L'opulent Emirates Palace, un hôtel si luxueux qu'il était devenu une curiosité, détenait plusieurs records.

C'était l'hôtel le plus cher au monde, jusqu'à ce que ce titre lui soit malheureusement ravi en 2011 par le Marina Bay Sands Hotel à Singapour. Le dôme de l'atrium avait détrôné Saint-Pierre de Rome de sa première place au classement des plus grands dômes. Je dus me retenir pour ne pas en donner une interprétation symbolique en termes de victoire finale de l'idéal du consumérisme mondialisé sur la foi en une entité supérieure. Tandis que la basilique était décorée par des artistes tels que le Bernin, la coupole dorée de l'Emirates Palace était illuminée par plus de 1 000 lustres faits main en cristal Swarovski. Cela aussi, c'était un record mondial. Il serait superflu de mentionner que les horloges étaient fabriquées par Rolex. C'est ici qu'en 2008 avait eu lieu la vente aux enchères historique où avait été atteint le montant le plus élevé jamais offert pour une plaque d'immatriculation. Saeed Abdul Ghaffar Khouri n'avait pas hésité à débourser 12 millions d'euros pour la plaque minéralogique portant le seul chiffre 1. En 2010 s'était dressé ici le sapin de Noël le plus luxueux du monde, décoré de bijoux pour une valeur marchande totale de 9,5 millions d'euros.

Pour la spiritualité, nous pouvions aller à la grande mosquée du cheik Zayed, avec ses 82 dômes, ses plus de 1 000 colonnes de marbre blanc pur de Grèce et de Macédoine, ses lustres en or 24 carats et le plus grand tapis fait main du monde, qui mesurait 5 627 mètres carrés, pesait 35 tonnes, comptait plus de deux milliards de nœuds et avait coûté deux ans de travail à quelque 1 200 Iraniennes. La mosaïque de marbre de la cour intérieure était également la plus grande au monde. Ce temple de l'humilité et de la modestie avait été livré en 2007. Il avait encore tout le temps de devenir historique.

Il ne fallait pas rater non plus la Capital Gate Tower, construite aux fins de s'emparer, grâce à son inclinaison de 18 degrés, du record mondial de la tour la plus penchée du monde, jusque-là détenu par Pise. Les Gate Towers soutenaient les penthouses suspendus les plus hauts du monde. Dans le centre commercial d'Al-Aïn était exposé le plus gros livre du monde. Il pesait 1 000 kilos et portait sur la vie du prophète Mahomet. Je me promis de ne plus jamais faire de blagues à propos du poids des études d'histoire de l'art de Clio.

Dans ce dossier d'informations sur les merveilles locales à visiter, aucune mention n'était faite du nouveau Louvre, mais il est vrai que le musée n'était pas encore ouvert. Avec le *Salvator Mundi*, l'acquisition la plus chère jamais réalisée, il s'assurait en tout cas déjà au moins un record du monde. Je me demandai si moi et mon esprit européen allions nous fendre d'un commentaire cynique sur la signification de cette œuvre d'art plutôt que sur son prix pour observer que, dans ce rêve de l'humanité futuriste, d'or et de béton, le Sauveur du monde incarné était assurément l'homme de la situation, mais je décidai de m'abstenir. D'après Clio, ce tableau n'était même pas de Léonard de Vinci.

5

Clio ne voulait pas que je l'accompagne à son rendez-vous au musée. C'était quelque chose qu'elle devait faire toute seule. C'était son grand moment. Elle aussi avait enfin droit à un grand moment. Elle n'avait jamais demandé l'aide de personne dans sa vie, et elle n'avait jamais reçu l'aide de quiconque non plus, donc il était logique qu'elle n'ait pas plus besoin d'aide maintenant. J'insistai pour au moins la déposer en taxi au musée. Elle accepta, à condition que je ne descende pas de la voiture. Vêtue d'un tailleur noir classique Chiara Boni, jupe crayon sous le genou, chemisier de soie blanc, escarpins blancs ouverts à talons hauts Raffaele Zenga et boucles d'oreilles composées d'une simple perle, elle marcha vers son avenir, qui l'attendait sous un dôme aux mille fenêtres en forme d'étoiles.

Je demandai au taxi de m'emmener dans n'importe quel complexe commercial couvert et climatisé pour tuer le temps. Je crois que je passai environ une heure entre les magasins de marques occidentales et les pièces d'eau. Je ne voulais rien acheter et cela tombait mal, car il n'y avait rien d'autre à faire. Je ne pouvais même pas m'émerveiller devant des produits exotiques, car l'offre était parfaitement identique à ce qu'on trouvait dans les magasins chez nous, où je n'allais jamais non plus. Des travailleurs immigrés asiatiques s'affairaient à laver et relaver les sols brillants à bord de voiturettes spéciales. En dépit du nombre de passages qu'ils effectuaient et quoiqu'on pût croire à un moment donné que le sol ne pouvait être plus propre qu'il ne l'était déjà, ils laissaient toujours derrière eux une traînée propre, ce qui prouvait que le sol s'était tout de même resali entre-temps. C'était peut-être révélateur de mon degré d'ennui que je remarque une chose pareille. Mais c'était tout de même intrigant. D'où provenait donc toute cette poussière ? Je regardai autour de moi pour m'assurer que personne ne me voyait et me penchai pour passer mon doigt sur le pavé brillant. C'est là que je compris. Du sable. Le centre commercial climatisé avait beau être hermétiquement isolé de l'air brûlant du dehors, la ville pouvait multiplier à l'envi les parcs et les fontaines pour tenter d'oublier où elle était, le désert ne capitulerait jamais.

Je regardai mon téléphone. Toujours pas de message de Clio. Je soupirai. Soudain, je ressentis un besoin terrible de voir quelque chose d'ancien. Peu importe quoi, pourvu que cela eût au moins la patine de quelques décennies. Je savais que je ne pouvais espérer des siècles dans cet endroit, mais quelque chose d'antérieur à la fondation de l'OPEP aurait pu apaiser ma soif d'histoire. Je repris un taxi et demandai au chauffeur de m'emmener voir quelque chose de vieux. Il ne comprenait pas ce que je voulais dire.

— Un monument, dis-je, ou une ruine.

Il secoua la tête. Peut-être commençait-il à craindre d'avoir laissé monter un détraqué mental.

— Quelque chose d'antique, clarifiai-je.

Cela lui donna une idée. Il démarra et me déposa devant un magasin de tapis. C'était une grosse affaire. À l'un des employés, qui me proposait son aide, je demandai s'ils avaient des tapis anciens. Ils en avaient. Il m'indiqua un département au fond du magasin. Je pouvais jeter un œil à mon aise. Si j'avais besoin de lui, je n'avais qu'à l'appeler. Je n'avais pas besoin de lui. Avec précaution, je passai ma main sur l'étoffe des anciens tapis persans et berbères. Je n'y connaissais rien en tapis anciens, et le sujet ne m'avait jamais intéressé non plus, mais en l'occurrence, leur vieillesse poussiéreuse était aussi réconfortante que le souvenir d'une maison d'enfance.

Un message de Clio. Son grand méchant entretien était terminé. Ça s'était bien passé, mais elle me raconterait en détail plus tard. Maintenant, elle avait une visite guidée du bâtiment, mais d'ici une petite demi-heure environ, elle aurait terminé. Si j'en avais envie, je pouvais venir la chercher en taxi.

6

— Tu sais le plus dingue ? dit-elle. Ils avaient garé leurs voitures à l'intérieur.

— Qui ça ?

— Le conseil d'administration. Les cheiks, quoi.

— Comment ça, à l'intérieur ?

— À l'intérieur. Leurs Jeep, leurs Porsche et leurs Mercedes étaient garées dans le grand hall d'exposition, juste à côté du bureau de la direction. C'est bien pratique, il faut l'admettre. Mais tu t'imagines ? Et il y avait déjà pas mal de tableaux aux murs. Des tableaux qui viennent du Louvre ! Je voudrais bien voir leurs têtes à Paris, s'ils savaient que leurs chefs-d'œuvre servent de décoration à un parking. Mais tu vois un peu la mentalité ? Les cheiks considèrent le musée comme leur propriété privée ou – comment dit-on ? – leur jardin de jeux, où ils font ce qu'ils veulent.

Sa voix rougissait d'excitation. Le taxi quittait la ville. Nous allions dîner au Qasr Al Sarab Desert Resort, dans le fameux Quart Vide, dans le désert de Liwa, pour fêter ça, quoi que « ça » signifie. À seulement une heure et demie de route vers le sud nous attendaient, d'après le site Web, une beauté intemporelle, des nuits étoilées et l'âme de l'Arabie. Bientôt, le paysage se mit à rougir, lui aussi. Les dunes s'étaient arrêtées juste à l'orée de la ville, telle une armée sur le point de reprendre le territoire qu'elle avait provisoirement abandonné pour des raisons stratégiques. Elles se coloraient de rouge orangé dans la lumière du soleil couchant. Les ombres, qui semblaient découpées au cutter dans du carton noir, déposaient un motif capricieux sur les sculptures de sable. Comme les ombres semblaient bouger, tout semblait bouger. En nous promettant une beauté intemporelle, ils n'avaient pas menti. Et nous n'étions encore que sur l'autoroute.

— Tu connais leur problème, qui est pour tout dire insoluble ? demanda Clio. Ils ont été très honnêtes là-dessus. La malédiction du musée, c'est le sable. Ce dôme est magnifique, et tellement photogénique avec ses milliers de fenêtres en forme d'étoiles. Vu de l'intérieur, ça donne une lumière spectaculaire. On dirait une pluie d'étoiles filantes. Bien sûr, c'est le contraire de ce qu'il faudrait comme éclairage pour les tableaux, mais ne cherchons pas la petite bête. Ce qui est plus grave, en revanche, c'est que le dôme, avec tout ce verre, est une vraie serre. C'est pourquoi chacune des fenêtres est équipée d'un capteur et d'un mécanisme de fermeture automatique, qui se déclenche en cas de lumière directe du soleil. Tout ce dispositif est très futuriste. Sauf qu'il ne marche déjà plus à cause du sable qui s'est infiltré dans les parties mobiles. Et le musée n'est même pas encore ouvert.

Le temps que Clio expose tous les problèmes structurels auxquels était confronté le prestigieux projet, notamment l'absence d'installation de refroidissement dans le quai de chargement, exposant au choc thermique, par des températures supérieures à 50 °C, les fragiles peintures arrivées par avion de Paris dans des caisses réfrigérées, les pièces d'eau qui s'évaporaient dans l'atrium, provoquant un taux d'humidité inacceptable dans les salles adjacentes, l'absence d'espace de restauration et de bibliothèque, et bien d'autres lacunes tout aussi funestes les unes que les autres et que j'ai maintenant oubliées, nous arrivâmes en vue de notre destination.

— Ce qui se passe, dit Clio, c'est qu'ils ont voulu créer quelque chose à partir de rien, dans des circonstances impossibles, et sans la connaissance de la tradition nécessaire pour pouvoir aspirer à une telle ambition. La tradition est une expérience collective. Des dilettantes inexpérimentés commettent forcément des erreurs. On n'imite pas impunément une culture séculaire sans l'avoir vécue dans son intégralité.

Le Qasr Al Sarab Desert Resort était un mirage doté de toutes les commodités et imitant tous les codes de la culture arabe traditionnelle. Le mur extérieur était orné, dans le style d'un caravansérail, de créneaux triangulaires et de tours de guet coniques. L'intérieur était une sorte de tente bédouine climatisée, débouchant sur un somptueux harem, ouvrant sur la vaste terrasse du désert sous le firmament arabe traditionnel. Des fontaines mauresques clapotaient. L'entrée était décorée de photos en noir et blanc des années 1960, censées prouver que les parents des serveurs en tenues traditionnelles avaient réellement porté ce genre de vêtements et habité dans des tentes pareilles à celle qu'ils avaient recréée ici en guise de décoration. Il fallait bien sûr faire abstraction de la piscine et du bar à cocktails flottant si l'on voulait se représenter leur mode de vie à l'ancienne, mais comment faire sans ? C'était pareil pour la fausse cheminée, où brûlait du bois d'imitation. C'était l'une des choses les plus absurdes que j'aie jamais vues dans ma vie : une cheminée dans le désert. Mais l'âtre flambait le plus naturellement du monde. C'est qu'il pouvait faire froid la nuit, dans le désert, c'est du moins ce que j'avais appris à l'école. Peut-être était-ce lié.

On nous plaça dehors sur la terrasse, à une table basse traditionnelle arabe. Toutefois, pour épargner aux clients occidentaux le désagrément de devoir dîner en tailleur, un trou avait été aménagé sous la table pour que l'on puisse étendre ses jambes, de sorte que, pour finir, on était quand même assis normalement, mais juste un peu plus bas, au bord d'un trou. En plein désert, on nous apporta du poisson, des calamars de la taille de boucles d'oreilles traditionnelles arabes, et des coquilles Saint-Jacques servies dans le logo de Shell. Les étoiles étaient si nombreuses et si scintillantes que c'en devenait kitsch.

— Tu sais ce que je ne comprends pas ? dis-je à Clio. C'est pourquoi ils se donnent tant de mal dans ce pays pour se faire passer pour le pôle d'attraction qu'ils ne sont pas et construire toutes ces attractions touristiques. Ce n'est pas comme s'ils avaient besoin du tourisme pour accroître leur produit national brut. Regarde ton Louvre. Quel genre de visiteurs espèrent-ils attirer avec tous ces milliards d'investissements ? Et pourquoi ?

— Figure-toi que je leur ai demandé, lors de l'entretien, quels étaient leurs objectifs en ce qui concerne les visiteurs et leur stratégie en matière de communication et de marketing. Ils m'ont dit qu'ils n'en avaient pas. Ils n'ont même pas cherché à tourner autour du pot. Même pas pour sauvegarder les apparences. Ils ont dit sans détour que les visiteurs ne les intéressaient pas.

Je dis que je trouvais cela aussi choquant qu'incompréhensible.

— Pour moi, une chose est devenue parfaitement claire, continua Clio, c'est que les cheiks ont construit ce musée uniquement pour eux-mêmes. Et ils ne l'ont pas fait par passion pour l'art européen ancien. L'art aussi, fondamentalement, ils s'en fichent. La seule chose qui les intéresse dans les chefs-d'œuvre anciens, c'est leur cherté, comme les bijoux et les Ferrari, et le fait que l'Europe en ait beaucoup et eux pas. Tu as vu les photos en noir et blanc dans l'entrée ? Il y a quelques décennies encore, ce pays était peuplé d'une poignée de chameliers illettrés. Et maintenant que l'argent jaillit à flots du désert, ils soignent leur complexe d'infériorité en acquérant le statut qu'ils n'ont jamais eu. Ce sont des petits enfants jaloux. Tout ce que nous avons en Occident, ils le veulent aussi. Ils avaient déjà racheté la Formule 1 et les hôtels de luxe, mais ensuite ils ont découvert que l'Europe avait cette drôle de chose qui s'appelle la « culture ». Du coup, c'est ça qu'ils achètent maintenant. Si Paris est célèbre pour le Louvre, ils achètent un Louvre aussi. Mais ce n'est pas pour autant qu'ils veulent en faire quoi que ce soit. Ils veulent juste en avoir un, pour pouvoir dire qu'ils en ont un. Ils ouvriront le musée au public, ça oui, mais c'est plus pour la forme, sinon ça ne s'appelle pas un musée.

En effet, il commençait à faire méchamment frisquet dans leur désert. On nous donna des couvertures en poil de chameau. Une bande-son faisait entendre des hurlements de coyotes.

— Bref, dis-je, en tout cas, c'était une belle aventure. C'eût été dommage de manquer cette expérience de beauté intemporelle de l'âme arabe sous le ciel étoilé. Pour être franc, je suis vraiment soulagé qu'on ne doive pas déménager à Abu Dhabi. Je n'aurais jamais pu m'acclimater ici.

— J'ai accepté le poste, Ilja.

7

Au début, je crus qu'elle avait accepté le poste. Cependant, mon cerveau, qui était censé traiter cette information afin de lui concocter une réponse adéquate, peinait à faire coïncider ce qu'il croyait avoir entendu avec le contexte, le vide de ces terres mortes environnantes, tout ce sable, les rues sans trottoir, les Rolex de l'hôtel où avait eu lieu la vente aux enchères de plaques d'immatriculation, les milliards de nœuds du plus grand tapis du monde, les voiturettes de lavage du centre commercial, le désespoir, l'aboulie, le vide, le firmament constellé d'un nombre record d'étoiles en cristal Swarovski, la vue sans vue depuis les plus hauts penthouses en suspension du monde, la fausse cheminée en plein désert, l'aridité, le désespoir, le vide et tout ce que nous avions dit, elle et moi, tout ce qu'elle avait dit et tout ce que j'avais dit, et tout ce que nous étions.

— Je sais que tu es trop obnubilé par toi-même pour penser à me féliciter, dit-elle, mais soit. Tant pis. Ils m'ont offert le poste d'assistante scientifique. Conservatrice aurait été encore mieux, bien sûr, mais ça, je n'avais même pas osé l'espérer. Quoi qu'il en soit, ce poste d'assistante scientifique est plus qu'honorable, sur le plan tant du contenu que de la rémunération. C'est beaucoup mieux que tout ce que je pourrais jamais obtenir en Europe.

— Tu as vraiment accepté ce poste ? demandai-je.

— Je viens de te le dire. En fait, je peux commencer tout de suite.

Plus rapidement que le Formula Rossa, je devais accélérer pour passer du monde que je connaissais aux montagnes russes des conséquences de l'existence d'un univers parallèle absurde où tout était possible, même cette idée surréaliste que Clio ait accepté un emploi à Abu Dhabi. Là où les faucons pouvaient bénéficier d'une manucure, voire d'une pédicure, cette chose invraisemblable était possible aussi. Manifestement. Au fond, je ne pouvais pas dire que je n'avais pas été prévenu, d'une certaine manière. Cela me prit pourtant au dépourvu, comme le froid de la nuit en plein désert.

— Tu n'as pas envisagé d'en discuter brièvement avec moi ? demandai-je. C'est une décision très lourde. Tu ne pouvais pas exclure d'emblée la possibilité que moi aussi j'aie un avis à ce sujet. Sinon, pourquoi je serais venu avec toi dans ce haut lieu du mauvais goût ?

— Je n'avais pas besoin d'en parler avec toi pour connaître ton avis. Tu aurais sorti toute ta rhétorique pompeuse pour me convaincre de ne pas le faire.

— J'aurais soulevé plus ou moins les mêmes réserves que celles que tu as énumérées dans le détail ce soir. Si tu trouves prévisible la conclusion que j'en tire, je suis pour ma part surpris que tu n'arrives pas à la même. Par ailleurs, cela fait partie de l'activité qu'on appelle communément « discuter » que d'être prêt à écouter des opinions dont on sait ou soupçonne par avance qu'elles ne correspondent pas aux nôtres.

— Mais comme toujours, tu raisonnes uniquement à partir de ton nombril, dit-elle. Il ne te vient même pas à l'esprit de considérer que moi aussi, peut-être, j'ai envie pour une fois d'avoir un avenir.

— Tu réfléchis déjà comme une Arabe. Ou comme une Américaine ou une Asiatique. Je te rappelle que ton métier, c'est de reconnaître la valeur du passé, et pas de te laisser aveugler par de fausses promesses d'avenir.

— Ce n'est pas drôle, Ilja.

— Je ne voulais pas être drôle. Toi, tu respires, tu rêves et tu vis le passé, et c'est pourquoi tu devrais être la première à comprendre qu'une promesse d'avenir prodiguée par ces lieux est fausse et vide. Ce n'est pas Florence au temps des Médicis. On n'est pas au berceau d'une nouvelle Renaissance. L'avenir qu'on te fait miroiter ici comme un mirage en or et en cristal Swarovski est la victoire finale d'un matérialisme agressif et indifférent, dans lequel la culture, l'art et tout ce en quoi tu as cru toute ta vie n'ont aucune autre valeur que leur prix, et n'élèvent rien d'autre que les bites et les ego de gosses de riches pourris gâtés affublés d'un complexe d'infériorité culturelle parfaitement justifié. En collaborant au bradage pervers de notre art européen, tu te rends complice de sa destruction, littéralement, parce que les fragiles rêveries de tes vénérés peintres ne sont pas armées face au désert et, encore une fois littéralement, parce qu'une fois arrachées à leur passé et réduites à leur valeur marchande elles perdent toute leur signification. C'est en parfaite contradiction avec tout ce que tu es et tout ce que tu m'as appris. Tu te rends complice de la mondialisation du vide.

— Tu vois ? dit Clio. C'est exactement la réaction à laquelle je m'attendais de ta part.

— Ce n'est pas la question, dis-je. La question, c'est que j'ai raison et que tu le sais.

— La question, répéta-t-elle en soupirant. La question, Ilja chéri, c'est que j'ai passé ma vie à ne pas pouvoir être qui j'étais. Je sais que ça témoigne d'une vision du monde étriquée que de tirer son identité de son travail, mais pour moi c'est plus qu'un travail, et tu le sais. Mais ma vocation et mon rêve de faire de la recherche à un niveau scientifique dans l'unique domaine qui ait de la valeur et du sens à mes yeux sont fondamentalement et irrémédiablement frustrés en Italie. J'ai investi les meilleures années de ma vie dans mes études et mon perfectionnement personnel, et tout ce que cela m'a rapporté en Europe, c'est un emploi dégradant dans une maison de ventes corrompue et un poste d'enseignante intérimaire à Venise. En Europe, rien ne me permet d'espérer plus. Je sais que pour toi, l'écrivain à succès, il est difficile, avec tes dons d'empathie autoproclamés, de concevoir l'impact désastreux qu'a sur l'estime de soi le fait de devoir dépendre de tiers pour réaliser ses rêves et de ne pas se voir accorder une chance. Ici, on m'offre cette chance. Je disposerai librement du plus clair de mon temps, on m'alloue des ressources illimitées pour créer la bibliothèque selon mes goûts et mes besoins, on me consultera aussi pour mettre en place l'espace de restauration, et je pourrai même engager des assistants. Tout ce que tu dis sur cet endroit est vrai, et tous les arguments que tu avances contre ma décision sont absolument irréfutables, mais tu oublies le plus important, c'est que ce rêve mouillé d'émir du désert me restitue aussi mes rêves à moi et m'offre la possibilité de devenir enfin la personne que j'ai toujours voulu être. Pour conclure, je voudrais encore ajouter une toute dernière chose, à savoir que je suis déçue que, dans tous tes arguments et tous tes raisonnements, tu ignores totalement les désirs les plus profonds de la femme que tu prétends aimer.

8

Nous fûmes obligés d'interrompre notre conversation, car c'était l'heure du spectacle de danse du ventre. Bien que j'aie peine à imaginer qu'un spectacle de danse du ventre puisse, à un quelconque moment, constituer une distraction bienvenue, jamais, dans toute l'histoire de l'humanité, un spectacle de danse du ventre ne tomba plus mal que celui-là.

De la musique arabe jaillit des haut-parleurs. Quelqu'un poussa généreusement le volume de la sono. C'était l'un des nombreux avantages du désert que de ne pas devoir craindre d'être accusé de tapage nocturne. La danseuse fit son entrée en tintinnabulant entre les tables.

Ce que j'avais toujours cru, dans ma connaissance limitée de ce genre artistique, c'était que, pour d'évidentes raisons, la danse du ventre devait être exécutée par une femme qui en avait un, de ventre, et qui faisait onduler ses bourrelets tout en souplesse et virtuosité, au rythme de la musique. Mais ils avaient également adapté cette tradition indigène au goût de la clientèle occidentale, car, dès que la danseuse eut jeté ses sept voiles – soit presque instantanément –, il devint manifeste que nous n'avions pas affaire à une beauté voluptueuse à la Rubens maîtrisant parfaitement sa graisse abdominale, mais à un sculptural top-modèle ukrainien, qui arrondissait probablement ses fins de mois en jouant les *grid girls* le week-end sur le circuit. Elle n'arrivait d'ailleurs pas à grand-chose avec son ventre. Ni avec d'autres parties de son corps, ce qui ne l'empêchait nullement d'en exhiber toute la splendeur.

Pour certains hommes, c'était peut-être le rêve d'imaginer qu'en plein milieu d'une conversation pénible avec leur femme un mannequin entre en se trémoussant dans le salon et entame un strip-tease sous leur nez, mais pour moi c'était une expérience déstabilisante et même tout à fait désagréable, alors qu'une tempête de sable faisait rage dans mes pensées, que de devoir m'efforcer de ne pas regarder trop ostensiblement le fantasme à moitié nu auquel ma vie sexuelle serait de nouveau réduite si toute cette histoire devait mal se finir, ce qui paraissait de plus en plus probable. Parce que non, je ne pouvais pas la suivre. Si tout ceci était l'avenir, alors l'avenir n'était pas un endroit vivable pour moi. Notre amour ne résisterait pas à un choix en faveur de l'avenir. Il fallait que je la convainque. Je devais coûte que coûte la faire changer d'avis.

— Je ne peux pas venir avec toi, dis-je lorsque la danseuse eut ramassé ses sept voiles sous les applaudissements et que la musique eut rendu leur place aux hurlements rassurants et familiers des coyotes.

— Je sais, dit-elle doucement.

— Je ne pense pas pouvoir vivre ailleurs qu'en Europe. Je crois que j'en suis même tout à fait sûr. C'est là, en Europe, où la seule certitude est la foi en la raison, où l'on a testé tant de solutions définitives au cours d'une longue et fatigante histoire qu'on en est venu à aimer les problèmes, où en l'absence d'arguments convaincants pour agir avec dynamisme on attache de la valeur au style, où l'on a inventé le snobisme et l'ironie, où les cicatrices sont belles parce qu'elles invitent à la prudence, où les anciens idéaux ont fait couler tant de sang qu'on s'est mis à poser des exigences aux nouveaux, où les palabres entamées il y a deux mille cinq cents ans autour de la mer Égée n'ont toujours pas permis d'aboutir à un accord sur les définitions et les principes d'un débat sensé à propos du beau, du bien et de la vérité, là où le doute est religion, là où vivent plus de philosophes que de garçons de café pour les servir, et plus de poètes que de lecteurs, là où chaque paysage, chaque ville et les joues de chaque femme ont mûri derrière le craquelé, où le passé est tangible comme la pierre, et les rues, lisibles comme un palimpseste, là où les noms sont des échos, où tous les empires d'antan ont passé comme des saisons, là où tout a déjà maintes fois été beaucoup mieux et beaucoup plus beau qu'aujourd'hui, et où l'on mériterait finalement de se reposer de tout le travail accompli pour remplir avec autant de détails les annales d'une histoire millénaire, c'est là que je peux respirer et aimer.

« Si je dois être patriote, je veux être un patriote paradoxal de la mosaïque décrépite de petits pays partagés puérilement entre l'océan Atlantique et l'Oural, où le patriotisme a déjà creusé tant de tombes qu'il n'est plus une vertu. Je veux être un patriote de l'Union européenne, qui lutte jour après jour contre des sous-intérêts nationaux dépassés, et continue de lutter courageusement. Personne n'aime l'Union européenne, mais moi oui. J'aime la lenteur poétique et la vaillante ténacité avec lesquelles se façonne cette merveille de complexité et de compromis. La construction de la cathédrale de Milan a également duré quatre cents ans. Et même si l'Europe, dans sa course à la croissance économique, au progrès et à l'avenir, est alourdie par son passé tel un sprinter retenu par un ressort au starting-block et se voit dépasser de tous côtés par le reste du monde, je donne raison à cette Europe, car les racines importent plus que les destinations. Que les autres se jettent dans le vide comme des lemmings, si c'est ce qu'ils veulent ; nous serons le pin ployé au bord de la falaise. Et à l'ombre de ce pin, où tant de poètes se sont déjà assis au cours des siècles, je pourrai écrire. Ici, dans le désert, l'encre de ma plume sécherait. Pour pouvoir respirer, penser et écrire, j'ai besoin de rester en dialogue avec la tradition. J'ai besoin de l'Europe pour exister.

— Je savais que cet exposé arriverait tôt ou tard, dit Clio.

— Mais en prenant ta décision toute seule, tu savais que je ne pourrais pas venir avec toi pour user mes journées ici comme un passager clandestin de l'avenir.

— Oui.

— Donc tu as délibérément choisi ta carrière plutôt que moi.

— Tout comme tu choisis délibérément tes habitudes sclérosées, ton passé, ton masque d'écrivain européen, ton sujet et ton inspiration plutôt que moi.

— Et notre jeu alors ? demandai-je. On ne peut pas jouer ici. Il n'y a pas d'églises à Abu Dhabi, pas de caves, pas de châteaux où partir à la recherche du dernier tableau du Caravage.

Les larmes me montèrent aux yeux. Je ne sais pas pleurer exprès, elles étaient donc réelles, apparemment.

— Tu es un égoïste.

Je la regardai, les yeux humides.

— Tu tentes de me manipuler parce que tu veux que je revienne sur une décision qui ne te convient pas, sans vouloir prendre en considération ce qui me convient à moi. C'est pour ça que tu es un égoïste.

Lorsqu'on retrouve un cadavre criblé de balles, il est souvent difficile, voire impossible, pour les détectives de déterminer quelle balle a causé la blessure fatale à laquelle a succombé la victime. Je vais vous aider. C'était celui-là, le coup mortel. Chacune des fois où elle m'avait traité d'égoïste avait laissé une profonde entaille mais, jusque-là, j'étais resté en vie. Cette fois, en revanche, elle avait touché un organe vital. Je ne pleure pas souvent. Je n'avais encore jamais pleuré devant elle. Le fait qu'elle me traite d'égoïste parce que j'étais sincèrement triste de la fin de notre jeu, de nos vacances dans le passé, où nous avions été heureux et ensemble, et heureux ensemble, c'était contre les règles. Elle avait prononcé ce mot une fois de trop. Je ne pouvais pas supporter ça.

9

Permettez-moi de vous résumer très brièvement la suite des événements. Vous n'avez pas besoin de mes descriptions pour vous imaginer combien ce fut douloureux. Nous retournâmes cette nuit-là à notre hôtel en ville, où nous fûmes obligés de dormir dans le même lit. *King size*, heureusement. Le lendemain, à l'aube, j'appelai la ligne d'assistance réservée aux membres de la Freccia Alata Gold Card d'Alitalia pour avancer mon vol de retour et rentrai l'après-midi même à Venise. Clio resta quant à elle à Abu Dhabi pour régler son installation là-bas et rentrerait à Venise trois jours plus tard par le vol prévu afin d'organiser son déménagement.

Cela me laissait trois jours pour trouver un autre logement. Bien que nous n'en ayons pas parlé explicitement, il me paraissait logique qu'elle résilie le bail de notre maison dans la calle nuova Sant'Agnese. Et je ne pouvais et ne voulais pas être là quand elle rentrerait faire ses cartons. Elle n'accepterait jamais que je l'aide à empaqueter ses livres.

Pendant deux jours, je traînai dans la vieille ville, sachant pourtant que je devais agir et passer la porte d'agences immobilières pour louer un autre appartement. Mais je ne me sentais pas à ma place. Venise n'avait plus aucun sens sans Clio. Sans elle, il n'y avait plus de raison d'essayer de m'y sentir chez moi. Mon séjour dans la ville était devenu aussi infondé et superficiel que celui de tous ces millions d'autres visiteurs. J'étais devenu un touriste.

Le troisième jour, date du retour de Clio, je décidai de quitter Venise. Je n'avais pas de plan. Je n'avais aucune idée de l'endroit où aller. Je voulais juste partir. C'est pourquoi j'envisageai de faire une pause et de descendre dans un hôtel quelque part loin de Venise, d'y séjourner le temps de mettre de l'ordre dans mes pensées en écrivant ce qui s'était passé, jusqu'à ce que je sache où aller. Je cherchai sur Internet un lieu ancien et isolé, et choisis le Grand Hotel Europa, surtout pour son nom.

Et c'est ainsi que j'arrivai ici. Et que j'y suis toujours. Et bien que j'aie à présent terminé d'écrire l'histoire à laquelle je voulais réfléchir, je ne sais toujours pas où aller. Et tandis que je suis assis à mon bureau, dans ma suite, et que je pense à Clio, qui n'existe plus pour moi que sous mes doigts, sur le papier, je suis rongé par la culpabilité parce que, même si je ne pouvais rien y faire, j'ai échoué à empêcher que les événements se déroulent à nouveau comme ils s'étaient déroulés. Même sur le papier, il avait fallu que je sois honnête, alors que j'avais le pouvoir, qui m'avait tant manqué dans la réalité, de m'épargner le chagrin de la vérité et de faire évoluer l'histoire telle qu'elle aurait dû le faire, sans jamais se terminer.

Et vous savez ce qui me chagrine le plus quand je pense à Clio aujourd'hui ? C'est de la savoir seule en ce moment dans le désert. C'est de l'imaginer avec ses robes et ses chaussures, son romantisme fragile que personne ne comprend à part moi, et ses mains fines et douces, complètement seule en ce moment dans ce terrible désert du consumérisme vide, sans moi pour la prendre par la main et l'emmener voir ses peintres au pays d'autrefois, là où elle est chez elle.

XXVI

R. I. P. EUROPE

1

Les premiers invités aux funérailles de l'ancienne propriétaire du Grand Hotel Europa étaient arrivés la veille et avaient passé la nuit à l'hôtel, où ils avaient tous de précieux souvenirs. J'étais déjà impressionné par tant de marques d'intérêt, mais ce n'était rien en comparaison du nombre de personnes qui affluèrent le matin même du triste jour. Sur le gravier de la longue allée, devant les marches en marbre du perron flanqué de colonnes corinthiennes, c'était un incessant va-et-vient de taxis, de Bentley et de Rolls-Royce. En compagnie de Patelski, je m'étais posté sur le petit banc sous la pergola, à l'avant du bâtiment, d'où nous avions une vue privilégiée sur les nouveaux arrivants. Montebello, qui était à n'en pas douter très touché par le décès de celle qu'il considérait comme sa mère, accueillait tout le monde avec une égalité d'âme et une grâce professionnelle exemplaires. Les touristes chinois photographiaient les voitures de luxe et les convives, qui proposaient, pour certains, une interprétation tout à fait excentrique de la tenue de deuil traditionnelle.

La plupart avaient autant de printemps que de titres. Patelski reconnut Alexander Trubetskoy, un prince russe d'environ 70 ans qui vivait en exil à Paris.

— Son neveu, le prince Tonu, chante dans un groupe punk estonien, ajouta Patelski.

Une grande et élégante vieille dame arriva ensuite, toute de noir vêtue, un voile noir dissimulant son visage. Patelski me dit qu'il s'agissait de Mina Mazzini, légendaire chanteuse pop italienne, mieux connue sous son nom de scène Mina, et qui n'était plus apparue en public depuis ses succès des années 1970.

Se présentèrent ensuite la baronne Cetty Lombardi Satriani Di Porto Salvo, la styliste et créatrice de mode Diane von Fürstenberg, ex-femme du prince Egon von Fürstenberg, le chanteur français Charles Aznavour et sa fille Katia, le prince Jonathan Doria Pamphilj, don Carlos Canevaro, duc de Zoagli, Leka Zogu, fils du premier et seul roi d'Albanie Ahmet Muhtar Bej, et enfin une comtesse hongroise. Patelski les connaissait tous. Je lui demandai s'il avait également préparé l'enterrement. Il répondit qu'il avait jadis fait partie de ce monde.

Arrivée dans une limousine dorée, une diva à la tenue exubérante, longue chevelure platine coiffée d'un diadème en diamants, fut reconnue par Patelski comme étant la princesse Yasmin Aprile von Hohenstaufen Puoti, qui prétendait être une descendante directe de Frédéric II de Souabe et d'Isabelle d'Angleterre ainsi qu'agent secret de la CIA, et qui avait fait grand bruit il y a quelques années en revendiquant le Castel del Monte dans les Pouilles, d'après elle patrimoine familial illégalement confisqué par l'État.

Ensuite firent leur apparition Constantin, dernier roi des Hellènes, et son épouse Anne-Marie de Danemark, l'acteur autrichien Klaus Maria Brandauer, lui aussi bon septuagénaire, le marquis Giovanni Nicastro Guidiccioni, et enfin la princesse Margareta de Roumanie, fille aînée du dernier roi roumain Michel Ier, déposé en 1947.

L'homme au sourire de maquereau, marqué par la vie et le banc solaire, qui affichait son deuil en exhibant ses poils de torse gris dans une chemise en satin ouverte était, selon Patelski, le prince Frédéric von Anhalt, dernier époux de la diva hollywoodienne Zsa Zsa Gabor. D'après mon compagnon, cependant, il avait acheté son titre de noblesse. La femme haute en couleur à la drôle de coiffure asymétrique était Gloria von Thurn und Taxis, surnommée la princesse punk, issue de cette respectable maison princière au service du Saint Empire romain germanique qui avait créé les postes au XVe siècle.

Ensuite arrivèrent Jason, fils de l'acteur écossais sir Sean Connery et de Diane Cilento, le baron Patrizio Imperato Di Montecorvino, Francisco Luís, petit-fils du légendaire chanteur d'opéra portugais Francisco Augusto d'Andrade dont l'interprétation du rôle-titre de *Don Giovanni* de Mozart au Festival de Salzbourg en 1901 demeurait, d'après les connaisseurs, inégalée à ce jour, et enfin le prince Kyril de Preslav, fils de Siméon II, dernier tsar de Bulgarie. Ce dernier portait une cape noire et un sabre sur le flanc, et posait gracieusement pour les touristes chinois.

Apparut ensuite un homme plus âgé vêtu d'une espèce d'uniforme de chasseur, identifié par Patelski comme le prince Richard de Sayn-Wittgenstein-Berleburg.

— Il élève des bisons d'Europe sur son domaine, dit Patelski.

Je ne pouvais m'empêcher de penser que de nombreux invités considéraient leur visite comme un hommage rendu non seulement à la vieille dame défunte, mais aussi à eux-mêmes. En se retrouvant ici, dans ce lieu où tous avaient été jadis plus riches, plus importants et plus célèbres qu'aujourd'hui, ils pouvaient se conforter mutuellement une dernière fois dans leur illusion commune que le beau monde leur appartenait. Ils marchaient la tête haute pour ne pas voir les trous dans leurs semelles et essayaient dans l'immédiat de ne pas penser à la facture de location de la limousine.

— C'est donc vrai, ce que m'a raconté Montebello, dis-je. Qu'il n'y a pas un écuyer, un comte, un marquis, un duc ou un prince qui n'ait baisé la main de la vieille dame.

— Europe était très aimée, dit Patelski.

— Europe ? demandai-je.

— C'était son prénom, dit-il. La vieille dame s'appelait Europe, comme la fille d'Agénor et de Téléphassa, enlevée par Zeus qui avait pris l'apparence d'un taureau. L'hôtel porte son nom. Qu'imaginiez-vous d'autre ?

2

La vieille Europe était exposée dans un cercueil d'ébène dans le hall central de son hôtel, au pied de l'escalier monumental en marbre, entre le sphinx et la chimère. Il avait été expressément demandé aux invités de ne pas apporter de fleurs afin de ne pas déparer la splendide composition de lys blancs que Montebello avait commandée spécialement pour elle. Les convives formaient un grand cercle autour de la bière. Les touristes avaient été priés de garder une certaine distance. Les quelques personnes qui ne purent résister à la tentation de se pencher au-dessus du cercueil avec

683

leur appareil photo furent gentiment, mais fermement, rappelées à l'ordre par le *general manager* chinois.

Sur le coup de midi, la cloche de l'hôtel, qui avait si souvent sonné pour nous la joyeuse promesse d'un repas exquis, retentit. Montebello ouvrit les portes de la bibliothèque, d'où sortirent quatre cornistes en frac, qui se postèrent à la tête de la défunte et jouèrent un arrangement instrumental du choral de Bach *Es wird schier der letzte Tag herkommen*, BWV 310.

Puis ils cédèrent la place à l'évêque, venu tout spécialement du chef-lieu de la province et qui, à titre exceptionnel, s'était montré prêt à célébrer la messe sur place, au Grand Hotel Europa. Il était en grand apparat, arborant aube, amict, étole, tunique, dalmatique, chasuble, mitre, croix pectorale au bout d'un cordon vert, gants blancs, chaussettes violettes, sandales de couleur liturgique et crosse, et avait à sa suite huit enfants de chœur, portant respectivement l'encensoir, l'ostensoir, les hosties, le calice, le bénitier et même une phalange d'orteil de saint Zachée, patron des aubergistes, enfermée dans un antique reliquaire en argent à lunette, que l'évêque avait fait venir d'un autre diocèse. Les deux derniers enfants tenaient ouverts les pans de sa chasuble.

L'évêque prit place derrière la table aménagée en autel, à la tête de la défunte, et prononça une belle, courte, grave et puissante messe des morts, entièrement en latin, la voix tremblant d'émotion, comme si c'était la dernière messe qui dût jamais être célébrée. Même son court sermon était en latin. Il parla de la fin des temps, bien que Patelski et moi fussions probablement les seuls à le comprendre. Pendant la prière silencieuse, même le bruit de fond des touristes se tut. La seule chose que l'on pouvait encore entendre était le cliquetis de leurs appareils photo.

Après la messe, le couvercle doré fut posé sur le cercueil en ébène et scellé solennellement par un menuisier du village. Six garçons de ferme des environs, revêtus par Montebello de costumes noirs impeccables, soulevèrent sur leurs épaules le lourd cercueil et la défunte, légère comme une plume.

Il fallait à présent former un cortège funèbre et quitter l'hôtel par l'entrée principale. L'évêque prit la tête, flanqué des deux enfants de chœur qui tenaient sa chasuble, suivi des porteurs de cercueil et des cornistes. Les invités durent s'écarter pour leur laisser le passage, avant de se joindre à leur suite, dans l'ordre hiérarchique de leurs rangs nobiliaires, soit d'abord Constantin de Grèce et son épouse, puisqu'il était le seul roi présent bien que ses sujets l'aient détrôné voilà plusieurs décennies, le prince Kyril en tant que fils d'un tsar déchu, ensuite les descendants des anciennes maisons royales de Roumanie et d'Albanie, les autres princes et princesses, suivis du duc de Zoagli, puis des marquis, des comtes et des barons. Le reste des invités put alors refermer le cortège. Ce ballet funéraire était dirigé de main de maître par le chorégraphe Montebello, gracieusement impérieux.

Un touriste chinois en short se dit qu'il ferait une vidéo inoubliable s'il parvenait à filmer cette parade de beau linge de derrière les porteurs de cercueil. Recherchant le cadrage parfait, il fit en filmant quelques pas vers la gauche et se cogna contre la table qui avait fait office d'autel. Le reliquaire en argent tomba sur le sol en marbre. La lunette se brisa, et la phalange d'orteil de saint Zachée roula sur le sol. Le touriste la regarda avec répulsion. Un enfant de chœur voulut la ramasser mais n'osa pas. C'était trop dégoûtant. Montebello, qui avait vu la scène, comme il avait tout vu ce jour-là, arriva, sortit son mouchoir de sa poche de poitrine, ramassa la phalange bénite, l'enveloppa dans sa pochette et la glissa dans son veston.

Suivant la cadence majestueuse de la marche funèbre interprétée par les quatre cornistes, le cortège s'ébranla vers la gauche, dans le sens inverse des aiguilles d'une montre, fit le tour complet du Grand Hotel Europa, pour ensuite opérer un demi-tour vers la roseraie située à l'arrière. Montebello marchait juste derrière le cercueil, main dans la main avec Abdul. La princesse Yasmin quitta la place qui lui avait été assignée et se poussa vers l'avant du cortège pour se mêler aux familles royales. Cela avait beau s'être passé dans son dos, Montebello l'avait vu, mais il laissa faire.

Une tombe avait été creusée dans la roseraie. Le cercueil fut encordé. Montebello tint un discours aussi bref qu'élégant, dans lequel il rappela les jours de gloire de cette chère Europe et parla de la fin d'une époque. Il garda pour lui ses considérations person-nelles. L'évêque bénit la tombe, et l'on descendit le cercueil. Montebello jeta une pelletée de terre sur le bois, puis passa la pelle à Abdul, qui l'imita. Tous les invités, un par un, suivirent leur exemple. Puis un sobre déjeuner trois services fut servi dans la salle à manger.

Ainsi fut enterrée la vieille Europe.

3

Le lendemain des obsèques, Montebello me demanda si je voulais l'accompagner dans la chambre 1 où la vieille dame avait vécu retirée les dernières années de sa vie, parmi ses livres et ses œuvres d'art. Je dis que j'aimerais beaucoup et demandai ce qui me valait cet honneur.

— J'ai beaucoup apprécié l'intérêt que vous portiez à ma chère mère d'adoption, dit-il, et j'ai toujours regretté d'être obligé de vous décevoir et de ne pouvoir récompenser votre curiosité. Mon espoir est que vous me permettiez d'y remédier un tant soit peu. En outre, vous ignorez que je sais que vous vous êtes un jour mis, de votre propre initiative, en quête de la chambre 1. Ce que l'on cherche est souvent plus proche qu'on ne le pense.

Il m'amena devant la porte de ma propre suite, la chambre 17. La suite voisine portait le numéro 33 et la chambre suivante le numéro 8, juste en face de la chambre 21. Entre la chambre 33 et la chambre 8 se trouvait une remise. Montebello poussa la porte et me fit passer devant. Il y avait du linge empilé et des produits de nettoyage. Au fond de la remise se trouvait une deuxième porte. Montebello l'ouvrit, et nous arrivâmes dans un long couloir étroit menant à une petite porte sur laquelle était peint le numéro 1.

— C'était presque votre voisine, dit Montebello.

Il ouvrit la petite porte. Je ne m'attendais pas à ce qu'elle cachât un si grand appartement. Nous entrâmes dans une pièce spacieuse, une salle plus exactement, pourvue de hauts plafonds voûtés, décorés de scènes mythologiques. Les murs disparaissaient sous des bibliothèques de plusieurs mètres de haut, des tapisseries et des tableaux. Je laissai mon œil errer sur les dos d'une partie des milliers de livres alignés sur les étagères. Toute la littérature européenne s'y trouvait, plus ou moins au complet, en tout cas les classiques, en langue originale ainsi qu'en traduction, la plupart dans des éditions anciennes et historiques. Une vitrine contenait des manuscrits médiévaux, tandis qu'une bibliothèque tournante offrait une collection exquise de poésie italienne et française.

La plupart des peintures me semblaient être du XVIe ou du XVIIe siècle. Malheureusement, je n'avais pas été suffisamment longtemps avec Clio pour être capable de les attribuer à un maître particulier. Sur une toile, je reconnus toutefois la signature de Bernardo Strozzi. J'eus par ailleurs l'impression que la plupart des tableaux avaient bien besoin d'être nettoyés, voire restaurés. Il y avait trop de meubles dans la pièce, de toutes les époques imaginables et de styles très divers. Partout, il y avait des sculptures en bronze, et sur un secrétaire se trouvait une collection de petits bustes en marbre des grands poètes et compositeurs du passé.

Montebello me précéda dans la seconde pièce, derrière des portes à deux battants, dans ce qui avait été la chambre à coucher. Ici aussi, c'était rempli de livres et de peintures. Juste en face du lit, il y avait un grand tableau, de toute évidence le plus beau de tous ceux qui étaient exposés dans cet appartement. C'était une toile verticale, de plus d'1 mètre et demi sur environ 1 mètre. Elle représentait Marie-Madeleine, peinte plus ou moins grandeur nature, en pied, si l'on peut dire cela d'une figure agenouillée. Le bas de son corps était partiellement recouvert d'une robe rouge, la couleur du péché, ou de l'amour, ou des deux, et elle tenait à deux mains un crucifix sur ses genoux. Elle était peinte avec une virtuosité à couper le souffle, parfaitement réaliste, presque palpable, et en même temps plus grande qu'elle-même, comme une icône ou une représentation mentale. Le désert où elle était en posture de repentir se composait exclusivement d'un fond sombre, vidé à coups de traits féroces.

Je regardai son visage. Quelque chose clochait. Plus je le regardais, moins j'étais sûr de voir le visage d'une femme. Ses traits androgynes me troublaient. On eût dit un homme désireux de se montrer sous son jour le plus doux, le plus humble, le meilleur. Elle ressemblait à l'autoportrait d'un homme en femme.

Je pris une photo du tableau avec mon portable. Bien sûr, il fallait que je l'envoie à Clio. J'avais encore son numéro de téléphone. Ou alors son adresse e-mail. C'était peut-être mieux, car elle avait probablement un nouveau numéro de téléphone à Abu Dhabi. Cela m'irritait de ne pas savoir ça. Je trouvais injuste qu'il pût y avoir des choses d'elle que j'ignorais à présent. Allons, j'allais me remettre de cela aussi. Je cherchai son adresse e-mail dans ma liste de contacts, sans permettre à l'émotion de m'étreindre lorsque je cliquai sur son nom.

Puis je changeai d'avis. Quel triomphe de proportions cosmiques ce serait de lui envoyer la photo accompagnée d'un seul mot en guise de commentaire : « Trouvé ». Pour elle, ce serait aussi un cadeau. Ce serait la confirmation de son audacieuse théorie. Elle n'en croirait pas ses yeux. Et elle ferait sensation dans le monde entier avec une découverte de cette ampleur. Je ne voulais pas la priver de ça. Mais il y avait un mais. Il y avait quelque chose de peut-être plus important que cette victoire, et c'était notre jeu. Je ne voulais pas gagner, parce que le but du jeu n'était pas de gagner, mais de jouer ensemble. Si j'envoyais la photo, notre jeu serait définitivement terminé et, si le jeu finissait, tout serait fini.

Avant de quitter la chambre de la vieille Europe, je scrutai une dernière fois attentivement le dernier tableau du Caravage. Marie-Madeleine faisait pénitence dans le désert, bien qu'elle ne fût coupable de rien d'autre que d'amour. C'était par amour qu'elle expiait son amour dans le désert.

Je bouclai mes valises, soldai mes comptes, pris congé et fis appeler un taxi. Je fumai une dernière cigarette avec Abdul sur les marches du perron devant l'entrée principale. Le taxi arriva. Abdul m'aida à porter mes bagages.

— Pardonnez-moi si je ne puis réprimer ma curiosité, dit-il, mais puis-je vous demander où vous allez ?

— À Abu Dhabi, dis-je.

— À Abu Dhabi ? Et qu'est-ce qu'il y a, là-bas ?

— Le désert.

SOURCES

p. 367
Extrait de *Lucrèce, Virgile, Valerius Flaccus – Œuvres complètes*, traductions de Charles Nisard, Firmin Didot, 1868. *L'Énéide*, livre VI.

p. 554
Extrait de *La Divine Comédie* de Dante, traduction de Danièle Robert, Actes Sud, 2018. « Le Purgatoire », chant XVIII, vers 97.

p. 596
Extrait des *Odes* d'Horace, traduction de Claude-André Tabart, Gallimard, 2004. Livre II, 3.

TABLE DES MATIÈRES

Qu'avez-vous pensé de ce livre ?

Partagez votre avis sur vos réseaux sociaux
avec les # suivants :

#passionlecture
#1andelecture1018
#éditions1018

et tentez de remporter **1 an de lecture***.

Retrouvez-nous sur les réseaux sociaux
et découvrez tous nos conseils de lecture :

editions1018   Editions 10-18   Editions 10/18

10/18 – 92 avenue de France, 75013 PARIS

Imprimé en France par CPI

N° d'impression : 3050227
X08133/01